复杂性视阈下中国现当代文学 2010年代 在英国汉学界的接受研究

宋美华◎著

目　录

序言　教学·汉学·世界文学："世界中"的海外汉学研究　　1
前言　　1

第1章　绪论　　1
1.1　研究背景及缘由　　1
1.1.1　时代背景：中国文学域外交流与人类命运共同体　　1
1.1.2　学术背景：中国现当代文学域外接受之"殇"　　3
1.1.3　研究缘由：英国汉学界作为中国现当代文学接受的特色群体　　7
1.2　中国现当代文学在英语世界的接受研究现状　　11
1.3　研究问题与方法　　21
1.3.1　研究对象和研究问题　　21
1.3.2　研究资料和研究方法　　23
1.4　研究创新与意义　　25
1.4.1　研究创新　　25
1.4.2　研究意义　　26
1.5　本书框架　　26

第2章　复杂性视阈下中国文学域外接受研究模式　　28
2.1　翻译研究的困境　　29

  2.1.1 现代与后现代翻译研究在哲学意义观上的对立 29
  2.1.2 翻译研究发展的矛盾 33
 2.2 复杂性视阈下的翻译研究现状 35
  2.2.1 复杂性理论概述 35
  2.2.2 复杂性视阈下的翻译研究 42
 2.3 复杂性视阈下的涌现性符号翻译理论 44
  2.3.1 涌现性符号翻译理论的基本假设 44
  2.3.2 涌现性符号翻译的定义和分类 49
  2.3.3 涌现性符号翻译理论的方法论启示 53
 2.4 复杂性视阈下中国现当代文学在英国汉学界的接受
   研究模式 60
 2.5 本章小结 63

第3章 中国现当代文学在英国汉学界接受的环境 65
 3.1 中国现当代文学在英国汉学界接受环境的资料搜集 66
  3.1.1 资料搜集的范围和来源 66
  3.1.2 资料搜集的程序和方法 68
 3.2 英国汉学发展历史简述 70
 3.3 英国汉学近十年的总体发展状况（2010—2019） 74
  3.3.1 英国汉学协会的使命 75
  3.3.2 英国汉学的学科发展 75
  3.3.3 英国汉学的科研关注点 80
  3.3.4 英国高校汉学专业设置情况 88
 3.4 中国现当代文学在英国汉学界的接受"环境" 99
 3.5 本章小结 101

第4章 中国现当代文学在英国高校课程设置中的
    接受研究 103
 4.1 英国高校中国现当代文学课程设置的资料搜集 104

4.1.1　资料搜集的范围和来源　104
　　4.1.2　资料搜集的程序和方法　105
　4.2　英国高校中国现当代文学课程设置的总体情况　106
　　4.2.1　基于高校网站资料检索的情况　106
　　4.2.2　基于完整教学大纲的数据情况　114
　4.3　中国现当代文学在英国高校课程教学大纲中的流通
　　　　和阅读模式　115
　　4.3.1　英国高校中国现当代文学课程教学大纲的宏观结构　116
　　4.3.2　课程教学日历中的文学选择概况　120
　　4.3.3　课程教学日历中的现代文学选择　127
　　4.3.4　课程教学日历中的当代文学选择　137
　　4.3.5　课程大纲中的译本和辅助阅读书单选择　155
　4.4　英国高校中国现当代文学课程设置中文学接受情况
　　　　的复杂性解读　166
　　4.4.1　历史轴上多样性杂糅性的文学叙事与"约束"　166
　　4.4.2　文学题材上非政治化的中国当代文学叙事与"约束"　172
　　4.4.3　文学课程设置体现的文学接受：成功还是失败？　176
　4.5　本章小结　178

第5章　中国现当代文学在英国中小学汉语教学中的接受研究　180
　5.1　英国中小学汉语教学的资料搜集　181
　　5.1.1　资料搜集的来源　181
　　5.1.2　资料搜集的范围　182
　5.2　中国现当代文学走入英国中小学汉语教学的"环境"　183
　　5.2.1　英国中小学外语教学的背景　183
　　5.2.2　英国中小学汉语教学的现状　187
　　5.2.3　英国中小学汉语教学面临的困境　190
　　5.2.4　英国教育政策与文学文本在外语课程中的使用　194

5.3 中国现当代文学在英国中小学汉语教学中的流通趋势 196
    5.3.1 中小学推进文学文本使用活动呈现出的图画书选择趋势 197
    5.3.2 中小学书评俱乐部和阅读小组呈现出的多样性儿童小说选择趋势 199
    5.3.3 中小学短篇小说库呈现出的"小众作家和小叙事作品"选择趋势 203
    5.3.4 中小学汉语课堂教学材料的选择及其路径 208
5.4 英国中小学汉语教学中呈现的文学阅读模式 209
    5.4.1 中小学生对书评俱乐部三部长篇小说的评论 209
    5.4.2 中小学校阅读小组对文学文本的阅读 215
    5.4.3 中小学汉语课堂文学教材使用对文学文本的阅读 216
5.5 中国现当代文学在英国中小学汉语教学中接受情况的复杂性解读 220
    5.5.1 文学资源总体选择趋势的"环境"和"初始约束" 220
    5.5.2 短篇小说库对小众作家和小叙事作品的选择趋势和"约束" 223
    5.5.3 课堂教学对具体文学文本的选择"路径"和"约束" 226
5.6 本章小结 232

第6章 中国现当代文学在利兹大学当代华语文学研究中心推广活动中的接受研究 234

6.1 利兹大学当代华语文学研究中心推广活动的资料搜集 235
    6.1.1 资料搜集的来源 235
    6.1.2 资料搜集的范围 237
6.2 利兹大学当代华语文学研究中心文学推广活动的总体情况 238
    6.2.1 联结文学流通和阅读的线下活动类型和内容 238
    6.2.2 突出译者和作家的线下活动参加者 240

6.3 中国现当代文学在中心文学推广活动中的流通趋势 247
　6.3.1 月度作家及作品的选择 247
　6.3.2 书评网络作家及小说的选择 261
6.4 中国现当代文学在中心文学推广活动中的阅读模式 268
　6.4.1 月度作品评论的基本情况 268
　6.4.2 书评网络小说评论的基本情况 272
　6.4.3 世界文学视角的阅读模式 274
　6.4.4 读者世界文学阅读模式原因的简析 284
6.5 中国当代文学在中心文学推广活动中接受情况的复杂性解读 286
　6.5.1 针对英语世界当代中国文学"旧"叙事的熵减过程 287
　6.5.2 针对英语世界商业出版社"选择倾向"的熵减过程 290
　6.5.3 针对中国大陆文学"主流叙事"的熵减过程 291
　6.5.4 针对英国汉学实用主义发展倾向的熵减过程 295
6.6 本章小结 297

第7章 中国现当代文学在英国汉学界的接受：边缘里的活跃存在及启示 298

7.1 中国现当代文学在英国汉学界的接受：边缘里的活跃存在 299
　7.1.1 部分之间互动中的"约束" 299
　7.1.2 整体景观与环境互动中的"约束" 302
　7.1.3 边缘里的活跃存在 317
7.2 中国现当代文学译介的问题：读者书评视角 320
　7.2.1 写满伤痛和性的中国大陆当代文学英译作品 320
　7.2.2 文学译介与读者期待之间的距离 324
　7.2.3 从"译介什么"到"书写什么" 326
7.3 复杂性视阈下的中国文学域外交流：认识论、方法论、世界文学价值 330

  7.3.1 复杂性认识论下中国文学域外交流中的解构与建构 330
  7.3.2 复杂性方法论下中国文学域外交流的问题追踪与反思 335
  7.3.3 复杂性视阈下世界文学普世价值的思考及其对文学译介的启示 339
 7.4 本章小结 347

结论 348
 研究结果和创新 348
 研究前景和不足 351

参考文献 353

序　言
教学·汉学·世界文学："世界中"的海外汉学研究

余夏云

　　海外的汉学研究(Sinology)，行之有年，尤其是在欧陆大地更有悠远的传统。仅就英国的例子来看，早在 17 世纪，当哲学家和宗教改革者，试图借儒家学说的只言片语来对抗罗马教廷之际，汉学就已经在这片土地上开始了它最初的胎动。①尽管日后的岁月一再见证，欧罗巴世界如何因为政治、经济等方面的嬗变，或建立或失去汉学重镇的位置，进而带来研究范式的变革，但无论如何，英语自始至终都保有了它作为"优势语言"的位次。这正是目前我们在研究汉学时，总是下意识地将目光投向英语世界的原因所在。这种下意识的行动，至少遮盖了三个关键面向。第一，其他语言世界的汉学发展状况如何，它们与英语世界的汉学研究是否存在彼此交互、相互借鉴的关系？中英的文化交往，是否是直来直往的线性交流，有没有可能存在作为文化中介的第三方？第二，在英语世界内部，美国、英国、加拿大诸国的汉学发展存在怎样的异同、关联，是不是真的存在一个能够超越民族范畴的"英语世界的汉学"？这个由语言所造就的"共同体"，在什么意义上成立或者不成立？第三，英语作为一种世界通用语，它

---

① 熊文华：《英国汉学史》，北京：学苑出版社，2007 年，第 6 页。

在汉学研究和翻译领域的广泛应用,会不会对世界范围内的汉语教学活动带来影响?这种影响是更趋向于点燃人们学习的热情,还是遏抑他们对汉语本身的需求?

如果说对第一、二两个面向的讨论,还有待时日,它们或者需要更系统的历史观察,或者吁求更深入的理论研讨,那么,第三个面向的讨论,则可以通过目前切实的数据统计来加以清楚说明。而且尤为重要的是,它也将在理论层面激发我们思考如下一个问题,即汉学研究的边界到底何在?我们怎么理解翻译、研究和教学的关系?又是否能够建立一个有效的框架来综合处理这一问题,从而为"汉学"画下一幅"迟到"但更为复杂的画像?在这个意义上,宋美华老师的新书《复杂性视阈下中国现当代文学2010年代在英国汉学界的接受研究》有她特别的价值。美华老师出身外语专业,钻研翻译理论而别有心得,于各种现代、后现代的译学论述了然于心,加上近些年在英国留学,对中国文学在英国的传播和接受,从耳闻到目睹有了深刻的感悟。她愿以一己的观察,平实讲述一个中国现当代文学在境外教育体制内的传播故事,从而串联起研究、翻译、教学这三个极不同的领域,进而推演内中存在的问题及可能的启示。初衷虽然素朴,唯求描述的客观准确,观点的晓畅清晰,但是,议论所及,不免要触碰或激活过去研究中不为人重的问题,指正国内学界对"域外汉学"的了解,实在是建基于"文本知识"之上,而少了对实际场景的探索。如今思考已成,我们有必要正视从中引出的若干重要议论,然后稍加演绎,以求推进和明确日后汉学研究的可能。

一、发明一个"汉学界"

"汉学"作为一种"学说"(ology),从词源学的角度来看,天然地具有学术的边界,指代的是种种严肃的研究活动和成果。早期的"汉学"深入经学、敦煌学、训诂学等艰深领域,以其专门专精而排除了各类业余的操作或爱好。日后,世界政治格局转变,"中国研究"

(Chinese studies)取代"汉学"而成为主流的研究模式。它虽然强调研究的实用性与当下性,从而使得翻译、教学等实践环节得以凸显,但是作为区域研究(area studies)的一个方向,它所在意的仍是材料本身,而非材料得以生成或阅读能力获取等前置性的学科建制行为。概而言之,汉学发展固然见证了外围势力的不断介入,但是在维持"研究范畴"的专门性方面,它保持了某种连贯性:它持续地关注中国,而不是那些帮助理解中国的手段或条件。

这个思考留给了海外汉学研究者,或跨文化研究者。过去的探讨已经表明,虽然我们注意到各类学术建制,如汉学研究中心或者组织协会的创建切实推动了学科发展[1],但是,这种关注仍停留在一个相当高的专业层次上,至少它不会将中小学教育,甚至高等教育作为研讨的对象[2]。造成这种遗漏的原因,与我们想当然地认为其"学术"难度不够,且没有系统性有关。在整个汉学建制中,初、中级教育似乎无足轻重,甚至不名一文。但是,美华老师的研究却清楚证明,这种看法至少对21世纪以来英国是不成立的。特别是从2010年到2019年这十年间,英国的中国现当代文学教学,不仅在教育体系内形成贯通式、连续性发展,更是在课程的设置、日历的编写和教材的选择,以至国家政策的导引等方面形成系统,相互配合。为此,美华老师专门发明了"汉学界"这个概念来对之做出描绘。

早年,李欧梵在研究现代中国的浪漫一代时,曾拈出"文学界"(literary scene)一说。这个概念试图勾勒:在北京、上海这样的都会里,由于印刷资本主义的勃兴,报刊、社团和文人得以蜂起。他们的并置与争执构成了现代文学发生的"底色",成为"浪漫主义"流行的

---

[1] 例如,在有关近代日本汉学研究范式转变的讨论中,钱婉约就注意到了学术建制的重要性,参考钱婉约:《从汉学到中国学:近代日本的中国研究》,北京:中华书局,2007年,第4—55页。
[2] 周蕾曾经讨论过区域研究中的教育学问题,她的对象是高等教育部门,或者更准确的说,是当中的研究生教学,参见周蕾:《理想主义之后的伦理学》,吴琼译,郑州:河南大学出版社,2013年,第1—19页。

一个历史前提。①如此,"文学界"所欲突显的乃是文学的物质性。而与此相对,"汉学界"(community of Chinese studies)则似乎更愿意强调大家有志一同的精神契合。community,就词义而言,传递的是基于共同旨趣而形成的内部关联。一方面,如果我们不细加考辨,也许很难指认存在于事物间的这种隐秘关联,就如同理解中小学教育和汉学研究的关系一样。而另一方面,恰是因为这种要素和环节间的松散关系,反而使得"汉学界"拥有了某种灵活性。它不仅允许初等教育进入汉学的视野,更重要的是点明所谓的汉学,是世界中(worlding)的汉学。它需要透过不断地调整、吸纳各种因素,来建成一个更趋完善的系统,或者说共同体。

对美华老师而言,观察一项各阶段联通的教学活动,不仅有助于展示在"中国"成为知识的过程中,教育建制的重要性,而且还可以揭示出中国文学海外传播的系统性。这种系统性,显然不是通过分析译本数量、类型获取的。它聚焦在这些作品如何被有序地组织进各教学环节,以及由此系统化的布局所带来的传播效果之上。美华老师甚至还横向比较了英国的中文教育和其他语种教学的差异,指出这种系统性,也直接反映在前者的持续增长态势之中。乍看之下,中国文学在域外的接受总体上是遇冷的、零星的。这多少与我们的期待有关——过少的译本和充满误解的翻译,让人忧心忡忡。不过,转化视野,一旦我们意识到这些有限和"不佳"的译本,其实已经介入到一国文化体制的内部,那么,我们就应该同美华老师一样,从中看出一种活力和势头。

二、开启一种"复杂性"

这种"充满活力的传播论",一反过去就数据、现象来做判断的思

---

① 李欧梵:《中国现代作家的浪漫一代》,王宏志等译,北京:新星出版社,2005年,第3—28页。

路,转而在系统、体制等结构性层次上做出探索。这容易让我们想到顾明栋。他提出了"汉学主义"的看法。这种看法,试图深入到认知论和方法论的层面,澄清有关中国的知识生产,其实是一种全球共业。它不仅牵涉萨义德(Edward Said)所说的东方主义,而且还包括第三世界知识分子在东方主义影响下所做的种种自我东方化的表现。无论是美化中国,还是丑化中国,其共通的基础都是"坚持以西方标准为衡量的尺度"[①]。顾明栋说:"汉学主义在根本上是一种中西方研究和跨文化研究中的文化无意识",是"整个世界必须通过西方的眼光观察和消费中国知识"的"隐性系统"。[②]显然,顾明栋比美华老师走得更远,他在活力的背后,看到了一种更加隐蔽的思想宰制框架。这个框架和美华老师所观察的实际社会中的文化或学术建制,有相当的差异,那是一种不可见的体系。

不过,对美华老师而言,提倡"活力论",并不意味着要否认这种意识形态化的认知模式。"汉学主义"可以是一种"吸引子"(attractors),一种"事物趋向于特定轨迹的一般趋势"。"吸引子"的提法,来自自然科学,解释的是事物在"涌现"(emergence)过程中,经由施加特定"约束"(constraints)而成的一种稳定态势。而"涌现"之为"涌现",关键在于它"努力从过程和关系而不是本质和实体方面进行思考"。理论家们指出,整体固然由局部组成,但我们不能想当然地将其属性均质地指派给各个部分。事物是复杂的,而复杂不是累加,而是互嵌(intersectionality)。有如女性主义所指示的,"黑人女性所体验到的歧视不是简单的'性别'加上'种族',她们体验到是作为黑人女性的压迫"。[③]是此,"涌现"是一个多方做功、彼此作用的非线性互动过程,展示的是具体情境或条件下的"关系与系统思维"。

---

① 顾明栋:《汉学主义:东方主义与后殖民主义的替代理论》,张强等译,北京:商务印书馆,2015年,第22页。
② 顾明栋:《汉学主义:东方主义与后殖民主义的替代理论》,张强等译,第21页。
③ 郭爱妹:《交错性:心理学研究的新范式》,《南京师范大学学报》2015年第6期,第106页。

"涌现"、"吸引子"、"约束"这些为美华老师所私淑概念,源头是"复杂性理论"(complexity theory)。该理论不仅有着广阔的跨学科应用背景,而且更是一种普泛的哲学认识论。它突破了16世纪以来流行的还原论(reductionism),反对用无限细分的方式归纳、提炼事物特质,主张"从不稳定和变化的角度看待世界"。"复杂性"的关键,不是组成部分的多寡,而是它们间的相互作用。也许对于精熟理论的读者而言,"复杂性"观念不见得有多出彩。但回转到已经完全习惯用"冲击—回应"、"西方理论—中国文本"等二元形态来推演中国的汉学传统之中,这种复杂性有它独特的价值。它不仅观察差异,呈现差异,更关键的是承认尊重差异和尊重普遍性之间存在非常紧张的关系。复杂性视域之下,"汉学"的本质是一个文化翻译的过程。研究中国,实际上是要在文化交互的基础之上,建立一种隐形的自我叙事。无论弹赞,"中国"首先是一个认知装置。

而既为装置,就必然引发如下一种可能,即相较于过去仅将中国视为对象或区域的汉学思路,复杂性视镜下的"中国"有能力左右或者至少参与生产了西方观看中国的方式。比如美华老师指出,由英国大学的教学日历所勾勒的中国现当代文学形象,无论在主题、对象的选取,还是分期、断代等史识方面,都与中国国内主流的文学史叙事若合符节。这种高度重叠的特征,甚至还反映在他们借以定性文学属性的各类词汇之上——"乡土"、"浪漫"、"现实"、"社会主义"。换句话说,如果我们视"汉学"为一种"涌现",那么,"中国"必然是此进程中重要的"约束"之一。而且恰恰因为这个"约束"的存在,我们有可能看到一种并非全然由东方主义思维操控的"汉学主义"。

三、面向"世界文学"

由"汉学"引出的思考,主要关乎他者如何定性"中国",以及这样的定性肇因于何种历史机缘。这是一份探求"知识生产"正当性的工作。它拷问了生产的政治与伦理问题。通常而言,它的目标在于增进跨文化对话双方的互谅与互惠。尽管这有助于我们深化对跨文化诗学的凝练,但它的价值仍主要朝向当事双方,或者更准确地说民族性。这样一来,我们就必须考虑"汉学"是否具备全球意义的问题?在对英国的中国现当代文学教学做了有效的现状评估和问题反思后,美华老师引导我们注意汉学,尤其是当中的文学翻译,对理解世界文学"普世"价值的启示作用。她从达姆若什(David Damrosch)著名的"流通论和阅读论"切入,指出此思路下的"世界文学"正与复杂性理论相通,突显的是一种关系和过程。也因此,"世界文学"可为一种涌现,代表"在时间流里各种约束交互作用的建构过程"。它的"普世性"表现在经由翻译,原本的"民族文学"仍能施惠于异国的读者,引出或击赏、或共鸣、或求变的三重反应。简而言之,"世界文学"是一种民族文学"去疆界化"(deterritorialization)的实践。它重新打开了趋于闭合的地方文本,并邀约更多的外来力量,参与改造其初始的形态,以便它能被更多的读者注意到。

在这个意义上,"世界文学"是一个时间工程。它诉诸漫长的"跨文化革命"来转化那些"初始符号",并由此召唤出若干"后续符号"。而当这些符号在某个共同的名称下集结,那么,"世界文学"方底于成,它最大限度地展示和包容了文本存现的可能。换句话说,"世界文学"的"世界性"在于它能映射出民族文学在不同历史情境和文化区域中的"变种",并一视同仁地将其吸纳到共同的框架之中。这在根本上是一种"多元文化整合"(multicultural integration)。整合"并不意图或期望消除亚群体之间的文化差异。它反倒承认种族文化认同对公民的重要性,认为这种认同将长期存在,并且在公共制度中得到认可和包容。"[1]

尽管从阅读反馈的角度来理解"世界文学",有过于功能主义的嫌疑,不过,这确实有助于我们更直观地把握"整合"发生的过程。而

---

[1] 威尔·金里卡(Will Kymlicka)、韦恩·诺曼(Wayne Norman):《多元文化社会的公民身份:问题、背景、概念》,李丽红编:《多元文化主义》,杭州:浙江大学出版社,2011年,第105页。

且相较于过去的研究,美华老师此番所提供的是关于"专业读者"的意见(这也是"汉学界"得以成立的一个关键前提)。通过对体制内各类书评俱乐部、阅读小组和书评网络的综合研判,美华老师指出专业读者对"文学性"的诉求,远远高于通常认为流行的"政治性"、"奇观类"作品。无疑,这打破了那种将西方读者做整一化处理的研究定式,揭示出接受的复杂性和群体性。而至于这些团体间会不会相互影响,也可以成为日后我们探讨"世界文学"的一个关键面。至少在美华老师的论述里,我们已隐约感受到一个"跨民族读者群"的形成。例如,英国汉学界教材、教辅中的选篇,基本来自美国,从早期刘绍铭、夏志清、李欧梵主编的 *Modern Chinese Stories and Novellas,1919—1949* 到晚近邓腾克(Kirk Denton)编译的 *Modern Chinese Literary Thought:Writings on Literature,1893—1945*,荦荦大端。

　　这种同语言系统内的流通,必然触碰不同民族语境和历史阶段下读者的不同反应问题。如果仅仅只是将这些意见归类为自我调整或与他者共鸣,那么,由此造成的群体对话问题将会被无限期地搁置。"世界文学"也终将退行为一种个体感受,而不是感受的碰撞。所以,在作为阅读模式的"世界文学"这个层面上,"世界"不是一个平滑的地理空间,而是众声喧哗的场所。借由各种意见的非线性折冲,它展开了对"文学"的定位工作。比如,我们可以叩问在英国汉学界那个具有泛华(pan-Chinese)意味的"中国现当代文学"形象,是由英国独立塑造的嘛?夏志清、刘绍铭诸位的站在美国或中国立场上作出的翻译,是否也介入了这种阅读的"英国性"呢?由此,"汉学"所代表的或许不再只是"中国性"和"英国性"的对话,而是"中国性"、"美国性"、"英国性",甚至更多因素参与的多方角力。用美华老师的话说,"世界文学"终归是"他者"和"他者"的对话。而"汉学"作为一个"变形"的、他者的中国,它所呈现的复杂性,必然构成了我们理解"世界文学"的一个"中间态"。

"汉学"研究千头万绪，我们早已习惯从翻译和研究入手，用实存的中国为参考，纠偏指谬，正本清源。可"汉学"毕竟落地生根在异地他乡，南橘北枳的现实终究无法避免。在我们理解这种种的"变异"何以发生之际，也不妨覃思这"变异"可能激发的未来走势。美华老师此书结合实际场景观察，从汉学体制建设的基层入手，既帮我们理解英国汉学真实的状况，也隐隐约约提示由此建制所培育的读者，或许在不远的将来，也是所谓的"汉学家"。作为这"汉学界"里的一员，他们的教育经历以及今后的人生际遇，将怎样塑造他们对文学、对自我、对他者，和对世界的看法呢？在这个意义上，本书探讨的不再是某种特殊的知识类型，而是一种广泛的人文教育。

最后要说明的是，本书由美华老师的博士论文修改而成，我曾忝列内审专家，提供过若干粗糙意见。如今大作付梓，蒙美华老师不弃，嘱我写序。我本不是最佳人选，但我们既有同事之谊，更为海外汉学研究的同行，所以深觉有必要为之摇旗呐喊，征途漫漫，更可以相互勉励。加之该著确实对打开目前已经趋于"内卷"的海外汉学研究大有裨益，所以我勉励为之，草成文字，放在前面，用来抛砖引玉。

是为序。

前　言

　　文学在很多地域和文化里都是小众的,从强势文化到弱势文化的翻译文学尤是。在英美国家,长期存在着一个"百分之三现象",即:翻译图书所占的比例不到图书出版总量的3%,其中文学翻译所占的比例不足1%。很大程度上,中国文学在西方市场的"冷遇"、中西之间的文化权力差异是中国文学对外译介和接受不得不面对的事实。对此,我们不得不做出以下思考。其一,在百分之三的阴影下:如何来定义中国现当代文学在英语世界的交流是否"成功"？如何判断处于域外交流中的中国文学的文学性和诗学价值？其二,如果东西方的权力差异和中西意识形态的对立至少在未来很长一段时间内都是一个不得不面对的存在,中国学界和业界如何在努力让中国文学融入世界的过程中摆正自己的姿态、树立有效的认识论出发点,在不仰视不俯视中寻求一个平视的参与和分享世界文学的中国文学域外交流的可能性途径？在此背景下,本书撰写基于两点宏观认知假定:(1)中国现当代文学(大部分都是翻译作品)在英语世界的社会文化系统里处于边缘地位,但属于发展中的现象,探索发展过程中的趋势和分析趋势呈现的原因对理解和解决发展过程中遇到的问题非常重要;(2)中国文化的世界交流是建立"人类命运共同体"的重要组成部分,目的是增进理解、求同存异,从出发点上应该打破中西方二元对立的认识论态度,超越极端的文化普世主义和极端的文化特殊主义。

复杂性是当代科学的前沿。复杂性理论或复杂性思维,并非指形式的复杂或单一连贯的理论体系,而是集不同学科之洞见,总体呈现以非线性、整体性、关系性和过程性思维为特征的探索模式以及对复杂性现象所持的非极端主义的认知态度,在认识论和方法论上是对西方自笛卡尔以来科学研究和思维上的还原论或简单论范式的突破。就文化差异性的认识论而言,处于极端的文化普世主义和极端的文化特殊主义之间。中国文化域外交流是一个漫长而复杂的过程,对这一复杂过程某个(些)点上进行观察和思考,防止简单论和还原论,既有利于建立有效的文化交流范式、寻求平等对话的机会、增进相互之间的了解,又有助于在世界文化范畴上以全球视角考察中国文化的价值,揭示中国文化的普世意义。

国内外学者对中国文学在域外的接受研究,已开始关注特定读者群体并引入全球视野。但中国文学的域外接受问题一直是学界公认的文学译介研究的薄弱环节,且学界在讨论中国现当代文学的域外接受时,基本都有一个普遍的共识,即中国现当代文学在西方的接受程度不高,在原因分析上多基于中西方二元对立的假设,忽略了具体读者群体的能动性以及域外接受过程各要素之间的相互作用和影响。就中国文学(实际上是所有非英语文学)在英语世界的边缘地位而言,大部分中国文学英译作品的读者群必然很狭窄。相对来讲,专业读者群,如域外的汉学界读者群则可能是相对稳定的读者群。域外汉学界的中国现当代文学读者群不仅包括汉学家,还包括汉学机构里与现当代文学相关的其他群体,如选修中国现当代文学相关课程的大学生,开展文学研究和推广的机构等。近十年来英国汉学界在中国现当代文学流通和阅读方面体现出其不同群体之间相互作用和联系的特色。这些不同群体不但包括学界熟知的汉学家或中国学研究者以及修习汉学的大学生,还包括中小学和连接大学、中小学、研究者、作家、译者、出版社和读者的中国文学推广的平台或组织。

随着中国经济的崛起,英国开始重视中小学的中文教学,不但包括对语言技能的掌握,还包括对中国经济崛起背后原因的了解。卡梅伦(David Cameron)2010年当选英国首相后,其领导的联合政府从2011年开始采取一系列教育改革措施和推动外语(包括中文)学习的政策,强调外语学习需要重视对文学文本的使用,华语文学文本开始融入部分中小学汉语课程。利兹大学当代华语文学研究中心是英国汉学机构之一,于2014年下半年开始举办一系列中国文学推广和研究的活动,目前已发展为英国首屈一指、极具影响力的当代华语文学推广、翻译、出版和研究的平台。该中心作为英国汉学机构的一个组成部分,其如何推广中国文学到达更多的读者,体现了什么样的文学阅读方式,相关问题值得探讨。英国的高校、中小学、当代华语文学研究中心,三者连接起来构成一个面,可看作是本研究中的"英国汉学界群体"。这个"群体"概念的出发点不是聚焦于某个具体的个人,而是他们作为英国汉学机构的组成部分,为中国现当代文学在英国汉学界的接受研究可提供彼此连接和互动的"场地",更可提供观察中国现当代文学在英国汉学界接受情况的宏观图景。以复杂性哲学认识论为出发点来研究中国文学的域外交流以及从英国汉学界三个机构层面考察中国文学在英国汉学界的接受情况,国内外目前相关探索尚少。本书对此作以粗浅尝试。

本世纪初,大卫·达姆若什(David Damrosch)把世界文学定义为"流通和阅读的模式",并指出流通主要包括"如何翻译、出版、(域外)学校使用和书店出售"。这说明,从世界文学的概念出发,文学的域外接受研究包括考察文学的域外流通(如:学校使用)和读者对文学的"阅读模式"。关于中国文学在域外的接受,本书主要聚焦于文学在域外的流通和阅读模式。具言之,就是中国现当代文学在英国汉学界群体(大学、中小学、文学推广组织)中的使用和阅读模式,比如:读什么和怎么读。

南非翻译研究学者科布斯·马雷(Kobus Marais)基于复杂性提出的"涌现性"符号翻译理论,不但提供一个囊括所有"翻译性"现象(包括语际翻译)的综合翻译定义,而且有助于把翻译研究作为一种跨学科的视角来考察其他领域里社会实在的涌现。本书结合世界文学、社会叙事学的相关概念,通过对相关档案、政策文献、网站数据库等资料的爬梳和邮件调查研究,考察中国现当代文学在2010年代英国汉学界三个机构层面的流通和阅读模式。然后以涌现性符号翻译理论和方法论为依据,将英国汉学界三个机构层面对作家作品的选择趋势以及读者的总体阅读模式倾向看作是从符号过程中涌现的形式,尝试用"吸引子"(符号过程中使事物趋向于特定路径的稳定态势)和"约束"(特定路径中未能实现的可能性)两个主要概念,分析促使相关趋势形成的原因及其对中国文学域外交流的启示。在厘清复杂性理论对本研究的启示以及考察英国汉学近十年总体发展趋势的基础之上,本书探讨的主要研究问题包括:一、中国现当代文学在英国汉学界群体(高校、中小学、文学推广组织)中的流通和阅读模式的趋势如何?这些趋势产自哪些内部要素之间以及与外部环境之间的互动影响?二、复杂性视阈下中国现当代文学在英国汉学界的接受研究对中国文学外译的实践和研究的启示。

本书呈现的中国现当代文学在英国汉学界三个机构层面的接受全景和各相关因素之间多层次的复杂关系,就留待读者自己去发现吧。本书的一个难点可能是复杂性理论。复杂性理论确实很复杂,甚至没有哪一领域的文献能将其历史发展全部囊括。复杂性理论凝结人类共同的知识财富,有利于在愈发充满不确定性的后疫情时代,建立起不同文化之间展开交流和对话的基础,以利开展更高层次的中西文明对话。本书仅从复杂性理论来探索中国文学乃至中国文化的域外交流,很多其他领域的社会文化现象都可在复杂性理论启发下进行研究,相关研究和实践,值得不同学界去深入探索。

本书基于我在西南交通大学所攻读的文学博士学位项目的学位论文。在论文撰写期间,每一份资料,每一段文字,渗透的是艰辛和坎坷,凝聚的是爱。在这个过程中得到许多学界前辈和朋友的大力支持和帮助,在本书即将出版之际,一并表达对他们的诚挚谢意。特别感谢我的导师傅勇林教授,感谢傅老师一直没有因我的愚钝、慵懒和学术无志而放弃我,在我决定去英国读书时,给了我莫大的理解和鼓励,也感谢导师在我读博期间对我的精心指导,尤其是在博士项目开展、博士论文撰写的过程中为我拨云见雾,一针见血指出问题,并始终鼓励我前行。我还要感谢我在英国利兹大学(University of Leeds)翻译学中心的博士项目导师,利兹大学语言、文化、社会学院口译及翻译研究讲席教授王斌华老师,感谢王老师接收我到利兹大学做博士项目,感谢他对我做两个博士项目的理解和信任。同样感谢原香港理工大学朱志瑜教授和西南交通大学夏伟蓉教授,感谢他们对我学术道路上每一步成长始终如一的指导和鼓励。感谢在我搜集研究项目资料的痛苦过程中,给予我及时帮助的国内外很多谋面和未曾谋面的老师和友人,感谢利兹大学当代华语文学研究中心(The Leeds Centre for New Chinese Writing)的领导、老师和同学,篇幅有限,恕不能一一道出名字。感谢余夏云教授作为博士论文初评专家提出的宝贵意见和为本书作序,感谢谢攀博士帮忙校对博士论文并提出修改意见。

在本书撰写期间,也得到西南交通大学机关部门和外国语学院领导、同事、国内外博士同学及我的学生,一直以来的支持、帮助和友爱,在此一并致谢。本书出版受"西南交通大学研究生教材(专著)经费建设项目"专项资助(项目编号:SWJTU-ZZ2022-037),专此致谢。

我还要无比幸福地感谢我的家人,我的父母、丈夫和女儿,是他们的全力支持和无私的爱使我终于在读博和学术这条路上坚持下来。

本书能够出版,感谢三联出版社编辑老师的辛苦付出。尽管笔者希望运用复杂性理论来探讨中国现当代文学在英国汉学界接受情况的全局景观,但受时间、资料和个人学识的限制,纰漏之处,还望学界前辈和同仁不吝指正。

宋美华
2021 年 6 月 18 日于英国利兹

第 1 章 绪 论

> 符号过程不是我们清晰透望事实的窗户，而是一面破碎的镜子，使我们对现实的理解复杂化，是人类塑造社会实在的物质工具。
> ——科布斯·马雷（南非）

1.1 研究背景及缘由

本书聚焦于中国现当代文学在英国汉学界的接受研究，旨在从复杂性视阈观察和解读中国现当代文学在英国汉学界的流通和阅读模式，审视中国文学外译的实践和研究，为构建世界文化交流的"人类命运共同体"提供启示。研究问题主要基于以下背景和缘由。

1.1.1 时代背景：中国文学域外交流与人类命运共同体

全球化的时代背景下，当今世界面临百年未有之大变局，作为逐渐走入世界舞台中心、积极推进和参与全球化的国际社会的重要一员，中国的命运与世界紧密联系在一起。文化的交融是这种联系的重要载体，因此，中国文学域外交流是中国文化融入世界文化的一部分，其目的在于增进理解，求同存异，共同构建"人类命运共同体"之有机整体。对文化而言，这种"命运共同体"既非极端的文化普世主义，亦非极端的文化特殊主义。极端的文化普世主义是冷战之后形成的高举欧美文化至上主义,即在表面上"对欧美以外的文化和地域采取一种'中立'、'客观'的科学态度",实则是用一种不辩自明的普世规范,去发现其他文化和地域"那些偏离、变化、滞后、失败,那些与全球规范不相吻合的特殊性",其结果是在全球化论和多元文化论的装饰下,和稀泥式地使文化差异性"成为不可与别样文化通约的价值"①。极端的文化特殊主义与平视和尊重差异文化并持有感情上的介入和认同的思维模式不同,其本质上是"多元文化的相对主义,过分夸大感情认同,将自己心仪文化神圣化",其表现是不顾文化所处的社会历史语境,坚持"血统论、地缘决定论",当一触及多元文化的藩篱,就凸显政治立场,致使"特定文化内部的自身逻辑越来越局部化,越来越难于通约交流"②。"美美与共"的文化上的"人类命运共同体"在认识论或哲学观上超越这两种文化上的极端主义,兼顾世界文化的普遍性与不同地区文化的特殊性。这种认识论或哲学观与中国传统哲学的"和而不同"、当代的"互利共赢"思想相吻合,也是一种复杂性思维的体现。

"复杂性思维",又称"复杂性科学","复杂性理论",或简称"复杂性",是对西方科学思维和研究的还原论或简单论范式的突破,就文化差异性的认识论而言,处于上述两个文化极端主义之间。中国文化域外交流是一个跨语言、跨文化、跨国家、跨民族的复杂的交际活动,同时也是世界文化相互交流的重要组成部分,具有重要意义。由于东西方发展的不平衡以及冷战后长期形成的东西方意识形态的对立,中国文化(包括文学)的域外交流注定是一个漫长而复杂的过程,必然充满碰撞与反思。对这一复杂过程某个(些)点上进行观察和思考,防止简单论和还原论,既有利于建立有效的文化交流范式、寻求平等对话的机会、增进相互之间的了解,又有助于在世界文化范畴上以全球视角考察中国文化的价值,揭

---

① 王斑:《全球化、地缘政治与美国大学里的中国形象》,王斑、钟雪萍编:《美国大学课堂里的中国:旅美学者自述》,南京:南京大学出版社,2006年,第49—51页。
② 同上,第51—52页。

示中国文化的普世意义。

1.1.2　学术背景：中国现当代文学域外接受之"殇"

21世纪以来,中国文学域外译介和接受已成为翻译研究、比较文学研究、文学研究、传播学研究、出版研究等不同学界的关注点,相关论文和专著层出不穷,且得到相关项目(中华经典作品外译实践项目、中国文学译介研究的国家社科基金项目等)的支持。然而,中国文学的域外接受问题一直是学界公认的文学"中译外"研究的薄弱环节。此外,学界在讨论中国现当代文学域外接受时,基本都有一个普遍的共识:总体而言,中国现当代文学在西方的译介与接受程度不高,文学性和诗学价值被忽视,处于边缘的地位。仅举几例:马会娟认为中国当代文学"常被看作是了解中国历史、政治和社会的窗口,而作品的文学性则很少受到关注"[1];许多在探析中国当代文学在西方译介与接受的障碍及其原因时指出,"西方对于中国当代文学过度意识形态化、过度政治化的解读、阐释与译介,在很大程度上遮蔽了中国文学的文学性与诗学价值,也直接影响了西方普通读者对中国文学的认知与接受"[2];胡安江认为中国现当代文学在西方世界的译介总体是失败的,作品的文学性被忽略,西方世界"对于中国文学的翻译,与其说是在翻译'文学',毋宁说是在翻译'中国'"[3]。对于中国现当代文学对外译介受阻原因的分析,学界的观点除了大量的围绕翻译质量和翻译策略的讨论外,主要还包括三点:一、东西方权势的差异,文化交流的不平衡,西方国家对翻译文学的漠视;二、中西之间意识形态的对立,西方对中国长期负面叙事的构造;三、中国政府对于文化外译的推动活动加剧了西方构建的"中国文学服务于中国政治"的叙事。这里引用胡安江关于中国现当代文学对外译介失败

---

[1]　马会娟:《英语世界中国现当代文学翻译:现状与问题》,《中国翻译》2013年第1期。
[2]　许多:《中国当代文学在西方译介与接受的障碍及其原因探析》,《外国语》2017年第4期,第100页。
[3]　胡安江:《中国文学"走出去":问题与思考》,《中国翻译》2017年第5期,第78页。

原因的分析，也是较为有代表性的一段话：

> （西方）世界对于中国文学的"东方主义"凝视及其根深蒂固的"欧洲中心主义"心态、以及西方媒体对于中国政治与中国历史长期的负面报道，使得中国文学在西方读者的眼里，一直是中国政治的"附庸"，从而让他们对这种"中国政治副产品"的中国文学心存抵触……与此同时，自20世纪50年代以降的中国"疾风暴雨"式的系列文学外译活动，为了彰显社会主义的意识形态和主流诗学，又进一步强化了西方读者的这种"副产品"印象。此外，众所周知的西方知识界"重英语原著、轻外语译本"的"文化精英主义"和"学院做派"，又在很大程度上加剧了中国文学与英语世界之间的龃龉关系……①

除中国学者的研究分析外，一些海外汉学家也就中国现当代文学译介的被动局面发表过看法。德国汉学家顾彬（Wolfgang Kubin）和著名中国文学翻译家葛浩文（Howard Goldblatt）都从语言及作家的职业操守评判过中国当代文学的缺失②③。澳大利亚汉学家杜博妮（Bonnie S. McDougall）结合中国社会、历史语境和西方文学传统，认为中国文学在英语世界没有吸引力的原因之一是英美读者素有"反知性主义"意识，对作家以启蒙者自居的姿态心存反感；但她同时也反思了西方文学评论本身的局限性，提出在跨文化交流过程中，西方文学理论也要作出调整④。英国汉学家蓝诗玲（Julia Lovell）更是直

---

① 胡安江：《中国文学"走出去"：问题与思考》，《中国翻译》，第78页。
② 顾彬（Kubin, Wolfgang）：《从语言角度看中国当代文学》，《南京大学学报》2009年第2期。
③ Goldblatt, Howard, "Of Silk Purses and Sow's Ears: Features and Prospects of Contemporary Chinese Fictions in the West", *Translation Review*, no.1(2000), pp.21-27.
④ McDougall, Bonnie S., *Fictional Authors, Imaginary Audiences: Modern Chinese Literature in the Twentieth Century*, Hong Kong: The Chinese University Press, 2003.

接指出,在英美出版商看来,中国现当代文学缺乏文学价值,仅仅是政治的传声筒①。

从认识论的角度讲,以上国内外学者的观点很大程度上是基于东西方文化二元对立思维,缺少从全面性和整体性出发的认识论基础,且某种程度上在强势的西方面前加剧构建了"中国现当代文学为政治服务"的叙事。对此,有学者强调,应该在强势文化面前摆正自我的文化心态,使弱势文化走出自身文化的封闭圈,改变汉语作为"小语种"的命运格局②。同时也有学者呼吁,在推进中国文学的域外接受的过程中,要保持耐心,"文学接受实际上正是一种文化关系的体现。无论译介与传播活动的客观规律,还是中国文学与文化在世界的相对边缘地位,都告诉我们,一蹴而就或一劳永逸的接受并不现实"③。诸多国内知名作家(如贾平凹、苏童、莫言、韩少功等),也普遍认为中国文学外译是一个漫长而复杂的过程④⑤,是一桩"日积月累、和风细雨"的工作⑥。2011茅盾文学奖得主、江苏省作家协会副主席毕飞宇在回答有关中国文化"走出去"和中国文学译介问题时说道,"老实说,在'走出去'这个问题上,我觉得我们有些急,有中国行政思维的弊端。文化交流其实就是恋爱,是两厢情愿的事,既然是两厢情愿,你就不能死乞白赖地投怀送抱,这不体面"。⑦

此外,随着英语成为世界"通用语"(lingua franca),世界文化交

---

① Lovell, Julia, "Great Leap Forward", *The Guardian*, 11 June 2005. https://www.theguardian.com/books/2005/jun/11/featuresreviews.guardianreview29.
② 石剑峰:《毕飞宇:中国文学走出去,还需要几十年》,《东方早报》2014年4月22日。
③ 刘云虹:《关于新时期中国文学外译评价的几个问题》,《中国外语》2019年第5期,第110页。
④ 许多:《中国文学译介与影响因素——作家看中国当代文学外译》,《小说评论》2017年第2期。
⑤ 高方、韩少功:《只有差异、多样、竞争乃至对抗才是生命力之源——作家韩少功访谈录》,《中国翻译》2016年第2期。
⑥ 莫言:《第二次汉学家文学翻译国际研讨会闭幕式上的致辞》,中国作家协会外联部编:《翻译家的对话II》,北京:作家出版社,2012年,第11页。
⑦ 高方、毕飞宇:《文学译介、文化交流与中国文化"走出去"——作家毕飞宇访谈录》,《中国翻译》2012年第3期,第53页。

流在翻译上所体现出的不平等和不对称愈加彰显。其一,从翻译著作的出版量来看:著名后殖民主义翻译研究者韦努蒂(Lawrence Venuti)通过数据表明英美国家翻译图书所占的比例不到图书出版总量的 3%[1];中国文学的狂热读者和评论者,法国的米阿拉雷(Bertrand Mialaret)指出"百分之三现象"在英美国家长期存在,其中文学翻译所占的比例不足 1%,中国文学译著所占的比例更低[2];英国翻译和出版的外国文学书籍比例略高些,在 2008 年前后达到高点,但也仅有 4.5%[3]。其二,从翻译文学的语言地位来看:占有绝对地位的是英语(来自英语语种的翻译图书占所有翻译图书市场的 50%),法语占据相对中心地位(10%—12%),西班牙语属于半边缘化语言(1%—3%),而汉语是边缘语言(不到 1%)[4]。更糟糕的是,现在很多边缘语言到半边缘语言的文学翻译都以中心语言的翻译文本为中介,加剧边缘语言文学与中心语言文学之间不对等的权利关系。玛娅莲(Maialen Marin-Lacarta)[5]是香港浸会大学翻译、传译及跨文化研究系教授,她根据副文本、书评以及翻译原作的选择,发现中国现当代文学(1949—2010)在西班牙语境的接受亦要受英法语言地位的影响,因为很多译介到西班牙(西班牙语及少量少数民族语言)的中国现当代文学都以英语或者法语翻译文本为中介。[6]佐哈尔(Even-

---

[1] Venuti, Lawrence, *The Translator's Invisibility: A History of Translation*, 2nd edition, London: Routledge, 1995/2008.
[2] Mialaret, Bertrand, "Reading Chinese Novels in the West", *Chinese Cross Currents*, no.2(2012), p.42.
[3] Donahaye, Jasmine, "Three percent? Publishing Data and Statistics on Translated Literature in the United Kingdom and Ireland", *Literature Across Frontiers*, Aberystwyth University, Wales, UK, March 2013, p.28.
[4] Heilbron, Johan and Sapiro, Gisèle, "Outlines for a Sociology of Translation: Current Issues and Future Prospects", in Michaela Wolf, ed., *Constructing a Sociology of Translation*, Amsterdam/Philadelphia: John Benjamins Press, 2007, pp.95 - 96.
[5] 有些学者的姓名,以及后文出现的一些书籍名称的汉字书写,原本使用的是汉语繁体字,本书以简体中文模式为准,特此说明,以示尊重。
[6] Marin-Lacarta, Maialen, "Mediated and Marginalised: Translations of Modern and Contemporary Chinese Literature in Spain(1949 - 2010)", *Meta*, no. 2 (2018), pp.306 - 321.

Zohar)的多元系统理论表明,当一种文化认为自己是强者或自给自足时,翻译文学在该文化中的地位很可能是微不足道的①。中国文学在西方市场的"冷遇"、中西之间的文化权力差异是中国文学对外译介和接受不得不面对的事实。

针对中国文学域外交流的受阻及其原因,我们不得不做出以下思考。其一,在百分之三的阴影下:如何来定义中国现当代文学在英语世界的交流是否"成功"? 如何判断处于域外交流中的中国文学的文学性和诗学价值? 在中国文学整体于海外尤其是欧美世界处于"边缘"地位的情况下,假若某个中国文学的译本一登场就成功地进入域外主流文化,还能够代表其原有差异上的价值么? 其二,如果东西方的权力差异和中西意识形态的对立至少在未来很长一段时间内都是一个不得不面对的存在,中国学界如何在努力让中国文学融入世界的过程中摆正自己的姿态、树立有效的认识论出发点? 其三,就中国文学域外交流本身而言,处于目标语文化系统中的中国文学和目标读者,他们对中国和中国现当代文学的叙事一定完全是由"西方中心主义论"建构的吗?

如果中国文学的译介效果主要是看读者的接受度,那么对中国文学的域外接受研究应该进入到目标社会和文化系统,进入到读者群的地方以能更好地进行深入研究。如果我们能跳出东西方二元对立的视角,不俯视不仰视,选取一定的读者群体,从全球性或世界性的视角,以复杂性的格局来探究中国文学在域外的接受,或许会有不一样的发现。

1.1.3 研究缘由:英国汉学界作为中国现当代文学接受的特色群体

读者是中国文学在域外接受研究的重要议题。欧阳桢(Eugene

---

① Even-Zohar, Itamar, "The Position of Translated Literature within the Literary Polysystem", *Poetics Today*, vol.11, no.1(1990), pp.45–51.

Eoyang)将二战后中国文学英译的读者分为三类:对汉语①一无所知的英语人士,懂汉语或正在学习汉语的英语人士以及讲英语的中国人②。虽然可能有交叉,但只有第一类是目标语社会的大众读者或主流读者。就中国文学(实际上是所有非英语文学)在英语世界的边缘地位而言,大部分中国文学英译作品的读者群必然很狭窄。相对来讲,专业读者群,如域外的汉学界读者群则可能是相对稳定的读者群,他们对中国文学作品(主要是英译)的"评论性文章起源较早,数量较多,反映出中国文学域外接受的一个方面,亦能引导媒体及大众读者"③。域外汉学界的中国现当代文学读者群不仅包括汉学家,还包括汉学机构里与现当代文学相关的其他群体,如选修中国现当代文学相关课程的大学生。即使不深入到这些大学生个体来研究他们如何阅读中国现当代文学文本,但中国现当代文学课程教学大纲的制定、教材的选择、阅读书目的规定,能够在整体上反映出中国现当代文学在大学知识分子为中心的读者群体里流通和阅读的方式。

本书选择英国汉学界群体作为中国现当代文学在域外接受的目标读者,一方面有对研究可行性操作的实际考虑,毕竟,英国汉学界的机构规模(如高校数量)在研究的易控范围之内,同时本书作者在项目实施期间有在英国访学和进修的机会,方便搜集研究所需资料;另一方面,更重要的是,近十年来英国汉学界在中国现当代文学流通和阅读方面体现出其不同群体之间相互作用和联系的特色。这些不同群体不但包括学界熟知的汉学家或中国学研究者以及修习汉学的

---

① 研究调查发现英国大中小学的"中文"课程主要是指汉语普通话(Chinese Mandarin)课程,但有限的中文文献中亦未有严格区分"中文"和"汉语"的表达意思。本书中的"中文"和"汉语"并无区别,交替使用只为表达方便;类似地,"海外汉学"和"域外汉学"的交替使用亦如此。
② Eoyang, Eugene, *The Transparent Eye: Reflections on Translation, Chinese Literature, and Comparative Poetics*, Honolulu: University of Hawaii Press, 1993, p.68.
③ 王颖冲、王克非:《洞见、不见与偏见——考察20世纪海外学术期刊对中文小说英译的评论》,《中国翻译》2015年第3期。

大学生,还包括中小学和连接大学、中小学、研究者、作家、译者、出版社和读者的中国文学推广的平台或组织。

随着中国经济的崛起,英国开始重视中小学的中文教学,不但包括对语言技能的掌握,还包括对中国经济崛起背后原因的了解。卡梅伦(David Cameron)2010年当选英国首相后,其领导的联合政府从2011年开始采取一系列教育改革措施,对英国高校的学科研究(包括汉学)以及中小学的外语(包括中文)教学产生重要影响。英国文化协会(British Council)发布的2013年版《未来语言》报告将西班牙语、阿拉伯语、法语、中文(Mandarin)、德语、葡萄牙语、意大利语、俄语、土耳其语和日语确定为未来20年对英国最重要的语言;选择这些语言的依据是经济、地缘政治、文化和教育因素,包括英国企业的需求、英国的海外贸易目标、外交和安全优先事项以及互联网的普及程度[1]。2013年9月,英国教育部(Department of Education, DE)发布了新的针对中小学语言学习的《国家课程指南》(*National Curriculum*),强调外语学习需要重视对文学文本的使用[2]。英国政府于2016年9月拨资1000万英镑用于"中文培优计划"(The Mandarin Excellence Programme, MEP)[3],为英国5 000名七年级(约相当于中国初中一年级)学生提供密集的中文教学(每周八小时),使学生到2020年达到流利的中文水平。在这些政策的推动下,中国文学文本开始融入部分中小学汉语课程。

利兹大学当代华语文学研究中心(The Leeds Centre for New Chinese Writing)前身是由英国艺术与人文研究委员会(Arts and Humanities Research Council, AHRC)通过白玫瑰东亚中心(White

---

[1] 参考英国文化协会2014年2月5日发布的文章,作者为Vicky Gough https://www.britishcouncil.org/voices-magazine/ideas-uk-schools-teach-mandarin-chinese(最近检索日期:2018年12月5日)。
[2] 相关信息可查看英国政府网:https://www.gov.uk/national-curriculum(最近检索日期:2018年9月8日)。
[3] https://ci.ioe.ac.uk/mandarin-excellence-programme/(最近检索日期:2019年1月3日)。

Rose East Asia Centre，WREAC)①资助的"汉语写作"（Writing Chinese)项目，是英国汉学机构之一，于2014年下半年开始举办一系列中国文学推广和研究的活动，目前已发展为英国首屈一指、极具影响力的当代华语文学推广、翻译、出版和研究的平台，也是通过"中文培优计划"助推中国文学②走入中小学汉语课程的组织之一。该中心作为英国汉学机构的一个组成部分，其如何推广中国文学到达更多的读者，体现了什么样的文学阅读方式，相关问题值得探讨。

英国的高校、中小学、当代华语文学研究中心，三者连接起来构成一个面，可看作是本书中的"英国汉学界群体"。这个"群体"概念的出发点不是聚焦于某个具体的个人，而是他们作为英国汉学机构的组成部分，为中国现当代文学在英国汉学界的接受研究可提供彼此连接和互动的"场地"，更可提供观察中国现当代文学在英国汉学界接受情况的宏观图景。因此，对中国现当代文学在英国汉学界的接受研究至少有两方面的价值。第一，英国高校的中国现当代文学课程设置、中小学汉语课程中文学文本的引入、利兹大学当代华语文学研究中心的文学推广活动，都会涉及对中国现当代文学作家作品（包括译作）的选择和阅读，对相关选择内容和阅读模式的观察及探讨有助于了解英国汉学界乃至整个英语世界对中国文学的叙事。第二，如果英国汉学界群体对中国现当代文学的选择和阅读模式是复杂性

---

① 白玫瑰东亚中心（WREAC)成立于2006年，由经济及社会研究理事会（the Economic and Social Research Council)、艺术与人文研究理事会（AHRC)和英格兰高等教育资助委员会（the Higher Education Funding Council for England)资助，汇集了利兹大学东亚研究所（EAS)和谢菲尔德大学的东亚研究院（SEAS)的教职员工和学生，创立利兹大学和谢菲尔德大学之间的合作伙伴关系，旨在促进日本、中国及周边地区的研究生培训、研究合作和知识交流。从2012年到2016年，白玫瑰东亚中心由艺术与人文研究委员会和英国学院（British Academy)资助，该中心的"汉语写作"项目自彼时开始连续获得AHRC的后续资助，直到2018年成立"利兹大学当代华语文学研究中心"。参见网址：http://www.wreac.org/。

② 英文"Chinese Literature"广义上可以指所有用汉语书写的文学，包括新加坡、马来西亚、旅居海外的离散作家等所创作的文学。本书在提到域外相关组织或平台时会尊重对方用法将其表述为"华语文学"，但大部分时候会使用"中国文学"，以突出本书的研究核心以及表述上的方便。

适应系统运动的结果,那么中国现当代文学在英国汉学界乃至整个英语世界的接受过程中,有哪些来自系统内部要素之间及外部环境之间的互动,体现何种本质问题与复杂性。对这些问题的探讨有助于从全球视野分析问题,抓住事物主要矛盾,为中国文学对外译介的研究者和实践者提供启示。

1.2 中国现当代文学在英语世界的接受研究现状

新世纪以来,在国家推动中国文化域外交流的政策鼓励下,随着2012年莫言获得诺贝尔文学奖,中国现当代文学的对外译介和接受成为研究热点,且往往对外译介和接受的研究是连在一起的。经过对相关研究成果梳理,中国学界对中国现当代文学在英语世界的译介和接受研究至少体现在以下三个方面。

第一,借助中外相关期刊和出版社,对文学译介情况的梳理以及对接受或影响问题的分析。原中国文学出版社中文部编审徐慎贵,总结了《中国文学》(*Chinese Literature*)杂志自1951年创刊至2001年停刊期间中国文学对外译介的宏观情况和贡献[①];于爽(Yu Shuang)从翻译作品选择方面梳理并对比了1979—2009年期间在中国大陆、香港和西方出版的英译中国现当代小说的情况,结果表明,在某种社会中占主导地位的意识形态和在某种文学体系中占主导地位的诗学,限制翻译小说的选择[②];吕敏宏参照美国俄亥俄州立大学中国现代文学研究中心的数据库资料,运用目录学和文献学的基本方法,对中国现当代小说在英语世界的译介现状分别从民国时期、十七年时期和改革开放时期进行较为系统的梳理,并对其译介模式做

[①] 徐慎贵:《〈中国文学〉对外传播的历史贡献》,《对外传播》2007年第8期。
[②] Yu Shuang, "The Era after Reform and Opening-up: Developments in English Translations of Chinese Fictions, 1979 - 2009", *Perspectives: Studies in Translatology*, no.4(2010), pp.275 - 285.

分类研究①；王建开以中国文学英译为研究对象，介绍了对新世纪国家的出版计划和项目、过去 50 多年英译作品的出版发行与传播、销售与影响、不同读者群体的反应与接受等，他还指出英译作品的传播效果和读者接受不应该以畅销书的销量标准去衡量，应根据不同文学作品针对的不同读者类型加以区别对待②；马会娟根据美国文学翻译家协会会刊《翻译评论》(Translation Review)副刊(Annotated Books Received)三十年(1981—2011)来刊载的中国文学英译书目，探讨中国现当代文学在英语国家的译介状况及存在的问题③；李德凤和鄢佳对 1935—2011 年期间中国现当代诗歌的英译情况进行了分阶段梳理和探讨④；邓萍、马会娟根据 1949 年至 2015 年间在英国出版的中国现当代文学作品目录，概述其在英国译介的三个阶段，从翻译出版、翻译选材、接受和影响等三个方面评述和分析中国现当代文学在英国的译介情况⑤；等等。相关研究的博士论文亦不断涌现，仅举几例。苏州大学严慧的"1935—1941:《天下》与中西文学交流"，从比较文学、中国古典文学、中国现当代文学的学科特点出发，对现代中国的英文期刊《天下》月刊(T'ien Hsia Monthly)1935—1941 年间登载的英译作品做了较为详细的分类梳理和总结，从中外文学交流史的角度，再现 20 世纪 30 年代中西方学术界和文化界的互动与沟通情况⑥；上海外国语大学耿强的"文学译介与中国文学'走向世界'——熊猫丛书英译中国文学研究"，从文化学派的翻译理论出发，以"熊猫丛书"为研究对象，从该丛书的缘起谈到 90 年代以后停刊，收集了该丛书在 80 年代、90 年代及新世纪的出版发行、销售情况、英美各

---

① 吕敏宏：《葛浩文小说翻译叙事研究》，北京：中国社会科学出版社，2011 年。
② 王建开：《中国现当代文学作品英译的出版传播及研究方法》，《外语教学理论与实践》2012 年第 3 期。
③ 马会娟：《英语世界中国现当代文学翻译：现状与问题》，《中国翻译》2013 年第 1 期。
④ 李德凤、鄢佳：《中国现当代诗歌英译述评(1935—2011)》，《中国翻译》2013 年第 2 期。
⑤ 邓萍、马会娟：《论中国现当代文学在英国的译介和接受：1949—2015》，《外国语文》2018 年第 1 期。
⑥ 严慧：《1935—1941:〈天下〉与中西文学交流》，博士学位论文，苏州大学，2009 年。

大图书馆的收藏情况、学术期刊及主流媒体的介绍等,并由此推测该丛书在英美的接受情况①;上海外国语大学郑晔的"国家机构赞助下中国文学的对外译介——以英文版《中国文学》(1951—2000)为个案",从译介主体、译介内容、译介效果来考察《中国文学》50年来的生产过程及其在国外的传播和接受情况②;北京外国语大学张翠玲的博士论文"中国现当代戏剧的英译与接受研究(1949—2015)",对中国现当代戏剧的主要英译机构,包括大陆的《中国文学》、香港的《译丛》(*Renditions*)、海外英译选集进行翻译描写研究,探讨三者的原文选择标准和翻译规范,及其背后的政治、意识形态和诗学等方面的原因,同时考察这些英译剧本在海外的传播以及中国现当代戏剧在海外的形象构建③。

以上研究总体以考察为主,研究视角多是基于规范理论、文化学派翻译研究的相关概念,研究成果借助国内外相关学术期刊进行数据总结和分析,对不同时期、不同途径中国现当代文学译介和传播情况加以梳理,分析存在的问题和原因,对中国现当代文学在英语世界的译介研究和实践提供了科学的数据和大量跨越时空的文献参考资料。这些研究里英译作品的接受研究只是译介研究的一部分,多集中在通过报刊评论、专家学者的研究引用和高校的教学使用状况。对中国文学在域外高校教学中使用情况的研究鲜少且较为简单,例如,郑烨在谈到《中国文学》作品(鲁迅的《药》、《狂人日记》、《孔乙己》)在美国高校使用时,依据的是外文局1999年出版的《中国外文局五十年回忆录》里的部分内容④。

---

① 耿强:《文学译介与中国文学"走向世界"——熊猫丛书英译中国文学研究》,博士学位论文,上海外国语大学,2010年。
② 郑晔:《国家机构赞助下中国文学的对外译介——以英文版〈中国文学〉(1951—2000)为个案》,博士学位论文,上海外国语大学,2012年。
③ 张翠玲:《中国现当代戏剧的英译与接受研究(1949—2015)》,博士学位论文,北京外国语大学,2017年。
④ 郑晔:《国家机构赞助下中国文学的对外译介——以英文版〈中国文学〉(1951—2000)为个案》,第133—134页。具体引自"翻译界尽人皆知的一对夫妇——记杨宪益、戴乃迭"一文,文中提到:"美国翻译家葛浩文于1993年拜访杨宪益夫妇的时候说,他们翻译的作品如鲁迅的《药》、《狂人日记》、《孔乙己》等被当做教材,在青年学生中广为传播。"(赵学龄:《外文局五十年回忆录》,北京:新星出版社,1999年,第502—508页)

第二,个案研究,涉及对某个(些)特定作品/译本、作家、译者的研究,并由此展开对中国文学对外译介的模式和域外接受的思考。相关的期刊论文举不胜举。以学术期刊《小说评论》为例,该刊自2010年第2期开始推出"小说译介与传播研究"栏目,持续追踪中国文学译介以及传播研究的学术动态,至2019年第6期,已发表相关论文80余篇,其中大部分为当代作家及作品在不同国家的译介和传播,涉及贾平凹、莫言、余华、毕飞宇、苏童、韩少功、骆英、王安忆、麦家、戴厚英等二十余位作家及其作品在不同国家的外译研究。中国现当代文学对外译介和接受的个案研究的博士论文大体可分为两类。第一类是从跨文化翻译视角,主要从文本层面探讨翻译原则和策略的,如浙江大学卢巧丹的博士论文"跨越文化边界:论中国现当代小说在英语世界的译介与接受",先提出以文化适应性为准则的动态文化翻译观,然后以鲁迅、木心和莫言三位作者的小说为个案,探讨动态文化观在文本层面的翻译策略,总体属于规定性研究[①]。类似的还有吉林大学孙宇的博士论文,"文化转向视域下的莫言小说英译研究——以葛浩文的英译本《红高粱家族》和《檀香刑》为例"[②]。第二类基本上遵循中国现当代文学对外译介的从"走出"到"走入"的路径来写的,包括文学对外译介的翻译实践、传播途径和域外接受。上海外国语大学赵征军的"中国戏剧典籍译介研究——以《牡丹亭》的英译与传播为中心",基于描写翻译研究框架下文化学派的相关概念,分别在中英文学和文化系统内研究《牡丹亭》的译介和影响[③];上海外国语大学鲍晓英的博士论文"中国文学'走出去'译介模式研究——以莫言英译作品美国译介为例",以莫言为案例,从传播的五个方面(译介主体、译介内容、译介途径、译介受众、译介效果)为中国

---

① 卢巧丹:《跨越文化边界:论中国现当代小说在英语世界的译介与接受》,博士学位论文,浙江大学,2016年。
② 孙宇:《文化转向视域下的莫言小说英译研究——以葛浩文的英译本〈红高粱家族〉和〈檀香刑〉为例》,博士学位论文,吉林大学,2017年。
③ 赵征军:《中国戏剧典籍译介研究——以〈牡丹亭〉的英译与传播为中心》,博士学位论文,上海外国语大学,2013年。

文学对外译介和交流提供了研究和实践的模式①。在读者接受方面,她把莫言英译作品在美国的受众分为三类:翻译界专业人士、大学生群体和普通受众,通过调查问卷方式考察莫言英译作品的接受状况。吉林大学王汝蕙的博士论文"莫言小说在美国的传播与接受研究"②、扬州大学彭秀银的博士论文"毕飞宇小说在英语世界的译介研究"③,两篇论文在探讨域外读者接受研究时,前者数据主要来自美国学术评论性文章、硕博士论文和美国主流媒体杂志,后者关注普通读者,数据主要来自对《亚马逊美国网站》和读书社区网站《好读网》(*Goodreads*)相关读者评论的搜集。

这些个案研究表明,很多有影响的作家、译者都成了研究对象,莫言及其作品外译显然是研究热点。研究理论多基于国内学界语境里的翻译学和译介学,以及传播学、文学、接受美学等理论,充分考虑意识形态、国际关系等社会文化因素对译作生产、传播和接受的影响。此外,关于文学的接受研究,已涉及对不同读者群体的详细考察,如鲍晓英和彭秀银的博士论文。鲍晓英使用了读者调查问卷,问卷的设计稍显简单且涉及的读者人数(样品总量)从定量研究的角度讲不够大,但她以具体读者群为导向的译介效果研究对中国文学外译的接受研究很有启发。文学外译的接受研究离不开对读者的考察,但深入读者研究,尤其是域外读者,涉及文化差异、个人隐私和研究伦理等,是非常艰难的。彭秀银的博士论文把《亚马逊美国网站》和《好读网》的读者评论用作英语国家普通读者对毕飞宇小说接受研究的数据,代表了目前文学作品(多是译作)在域外接受研究的某种趋势,其充分利用互联网资源或数字化资源进行数据搜集的方法,对帮助解决接受研究的资料搜集之难很有借鉴性。

第三,针对英译文学作品在英语国家的译介效果和读者影响的

---

① 鲍晓英:《中国文学"走出去"译介模式研究——以莫言英译作品美国译介为例》,博士学位论文,上海外国语大学,2014年。
② 王汝蕙:《莫言小说在美国的传播与接受研究》,博士学位论文,吉林大学,2018年。
③ 彭秀银:《毕飞宇小说在英语世界的译介研究》,博士学位论文,扬州大学,2019年。

专门研究。刘亚猛、朱纯深探讨了国际学术期刊、主流媒体刊登的译评对中国文学在域外"活跃存在"的重要性和必要性[①]。王颖冲、王克非考察了20世纪主要海外学术期刊对英译中文小说的评论,透视其在目标语社会的影响[②]。香港大学副教授李忠庆通过研究阎连科、马建、莫言、余华、陈冠中的小说英译本的标题、副文本等发现文学翻译不是"增加同理心和理解力",而是将中国形象构建成反乌托邦(dystopia),深化了长期以欧洲为中心的现代中国本质观,是西方通过多种媒介形式话语系统性地刻画中国本质的一部分[③]。陈大亮、许多运用Factiva媒体数据库探讨英国主流媒体对当代中国文学的评价与接受情况,结果发现,英国主流媒体在评价当代中国文学作品时,往往以政治批评代替文学批评,带有把读者往禁书上引导、把文学往政治上引导、把小说往现实上引导的倾向[④]。吉林大学崔艳秋的博士论文"八十年代以来中国现当代小说在美国的译介与传播",依据美国主流媒体、学术界和文学评论界对中国文学作品的评论及市场反馈,探讨中国文学在美国传播的现状、遇到的阻力、内在的原因及对中国文学译介策略的启示。论文指出中国文学作品在美国遇冷的原因涉及多方面复杂因素,包括译介主体(发起人、译者、出版社)、传播途径(出版商的宣传、媒体评论、销售渠道、教育体系里的教学、读书俱乐部)、接受环境(社会思潮、中美关系、中西诗学差异、美国读者对中国文学的观感、读者的阅读趣味、美国读者市场对文学书籍的消费倾向)等,认为文学外译应该参照世界文学普世性和可读性的标准,走出"翻译质量是译本接受(状况)不佳的主要原因"的误区,走出文化政治的藩篱,尊重接受国读者的阅读习惯,以开放的心

[①] 刘亚猛、朱纯深:《国际译评与中国文学在域外的"活跃存在"》,《中国翻译》2015年第1期。
[②] 王颖冲、王克非:《洞见、不见与偏见——考察20世纪海外学术期刊对中文小说英译的评论》,《中国翻译》2015年第3期。
[③] Lee Tong King, "China as Dystopia: Cultural Imaginings through Translation", *Translation Studies*, no.3(2015), pp.251–268.
[④] 陈大亮、许多:《英国主流媒体对当代中国文学的评价与接受》,《小说评论》2018年第4期。

态包容、鼓励中国文学走向世界。①华东师范大学许敏的博士论文,"中国现代小说在英语世界的译介研究(1940—1949)——基于场域、惯习、资本的视角",从翻译社会学视角考察群体翻译活动,其中关于译作接受效果的研究表明:译作的接受和影响与两国政治关系亲疏远近、目标语场域的当下阅读需求、参与者(译者、出版商、评论人)的资本等关联密切②。

这些研究把中国现当代文学的域外接受放在域外的视野下进行研究,通过域外的文学评论、主流媒体、传播途径等相关的详实数据考察和分析中国现当代文学在域外的接受情况。崔艳秋的博士论文提到美国大学中国文学课程教学在中国文学域外交流中的作用,同时从世界文学的普世性和可读性标准,呼吁一种开放的、包容的文化创造,这些都对本书有很大的启发作用。此外,这些研究的结果都基本表明:由于语言、翻译、历史、文化与意识形态等诸因素的影响,英语国家对当代中国文学的理解与接受是表层的、片面的,不注重艺术性和文学性。

以上文献梳理主要聚焦于期刊论文和博士论文。此外,著名文学批评研究者杨四平的专著,《跨文化的对话与想象:现代中国文学海外传播与接受》,是国家社科基金项目优秀结项成果,该书以"现代中国文学海外接受"为中心,从现实状况、过程动态、文本接受、形象塑造和未来发展等五个方面展开对现代中国文学在海外的接受研究③。他的研究从理论上把中国文学海外接受放在世界文化/文学背景中,打破"西方—中国"的文化/文学比较模式,探寻现代中国文学的自我定位,正视现代中国文学海外接受研究的成就。这些在研究的背景或出发点上对本书启发很大。他从传教士文学译介开始,

---

① 崔艳秋:《八十年代以来中国现当代小说在美国的译介与传播》,博士学位论文,吉林大学,2014年。
② 许敏:《中国现代小说在英语世界的译介研究(1940—1949)——基于场域、惯习、资本的视角》,博士学位论文,华东师范大学,2018年。
③ 杨四平:《跨文化的对话与想象:现代中国文学海外传播与接受》,中国出版集团:东方出版中心,2014年。

直至当代文学的译介，提供的是非常全面和详细的中国文学海外译介和接受的谱系梳理，属于较为宏观的研究。季进和余夏云探讨英语世界（美国为主）的学者在中国现代文学领域（包括近代和当代）的研究，几乎涵盖20世纪六七十年代到21世纪初十年的所有重要著作，提出建构"海外汉学与学术共同体"思想和主张①。李欧梵在该书代序中称赞这本专著"评论观点客观持平，对各个学者的不同学术观点都采取兼容并包的同情态度"②。这两本著作的国际视野对本书中的研究启发很大。

国外对中国文学译介（包括接受）的研究相对鲜少，多在中国文学相关研究论题里间或有一些关于中国文学在域外接受的评论，如前文提到的顾彬、蓝诗玲等。金介甫对1949—1999年间中国文学英译本出版情况进行了述评，该述评表明不大重视翻译的英语世界对中国现当代文学作品的译介并不单薄③。伦敦大学亚非学院米娜（Cosima Bruno）通过搜集图书出版商、行业组织机构、销售人员、评论人、学者和读者等各方观点，考察改革开放后1980—2010年间中国当代诗歌英译作品的出版、营销及在英语世界的接受，该研究属于考察研究，接受研究部分并不突出④。杜博妮根据自己在中国外文局工作的经历，谈及国家赞助下的中国文学对外译介的模式和弊端⑤。英国曼彻斯特大学的博士论文 *Renarrating China: Representations of China and the Chinese through the Selection*，

---

① 季进、余夏云：《英语世界中国现代文学研究综论》，北京：北京大学出版社，2017年。
② 李欧梵：中国现代文学研究和"理论"语言（代序），季进、余夏云著：《英语世界中国现代文学研究综论》，北京：北京大学出版社，2017年，第2页。
③ Kinkley, Jeffrey C., "Appendix: A Bibliographic Survey of Publications on Chinese Literature in Translation from 1949 - 1999", in Pang-Yuan Chi and David Der-wei Wang, eds., *Chinese Literature in the Second Half of a Modern Century: A Critical Survey*, Bloominton and Indianapolis: Indiana University Press, 2000. 金介甫的述评被查明建翻译成中文，分成上下两部发表在《中国作家评论》2006年第3期和第4期。
④ Bruno, Cosima, "The Public Life of Contemporary Chinese Poetry in English Translation", *Target*, no.2(2012), pp.253 - 285.
⑤ McDougall, Bonnie S., *Translation Zones in Modern China: Authoritarian Command versus Gift Exchange*, Amherst, NY: Cambria Press, 2011.

Framing and Reviewing of English Translations of Chinese Novels in the UK and US,1980—2010,通过考察 1980—2010 期间英美国家出版社出版的中国现当代小说英译本,发现译本的文本选择、副文本的构架和主流媒体的文学评论都是在累积性地把中国塑造为压迫者、人权侵犯者以及把中国文学政治化的叙事。①

  国内外的研究表明,中国现当代文学在英语世界的译介研究由现状、问题到对策,由译介情况梳理到译介效果(接受)分析可谓层层推进。其中很多文学对外译介的研究,尤其是基于翻译研究学科或中国语境里的"译介学"理论的研究,在研究理论框架和研究范式上已经突破了中国传统翻译研究并进入到现代描写研究的文化范式。从研究内容看,无论是宏观还是微观研究都梳理出清晰详实的有参考价值的文献资料。对中国文学的接受研究,已开始关注特定读者群并引入全球视野。然而,这些研究也带来几方面的问题思考。

  第一,中国文学域外接受研究可进一步扩大至对不同读者群体的观察研究。以英国的汉学界群体为例,杨四平在谈到中国现当代文学作家作品的海外译介与影响时指出,"现代中国文学域外传播与接受主要依靠的是世界各地的中国学家",其中谈到英国时只提到了蓝诗玲和卜立德(David Pollard)②。他的专著发表于 2014 年,但近些年英国汉学界涌现出的著名译者,如韩斌(Nicky Harman)、汪海岚(Helen Wang),以及致力于当代华语文学(大部分是中国当代文学)的外译、出版和推广工作的利兹大学当代华语文学研究中心等,值得细致研究,以观察中国文学在域外系统中的接受以及域外相关组织和读者群体的能动性。

  第二,关于中国文学在英美国家的接受研究,总体结论都是译介不成功,中国当代文学外译作品呈现的是反乌托邦当代中国形象以

---

① Xiao, Di, *Renarrating China*: *Representations of China and the Chinese through the Selection*, *Framing and Reviewing of English Translations of Chinese Novels in the UK and US*, 1980—2010, PhD Thesis, The University of Manchester, 2014.
② 杨四平:《跨文化的对话与想象:现代中国文学海外传播与接受》,第 166 页。

及文学为政治服务的叙事，不注重中国文学的艺术性和文学性。这些研究的结论主要依据主流媒体的报道、译作评论和译本的副文本等，但忽略了具体读者群体的能动性。如果这些研究依据可笼统看作西方主流媒体和出版社等营造的叙事，那么这种叙事会否一定被具体读者群所全盘接受？换言之，这种营造的叙事或者心理构造会否或在多大程度上成为某些特定读者群体的叙事？

第三，这些研究对中国文学域外接受不畅原因的分析基本上以中西二元对立为认识论出发点，无论是汉学家对中国文学的批评，还是从域外主流媒体看中国文学的接受，大部分都没有关注到域外接受环境里各个要素之间的互动关系，也没有在这种互动关系的基础上尝试走出中西方二元对立的视野来观察和理解中国文学在域外的接受。以国外大学里的中国文学课程为例，课程的设置可看作是中国文学传播的途径，但这种途径的载体，无论是大学，还是课程设置，抑或是教师或学生，本身也是接受的主体，不仅被文学接受环境构建，同时也构建环境，而且文学本身也有建构作用。换言之，学界普遍关注中国文学"走向世界"，较少重视"世界文学"的建构①。

本世纪初，大卫·达姆若什（David Damrosch）②把世界文学定义为"流通和阅读的模式"③，并且从"世界、文本和读者"三个维度来表达"世界文学"的流通和阅读：世界文学是民族文学的椭圆形折射，是从翻译中获益的文学，是一种以超然的态度进入与我们自身时空不同的世界的阅读模式④。这说明，任何民族文学都有成为世界文学的可能性，这种可能性不是靠经典系列规定的，而是取决于文学在另一种语言和文化世界里的流通和阅读模式。达姆若什指出流通主

---

① 季进、余夏云：《英语世界中国现代文学研究综论》，第375页。
② "David Damrosch"在汉语里有不同译名，如：大卫·达姆罗什、大卫·丹穆若什等，本文选"大卫·达姆若什"一名，但在参考文献中保留相关学者或译者的原有译名。
③ Damrosch, David, *What is World Literature?*, Princeton, NJ: Princeton University Press, 2003, p.11.
④ Damrosch, David, *What is World Literature?*, Princeton, 2003, p.281. 此处译文来自：查明建等（译）：《什么是世界文学》，北京：北京大学出版社，2014年，第313页。

要包括"如何翻译、出版、(域外)学校使用和书店出售[①]"。这就意味着,从世界文学的概念出发,文学的域外接受研究包括考察文学的域外流通(如:学校使用)和读者对文学的"阅读模式"。翻译学界已有学者从达姆若什对世界文学的界定特征出发,将中国文学"走向世界"的标志表述为"作品在接受文学体系中'活跃'地存在下去",而满足这一要求的前提是"文学译作必须同时以'流通'及'阅读'两种模式在接受体系中得到自我实现,缺一不可"[②]。因此,关于中国文学在域外的接受,本书主要聚焦于文学在域外的流通和阅读模式。具言之,就是中国现当代文学在英国汉学界群体(大学、中小学、文学推广组织)中的使用和阅读模式,比如:读什么和怎么读。

1.3 研究问题与方法

1.3.1 研究对象和研究问题

结合上文的研究缘由,本书以中国现当代文学在2010年代英国汉学界三个机构层面(高校、中小学、文学推广组织)的接受情况为主要研究对象。"汉学界"这一概念通常指代的是研究领域,但本书中的英国汉学界既包括承担汉学研究和教学的英国高校,也包括开展汉语教学的英国中小学以及利兹大学当代华语文学研究中心这样英国首屈一指的文学研究和推广组织。英国汉学协会(The British Association for Chinese Studies,BACS)是全英唯一的汉学学科协会,是代表英国整体汉学界的组织。根据协会《年报》,除汉学科研内容外,英国高校汉学专业招生和人才培养、中小学的汉语教学以及利兹大学当代华语文学研究中心的文学推广活动,是明确包括其中的[③]。就中国现当代文学而言,英国汉学界的组织和管理内容既包

[①] Damrosch, David, "Introduction: World Literature in Theory and Practice", in David Damrosch, ed., *World Literature in Theory*, West Sussex: Wiley-Blackwell, 2014, p.9.
[②] 刘亚猛、朱纯深:《国际译评与中国文学在域外的"活跃存在"》,《中国翻译》,第5页。
[③] 参见协会官网网址:http://bacsuk.org.uk/(最近检索日期:2020年1月5日)。

括中国现当代文学的研究,也包括中国现当代文学的教学。因此,英国汉学界的三个机构层面,即:英国高校中国现当代文学课程大纲的设置、中小学汉语教学对文学文本的使用、利兹大学当代华语文学研究中心的文学推广活动,为中国现当代文学在英国汉学界的接受研究提供彼此相对独立且又相互联结的场地,提供可观察中国现当代文学在英国汉学界接受情况的宏观图景。

基于以上考虑,本书将从世界文化/文学的视野出发,以复杂性理论为指导,并结合世界文学、社会叙事学等相关概念,以英国大学中国现当代文学的课程设置、中小学汉语教学对文学文本的使用以及利兹大学当代华语文学研究中心的中国文学推广活动为主要考察对象,探究中国现当代文学在2010年代英国汉学界群体的流通和阅读模式以及在此过程中与其他环境因素之间的互动,并为中国文学外译的实践和研究、为构建世界文化交流的"人类命运共同体"提供启示。具体的研究问题包括:

(1) 为何以及如何将复杂性理论用于本书?

(2) 中国现当代文学在英国汉学界群体里流通和阅读的"环境"如何?

(3) 中国现当代文学在英国汉学界群体(高校、中小学、文学推广组织)中的流通和阅读模式的趋势如何?构建关于中国文学的何种概念叙事?这些趋势或文学叙事产自哪些内部要素之间以及与外部环境之间的互动影响?

(4) 复杂性视阈下中国现当代文学在英国汉学界的流通和阅读对中国文学外译的实践和研究有何启示?

复杂性理论不是一套具体的理论概念,将其引入文学的译介研究,尤其是中国文学在海外的接受研究,尚在起步和摸索中。复杂性理论视角下对"翻译"本质的探讨以及方法论意义上合适概念分析工具的使用,不同的研究问题可能涉及不同的具体框架和模式,因此本书中的问题(1)试图清晰化这一问题。复杂性理论意味着一个现象的"涌现"是系统内部要素之间以及系统与外部环境之间非线性互动的结果,中国现当代文学在英国汉学界群体中的接受研究首先需要对英国汉学界群体所处的环境进行梳理和描述,涉及相当数量资料和数据的考察,因此专设问题(2)。问题(3)是本书的主体,考察中国现当代文学在英国汉学界三个机构层面的接受情况,描述其流通趋势和阅读模式,并对接受趋势进行复杂性解读。在回答完以上问题的基础上,本书会进一步分析英国汉学界三个机构层面彼此之间的互动以及整体景观上的趋势和影响因素,进一步观察中国现当代文学在域外接受的复杂性和启示,即:问题(4)。

本书中研究的目标和问题基于的假定为:中国现当代文学在英国汉学界群体的流通和阅读趋势是多种因素互动的结果,这些因素可能包括中国经济的崛起、英国教育改革、汉学的发展趋势、外语(含中文)教学政策的变化以及不同机构层面接受主体的互动等。英国自进入2010年代开始推行新的教育改革,为更好观察环境的变化过程,本书将中国现当代文学在英国汉学界三个机构层面的流通和阅读的环境的考察时间限定为近十年,即2010年至2019年;英国高校中国现当代文学课程设置以2018/19学年为主,兼参照前后学年的课程设置,以保证研究对象的稳定性;中小学汉语课程的文学文本引入、以及利兹当代华语文学研究中心的文学推广活动考察的时间,则分别按照各自开始和发展过程所涉及的时间节点为准,这些时间节点刚好都在2010年代的时间框架内。

本书中的中国现代文学大体是指20世纪初始至1949年新中国成立之间的文学,当代文学指1949年以后至现在的文学。具体范围会随着搜集到的资料予以微调,例如,个别现当代文学课程选材从清末开始,相关资料亦纳入研究范围。需要指出的是,就"文学"而言,本书的出发点是"中国现当代文学",但并不会摒弃接受情况中可能存在的广义上的"华语文学",只是在探讨具体接受时,本书将总体保留以"中国现当代文学"为主的用法。

1.3.2 研究资料和研究方法

为回答以上问题,本书需要搜集大量资料,主要包括两大部分。

(1)中国现当代文学在英国汉学界三个机构层面接受"环境"的资料。具体包括：2010年以来英国汉学发展的相关档案资料、英国高校汉学专业设置和招生情况的统计资料。

(2)中国现当代文学在英国汉学界三个机构层面的流通和阅读模式相关的资料，不但涉及具体文学文本的选择以及阅读方式，还涉及这些选择和阅读方式所发生的环境和背景。具体包括：2018/19学年为主的英国高校现当代文学课程的设置以及课程教学大纲、英国政府2010年以来中小学外语学习政策和课程指南、中小学汉语教学发展和现状、中小学汉语教学中文学资源的使用（选择和阅读）情况、利兹大学当代华语文学研究中心的文学推广活动情况的资料等。

资料搜集的办法主要有：数字化资源的网络检索法和邮件求取法。前者是就相关资料所在网站，按照相关性设定检索条件，找到相应搜索引擎，将检索词（如Chinese, China, Mandarin）和逻辑运算符（或含、并含、包含）进行组合，然后展开检索；后者主要是指，对于凭网络检索资料无法确认的课程以及缺少课程大纲的英国高校中国现当代文学课程，本书作者会向任课教师或课程模块负责人发送邮件以求取相关信息。此外，本书作者还通过听课、参与相关活动的民族志资料记录等方法获取一定资料，但出于研究伦理的原因，相关资料仅做参考性使用。

资料搜集的伦理原则：通过网络或数据库检索搜集到的资料在使用时按要求注明来源；邮件资料求取时会告知对方使用的目的、范围和原则，并承诺不把对方提供的资料发布到网络上。

资料分析的方法：本书中的研究涉及某些数据的定量分析，但总体属于定性研究，并按照"资料描述—解读—整合分析"的步骤进行。具体分析方法除了复杂性理论相关的概念工具，还包括文献分析法（档案资料、政府文件、数字化检索文件等）、数据观察法和文本阅读法等。此处的文本阅读不是指对译本的研究，而是中国现当代文学在英国汉学界流通和阅读过程中涉及的作家和译者的访谈、中小学汉语文学教案、利兹大学当代华语文学研究中心文学推广活动涉及的读者书评等的文本分析。

1.4 研究创新与意义

1.4.1 研究创新

本书的创新主要体现在以下四个方面：

(1) 研究视角的创新。把复杂性理论用于文学译介研究可以说是国际相关研究的前沿之一，尤其是基于复杂性理论视角的涌现性符号翻译理论，可看作是近几年兴起的用于解决翻译研究之根本问题（翻译定义）的前沿模式。本书基于复杂性理论的认识论、涌现性符号翻译定义和概念工具，不是针对操作层面的翻译或译文的研究，而是把中国文学在英国汉学界的跨国家、跨语言、跨文化、跨时空的流通和阅读看做是涌现符号"翻译"的一种，在域外读者群体系统里观察和分析中国现当代文学在域外的接受。目前国内外相关的实证研究不多。

(2) 研究对象的创新。本书首次把英国汉学界的主要群体看做是中国现当代文学流通和阅读的主体，探讨中国文学在域外接受的情况，虽然不包括广泛意义上的大众读者，但对于仍处在英国多元文化系统边缘地位的中国文学来讲，其在域外的影响和接受研究从接受对象角度讲推进了一步。

(3) 研究资料的创新。本书对相关政府文献、机构档案材料、网络实时检索资料的跟踪使用，可能谈不上创新，但这些资料的使用，在中国文学域外接受研究方面比较贴合当前学界的创新尝试。

(4) 研究思路的创新。本书最初的研究对象只设定在英国高校和文学组织（利兹大学当代华语文学研究中心），随着资料的搜集，尤其是英国政府关于中小学外语（包括汉语）课程的改革以及汉语课程学习的相关政策，得益于利兹大学当代华语文学研究中心平台的推进，当代中国文学已开始走入英国中小学的汉语教学，相关资料随之涌现。且中小学同大学、利兹大学当代华语文学研究中心一样，都属于英国汉学界的组成部分。因此，本书适时调整把中小学也纳入研究对象。这说明，研究未必跟着固定的假设走，而是随着搜集到的资料信息进行适当调整，以尽可能完善对研究对象的观察，从而减少主观上的臆测。

1.4.2　研究意义

本书的意义体现在以下三个层面：

（1）中国文学外译研究层面。本书的理论意义在于把复杂性思维作为中国文学译介研究，尤其是接受研究的认识论出发点，超越中西二元思维，在中国现当代文学实际交流的域外（英国）环境里，观察和解读中国现当代文学是如何流通和被阅读的。考虑到事物互动之间的复杂关系和影响，本书可为中国文学外译研究（包括实践）在理论假定、具体现象观察和解读方面提供一个可供选择的模式。

（2）翻译个案研究层面。翻译个案研究包括对译者、作者或译本的研究。本书中搜集和整理的英国高校中国现当代文学课程、中小学汉语课程、利兹大学当代华语文学研究中心平台的大量关于作者、译者、译作的信息，为相关个案研究提供资料线索。

（3）中国文学走向世界层面。本书对中国现当代文学在英国汉学界的流通和阅读情况的观察和分析，可帮助了解中国文学走入英语世界乃至西方世界时所面临的主要矛盾以及解决办法，为发现中国文学的普世意义以及如何认识中国文学域外交流提供启示。

1.5　本书框架

不算结论，本书一共包括 7 章，具体章节安排如下。

第 1 章为绪论。内容包括：研究背景和缘起、国内外中国现当代文学译介和接受研究的文献梳理及问题思考、研究目的和研究问题、研究资料的搜集和研究方法以及研究选题的创新、研究的理论和实践意义等。

第2章为理论框架部分。本章交代何以和如何通过复杂性理论来作为本书资料分析部分的理论模式，依据什么样的认识论、翻译定义和分析概念等。

第3章为中国现当代文学在英国汉学界群体的接受的环境勾勒。通过对代表英国汉学整体的《英国汉学协会年报》、英国高校统计局数据库等资料、英国高校全网信息检索等方法，本章观察和描述英国汉学界在2010年代的发展趋势。

第4—7章为本书的主体部分。第4章依据所搜集的英国高校中国现当代文学课程大纲等资料和数据，描述中国现当代文学在英国高校现当代文学课程大纲中作家作品的选取趋势和阅读模式，并基于复杂性理论分析相关趋势的条件和制约因素。同理，第5章根据近十年来英国教育部关于中小学外语教学的改革、汉语教学的环境趋势，以及利兹大学当代华语文学研究中心关于中小学汉语教学中文学文本使用的活动和资源，描述中小学汉语教学对中国文学的选择趋势和阅读模式，并分析趋势形成过程中相互影响和制约的因素。第6章是对利兹大学当代华语文学研究中心举办的文学推广活动进行观察和描述，具体包括该中心自2014年以来举办的文学推广活动对作家和作品的选取，读者对相关作品的书评等，然后对这些活动中呈现的关于中国当代文学的概念叙事进行复杂性解读。第7章是对英国汉学界三个机构层面的接受情况进行整合，分析他们彼此之间的互动以及作为英国汉学界整体与宏观外部环境之间的互动。最后，在复杂性视阈下，从认识论、方法论、世界文学普世价值的思考等方面，尝试为中国文学及其他文化形式的域外交流（或曰"走出去"）提供理论参照模式和启示。

最后是结论部分，总结本书所涉研究的结果，归纳研究结果的创新点，指出研究的局限和未来研究的建议。

第 2 章　复杂性视阈下中国文学域外接受研究模式

本书研究的主要内容宏观上包括两部分:第一部分描述中国现当代文学在英国汉学界(高校、中小学、当代华语文学研究中心)的流通和阅读模式,即接受情况,属于调查研究;第二部分是对流通和阅读模式所呈现的趋势或构建的中国文学叙事进行解读,总体为定性研究。

翻译研究自 20 世纪 70 年代就开始朝多元系统理论发展[1][2],主张在具体的社会、历史和文化语境里考察翻译;文学译介在 20 世纪 80、90 年代就已成为翻译研究的主要内容[3][4]。中国文化在西方的交流,是跨国家、种族、民族、语言、文化的交流,是跨东西方文明和意识形态的交流,具有复杂性特征;中国现当代文学在英国汉学界的接受也不例外。本书的探索基于两点认知假定:(1)中国现当代文学(大部分都是翻译作品)在英语世界的社会文化系统里处于边缘地位,但属于发展中的现象,探索发展过程中的趋势和分析趋势

---

[1] Even-Zohar, Itamar, "Polysystem Theory", *Poetics Today*, vol.1, no.1 - 2(1979), pp.287 - 310.
[2] Even-Zohar, Itamar, "The Position of Translated Literature within the Literary Polysystem", *Poetics Today*, no.1(1990), pp.45 - 51.
[3] Bassnett, Susan and Lefevere, Andréeds, *Translation, History, and Culture*, London and New York: Pinter Publishers, 1990.
[4] Lefevere, André, *Translation, Rewriting, and the Manipulation of Literary Fame*, London and New York: Routledge, 1992.

呈现的原因对理解和解决发展过程中遇到的问题非常重要;(2)中国文化的世界交流是建立"人类命运共同体"的重要组成部分,目的是增进理解、求同存异,从出发点上应该打破中西方二元对立的认识论态度。

鉴于以上的认知假定,本书拟以复杂性理论作为理论框架来解释发展中的中国现当代文学在英国汉学界的接受情况。受复杂性理论启示的人文研究尚处于起步阶段,因此本章有必要首先把复杂性理论与翻译研究的关联之前因后果交代清楚,以帮助阐明该理论的认识论假设,而非直接提取概念工具,避免可能对概念工具脱离其原有理论假设的"挪用"。因此,本章探讨的主要问题包括:(1)翻译研究面临着什么样的困境?(2)为何从复杂性理论来探讨翻译现象(包括文学译介)?(3)从复杂性翻译理论看为什么复杂性理论可以用?(4)结合本书的研究问题和对象,探讨如何使用。

2.1 翻译研究的困境

2.1.1 现代与后现代翻译研究在哲学意义观上的对立

自 20 世纪 80 年代起,翻译研究同大部分人文学科一样,进入传统、现代和后现代研究同时并存的时代。传统的翻译研究,是规定性、前瞻式、以指导实践为主的翻译观,在本质上是"求同",追求译文与原文之同,追求跨越时空的翻译法则或翻译定义之同[1];其哲学意义观在很大程度上与起源于柏拉图、亚里士多德的先验本质主义论相吻合,总体上是一种本质主义意义观[2]。现代翻译研究以回顾式描写研究为主,经过四十余年的发展,其多元性和跨学科性已成为翻译学界公认的事实。尤其近二十年,全球化和信息技术的迅猛发展,

---

[1] 朱志瑜:《求同与存异(导读)》,Christina Schäffner 编:*Translation and Norms*《翻译与规范》,北京:外语教学与研究出版社,2007 年,第 viii 页。
[2] 宋美华:《本质主义,还是非本质主义?——翻译研究传统、现代与后现代哲学意义观的思考》,《上海翻译》2019 年第 5 期,第 9 页。

不断为翻译研究引入新的理论、概念和方法,反映新的翻译实践、现象和组织形式,相对于翻译的原型概念(源语为导向的双语转换),翻译(研究)的边界不断扩大①。在现代翻译研究看来,技术推动下的翻译研究,与语言、文化、认知、社会等视角下的翻译研究在最终目标上没有区别,很多翻译研究的话题表面上各谈各的,但背后都是相通的,都是对翻译本质的探索。当然,现代翻译研究里也有规定性、前瞻式、带有指导实践气质的研究,如奈达(Eugene Nida)、纽马克(Peter Newmark)、科勒(Werner Koller)以及德国功能主义翻译研究学派的研究等。后现代翻译研究主要以后殖民主义、女性主义和解构主义翻译研究为主。后现代翻译研究关注翻译作为一种表征形式所体现出的权力等级差异,对过去和现有翻译进行判断,对翻译与权力、意识形态和政治的相互关系提出质疑。为此,后现代需要打破翻译里诸多二元对立的等级权力关系,而德里达的解构成了部署的做法。如果说传统的规定是"求同",现代的规范是"存异",那么后现代则是"差异";他们拥抱并倡导"差异"是由于在跨文化交流中翻译所体现出的"不平等"、"不对称"。②

本世纪初,切斯特曼(Andrew Chesterman)(实证主义描写翻译观的代表)和阿罗约(Rosemary Arrojo)(后现代主义翻译观的代表)以《目标》(*Target*)为阵地,发起现代与后现代之间一场历时三年(2000—2002)的辩论。这场辩论最终表明"翻译现代研究和后现代研究共同立场鲜少",体现了二者之间的矛盾和对立③。与传统翻译观不同,现代和后现代都承认绝对客观性或绝对客观的知识是不可能的,但现代实证主义翻译研究"坚持假设检验"以对现象或实践进行"普遍性概括",而后现代则更受伦理启发,采用"一种怀疑和相对

---

① Dam, Helle V., Brøgger, Matilde N. and Zethsen, Karen K., eds., *Moving Boundaries in Translation Studies*, London/New York: Routledge, 2019.
② 宋美华:《西方翻译研究的传统、现代与后现代:区别、对立、共存》,《中国翻译》2018年第2期。
③ Chesterman, Andrew and Arrojo, Rosemary, "Shared Ground in Translation Studies", *Target*, vol.1, no.12(2000), pp.142-143.

主义的立场"。①②

　　这种矛盾和对立从根本上讲是哲学意义观的对立。现代翻译研究的哲学意义观是基于索绪尔的结构主义意义观，从认识论上承认意义的稳定性，但具有反本质主义的特点，已经摒弃传统翻译研究的形而上本质主义意义观，尤其在发现本质意义的方式上，体现出现代阐释意义观和建构主义意义观。后现代的意义观主要是基于后结构主义哲学和德里达的解构意义观发展起来的，对意义的稳定性持否定态度。虽然后现代翻译研究里的后殖民主义者和女性主义者在研究实践中出于各自所坚持的政治日程，难免与初始没有稳定意义来源的假设相矛盾，但从哲学意义观或认识论的角度讲，后现代否认意义有稳定的来源，否认意义的稳定性。现代与后现代的哲学意义观的对立，一方面促使翻译研究对此作出回应，促进现代和后现代翻译研究不断地调整和纠正自身的发展，如后现代中女性主义向女性翻译研究的发展，实证描写翻译研究对社会学理论的使用等；另一方面又说明，这种哲学意义观的对立是翻译认知层面的对立，不是操作层面意义稳定与否的对立，是无法调和的。

　　西方的现代翻译研究和后现代翻译研究都意识到意义的复杂性，但各存在着自身的发展问题。在哲学意义观上，"现代"里"带有反本质主义的特点"，"后现代"里"并非都否认意义的终极再诠释"，二者在意义的建构论方面有相通之处。"建构论批判传统本质主义哲学对差异的掩盖，但并未全盘否认本质意义的存在，只不过强调体现个体差异的本质不是先验的，是建构的，受不同社会、文化、历史环境的影响，需要通过诠释、再诠释来对其重新认识"③。然而，"现代"不可能放弃实证主义的描写，"后现代"不可能放弃所坚守的政治日

---

① Delabastita, Dirk, "Translation Studies for the 21st Century: Trends and Perspectives", *Génesis. Revista científica do ISAI*, no.3(2003), pp.7-24.
② Chesterman, Andrew, "Consilience or Fragmentation in Translation Studies today?", *Slovo.ru: baltijskij accent*, vol.1, no.10(2019), p.11.
③ 宋美华：《本质主义，还是非本质主义？——翻译研究传统、现代与后现代哲学意义观的思考》，《上海翻译》，第12页。

程,二者某种程度上都处于一个悖论的境地。无论是"追求纯粹客观和普遍性的描写研究"还是"追求纯粹的后资本主义、后父系、真正后殖民主义社会的后现代研究",二者"都是不可能的,某种程度上都带有一定的乌托邦性质"[①]。

  相对于传统和现代翻译研究,后现代翻译研究占据伦理制高点,"以伦理驱动为主,呈现理想主义",这也是蔓延于整个人文学科发展的特点[②]。虽然不乏大量实证研究,但目前西方翻译研究领域以意识形态、主观性/能动性研究为主,呈现较强的后现代、理想主义倾向,过度关注差异、个体、偶然性而忽略现实的复杂性,把地球上所有的罪恶几乎都批判到了,以至有学者呼唤实证主义翻译研究[③],还有学者提醒留意翻译研究的后现代认识论倾向[④]。南非翻译理论家科布斯·马雷(Kobus Marais)则批评翻译研究者"经常出于实用目的把翻译研究当工具,做着重复的只是材料不同的研究,得出重复的结论"[⑤]。此外,马雷更直接指出,很多以第三世界为背景的带有后现代倾向的研究,是以西方的自由伦理为基础的,忽略了第三世界国家自身所处的环境和事实,本质上还是西方中心主义,是"还原论",是实践上的"本质主义者",翻译研究"需要一点现实主义,兼顾普遍性和特殊性"[⑥⑦]。这个"现实主义"即是指,翻译研究不应该"仅仅关注意义创造过程的产品和生产者或在其中发挥作用的社会文化因素",

---

[①②] Delabastita, Dirk, "Translation Studies for the 21st Century: Trends and Perspectives", pp.19-21.

[③] Pym, Anthony, "A Spirited Defense of a Certain Empiricism in Translation Studies (and in Anything Else Concerning the Study of Cultures)", *Translation Spaces*, no.2(2016), pp.289-313.

[④] Gambier, Yves and Van Doorslaer, Luc, eds., *Border Crossings: Translation Studies and Other Disciplines*, Amsterdam: John Benjamins, 2016, p.4.

[⑤] Marais, Kobus, *A (Bio)semiotic Theory of Translation: The Emergence of Socialcultural Reality*, London: Routledge, 2019, p.33.

[⑥] Marais, Kobus, *Translation Theory and Development Studies: A Complexity Theory Approach*, New York and London: Routledge, 2014.

[⑦] Marais, Kobus, *A (Bio)semiotic Theory of Translation: The Emergence of Socialcultural Reality*, pp.33-40.

而更应该超越简单论、还原论和各种二元对立,"探究一种可以处理意义本质的方法"[①]。可见,对翻译研究理论上的突破,与翻译实践一样,都不得不处理"意义这个难缠的东西"[②]。

2.1.2 翻译研究发展的矛盾

除了现代和后现代之间的对立,翻译研究发展一直存在着两个主要悖论。其一是翻译研究自身的扩界与守界。翻译研究为了学科的发展,需要不断扩大翻译的定义,以囊括不断涌现的翻译现象。但是,翻译研究一面意图扩大自己的学科边界,一面又为了学科的地位不得不竭力保持学科的边界和独立性。以至于翻译的概念层出不穷,但始终没有统一的定义。随着全球化和科学技术的发展,近二十年涌现出很多新的翻译现象、实践和领域,如本地化、视听翻译、多模态等,挑战已有翻译概念,引起对翻译(研究)边界的思考[③]。或许,翻译(研究)边界的移动已经不是有界或无界的问题,而是在多大程度上有界或无界的问题。其二是翻译研究对翻译概念的更新与外界对翻译概念的固有认知。现代或后现代翻译研究主张对翻译的多元理解,但可能由于翻译原型概念与语言和可以被称为"翻译"的固定文本密切相关,大部分外界(其他学科)和业界却一直把翻译仅看做语言间的转换[④],也就是对翻译仍停留在操作层面的认识,而非认知层面的认识。以我国译学研究为例,20世纪90年代开始的译介学研究[⑤][⑥],以及本世纪初有学者根据国际翻译研究发展趋势所倡导的翻

[①] Marais, Kobus, *A (Bio)semiotic Theory of Translation: The Emergence of Socialcultural Reality*, pp.285-286.
[②] 孙艺风、何刚强、徐志啸:《翻译研究三人谈(上)》,《上海翻译》2014年第1期,第11页。
[③] Dam, Helle V., Brøgger, Matilde N. and Zethsen, Karen K., eds., *Moving Boundaries in Translation Studies*.
[④] Gambier, Yves and Van Doorslaer, Luc, eds., *Border Crossings: Translation Studies and Other Disciplines*, Amsterdam: John Benjamins, 2016.
[⑤] 谢天振:《比较文学与翻译研究》,台北:台湾业强出版社,1994年。
[⑥] 谢天振:《译介学》,上海:上海外语教育出版社,1999年。

译研究的文化范式改革①②,很大原因是:彼时翻译研究领域已跨越传统研究范式的发展并未引起本学科和相邻学科的足够重视。再如,现在非常流行的本地化研究,该概念已收在翻译研究手册和百科全书里,是翻译研究的一个术语,但在业界看来,翻译可能仅是简单的语言转换,是本地化的一部分。鉴于外界和业界在对"翻译"的认识上与翻译学界之间存在的鸿沟,有学者提议对翻译研究(TS)学科重新命名并提出"跨研究"(trans-studies)之说,以包罗"翻译"研究不断扩展的边界③;有学者倡导翻译研究的"外转向"(outward turn)以实现其与相邻学科的互涉④。

以上的悖论以及相关问题的探讨某种程度上表明:一,翻译研究学科在范式上的革新可能不得不触碰翻译定义的问题;二,翻译作为语际间的实践存在于不同的学科领域里,如文化研究、比较文学研究,但由于翻译研究作为一个学科带给其他学科的洞见太少,以致其他学科始终把翻译研究里的"翻译"理解成其原型概念。因此,翻译研究学科范式上的变革可能会触碰到以翻译研究学科为视角对其他学科里涌现的实在或现象进行研究的可能性。

如何使翻译研究的认识论基础不走向传统、现代、后现代哲学意义观的极端?如何使翻译研究增加一点现实主义、兼顾普遍性与特殊性?如何从理论上探讨翻译本质以解释不断涌现的翻译现象?作为悖论哲学的复杂性理论可为翻译研究相关问题带来启示。

---

① 傅勇林:《翻译规范与文化限制:图瑞对传统语言学与文学藩篱的超越》,《外语研究》2001年第1期。
② 傅勇林:《译学研究范式:转向、开拓与创新》,《中国翻译》2001年第1期。
③ Van Doorslaer, Luc, "Bound to Expand: The Paradigm of Change in Translation Studies", in Helle V. Dam, Matilde N. Brøgger and Karen K. Zethsen, eds., *Moving Boundaries in Translation Studies*, London and New York: Routledge, 2019, pp.220-230.
④ Bassnett, Susan & Johnston, David, "The Outward Turn in Translation Studies", *The Translator*, vol.25, no.3(2019), pp.181-188.

2.2 复杂性视阈下的翻译研究现状

2.2.1 复杂性理论概述
2.2.1.1 复杂性的跨学科性

"复杂性理论"(complexity theory),又称"复杂性思维"(complexity thinking),"复杂性科学"(complexity science),或简称"复杂性"(complexity),源于自然科学,在与不同领域的融合中,已发展为一门学科领域,或者说跨学科领域①。有很多学者对复杂性的历史发展进行梳理,但复杂性的历史文献巨大,难以囊括全部。若以19世纪末混沌系统的发展为出发点,复杂性已在西方近代自然科学领域发展了百余年②③。数学家、早期机器翻译研究者沃伦·韦弗(Warren Weaver)于1948年发表的"科学与复杂性"(Science and Complexity)一文可作为各个领域探索复杂性的正式起点④;20世纪70、80年代出现的混沌理论,为复杂性理论的发展提供了巨大的推动力⑤⑥;80年代中期圣菲研究所(Santa Fe Institute)诞生,成为复杂性研究的第一个品牌机构⑦;至90年代,复杂性已超越了自然科学,逐渐渗透到

---

① 这些不同术语的提法产自不同学科的复杂性,其中复杂性理论和复杂性思维的提法相对较多,前者由于其涉及的定量、数理和计算等研究方法,常见于自然科学,后者更常见于哲学和人文倾向的学科。目前一些人文社会科学研究将二者混合使用。本书为表述上的方便对这些术语交替使用,不做区分,但总体上倾向于用"复杂性理论"来综合指代所有提法。
② Sawyer, R. Keith, *Social Emergence: Societies as Complex Systems*, Cambridge: Cambridge University Press, 2005, pp.31-33.
③ Marais, Kobus, *Translation Theory and Development Studies: A Complexity Theory Approach*, pp.18-19.
④ Byrne, David S. and Callaghan, Gill, *Complexity Theory and the Social Sciences: The State of the Art*, New York: Routledge, 2014.
⑤ Mitchell, Melanie, *Complexity: A Guided Tour*, New York: Oxford University Press, 2009, pp.15-39.
⑥ Marais, Kobus, *Translation Theory and Development Studies: A Complexity Theory Approach*, p.19.
⑦ Waldrop, M. Mitchell, *Complexity: The Emerging Science on the Edge of Order and Chaos*, New York: Simon & Schuster, 1992.

社会科学和人文科学的研究日程中,"涌现了以前几乎没有互动机会的研究人员组成的研究机构和会议"[1],以及许多可以被称为复杂性思想家但不一定使用复杂性术语的学者。因此,复杂性理论不是单一连贯的理论体系,而是起源于不同的学科领域,涉及不同的传统和方法。

由于复杂性的跨学科性,很难对其进行一成不变的定义,不同学科领域的复杂性研究者通常基于本学科来给复杂性下定义[2]。因此,复杂性的跨学科性体现在:复杂性是不同学科复杂性研究的理论和方法,不同学科研究的复杂性又为复杂性理论带来新的概念和方法。概言之,复杂性并非指形式上的复杂,亦非不同学科的简单杂糅,而是集学科互涉之洞见,"把实在(reality)作为复杂性现象来对之进行理解"[3]。复杂性的重要性不只体现在学科互涉上,例如,混沌系统论的复杂性思维是在控制论、系统论、人工智能、混沌论、分形几何和非线性动力学等不同领域融合中产生的[4][5]。其根本要旨体现在非线性、整体性、关系性和过程性思维为特征的探索模式以及对复杂性现象所持的认知态度,在认识论和方法论上"承认其他传统的见解而不致过于绝对或普世性"[6]。因此,复杂性理论"不仅是一种特殊的系统论、科学的方法论,而且也是具有更广泛意义的哲学认识论"。[7]

---

[1] Davis, Brent and Sumara, Dennis, *Complexity and Education: Inquiries into Learning, Teaching and Research*, Mahwah, New Jersey: Lawrence Erlbaum Associates, Inc., 2006, p.20.

[2] Mitchell, Melanie, *Complexity: A Guided Tour*, pp.94-95.

[3] Marais, Kobus, *Translation Theory and Development Studies: A Complexity Theory Approach*, p.19.

[4] Waldrop, M. Mitchell, *Complexity: The Emerging Science on the Edge of Order and Chaos*.

[5] Mitchell, Melanie, *Complexity: A Guided Tour*.

[6] Davis, Brent and Sumara, Dennis, *Complexity and Education: Inquiries into Learning, Teaching and Research*, p.4.

[7] 陈一壮:《论埃德加·莫兰复杂性思想的三个理论柱石》,《自然辩证法研究》2007 年第 12 期。

2.2.1.2 复杂性的认识论

作为哲学认识论,复杂性理论总体上是"对还原论(reductionism)的革命性突破,是从不稳定和变化的角度看待世界的一种方式"①。"还原论自 16 世纪开始成为欧洲科学研究的主要方法"②,在 17 世纪催生了以笛卡尔、牛顿力学为核心的经典科学和思想体系,其科学的理性主义方法在于"通过经验归纳和数学演绎从大量繁复的经验事实中去把捉解释它们的简要、明确的规律"③。法国著名复杂性思想家莫兰(Edgar Morin)将这种以分离、抽象和归约为特点的研究范式称为"简化范式"(paradigm of simplification)④。归约即"寻找基本的简单单元,将系统分解为要素"⑤,从而"将简单的概念强加于复杂的实在"⑥。还原论和简单化的方法在 19 世纪达到鼎盛,在物理、化学、生物学等许多学科中都取得了辉煌成就。但是,这种简单论,尤其是源自笛卡尔的物质(matter)和思想(mind)的二元对立哲学观,在自然科学领域内忽略了思想的存在,而在社会科学、人类科学领域内忽略了物质的存在。⑦

复杂性哲学非唯心主义哲学或唯物主义哲学,而是一个产自悖论的哲学(a philosophy of paradox)。在它看来,所有典型的二元对立或矛盾的概念(如部分和整体、机械和有机、普遍和特殊、文化和自然),理论上都是构成实在的部分。复杂性哲学亦不是当前学界经常

---

① Marais, Kobus and Meylaerts, Reine, "Introduction", in Kobus Marais and Reine Meylaerts, eds., *Complexity Thinking in Translation Studies: Methodological Considerations*, New York and London: Routledge, 2019, p.1.
② Mitchell, Melanie, *Complexity: A Guided Tour*, p.ix.
③ 陈一壮:《埃德加·莫兰的"复杂方法"思想及其在教育领域内的体现》,《教育科学》2004 年第 2 期,第 10 页。
④ Mitchell, Melanie, *Complexity: A Guided Tour*, pp.15 – 31.
⑤ Morin, Edgar, *On Complexity*, trans. Robin Postel, Cresskill: Hampton Press, [1990]2008, p.33.
⑥ Marais, Kobus, *Translation Theory and Development Studies: A Complexity Theory Approach*, p.14.
⑦ Marais, Kobus, *A (Bio)semiotic Theory of Translation: The Emergence of Socialcultural Reality*, pp.182 – 184.

谈到的极端建构主义、极端解构主义、或极端实证主义的哲学立场。莫兰把复杂性哲学称为"元哲学"①，马雷据此把复杂性哲学看做"元认识论"，用超越二元对立的眼光透视实在于逻辑上的相悖及不可调和之处。复杂性哲学被认为与东方哲学有相通之处，如"东方宗教（哲学）当中善与恶的悖论"，某种程度上是自然科学与人文社会科学、东方与西方智慧的交融。②

2.2.1.3 复杂性的基本概念

复杂性超越还原论的哲学主张以及非线性、整体性、关系性和过程性思维为特征的探索模式体现在很多概念里，这里结合本书所基于的复杂性翻译理论研究，主要探讨两个概念：复杂性适应系统（Complex Adaptive Systems）和涌现（emergence）。

"复杂性理论是系统的理论，由很多成分（系统要素或亚系统）之间的非线性相互作用构成，复杂的未必是组成部分，而是相互作用"③。不同领域用以指称其复杂性系统的术语不同，如"复杂性自适应系统"（物理）、"非线性动力系统"（数学）、"耗散结构"（化学）、"自体系统"（生物学）和"有组织的复杂系统"（信息科学）④。复杂性适应系统概念主要发展自圣菲学院，复杂性意味着构成系统的各个部分都是施为者（agent）或行动者（actor），展示的是施为者与系统之间复杂、矛盾的关系这一视角；"适应"表明系统与其环境（其他系统）是相关联的⑤。马雷并非机械地搬用圣菲学院的复杂性适应系统概念，甚至后来直接用复杂性系统代替这一术语⑥，而是把该概念

---

① Morin, Edgar, *On Complexity*, trans. Robin Postel, p.48.
② Marais, Kobus, *Translation Theory and Development Studies: A Complexity Theory Approach*, pp.12-46.
③ Cilliers, Paul, "Difference, Identity and Complexity", in Cilliers and Preiser eds., *Complexity, Difference and Identity*, London: Springer, 2010, p.3.
④ Davis, Brent and Sumara, Dennis, *Complexity and Education: Inquiries into Learning, Teaching and Research*, p.8.
⑤ Marais, Kobus, *Translation Theory and Development Studies: A Complexity Theory Approach*, p.27.
⑥ Marais, Kobus, *A (Bio)semiotic Theory of Translation: The Emergence of Socialcultural Reality*.

与不同复杂性领域的系统概念相结合总结了复杂性系统的主要特点,如:自组织性、耗散性、历史性、层控性和涌现性等。①②

复杂性适应系统的自组织性主要表现在:系统元素在交互作用下表现出自组织行为的方式,这种自组织能力使系统能够自发地重新排列其内部结构,通过在本地互动中的自我组织而产生整体,不仅应付环境,而且会影响环境,展现出自适应性特征③。生物学家考夫曼(Stuart Kauffman)认为复杂性自适应系统引人注目的特征不是因为它们是偶然的,而是它们是有序的。他把自组织作为生命的指导原则,这一原则并没有摒弃自然选择和偶然性,而是突出自组织和自然选择都是生命自组织的基础④。这说明生命进化或社会实在的涌现不是简单的因果论,而是在各种关系,包括矛盾的悖论的关系,互动的作用下,系统重新变得有序的结果。

复杂性思维认为系统的发展遵循热动力学第二定律,系统元素在交互作用下自发地重新排列系统内部结构的同时也将能量耗散至环境中,与环境交换能量,通过与其环境或其他系统相互作用而存活,表现出系统的耗散性特点。

复杂性适应系统的历史性源于系统的开放性。系统通过与其环境或其他系统相互作用而存活。"从逻辑上讲,时间在这些系统中是单向流动的,历史是一个重要因素"⑤。因此,对系统或过程的观察,必须要引入时间流的概念,系统之间或系统与环境之间的互动关系一直处于变化的过程中,这种互动无论在某段过程中呈现何种形式

---

① Marais, Kobus, *Translation Theory and Development Studies: A Complexity Theory Approach*, pp.28-43.
② Marais, Kobus, "Translation Complex Rather Than Translation Turns? Considering the Complexity of Translation", *Syn-Théses*, no.9-10(2019), pp.46-47.
③ 王中阳、张怡:《复杂适应系统(CAS)理论的科学与哲学意义》,《东华大学学报》(社会科学版)2007年第3期.
④ Kauffman, Stuart, *At Home in the Universe: The Search for the Laws of Self-organisation and Complexity*, New York: Oxford University Press, 1995, p.8-15.
⑤ Marais, Kobus, *Translation Theory and Development Studies: A Complexity Theory Approach*, p.39.

或如何在这些形式之间转换,其中的任一形式都不会是前一形式的复制。

层控性指实在的涌现是分层级的。具言之,"物理层级是基础,依次为化学层、生物层、心理层和社会层。每一层级的实在由下阶层级各部分之间特定的交互关系形成,而不是系统外的物质,但同时矛盾的是,本层级确有超出下阶层级的实在",但这个超出不是增加的物质,不是系统外的物质,而是系统内部"涌现"的[1]。例如,化学层级与物理层级的比较:氢和氧通过交互作用构成水(H_2O),氢和氧是物理层级,是水的下阶层级,水含有氢和氧,但水不是氢和氧的简单相加,也非产自氢和氧以外的物质。这在某种程度上削弱了人可以构建一切的建构主义论,把社会实在概念化为由不同层级的本体构成的层级结构,展现出既非一元论亦非二元论的实在观。需要指出的是,理论上的不同层级可以是不同的带有各自亚系统的系统,也可以同时为同一个系统的不同要素,层级可无限延续下去。

"涌现"是复杂性系统的核心概念。自19世纪末,涌现在自然科学和社会科学方面不断应用和发展。关于涌现论的发展,较为详细的论述,自然科学方面可参考圣菲学院的著名学者之一霍兰(John Holland)[2],社会科学方面可参考国际知名心理学家、学习科学和创造力研究者索耶(R. Keith Sawyer)[3]。在社会学方面,涌现概念源于19世纪末英国的涌现论者[4][5],主张"努力从过程和关系而不是本质和实体方面进行思考"[6][7],关注整体和部分之间的关系、重视整

---

[1] Marais, Kobus, *Translation Theory and Development Studies: A Complexity Theory Approach*, pp.28-29, 71.
[2] Holland, John, *Emergence: From Chaos to Order*, Reading: Helix Books, 1998.
[3] Sawyer, R. Keith, *Social Emergence: Societies as Complex Systems*.
[4] Morgan, C. Lloyd, *Emergent Evolution*, London: Williams and Norgate, 1923.
[5] Mead, George, *Mind, Self & Society from the Standpoint of a Social Behaviourist*, Chicago: University of Chicago Press, 1969.
[6] Sawyer, R. Keith, *Social Emergence: Societies as Complex Systems*, p.10.
[7] Marais, Kobus, *Translation Theory and Development Studies: A Complexity Theory Approach*, p.48.

体,如南非政治家斯穆茨(Jan Smuts)的整体论①。索耶在2005年发表的《社会涌现:作为复杂性系统的社会》(*Social Emergence: Societies as Complex Systems*)一书中总结了社会科学各领域复杂性系统理论中的"涌现"概念:科学哲学家将系统组件的属性称为"较低层级的属性",将整个系统"涌现"的属性称为"较高层级的属性";心理学和社会学通常以"涌现"来定义低层级属性和高层级属性之间的关系;研究社会微观和宏观关联的学者用"涌现"来指称"由个人共同创造但又无法归约为个人行动的集体现象"②。质言之,作为复杂性系统的概念,"涌现"意味着对系统整体属性的研究只能在不同层级上研究,而不该将其简化为或规约为系统的任何基本组成部分的属性。因此,在解释不同文化现象之间的关系时,涌现理论的思路表达是该关系"涌现自"(emerging from)和"非归约为"(non-reducible to)。例如,翻译涌现自语言但又不能归约为语言,文学亦是如此。③

显然,复杂性适应系统理论和涌现概念都是超越还原论的根本理念。为克服复杂性适应系统概念有关涌现过程因果关系的机械性,马雷借鉴美国著名神经人类学家迪肯(Terrence Deacon)的相关研究,认为涌现过程因果关系的确定是双向和复杂的④。双向是指涌现过程涉及向上和向下的因果关系,也就是部分到整体,整体到部分;复杂的,是指复杂性思维里非线性的意义,即整体和部分之间无法溶解的关系,整体涌现于部分交互的结果,同时又约束着部分并使之可能。马雷所依托的复杂性视阈下的"涌现"概念,既表示实在涌现的层控性,也涵盖系统里整体和部分之间无法溶解的交互关系。

尽管"归约仍然是科学的重要特征",但科学"需要用复杂性认识

---

① Smuts, Jan C, *Holism and Evolution*, London: Macmillan, 1926.
② Sawyer, R. Keith, *Social Emergence: Societies as Complex Systems*, p.6.
③ Marais, Kobus, *Translation Theory and Development Studies: A Complexity Theory Approach*, p.54.
④ Marais, Kobus, *A (Bio)semiotic Theory of Translation: The Emergence of Socialcultural Reality*, pp.160–163.

论来补充它"①,还原论或者带有决定性的研究"不能解释所有的情况,尤其是在社会科学和人文科学研究里"②。著名物理学家、宇宙学家霍金(Stephen Hawking)在 2000 年 1 月 23 日的"千禧年"采访中谈到复杂性思维作为跨学科领域在过去三十年的发展时说道:"我认为下个[21]世纪将是复杂性的世纪。"③这句话成为谶语。目前,复杂性驱动的研究不但吸引物理学家、生物学家、生态学家、地理学家,也开始扎根于社会科学和人文科学,包括翻译研究。

2.2.2 复杂性视阈下的翻译研究

中国学界自 20 世纪 80、90 年代开始出现与人文学科相关的复杂性理论或思想的著述。钱学森倡导的开放的"复杂巨系统"理论研究④,对我国的哲学、社会学等学科都产生了深远影响。学界对西方复杂性科学的译著颇丰,仅举几例:曾庆宏、沈小锋翻译的诺贝尔化学奖获得者普里戈金(Ilya Prigogine)和著名哲学家斯唐热(Isabelle Stengers)的《从混沌到有序:人与自然的新对话》(*Order Out of Chaos: Man's New Dialogue of Nature*)⑤,陈禹翻译的美国心理学、计算机科学教授霍兰(John Holland)的《涌现:从混沌到有序》(*Emergence: From Chaos to Order*)⑥,陈一壮翻译莫兰的多部作

---

① Morin, Edgar, *On Complexity*, p.33.
② Marais, Kobus, *Translation Theory and Development Studies: A Complexity Theory Approach*, p.19.
③ 源引自 B. Chui, "'Unified theory' is getting closer, Hawking predicts," *San Jose Mercury News*(《圣何塞水星新闻》), Sunday Morning Final Editions, January 23, 2000, p.29A. 转引自:Davis, Brent & Sumara, Dennis. *Complexity and Education: Inquiries into Learning, Teaching and Research*. Mahwah, New Jersey: Lawrence Erlbaum Associates, Inc., Publishers, 2006, p.3.
④ 钱学森、于景元、戴汝为:《一个科学新领域——开放的复杂巨系统及其方法论》,《自然杂志》1990 年第 1 期。
⑤ 伊·普里戈金〔比〕、伊·斯唐热〔法〕,《从混沌到有序:人与自然的新对话》,曾庆宏、沈小锋译,上海:上海译文出版社,[1984]1987 年。
⑥ 霍兰〔美〕:《涌现:从混沌到有序》,陈禹等译,上海:上海科学技术出版社,[1998]2001 年。

品,如《复杂思想:自觉的科学》(Science avec conscience)①、《复杂性思想导论》(Introduction à la pensée complexe)②等。此外,中国人文社科学界对复杂性的研究和应用主要表现在哲学领域,包括关于哲学视野中的复杂性③,复杂性生态哲学④,国外著名复杂性思想者(莫兰)的专门研究⑤⑥,以及将复杂性理论用于教育科学⑦、管理学⑧等学科的研究。

中国译学界将复杂性理论引入翻译研究的学者不多,主要贡献在于对复杂性理论一些概念的引介及其对中国译学研究启示的探讨。杜玉生、何三宁是较早用复杂性思维来审视中国翻译研究范式的学者,主张中国译学研究应该超越传统研究的还原论和狭隘的学科边界意识⑨。关于复杂性在翻译研究中的具体效用,以吕俊的研究最为突出,他倡导从复杂性思维的认识论出发对我国翻译研究进行范式改革和学科革命,倡导在复杂性认识论的框架下展开对中国译学研究相关话题(如翻译标准)的讨论⑩⑪。此外,个别学者有做复杂性适应系统下翻译观的研究,其实只是对翻译的复杂方面进行阐述,而非复杂性理论框架下的翻译研究。总体而言,相关探索有三点遗憾:第一,未引起更多翻译研究学者的重视和讨论;第二,未形成复

---

① 莫兰〔法〕:《复杂思想:自觉的科学》,陈一壮译,北京:北京大学出版社,[1982]2001年。
② 莫兰〔法〕:《复杂性思想导论》,陈一壮译,上海:华东师范大学出版社,[1990]2008年。
③ 刘劲杨:《哲学视野中的复杂性》,博士学位论文,中国人民大学,2004年。
④ 王耘:《复杂性生态哲学》,北京:社会科学文献出版社,2008年。
⑤ 陈一壮:《论埃德加·莫兰复杂性思想的三个理论柱石》,《自然辩证法研究》,第6—10页。
⑥ 陈一壮:《埃德加·莫兰复杂性思想述评》。
⑦ 龙跃君:《关注联结:复杂性科学视野下大学通识教育课程理论的思考》,《教育教学》2007年第6期。
⑧ 相雨玲、蔡华利:《电子政务建设的复杂性特征及其发展策略——基于CAS理论的思考》,《生产力研究》2007年第21期。
⑨ 杜玉生、何三宁:《复杂性思维与翻译理论创新》,《湖北大学学报》2010年第3期。
⑩ 吕俊:《开展翻译学的复杂性研究:一个译学研究思想观念和思维方式的革命》,《上海翻译》2013年第1期。
⑪ 吕俊、侯向群:《走向复杂性科学范式的翻译学》,《上海翻译》2015年第2期。

杂性翻译研究范式的相关理论或概念。作为一门学科,翻译研究有不同的研究范式,无论哪种研究范式,都需要有对此范式的理论建树(如哲学认识论思考,或者说对"意义"的思考),解决学科的根本问题(如翻译的本质或定义),提出配套的方法论或概念等。第三,未能与国际翻译研究宏观发展现状和问题相结合。

国外学界也是近十年开始复杂性理论启发下的翻译研究。南非学者科布斯·马雷可谓是复杂性翻译研究的先驱。他将复杂性理论与皮尔斯的符号学结合起来,从"翻译性"(translationality)而不是"译文"(translations)的视角提出"涌现性符号翻译"(emergent semiotic translation)理论。该理论不仅在概念层面提供一个囊括所有带有"翻译性"现象的翻译定义,包括语际翻译定义,而且还在跨学科层面将翻译研究作为视角来考察其他领域里社会实在的涌现。

2.3 复杂性视阈下的涌现性符号翻译理论

2.3.1 涌现性符号翻译理论的基本假设

马雷的涌现性符号翻译理论的基本假设主要包括复杂性理论和皮尔斯(Charles Sanders Peirce)符号学理论的翻译概念。复杂性理论具体涉及上文探讨的复杂性认识论、复杂性适应系统、涌现理论,以及下文将要谈及的怀特海(Alfred North Whitehead)的过程本体论、热动力学第二定律的相关概念等。需要指出的是,马雷把复杂性理论看作是一级假设,皮尔斯符号学的翻译概念为二级假设,即后者是在复杂性理论框架下解读的结果,目的是在复杂性适应系统里探讨"符号过程的性质",即翻译的本质[1]。

2.3.1.1 翻译研究的元学科意识

马雷曾指出翻译研究学科忽略了"元学科话语",未能将翻译研

---

[1] Marais, Kobus, *A (Bio)semiotic Theory of Translation: The Emergence of Sociocultural Reality*, p.121.

究从哲学视角与更高的格局视景联系起来。因此,他建议"翻译研究不该由研究对象而是由研究视角来定义",使翻译研究可以与其他学科互涉,摆脱"类别思维"进入"关系和系统思维"①。马雷回顾了自第二次世界大战以来西方翻译研究七十余年的发展,指出以欧美为中心的翻译研究长期以来偏斜于语言中心主义和人类中心主义,即使是符号学领域中一些符际翻译研究也受到语际间翻译理论的束缚,只是"从符号学角度概念化语际翻译",对语际翻译研究做补充②。然而,随着科技和全球化的发展,很多学者愈发意识到交际或翻译不只涉及语言符号,还包括很多非语言符号,不只涉及人类,而是所有生物。生物符号学学者(如:Jacob von Uexküll,Thomas Seboek)关于翻译概念的讨论表明"符号过程"(semiosis),即意义产生(meaning making)和意义接收(meaning taking),"不仅限于人类之间的交流,而是包括所有生物",而"翻译是一种普遍现象",发生于所有情况下的符号过程③。马雷认为,翻译领域内很多以"交互"(inter-)或"跨"(trans-)为前缀的新型概念与生物符号学的翻译概念都表达具有交互性或"翻译性"本质的"过程—现象"(process-phenomenon)。"过程—现象"同时指"过程和形式",而非"具体的事物或单一的过程"。该术语与过程本体论一致,术语中的连字符表达马雷的一种信念,即翻译不是"具体的区别于其他事物的事物",而是"采取形式的过程"。④

马雷以上观点表明,翻译研究,在认识论层面,应该佐以复杂性哲学认识论,超越翻译研究现代和后现代之间的对立;在概念层面,

---

① Marais, Kobus, *Translation Theory and Development Studies: A Complexity Theory Approach*, pp.74-104.
② Marais, Kobus, *A (Bio)semiotic Theory of Translation: The Emergence of Socialcultural Reality*, p.26.
③ Marais, Kobus and Kull, Kalevi, "Biosemiotics and Translation Studies: Challenging 'Translation'", in Yves Gambier and Luc van Doorslaer, eds., *Border Crossings: Translation Studies and Other Disciplines*, Amsterdam: John Benjamins, 2016, pp.169-188.
④ Marais, Kobus, *A (Bio)semiotic Theory of Translation: The Emergence of Socialcultural Reality*, pp.2-5, 83, 100-118.

对翻译的定义应该参照其他学科的洞见,比如(生物)符号学,以事物的"翻译性"而非被称为"翻译/译文"的具体事物为出发点来定义翻译;在学科层面,可将翻译学科作为一个视角来研究其他领域里的现象,实现真正的学科互涉。为此,马雷需要一个综合的符号学翻译理论,这个综合的符号学翻译理论不但涵盖人类及人类以外的所有生物体,而且能够体现翻译存在于以及如何存在于无所不在的符号过程。

2.3.1.2 翻译本质的涌现性和符号过程性

复杂性哲学主张层控实在观。世界由复杂性适应系统组成,某一层级的本体涌现于更基础的层级,是不可归约的。马雷根据复杂性适应系统的层控实在观把"翻译"概念化为从物理—化学—生物—心理的下阶(如语言、文化、文学)中涌现出来,并对社会实在中各种上阶(如经济、法律、医学等)的涌现发挥作用[1]。因此,无论研究翻译涌现自的下阶实在还是研究通过翻译这一层级涌现出的上阶实在,都绕不开翻译,翻译可谓无处不在。[2]

然而,社会实在是如何从其复杂的下阶层级(心理层)涌现的呢?马雷在拉图尔(Bruno Latour)等关于社会构建和翻译的观念,以及赛尔(John Searle)的语言哲学观中找到解锁的一把钥匙,即符号学。这并非说社会实在可简化为符号学,或者把所有现象都看做符号,而是说"符号学建立起社会与物理—化学—生物—心理之间的涌现联系",简言之,"符号过程"是连接物质和社会的一个点,社会实在通过符号下阶层级的符号过程而涌现,而翻译在这个过程中发挥了作用。根据这种实在观或本体论,马雷将翻译定义为"体现系统间关系性的现象"(a phenomenon of inter-systemic relationality),认为翻译在系统之间进行调解,并将某些变化反馈给系统[3]。也就是,翻译存在于

---

[1] Marais, Kobus, *Translation Theory and Development Studies: A Complexity Theory Approach*, p.29.
[2] Blumczynski, Piotr, *Ubiquitous Translation*, New York and Oxon: Routledge, 2016.
[3] Marais, Kobus, *Translation Theory and Development Studies: A Complexity Theory Approach*, pp.69-72, 96.

符号过程并在系统之间建立关系,从而约束着系统之间的关系性。因此,有必要在超越线性因果关系的复杂性视阈下将"翻译的本质概念化为系统"。①

显然,复杂性视阈下的翻译本质探索离不开对符号学的依托。马雷的出发点是皮尔斯,对马雷来说,皮尔斯符号学为复杂性翻译理论探索提供了综合符号学。原因主要有两点。第一,皮尔斯没有将翻译限于语言符号系统,因而从理据上使得马雷之后的翻译定义可潜在地适用于所有生物符号系统。第二,在皮尔斯的思想中,意义的产生具有关系性和过程性,而调节和创造关系的过程由翻译来发挥作用。

马雷认为,皮尔斯的符号学源于他的现象学并受制于现象学中的三性论。这三性同时也是知识产生的理论,属于认识论,包括第一性(Firstness)、第二性(Secondness)和第三性(Thirdness)。第一性(纯粹的意识或可能性)与第二性(干扰纯粹意识的他者性或抵抗感)是由第三性(他者性事物之间关系的意识)调节的。第三性是使第一性、第二性互相关联的中介(mediation),包含调节和创立关系的过程,而宇宙往往从这些过程中呈现出"习惯"(habits)或趋势,在此过程中,皮尔斯使用了"翻译"一词②。因此,翻译就是三性之间的调节过程。同理,皮尔斯符号学里的"符号"是个理论术语,指"再现体"(符号载体,常被直接称作符号)、"对象"(符号所代替的)和"阐释项"(符号引发的反应)构成的符号表意关系,再现体通过阐释项代表对象,一个事物只有处于这样的符号三元关系中才被视为"符号"(sign)③④。

---

① Marais, Kobus, *A (Bio)semiotic Theory of Translation: The Emergence of Social-cultural Reality*, p.32.
② 皮尔斯(Charles Sanders Peirce, 1839—1914)逝世时留下大约十万页手稿,至今只有万余页以不同文集形式发表出来。马雷参考的是 1994 年的文集 *The Collected Papers of Charles Sanders Peirce* (Peirce, 1994), 出版社名称及出版地不详,参考文献形式 CP1.322 表示选集的第 1 部分第 322 段;以下类同。
③ CP 1.541, 2.228;参考选集第 1 部分第 541 段以及第 2 部分第 228 段。
④ Marais, Kobus, *A (Bio)semiotic Theory of Translation: The Emergence of Social-cultural Reality*, pp.89-90.

三元关系所产生的阐释项可作为新的再现体,进入新的符号三元关系,产生新的阐释项,如此绵延以至无穷。而意义就产生于这样永无止境的符号过程,再现体、对象和阐释项三元素之间建立关系的符号过程就是翻译。①

受一些学者(如 Deely)的启发,马雷是在复杂性视阈下解读皮尔斯,既没有断言皮尔斯是纯粹的现实主义者亦未把他理解为纯粹理想主义者,而是把他看做复杂性思想者,认为皮尔斯符号学里的"翻译"概念"既承认认知的构建能力,也认识到实在第二性的共同构建作用",表明意义产生和意义接收过程是生物与环境之间复杂的相互作用的过程。鉴于此,马雷把皮尔斯符号学的翻译概念解读为"符号过程",即再现体、对象和阐释项之间"改变或建立关系"的永无止境的过程,是所有"过程—现象"从之涌现的过程②③。这不是说所有的符号过程都是翻译,而是强调只要卷入符号过程网络的"过程—现象"(包括过程和形式)本质上都带有翻译性。

从系统角度而言,皮尔斯符号学里的翻译概念将一个符号系统与另一个符号系统联系起来,产生阐释项。马雷将这种符号过程置于复杂性系统中,以体现符号过程的复杂性本质。也就是说,符号系统(包括符号过程)具有上文提及的复杂性系统的主要特点,是一个非线性、开放、非平衡系统,与其他系统之间存在各种复杂的因果关系,同时有自己的下阶系统,下阶系统还有下阶系统,理论上可以无限延续下去④。据此,马雷进一步把皮尔斯的翻译概念发展为"翻译是复杂性的、涌现性的符号过程(emergent semiosis)"⑤。马雷基于

---

① CP 2.303, 4.127;参考选集第 2 部分第 303 段,第 4 部分第 127 段。
② Marais, Kobus and Kull, Kalevi, "Biosemiotics and Translation Studies: Challenging 'Translation'", *Border Crossings: Translation Studies and Other Disciplines*.
③ Marais, Kobus, *A (Bio)semiotic Theory of Translation: The Emergence of Social-cultural Reality*, pp.92 – 108, 114.
④ Marais, Kobus, *Translation Theory and Development Studies: A Complexity Theory Approach*, pp.102 – 103.
⑤ Marais, Kobus, "Translation Complex Rather Than Translation Turns? Considering the Complexity of Translation", *Syn-Théses*, p.43.

复杂性理论视角的符号翻译理论,就建立在这个翻译概念的基础之上,"涌现性"是其根本特点,为突出该特点,这里将他的符号翻译理论称为"涌现性符号翻译理论"。

2.3.2 涌现性符号翻译的定义和分类
2.3.2.1 涌现性符号翻译的定义

尽管皮尔斯的翻译概念涉及过程和变化,但他"未能具体阐述翻译究竟涵盖什么"[①]。换言之,皮尔斯的翻译概念只能从复杂性视角回答意义是如何产生的,但未能具体阐释产生于涌现性符号过程中的意义究竟是什么。因此,马雷依据怀特海(Alfred North Whitehead)的过程哲学(philosophy of process)或过程本体论进一步把意义概念化为"在一定约束(constraints)下呈现形式(takes form)"的涌现性符号过程[②]。根据怀特海的过程本体论,过程既涉及变化也涉及形式,变化或过程是给定的,因此符号过程要解释的不是变化,不是为什么一切都会改变,而是需要解释形式或稳定性,解释为什么某些事情会稳定下来并呈现一定的形式[③][④]。复杂性思维主张实在的涌现受热动力学第二定律的约束。热动力学第二定律,简单讲就是"熵增定律","熵"(entropy)是混乱程度的表述单位。从概率论的角度来讲,熵增定律指的是,在没有外力作用的情况下,事物或系统的发展趋势为从有序走向无序且不可逆,当熵增加到最大值,则系统达到最混乱无序的状态,就会停滞或死亡。对抗熵增是熵减,即逆着熵增做功,制造负熵(negative entropy/negentropy)。因此,"生物的生命体是通过抗衡第二定律运行的",通过做负熵的功来获取自组织能量

---

① Marais, Kobus, *A (Bio)semiotic Theory of Translation*: *The Emergence of Social-cultural Reality*, p.128.
② 同上,第 123 页。
③ Whitehead, Alfred N, *Process and Reality*: *Corrected version*, New York: The Free Press, 1985, pp.208-215.
④ Marais, Kobus, *A (Bio)semiotic Theory of Translation*: *The Emergence of Social-cultural Reality*, p.123.

并展现生命力①。皮尔斯的三元符号系统,同所有生命系统一样,是开放的、自组织的,同时受热力学第二定律的约束,所以建立关系的符号过程不仅受熵增驱动,也受熵减驱动。据此,马雷将翻译定义为:

"翻译是(由施为者做的)负熵符号功(negentropic semiotic work),在这种功的运作下,一个符号系统里的任一或多个成分发生改变、或者成分之间的关系发生改变、或者符号(系统)与环境(时间和/或空间)的关系发生改变"。②

从生物符号学角度讲,所有的生物体都有能力参与符号过程,所以此定义中的施为者包括所有生物体,这也是为何马雷的翻译理论有生态观的倾向。符号系统的熵增是自然地走向混沌的过程倾向,熵减则需要外力能动地做功。这个做功者就是翻译,目的是通过施加"约束"(constraints),产生新的阐释项。这就需要改变符号过程中的再现体、对象或阐释项,或改变再现体、对象和阐释项之间的关系,或改变三元符号系统与环境之间的关系,使永不停止的符号过程呈现某些稳定态势的"吸引子"(attractors),趋向特定的(或多或少暂时的)"轨迹"(trajectory)。为表示这种符号运动的过程本质,马雷用初始符号系统(incipient sign systems)和后续符号系统(subsequent sign systems)来分别指代源文本和目标文本,以体现翻译概念的生物符号性和过程性。因此,这两个概念:(1)不只包括作为翻译的语言过程现象,而是任何符号过程现象;(2)所观察的"源"文本只是被观察系统或过程的"初始"文本,并非过程的起源,其本身也是系统,

---

① Deacon, Terrence W, *Incomplete Nature*: *How Mind Emerged from Matter*, New York: WW Norman & Company, 2011, pp.208-287.
② Marais, Kobus, *A (Bio)semiotic Theory of Translation*: *The Emergence of Social-cultural Reality*, p.141.
本书涉及的英语文献的阐释和引用,若非特别标注,都由本书作者本人翻译成中文,责任由本人自负。

也处在过程当中;(3)对某一系统或过程进行观察所选定的"目标"文本,亦非过程的终端,而是相对于某个观察过程的后续符号系统,在另一过程中,其可能会成为另外一个翻译的初始符号系统。简言之,符号过程是永不停止的过程,初始符号和后续符号都只是相对于某一观察过程的"初始"和"后续","都是永无止境的符号过程中涌现的现象,是可识别的过程中的形式而非稳定的事物"。此外,第二定律引入时间流的概念,意味着系统是不可逆转的,是时间维度上的单向系统。这也解释为何一个初始文本可以有不同可能性的后续文本,但这些后续文本却无法通过回译逆回到初始文本。①

综上所述,马雷的涌现性符号翻译理论主张,翻译就是通过对符号过程施加约束而做的负熵功,与熵增抗衡,来创建趋向于特定路径的吸引子;所有的社会文化实在都可视为从翻译中涌现的。以涌现性符号来定义翻译,不但可以解释语际翻译,而且可作为元理论来解释所有符号翻译实例。这个定义涉及的约束、轨迹、吸引子,包括初始符号(系统)、后续符号(系统)等概念,都可作为复杂性视阈下社会文化实在现象研究的方法论模式和分析工具。

2.3.2.2 涌现性符号翻译的分类

从涌现性符号翻译定义出发,马雷把翻译分为再现体翻译、对象翻译和阐释项翻译。这三类翻译是根据发生改变的焦点或起源来进行范畴分类,而不是根据目前翻译领域里通常提到的具体翻译现象、翻译过程或翻译文本②。涌现性符号翻译的定义表明,翻译发生在再现体、对象、阐释项的变化,或三者之间关系的变化,或符号与环境之间关系的变化。再现体翻译指符号过程的变化发起于或聚焦于再现体;阐释项翻译是指符号过程的再现体不变,阐释项改变,目的是产生新的阐释;对象翻译指符号过程中翻译是通过改变对象而发生的,包括对象本身的变化,对象在时空运动里的变化,也包括新对象

---

① Marais, Kobus, A (Bio)semiotic Theory of Translation: The Emergence of Socialcultural Reality, pp.123 – 124, 143 – 165.
② 同上,第143—154页。

的产生。马雷建议可将这些翻译分类作为当前翻译研究的基础。翻译研究里的多媒体或多模态翻译研究就属于再现体翻译,这类研究关注再现体物质属性改变时的翻译或符号过程。阐释学或文学批评领域的很多研究可归入阐释项翻译范畴。马雷认为在翻译研究领域里,对象翻译研究发展得最慢,但对象翻译的研究意义重大,对象翻译不仅可以平衡翻译研究中的语言和理想主义倾向,而且为深入了解社会文化实在的涌现提供概念工具。例如,可以把某些社会/文化形式或现象视为其形成过程的索引(indexes)而对其形成过程进行追溯研究。换言之,社会或文化现象形成的过程有可识别的吸引子和轨迹,可以把这些吸引子和轨迹作为过程的非语言索引,探讨有哪些约束促使其形成。

需要注意的是,皮尔斯符号学里的符号既不是再现体,也不是对象或阐释项,而是三者之间的交互过程,马雷将这种三元的符号关系比喻为"蜘蛛网"。对再现体的任一轻微触动,都会引起对象和阐释项的改变,反之亦然。所以,这些翻译分类只表明某些翻译过程是由对再现体、阐释项或对象的改变发起的,理论上符号变化是贯穿于整个符号网络的。

2.3.2.3 涌现性符号翻译理论的意义

马雷对翻译的定义是迄今为止翻译学者提出的最广泛的定义了。这个综合的统一的翻译定义犹如负熵一样,必然会打破翻译领域内业已稳定的态势,引起争议,并可能形成新的趋势。罗宾逊批马雷的研究是"兴风作浪"(storm)[1],克罗宁则赞马雷的研究是"罕见的学科变革研究之一"[2]。无论学界未来如何接受马雷的研究,他的涌现性符号翻译理论,包括理论假设、翻译定义、翻译分类、相应概念工具,都在哲学认识、理论框架、研究方法乃至人类伦理层面,为翻译

---

[1] Robinson, Douglas, "Book Review: A (Bio) semiotic Theory of Translation: The Emergence of Social-cultural Reality", *The Translator*, no.4(2018) p.395.

[2] Cronin, Michael, "Book review: A(Bio)semiotic Theory of Translation: The Emergence of Socio-cultural Reality", *Translation Studies*, no.3(2020), pp.371-374.

研究乃至所有人文学科都提供启示和研究空间。

马雷的涌现性符号翻译理论对翻译的定义，不但囊括各种翻译实践和现象，还将翻译作为元理论，从翻译研究的跨学科视角，将其他领域内的社会、文化实在的涌现作为研究对象，以便与其他学科建立起广阔的互动平台，实现学科的互涉价值。根据马雷对翻译的分类，中国现当代文学在英国汉学界的接受现象可看作是跨域时空的复杂性适应系统里的阐释项翻译或符号翻译。马雷认为其复杂性视阈下的符号翻译理论具有"预见力"，可以用来解释"交互—"和"跨—"的过程现象、生产知识的符号学以及将阐释项扩展为社会和文化的涌现①。因此，借复杂性视阈下的涌现性符号翻译理论来阐释中国现当代文学在英国汉学界的接受现象，首先可从认识论上打破中西方二元对立的视角。

马雷的涌现性符号翻译主张研究"意义"的目的不是为了解释差异和变化，而是根据过程本体论，解释差异和变化中的稳定性。这种主张与本书的研究问题相符：调查中国现当代文学在英国汉学界的接受趋势以及对这种趋势的解释，而且这种解释不在于凸显差异（中西方的对立），而是观察其中的复杂因素以及中国文学在域外交流中可能呈现的世界文学意义。

2.3.3　涌现性符号翻译理论的方法论启示

超越东西二元对立观来对社会文化实在进行研究，光有认识论态度还不够，还需要具有可操作性的研究理论和方法，包括具体的研究步骤、相关定义和分析工具等。"约束"和"吸引子"是涌现性符号翻译定义里的重要概念，可表达处于不断运动中的符号系统所呈现的态势和轨迹以及非线性因果关系。这两个概念并非马雷独创，而是来自复杂性理论启发下的人文学科的研究②，可作为复杂性或涌

---

① Marais, Kobus, *A (Bio)semiotic Theory of Translation: The Emergence of Socialcultural Reality*, p.120.
② Deacon, Terrence W., *Incomplete Nature: How Mind Emerged from Matter*.

现性翻译研究方法论的重要分析工具。

2.3.3.1 涌现过程的因果关系:非线性与约束

复杂性起源于自然科学,互涉不同的领域,非固定的概念工具或做法,如今被应用到人文和社会科学,在方法论上有值得探讨之处。复杂性理论在社会科学中的使用,以定量方法居多,涉及教育、经济、管理学等领域。目前翻译研究领域对复杂性启发下的方法论探讨的不多,主要以马雷的著述为主[1][2]。根据涌现性符号翻译理论,对翻译进行研究,可以解释社会文化实在的涌现。此处的翻译包括但不限于语际间的翻译,而是社会实在可看作涌现性符号翻译,看作涌现于符号过程的现象,即再现体和对象之间建立关系产生阐释项过程中所做的负熵功,目的是使永不停止的意义产生和获取的符号过程(暂时)呈现某种形式并趋向某种路径。

涌现构建社会实在中整体与部分(如一与多、社会与个体)的因果关系。"涌现过程的因果关系是双向和复杂的":双向是指部分到整体的"自下而上"和整体到部分的"自上而下"的因果关系;复杂是指复杂性理论里的非线性(nonlinearity)意义,即整体和部分之间无法溶解的关系,整体涌现于部分交互的结果,同时又约束着部分并使之可能[3]。换言之,单就系统的整体和部分而言,整体的构建主要取决于部分之间的交互关系而非部分之间的简单叠加,同时整体对部分也有建构作用。因此,复杂性理论的非线性不是指从部分看整体以及从整体看部分的二元关系的循环论证,而是需要符合复杂性认识论假设的方法和概念工具。

社会文化实在的涌现来自"约束"。马雷关于"约束"的概念主要

---

[1] Marais, Kobus, "Effects Causing Effects: Considering Constraints in Semiotranslation", *Complexity Thinking in Translation Studies: Methodological Considerations*, 2019.

[2] Marais, Kobus and Meylaerts, Reine, eds. *Complexity Thinking in Translation Studies: Methodological Considerations*.

[3] Marais, Kobus, *Translation Theory and Development Studies: A Complexity Theory Approach*, p.50.

来自美国神经人类学家迪肯(Terrence W. Deacon)。迪肯通过"缺"的概念来定位向下因果关系的力量,不是定位整体,而是通过定位未实现的可能性的约束力,来规避向下因果关系的直线性问题①。他把"约束"定义为"消除本可能存在的某些特点";当事物的发展呈现某些习惯或趋势时,自然会去除另外一些习惯或趋势的可能性,习惯或趋势是"约束的表达"。②

马雷将迪肯的观点进一步阐释为,"当某个特定的整体从各部分之间的相互关系中涌现时,说明一条特定的路径是从无限潜在的可能性中实现的,而未实现的可能性(unrealized possibilities)成为整体上的一组约束,导致整体之后朝着特定方向发展"③。如此,未实现的可能性与系统的物质基础或已实现的可能性一样具有向下的因果关系,约束着系统并使之趋向某个轨迹,即"缺"的约束力。简言之,不是整体约束了部分,而是未实现的可能性、未发生的事情、未在场的事情,有向下的因果关系。就系统而言,这些未发生的可能性体现的是部分与部分、部分与整体之间的关系,这种关系在永不停止的符号过程中引入时间流的概念。如此一来,就不会出现整体—部分之间因果关系的"循环论证问题"以及"关于偶然性的逻辑问题"④。

2.3.3.2 涌现过程中的趋势:吸引子

根据涌现性符号翻译定义,翻译包含着复杂的符号过程,符号过程同时受熵增和熵减的驱动,可引起某一特定观察过程中初始符号

---

① 如同数学家引入"0"的概念一样,迪肯(2011:198)在意识/思想如何涌现自物质的理论探索中引入"缺(the absential)"的概念,如佛教里的一些哲学观点(空),通过思考"缺"来说明现实中或物性上不存在的事物对接下来要发生的事情,或者可能出现的过程中的形式,有因果作用。比如轮子,如果没有孔(hole),轮子是不会转的,对轮子来讲,孔是"缺"的东西,因为缺所以才有轮子,且是轮子转动的一个因素。
② Deacon, Terrence W, *Incomplete Nature: How Mind Emerged from Matter*, pp.182-205.
③ Marais, Kobus, "Effects Causing Effects: Considering Contraints in Semiotranslation", *Complexity Thinking in Translation Studies: Methodological Considerations*, p.56.
④ Marais, Kobus, *A (Bio)semiotic Theory of Translation: The Emergence of Socialcultural Reality*, p.136.

系统与后续符号系统之间的任何可能的关系。然而,在这个过程中往往只有某些关系实现了,其"冻结的时间可长可短,但始终是涌现过程的一部分",因此,初始符号和后续符号之间的关系不是等价的二元关系,而是阐释过程(interpretive process)的时间关系。在这个过程中形成的路径或轨迹是外力做功施加约束的结果,即负熵符号功,目的是为各种符号过程的可能性施加"约束"以对环境做出反应,以使系统从混乱到有序并获得生命力。在这施加"约束"的翻译过程中,某些形式、轨迹、习惯或形态涌现了。这些形态与"吸引子"有关。①

吸引子概念来自自然科学。物理学或力学涉及不同类型的吸引子,人文和社会科学研究中所谈到的吸引子都应该属于动力学中的"奇异吸引子"(strange attractors)②。马雷基于其他学者的研究③④,把符号过程中的奇异吸引子(下简称"吸引子")定义为"事物趋向于特定轨迹的一般趋势"⑤。简单理解就是,在永不停歇的符号或翻译过程中,某个过程中事物有朝某个稳态发展的趋势,这个稳态就叫做吸引子,轨迹指在这个稳态或不同稳态影响下系统所趋向的走势或路径。

吸引子的出现离不开符号过程的初始条件(initial conditions)和边界条件(boundary conditions)。"初始条件"是一个过程的初始状态;"边界条件",限制系统的因素。例如,"当考虑打台球时,初始条件将是球的数量及其在桌子上的位置,而边界条件将是桌子的大小,是否为100%平整以及台布的性质。初始条件和边界条件构成了特定路径涌现的背景"。吸引子对初始条件非常敏感,"初始条件的微小变化可能导致轨迹的后续发展的重大(不可预测的)差异",同时,

---

① Marais, Kobus, *A (Bio)semiotic Theory of Translation: The Emergence of Social-cultural Reality*, pp.37, 53, 158.
② 奇异吸引子是相对于平庸或周期性吸引子而言。奇异吸引子趋向的轨迹是复杂的,呈现一定的稳态,但没有像钟摆(周期性吸引子)般精确地复制路径。
③ Marion, Russ, *The Edge of Organization: Chaos and Complexity Theories of Formal Social Systems*, London: SAGE Publications, 1999, p.22.
④ Deacon, Terrence W, *Incomplete Nature: How Mind Emerged from Matter*.
⑤ Marais, Kobus, *A (Bio)semiotic Theory of Translation: The Emergence of Social-cultural Reality*, p.161.

吸引子导致的趋势(过程中的系统总体和结构)又会与整个系统和部分进行交互和回应,系统中的不同组成部分之间会互相影响互相作用,"结果导致结果"①。显然,对某个事物的符号过程观察应首先和同时观察该过程的背景,背景变了,吸引子以及吸引子导向的轨迹都可能改变,开始另外的符号过程。因此,"吸引子可使研究者观察到相似的轨迹,但不会声称每条轨迹都是相同的,保留着普遍性与特殊性、原因与结果的复杂性看法"。②

综上所述,社会文化实在是涌现性符号翻译的结果,"翻译"所做的负熵功,"约束"着符号过程朝向某个特定的轨迹发展,并呈现不同的趋向这个轨迹的稳定态势,即"吸引子"。"初始条件"、"边界条件"同时也意味着一些可能性没办法实现,视为"初始约束"和"边界约束"。翻译过程中一些"吸引子"的出现意味着一些可能性实现不了,从而约束着后续的吸引子和整体轨迹。因此,"约束"和"吸引子"可用作概念工具,来分析社会文化实在涌现的非线性原因。然而,对社会实在涌现的观察,如何识别"吸引子"和"约束",就本书而言,还需要用到社会叙事学里的"叙事"概念。

2.3.3.3 涌现过程中的趋势表征:叙事

叙事是一种认知工具,是人们脑子里对实在的想法,是一种将人类对实在的体验建构为有意义的整体的概念工具。叙事可看做是"复杂性系统中可见或可追溯的方面",而叙事理论可作为在人文社科中应用复杂性理论的"主要研究方法"。③④

---

① Marais, Kobus, "Effects Causing Effects: Considering Contraints in Semiotranslation", *Complexity Thinking in Translation Studies: Methodological Considerations*, p.59.
② Marais, Kobus, *A (Bio)semiotic Theory of Translation: The Emergence of Socialcultural Reality*, pp.136-137.
③ Marais, Kobus and Meylaerts, Reine, "Introduction", *Complexity Thinking in Translation Studies: Methodological Considerations*, p.15.
④ Harding, Sue-Ann, "Resonances between Social Narrative Theory and Complexity Theory: A Potentially Rich Methodology for Translation Studies", in Kobus Marais and Reine Meylaerts, eds., *Complexity Thinking in Translation Studies: Methodological Considerations*, New York and London: Routledge, 2019, pp.33-52.

"叙事"是人文学科的重要概念工具。与作为文学理论的"叙事"不同,社会叙事理论从心理学、社会学和交际理论视角将叙事看作是支持人们对世事进行认知的首要模式。社会叙事可具体阐述为"我们认可并指导我们行为的公共和个人'故事'",是"建构实在的手段",具有社会功能和政治意义。①②

社会叙事理论,由萨默斯(Margaret Somers)③④、吉布森(Gloria Gibson)⑤等学者最早正式提出,后由贝克(Mona Baker)⑥、哈丁(Sue-Ann Harding)⑦等应用于翻译研究。这些学者区分了四种类型的叙事:个人叙事、公共叙事、概念叙事和元叙事。个人叙事,又称"本体叙事",是关于"自己的故事",包括"自己"讲"自己"的故事,也包括别人讲"自己"的故事。例如,一个作家的自传或者别人给这位作家写的传记、甚至介绍词,都可视为个人叙事。公共叙事是"超越个人范围的文化或机构群体"(家庭、职场、宗教机构、教育单位、媒体、政府和国家)所阐述和传播的共享故事。例如,很多中国读者都会把路遥看做"当代中国最有影响的小说家之一",那么,这既是关于路遥的个人叙事,同时也是超越个人的群体所共享的公共叙事。概念叙事,或称"学科叙事",指在特定学术或专业背景下的学术研究

---

① Baker, Mona, *Translation and Conflict: A Narrative Account*, London & New York: Routledge, 2006/2019, p.19.
② Baker, Mona, "Translation as Re-narration", In Juliane House, ed., *Translation: A Multidisciplinary Approach*, Hampshire & New York: Palgrave Macmillan, 2014, p.165.
③ Somers, Margaret, "Narrativity, Narrative Identity, and Social Action: Rethinking English Working-Class Formation", *Social Science History*, no.4(1992), pp.591–630.
④ Somers, Margaret, "Deconstructing and Reconstructing Class Formation Theory: Narrativity, Relational Analysis, and Social Theory", in John R. Hall, ed., *Reworking Class*, Ithaca NY & London: Cornell University Press, 1997, pp.73–105.
⑤ Somers, Margaret R. and Gibson, Gloria D., "Reclaiming the Epistemological 'Other': Narrative and the Social Constitution of Identity", in Craig Calhoun, ed., *Social Theory and the Politics of Identity*, Oxford & Cambridge: Blackwell, 1994, pp.37–99.
⑥ Baker, Mona, *Translation and Conflict: A Narrative Account*.
⑦ Harding, Sue-Ann, "How Do I Apply Narrative Theory: Socio-Narrative Theory in Translation Studies", *Target*, vol.24, no.2(2012), pp.286–309.

(概念或解释等)叙事。概念叙事某种程度上暗示着其构建机构或群体具有权威性。例如,有些中外学者的研究发现,英国的主流媒体倾向于把中国的当代文学政治化、突出其为政治服务的目的,这可看作是作为权威机构群体的英国主流媒体对中国当代文学的一种概念叙事。这种概念叙事具有能动作用和导向性,如果被广大普通读者所共享,则可能变成公共叙事。元叙事又称"万能叙事",是"长期盛行以致被人们视为理所当然的"叙事,"民族主义、进步、启蒙运动、资本主义之于共产主义、全球化等,都是元叙事的例子"。

四种叙事之间的具体差别并非泾渭分明。个人叙事只有在一定的社会群体里才有辨识度,个人对自己的叙事也会受到他人或群体对自己叙事的影响,同时个人叙事也可以演变成公共叙事。概念叙事因其学术性和专业性,会在人们头脑里形成客观权威的认知,其重要性在于其"建立制度和指导社会行动的能力",超越个人和公共叙事的力量。元叙事跟所有其他类型叙事的区别在于时间的延续性,很多人这一辈子相对于元叙事可能不过是匆匆过客。正因为元叙事能够一直存在于人们的脑子里,元叙事被看做想当然和具有绝对价值。贝克指出,某叙事能够潜在地"跨越广泛的时间和地理边界"获得价值并成为元叙事,其关键在于使用这些叙事的机构和个人所享有的权力。例如"反恐战争"(war on terror)叙事,该叙事由世界上最强大的国家(美国)推动,并最终使之"逐渐从对美国的特定攻击的反应转变为对自由与文明之攻击的反应",该叙事的抽象理念为"不接受反驳并被视为具有绝对价值"。因此,元叙事看似容易被忽略,却可能有助于揭示叙事者的网络及其权力关系。①

根据马雷的"约束和吸引子的定性研究模式",②为了在复杂性视阈下说明这种趋势或可能性路径形成的原因,本书借鉴以上社会叙事学的相关概念,目的是为描述这些趋势并从这些趋势的叙事中

---

① Baker, Mona, *Translation and Conflict: A Narrative Account*, p.45.
② Marais, Kobus, "Effects Causing Effects: Considering Contraints in Semiotranslation", *Complexity Thinking in Translation Studies: Methodological Considerations*.

识别约束和吸引子。这里的叙事包括对中国现当代文学在英国汉学界三个机构层面接受情况的描述,也包括从这些描述中总结出的关于英国汉学界对中国现当代文学的概念叙事等。

2.4 复杂性视阈下中国现当代文学在英国汉学界的接受研究模式

本书以复杂性理论为整个研究的认知框架,以英国汉学界的主要机构为研究对象,从世界文学视角,通过考察2010年代中国现当代文学在英国汉学界不同机构的流通和阅读模式来探讨中国现当代文学在英国汉学界的接受情况,具体包括英国高校中国现当代文学课程的设置、中小学汉语教学对文学文本的使用、利兹大学当代华语文学研究中心的文学推广活动。这三个机构既属于汉学界的主要组成部分,又各自独立。中国现当代文学在三个机构层面的流通和阅读模式既是独立的复杂性系统,彼此之间又有互动性,同时又展现出共同的趋势,构成了中国现当代文学在英国汉学界接受情况的整体图景。该图景中呈现的趋势和轨迹将有助于进一步考察和探究中国现当代文学在英国汉学界的接受与英语世界宏观背景等因素的互动和影响。

复杂性理论,具体指涌现性符号翻译理论,在书中的运用整体表现在两点上:

第一,认识论层面的运用。马雷的符号翻译主张研究"意义"的目的不是为了解释差异和变化,而是根据过程本体论,承认、理解和解释差异和变化中的稳定性。因此,在描述和评价中国现当代文学在英国汉学界的接受情况时,从不仰视不俯视的认识论和研究态度出发。既不呼吁想当然地或无意识地以西方文明为中心的普世主义,也不站在后殖民主义视角以弱者的姿态批判中国文学域外交流的境遇,而是平视地看待中国现当代文学在英国汉学界的接受,从文学接受的实际环境和事实现状出发,观察趋势,分析原因。本书解释中国现当代文学在英国汉学界的接受趋势的目的不在于凸显差异

(中西方的对立),而是观察其中的复杂因素以及中国文学可能呈现的世界文学意义。

第二,方法论层面的运用。根据涌现性符号翻译的定义,中国现当代文学在英国汉学界的接受情况所呈现的趋势可看作是从翻译或符号过程中涌现的现象;该理论所带来的方法论启示,尤其是"约束和吸引子定性研究模式",为本书提供了分析工具和研究步骤。

从涌现性符号翻译理论来看:①在本书设定的研究范围内,每个机构对中国现当代文学的相关接受情况可以看做是相关机构的施为者对相关背景事件(教学改革、外语政策、中文学习等)的符号反应或有意义的阐释项,也就是涌现性符号翻译;②整个汉学界甚至英国社会、中英关系、西方人文学科的发展态势等构成这种接受情况的大环境;③作为符号系统或过程,中国现当代文学在每个机构的接受情况受系统内部存在的初始条件、边界条件的约束;④中国现当代文学在英国汉学界三个机构层面的接受情况会呈现出一定的趋势(作家作品的选择、文学叙事等),这些趋势则是系统内部要素之间、系统与外部环境(其他系统)之间互动的结果,是某些约束和吸引子的结果,可以用这两个概念来解释这种趋势的形成。因此,本书的假设有三点:①中国现当代文学在英国汉学界的接受是一个涌现性符号过程;②这个符号过程会呈现某种趋势,无论这些趋势是关于课程大纲的构成、作家作品的选择还是具体的文本解读等,都能够展现中国现当代文学在英国汉学界机构层面的流通和阅读模式倾向;③该流通和阅读模式在整体趋向上可构建关于中国文学的概念叙事,这些趋势的意义都是由某些约束(未实现的可能性)和使得阐释项朝向某个轨迹发展的吸引子导致的。

社会学领域的复杂性理论研究者伯恩和卡拉汉(Byrne & Callaghan)[①],总结了复杂性理论视阈下社会现象或事物研究的"基于建

---

① Byrne, David S. and Callaghan, Gill, *Complexity Theory and the Social Sciences: The State of the Art*, pp.154–172.

构主义的描述性-解释模式"(constructivist-based descriptive-explanatory model),该模式包括四个步骤:

(1) 定义(definition):定义我们感兴趣的真实事物的性质(nature)和形式(form)。

(2) 描述(description):描述感兴趣的事物的特征(characteristics)。

(3) 路径(trending):描述实体如何随空间和/或时间而变化,绘制复杂系统的路径,也就是建立叙事。

(4) 确立原因:对原因进行复杂性地分析。

结合以上阐述,这里将中国现当代文学在英国汉学界的接受研究模式简示为图 2-1。

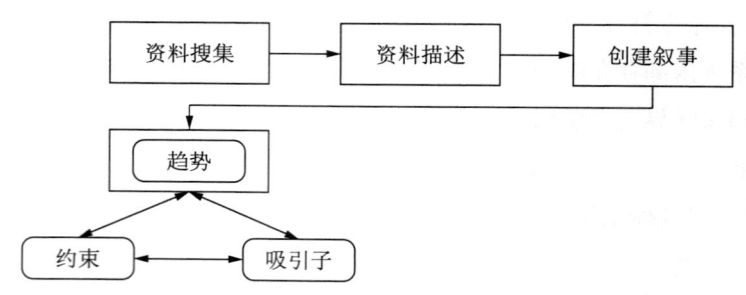

图 2-1　复杂性视阈下中国现当代文学在英国汉学界的接受研究模式

图 2-1 整体概括出本书与各个机构相关的研究步骤和所用到的概念工具。

(1) 资料搜集。鉴于学界至今还未见有对中国现当代文学在英国汉学界三个主要机构接受情况的具体考察,本书相当一部分的研究内容属于调查研究。中国现当代文学在英国汉学界三个主要机构(高校、中小学、利兹大学当代华语文学研究中心)接受情况的相关资料搜集工作不尽相同。与三个机构各自相关的资料和数据搜集来源、步骤和说明等会在各相关章节予以详细交代。

(2) 资料描述。在整体上,描述中国现当代文学在英国汉学界的接受环境;在个案上,分别描述中国现当代文学在三个机构里的接受情况,从世界文学视角,重点关注文学的流通和阅读模式倾向,如读什么和怎么读。

(3)创建叙事。与伯恩和卡拉汉绘制系统路径的叙事不同,本书的创建叙事不只包含对接受情况的描述,即中国现当代文学在英国汉学界三个机构层面的流通(作家作品选择趋势)和阅读模式倾向的描述,还包括这些倾向中呈现出的关于中国现当代文学的概念叙事。英国汉学界作为权威的学术机构,相关概念叙事能在更抽象宏观的意义上概括中国现当代文学在英国汉学界的接受趋势。

(4)本书在观察中国现当代文学在三个机构层面接受趋势所呈现的吸引子后,分析促使吸引子产生的约束,以及这些吸引子可能会给未来发展的轨迹带来何种约束。

需要指出的是,吸引子和约束概念更适合观察某一实在涌现的具体过程,如对某事物从初始符号到后续符号的发展轨迹的观察。然而,本书不是考察中国现当代文学在英国汉学界三个机构层面接受情况的历时发展轨迹,而是观察2010—2019年中国现当代文学在英国汉学界各个机构层面的总体趋势,并把这一趋势与英国汉学界近十年发展和相关宏观背景进行联系,尝试在复杂性视阈下分析促使相关吸引子产生的约束,以及这些吸引子可能会给未来发展的轨迹带来何种约束。此外,马雷的复杂性理论对翻译研究的启示,以及对约束、吸引子等概念工具的定性研究模式的尝试,只是复杂性研究方法论启发下的一个可能性。还有很多"复杂性"可能提供其他的研究模式和路径。

2.5 本章小结

本章首先通过对翻译研究困境的分析,对复杂性视阈下翻译研究发展的梳理,以及对涌现性符号翻译理论的阐释,表明复杂性视阈下的翻译研究不但是翻译研究学科上的突破,更在哲学认识论、翻译定义和方法论上为本书甚至广义上的中国文学文化的对外译介和接受研究提供启示。然后根据马雷的涌现性符号翻译理论和方法论启示，结合社会叙事学相关概念，本章构建了复杂性视阈下中国现当代文学在英国汉学界的接受研究模式，拟在描述—解释的总体模式下，通过搜集资料、描述资料、总结趋势和创建关于中国文学相关叙事等步骤，透视中国文学的接受情况，并通过吸引子和约束等概念工具来解释呈现这种叙事或趋势的原因。

第 3 章　中国现当代文学在英国汉学界接受的环境

"汉学界"这一概念通常指代的是研究领域,但英国汉学协会作为英国汉学界的代表性组织,中小学的汉语教学以及利兹大学当代华语文学研究中心的文学推广活动是明确包括其中的。就中国现当代文学而言,英国汉学界的组织和管理内容既包括中国现当代文学的研究,也包括中国现当代文学的教学。因此,本书的英国汉学界既包括研究汉学的英国高校和科研机构/协会,也包括开展汉语教学的英国大中小学,以及基于大学的英国最重要的华语文学推广组织。

依据涌现性符号翻译理论,中国现当代文学在英国汉学界三个机构层面的接受情况可视为符号翻译,是系统内各因素之间以及系统与外部环境之间互动的结果。英国汉学界 2010 年代关于科研和教学的整体发展状况构成中国现当代文学在英国汉学界接受的环境。为清楚了解中国现当代文学在英国汉学界的接受环境,本章对英国汉学近十年总体发展有关的档案资料、数据库、各大学招生网站等信息进行搜集、梳理和描述,从英国汉学学科发展、研究内容和专业设置情况来透视近十年(2010—2019)英国汉学研究的发展、高校汉学专业设置的状态和中文的地位等,以考察英国汉学的总体发展状况。

3.1 中国现当代文学在英国汉学界接受环境的资料搜集

3.1.1 资料搜集的范围和来源

本章的资料搜集主要包括两方面内容：一、英国汉学 2010/11 学年[①]至 2018/19 学年的发展状况，主要包括学科发展、现当代文学研究、专业招生情况、专业变化等。二、英国高校 2018—2019 学年开设汉学相关的本科生和研究生专业的情况，具体包括开设汉学相关专业的高校有哪些，都有些什么专业，呈现出什么样的趋势。

在英国，经国家教育部认定并设有本科及以上专业的大学至少有 130 余所；如果算上远程教育、专科学校、预科教育机构等，则近达 400 所[②]。为保证研究范围的适度性，本书设定资料搜索的范围为开设本科及以上汉学相关专业的大学以及相关专业开设情况，不包括开设短期、远程、非全日制教育的相关学校，如开放大学（Open University），该大学设有汉语和翻译相关的学位课程，因其提供的是远程教育，不计入本书的研究数据。

为保证用于观察英国汉学近十年发展的资料具有代表性，同时保证学校和专业的统计尽可能涵盖所有开设汉学相关专业的大学及相关课程，资料来源包括：①英国汉学协会（BACS）的官网；②英国汉学协会 2010/11 学年至 2017/18 学年，也就是 2011—2018 年的《英国汉学协会年报》（*BACS Bulletin*）（下简称"《年报》"，并按年份表示，如 2010/11 学年的年报表示为《年报 2011》）；③英国汉学协会 2013、2016、2019 年每三年为周期发行的《英国的中国研究现状》

---

① 英国大学的学年制与中国大学的学年制基本一致，多是从前一年的 9 月至次年 6—7 月。
② 由《泰晤士报》（*The Times*）、《英国大学卓越研究框架》（*UK University Research Excellence Framework*）和《大学完全指南》（*The Complete University Guide*）发布的《2020 英国大学排名》（*University League Tables 2020*），共有 131 所英国大学上榜；英国高等教育统计局（HESA）显示 2018/19 学年招生高校有 169 所；"英国高校招生服务（UCAS）"公布的 2018 年招生学校和专业目录共涵盖 376 所各类高等院校。

(*Report on the Present State of China-related Studies in the UK*)(下简称为《现状》,同样按年份表示,如《现状 2019》);④英国高等教育统计局官网(Higher Education Statistics Agency,HESA);⑤"英国高校招生服务(Universities and Colleges Admissions Service,UCAS)"官网;⑥英国《完全大学指南》(*The Complete University Guide*,CUG)的全英大学学科排行榜;⑦英国罗素集团大学成员。

英国汉学协会成立于 1976 年伦敦大学亚非学院会议期间,《年报 2018》显示其会员有 220 人,大部分成员是英国大中小学校或研究所从事汉学相关的教学和科研人员,也包括相关专业的研究生,是英国公认的最权威的代表全英汉学发展的学术组织。据其官网介绍,该协会"是一个非政治性组织,旨在通过组织会议、讲座、研讨会等活动鼓励和促进英国汉学发展,是全英唯一的汉学研究学科协会,代表英国整体汉学界"①。协会自 1982 年开始,每年发表《年报》,记录过去一个学年全英汉学的发展状况,具体包括协会主席报告、各高校和研究单位关于中国研究相关的年度科研和教学总结以及会员名单。目前,2011—2018 年的《年报》可直接从英国汉学协会的官网下载,2011 年之前的《年报》保存在伦敦大学亚非学院档案馆。《现状》由大学中国委员会(Universities' China Committee in London,UCCL)②资助发行,每 3 年更新一次,目前已发行三版(2013、2016、2019),报告内容主要涉及:学生人数、本科和研究生学位专业、在英留学的中国学生人数、全英汉学机构的汉语系(部)和研究中心名单③。这部分资料不但提供英国大学开设汉学相关专业的信息,更为本书提供与大学的招生和课程设置密切相关的资料及进一步搜索资料的线索,便于观察近十年英国汉学的发展。"英国高校招生服务"(UCAS)是

---

① 参见协会官网网址:http://bacsuk.org.uk/(最近检索日期:2020 年 1 月 5 日)。
② UCCL 设在伦敦,属于英国的教育信托组织,为到中国做研究访问的英国学者和来英国做研究访问的中国学者提供资助。该组织是英国政府于 1931 年从庚子赔款中拨出 20 万英镑成立的,主要由英国的汉学家和其他与中国有关系的人士组成。
③ 该报告可在汉学协会官网下载,但只提供最近三年度的现状报告,自 2019 年底,第二版(2016)就已被第三版(2019)取代。

统一为考生提供大学入学申请服务的机构,所有拟在英国读本科的学生(包括英国本土和欧盟以及国际考生)都必须通过该机构来申请学校。几乎所有的英国高等教育机构都是其成员,《现状 2019》根据其公布的 2018/19 学年招生学校和专业目录,共统计出 44 所大学招收汉学相关专业[1]。当然,这其中包含专科院校、远程学校、继续教育机构,也有可能漏掉个别学校,后文会再有提及。根据英国《完全大学指南》的全英大学学科(Subject)排名[2],按照排行榜所涉学科中与汉学或中国研究最相关的"东亚与南亚研究"学科排名榜(East & South Asian Studies League Table),本书对 2015—2020 连续 5 年的榜单上的大学学科排名进行分析,尽可能合理扩大调查对象的范围,尽可能把 2018/19 学年设有汉语教学、汉学或中国研究的高等院校都包括进来。根据该榜学科排名,2015—2020 年全英高校东亚与南亚学科排名前 20 位的大学有 21 所,这 21 所大学都将包括在资料搜集的范围。此外,英美国家的著名高校大多设有中文相关的专业或课程,为尽量避免遗漏,属于英国罗素集团的 24 所大学亦纳入检索范围[3]。

3.1.2 资料搜集的程序和方法

确定资料搜集范围和相关信息源之后,检索和搜集资料的步骤如下:

(1) 英国汉学协会《年报》《现状》上关注:学科定位、招生人数、专业设置(新增或取消专业)、研究和教学兴趣、主要研究者的研究方向及贡献等。

---

[1] 英国汉学协会发行的 2018/19 学年的《现状》,同时提供 44 所大学及汉学相关专业目录的附件下载链接。
[2] 参见网址:https://www.thecompleteuniversityguide.co.uk/league-tables/rankings/east-and-south-asian-studies。
[3] 罗素大学集团成立于 1994 年,最初有 17 所大学组成,至 2012 年发展至 24 所。集团因成员高校的校长每年春季固定在伦敦罗素广场旁的罗素饭店举行会议而得名。会议的主要目的是请政府为会员大学的相关利益(例如资助和研究)作出决策。罗素大学集团可谓代表了英国 24 所顶级高等教育机构。

（2）从信息源中整合出拟供检索2018/19学年开设汉学相关专业的大学名单。依照大学名称的核心词汇，将这些大学按照英文字母排序，形成初始名单。

（3）到初始名单中各个大学的官网上手动检索这些大学汉学相关专业的开设情况。具体检索的办法如下：进入大学的官方网站，找到本科生、硕士生的学位专业（通常用"course"或者"subject"表示）搜索引擎，分别以三个关键词"Chinese"、"China"、"Mandarin"进行主要检索，再分别佐以"Translation"和"World Literature"来查漏补缺，对这些高校在本科生和研究生两级三个层面进行检索。这三个层面包括：本科生（undergraduate）、课程型研究生（Postgraduate Taught）、研究型研究生（Postgraduate Research）。

（4）在使用关键词进行检索时，需要注意无效信息的过滤，比如，以"China"在赫特福德（Hertfordshire）大学网站上检索研究生专业学位时，检索出两个专业学位名称"MSc Business Psychology"和"MSc Occupational Psychology"，经进一步核实发现，之所以被检索到是因为学生在校期间的一些调研项目实施地包括在中国的单位或组织[1]。值得说明的是，英国汉学官网提供的44所2018/19学年开设汉学专业的大学和汉学专业名单，其中研究生专业是依据"Prospects"和"Find A Masters"来检索的。这是两家著名研究生专业检索网站，前者只针对英国大学，后者针对世界各地大学，但这两家网站只提供高校已付过广告费且处于广告有效期内的专业。其提供的汉学专业课程表里显示，设立汉学研究生专业的英国大学里未见威尔士三一圣大卫（Wales Trinity Saint David）大学，但手动检索结果发现，该大学是英国为数不多开设传统汉学硕士专业的大学。因此，手动逐个检索的方法虽然老笨且非常耗时，但可确保检索结果涵盖尽可能多的相关数据。

---

[1] https://www.herts.ac.uk/courses/business-psychology（检索日期：2018年11月—2019年1月）。

（5）手动检索汉学相关专业信息的同时记录专业相关的基本信息，这些信息包括：大学名称；本科专业名称，独立专业和联合专业分类记录；研究生专业名称；开设专业的部/院/系/或所；专业介绍（如果有的话）；查看专业培养方案，初步查看是否开设与中国现当代文学相关的课程。

需要指出的是，就以上资料使用的伦理而言，《现状》的首页上明确说明："报告上的数据在提供来源和作者的情况下都可以被使用"；《年报》未有对使用权限作额外申明，本书在使用时尽量给出相关的学年时间以及相关部分的作者。

3.2 英国汉学发展历史简述

在观察英国汉学近十年的发展趋势之前，有必要简单了解一下英国汉学发展的历史。

汉学可追溯到中国学者自汉朝以来历代的国学研究，也包括发展自欧洲、日本和美国等不同国家的海外汉学研究。从1814年法兰西学院设立汉学教师席位算起，欧洲的传统汉学距今已有两百余年的历史，但直到1860年才作为一门研究学科被法国之外的欧洲高校学术圈接受[1]。欧洲其他国家的传统汉学，基本沿袭法国汉学的传统，以语文学和文学研究为主。直到二战之后，尤其是在1949年中华人民共和国成立之后，区域研究（Area Studies）开始在美国大学兴起，并"随着美国国际地位的增强，逐渐影响到欧洲的汉学研究传统"[2]。影响最大的是美国哈佛大学的费正清（John King Fairbank，1907—1991）教授，也是美国最负盛名的中国问题观察家。区域研究带有明显的政治目的，"作为冷战的思想情报库、参谋部，美国大学里区域

---

[1] Zurndorfer, Harriet T., *China Bibliography: A Research Guide to Reference Works about China Past and Present*, Leiden and New York: Brill, 1995, pp.4-6.

[2] Zurndorfer, Harriet T., *China Bibliography: A Research Guide to Reference Works about China Past and Present*, pp.32-36.

研究的主力和重点放在政治学和社会科学,人文艺术学科,包括历史,基本上走的是旧式东方主义的路线。"①然而,不容否认的是,虽有区域研究背景,几十年来,海外汉学在很多方面,如中国文学、宗教、历史、哲学等方面,成果丰硕,且给中国学界带来丰富的学术碰撞和思考。

英国高校学术圈的汉学研究大致始于鸦片战争前后。1837年,基德(Samuel Kidd,1799—1843)被任命为伦敦大学学院首位汉学教授,1847年费伦(Samuel John Fearon,1819—1854)被任命为伦敦国王学院的中国语言文学教授,1876年理雅格(James Legge,1815—1897)获得牛津大学东方学院的中国语言文学教席职位,尤其是1916年伦敦大学亚非学院(SOAS)②的建立,英国高校相继开设中文课程与汉学研究专业,汉学研究逐渐进入英国的学术话语体系并得到发展。亚非学院如此介绍其成立的双重使命和目的:"增进关于亚洲的学术知识、开展相关实用教学,使伦敦大学可与柏林、列宁格勒和巴黎的著名东方学校相媲美;该学院旋即成为培训英国行政人员和大英帝国驻海外殖民地官员的重要机构,但同时也是学术中心,从事亚洲现代和古代语言以及亚洲历史、地理、习俗、法律和文学的教学与科研。"③这说明,以亚非学院为基地的汉学研究,既有服务于英国政府的一面,也有其学术的一面。关于二战后英国汉学的发展,国内外学者普遍认为英国汉学的学术传统与英国政府的政策导向和组织架构有很大关系④⑤。最为熟知的是英国政府先后发行的1947年《斯卡布勒报告》(*Scarborough Report*)、1961年《海特报告》

---

① 王斑:《全球化、地缘政治与美国大学里的中国形象》,《美国大学课堂里的中国:旅美学者自述》,第48页。
② 全称是"东方与非洲研究学院"(School of Oriental & African Studies,SOAS),常被简称为"亚非学院"。
③ 参见伦敦大学亚非学院的官网介绍 https://www.soas.ac.uk/centenary/the-soas-story/early-years-1917—36/(最近检索日期:2019年12月3日)。
④ 马茂汉〔德〕:《德国的中国研究历史、问题与现状》,廖天琪译,张西平主编:《欧美汉学研究的历史与现状》,郑州:大象出版社,2006年,第266页。
⑤ 陈友冰:《英国汉学的阶段性特征及成因探析——以中国古典文学研究为中心》,2011年6月1日,中国高校人文社会科学信息网 https://www.sinoss.net/2011/0601/33503.html。

(Hayter Report)、1986 年《帕克报告》(Parker Report)和 1993 年《霍德-威廉姆斯报告》(Hodder-Williams Report)。亚非学院在关于其亚洲、非洲和中东研究时也谈到,"英国大学的教学、科研以及图书馆的辅助收藏"都受到这四大报告所提建议的影响①。这四大报告的共同特点是:现状调查和对策建议针对的是整个东方学的研究,汉学研究只是其中的一部分,如《斯卡布勒报告》的全称是《关于东方、斯拉夫、东欧和非洲研究的斯卡布勒报告》(The Scarborough Report on Oriental, Slavonic, East European and African Studies);②所发现的问题与对策建议都是根据英国国家和社会的需要来衡量。这四个报告在英国汉学发展和转向中起着重要作用。简言之,英国汉学,在中国通俗文学研究、太平天国研究、敦煌研究方面,成绩突出且相关史料保存得丰富而系统,但相比于美国和欧洲其他国家,二战后英国的中国研究发展缓慢。这可能与英国政府推行的"实用主义"政策相关,尤其是 70—80 年代的撒切尔政府,认为中国研究是一门非实用的学科,再加上人才缺乏、资金不足,"英国的中国研究是带有实利主义色彩和出于对异国情调的关心去研究的"③④,而且往往属于区域研究的下属学科。

此外,谈到海外汉学的话题,中国学界目前常用的术语有"海外汉学"、"中国学研究"、"中国研究"。在英语学术圈里(含课程科目)常见的有"Sinology"、"Chinese Studies"或"China Studies",其中"Chinese Studies"使用得相对频繁和宽泛。例如,英国高等教育统计局(HESA)每年公布的考生人数和科目相关信息时,在语言科目里,只有英语是"English",其他语种科目均表示为"语种+研究",如:

---

① 参见亚非学院相关网页:https://www.soas.ac.uk/library/about/what-makes-soas-library-special/i-uk-overview.html。
② 该报告档案资料现存于英国丘园国家档案馆,参考网址:http://discovery.nationalarchives.gov.uk/details/r/C1829365。
③ 近藤一成(日):《英国中国学研究现状》,胡健译,《国外社会科学》,[1991]1992 年第 5 期,第 56 页。
④ Barrett, Timothy Hugh, *Singular Listlessness: A Short History of Chinese Books and British Scholars*, London: Wellsweep Press, 1989.

"French Studies"、"Spanish Studies"、"Chinese Studies"等①。伦敦大学亚非学院的本科专业里,"Chinese"和"Chinese Studies"是两个不同的专业,前者对考生的语言基础没有要求,专业培养的目标偏重中文语言技能以及对中国文化的总体了解;后者要求考生中文达到中级或高级水平,培养目标是"把语言学习和不同领域里与中国相关的学科结合起来"②;在硕士专业里,"Chinese Studies"和"Sinology"又分别是两个不同的专业,前者的培养目的是用不同的学科范式来研究现当代中国,而后者要求考生必须有相当于亚非学院汉语专业本科生三年级的古代汉语和现代汉语基础水平③。由此可见,在英国大学的学术语境里,"Sinology"更多是指"古典或传统汉学",而"Chinese Studies"表示现当代中国研究,带有明显区域研究的特点,但该术语使用得相对宽泛。英国大学中国委员会(UCCL),每年对各个开设"Chinese Studies"专业的大学进行专业设置和学生人数进行调查,在给高校发放的调查问卷中将"Chinese Studies"专业定义为:"包括中文(普通话)语言学习以及其他相关中国元素学习的专业,如文化、历史、政治等,同时也指中文与其他领域或语言联合的语言学位专业"④。此定义显然没有区分古代汉学和现代中国研究,而是把中文、中国研究、古代汉学统一表示为"Chinese Studies"。

可见,英语里的"Chinese Studies"无论是指学位专业还是研究领域,意义松散且宽泛。为方便讨论,在谈到英国高校课程设置时,若非另外加以区分,本书都统一用"汉学课程"来指代英国高校开设的

---

① 可参考英国高等教育统计局(HESA)官网:https://www.hesa.ac.uk/(最近检索日期:2019年12月3日)。
② 本科专业参见网址:https://www.soas.ac.uk/admissions/ug/undergraduate-programmes-by-subject/(最近检索日期:2019年12月3日)。
③ 硕士专业参见网址:https://www.soas.ac.uk/pg-degrees-subject/#china(最近检索日期:2019年12月3日)。
④ 参见英国汉学协会(BACS)发行的2019年版《英国汉学研究现状》(下简称《现状2019》)第4页。

与"Chinese(Studies)"相关的课程,包括中文(Chinese)、古典汉学(Sinology)和中国研究(Chinese Studies)的独立学位专业、联合学位专业以及主—辅修专业①。同时,本书用"汉学界"来指代英国汉学的科研和教学相关的领域,而非仅限于传统意义上的科研领域,这一点也与英国汉学协会的汉译名称一致。

3.3 英国汉学近十年的总体发展状况(2010—2019)

本节将围绕以下四个方面来探讨英国汉学总体发展状况:英国汉学协会的使命、英国汉学的学科地位发展、英国汉学的科研关注点、汉学专业的设置和招生情况等。旨在识别出英国汉学总体发展的大致趋势和走向,以此探视中国现当代文学在英国汉学界接受的背景和环境。《现状》受英国大学中国委员会(UCCL)委托和资助,由英国汉学协会负责更新和发行。2013年的第一份报告得到中国驻英国领事馆的协助编撰,作者为特蕾西·佛伦(Tracey Fallon)博士②,现为宁波诺丁汉(Nottingham Ningbo China)大学中国研究助理教授③;2016、2019年版的《现状》均是在2013版基础之上进行数据的更新,作者分别为牛津大学中国研究中心的帕梅拉·亨特(Pamela Hunt)博士、伯明翰大学博士后研究员乔纳森·杜格德尔(Jonathan Dugdale)博士。《现状》主要是对英国汉学专业三年发展周期的总结,大部分信息在相应年份的《年报》都有提及,故下文在细读相关信息后,将二者进行整合描述。

---

① 根据英国高等教育统计局(HESA),同很多其他学科专业一样,英国大学"汉学相关"专业有独立专业和其他按学科比例分配的专业。这些按学科比例分配的专业通常包括:联合专业(50/50%)、主修/辅修专业(67/33%)、三分专业(34/33/33%)。可参见统计局官网。
② 本着正文内尽量少用外文表达的原则,本书尽可能把涉及的各类名字找到对应的汉语名称,在无法确定某位汉学家是否有汉语名字的情况下,将其名字音译为汉语。
③ https://www.nottingham.edu.cn/cn/contemporarychinese/people/traceyfallon.aspx(最近检索日期:2019年10月5日)。

3.3.1 英国汉学协会的使命

英国汉学协会《年报》的主要内容包括:协会主席讲话、汉学研究现状、各机构每学年的教学和科研总结。主席报告和研究现状由主席本人撰写,总结分别由各个机构的教师或研究人员撰写,最后汇总交由编辑整合①。协会主席一般每三年为一个任期,2010/11学年的协会主席为谢菲尔德大学的蒂姆·赖特(Tim Wright)教授,11/12至13/14学年的协会主席是彼时任职伦敦大学亚非学院的贺麦晓(Michel Hockx)教授②,14/15至16/17学年是格拉斯哥大学社会与政治学系的杜珍(Jane Duckett)教授,自17/18学年始是伯明翰大学历史学系的史怀梅(Naomi Standen)教授。英国汉学协会官网和8个年度三位协会主席报告表明英国汉学协会两个最重要的使命:一、促进公众对中国、中国文化和语言的理解;二、做好全英汉学各界的代表性组织。第一个使命被贺麦晓称为"公共利益",他还两次提到促进对中国的"思辨理解"(critically informed understanding),强调对中国的认识不能停留在表面或各种信息来源,而需要有独立的思考和反思。第二个使命,主要体现在英国汉学协会的组织力量上。作为全英汉学各界的代表组织,该协会要协调和联络全英各机构中文教育和中国研究的发展,争取经费、反映和分析问题,促进汉语和中国研究向更广阔的领域发展。诚如《年报》中反复提到的,"英国汉学协会是全英汉学研究最新动态的唯一信息来源"③。

3.3.2 英国汉学的学科发展

《年报》和《现状》全部聚焦英国汉学的学科发展,主要关注其学科地位的变化、面临的处境、困难和机遇。从复杂性系统理论来讲,

---

① 《年报》2011至2013的编辑是Jeremy Taylor,2014至2016是Isabella Jackson,2017是Tehyun Ma,2018是Andreas Fulda。
② 贺麦晓(Michel Hockx)教授2016年从亚非学院离职,出任美国圣母大学(the University of Notre Dame)刘氏亚洲研究所所长(the Liu Institute for Asia and Asian Studies)。
③ 参见《年报2014》的第5—6页、《年报2016》的第3页、《年报2018》的第4页。

越是变化的环境,系统所呈现出的稳定态势往往越能体现出不同因素之间的互动关系。英国汉学的学科地位与资金的资助密切相关。

英国汉学学科地位的挑战。几乎在所有的《年报》里,协会主席报告中都有相当的篇幅讲述英国汉学协会,如何上下左右斡旋和努力,宣传区域研究(包括汉学)的重要性,以获得政府资助。英国社会科学院(the British Academy,BA)、英国卓越研究框架(Research Excellence Framework,REF)[①]、英国艺术与人文研究委员会(Arts and Humanities Research Council,AHRC)都是自上而下根据"影响"(impact)来决定优先资助哪些学科的机构。英国汉学协会属于英国区域研究协会理事会(UK Council for Area Studies Associations,UKCASA)、英国大学现代语言协会(the Universities Council for Modern Languages,UCML)和艺术与人文协会(the Arts and Humanities Association,AHA)成员。因此,协会的理事会成员需要经常直接或间接地向这些决定学科资助政策的机构和组织强调人文学科、区域研究、汉学研究的重要性。但是,2010 年 11 月英国政府颁布新的高等教育改革政策,大幅上调学费,并同时削减英格兰大多数直接教学资助,取消大部分本科专业的政府资助,只保留部分高成本学科专业的资助[②]。英国政府的该项政策主要基于英国商业部的建议,更多是从经济战略的角度出发,优先资助能带来"快速影响"

---

① 2014 年 REF 取代之前开展的研究评估活动(Research Assessment Exercise,RAF),成立指导小组,监督和评价本国高等院校科学研究项目。指导小组由英格兰高等教育拨款委员会(HEFCE)、苏格兰资助委员会(SFC)、威尔士高等教育拨款委员会(HEFCW)和北爱尔兰就业与学习部(DEL)联合构成。REF 主要评估三个科研要素:产出的质量(例如出版物,表演和展览)、对学术界的影响、支持研究的环境,其结果将决定未来六年英国各高等院校从英国政府资助机构所获得的研究经费数量。英国高等教育基金会(HEFCE)于 2018 年 3 月底关闭,由"研究英国"代替,负责资助英国大学开展研究及知识交流活动,并与英国高等教育资助机构联合开展及实施 REF。

② 英国政府 2010 年 11 月 3 日颁布的高等教育改革政策,大部分基于 Browne Report 上的建议。该报告 2010 年 10 月由英国商业、创新与技能部(Department for Business, Innovation & Skills),现名"英国商业、能源与工业战略部"发布,详见 https://www.gov.uk/government/publications/the-browne-report-higher-education-funding-and-student-finance;也可参见新浪新闻:http://edu.sina.com.cn/a/2010-11-11/1106195334.shtml(最近检索日期:2019 年 2 月 1 日)。

(rapid impact)的学科。如此一来,人文学科国家资助经费削减,区域研究,作为边缘学科,面临着生存的压力。

英国汉学学科地位的机遇。英国社会科学院(BA)根据英国外语人才匮乏的现实,鼓励加大培养本土人才,加大外语项目的资助。原本就被认为是相对高消耗学科的现代语言,比起区域研究,优先得到国家政府的资助。而且,区域研究若想获得资助,必须强调其学科里的语言因素。在此引用蒂姆·赖特在《年报2011》上主席报告中的一段话:

> 2011年6月英国区域研究协会理事会的年度大会上,英国社会科学院即将上任的国际秘书长海伦·华莱士(Dame Helen Wallace)教授作了专题演讲。华莱士教授强调英国外语能力的严重不足,虽然招聘各方面外国人才可部分解决这一问题,但英国社会科学院深信语言的重要性,认为有必要培养英国本土外语人才,并设有额外资金予以资助。由于资助机构的程序是直接指向某一具体学科,区域研究很难获得资助机构的资助,但华莱士教授发出了一个强烈的信息,即区域研究者在申请国家社会科学院资助时应强调其研究项目的语言成分(language component)。(《年报2011》,第3页)

作为区域研究的汉学,其学科地位借助现代语言优势逐渐发展,并促进大学汉学教育与中小学汉语教学之间的衔接联系。2013年,贺麦晓认为英国汉学界应该思考如何在"中国崛起"和国家高等教育资助体制改革的背景下发展以语言为基础的区域研究。根据他的调查研究,过去15年,汉语专业的考生在稳定增长,但远不如日本研究的考生数量。然而,跟现代语言里的其他语种比,汉学正在逆势发展。根据2013年招生情况,汉学专业是现代语言所有专业中唯一考生数量增长的专业。同时,他也对汉学师资进行调查,结果显示30%的汉学教师都不是在英国接受的本科教育,这说明,英国大学汉学研究培养的学生在学科知识、区域知识以及语言技能方面还不足以具备区域研究的能力。在这种趋势下,到 2014 年,英国汉学界则把大学里的汉学教育与中小学的汉语教学之间的关系问题提上议程,并提出亟待解决的两个衔接问题:从中小学汉语学习到大学汉学专业的衔接,从大学汉学专业到社会就业的衔接。而这样问题的提出是因为:中小学的汉语学习到底在多大程度上对大学学习有用,大学汉学专业毕业的学生汉语水平参差不齐。从 2015 年开始,根据协会主席杜珍的报告,英国汉学协会开始跟伦敦大学学院教育研究院(the Institute of Education,IoE)中小学孔子学院(Confucius Institute for Schools)合作,开展汉语学习推广活动,鼓励中小学生将来读大学时继续学习汉语,想办法帮助做好中小学—大学期间的学习衔接。相关活动诸如,2015 年英国汉学协会在曼彻斯特大学召开中文系负责人联席会议,2016 年印制《为什么学习中文》的宣传册并分发到英国所有的中小学,参与英国文化协会"英国未来计划"(Generation UK:China)活动①等。同时利用社交媒体进行相关宣传。就学科地位而言,《年报 2015》显示英国区域研究在 REF2014 年评估中,总体上在"影响"这一项成绩不错。因此,英国汉学协会认为英国汉学应该在 REF2020 评估上展现出区域研究与现代汉语研究之间的边界,确保在学科评审上突出汉学研究的特点。及至 2018 年,英国汉学研究已经把中文完全看做是现代语言的一部分,这里引用当年协会新任主席史怀梅教授的一段话:

> 一般的人文学科,特别是现代语言和区域研究需要更加紧密合作,以应对政府政策和未来学生对我们领域的愈加不重视。英国汉学协会一直在努力确保将中文视为现代语言的完整组成

---

① "英国未来计划"(Generation UK:China)项目是英国文化协会(British Council)支持并鼓励英国学生来华留学或工作的一项重要举措。本项目于 2013 年启动,计划到 2020 年吸引累计超过 80 000 名英国年轻人来华交流或参与实习。注:本信息及中文翻译来自英国大使馆文化教育处官方网站。

部分,以捍卫区域研究的持续存在,并强调将语言技能与学科培训相结合的重要性。(《年报2018》,第2—3页)

英国各个汉学机构的财政资助主要来自国家机构的资助,也有少数大学会得到社会赞助。根据《年报2011》,英国各高校里,曼彻斯特大学、牛津大学、布里斯托大学、利兹大学、谢菲尔德大学等得到国家机构资助相对较多。以曼彻斯特大学为例,该大学的汉学研究中心同牛津大学、布里斯托大学的汉学研究中心一样,是英国大学校际间中国协会(British Inter-University China Centre,BICC)的成员,2011年从经济和社会研究委员会(ESRC)、艺术和人文研究委员会(AHRC)以及英格兰高等教育基金会(HEFCE)获得500万英镑资助,用以在未来5年里建设以语言为基础的区域研究[1]。利兹大学和谢菲尔德大学则是依靠白玫瑰东亚研究中心[2]从英国艺术和人文研究委员会(AHRC)、英国社会科学院(BA)获得资助,用以建设基于语言的区域研究[3]。

有些大学的汉学研究得益于私人捐款。牛津大学2010年获得1 000万英镑的捐款,用于支持大学的中国研究。捐助者为国际商业领袖潘迪生爵士(Dickson Poon CBE),他在伦敦和香港都有公司总部,在欧洲和亚洲拥有众多公司和资金来源[4]。2011年是牛津大学的

---

[1] 参见《年报2011》第35页。
[2] 2006年,费立民(Flemming Christiansen)教授带领利兹大学与谢菲尔德大学联合申请到400万英镑的资助,创立跨校合作的白玫瑰东亚中心(White Rose East Asia Centre,WREAC)。该中心由全英汉学研究所和全英日本研究所组成,是布莱尔政府任内成立的五个重要校际合作联盟之一。另四个校际联盟为:英国大学校际间中国中心(牛津、布里斯托、曼彻斯特大学),东欧研究中心(圣·安德鲁、爱丁堡、阿伯丁、佩斯利·斯特拉斯克莱德、纽卡斯尔大学、诺丁汉),阿拉伯世界研究中心(爱丁堡、杜伦、曼彻斯特),东欧和前苏联区域研究中心(牛津、伯明翰)。
[3] 参见《年报2011》,第43页。
[4] Dickson Poon CBE:潘迪生爵士(1956—),CBE,SBS,香港商人,旗下业务包括钟表、百货公司与著名品牌时装零售。2015年受英女皇封为下级勋位爵士。潘迪生是钟表商人潘锦溪之子,他在香港就读圣若瑟小学,后前往英国就读中学,大学则在美国就读,主修哲学及经济。

圣休学院(St Hugh's College)成立125周年,该笔捐款用于建造圣休学院的中国研究中心大楼,即今天的牛津大学潘迪生中国中心大楼(the University of Oxford Dickson Poon China Centre Building)。

有了资金资助,就可解决汉学研究的可持续发展问题,为此英国汉学协会不时在其网站和社交媒体上更新全英相关项目的申请信息,甚至计划开办基金项目申请书写作工作坊,以增加申请成功的概率。协会下设的组织机构包括英国汉学研究生联盟(BCPS)、中文作为第二语言学习者联盟(ASCSL)和英国中文教学协会(BCLTS)。根据各学年的《年报》,协会每年会为汉学研究生联盟的年会提供一定资助。此外,代表全英汉学研究的汉学协会只设有两个基金项目,一个是华语充实奖学金(HES),为英国汉学研究人员提供在台湾学习普通话的机会;另一个是2016年在协会成立40周年设立的汉学研究"青年学者"(Early Career Researcher, ECR)奖学金,用以奖励关于中国传统或现代中国艺术、人文和社会科学方面的优秀论文。此外,英国汉学对台湾地区的研究和文化交流做得很好,很大程度上得益于蒋经国基金会(the Chiang Ching-kuo Foundation)。这些都说明,英国汉学的发展同很多国家的学科发展一样,很大程度上需要仰仗政府的资金资助,因此在学科发展重心上需要依据国家资助政策进行调整和适应。

3.3.3 英国汉学的科研关注点

3.3.3.1 总体科研情况

英国汉学近十年科研总体的考察情况,主要依据英国汉学协会《年报2011》至《年报2018》上各汉学机构关于本机构的科研介绍资料,考察的重点为各机构2010—2018年出版或发表的与汉学相关的书籍。需要指出的是,这里只是大致的考察情况,并非意味着对英国汉学以及各个科研机构关于汉学科研产出情况的精准统计。统计原则:不统计期刊文章,但包括期刊特辑;除了译著,不包括少数其他语种发表的作品;内容与汉学完全不相干的未有统计;只统计到

2018年,不包括《年报》中提到的将于2019年出版的书籍①。按此原则,一共统计出101本书籍。首先,按书籍的成果形式进行分类(如:专著、编著、译著等),具体见表3-1。

表3-1 英国汉学界出版的书籍成果形式和数量(2010—2018)

专著	编著	译著		期刊特辑	其他			总计
		中译英	英译中		工具书	教材	中英翻译研究	
60	22	5	4	5	2	2	1	101

表3-1中数据显示,在所有书籍成果中,以专著为主;教材、工具书之类的只占很小的比例;有翻译成中文流通到中国的,也有从中文翻译到英国汉学界的作品;研究内容涉及中国古代、现代、当代研究的各个方面。下面按照古代、现代、当代、综合和其他来进行数据分类,情况如表3-2所示。

表3-2 英国汉学界出版的关于不同时代中国研究的书籍数量(2010—2018)

古代	现代	当代	综合	其他	总计
23	12	41	15	10	101

表3-2是从年代分类角度展示书籍出版的总况。该表中的"综合"指关于中国的现代和当代一起,或者是从古代一直写到现代的中国,如威尔士三一圣大卫大学的编著《全球化与中国宗教的现代性形成》(Globalization and the Making of Religious Modernity in China),里边收集的论文从1800年一直写到中国的现当代;"其他"是指无法进行准确年代的分类,如表3-1中的"其他"分类。分类后的情况表明,英国汉学研究对当代中国非常关注。

从英国汉学各研究机构的出版数量来看,这101本汉学研究书籍排在前三名的是剑桥、牛津和伦敦国王学院,分别出版了18、15、12本汉学书籍,其次是利兹、爱丁堡、诺丁汉、威斯敏斯特、曼彻斯

---

① 鉴于有些高校会提前介绍正在写的和即将发表的专著,该统计原则可确保各高校统计标准的统一。

特五所大学，出版的书籍数量分别为10、9、8、7、6。具体情况见图3-1。

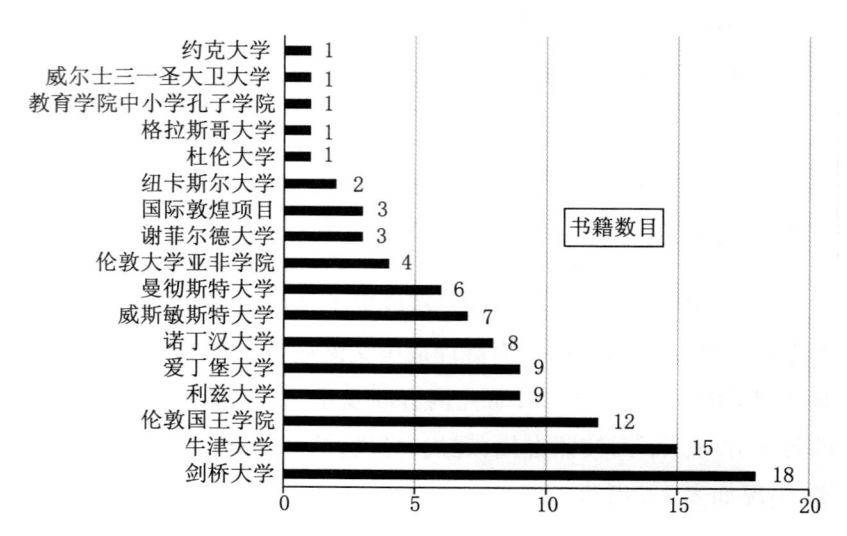

机构	书籍数目
约克大学	1
威尔士三一圣大卫大学	1
教育学院中小学孔子学院	1
格拉斯哥大学	1
杜伦大学	1
纽卡斯尔大学	2
国际敦煌项目	3
谢菲尔德大学	3
伦敦大学亚非学院	4
曼彻斯特大学	6
威斯敏斯特大学	7
诺丁汉大学	8
爱丁堡大学	9
利兹大学	9
伦敦国王学院	12
牛津大学	15
剑桥大学	18

图3-1 英国汉学研究机构汉学研究书籍的出版量（2010—2018）

图3-1显示的数据是根据2011—2018《年报》整理和统计的。在这17所出版汉学书籍的机构中，只有国际敦煌项目和教育学院中小学孔子学院不是高校，但属于英国汉学界机构，尤其是国际敦煌项目，目前与大英博物馆合作，在目录整理、文献搜集与归类方面，成绩卓越。此外，国际敦煌项目的一些研究人员本身也来自大学，所以，科研发表的作品有与个别大学重复的现象，在这种情况下，本书在统计时把相关书籍成果的发表归于作者所在的大学。约克大学未设有汉学相关的本科或研究生专业，但该大学非常注重把汉学研究与本校的语言教学、翻译、历史等学科相结合。这也说明，某种程度上，英国汉学研究不仅仅限于开设汉学专业的大学，但并不普遍。

此外，就各研究机构古代汉学和当代中国研究的书籍出版量，图3-2和图3-3对前五名进行了排序。英国自2010年以来的汉学研究仍然有相当一部分贡献来自传统汉学，内容涉及中国古代宗教、历史、哲学、戏剧、藏学研究等。图3-2显示,古代汉学研究主要集中在老牌汉学研究大学,如剑桥大学、牛津大学、亚非学院。国际敦煌项目的3本古代汉学研究书籍是在2010年至2012年间出版的,近些年主要集中于文献数字化统计和目录归档工作。图3-3显示,就当代中国研究相关的书籍出版量而言,对于当代中国的关注度,伦敦国王学院和诺丁汉大学高于牛津大学和剑桥大学。根据总体数据,诺丁汉大学和威斯敏斯特大学出版的汉学研究书籍几乎不涉及古代汉学,大部分都集中在对当代中国的研究。

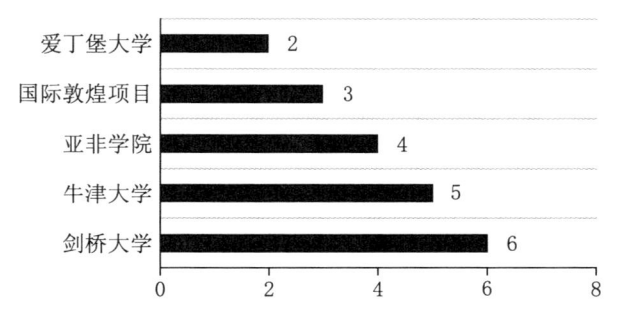

机构	数量
爱丁堡大学	2
国际敦煌项目	3
亚非学院	4
牛津大学	5
剑桥大学	6

图3-2　各研究机构古代汉学书籍出版量排序

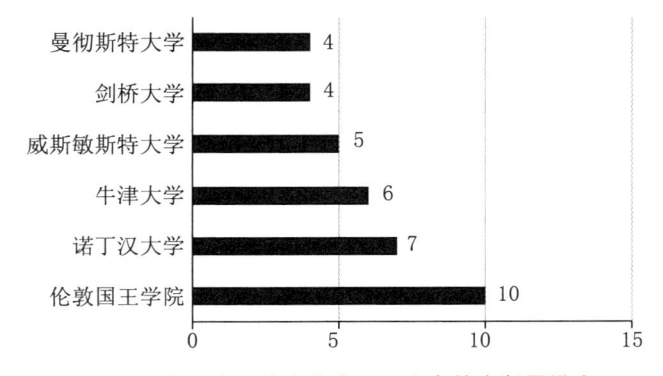

机构	数量
曼彻斯特大学	4
剑桥大学	4
威斯敏斯特大学	5
牛津大学	6
诺丁汉大学	7
伦敦国王学院	10

图3-3　各研究机构当代中国研究书籍出版量排序

以上是关于英国汉学2010—2018年汉学书籍出版量以及各研究机构的具体出版情况和总体研究趋势。可以看出,英国汉学研究总体以现当代中国研究为主,有68本。下面按照研究主题或科目将这 68 本书籍分类,表示成如图 3-4。该图表明,按主题或科目初步统计,在 68 本书籍中,关于中国现当代(主要是当代)政治有 12 本,社会问题 11 本,文学、宗教各 10 本,历史 8 本,国际关系、经济各 6 本,其他(如:中国电影、法律、高等教育等)5 部。根据详细调查数据,在 12 本针对中国政治研究的书籍中,3 本为编著或论文集,其余皆为专著,全部是关于当代中国政治的研究,从过去到现在,从地方到中央,从公民社会到国家领导人,再到中国梦,研究内容丰富且范围广阔。与中国政治密切相关的"中国与世界"的关系研究也是英国汉学关注的重要内容,如中国与全球、亚洲、中东等之间关系的研究。这说明近十年来,对于英国汉学界,中国的政治制度一直被研究被正视,在中国文化、政治、经济全面发展的语境下,英国汉学对当代中国政治和国际关系的具体研究内容很值得有关专家和学者进一步探究。对于现当代中国的历史研究,英国汉学主要是关注中国的"五四"启蒙、现代性形成、抗日战争等。此外,对中国的宗教和社会话题亦尤为关注,尤其是农村问题、性别平等、环境污染等。

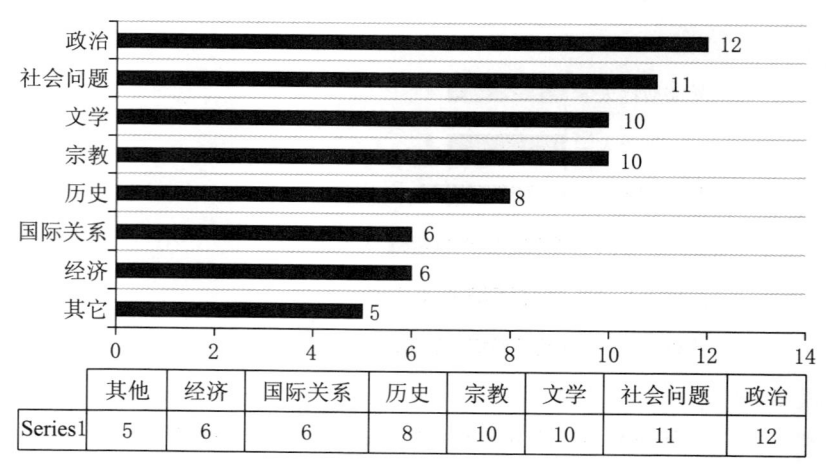

	其他	经济	国际关系	历史	宗教	文学	社会问题	政治
Series1	5	6	6	8	10	10	11	12

图 3-4 英国汉学界现当代中国研究(2010—2018)按主题分类情况

总体数据显示,英国汉学非常关注对当代中国政治的研究,以伦敦大学国王学院最为突出,目的之一是为英国政府及各机构提供政策咨询,同英国整体区域研究一样,有着服务于英国国家需要的实用目的。牛津大学和剑桥大学对中国宗教和社会问题方面的研究颇多。此外,英国汉学的文学研究著述似乎也相对较多。

3.3.3.2 英国汉学界对中国现当代文学的研究情况

在68本关于现当代中国研究的书籍中,有10本是关于文学研究的。现将这10本文学书籍展示如表3-3。

表3-3 英国汉学界出版的中国现当代文学相关的书籍(2010—2018)

作　者	书　　名	机　构	出版年	语言及形式
Li Ruru (李如茹)	The Soul of Beijing Opera: Theatrical Creativity and Continuity in the Changing World《京剧之魂:变化时间中戏剧的创新与传承》	利兹大学	2010	英文专著
李如茹 (Li Ruru)	《李玉茹演出剧本选集》(Selected Performance Scripts①)	利兹大学	2010	中文编著
李如茹 (Li Ruru)	《晶莹透亮的玉:李玉茹舞台上下家庭内外》Translucent Jade: Li Yuru on Stage and in Life	利兹大学	2010	中文专著
Susan Daruvala (作者) 康凌(译者)	《周作人:中国现代性的另类选择》/Zhou Zuoren and an Alternative Chinese Response to Modernity	剑桥大学	2013	英—中译著
Heather Inwood	Verse Going Viral: China's New Media Scenes《诗歌风靡:中国的新媒体风光》	曼彻斯特大学	2014	英文专著
Olivia Milburn and Christopher Payne(译者) 麦家(作者)	Decoded《解密》	曼彻斯特大学	2014	中—英译著
Olivia Milburn and Christopher Payne(译者) 麦家(作者)	In the Dark《暗算》	曼彻斯特大学	2015	中—英译著

---

① 该书的英文译名保留的是《年报2011》利兹大学总结中提供的英文书名,维基百科的英语名为:Selected Plays from Li Yuru's Repertoire,参见:https://en.wikipedia.org/wiki/Li_Yuru。

续表

作　者	书　名	机　构	出版年	语言及形式
Valerie Pellatt	*Sunflowers and Stars: the Ideological Role of Chinese Children's Rhymes and Poems in the Twentieth Century* 《向日葵和星星：20 世纪中国儿童歌谣和诗歌的意识形态作用》	纽卡斯尔大学	2015	英文专著
Christopher Rosenmeier	*On The Margins of Modernism: Xu Xu, Wumingshi and Popular Chinese Literature in the 1940s* 《论现代主义的边缘：徐訏、无名氏和 1940 年代的中国通俗文学》	爱丁堡大学	2017	英文专著
Frances Weightman and Sarah Dodd	*Chinese Journeys: a special issue of Stand on new Chinese writing featuring poetry, prose, translations and commentary* 中国之旅：《立场》杂志华语新文学写作特刊——诗歌、散文、翻译和评论	利兹大学	2017年第1期	期刊特辑

从该表可见,利兹大学出版的 4 本书籍中,有三本都是 2010 年发表的,主题都与戏剧相关,作者李如茹,是著名京剧表演艺术家李玉茹的女儿。利兹大学 2016 年之前的戏剧研究和表演非常活跃,但随着李如茹的退休,现在很多文学研究和推广活动是围绕中国当代文学进行的,如 2017 年《立场》(*Stand*)文学杂志的当代中国文学特辑,发表的作家包括颜歌、慕容雪村等。利兹大学中国当代文学活动相关内容第 6 章会有详细介绍。曼彻斯特大学的 3 本书籍中,有两本是对麦家小说的翻译,译者之一庞夔夫(Christopher Payne)彼时是曼彻斯特大学的教师,目前任职于多伦多大学;另外一本书的作者殷海洁(Heather Inwood)已于 2016 秋季学期开始加入剑桥大学。在 10 本发表的文学研究书籍(包括译著)中,只有 2 本是 2015 年之后发表的。这些变化说明,在某种程度上,英国高校的现当代中国文学的研究依赖于研究者的特长和在职状态。

结合本书的研究问题和对象,本节还关注了英国汉学研究机构 2010—2018 年文学研究论文的发表以及文学活动的组织。统计显示,文学相关的学术文章共12篇,文学活动15场。从发表文章的作者所在的机构来看,爱丁堡大学有4篇,其中3篇的作者都是克里斯托弗·罗森迈尔(Christopher Rosenmeier),他也是2018—2019学年爱丁堡大学本科生和硕士生中国现当代文学课程的任课教师;曼彻斯特大学3篇,其中2篇的作者为麦家《解密》和《暗算》的译者庞夔夫;利兹大学2篇,作者是利兹大学当代华语文学研究中心主任蔚芳淑(Frances Weightman)教授;此外,牛津和剑桥大学各发表1篇。这些文章研究的内容包括20世纪新感觉派作家施蛰存、刘呐鸥、穆时英,当代作家格非,网络游戏类型小说,中国网络文学,以及鲁迅的《阿Q正传》等。文学活动的15场是按照不同学校不同时间段内组织的活动,同一个主题只算一场活动,比如王德威教授2013/14学年在剑桥大学做访学教授时所做的讲座和研讨只计入一场活动。本节并未统计利兹大学当代华语文学研究中心的各类活动,主要原因是该中心的前身"汉语写作"项目自2014年开始,举办的活动特别多,已无法用场次来衡量,而且,这些活动的具体统计和描述包含在本书第6章的研究内容。统计结果显示,利兹大学、亚非学院、纽卡斯尔大学各举办4场,剑桥大学2场,威斯敏斯特大学1场。活动内容包括戏剧欣赏与翻译,如纽卡斯尔大学于2014、2015年连续两年举办学生与剧作家万方的见面会,一起讨论和翻译万方的剧作《杀人》(Sharen),最后搬上舞台表演的英文版都是来自学生们的翻译。亚非学院举办的活动主要与当代华语诗歌朗诵有关,活动的主要组织者米娜(Cosima Bruno),也是目前亚非学院现当代文学课程组的负责人。

文学类学术文章和文学活动的统计至少表明两点:一、相对来讲,利兹大学、亚非学院、爱丁堡大学的中国现当代文学研究和相关活动比较活跃;二、虽然这些文学活动未必囊括2010—2018全英所有汉学机构举办的文学活动,但利兹大学当代华语文学研究中心毋庸置疑是最突出的,可以说在整个英国,独此一家,值得专门探讨。这也从侧面说明,本书把利兹大学当代华语文学研究中心纳入中国现当代文学在英国汉学界"活跃存在"的场地非常有意义。

3.3.4 英国高校汉学专业设置情况

3.3.4.1 英国高校 2010—2019 学年汉学专业设置和招生的总体情况

根据《现状》,英国大学总体在校学生人数有两次波动。一次是 2012 年英国大学学费普遍大幅上涨后,2013—2015 年高校学生人数有所下降;另一次是可能受英国脱欧影响,2014—2017 年学习汉学专业的欧盟以外的国际学生数量下降了 25%[1]。《现状》主要依据英国大学中国委员会(UCCL)和英国高等教育统计局(HESA)提供的数据库,前者每年发调查问卷,需要各高校主动配合,但往往相当一部分高校不作回应[2],后者提供的数据按照专业学科所占比例来确定人数,比如 1 个汉学联合专业的学生,人数上算作 0.5。因汉学联合专业数量在增长,英国高等教育统计局提供的数据无法纵向比较汉学相关专业人数的变化,但可横向与热门学科、其他区域研究相比较。

根据《现状》,自 2009 年以来,英国大学里学习汉学相关专业的在校生人数很多年份都在增长,尤其是汉学专业的研究生人数普遍在增长。尽管如此,汉学相关专业与英国大学里的热门人文学科,如英语、历史、心理学以及其他区域研究相比,每年全日制新生(含本科生和研究生)人数明显偏低。根据英国高等教育统计局(HESA)最新公布的数据[3],这里仅对 2014/15 和 2018/19 学年的全日制新生入学人数进行比较,整理如表 3-4。

---

[1] 参见《现状 2019》第 8 页。
[2] 针对 2016/17、2017/18 学年的调查,44 所大学中回应的学校分别只有 20、19 所。见《现状 2019》第 4 页。
[3] 《现状 2019》关于英国高校汉学招生情况只简单统计到 2017/18 学年,2020 年 2 月 HESA 公布最新统计数据至 2018/19 学年,并且 HESA 数据库中只提供最近 5 个学年的数据,因此这里只略比较 2014 年和 2019 年的入学情况。参见统计局关于"科目与新生和在校生人数"的可下载文件 https://www.hesa.ac.uk/data-and-analysis/students/table-22。

表 3-4　英国高校 2014/15、2018/19 学年全日制新生入学人数：汉学研究与其他语种和区域研究以及热门学科的比较

科　目	2014/15 学年	2018/19 学年
中国研究	540	455
西班牙研究	1 330	1 305
法国研究	1 710	1 335
德国研究	665	465
美国研究	770	505
英　语	16 390	14 350
历　史	12 710	12 255
心理学	27 410	34 750

表 3-4 表明，除个别热门学科，如心理学，语言和区域研究专业全日制新生数量在下降。汉学专业全日制新生的数量明显低于英国大学里人文学科的热门专业，如英语、历史和心理学；同为语言和区域研究，汉学专业全日制新生数量明显低于法语/法国研究和西班牙语/西班牙研究，但逐渐拉近与德语/德国研究和美国研究的距离。

根据英国大学中国委员会年度调查，每年都有大学增设或新开汉学相关专业。《现状》显示，2013 年有 29 所高校开办汉学相关专业，2016 年 35 所，2019 年 44 所。在 44 所高校里，设有汉学独立学位专业的高校有 13 所。《现状》总体表明英国高校现在提供的本科、研究生阶段的汉学学位专业比以往任何时候都多，但同时也指出传统汉学或区域研究层面的中国研究专业正逐渐失宠，"汉学"专业的学生虽普遍增多，但以汉学独立学位专业为主的学生数量则在减少。很多高校增开中文或中国研究与其他语言或领域联合的学位专业。也就是英国高校大多数"汉学"专业都是以中文普通话与职业或学科领域培训相结合的专业，这些学科领域包括法律、政治和国际关系、商业以及影视、艺术、科学和口译等。以翻译硕士专业为例，2013 年有 16 所大学设有英汉互译专业，到 2019 年已有 26 所，有的高校，如斯旺西（Swansea）大学，开设有口笔译本科学位专业，招收母语为中文普通话的考生。"这些专业不同于传统的汉学课程，现在的学生仅将中文学习作为商务、政治学和媒体等学科的辅助课程"①,联合学位专业的增多似乎表明大学正在响应或旨在吸引希望通过一门学科习得汉语技能的学生。

目前,英国高校的汉学专业发展表明,对于大部分的汉学专业来讲,研究范围已经扩大到使中文学习成为学习很多其他学科的辅助工具,使"区域"不再是区域研究的中心。前文对英国汉学界发表的汉学研究书籍的考察表明,汉学界在研究上不但保留了传统汉学研究,而且在现当代中国研究部分带有明显区域研究特色,但从高校的课程设置来看,中文学习已明显技能化。这与英国汉学游离在区域研究和现代语言研究之间的学科状态也比较吻合。

3.3.4.2 英国高校 2018—2019 学年汉学专业设置和招生的具体情况

依据前文 3.2.2 节所陈述的资料检索步骤,从信息源得到的 2018—2019 学年开设汉学专业的高校数量如表 3-5。

表 3-5 英国开设汉学相关课程的高校数量(2018/19 学年)

英国汉学协会官网	UCAS 2018/19 学年招生目录	"东亚与南亚研究"学科排行榜（2015—2020）	罗素集团	整合后数据	有效数据
35	44	21	24	54	48

整合后的数据是指把所有信息源收录的与开设汉学相关专业的大学(包括罗素集团这些很可能开设相关课程的大学)统计起来,去掉重复学校后得到的 54 所高校。对这 54 所高校进行手动检索后,有 48 所高校为有效数据。根据《2020 英国大学排名》(*University League Tables 2020*)②,英国本科以上大学总的数量,包括独立学

---

① 《现状 2019》第 12 页。
② 该排名由《泰晤士报》(*The Times*)、《英国大学卓越研究框架》(*UK University REF*)和《大学完全指南》(*The Complete University Guide*)发布。参考网址:https://www.ukuni.net/uk-ranking/overall;此外,大学总体水平排名以及专业排名最近更新于 2019 年 5 月 28 日,参考网址:https://www.thecompleteuniversityguide.co.uk/league-tables/rankings。

院、专门大学等共有131所大学上榜。在这131所大学中,开设中文学分课程或汉学学位专业的学校占比41%;开设汉学本科或研究生专业的大学占比近37%。过滤掉的无效数据包括6所大学,基本情况为:帝国理工和约克大学都是罗素集团的大学,未开设汉学专业;其余4所为通过孔子学院或全校语言教育中心仅开设中文学分课程而尚未设立学位专业的大学,包括知山(Edge Hill)大学、基尔(Keele)大学、索尔福德(Salford)大学和南安普敦(Southampton)大学。以索尔福德大学为例,该校的语言教育中心(University Wide Language Programme)开设包括汉语普通话、阿拉伯语、西班牙语等很多语言相关的课程,其中有些属于本科生学分课程,每门课程20学分,但没有成立汉学相关学位专业。值得指出的是,伦敦玛丽女王大学(Queen Mary University of London)和伦敦大学学院(University College London)都设有汉学相关的专业,是通过"罗素集团"这个信息源收集到的,相关专业信息均未被本章使用的其他信息源收录。特别是伦敦大学学院,继后信息检索发现其开设有两门现当代文学相关的课程。这说明,将罗素大学集团拉入信息源,与其他几个信息源同时使用并整合,对于确保获得更多与研究相关的数据非常有用;同时,也说明为什么本书统计的2018—2019学年开设汉学专业的高校人数以及开设独立汉学专业的高校人数与《现状2019》提供的数据略有不同。

在这48所设有汉学专业的大学中,有10所大学只设有本科专业。这10所大学包括:阿斯顿(Aston)大学、卡迪夫(Cardiff)大学、切斯特(Chester)大学、德蒙福特(De Montfort)大学、赫特福德郡(Hertfordshire)大学、曼彻斯特城市(Manchester Metropolitan)大学、牛津布鲁克斯大学(Oxford Brooks University)、伦敦玛丽皇后大学(Queen Mary University of London)、伦敦摄政大学(Regent's University London)和威斯敏斯特(Westminster)大学;有6所大学只在研究生阶段开设汉学专业,这6所大学分别是:布里斯托(Bristol)大学、埃塞克斯(Exess)大学、格拉斯哥(Glasgow)大学、赫瑞-瓦特(Heriot-

Watt)大学、萨里(Surrey)大学、阿尔斯特(Ulster)大学;其余36所,本科、研究生都设有汉学专业。在这48所高校中,设有汉学独立学位专业的大学有16所,如表3-6所示。这些独立汉学专业包括中文独立学位专业、中国研究独立学位专业和古代汉学独立学位专业,不包括中文或中国研究和其他学科联合或主—辅修的专业。

从表3-6可见,在这16所开设独立汉学专业的大学中,以"汉语"(Chinese)命名的有5个,以"中国研究"(Chinese Studies)为名的10个,以"汉学"(Sinology)为名的1个。研究生(含博士生)的独立专业有13个,其中"中国研究"9个,东亚研究2个,古代汉学2个。本科阶段开设古代汉学专业的唯有威尔士三一圣大卫大学一家,该大学研究生阶段亦设有古代汉学专业,包括儒、佛、道等经典研究相关的专业方向。正如该大学汉学专业招生网上所说,"该大学是英国为数不多的开设古典汉学专业的大学之一"[①]。亚非学院的汉学专业非常齐全,可以说是英国"汉学专业开设得最广的高校"[②]。其在本科阶段设有中文、中国研究专业,在硕士阶段设有中国研究、高级中国研究、古代汉学、台湾研究、应用语言学和教学(中文方向)等专业。比较罕见的是,亚非学院中国研究硕士专业还设有中国文学方向,是英国设有汉学专业的大学中唯一一所在汉学招生专业名称中直接包含"中国文学"的大学。此外,剑桥大学、爱丁堡大学、利兹大学等在研究生专业描述中表明学生的毕业论文可以选择中国文学方向。

表3-6 设有独立汉学本科/研究生专业的大学

序号	学　校	专业(本)	专业(硕)
1	埃斯顿(Aston)大学	中文	/
2	班戈(Bangor)大学	中文及语言学	中国研究
3	剑桥(Cambridge)大学	中国研究	中国研究

---

① https://www.uwtsd.ac.uk/ba-chinese-studies/(最近检索日期:2019年2月23日)。
② 参见《年报2018》第29页。

续表

序号	学 校	专业(本)	专业(硕)
4	卡迪夫(Cardiff)大学	现代中文	/
5	杜伦(Durham)大学	中国研究	/
6	爱丁堡(Edinburgh)大学	中文	中国研究
7	格拉斯哥(Glasgow)大学	/	中国研究
8	赫尔(Hull)大学	中国研究	/
9	伦敦国王学院(KCL)	/	中国研究
10	利兹(Leeds)大学	中文	东亚研究、东亚社会与文化
11	曼彻斯特(Manchester)大学	中国研究	中国研究
12	纽卡斯尔(Newcastle)大学	中国或日本书	中国研究
13	牛津(Oxford)大学	东方研究	东方研究
14	亚非学院(SOAS)	中文、中国研究	中国研究/古代汉学相关(多个)
15	谢菲尔德(Sheffield)大学	中国研究	东亚(当代中国)
16	威尔士三一圣大卫(Wales Trinity Saint David)大学	中国研究、古代汉学	古代汉学相关(多个)

根据《年报》信息,独立汉学硕士专业总体招生规模不大,以亚非学院 2010/11 学年至 2016/17 学年①汉学类硕士培养项目为例:每年选读当代中国研究的学生最多,远高于选读其他专业方向的总和;选读古代或传统汉学研究的学生人数次之,每学年都在个位数以内;选读文学方向、应用语言学及教学(中文方向)的最多未超过 5 名;亚非学院自 2013/14 学年开始设立台湾研究专业,选读学生亦很少,2016/17 学年出现零招生情况。具体情况可参见图 3-5。

英国高校汉学独立学位专业的设置与英国各汉学研究机构(主要是高校)的汉学研究成果表明,在英国高校,无论是汉学专业教学还是科研,都以当代中国为主。从高校专业设置上来看,古代汉学和中国现当代文学都是极度边缘化的。此外,根据手动检索的数据以及《现状 2019》,英国共有 12 所大学设有汉学系/院/所。如表 3-7 所示。

---

① 亚非学院在《年报 2018》上未提供该校汉学类硕士专业的具体招生情况,故只统计至 2016/17 学年。

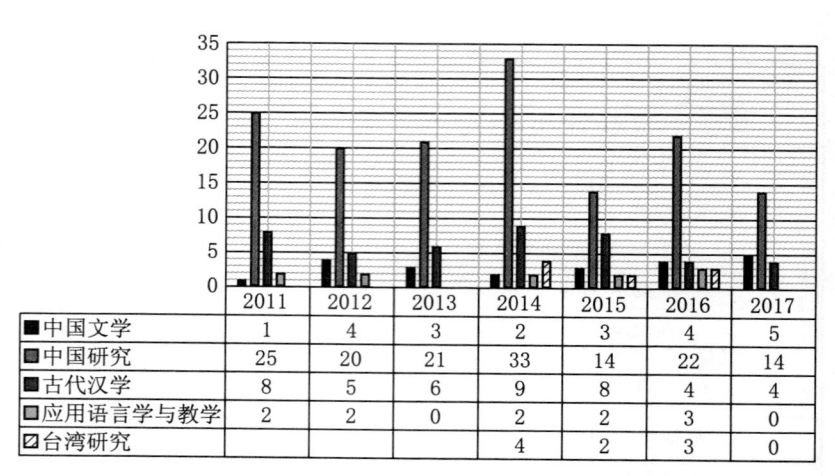

	2011	2012	2013	2014	2015	2016	2017
■中国文学	1	4	3	2	3	4	5
■中国研究	25	20	21	33	14	22	14
■古代汉学	8	5	6	9	8	4	4
□应用语言学与教学	2	2	0	2	2	3	0
□台湾研究				4	2	3	0

图 3-5　亚非学院各学年汉学类硕士专业招生情况(2011—2017)

表 3-7　大学及其汉学系/院/所

序号	大　学	中文院/系名称
1	剑桥大学	亚洲与中东研究院东亚研究系
2	杜伦大学	现代语言与文化学院及当代中国研究中心的中国研究系
3	爱丁堡大学	亚洲研究系苏格兰中国研究中心
4	伦敦国王学院	中国研究所(Lau China Institute)
5	利兹大学	现代语言、文化与社会学院的东亚研究系
6	曼彻斯特大学	中国研究中心
7	诺丁汉大学	中国政治学院(归属于政治与国际关系学院)
8	纽卡斯尔大学	现代语言学院的东亚研究系
9	牛津大学	牛津大学中国中心,牛津全球区域研究学院的当代中国研究中心,中国环境与福利研究集团,中文作为外语的教学中心和牛津中国经济中心(位于圣埃德蒙大厅 St. Edmund Hall)
10	亚非学院	中国和内亚的语言和文化系,亚非学院中国研究所
11	谢菲尔德大学	东亚研究学院
12	威尔士三一圣大卫大学	文化研究学院的中国研究系

　　通过比较表 3-6 和表 3-7 可发现,除了诺丁汉大学,英国设有专门汉学机构的大学都设有汉学独立专业。诺丁汉大学设有 5 个汉学

联合专业,分别是西班牙语、法语、德语、俄语、历史和当代中国研究相结合的联合专业。

汉学联合专业主要指中文、中国研究或古代汉学与其他学科相结合的专业,两个学科结合的比例各占一半;若是主—辅修专业(广义上属于联合专业),则学科占比有所侧重。数据显示与中文或中国研究相结合的专业主要包括但不限于:某些区域研究(如:东亚研究、日本书)、商科(如:国际商务、商务管理)、现代语言(如:英、阿拉伯、法、德、西班牙、意大利、俄、日)、国际关系、政治、社会学、历史、语言教育、翻译等。此外,很多大学(如诺丁汉大学)的现代语言和商务的联合专业,中文亦是可选语言之一①。

针对英国各高校2018/19学年设置的本科级别的汉学联合专业,现以与汉学联合的学科名称为纵轴,以设立相关联合专业的高校的数量为横轴,将这些联合学科名称、以及设立这些联合专业高校的数量在4所及4所以上的,统计为图3-6。这些专业除包括狭义上的联合专业以外,也包括主—辅修专业,同时还包括本硕连读专业,

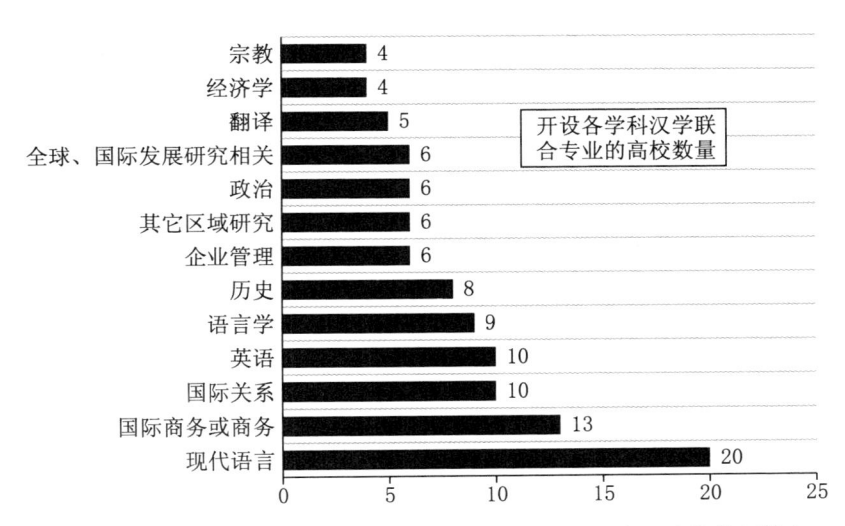

学科	开设各学科汉学联合专业的高校数量
宗教	4
经济学	4
翻译	5
全球、国际发展研究相关	6
政治	6
其它区域研究	6
企业管理	6
历史	8
语言学	9
英语	10
国际关系	10
国际商务或商务	13
现代语言	20

图3-6 汉学联合本科专业的热门学科及设立相关联合专业高校数量排名

---

① https://www.nottingham.ac.uk/(最近检索日期:2019年7月31日)

如阿伯丁大学的国际商务文学硕士（MA）专业（学制4年）和商务硕士（MBus）专业（学制5年），都是本硕连读专业。因此，在统计图3-6时将它们计入本科专业。

图3-6表明，有13个学科的汉学联合专业至少在4所及以上的高校中得以设置。在这13个科目中，以商科和语言学科与汉学的联合为主。有20所高校开设了中文与现代语言①结合的课程，开设国际商务或商务与中文联合专业的学校有13所，其次与国际关系、英国大学里热门人文学科如历史、政治、宗教等相结合并成为热门联合专业。此外，翻译专业也在逐年增长，目前已有5所高校开始招收翻译本科专业。根据课程的总体统计，除中国研究、东亚研究等外，研究生专业中最热门的专业是翻译，有24所高校开设了翻译专业，涉及会议口译、笔译、视听翻译等，以及翻译与哲学、社会学等学科相结合的联合专业等。

《年报》和《现状》都表明英国高校开设的汉学联合专业近些年呈上升趋势。于2018/19学年在48所开设汉学专业的高校中，绝大部分高校都设有联合专业，包括前文提到的16所设立汉学独立学位专业的大学。仅举几例：谢菲尔德大学之前的硕士专业包括当代中国研究，从2019年新增了东亚商业、东亚的政治和媒体等专业；威尔士班戈大学的汉学专业是新近发展起来的，其2018/19学年的汉学专业达27个，其中汉学独立专业1个（中文与语言学），联合专业26个；卡迪夫的本科现代中文专业和翻译专业是近两年新设的专业；埃克塞特（Exeter）大学和斯旺西大学的现代语言本科专业，中文是学生自由选择语言之一，斯旺西大学还招收现代语言翻译本科专业，包括中文、法语、德语等。

这些设立汉学独立专业和联合专业的高校还有一个共同点：他

---

① 英国高校的现代语言主要涉及法语、西班牙语、德语、意大利语、葡萄牙语、俄语、日语等，前四个语言是最常见的，因此有些高校直接用欧洲语言的说法，也有的高校用应用语言（applied languages）的说法。当然，汉语也作为其一。汉语与现代语言的联合专业（包括主辅修），学生一般要修2—3门外语。

们大多都与中国大陆、台湾或香港的大学有合作,学生可以在大二或大三年级到中文为母语的环境里学习8—12个月。本节所谈的这些英国高校的汉学专业设置情况可以说构成了现当代文学课程的背景,甚至反映了现当代文学课程设置系统内部的因素,如学生的需求等。

3.3.4.3 英国高校2018—2019学年汉学专业设置和招生的目标

根据前文的统计数据,2018/19学年共有48所英国高校开设了汉学专业。在汉学相关专业招生网页对专业设置和招生目标的描述中,有22所直接提到了中文和中国。他们在汉学专业介绍时,反复出现的内容可以概括为以下五个方面[①]:

(1) 关于中文。普遍出现的字眼是"世界使用最广的语言"、"四分之一人口的语言"、"十多亿人口的第一语言"、"成为世界公民必不可少的语言技能"等。

(2) 关于中国。普遍出现的字眼是"悠久的历史"、"丰富的文化"、"复杂的文明"、"伟大的社会"、"迷人的国家"、"经济强国"等。爱丁堡大学称中国为"世界最早的文明,重要的全球经济和政治强国",格拉斯哥大学称中国为"政治和经济强国",赫尔大学称"中国正走在世界最大经济体的路上",利兹大学称"中国已成为世界主要经济大国之一",利物浦大学称中国为"世界最大的经济体",等等。

(3) 关于专业开设的目的。大部分大学都强调中文技能的学习和水平非常有利于国际就业。如伯明翰大学、赫尔大学、利物浦大学强调学习汉语对走向国际就业市场的重要性,卡迪夫大学、纽卡斯尔大学、斯旺西大学把中文学习与成为世界公民挂钩。

(4) 关于汉学学习的关注点。各个大学都不同程度地强调对中国文化和历史的学习;大部分高校都仅开设中文普通话或现代汉语课程;剑桥大学、爱丁堡大学、牛津大学和亚非学院的汉学独立学位

---

① 相关信息来自开设汉学专业的高校的招生网页,不在此一一提供相关网页地址。

专业要求学生既学习古代汉语也学习现代汉语，既学习繁体字也学习简体字。剑桥大学、爱丁堡大学、利兹大学、牛津大学和亚非学院的汉学专业课程学习内容中都包括文学。牛津大学专门指出汉学专业"不是为需要功能性语言技能的职业设计的，而是学习一个远离欧洲传统的伟大的社会和文明"。

（5）研究中国的视角。在其汉学专业介绍里，有些大学表示从不同的角度来研究中国的语言、社会、历史和文化。伦敦国王学院谈到，"从比较和全球视野介绍中国崛起的原因和后果"，关注"当代中国的政治经济、政治科学、中国国际关系、中国及其自然环境等"；威尔士三一圣大卫大学则突出，以中国为中心以及从中国与其他国家和文明多重交互的视角，来关注对中国哲学、历史、宗教等的学习。

此外，英国汉学协会的官网首页上提供有《学习中文的五大理由》的宣传小册子，任何对汉语学习或研究感兴趣的人都可随时随地下载①。从宣传册的内容可见，中国巨大的人口规模、快速的经济增长、悠久的历史文化都是英国汉学协会鼓励大中小学生学习中文的理由。在这其中，突出中文技能可以带来更多的职场前景无疑是被反复强调的。一个国家的语言是这个国家文化的重要组成部分，在推广中文学习时，这个宣传册并没有东方主义式地固化中国形象，而是非常真实地展现中国今天的样子，十多亿的人口、迅速成长的市场、古今中西的文化交融、甚至汉字与英文的差异和学习的难度，都非常清晰地跃然于纸上。尤其是学习中文的第三条理由：大学里学习中文的主要目的是为了"更好地理解迷人的当代中国"，而这种理解不仅仅是看中国现在的模样，更是通过她的历史和文化来理解当代中国。

以上说明，英国汉学界的教学和研究，英国高校2018—2019学年汉学专业设置和招生的目标，无论是从区域研究视角，还是从现代

---

① 该册子由英国汉学协会与教育学院中小学孔子学院合作，同时印制并分发到全英所有中小学。下载网址：http://bacsuk.org.uk/wp-content/uploads/2014/10/BACS-A4-LEAFLET-WEB.pdf（最近检索日期：2020年2月22日）。

语言学习视角,都呈现明显的实用主义目的,但也表现出对中国历史、社会和文化的关注。

3.4 中国现当代文学在英国汉学界的接受"环境"

从学科角度来讲,英国汉学至少自二战后就不是独立学科,而是属于区域研究。其近十年的发展更加表明这一点,而且为了学科的生存,其不得不依赖于现代语言,游离在区域研究和现代语言之间。英国的实用主义政策,追求"快速影响",且主要是经济影响,把"impact"作为学科评估的一个重要指标,因此,对人文学科的资助在削减;现代外语本属于文科,但由于英国缺乏外语人才,英国社会科学院更相信本土培养的外语人才,所以,在人文学科里,现代外语具有获得大额资助的优先资格。在这种情况下,作为区域研究的汉学研究或中国研究,不得不在学科上,在寻求资金支持上,突出其语言成分,成为以语言为基础的区域研究。随着"中国的崛起"和2012年后英国高等教育资助政策的变化,英国汉学开始努力在新的背景下进一步开展以语言为基础的区域研究,并从2014年开始关注中小学汉语学习和大学汉学专业发展的衔接问题。2016年英国政府实行"中文卓越计划"①,使中文教育的地位凸显,代表英国汉学界的英国汉学协会开始加强与教育学院孔子学院的合作,推广中文学习,鼓励中小学生未来到大学里学习中文,想办法解决学生从中学到大学的中文衔接学习。从这些可以看出,英国汉学既利用着国家实用主义政策的优势,突出外语教育为基础,游离在区域研究和现代语言的边缘;同时,也为应对中国的崛起和英国政府的实用主义政策导向,及时地进行宣传、呼吁,瞄准如何在"2020 REF"学科评审论坛上加强区域研究和现代语言的边界,突出汉学研究领域的特色。

---

① 英国政府于2016年宣布投资1 000万英镑用于"普通话卓越计划(Mandarin Excellence Programme, MEP)",为英格兰和威尔士的5 000名学生提供密集的中文教学(每周八小时),旨在帮助学生至2020年掌握流利的英语。

从英国汉学研究内容的关注点来看,英国汉学某种程度上仍然坚守着传统汉学研究,但其主要的关注点在当代中国,尤其是当代中国的政治、国际关系、经济、历史和宗教等。对现当代中国文学的研究主要集中在少数高校和学者身上,很大程度上会因学者的研究兴趣和在职状态的变化而改变。

从英国高校汉学专业设置和招生情况来看,新设或增设汉学专业,尤其是汉学联合专业的高校在逐年增加。在英国高校近些年总体招生规模略有下降的情况下,报考汉学联合专业的本硕学生人数存在相对逆增长的现象。具体汉学专业设置表明,当代中国研究占据中心地位,古代汉学和文学极端边缘化。汉学专业设置呈现语言功能化的趋势。

从英国汉学协会对中文教育的推广和宣传以及各设立汉学专业的高校对汉学专业介绍来看,中文使用的广泛性、中国经济的快速增长、中国悠久的历史和迷人的现代文化都是吸引英国汉学界推广中文学习的动因。可以说,他们对中文和中国的认识并未体现东方主义的固有原型,而是非常贴近时代。他们研究中国的视角,至少从专业介绍来看,并非完全西方主义的视角。他们的中文推广和汉学专业介绍确实体现了中文语言的实用化,这在某种程度上会加剧英国汉学研究在区域研究和现代外语之间的游离。然而,英国汉学界在汉学专业发展呈现语言功能化趋势的同时,在研究上仍努力坚守区域研究,并试图确保区域研究和现代语言研究之间的学科界限。这些都将与中国现当代文学在英国高校的研究和教学产生不可避免的互动作用。

复杂性理论表明,社会文化实在的涌现是系统内各因素之间以及系统与外部环境之间交互作用的结果。英国汉学研究并非被动地接受英国实用主义政策影响的结果,而是与环境互动下的一种适应和生存。英国政府2013年后实行一系列推动中文教育的计划,这些计划在某种程度上刺激了不只大学还有中小学。因此,大学和中小学的中文项目合作,某种程度上是一个行为的结果跟结果之间的互动,这种互动最终使得目前英国大学的汉学专业,从往年汉学专业设置,尤其是2018/19学年度专业设置可以看出,一起促成目前中文功能化的状态,而不仅是英国汉学与英国国家政策、中国崛起之间的互动。复杂性理论还表明,未实现的可能性会约束系统发展的趋势。"英国汉学成为独立的学科"或"独立的区域研究学科(尤其二战后)"是自英国汉学发展之初就未实现的可能性,它始终左右着英国汉学的努力和发展轨迹。这也是为什么任何当前英国国家教育政策的改革,只要涉及区域研究学科地位这一初始条件,就会对英国的区域研究这一整体系统和其组成部分(包括汉学研究)产生影响。当然,本章虽然基于调查研究,但研究重点并非用复杂性理论来解释英国汉学发展状态以及原因,只是简单说明其发展复杂性,突出其作为中国现当代文学课程在英国高校设置、中小学汉语课程中的文学使用和当代华语文学研究中心的系列活动的背景和环境的重要性。

3.5 本章小结

如果把中国现当代文学在英国汉学界三个机构层面的接受情况看做是复杂性视阈下的涌现现象,该现象不可能不对英国汉学界的总体发展趋势做出回应。本章基于调查研究,尝试为中国现当代文学在英国汉学界的接受建构"环境"。本章的研究内容包括英国汉学的学科发展、汉学研究内容的关注点、英国高校汉学专业的设置、中文学习的地位以及汉学专业设置的目标等。

通过描述英国汉学发展的宏观趋势发现,英国汉学界在2010年代致力于在中国经济崛起的背景下发展汉学或中国学研究,把提高公众对当代中国的理解看做学科使命,同时促进学生的汉语学习,包括中小学的汉语学习到大学汉学专业学习的衔接。英国汉学在学科属性上是英国区域研究的一部分,区域研究和文学研究都是英国人文学科里的边缘学科。区域研究为了适应英国政府自2013年开始颁布的一系列教育改革措施,为了获得学科发展的财政资助,不得不突出其语言的因素，游走在区域研究和现代语言之间，并且呈现功能化倾向。英国汉学的实用主义发展倾向，在区域研究方面倾向于对当代中国政治、经济、国际关系的研究；在现代语言的人才培养和教学方面，倾向于把中文或中国研究当做学习其他热门专业的工具。中国文学和古代汉学都愈加被边缘化。

第 4 章　中国现当代文学在英国高校课程设置中的接受研究

　　本章基于英国高校中国现当代文学课程设置的调查资料,在梳理和描述课程总体设置情况的基础之上,考察课程教学大纲的构成,包括宏观结构、作家和作品的选择等趋势,观察英国高校中国现当代文学课程设置所呈现的关于中国现当代文学的流通和阅读模式,分析该流通和阅读模式背后的原因。本章的流通指作家和作品在英国高校课堂的流通,即成为课程教学的素材,不涉及对英国大学生个体读者日常阅读的调查;本章研究的阅读模式指整体教学大纲(从宏观结构到作家作品的选择趋势)所构建的文学叙事及其呈现的如何阅读文学的可能性视角,不指具体文学文本的阅读模式。本章的主要研究模式为"描述—解释"模式,描述旨在通过中国现当代文学课程大纲的构成,从世界文学的流通和阅读模式视角观察中国现当代文学在英国高校的接受情况;在描述的基础上,依据涌现性符号翻译理论的启发,对中国现当代文学在英国高校课程设置中的接受情况进行复杂性解读,包括识别"吸引子",即课程设置中呈现的趋势或文学叙事,分析导致这些趋势或叙事的"约束";并基于此,预测未来趋势或路径所面临的"约束"。本章的目的旨在规避中西二元对立的视角,避免对文学课程大纲设置中呈现的文学接受情况进行简单论地线性认识。

4.1 英国高校中国现当代文学课程设置的资料搜集

本节将主要从两个方面展示本章研究的资料搜集情况，即：资料搜集的范围和来源，资料搜集的程序和方法。此外，本节还将谈及资料使用的伦理。

4.1.1 资料搜集的范围和来源

本章英国高校中国现当代文学课程相关资料的搜集范围涵盖2018/19和2019/20两个学年的课程。原因在于，英国高校专业培养计划里的课程可能随任课教师变动和学生选课情况而被临时取消，在下一学期或学年恢复。如果任课教师或课程负责人未变，课程的设置和内容一般变化不大。这意味着：一方面，偶尔行课的不稳定性要求资料的搜集不能只囿于某单一学年；另一方面，课程设置总体的稳定性，即便跨年度也可保证搜集到相对稳定可靠的研究资料。因此，本章资料搜集以2018/19学年开设的课程为主，该学年未有行课的课程则以2019/20学年为依据，并非累加计算两个学年相关高校开设的所有课程；课程大纲的搜集亦如此，但完整的含教学日历的课程大纲，由于搜集难度大，若搜集到的资料所在学年为2019/20学年，亦纳入本书的有效资料。

本书的现当代文学课程搜集范围：只包括全日制汉学本硕专业的课程；不包括非全日制课程；不包括非学位专业的课程，如金斯密斯（Goldsmiths）大学孔子学院开设的中国现代和当代文学课程；不包括学生海外学习那一年所修的课程；不包括双学位课程，如国王学院与中国人民大学合作的亚洲与国际事务双学位硕士专业所涉及的课程。此外，在确定具体现当代文学课程时，本书遵循三个原则：第一，从时间上，第一章绪论里已提到，"现当代文学"的界定范围涵盖自19世纪末、20世纪初至现在的中国文学；第二，从内容上，教学内容涉及中国现当代文学作家作品且以文学为案例或主线的课程，不以课程名称为标准,不要求课程名称中必须带有"现代文学"或"当代文学"的字眼;第三,从文学文本的语言性质看,无论课程使用的文学素材是源文本还是目标语文本(英译文),只要同时符合第一、第二原则,都算作有效资料。

第三章(3.3.4.2)搜集到的数据显示,在 2018—2019 学年,全英高校里有 48 所大学开设汉学或汉学相关专业,包括 16 所设有汉学独立学位专业的大学,2 所开设比较文学专业的大学(肯特大学和伦敦大学学院),大部分大学都设有广义上的汉学联合学位专业;此外,12 所大学设有汉学或中国研究中心。为保证最大限度地接近对有效资料的穷尽,本章研究对中国现当代文学课程开设情况的信息搜集并未限于设有汉学独立学位的大学,而是把这 48 所大学都设为信息源。

各高校网站上汉学专业相关的数据检索初步表明,各高校在提供汉学专业培养计划时存在三种情况。第一,在专业结构(course structure)(相当于国内高校的专业培养计划)中介绍各年级和学期开设的核心、必修和选修课程,每门课程有详细的介绍信息,包括基本信息、课程描述、教学日历、阅读书单等。可以说,相当一部分英国高校都是如此。第二,提供课程名称、任课教师、课程概要等,但没有具体的教学日历,且无法从学校网页上搜集教学日历、阅读书单等信息,如:剑桥大学、牛津大学。第三,除了简短课程描述,未提供任何具体课程信息,包括任课教师的信息,如伦敦玛丽女王大学。针对这三种情况,尤其是第二、三种情况,进一步的信息获得只能通过任课教师或课程负责人,因此他们也成为本章研究的信息源。此外,本书作者在利兹大学研修期间,经任课教师蔚芳淑教授允许,有幸于 2018/19 学年第 1 学期旁听该校"中国当代文学"课程,相关教学日历信息在遵循研究伦理的情况下会纳入信息源。

4.1.2 资料搜集的程序和方法

本章资料搜集的第一步是对 48 所开设汉学专业的大学逐一手动

检索。与主要检索汉学专业信息不同，这次检索需要到相关课程所开设的院系查看具体的教学大纲。检索过程中记录下来的信息包括：学校名称、任课教师、课程名称、学分、开课学年、开课院系；教学大纲（如果有的话），包括课程描述、教学目的、教学日历、阅读书单等。

第二步，对于在大学官网上无法确定及获取的信息，本书将通过电子邮件方式向任课教师或课程负责人求取。求取的原则是：①说明目的（包括解释研究课题的内容和目的）；②保证信息仅用于此研究，不会对外传播；③出于对跨文化交际双方的尊重，无论对方因何不回复，尝试三次邮件，包括提出通过 Skype 或电话简短采访等请求，若对方始终不回复，则放弃。

需要指出的是，就以上资料使用的伦理而言，对于直接从相关高校官网上下载的资料，本书默认其可被直接使用，但必要时会提供相应检索链接；对于相关任课教师通过邮件提供的具体课程信息（如教学日历），以及本书者在利兹大学旁听"中国当代文学"课程所获取的信息，为研究伦理起见，只做总体数据分析使用，不在论文内容中公布某一具体课程详细的教学日历信息。

4.2 英国高校中国现当代文学课程设置的总体情况

本节将从两方面梳理和描述英国高校中国现当代文学课程设置的总体情况，分别为：从英国高校网站检索到的中国现当代文学课程开设信息；本章研究最终搜集到的完整课程教学大纲信息。具体信息涉及：开设中国现当代文学课程的英国大学，课程名称和门数，课程性质、级别、课堂文学素材的语种等基本情况。本节旨在为探索中国现当代文学在英国高校课程设置中的流通和阅读模式提供总体信息情况。

4.2.1 基于高校网站资料检索的情况

根据高校网站的信息检索，2018/19、2019/20 两个学年期间，在

48 所开设汉学或汉学相关专业的高校中,共有 11 所大学开设了现当代文学课程,涉及相关课程 20 门。具体情形可参见表 4-1。这 11 所大学中有 7 所大学设有汉学本科/研究生独立专业,分别是剑桥、杜伦、爱丁堡、利兹、纽卡斯尔、牛津和亚非学院;其他 4 所大学,包括埃克塞特、肯特、伦敦玛丽女王学院和伦敦大学学院,都未开设汉学独立专业。这四所大学的现当代文学或相关课程皆是为现代语言或欧洲语言不同专业的学生开设的课程,具言之,埃克塞特大学的相关课程是为现代语言专业学生开设的,而肯特、伦敦玛丽女王学院和伦敦大学学院涉及中国现当代文学的课程都是为比较文学专业学生开设的。

就"文学"所跨"时期"属于现代文学还是当代文学而言,若以 1949 年为界,在 20 门课程中,现代文学有 6 门,当代文学有 8 门,同时涵盖现当代文学的课程有 6 门。伦敦大学亚非学院和利兹大学分别设有现代文学、当代文学课程;牛津大学的 2 门课程都是关于中国当代文学的课程;剑桥、杜伦、爱丁堡、伦敦大学学院提供的课程同时涵盖现代和当代文学;埃克塞特大学相关课程涉及的阅读材料素材大部分属于现代文学,涵盖从清末到延安文学时期。

在 20 门课程中,有 5 门课程在课堂上使用的文学素材以汉语原文素材为主,学生对象主要是汉学独立学位专业学生,对选课学生的中文水平有要求,开设这 5 门课程的学校有亚非学院(2 门)、利兹大学(2 门)、爱丁堡大学(1 门);其余 15 门课的课程素材以英文为主,学生对象扩大到所有汉学专业、东亚研究专业或对中国文学感兴趣的其他专业的学生,一般对学生的汉语基础没有要求。

就课程性质而言,在这 20 门课程中有 18 门皆为选修课,只有课程代码分别为"15PCHH042"和"15PCHH041"的两门课程,是亚非学院中国研究(文学方向)硕士专业核心课程的一部分,分别是关于中国现代文学和中国当代文学的概览课程;核心课程的另外一部分为是关于中国传统文学的课程。也就是说,亚非学院的中国文学专业具体涉及两个大的方向,古代文学和现当代文学,该专业的学生需要在这两部分核心课程中选择其中的一部分(或古代或现当代)作为本专业的核心课程。这两部分课程对学生的中文水平没有要求,所用文学素材都是英译文本。无论是选择中国传统文学还是现当代文学,他们的必修课都是"比较文学理论与技巧",专业介绍里也提到亚非学院的硕士文学专业是构建在比较文学视野和框架下的[1]。

数据的搜索过程表明英国高校的现当代文学课程会随着教师的任职状态和学生需求的变化而变化。根据数据检索结果,亚非学院原本设有现当代文学课程8门,本科生和研究生各4门,且这8门课程的课程代码不同,说明都是亚非学院开设的不同课程。然而,从2018/19、2019/20两个学年来看,由于教师休年假等原因,每个学年真正行课的课程有4门,2019/20学年由于两门研究生课程的主讲教师陆小宁休年假,一共有4门课程在该学年停开[2]。因此,经过综合两个学年的课程,有6门课程纳入研究范围。此外,从曼彻斯特大学校网检索到的"现(当)代中国文学(CHIN12122 Modern Chinese Literature)"课程,经查证是该大学于2014年至2016年期间开设的,从2016/17学年始,由于任课教师殷海洁(Heather Inwood)博士从曼彻斯特大学离职,该课程停开至今。经辗转联系得知,曼彻斯特大学于2020年已新聘一位中国文学教师,从2020/21学年起现当代文学课程将继续开设。最后提到的是埃克塞特大学,该大学校网上依然检索得到2016年以前开设的课程"语境中的现代中国文学与政治(MLM1011 Modern Chinese Literature and Politics in Context)",

---

[1] https://www.soas.ac.uk/courseunits/15PCSC002.html(最近检索日期:2019年9月28日)。

[2] 这4门课程包括:2门研究生研讨课(seminar),即"现代中国文学杰作(15PCHH029 Reading Seminar: Masterpieces of Modern Chinese Literature)"、"现代中国文学及世界(15PCHH030 Reading Seminar: Modern Chinese Literature and the World)",任课教师为陆小宁,于2019/20学年休年假;2门本科生课程,即"现代中国文学文本阅读(155903013 Reading Modern Chinese Literary Text)"、"现代中国的文学、政治和国家身份(155903017 Literature, Politics and National Identity in Modern China)",任课教师为刘阳汝鑫(Liu Yangruxin)。亚非学院2019/20学年开设4门课程,任课教师都是米娜(Cosima Bruno),她同时也是亚非学院中国现当代文学课程模块的总负责人,其中两门研究生课程与陆小宁2018/19所授课程非常接近。

但同时还有一门显示最新更新的相似课程"政治艺术：文化研究视角下的现代中国（MLM2012 Politics of Art：a Cultural Studies Perspective on Modern China）"，经过比对，两门课程设置的结构和内容非常接近，经与任课教师殷之光博士邮件交流，得知课程"MLM1011"自2016年以后已调整为"MLM2012"，原因是该课程是给东亚研究和比较文学专业大一本科生开设的，学生没有中国现代历史知识，学起来太困难。这说明，现当代文学课程师资的流动以及学生的实际情况，对一个大学的文学课程设置影响相当大。从任课教师于所在高校的入职时间看，相当一部分教师于所在高校的任职状态稳定，一定程度上保证了课程设置的稳定性。虽无法确定个别教师的具体入职时间，如亚非学院的米娜（Cosima Bruno）博士，但从教师的个人主页信息看，她显然不是最近一两年才入职亚非学院的①。只有伦敦大学学院的李晓帆为2019年9月入职该大学的新教师，自2019/20学年始担任"文学中的革命：书写二十世纪的中国"课程的任课教师。

就课程级别而言，有5门课是研究生课程，其余为本科生课程。英国大学里有些课程允许研究生和本科生跨级别选修并习得学分。例如：来自利兹大学的2门课程可看做是本科生兼研究生课程，这两门课主要是为高年级本科生开设的课程，但本科生和硕士研究生皆可选课，各自使用不同的课程代码。低年级本科生与高年级本科生或研究生的文学课程的上课方式略有不同，前者一般是教师讲课加学生研讨，后者一般以研讨的方式进行。因本书属于总体考察，在资料描述和分析方面不做区别。

以上信息说明，英国开设中国现当代文学课程的高校并不多，在所有开设汉学独立或联合学位专业的大学里，只有不到四分之一的大学开设了文学课程，在设有汉学独立学位专业的大学里，开设中国现当代文学课程的大学不足一半。结合第三章关于英国汉学科研关

---

① https://www.soas.ac.uk/staff/staff30705.php（最近检索日期：2019年9月20日）。

表4-1 英国高校现当代中国(华语)文学课程开设的基本情况①

序号	大学	课程	时期(文学)	任课教师	任职时间	语言②	级别	学分	开课学年	开课院系
1*	剑桥(Cambridge)大学*	现[当]代中国文学·C.17 Modern Chinese Literature	现当代	Dr Heather Inwood(殷海洁)③	2016—	英文	本科生	/	2018/19/20	亚洲与中东研究学部东亚研究学院
2*	杜伦(Durham)大学*	中国历史和文学文本·CHNS3021 Chinese historical and literary texts	现当代	Dr Qing Cao (historical side) & Dr William Schaefer(literary side)	/	英语	本科生	20	2018/19/20	现代语言与文化学院
3*	爱丁堡(Edinburgh)大学	现[当]代中国文学4B·ASST10107 Chinese Literature 4B(modern)	现当代	Dr. Christopher Rosenmeier	2009—	中文	本科生	20	2018/19/20	艺术人文与社会科学学院,文学、语言和文化系
4		[现]当代中国文学ASST11010 **Contemporary** Chinese Literature(MChS)	现当代			英语	研究生	20	2018/19/20	

① 带"*"号的课程是本书在资料搜集中未能获得完整教学大纲(含教学日历)的课程,因此,只做总体开课情况的参考。
② 此处的语言指该门课程课堂上所用的文学素材是源语中文(个别法文),还是目标语(英文)。
③ 殷海洁曾任俄亥俄州立大学东亚语言文学系助理教授,于2013/14学年加入曼彻斯特大学,任中国文化研究讲师,直至2016/17学年加入剑桥大学至今。参见《年报2014》(BACS Bulletin 2014)第35页。

续表

序号	大学	课程	时期（文学）	任课教师	任职时间	语言②	级别	学分	开课学年	开课院系
5	埃克塞特(Exeter)大学	政治艺术:文化研究视角下的现代中国 MLM2012 Politics of Art: a Cultural Studies Perspective on Modern China	现代（从清末到延安时期）	Dr Zhiguang Yin（殷之光）	2014—	英文	本科生	15	2018/19/20	人文学院现代语言与文化系
6	肯特(Kent)大学	小说与权力 CP502 Fiction and Power	比较文学：文革时期	Dr Angelos Evangelou	2010—	英文	本科生	30	2018/19/20	欧洲文化与语言学院
7	利兹(Leeds)大学	当代中国文学 EAST3070/EAST5330M Contemporary Chinese Literature	当代	Associate Professor Frances Weightman	2001—	中文	本科生/研究生	10	2018/19/20	人文学部现代语言，文化与社会学院东亚研究系
8		中国文学:1912—1949 EAST3080/EAST5335M Chinese Literature 1912—1949	现代(1912—1949)	Dr David Pattinson	2000—	中文	本科生/研究生	10	2018/19	
9	纽卡斯尔(Newcastle)大学	东亚文学概览 SML2013: Surveying East Asian Literatures	1980年代及以后	Dr Michael Tsang	2017—	英文	本科生	20	2019/20	现代语言学院

续表

序号	大学	课程	时期(文学)	任课教师	任职时间	语言②	级别	学分	开课学年	开课院系
10*	牛津(Oxford)大学*	文学、艺术和电影中的当代中国城市* Contemporary Chinese Cities in Literature, Art, and Cinema	当代	Associate professor Margaret Hillenbrand	2009—	英文	本科生	/	2018/19/20	东方学部东亚研究学院
11*		六四事件之后的中国小说* Chinese Fiction after Tian'anmen	当代			英文	研究生	/	2018/19/20	
12*	伦敦玛丽女王(Queen Mary)大学*	比较现代性：以中国和印度(文学)为例* Comparative Modernisms: The Case of China and India	现代(20世纪早期)	Dr Adhira Mangalagiri	/	英文	本科生	/	2018/19	语言、语言学和电影学院，比较文学和文化系
13	伦敦大学亚非学院(SOAS)	现代中国文学文本阅读 155903013 Reading Modern Chinese Literary Text	现代	Dr Liu Yangruxin(劉陽汝鑫)	/	中文	本科生	15	2018/19	东亚语言与文化系
14		现代中国的文学、政治和国家身份 155903017 Literature, Politics and National Identity in Modern China	现代		/	英文	本科生	15	2018/19	

续表

序号	大学	课程	时期(文学)	任课教师	任职时间	语言②	级别	学分	开课学年	开课院系
15	伦敦大学亚非学院(SOAS)	文学和当代中国的社会变革 155903016 Literature and Social Transformation in Contemporary China	当代	Dr. Cosima Bruno(米娜)	/	英文	本科生	15	2018/19/20	东亚语言与文化系
16		当代中国文学文本阅读 155903012 Reading Contemporary Chinese Literary Text	当代		/	中文	本科生	15	2018/19/20	
17		现代中国文学 15PCHH042 Modern Chinese Literature	现代		/	英文	研究生	15	2019/20	
18		当代中国文学 15PCHH041 Contemporary Chinese Literature	当代		/	英文	研究生	15	2019/20	
19	伦敦大学学院(UCL)	重新想象自我：华语小说阅读 LITC0007 Re-imagining the Self: Reading Chinese Short Fiction	现当代(从中华民国早期到20世纪末)	Dr Katherine Anne Goulding Foster (Dr Kate Foster)	2014—	英文	本科生	15	2018/19/20	艺术与人文学部、欧洲语言、文化和社会系
20		文学中的革命：书写二十世纪的中国 CMII0081 Revolutions in Literature: Writing China's Twentieth Century	1900年代到21世纪	Dr Xiaofan Amy Li(李晓帆)	2019—	英文	研究生	15	2019/20	

113

第4章 中国现当代文学在英国高校课程设置中的接受研究

注点和汉学专业设置情况的调查，比起当代中国的其他方面，尤其是政治和经济，中国文学，无论是研究、招生还是教学，在英国汉学界，处于相对边缘的地位。然而，这些信息亦表明，英国高校中国现当代文学的课程设置涉及本科生、研究生课程，涵盖19世纪末至当前中国文学的内容，不但包括使用文学英译素材的课程，还包括使用汉语原文素材的课程。从课程开设总体情况看，爱丁堡大学、利兹大学、亚非学院、伦敦大学学院是中国现当代文学教学颇为活跃的大学。

4.2.2　基于完整教学大纲的数据情况

在表4-1所示的20门课程中，来自利兹大学、亚非学院、纽卡斯尔大学、伦敦大学学院的11门课程可在这些大学官网上检索到具体的教学大纲，另外9门课程的教学大纲则无法通过网页检索获取，需要向任课教师或课程负责人求取信息。本书给所有20门课程的任课教师都发了邮件，累计近40封[①]，一方面让对方了解该研究项目，另一方面为寻求网站上没有提供或未及时更新的教学大纲信息。最后的结果是：爱丁堡、埃克塞特和肯特大学共有3门课程的任课教师通过邮件分享了详细的教学大纲；亚非学院、伦敦大学学院共有2门课程通过邮件等方式获取更新后的教学日历信息；搜集到的资料未能包含剑桥大学、杜伦大学、伦敦玛丽女王学院和牛津大学文学相关课程的具体信息，即表4-1中带"*"号的6门课程。因此，通过校网检索和邮件求取等方式，本书最终搜集到14门课程的具体教学大纲（含教学日历）。在这14门课程中，现代中国文学课有5门，当代中国文学课程有6门，现当代文学课程有3门；课堂上使用汉语原文素材的课程有4门，都是本科生课程，使用英文素材的有10门，其中明

[①]　为保证尽可能多地获取相关信息，实际发送的邮件不只涵盖开设这20门课程的大学，还包括有些大学的其他课程以及卡迪夫、中央兰开夏（Central Lancashire）、兰卡斯特（Lancaster）、曼彻斯特、谢菲尔德和国王学院6所大学所开设的中国文化和社会相关的课程。

确为研究生开设的课程有 4 门。①

遗憾未能获取有些英国高校中国现当代文学课程的完整教学大纲,尤其是具有悠久汉学教学和研究传统的剑桥大学和牛津大学。根据学校网站检索,剑桥大学目前开设一门"中国现当代文学"课程,是高年级本科生选修课之 2/9,介绍跨越整个 20 世纪直至当前网络文学的发展;牛津汉学本、硕士专业各设有一门与文学相关的课程,分别是"文学、艺术和电影中的当代中国城市"以及"六四事件之后的中国小说",倾向于通过文学关注当代中国的社会和政治或通过中国当代社会和政治关注中国的文学艺术等。

总而言之,虽遗憾未能获取所有相关英国高校的中国现当代文学课程的完整教学大纲,但这些有效数据仍可帮助从高校现当代文学课程设置的视角来了解中国现当代文学在英国高校的相关接受情况。

4.3 中国现当代文学在英国高校课程教学大纲中的流通和阅读模式

本书整体上从世界文学的流通和阅读模式视角,考察中国现当代文学在英国汉学界三个机构层面的接受情况。本章研究主要基于英国高校课程大纲的设置来考察中国现当代文学在英国汉学界的接受情况,不涉及读者对具体文学文本的阅读模式。因此本章不对文学流通和阅读模式予以分别描述,而是基于课程教学大纲的构成考察整体教学大纲(从宏观结构到作家作品的选择趋势)所构建的文学

---

① 本书作者未能从剑桥、牛津、杜伦等大学获得课程信息,多因教师不回复或回复中委婉拒绝。剑桥大学的"中国现代文学(C.17 Modern Chinese Literature)"、杜伦大学的"中国历史和文学文本(Chinese historical and literary texts)"(分历史和文学两部分,分由两位教师授课)未收到相关教师的回复。伦敦玛丽女王学院的"比较现代性:以中国和印度为案例(Comparative Modernisms: The Case of China and India)"未提供任课教师信息。牛津大学两门课程的任课教师 Margaret Hillenbrand 教授非常坦率地回复她的课程内容涉及敏感资料,不愿意与选课学生以外的人分享。

叙事及其呈现的如何阅读文学的可能性宏观视角。

基于14门课程教学大纲的相关资料,围绕教学大纲的构成(如课程介绍、教学日历),本节重点观察文学课程设置的总体结构、课程目标以及周教学内容的结构主题,总结和描述14门课程教学大纲反复出现的文学流通和阅读模式的趋势甚或特例,分析教学大纲所呈现的关于中国现当代文学的概念叙事。本节旨在,基于英国高校现当代文学课程大纲的构成,详细考察和描述中国现当代文学在英国汉学界的接受情况。描述内容将为从复杂性理论解释和认识这种接受情况提供可识别的"吸引子"和"约束"。

4.3.1 英国高校中国现当代文学课程教学大纲的宏观结构

4.3.1.1 课程设置的目标:初始条件和阅读模式

表4-1中不带"*"号的14门现当代文学课程的教学大纲主要包括课程介绍和教学日历。课程介绍具体包括课程概述、课程目标、课程内容、预期结果、推荐阅读书单和考核办法;教学日历部分主要关注课程设计的周教学内容、相应书单和组织教学内容的相关话题或主题,下简称"结构主题"。综合各个课程教学内容的描述,总体的叙述模式都是课程内容涉及不同历史时期的主要作家和作品。在教学目标方面,大多数课程都表明通过仔细阅读和分析不同体裁的作品(诗歌、小说等)以达到:①了解现代/当代文学以及中国社会的发展;②熟悉不同历史时期的主要作家和作品;③在不同的语境下讨论中国文学,包括思考不同历史事件对文学的影响以及文学在社会历史方面的作用;④培养独立研究、整合资料及论文写作等其他能力。此外,课堂上使用中文素材的文学课程还特别强调培养学生中文写作、文学阅读以及汉译英能力,如利兹大学的"当代文学"、亚非学院的"现代文学文本阅读"等课程。目标①—③都与中国社会发展的历史相关,在文学中了解历史,在历史中探讨文学,可以说是这些课程的主要目标。

大部分课程在教学目标和内容中都指明该课程会导引学生在不同的语境（contexts）下或从不同的视角（perspectives）来阅读中国文学。综合起来，这些课程提到的语境包括：文学的、历史的、政治的、社会的；提到的视角包括理论的、比较的、区域的和全球的。大部分课程提到拟用的语境几乎包括所有这些语境，拟用的视角包括这些视角的部分或全部。在不同的文学、历史、政治和社会语境下来阅读和分析中国现当代文学，不但意味着按照时间顺序来理解文学，同时意味着对不同时期文学主题和文学趋势的关注，以及文学与社会政治或主要事件之间互动关系的关注。这些可通过教学日历里按照时间和主题排列的作家和作品来做进一步的分析。理论的视角包括把作家和作品放在某个文学批评理论框架下进行阅读，如亚非学院大部分文学课程都如此强调，用的文学理论书是当代西方文论界著名的马克思主义理论家、文化批评家和文学理论家特里·伊格尔顿（Terry Eagleton）所著的《如何阅读文学》（*How to Read Literature*）；也包括对文学作品本身的文学质量进行评判，如利兹大学的"现代中国文学"课程。比较的视角不但是肯特大学和伦敦大学学院比较文学专业的中国现当代文学课程所采用的视角，利兹大学的"当代中国文学"课程也强调文学评论方面的中西比较。从区域研究的视角是指把文学当做观察某个地区的透视镜，最典型的是纽卡斯尔大学的"亚洲文学纵览"课程，正如其课程目的所描述的那样，学生阅读主要文学文本英译"旨在攫取亚洲地区不断变化的各个方面"，这些不断变化的各个方面包括从"高度资本化的全球化和跨媒体交流过程到伤痛的民族历史和性别问题"。该课程选取来自亚洲不同国家的作家和作品，其中通过选取离散作家郭小橹的 *UFO in Her Eyes*《她眼中的UFO》和阎连科的《为人民服务》（*Serve the People*）来透视东亚的中国。全球视角就是跨越地缘政治边界，从中国大陆、香港和台湾以及离散华人所创作的文学作品中分析跨越不同边界的关于中国（华语）文学的话语。下文会谈到，除了选取来自中国大陆的作家，大部分课程还选取香港、台湾作家以及旅居国外的华裔作家。

以上谈到的课程目标、以及阅读和分析中国现当代文学的语境和视角是英国大学现当代文学课程设置中体现出的阅读中国文学的方式。值得注意的是，与国内一些文学选集呈现作家和作品的方式不同，英国高校的现当代文学课程没有一门课用到"作家代表作"的字眼，而是强调"某一历史时期的代表作"，如爱丁堡大学的"现当代文学课程"，或者不同历史时期的主要作家和他们的主要作品。虽然实际课堂上师生如何操作或阅读不可预测，但大纲中课程目标和阅读模式的设定在理论上具有启发作用，就课程设置的总体结构而言，这样的目标及阅读模式可视为具体教学日历设置的部分"初始条件"，相关情形可从课程教学日历中按时间顺序列出的"结构主题"得以进一步呈现。

4.3.1.2　课程教学日历中的结构主题：时间轴上的"情节"

　　英国大学每门课程的学分一般在 10、15、20 或 30 不等，多的有 60 学分的，如毕业论文。学分在 20 及以下的课程大多只开设一个学期，少数学分为 20 的课程以及所有学分为 30 的课程一般开设两个学期。每个学期包含 11 个教学周，中间有一周是阅读周，老师基本不上课，安排学生准备半期论文或者做一些与课程相关的项目。课程的考核以写论文为主，但也有非常正式的考场考试。根据 14 门课程的教学大纲，现当代文学课程的考核总体以写论文为主，外加一些问题回答或中译英的翻译试题，在此不做专门讨论。从教学日历看，现当代文学课程的上课方式一般是按照周来安排的，每周两讲课（2 个小时），一讲教师讲解（lecture），一讲研讨（seminar），大部分课程多是这样的安排；也有两讲都是研讨课。

　　从"结构主题"看，有些课程每周或每两周一个主题，有些课程几周完成某个主题下指定的作者和作品；无论是课堂上使用汉语原文素材还是英文素材，这些课程的结构主题总体是按照历时顺序排列的，不同时间段以不同的文学趋势或话题作为结构主题，在该结构主题下配以作者和作品，以及辅助阅读材料（包括文学作品、文学理论、文学批评、文学史、文学选读等）。现综合各个课程的教学日历，按照教学日历的时间顺序将课程中呈现的主题结构归纳描述如下,每个结构主题为相似主题的概括说法,括号中为不同课程里相近或相同主题的关键词。常见的结构主题包括:

(1) 改良派:变法及新秩序的建立(清末文学,文明的政治想象);

(2) 保守主义:反西方的根源和影响(东方遭遇西方、国家主义、国家主权);

(3) 现代启蒙文学与五四运动(革命、现代小说的崛起、白话文和现代形象、新文化运动、五四运动、革命与现代、民族主义、鲁迅与现代小说的崛起、意识形态与现实主义);

(4) 20世纪20/30年代的现代文学(上海的现代性、中国的现代性/现实主义/浪漫主义、新城市文化和现代性小说、战争与写作);

(5) 乡土文学和小资文学(城乡差别,怀旧,闲逸,幽默);

(6) 社会主义现实主义(延安遗产和文学的普及化运动,社会主义文学);

(7) 伤痕文学(文化大革命的创伤,创伤主题,在"文化大革命"后的文学中重新发现人本主义,伤痕文学和浪漫);

(8) 寻根文学(新历史小说);

(9) 先锋文学(先锋小说,从先锋文学到通俗文学,现代、后现代及其影响,80/90年代中国大陆的先锋写作);

(10) 20世纪90年代中国文学(营销90年代中国女性作家,创意写作,美女作家);

(11) 21世纪文学(当前文学趋势,通俗文学,民族性,中国梦);

(12) 香港、台湾和离散文学(台湾文学和民族身份,台湾本土文学,来自台湾和海外的文学,探索"民族性/中国性");

(13) 女性文学(现代性文学中的女性作家,迷思、性别与性,恋爱与战争时期的写作与家庭生活,美女作家);

(14) 诗歌(新诗1918—1949,现代诗歌,朦胧诗,伤痕诗,当代诗歌)。

以上教学大纲中结构主题的分类,前11项基本上是按照时间的顺序，最后3项在主题或话题分类上与前面各项有交叉之处。不是每一门课程都囊括所有这些结构主题，而是包含这些主题的一部分或大部分，且大体上是按照时间顺序来架构的。诚然，这里的时间顺序非严格意义上精准的历时顺序，而是在某些时段，某些主题存在着共时并存状态。但无论如何，这些主题非随机摆放，而是有着时间的主线，而这些不同的结构主题犹如这些主线上的"情节"，要观察对中国现当代文学的叙事，还需要了解不同情节里的作家和作品的选择。

4.3.2 课程教学日历中的文学选择概况
4.3.2.1 无法割裂的现代和当代文学概念

英语里"modern（现代）"和"contemporary（当代）"两个术语，使用得比较松散和模糊。剑桥大学的文学课程名称，用的是"modern"，但课程所涉文学内容贯穿整个20世纪到当前的文学发展。爱丁堡大学的文学课程名称里含"contemporary"，但实际上该课程从五四运动时期的文学谈起，重点集中于1978年后的中国文学。利兹大学和亚非学院都分别设有现代文学、当代文学课程，并分别用"modern"和"contemporary"来指代课程名称。这些文学课程在中国"现代"和"当代"文学的时间划界上，大体上以1949年中华人民共和国成立为界，但现代文学和当代文学各自的时间起点并非绝对统一。个别课程中的现代文学从清末康有为的《大同书》谈起，如埃克塞特大学的"政治艺术：文化研究视角下的现代中国"课程；也有把现代文学课程内容设定为1912—1949时期的文学，如利兹大学的"现代文学"课程；或1917—1949年之间的文学，如亚非学院的"现代文学"课程。此外，有些课程选择了延安时期的文学，爱丁堡大学将其放在"毛泽东时期的文学"主题下，伦敦大学学院和亚非学院都是放在"社会主义现实主义"主题下，但亚非学院相关的课程是"当代文学课程"，而其他两所大学是同时包含现当代文学的课程。

概言之，从英国高校中国现当代文学的课程名称和教学大纲的相关内容来看,英国汉学界关于中国现代文学、当代文学的指称和时间划界与中国文学界的普遍观点基本一致。关于中国现代文学和当代文学的划分,在国内文学界,"现代文学"通常指1917年到1949年之间的文学,1949年新中国建国后的文学称"当代文学"①。关于"现代"的用法,国内也有学者,如朱栋霖等②,建议对中国现代文学的研究应当从19世纪末,或者1898年谈起,并用"现代"文学指称"现当代"文学,但在具体讨论时,1949年仍是重要的时间分界线;还有学者,如陈思和③,分别使用现代文学和当代文学概念,但认为"作为一种国家、民族及其文化的现代化过程,中国20世纪文学是一个开放性的整体"。因此,国内学界关于现代和当代的划分,"主要依据是以政治和社会变迁为界限,不完全考虑文学自身性质"④。英国高校的中国现当代文学课程设置表明英国汉学界在很大程度上亦如此。这种划分可方便对涉及不同时期中国文学课程的设置以及文学研究具体领域的分类,但就文学本身而言,中国的现代、当代文学并非因这种时间的界限而突兀地割裂开。这一点很重要,根据复杂性理论,这样的命名和分类,同课程目标一样,可视为英国高校中国现当代文学课程设置中可能呈现的阅读模式的初始条件和约束,使得完全从当代中国的政治角度解读文学、或完全从纯审美角度解读文学都变为不可能性。

4.3.2.2 以中国大陆文学为主的多样性华语文学概念

前文曾提及,在14门课程中,现代文学课程5门、当代文学课程6门,现当代文学课程3门,也就是说,涉及现代文学的课程有8门,涉及当代文学的课程有9门。现将教学日历中的"结构主题"以及包含相关主题的课程门数表示为图4-1。

---

① 温儒敏、李宪瑜、贺桂梅等:《中国现当代文学学科概要》,北京:北京大学出版社,2005年,第4页。
② 朱栋霖、丁帆、朱晓进:《中国现代文学史(上、下册)》,北京:高等教育出版社,1999年。
③ 陈思和:《中国当代文学史教程》,上海:复旦大学出版社,1999年,第6页。
④ 温儒敏、李宪瑜、贺桂梅等:《中国现当代文学学科概要》,第4页。

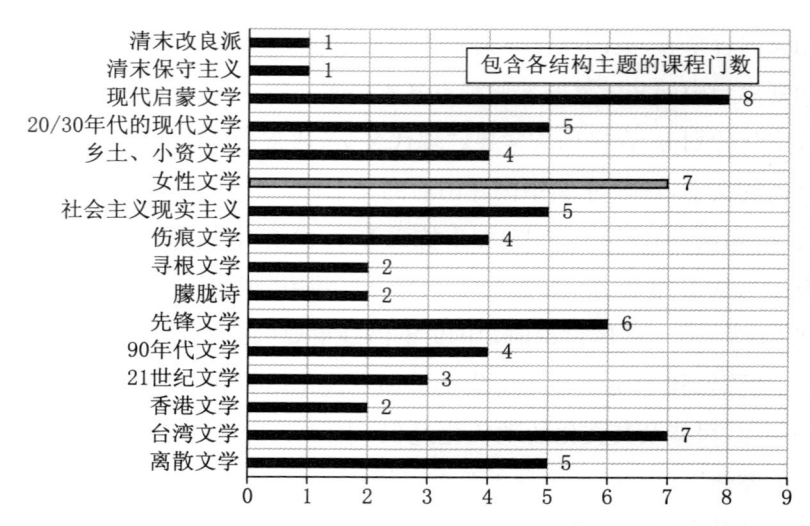

图 4-1　英国高校中国现当代文学课程大纲中的结构主题
及包含相应结构主题的课程数量

现代文学课程所涉结构主题相对较少，主要包括从清末的文学改良到乡土、小资文学等，其中现代启蒙文学与五四运动为集中话题，8门涵盖现代文学的课程都选择了这一主题，其次为20/30年代现代文学（包括左翼文学）以及乡土、小资文学，有一半及以上的现代文学课程选择了这些主题。在14门课程中，每门课程都收录了女性作家和作品，其中有7门课程的主题结构中包括"女性文学"主题，这些课程有现代文学课程也有当代文学课程。这说明英国高校在中国现当代文学课程内容的设置上非常注重体现女性作家和文学，体现文学在性别上的多样性。当代文学的结构主题明显多元化。其中最受关注的是先锋文学，有6门现代文学课程选择了这一主题，其次为90年代文学、21世纪文学、寻根文学、朦胧诗等。当然，这其中有交叉的，比如90年代文学和先锋文学等的交叉，朦胧诗与伤痕文学的交叉等。除中国大陆文学发展相关的主题外，当代文学课程的结构主题还包括台湾、香港、以及旅居海外华裔作家创作的文学，后者又可称为离散文学，这些文学主题往往与"民族性"等主题相交叉。在9门涵盖中国当代文学内容的课程中，有8门课程选择了台湾文学，结合第 3 章的调查描述,台湾研究,包括台湾文学,在英国发展得非常好,这其中有很多因素,蒋经国基金会以及英国汉学协会每年资助英国各研究机构人员到台湾学习中文和文化在某种程度上起着推动作用。

  本书对英国高校中国现当代文学课程选择的作家和作品的统计,来自课程教学日历整理的数据。这些教学日历,如前文交代,有些是通过邮件获得,有些则通过校网检索。在数据整理过程中,一些实际情况需要交代一下。埃克塞特大学开设的与文学相关的课程聚焦于现代中国时期(清末到延安时期的文学),所选作品在相当程度上提升了现代中国时期的作家和作品的数量。利兹大学"现代文学"课程的阅读书单涉及的作家作品很多,因课堂上使用的是中文原文素材以及所选文章长短的不同,经向任课教师(David Pattinson)请教,整个学期课堂实际阅读和讨论的作家和作品大概五六个,主要包括鲁迅、张爱玲、丰子恺、周作人等,书单中的英译作品书单多为学生的课外辅助阅读书单。此外,利兹大学的"现代文学"课程提到丰子恺,但没有提供丰子恺的作品;肯特大学、纽卡斯尔大学的文学相关课程收入中国作家和作品的数量非常少;亚非学院的"当代中国文学文本阅读"和"当代中国文学"两门课程虽提供选取的作家姓名,但没有提供具体的作品,"现代文学"课程大纲在"新诗"的结构主题下列的书单是 1919—1949 年的新诗,但未明确具体诗人的姓名①。

  基于以上实际情况,统计结果为:这 14 门课程的教学大纲共收入 72 位作家及其作品,其中现代作家 29 位,当代作家 43 位(含 1 位未知作家),有 1 位当代作家(赵树理)被选用的两部作品分别跨越了现代和当代时期②。就作家所处年代而言,从康有为、梁启超、严

---

① 这些新诗来自该课程指定的一本教材,即刘绍铭(Joseph Lau)、葛浩文(Howard Goldblatt)(1995/2007)主编的《哥伦比亚现代中国文学选集》(*The Columbia Anthology of Modern Chinese Literature*),经查证,该文选共收入 1918—1949 年新诗 24 首,9 位诗人,但因无法确定该门课程具体选了其中哪位(些)诗人,故未做统计。
② 爱丁堡大学的现当代文学课程选择了赵树理 1943 年创作的《小二黑结婚》(*Marriage of Young Blacky*),结构主题为:"毛泽东领导下(under Mao)的社会主义文学";伦敦大学亚非学院当代文学课程选取了赵树理 1958 年发表的《锻炼锻炼》(*Temper Yourself*),结构主题为"社会主义现实主义"。

复、王国维到莫言、姜戎和刘慈欣,涵盖从清末到 21 世纪,跨度很大;从出生年代看,大部分当代作家都是 50/60 年代出生的作家。就作家的地缘身份而言,这些作家中的大部分是中国大陆作家。此外,还包括香港作家 2 名(西西和许素细);台湾作家 3 名(白先勇、王祯和、朱天文)、台湾文化研究学者 1 名(陈光兴);华裔离散作家 5 名(戴思杰、高行健、郭小橹、哈金、虹影);"异见作家"1 名(马建)。就性别而言,除去未知作家,其他作家包括男性作家 54 名,女性作家 17 名。课程设置在结构主题上非常兼顾作家性别的多样性(这里指女性作家),但具体作家的选择表明男性作家在数量上仍占据相当的优势。以上提到关于作家的描述有重合的,如:郭小橹既是离散作家,也是女性作家;西西和许素细既是香港作家也是女性作家等。

  这 14 门课程大纲收入的文学作品的统计结果为:除诗歌外其他体裁作品累计 156 部/次[1],其中现代文学作品有 79 部/次,当代作品有 77 部/次。文学作品原作的创作语言涉及四种情况:源语为双语创作的,有 1 部学术专著,为纽卡斯尔大学亚洲文学概览课程选择的陈光兴的专著,先用中文创作《去帝国——亚洲作为方法》(2006),后又用英文创作(*Asia as Method: Overcoming the Present Conditions of Knowledge Production*, 2010);源语是英文创作的有 6 部作品,分别是离散作家郭小橹和哈金以及香港作家许素细创作的作品;源语是法语的 1 部,肯特大学比较文学课程选用的戴思杰创作的《巴尔扎克与小裁缝》;其余皆为中文创作的作品。就作品的体裁而言,在这累计 156 部/次作品中:短篇小说 97,文论 21,长篇 21(包括独篇而非合集的中篇小说),杂文 9(含半自传随笔集 1),散文 5,专著 2,图画书 1。如图 4-2 所示。

---

[1] 此处的"部/次"是指对不同课程选择同一作家作品的累计计算。例如,"有 3 门课程选择丁玲,被选作品累计 4 部/次"。这种描述的依据是:有 3 门课程分别选择了丁玲的《莎菲女士的日记》,累计 3 次,此外还有一门课程选择了丁玲的《我在霞村的时候》,因此累计 4 部/次,不代表一定是 4 部不同作品的意思。

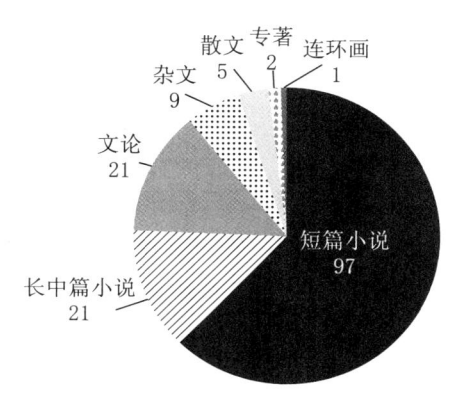

图 4-2　英国高校现当代文学课程选取的作品体裁与累计数量

毋庸置疑,短篇小说在所有体裁的作品中是最受欢迎的;其次,被选取的文论达 21 篇,包括梁启超、毛泽东、陈独秀、成仿吾、瞿秋白、鲁迅等写的著名文论;杂文主要包括无法从狭义上归入散文、小说或文论等文体的作品,如严复的"译《天演论》自序"、林纾的"《贼史》前言"等,以及余华被称为半自传体的随笔集《十个词汇里的中国》;散文包括林语堂的《论躺在床上的妙处》、《我的戒烟》以及周作人的《乌篷船》、《浪漫的生活》等文章,多设在"闲逸"或"幽默"结构主题下;2 部专著分别是康有为的《大同书》和陈光兴的《去帝国——亚洲作为方法》(Asia as Method: Overcoming the Present Conditions of Knowledge Production)。连环画是爱丁堡大学现当代文学课程选取的《智斗:我们是毛主席的小卫兵》(Battle of Wits: We are Chairman Mao's Red Guards),课程大纲中该作品的作者姓名显示为"未知作家"(unknown writer)[①]。当然,这里只是粗略分类,非建立在严格的文学研究理论基础上的学术裁定。

就体裁而言,除亚非学院的现代文学课程收入的 1919—1949 年新诗外,这些课程还选择了其他诗歌,但有的课程选择某位诗人的诗

[①] 《智斗:我们是毛主席的小卫兵》(Battle of Wits: We are Chairman Mao's Red Guards)(1976),应该是上海人民出版社于 1971—1976 年间出版的连环画系列丛书《我们是毛主席的红小兵》(共 7 册)中的《智斗》,该连环画书作者本书未能考证。

歌时往往不只选择一首,而有的课程只列出诗人的名字,课堂上具体选用哪一首,则比较随意。因此,用作品累计量来观察诗人诗歌的选择不是很容易操作。这里按照被选择的诗人、选择的课程、相关结构主题等信息将诗歌的选择总结为表 4-2(表中的"√"表示被选取)。

表 4-2　中国诗人选入英国高校现当代中国文学课程的情况

诗人课程及主题	爱丁堡大学现当代中国文学（朦胧诗）	利兹大学当代中国文学（定义和问题）	亚非学院当代中国文学（伤痕文学）	伦敦大学学院文学中的革命：书写二十世纪的中国	
				现当代诗歌	朦胧诗
北　岛	√	√	√		√
顾　城	√				
芒　克			√		
舒　婷			√	√	
闻一多				√	
徐志摩				√	
杨　炼			√		

从表 4-2 可见,北岛的诗被选入 4 门当代文学课程,顾城和舒婷分别被选入 2 门当代文学课程。他们诗歌所属的文学趋势似乎被定义在朦胧诗和伤痕文学之间,同一个诗人在不同大学的文学课程里被设置在不同的文学主题下。按照课程调查总的数据,北岛的《回答》、舒婷的《流水线》、徐志摩的《再别康桥》、闻一多的《死水》等诗歌作品被选入课程内容,顾城、芒克和杨炼没有给出具体被选诗作,三者在亚非学院的当代文学课程内容中是放在"伤痕文学"主题下的,爱丁堡大学把顾城设在"朦胧诗"的主题之下。英国高校的文学课程在诗歌方面的选择虽然不多,但所选的诗人和作品很大程度上都是中国文学界和大众读者所津津乐道的,最典型的是徐志摩的《再别康桥》。

以上的描述表明,英国高校现当代文学课程教学大纲对作家和作品的选择从结构话题、作家性别、地缘身份、原作语言、作品体裁等方面都体现了多样性。这些被选择的作家和作品以来自中国大陆的文学为主,但英语里"Chinese literature"的含义显然已逐渐复杂化,既无法用作家的民族身份也无法用汉语语言作为文学创作的媒介语言来定义。比较而言,"华语文学"比"中国文学"在概念上要更广些,可以把选入课程的旅居海外的华裔文学包括进来。此外,这些课程收入的文论在数量上与长篇小说等同,具体情况值得在观察现代文学、当代文学的选择时做进一步探讨。

4.3.3 课程教学日历中的现代文学选择

4.3.3.1 时间轴上多音部的共同存在

英国高校 8 门涵盖中国现代文学的课程大纲所收入的作家不但包括小说家、散文家和诗人,还包括中国现代史上著名的思想家和革命家,所选作品不但涵盖小说、诗歌、散文、杂文,还有文论。根据统计,有 29 位作家或文人被收入这些课程的教学大纲。这些作家的姓名以及选择各作家的课程门数可表示为图 4-3。

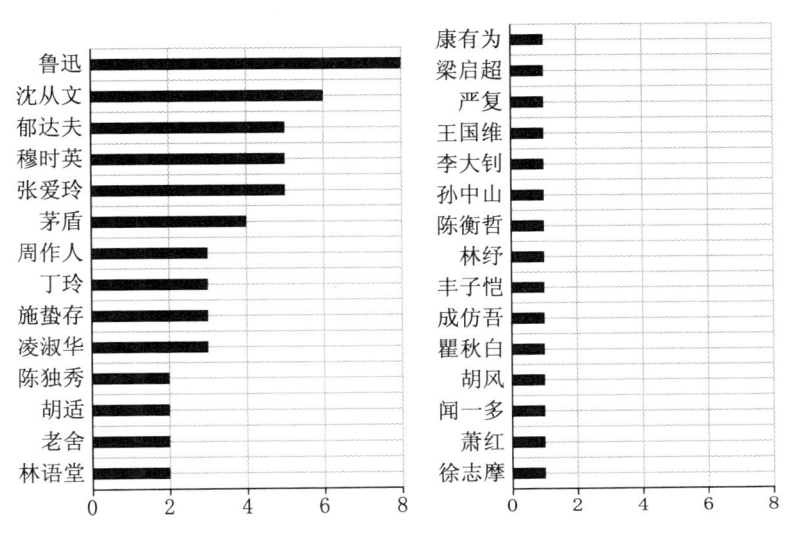

图 4-3 现代作家姓名及选择该作家的课程门数

就选择这些作家的课程门数而言,所有 8 门涵盖中国现代文学的课程都选择了鲁迅；选择沈从文的有6门；选择穆时英、郁达夫和张爱玲的课程分别达到5门；有一半的课程选择了茅盾，选择周作人、丁玲、施蛰存和凌淑华的课程亦达到3门。可以说，有一半的英国高校现代文学课程大纲收入的作家同时包括中国现代文学史上不同时代不同流派的作家。这些流派包括现代启蒙文学、京派文学、上海"新感觉派"文学、"左翼"文学等，下文将根据作品选择做进一步观察。这些作家中的女性作家有5位，分别是：张爱玲、丁玲、凌淑华、萧红和陈衡哲。值得一提的是，陈衡哲被选择的短篇小说《一日》(One Day)于1917年发表在《留美学生日报》第2卷第4期，比鲁迅《狂人日记》的发表早一年。胡适曾评论说："当我们还在讨论新文学问题的时候，莎菲（陈衡哲笔名）已开始用白话做文学了。《一日》便是文学革命讨论初期中的最早的作品"。①

  整体而言，这些被选择的作家代表了现代文学的不同发展时期和不同流派。有19世纪末20世纪初推动变法和社会秩序改良的文人，如康有为、梁启超等，有五四运动时期推动中国新文学发展的胡适、陈独秀、鲁迅、周作人等，有20年代著名"新月派"诗人闻一多和徐志摩，20年代末和30年代被中国文学界称为京派小说家老舍和凌淑华，上海"新感觉派"小说家穆时英和施蛰存，左翼作家茅盾和丁玲。为更好地观察英国高校现代文学课程选择作家和作品的趋势，本书需进一步考察这些作家具体被选择的作品。前文谈到，现代文学所涉结构主题不多，主要包括启蒙革命与现代文学、乡土文学、20/30年代上海的现代文学以及闲逸浪漫的文学等。现以被2门以上课程大纲收入的作家、被选择的作品、以及为作品所架构的结构主题等信息为例来观察作家和作品的具体选择情况。相关信息请见表4-3，需要指出的是，现代文学课程收入的文论很多，下文专门讨论，故表4-3的作品里不包括文论。

---

① 参见王凯：《陈衡哲〈一日〉：女性写的中国第一篇白话小说》，《中国文化报》2010年3月15日。

表 4-3　英国高校现代文学课程(2 门以上)选择的作家及其作品情况

作家	作品体裁	课程门数	创作年代	结构主题
鲁迅	《狂人日记》	7	1918	启蒙、革命与现代、白话文学、现代小说、民族性、作家与革命
	《药》《孔乙己》《阿Q》	1	1919 1921	
沈从文	《萧萧》	6	1929	城乡差别、乡土、怀旧、乡愁
	《丈夫》	2	1930	
郁达夫	《沉沦》	4	1921	国家、革命和民族主义
穆时英	《上海的狐步舞》	4	1934	新城市文化和现代性小说、30年代上海浪漫主义/现实主义的现代性小说
	《夜总会里的五个人》	1	1932	
张爱玲	《封锁》	4	1943—1944	战争与爱情、女性与爱情
	《倾城之恋》《桂花蒸》《论写作》	1		
茅盾	《春蚕》	4	1932	意识形态和现实主义、革命文学和左翼、革命与作家、人民的胜利
周作人	《乌篷船》	1	1926	乡愁、闲逸、幽默
	《浪漫的生活》	1	1926	
丁玲	《莎菲女士的日记》	3	1928	现代文学中的女性文学、女性文学、社会主义现实主义文学
	《我在霞村的时候》	1	1940	
施蛰存	《梅雨之夕》	3	1929	现代性文学、30年代上海的现代性文学
凌淑华	《中秋晚》	2	1928	现代文学中的女性作家、女性文学和性
	《绣枕》	1	1925	
老舍	《二马》	1	1924—1929	意识形态与现实主义
	《骆驼祥子》	1	1936	30年代的现代文学
林语堂	《论躺在床上的妙处》	1	30年代	幽默、闲逸文学
	《我的戒烟》	1		

由表 4-3 可见,大部分作品在体裁上都是短篇小说,长篇小说只有 2 部,即老舍的《二马》和《骆驼祥子》。从所选作品的创作年代和流派看,以 20 年代后半期、30 年代不同流派的作品为主。五四运动前后的文学以鲁迅 1918—1919 年发表的短篇小说为主,这些小说由

白话文创作,批判愚昧落后的国民性,在形式和内容上是新文化运动早期的文学创作成果。郁达夫的《沉沦》和老舍的《二马》是所选作品中在创作时间上距离五四运动相对较近的作品,且都是两位作家各自在日本、英国游学期间所著。选择郁达夫的现代文学课程有4门,选择的作品都是《沉沦》,这是部带有浓厚抒情色彩的"自我小说",表达"性苦闷",同时也表达弱国子民在日本帝国他乡遭受的屈辱以及盼望祖国富强的渴望①。《二马》有对彼时中国国民劣根性的批判,也有对英国民族文化偏见的谴责,显示了作者的"民族主义"观。②

　　课程大纲中收入20年代中后期至30年代中期这一时期的作品相对丰富,涉及不同流派和风格,既有社会写实的,也有讽刺幽默的;既有浪漫抒情的,又有心理分析的。周作人、林语堂恬淡抒情而又富有生活情趣的散文,沈从文根于湘西风情的《萧萧》,以及凌叔华既矜持又充满深闺情怨的《绣枕》和《中秋晚》,无论在作品题材和语言风格,显然迥异于鲁迅的《狂人日记》。尤其是沈从文的《萧萧》,选择这部作品的现代文学课程有6门,同《狂人日记》一样,属于被英国高校现代文学课程高选择的作品。这一时期被选择的现实主义作品包括丁玲的《莎菲女士的日记》、茅盾的《春蚕》和老舍的《骆驼祥子》。丁玲是左翼作家群体里成长起来的,她的作品是"对知识女性心灵的探索",《莎菲女士的日记》是她在中国文学界最著名的作品之一,有3门课程选择了这一作品。《春蚕》是茅盾的农村三部曲之一,通过描写30年代中日淞沪战役前后,江南农村蚕农老通宝一家的养蚕"丰收成灾"的悲剧命运,来展现社会中存在的各种冲突和矛盾,有4门课程选择茅盾,且选择的都是《春蚕》。被中国文学界称为"现实主义代表作家"的老舍,擅写底层小人物的悲苦,又透着"京派的幽

---

① 朱栋霖、丁帆、朱晓进:《中国现代文学史(上、下册)》,第69页。
② Louie, Kam, "Constructing Chinese Masculinity for the Modern World: with Particular Reference to Lao She's The *Two Mas*", *The China Quarterly*, vol.164, December 2000, p.1063.

默"①，被选入现代文学课程的仅有两部长篇小说都是老舍创作的。需要指出的是，茅盾和丁玲是中国文学界公认的左翼作家，但英国高校的现代文学课程较少用到"左翼"来作为结构主题，而是较多地使用与"革命"、"现实主义"相关的字眼。这一时期还有兴起于上海的"新感觉派"文学，是一种有别于茅盾、老舍的都市文学形态，"其特点是表现都市社会病态的生活，追求瞬间印象与感受，长于描写人物复杂微妙的内心世界"②。穆时英和施蛰存都是这一流派作家的典型代表。有 4 门课程选择了穆时英的《上海的狐步舞》，该小说以感觉主义、印象主义和意识流的方法描写了令人眼花缭乱的没落疯狂的都市风景；穆时英的《夜总会里的五个人》和施蛰存的《梅雨之夕》是运用弗洛伊德精神分析学说创作的小说。③

现代文学课程收入的 40 年代文学作品不多，只有丁玲延安时期的短篇小说《我在霞村的时候》，以及张爱玲于 1943 年和 1944 年期间发表的中短篇小说。虽然都是女性写的关于女性的作品，结构主题已能表明她们作品在风格上的不同。丁玲的是放在社会主义现实主义的主题结构下；有 4 门课程选择了张爱玲的《封锁》，连同其他作品，如《倾城之恋》，都是放在战争、女性和爱情的主题结构下。

以上的描述表明，现代文学课程的作家和作品选择呈现明显的文学史线轴，时间轴上的作家和作品表明现代文学发展的历史，同时也表明现代文学是多样性文学风格、流派和主题倾向的多音部创作，这某种程度上表明中国现代文学家在文学追求上的分化或者说多样性。尤其是 20 年代中后期和 30 年代文学作家和作品的多样性选择，与当前中国学界文学史研究的发现一致，即这一时期的文学是"中国现代文学史上的一个重要的时期，出现了很多著名的、有影响

---

① 朱栋霖、丁帆、朱晓进：《中国现代文学史（上、下册）》，第 146 页。
② 同上，第 151 页。
③ 同上，第 162 页。

的作家",同时也是左翼文学发生、发展和创作成果的时期。①

4.3.3.2 时间轴上多音部之间的张力

前文曾提及,英国高校现当代文学课程收入 21 篇/次文论,其中有少量延安时期的文论,其余大部分为更早时期的现代文学文论。该数据只是本书基于非专业论断的保守统计,一些其他作品,如康有为《大同书》的节选、李大钊的文章"布尔什维克主义的胜利"、孙中山的《孙文学说》节选、以及上文提到的严复、林纾等为译作写的序,都没有归类于文论,而是归于广义上的杂文系列。现将文论的具体情况展示为表 4-4。

表 4-4 英国高校现当代文学课程设置中文论作品使用的基本情况②

作家作品	课程门数	创作年代	结构主题
梁启超《译印政治小说序》*	1	1898	改良:变法和新秩序
梁启超《论小说与群治之关系》*	1	1902	改良:清末文学以及文明的政治想象
王国维《人间词话》*	1	1908—1909	复古:全球视角下看反西方的起源与影响
胡适《文学改良刍议》*	2	1917	现代文学思想;启蒙——革命文学和五四运动
陈独秀《文学革命论》*	2	1917	启蒙:文学革命和五四运动;现代文学的背景
周作人《人的文学》*	1	1918	启蒙:白话文与现代人形象的兴起
成仿吾《新文学之使命》*	1	1923	启蒙:白话文与现代人形象的兴起
郁达夫《文学上的阶级斗争》*	1	1923	革命:革命文学和左翼作家
鲁迅《革命时代的文学》	1	1927	作家与革命
成仿吾《从文学革命到革命文学》*	1	1928	革命:革命文学和左翼作家

---

① 洪子诚:《问题与方法:中国当代文学史研究讲稿》,北京:生活·读书·新知三联书店,2002 年,第 132 页。
② 表中带"*"号的文论都是来自埃克塞特大学殷之光博士所授的课程"政治艺术:文化研究视角下的现代中国"。

续表

作家作品	课程门数	创作年代	结构主题
瞿秋白《普罗大众文艺的现实问题》*	1	1931	革命、延安遗产与文学普及运动
瞿秋白《文艺的自由和文学家的不自由》*	1	1932	革命:国民党,共产党与唯物历史主义观
周扬(周起应)《现实主义理论》*	1	1949之前	革命:国民党,共产党与唯物历史主义观
胡风《人民大众向文学要求什么》*	1	1936	革命:革命浪漫主义与革命现实主义
沈从文《一般和特殊》	1	1939	乡土、怀旧
茅盾《问题中的大众文艺》*	1	1932	人民的胜利
毛泽东《在延安文艺座谈会上的讲话》	3	1942	社会主义现实主义、延安遗产与文学普及运动

　　该表呈现了 14 位作者 17 篇累计 21 部/次的文论著述,其中大部分文论都是现代中国文学所在时期的文论著述,所围绕的结构主题从清末的改良和复古话题一直到新中国建立前夕的社会主义现实主义的文学普及运动。这些文论有相当一部分来自埃克塞特大学殷之光博士①所教授的"政治艺术:文化研究视角下的现代中国"课程。根据教学大纲,该课程是从文化研究的视角来了解中国知识分子在现代中国国家建设中的作用。该课程的文化视角是指从历史的、比较的、全球的视角,围绕"改良"(reform)、"复古"(conservatism)、"启蒙"(enlightenment)和"人民/大众"(people)等话题讨论中国文学,目的是使学生加深对清末至延安文学时期现代中国国家建设史的认识以及相关基本文献的理解。与其他主要聚焦于作家和作品的文学课程不同,该课程选择文论的数量远超过其选择的文学作品数量。此外,伦敦大学亚非学院"现代中国的文学、政治和国家认同"、"当代中国的文学和社会变革"和"现代中国文学文本阅读"等课程以及伦

---

① 殷之光:英国剑桥大学博士,埃克塞特大学讲师,英国埃克塞特大学人文学院世界中国研究中心主任。

敦大学学院的"文学中的革命：书写二十世纪的中国"课程也选择了陈独秀、胡适和毛泽东所著的文论。这些文论的题目显示，"革命"、"大众文艺"、"文艺自由"等是他们思考和辩论的关键词。

埃克塞特大学这门课程表明，19、20世纪之交，中国文学已经开始了民族存亡背景下的内部与外部的双重化努力，这与中国一些文学界学者①②的观点一致。该门课程放在"改良"主题下的梁启超的文章《译印政治小说序》和《论小说与群治之关系》表明梁启超看重"小说启蒙、新民的工具作用"；与之相对的是"复古"框架下王国维的《人间词话》，则主张文艺美学或"纯文学"的文学观，试图将文学从"文以载道"的功用位置上解脱出来。③这说明，作为中国现代文化发展历程的一部分，中国现代文学从开始就存在着文学政治功用和文艺审美之间的张力。

胡适《文学改良刍议》、陈独秀《文学革命论》、周作人《人的文学》，这些五四文学先行者的文论，都发表于五四运动前夕，推动新文学启蒙运动，在相关课程设置中亦是被放入这样的文学主题框架下。这些文论表明文学的改革与语言的改革是同步进行的，以周作人《人的文学》为例，在倡导白话文写作的同时，该文推崇"以人性、人道主义为本"对人生诸问题加以记录和研究的文学，体现新文学在内容上"为人生"的文学观④。这与林语堂的文学观一致，文艺要摆脱社会的约束，突出对人的"性灵"（自然本性的流露）的表现⑤。他们被选入课程并被同时放在"闲适"主题之下的散文也在情节上呼应了这一点。课程中选择的20年代成仿吾、郁达夫、鲁迅的文论文章也是新文化运动推动的革命时期关于文学功用的思考，成仿吾认为新文学的使命至少应该跟时代的使命、国语的使命和文学本身的使命结合

---

① 朱栋霖、丁帆、朱晓进：《中国现代文学史（上、下册）》。
② 陈思和：《中国当代文学史教程》。
③ 朱栋霖、丁帆、朱晓进：《中国现代文学史（上、下册）》，第5—7页。
④ 同上，第19、199页。
⑤ 同上，第143页。

起来,郁达夫把世界上文学的发展与阶级斗争联系起来,鲁迅认为在大多数人需要解决生存的革命年代,无论是为上层人物做的小资文学还是为苦难者诉苦的文学都没太大功用①。课程收入的 30 年代的文论主要是左翼文艺界人士之间关于文学功用与艺术之间关系的讨论,具体是关于民族革命时期"大众文艺"和"文学大众化"相关问题的争论。与总体上强调文学社会功用的左翼文学观不同,沈从文的《一般和特殊》一文论述文学的"艺术"与"时代"的问题,强调文学与时代、政治的距离,追求人性的、永久的文学价值。前文谈过,延安时期的文学总体是归入当代文学的,亚非学院的"当代文学"课程收入了毛泽东的《在延安文艺座谈会上的讲话》一文,与爱丁堡大学、伦敦大学学院相关课程一样,是放在"革命、社会主义现实主义文学"的主题框架下。此外,周扬是 40/50 年代中国左翼文艺界主要领导人,主张"体现无产阶级阶级利益的文学应该占据支配性的地位"②。这些文论大多围绕时代与文学、革命与文学、文学与审美、文学与人文之间的讨论。若从社会历史的角度来看中国文学发展,这些文论某种程度上表明现代文学和当代文学不是割裂的,当代文学也不是突然发生的,正如同有学者认为,若谈论"当代文学",则有必要对 20 世纪现代中国的发展和国家建设过程中涌现的左翼文学、延安文学有深入的了解。③

仅就课程选择的这些文论来看,在中国的特殊历史时期和中国现代文学发展过程中,中国的文人表现出不同的文学观,但中国文学与政治和社会的贴近不是自新中国成立前后才有的,而是从 19 世纪末就开始了。而且,在这一过程中,不同文艺思潮之间的张力一直存

---

① 成仿吾(1897—1984)《新文学之使命》原载 1923 年 5 月《创造周报》第 2 号;郁达夫(1896—1945)《文学上的阶级斗争》原载 1923 年 5 月《创造周报》第 3 号;鲁迅(1881—1936)《革命时代的文学》是他 1927 年 4 月 8 日在黄埔军官学校的演讲,记录稿最初发表于 1927 年 6 月 12 日广州黄埔军官学校出版的《黄埔生活》周刊第 4 期,后收录在《而已集》。
② 洪子诚:《问题与方法:中国当代文学史研究讲稿》,第 168 页。
③ 同上,第 132 页。

在，最明显的就是体现文学政治和社会功能的启蒙、革命文学与追求自由的文艺审美之间观点的对立。清末时期西方帝国对中国的侵略，尤其是中日甲午战争之后，很多中国知识分子的民族危机感日益加强，提倡"新民"、"救国"的近代文学改良精神，而五四新文学运动是新文化运动的一部分，有对梁启超等文学改良精神的继承，从而"文学的政治改良与变革的工具化的意识，前所未有地进入了知识分子的价值体系"①。英国高校中国现代文学课程大纲中这种时间轴上的情节所构成的叙事可帮助学生了解中国现当代文学发生和发展过程中的复杂性。

　　国内学者在谈到中国现当代文学海外译介时大多关注的是具体的文学家和作品，很少关注相关文论的接受情况。虽然英国高校选择文论的中国现当代文学课程在数量上并不大，且在8门现代文学课程里，只有埃克塞特大学的一门课程使用现代中国不同历史时期知识分子所著的文论。该门课程在时间轴上，在全球视野下，考察20世纪中国知识分子如何在国家存亡时期将文学用于改造国民、建设国家的，这种在社会历史背景下了解中国文学现代化发展过程中体现的复杂性，是对从中西二元对立视角对中国文学简单化叙事的解构。而且，国外做汉学研究的学者并不多，做中国现当代文学研究和教学的汉学家更少，但影响力一直在。按照复杂性理论，事物的发展路径对"初始条件"非常敏感，如果汉学家的理念会成为课程设置"初始条件"的一部分，而汉学家又大多来自汉学教学的培养，埃克塞特大学这门课程的影响虽无法预料却不可忽视。

　　此外，前文提及8门现代文学课程都选择了鲁迅，7门课程选择了他的《狂人日记》，6门课程选择了沈从文，且选的都是他的《萧萧》。鲁迅和沈从文，《狂人日记》和《萧萧》，又何尝不是一种张力的存在，一方更为彰显文学与时代相关的社会现实功用性，另一方更为

---

① 朱栋霖、丁帆、朱晓进：《中国现代文学史（上、下册）》，第3页。

突出文学疏离社会政治的文学审美观。两位作家都是西方汉学界翻译和研究得相对很多的作家。美国俄亥俄州立大学的中国现代文学与文化(MCLC)资源中心的"文学资源"部分,被认为是西方有关"中国现代文学研究和作品翻译的最完整的书目",很多作家都是按姓氏字母顺序排列,而鲁迅独占一个部分[①],可见鲁迅在西方汉学界的地位。美国著名汉学家金介甫是西方公认的最重要的沈从文的译者和研究者。某种程度上,鲁迅、沈从文这样的作家和他们的作品已成为中国现代文学里的象征符号,成为西方人诠释关于中国历史、政治、社会、文化等的编码参考,而非对他们作品的文学价值进行简单地判定。鲁迅一生著述颇多,这些现代文学课程选择的作品却仅是他五四运动时期的作品,主要目的应该不是为了解他的启蒙思想或是褒贬他这一时期或其他时期的文学创作,而是因为,他是从文学角度了解中国文化现代化过程、了解20世纪中国的历史,无论如何也绕不开的一个人物。这些课程对鲁迅及其作品的选择也说明鲁迅没有因为其作品承载的社会功能和时代使命而影响他在西方边缘存在里的中心位置。

英国高校现代文学课程对作家作品(包括文论)的选择是呈现不同结构主题的时间轴上的情节,既是中国现代文学多音部的存在,也表现了这些多音部之间的张力。因此,这些课程的大纲内容表明,无论是强调社会政治功用的文学,还是推崇彰显人文精神、文艺审美的"纯"文学,都不能代表中国现代文学的全部。现代文学就是在课程大纲中这种多音部的张力之间绽放出蓬勃的生命。

4.3.4 课程教学日历中的当代文学选择

4.3.4.1 时间轴上的"杂糅"

英国高校涵盖当代文学的课程有9门,收入的作家有43位,作家以及选择这些作家的课程门数请参见图4-4。

---

① https://u.osu.edu/mclc/online-series/lu-xun/(最近检索日期:2020年3月26日)。

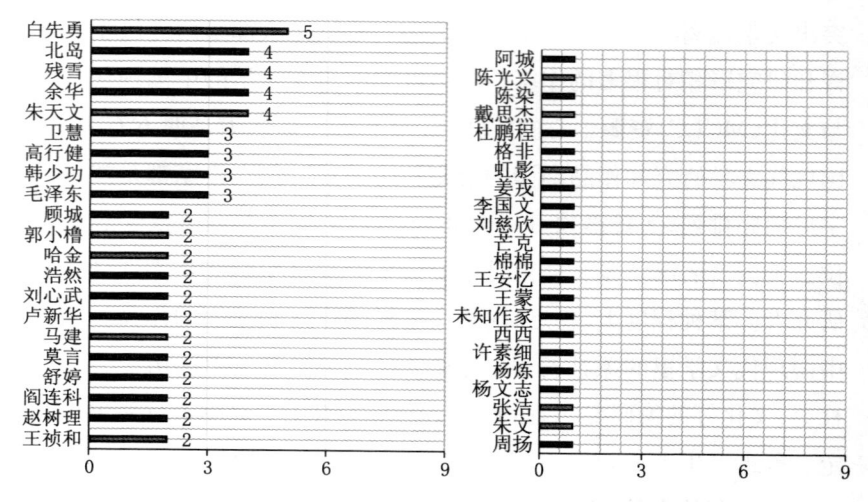

图 4-4　英国高校当代文学课程大纲收入的作家：姓名及课程门数

这些课程教学日历中设置的结构主题比现代文学课程的多，同时选择的作家在数量上高于现代文学课程，而当代文学课程总数上只比现代文学多了一门，这就不难理解为什么大部分当代作家都只被一两门课程选择。被选入课程门数较多的作家有来自台湾的作家白先勇和朱天文，中国大陆作家残雪、余华、以及诗人北岛①。

前文关于现代、当代文学课程对作家选择的梳理表明，被选择的作家在地缘身份上呈现多样性，这些作家以中国大陆作家为主，同时包括台港作家、离散作家和"异见"作家，而体现地缘身份多样性的作家皆来自中国当代文学课程②。在 9 门当代文学课程中，有 7 门选择了台湾作家，2 门选择了香港作家，5 门选择了离散作家。在 43 名当代作家中，来自大陆的作家 31 名，其中男性作家 23 名，女性作家

---

① 这里没有把北岛归入离散作家，北岛被选入课程里的诗歌大多是他 1989 年旅居海外之前创作和发表的，如"回答"（1979）、"宣告"（1980）、"迷途"（1980）等；类似地，虹影被归入离散作家，她被选入课程的作品《K 英国情人》是她旅居英国时创作的。
② 现代作家中大部分都有海外留学经历，有些作家还曾居于香港、台湾，但多是在课程所选作品创作时间之后发生的，如穆时英、林语堂、张爱玲，且教学日历中的结构主题未有与地缘身份相关的主题，如民族性、中国性等。

7名,未知作家1名;台湾作家4名,其中女性作家1位,朱天文,其余包括白先勇、陈光兴、王祯和;香港作家2名,都是女性作家,西西和许素细;华裔离散作家5名,其中女性作家两名,郭小橹和虹影,男性作家戴思杰、高行健、哈金;"异见"作家1名,马建;另有应该来自大陆的未知作家1名。这里将选择作家的课程门数、作家的地缘或文化身份以及性别表示为图4-5。

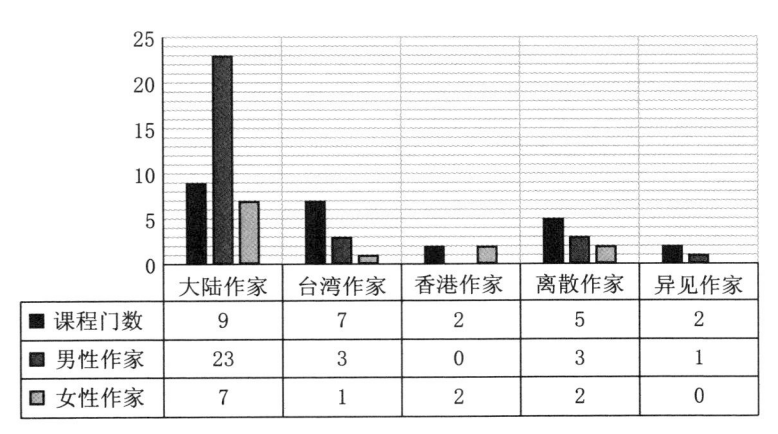

	大陆作家	台湾作家	香港作家	离散作家	异见作家
课程门数	9	7	2	5	2
男性作家	23	3	0	3	1
女性作家	7	1	2	2	0

图 4-5 英国高校当代文学课程大纲收入的作家:性别、地缘/文化身份、课程门数①

结合教学日历所设的结构主题(4.3.3.2节的图4-1),英国高校中国当代文学课程对作家的选择呈现的趋势有:一、课程教学日历的总体内容设置是按文学史轴设计的,以不同历史时期的文学趋势为结构主题,大部分作家都放在历史轴上不同的结构主题框架下,成为课程设置中该历史阶段当代文学发展趋势的代表作家;二、所选作家从地缘到写作语言都体现了多样性;三、非常注重对女性作家的选择,所有课程选择的作家无一例外地包括了女性作家,且置于体现不同地缘身份的主题框架下,但大陆的男性作家在数量上处于绝对优势,

---

① 图4-5将"异见"作家单独列出,目的是为表达作家身份的多样性,而非从地域或地缘视角来定义"异见"作家的身份。另,图4-5未显示英国高校文学课程收入的那位"未知作家"。

在所有被选作家中占比一半强。为进一步观察这些作家被选择的趋势,现将他们被选择的作品及相关信息表示为表 4-5。为方便讨论,这里把目前居于英国的"异见"作家马建及其被选择的作品和结构主题也列入该表。

表 4-5 英国高校当代文学课程设置中台湾、香港和离散作家(者)的作品选择信息

作家	作品	作品体裁	课程门数	原/译作年代①	结构主题
白先勇	《冬夜》(Winter Night)	短篇小说	5	1960—70 (1982/1995)	台湾文学、民族身份、台湾乡土(Nativist)文学
朱天文	《世纪末的华丽》(Fin de Siecle Spelendor)	短篇小说	3	1987 (2001/2007)	台湾文学、女性文学、性别与性
朱天文	《荒人手记》(Notes of a Desolate Man)	长篇小说	1	1994(1999)	台湾文学、女性文学、性别与性
王祯和	《嫁妆一牛车》(An Ox-cart for a Dowry)	短篇小说	1	1967(1976)	台湾乡土(Nativist)文学
陈光兴	《去帝国——亚洲作为方法》/Asia as Method: Toward Deimperialization	专著	1	2006/2010	文学对亚洲的呈现(例如:现代性、全球化、文化流动、审查制度、性别呈现、阶级呈现等)
西西	《像我这样的一个女子》(A Woman Like Me)	短篇小说	1	1982 (1990/2007)	台港及海外华裔文学
许素细 (Xu Xi)	History's fiction: stories from the city of Hong Kong/《香港人的短历史》	短篇小说集	1	2001	文学对亚洲的呈现(例如:现代性、全球化、文化流动、审查制度、性别呈现、阶级呈现等)
高行健	《灵山》(Soul Mountain)	长篇小说	2	1990(2000)	诺贝尔奖文学、探索"民族性"
高行健	《给我老爷买鱼竿》(Buying a Fishing Rod for My Grandfather)	短篇小说	1	1983(2004)	探索"民族性"

---

① 年代的表达形式为:原作(最早英译及出版时间/课程中选择的文选或其他来源的出版时间,如白先勇的《冬夜》,其由白先勇自译的版本最早发表于 1982 年,后收入葛浩文等编著的《中国当代文学选集》(1995/2007)。

续表

作家	作品	作品体裁	课程门数	原/译作年代	结构主题
哈金	*The Woman from New York*《纽约来的女人》	短篇小说	2	1996	离散(diaspora)文学、民族性(Chineseness)
	Exiled to English(流亡至英语)	自述	1	2009	探索"民族性"
虹影	《K 英国情人》(*The Art of Love*)	长篇小说	1	1999(2002)	离散文学:90 年代女性文学
戴思杰	*Balzac et la Petite Tailleuse chinoise*/《巴尔扎克与(中国)小裁缝》	长篇小说	1	2000	比较文学(离散文学)
郭小橹	*A Concise Chinese-English Dictionary for Lovers*《情侣简明汉英词典》	长篇小说	1	2008	离散文学:科幻
	UFO in her eyes《她眼中的UFO》	长篇小说	1	2009	离散文学:亚洲画像
马建	《中国梦》/*China Dream*	长篇小说	1	2018	中国梦
	《阴之道》(*The Dark Road*)	长篇小说	1	2012(2013)	民族性

这些台港和离散作家中的大部分都只被一两门课程选择,但整体选择在作家具体的文化身份和创作语言上亦体现了多样性。

台湾的 4 位作者里,有 5 门课程选择了白先勇,选择的作品都是他的著名短篇小说《冬夜》,该小说被收入他 1971 年发表的短篇小说集《台北人》。白 1937 年出生于桂林,1952 年迁至台北,1963 年到美国留学并定居,用汉英双语写作,以描绘台北人生活的短篇小说而闻名[1],被夏志清称为 20 世纪 50 到 70 年代间"最优秀的华语作家之一"[2]。朱天文,台湾出生和接受教育,被选入 4 门课程,其中 3 门选的是她短篇小说里的名篇《世纪末的华丽》,该小说从女性的视角书

---

[1] Yee, Angelina, "Constructing a Native Consciousness: Taiwan Literature in the 20th Century", *The China Quarterly*, no.165(2001), p.86.
[2] Hsia, C.T, "The Continuing Obsession with China: Three Contemporary Writers", *Review of National Literatures*, no.1(1975), p.99.

写20世纪80年代台北都会的世象;有1门课程选择她的长篇小说《荒人手记》,该小说获得"1995年中国时报文学奖",以都市的同性恋和堕落为主题,描绘了1990年代台湾男同性恋的世界[1]。王祯和是台湾本土作家,作品里充满台湾"本味"和"方言",被誉为台湾资格的"乡土作家",《嫁妆一牛车》是他用台湾闽南语创作的乡土作品中的名篇[2]。陈光兴是一位台湾文化研究学者,他的双语(先汉语后英语)专著《去帝国——亚洲作为方法》提供一种超越后殖民主义的亚洲研究视角,是纽卡斯尔大学相关课程的指定教材,故收录于本书。

比起台湾作家,选择香港作家的课程较少,只有2门,被选作家西西和许素细各来自不同的文化背景。西西生于上海,祖籍广东中山,1950年12岁时随父母移居香港。许素细(Xu Suxi)香港出生,有着中印尼两国血统,是少数以英语书写香港的作家,目前是香港城市大学的常驻作家。这两位作家被选择的作品分别关于香港的女性和历史。西西的短篇小说《像我这样的一个女子》,用疏离的笔调记叙一位殡仪馆的逝者化妆师,在咖啡厅等待尚不知晓她职业的男友,心情忐忑而复杂。许素细的 *History's Fiction* 描写20世纪60至90年代的香港人,字里行间把每代的故事跟社会和生活文化变迁、历史事件环环紧扣起来。

离散作家中的写作语言和所选作品主题各异。他们包括旅法用汉语创作的高行健、用法语创作的戴思杰,旅英用汉语创作的虹影、用英语创作的郭小橹,旅美用英语创作的哈金。这些作家被选入课程的小说,在题材上涉及女性、文革、诺贝尔奖、文化冲突等。高行健的诺贝尔奖获奖小说《灵山》讲述主人公寻找治疗癌症的灵山,在中国南部和西南部偏远地区的漫游中,得到各种性灵感受和禅悟。哈

---

[1] Storm, Carsten, "The Doubled Alienation-Homosexuality in Taiwanese Literature and Film", in Christina Neder and Ines-Susanne Schilling, eds., *Transformation！Innovation？：Perspectives on Taiwan Culture*, Wiesbaden: Harrassowitz Verlag, 2003, p.183.

[2] Hillenbrand, Margaret, *Literature, Modernity, and the Practice of Resistance: Japanese and Taiwanese Fiction: 1960—1990*, Leiden: Brill, 2007, p.161.

金的 *The Woman from New York* 讲述中国的复杂关系学如何使一个女人在关系链条上的中国"亲人"和纽约之间出走、归来、又出走的故事。郭小橹的两部小说,一部是有关语言隔阂与文化冲突的爱情故事,一部是以政府办事人员对村民的采访笔录的形式,展现中国农村"被城市化"的过程及人们对此的不同反应。可能因为她超现实主义的手法,或者因为她在小说里称呼刚到伦敦的"我"为"外星人(alien)"或小说主人公"撞见 UFO"的经历,她的小说在教学日历中的结构主题还涉及科幻。此外,"异见"作家马建的《阴之道》和《中国梦》都为他本人推出不久的作品,这两部作品的课程各有一门,分别放在"民族性/中国性"和"中国梦"的主题框架下。下文会再论及。

以上的描述说明,英国高校的中国当代文学课程在作家的选取上兼顾台港作家和离散作家,往往将这些作家置于教学日历中"民族性"、"乡土/本土"、"性别"等主题下,作品内容和创作语言多能体现出作家杂糅的文化身份。尤其是诸如戴思杰、哈金和郭小橹等作家的原创作品,在语言和文化上都存在着错位,哈金还自述英语给他自由的感觉,因此他选择只用英语创作[①]。用非母语来进行创作,题材又与母语文化纠缠,这其实不是华语文学独有的,很多文学的发展都有这一趋势,如非洲后殖民时期成长起来用英语创作的作家,由于其身份的杂糅,往往是大量文化身份相关话题的研究对象。此外,就所选作品的题材来看,当代文学课程较为关注台湾本土文学、与香港历史相关的文学以及作家文化身份迁移间的个人经历与感受等。

4.3.4.2 时间轴上的"伤痕"

除作家地缘身份和性别的多样性外,就中国大陆的文学而言,英国高校涵盖当代文学的课程在教学日历的主题结构安排上呈现出文学史的特点,这里根据课程所选作家在课程大纲中所处的结构主题以及中外文学界关于中国当代文学史的基本知识,将收入当代文学

---

① 详见:https://archive.nytimes.com/www.nytimes.com/2009/05/31/opinion/31hajin.html

课程的作家加以简单叙述,并同时注意观察这些所选作品在题材上所呈现的趋势。根据课程大纲的教学日历,来自中国大陆当代文学的结构主题主要包括:社会主义现实主义文学、伤痕文学、寻根文学、先锋文学、90年代文学、21世纪文学或当前文学趋势。

在"社会主义现实主义"主题框架下的作家有8位,收入的大部分作品是他们50—70年代创作的,也收入少部分40年代创作的。这些作品具体包括:丁玲《我在霞村的时候》(1940),毛泽东《在延安文艺座谈会上的讲话》(1942),周扬《现实主义理论》(1949年之前),赵树理的《小二黑结婚》(1943)、《锻炼锻炼》(1958),杜鹏程的《保卫延安》(1953),李国文的《改选》(1953),浩然的《艳阳天》(1961)、《金光大道》(1972),此外还有未知作家创作的《警惕:我们是毛主席的红卫兵》(1976)①。对于前三部作品,前文在观察现代文学课程设置时已有提及。英国高校现当代文学课程对中国现代文学和当代文学之间的划分,很大程度上与中国文学界相同,即主要以政治和社会变迁为界限。然而,就"社会主义现实主义"这一主题下的作品选择来看,所选作品并非严格以1949年为界。而且,就主题而言,这些所选作品有强烈体现国家意志和时代共鸣合流的意识形态作品,如:《保卫延安》、《艳阳天》和《金光大道》;也有书写小人小事甚至对彼时社会现实的某些方面进行批判的作品,如《小二黑结婚》、《锻炼锻炼》、《改选》等。前一类作品的选取可能会构建这一时期"中国文学为政治服务"的概念叙事,如《金光大道》被称为"(农业)合作化的小说(collectivisation novel)"和"'文革'史学(Cultural Revolution historiography)"②。后一类作品,如《改选》,在现实题材上与很多同时期作品

---

① 这些作品题目的英译分别为:*When I was in Xia Village* (1995), *Talks at the Yan'an Forum on Literature and Art* (1996), *Thoughts on Realism* (1996), *Jade Spring* (n.d.), *The Golden Road* (1981), *Marriage of Young Blacky* (1983), *Temper on Yourself* (1989), *Defend Yan'an* (1983), *The Re-Election* (1989), *Battle of Wits: We are Chairman Mao's Red Guards* (n.d.)。

② King, Richard, "Revisionism and Transformation in the Cultural Revolution Novel", *Modern Chinese Literature*, vol.7, no.1(1993), p.106.

不同,主旨是"揭露现实的矛盾和生活的阴暗面",在文学创作上已突破社会主义现实主义时期的"固有模式"①;《小二黑结婚》、《锻炼锻炼》摒弃对现实的"虚伪粉饰",呈现了"农村出现的真实情况"②,表达出文学创作中的普遍人性。③

"伤痕文学"的主题框架下包括:北岛、顾城、芒克、舒婷、杨炼等的诗歌(未提供诗名),刘心武的《班主任》(1977),卢新华的《伤痕》(1978),杨文志的《啊,书》(1978),张洁《爱,是不能忘记的》(1979),王蒙的《组织部新来的青年人》(1956)④、《风筝飘带》(1980),余华的《十八岁出门远行》(1987)⑤。这些作品大多是在"文革"结束不久之后创作的,《组织部新来的青年人》和《十八岁出门远行》有些例外,前者是"文革"期间创作的作品,创作模式与《改选》一样,突破当时小说创作的政治模式,后者同余华的其他被选入课程的作品一样,在教学日历中大多置于"先锋文学"主题下,仅个别课程把它放在"伤痕文学"主题下。这些作品大多书写"文革"给普通个人和家庭带来的创伤和毒害,亲情、友情、爱情,尤其是对人性的扭曲以及长期的无法抹去的影响。《班主任》和《十八岁出门远行》是有的课程在"伤痕文学"主题下同时选择的两部作品,两篇小说里的两个少年,两位作者的不同写作风格,却在某种程度上可同时被理解为对"创伤"的不同呈现。书写"文革"创伤的华语文学作品自"文革"之后从未间断,但"伤痕文学"主题下选择的大部分作品都是中国大陆"伤痕文学"创作时期的文学,这与中国当代文学史研究一致,说明这部分作品的选择不全是为了

---

① 朱栋霖、丁帆、朱晓进:《中国现代文学史(上、下册)》,第19—21页。
② 陈思和:《中国当代文学史教程》,第47页。
③ Feuerwerker, Yi-tsi Mei, *Ideology, Power, Text: Self-Representation and the Peasant "Other" in Modern Chinese Literature*, Stanford: Stanford University Press, 1998.
④ 该小说发表于《人民文学》1956年第9期,后更名为《组织部来了个年轻人》(如后来的《王蒙文选》延此名)。
⑤ 这些作品题目的英译分别为:*Class Counsellor*(1979), *The Wounded/Scar*(1979), *Ah, Books!*(1979), *Love Must Not Be Forgotten*(1986), *The Young Newcomer at the Organizational Department*(1983), *Kite Streamers*(1983), *On the Road at Eighteen*(1995)。

观察"伤痕",同时也是在这一历史阶段、文学主流下观察"文学"。

以"寻根文学"为结构主题的作家和作品包括：阿城的《棋王》(1984)、韩少功的《归去来》(1985)、《爸爸爸》(1985)①,王安忆的《本次列车终点》(1981)和《小鲍庄》(1985)②。阿城、韩少功和王安忆都是中外学界关于中国当代"寻根文学"讨论中常出现的名字,这些所选小说大多以"文革"时期的知青生活为背景,常被看做是"寻根文学"的代表作品③。虽然只有两门当代文学课程的教学日历中包含"寻根文学"这一结构主题,但所选作品并不单一,例如：向中国传统诗学和道家精神"寻根"的《棋王》,对民族文化原始非理性予以现代理性"讽刺"的《爸爸爸》,对个人"身份"进行"庄公梦蝶"般疑问的《归去来》等④。

结构主题为"先锋文学"的包括：残雪《山上的小屋》(1985),格非的《迷舟》(1987),余华的《十八岁出门远行》(1987)、《现实一种》(1988)、《往事与刑罚》(1989)、《兄弟》(2005)、《十个词汇里的中国》(2011)⑤。残雪被认为是中国早期先锋作家代表之一;格非和余华是二代先锋作家中的重要代表⑥⑦。这些作品既有对过去历史残酷的揭露,如被称为"文革"和"土地改革"史诗的《兄弟》,也有对当前中国社会和政治问题的批判,如《十个词汇里的中国》,更有在文学本体

---

① 《爸爸爸》在伦敦大学学院的"文学中的革命：书写二十世纪的中国"课程中,是放置在较宽泛的"现代、后现代及其影响相关的主题"下,这里归入"寻根文学"。
② 这些作品题目的英译分别为：*The Chess Master* (2005), *The Homecoming* (1989/1992), *Ba Ba Ba* (1995), *The Destination* (1988), *Baotown* (1989)。
③ 陈思和：《中国当代文学史教程》,第 277—284 页。
④ Leenhouts, Mark, "Culture Against Politics: Roots-Seeking Literature", in Denton, Kirk A., ed., *The Columbia Companion to Modern Chinese Literature*, New York: Columbia University Press, 2016, pp.299 - 304.
⑤ 这些作品题目的英译分别为：*Hut on the Mountain* (1995), *The Lost Boat* (1993), *On the Road at Eighteen* (1995), *One Kind of Reality* (1994), *The Past and The Punishment* (1996), *Brothers* (2009), *China in Ten Words* (2011)。
⑥ Zhao, Y. H., "Yu Hua: Fiction as Subversion", *World Literature Today*, no.3 (1991), pp.415 - 420.
⑦ Jones, Andrew. F., "Chinese Literature in the 'World' Literary Economy", *Modern Chinese Literature*, vol.8, no.1 - 2 (1994), pp.171 - 190.

上"对传统写作中书写历史和呈现人性的方法的颠覆",如《山上的小屋》《现实一种》,分别对读者期望中关于"家"和"亲情"概念的颠覆和解构,以及这些包括《迷舟》在内的作品对"复杂叙事迷宫"和"主题死胡同"的青睐①。需要指出的是《兄弟》的写法与余华之前严肃的有些怪诞的先锋写作不同,在主题上还讽刺了市场化时代的"成功人士",同时把余华从作家变为"品牌"和"名人"。②

"90年代文学"包括:莫言的《铁孩》(1993)、《师傅越来越幽默》(1999),陈染的《破开》(1995),卫慧《上海宝贝》(1999),棉棉《一个病人》(1999)③;此外,"90年代文学"结构主题下还包括离散作家的作品,分别是虹影的《K英国情人》(1999)、高行健的《灵山》(1990)。相对于男性作家在课程所选作家中处于数量优势的情境下,"90年代文学"的选择明显以"女性主义"或"情色"文学居多,结构主题亦相对宽泛,如《上海宝贝》涉及的主题包括"90年代营销中国女性作家"(Marketing Chinese Women Writers in the 1990s)、"创意写作"(Glam Lit)或"美女/鸡仔文学"等。"21世纪或当前文学"包括:阎连科的《为人民服务》(2005)、姜戎的《狼图腾》(2004)、刘慈欣的《三体》(2007)④。英国高校当代文学课程对"90年代文学"和"21世纪文学"的选择表明,自先锋文学为主体的文学创作之后,中国当代文学在全球市场化、商业化冲击下呈现多样性的发展,有依然执着于描写"文革"创伤的作品,如《铁孩》,有讽刺"文革"时期"政治热情与性欲"

---

① Jones, Andrew. F., "Chinese Literature in the 'World' Literary Economy", *Modern Chinese Literature*, p.315.
② Zhang, Zhen, "Commercialization of Literature in the Post-Mao Era: Yu Hua, Beauty Writers, and Youth Writers", in Denton, Kirk A., ed., *The Columbia Companion to Modern Chinese Literature*, New York: Columbia University Press, 2016, p.387.
③ 这些作品题目的英译分别为:*K: The Art of Love* (2002), *Soul Mountain* (2000), *Iron Child* (2007), *Shifu, You'll Do Anything for a Laugh* (2003), *Breaking Open* (2001), *Shanghai Baby* (2001), *A Patient* (tentative)。
④ 这些作品题目的英译分别为:*Serve the People* (2007), *Wolf Totem* (2008), *The Three-Body Problem* (2014)。此外,《为人民服务》是纽卡斯尔大学亚洲文学概览课程选择的作品之一,该门课程主要是对当前亚洲的研究,结合该小说在中国的出版时间,将其归入21世纪文学。

的《为人民服务》①,有 90 年代末期文学商业化过程中涌现的"美女作家"的"身体写作",如卫慧和棉棉②,亦有将中国科幻小说和文学带入"三体时代"的《三体》③。关于女性作品,下文会再讨论。

  根据前文关于课程教学日历对文学选择概况的梳理(4.3.2.2,图 4-1),在 9 门涵盖现代文学的课程中,课程教学日历的结构主题包括先锋文学的有 6 门,包括社会主义现实主义文学的有 5 门,包括伤痕文学、90 年代文学的各有 4 门,21 世纪文学的有 3 门,寻根文学有 2 门。为进一步观察英国高校当代文学课程对中国大陆文学作品的选取在主题上所呈现的趋势,以及是否对"文革"、"1989 政治风波"题材的格外关注,这里将被两门以上课程收入的作品以及收入的相关作品所属结构主题的情况表示为图 4-6。

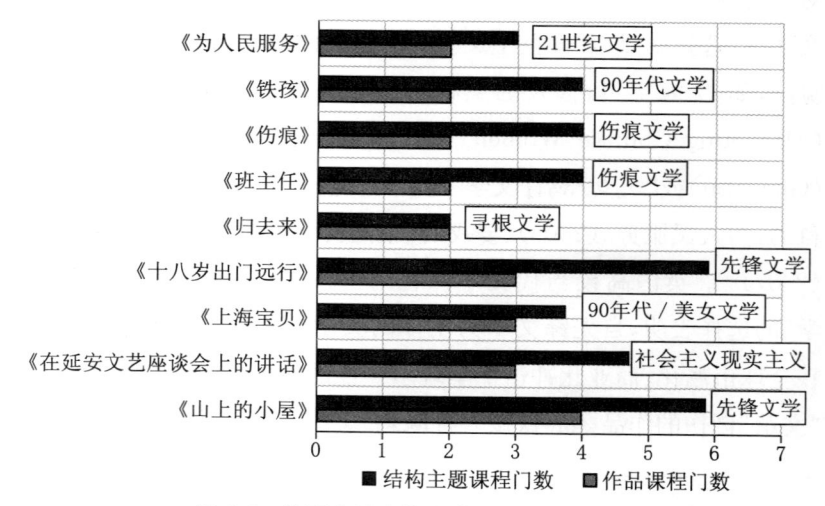

图 4-6 英国高校当代文学课程(2 门以上)收入大陆文学作品及其所属结构主题的情况

---

① Rojas, Carlos, "Speaking from the Margins: Yan Lianke", in Denton, Kirk A., ed., *The Columbia Companion to Modern Chinese Literature*, New York: Columbia University Press, 2016, p.433.
② Zhang, Zhen, "Commercialization of Literature in the Post-Mao Era: Yu Hua, Beauty Writers, and Youth Writers", p.388.
③ Song, Mingwei, "Popular Genre Fiction: Science Fiction and Fantasy", in Denton, Kirk A., ed., *The Columbia Companion to Modern Chinese Literature*, New York: Columbia University Press, 2016, p.398.

由图4-6可见,在9门当代文学课程中,有5门课程的教学日历中都包含"社会主义现实主义"这一结构主题,有3门课程的教学日历中选取了毛泽东《在延安文艺座谈会上的讲话》一文,这意味着英国高校当代文学课程基本上以突出社会主义中国这一背景为出发点,在某种程度上突出彼时文学从属于政治的历史背景。就主题而言,这些被英国高校当代文学课程相对青睐的作品,从伤痕文学到21世纪文学,大部分都有"文革"做背景,有对"文革"创伤的直接揭露和批判,也有以"文革"为背景对社会现实的思考,但总体而言,这些作品大多属于中国现代文学史上相关文学发展潮流或运动中的主要代表作品,没有呈现以"'文革'回忆录"为主的选择趋势。选择先锋文学课程的门数最多,选择的作家多是残雪和余华,他们各被选入4门课程,残雪被选择的作品都是她的短篇小说《山上的小屋》,余华被选入的作品相对较多,被选入课程门数最多的是《十八岁出门远行》。如前文所述,这两部小说皆非回忆录式的"伤痕"书写,且在思想和文学本体上呈现先锋文学的特点。因此,英国当代文学课程对中国大陆当代文学作家和作品的选择倾向可总结为以下四个方面。

第一,无论是包含部分或所有结构主题,教学日历都清晰地呈现了中国大陆当代文学的发展脉络,呈现了不同历史阶段的文学发展趋势,从过度政治化、对过去的反思和批判、到回归文学本身,以及在题材和创作方式上的变革等。这种时间轴上的话题结构设置以及作家作品的选择,与中外文学界普遍的中国当代文学史观相吻合。选择先锋文学的课程最多,可见对这一类型中国文学的关注。

第二,这些被选入课程的作家和作品大部分都是中国当代文学界公认的著名作家和作品,仅与朱栋霖等编著的《中国现代文学史1917—1997》相对照(该书由高等教育出版社出版,属于"面向21世纪课程教材"系列书籍),仅极少数作家和作品未被该书提及,如"社会主义现实主义"主题框架下的浩然、"伤痕文学"主题下的杨文志、"90年代女性作家"虹影、卫慧和棉棉等,其他作家基本都是所属文学发展流派的代表作家。

第三，作家和作品的选择不但反映中国文学的发展脉络，也反映中国文学当前的发展趋势。虽然涵盖"21世纪或当前文学趋势"主题的课程只有2门，但选择的作品涵盖了中国读者普遍喜欢的《狼图腾》和科幻文学作品《三体》。

第四，就所选作品的主题而言，英国高校中国当代文学课程收入有争议的作品，如《为人民服务》、《十个词汇里的中国》、《上海宝贝》等，甚至收入前文提到的"异见"作家马建的作品，但这些作品只占所选作品的少数，且大部分作品在主题上并非以当代中国主要政治事件的回忆录式书写为主。换言之，英国高校当代文学课程对中国大陆文学作品的选取，大多体现的是这些作品在文学史时间轴上的重要地位，而非从政治意义的角度选择折射特定政治事件的"伤痕"回忆录为主。

4.3.4.3 时间轴上的"女性"

为观察英国高校中国现当代文学课程收入作家和作品的总体趋势，且由于现代文学和当代文学的连续性，本节在观察课程对当代女性作家选择趋势的同时也兼顾对现代女性作家选择的观察。英国高校中国现当代文学课程共收入72位作家，其中女性作家17名；根据课程收入的原作品的创作年代，17名女性作家中包括现代作家5名，当代作家12名。

英国高校现当代中国文学课程选择的这些女性作家及其作品呈现的第一个显著的趋势为：无论是从不同历史时期的文学趋势还是作家的地缘身份，英国高校中国现当代文学课程大纲对女性作家的选择体现了多样性。这种多样性的选择，一方面呈现了不同历史阶段中国文学趋势中的女性作家和作品；另一方面，这些被选择的作家不但包括中国大陆的作家，还包括香港、台湾以及华裔离散作家。此外，从社会历史和文学史跨度来讲，女性作家的选择从第一篇女性白话小说的作者陈衡哲一直到90年代、21世纪初的美女作家卫慧和棉棉，她们中的大部分都是中国当代文学不同历史阶段的代表作家。这些女性作家的姓名以及在教学日历中所处的结构主题情况，可见

表 4-6。在该表所列的女性作家中,选择张爱玲的课程最多,有 5 门课,其次为凌淑华、丁玲、残雪和卫慧,选择她们的课程都在 3 门或 3 门以上。

表 4-6　英国高校现当代文学课程选择的女性作家及其所属结构主题

现代女性文学	战争、女性与爱情	当代诗歌伤痕文学	伤痕文学	寻根文学	先锋文学	当代女性文学	离散/女性作家	香港、台湾（女性）作家	美女作家
陈衡哲 丁　玲 凌淑华 萧　红	张爱玲	舒婷	张洁	王安忆	残雪	陈染	郭小橹 虹　影	西　西 许素细 朱天文	棉　棉 卫　慧

表 4-6 中所列结构主题为不同课程相似主题的概括性表达,在具体表达中,有些主题还同时带有与女性话题相关的字眼,如"女性/女性主义/性/爱情"等,这意味着课程在选择女性作品时所持有的性别视角。课程中选择的由女性作家创作且放在"女性/女性主义/性/爱情"相关结构主题下的作品包括①：凌淑华的《绣枕》(1925)和《中秋晚》(1928),丁玲的《莎菲女士的日记》(1928)和《我在霞村的时候》(1940),萧红的《手》(1936),张爱玲的《封锁》(1943)和《倾城之恋》(1943),张洁的《爱,是不能忘记的》(1979),西西的《像我这样的一个女子》(1982),朱天文的《世纪末的华丽》(1987)和《荒人手记》(1994),陈染的《破开》(1995),虹影的《K 英国情人》(1999),棉棉的《一个病人》(1999)和卫慧的《上海宝贝》(1999)。因前文对这些女性作家大部分都有提及,这里仅从作品与女性话题相关的内容分析这些作品的选择趋势。这种对作品有基于性别视角的选择倾向可视为英国高校现当代文学课程选择女性作家和作品的第二大趋势,具体

---

① 这里只列举在教学日历中处于"女性(主义)"相关结构主题下的作品,包括完全从女性视角来书写的关于女性的作品,如张洁的《爱,是不能忘记的》,其他女性作家,如王安忆,是海外中国女性主义文学研究中常提到的作家,课程收入她的两篇短篇小说置于"寻根"文学主题下,非具有强烈女性主义意识的作品,故本节不做进一步讨论。此外,本节只是从女性视角观察英国高校现当代文学课程对女性作家和作品的选择趋势,这并非意味着课程中没有收入男性作家书写的某种程度上呈现女性主义的作品,如戴思杰创作的《巴尔扎克与小裁缝》。

可概括为以下四个方面。

第一，大部分小说在内容上都是对小女人个人叙事的书写，除个别作品外，探索女性与时代贴近的社会功能的作品很少。这些带有女性气质的书写大多以女性主角的"命运"为主题，关乎女性的个人经历，尤其是情感经历，展现了女性作为弱势群体的相似命运。《绣枕》中的大小姐努力将绣枕绣到极致，然而"无论有多努力，绣枕绣得有多好，却无法掌控自己的命运"；《中秋晚》的敬仁太太"在偶然事件和迷信的媾和中遭遇自己逐渐破裂的婚姻"①；《手》是关于一个贫苦出身的染布匠的女儿"为获得现代教育而经历磨难的故事"②。张爱玲的作品在教学日历中多被放在"战争与爱情"的主题下，《封锁》里的男女因"封锁"而邂逅、调情，又因"封锁"结束而恢复原状③；《倾城之恋》里"一位上海的离异女人与海外华裔花花公子在战时香港邂逅，以自私的动机开始相恋，终因香港的沦陷而收获真爱"④。《像我这样的一个女子》中的"我"，由于入殓化妆师的职业，寂寞于友人的疏远，忐忑于是否告诉恋人真相。张洁的《爱，是不能忘记的》讲述一个女儿阅读母亲的日记，知晓母亲通过离婚从无爱的婚姻中解脱以及与真爱有情人难成眷属的悲剧过往，从而帮助她"做出有关婚姻的决定"并"找到自己人生的方向和意义"⑤。《我在霞村的时候》中的贞贞一边忍受侮辱，一边从事监视日军的地下工作，体现

---

① Chow, Rey, "Virtuous Transactions: A Reading of Three Stories by Ling Shuhua", *Modern Chinese Literature*, no.1/2(1988), pp.77 - 81.

② Chow, Rey, *Woman and Chinese Modernity*: *The Politics of Reading between West and East*, Minneapolis: University of Minnesota Press, 1991, p.128.

③ Huang, Nicole, "Eileen Chang and Alternative Wartime Narrative", in Joshua S. Mostow, Kirk A. Denton, et al., eds., *The Columbia Companion to Modern East Asian Literature*, New York: Columbia University Press, 2003, p.460.

④ Wang, David Der-wei, "Madame White, *The Book of Change*, and Eileen Chang: On a Poetics of Involution and Derivation", in Kam Louie, ed., *Eileen Chang: Romancing Languages, Cultures and Genres*, Hong Kong: Hong Kong University Press, 2012, p.228.

⑤ Prazniak, Roxann, "Love Must Not Be Forgotten—Feminist Humanism in the Writings of Zhang Jie", *India International Centre Quarterly*, no.1(1990), p.48.

了"日益增长的女性社会角色意识"[1],但同时也受村民以"贞洁"为标准的传统"道德"观的伤害。这些作品的选取表明英国高校现当代文学课程对中国文学创作中的女性意识、个人情感叙事、女性命运的关注。

第二,课程大纲所选作品总体呈现了中国文学中的女性在两性关系中从"性"压抑到"性"主动的变化,尤其以90年代女性作品的选择最为突出。丁玲是中国现代小说史上,最早以明确强烈的女性意识写作的女作家,她的《莎菲女士的日记》被收入3门课程的教学日历,丁玲在该日记体小说中"义无反顾地把女主角莎菲的心理/性生活写到明处",不掩饰对性的渴望,但又陷于自我批评、自我折磨的深渊中[2]。就"性"而言,90年代的女性作家显示出不同寻常的对待"性"的态度,突出地反映了女性的觉醒意识和性解放的观念。卫慧和棉棉惯被称为"美女作家",她们的文学创作在某种程度上被视为全球化、商业化过程中涌现的"身体"写作现象。"性"和"爱"是虹影小说中的重要主题,她的《K 英国情人》讲述了一位英国文化圈的年轻男子与一位已婚中国女诗人之间的情爱故事,同《上海宝贝》一样,小说中充满着关于情色的细节描写。就女性主义批评者常提到的不同种族之间的性别关系而言,该小说颠覆了中国女性和白人男性主角的角色,将中国女性置于这种关系的主导地位[3][4]。同为90年代的女性主义写作,陈染的《破开》呈现不同的风格。该小说中两位女性拟建立一个女子协会,商量用"破开"而非"第二性"来为协会命名,打破中西方的主导性别话语,努力实现真正的具有"性别超越意识"

---

[1] Miner, Valerie, "Review: China Imagined", *The Women's Review of Books*, no.4(1984), p.4.
[2] Chow, Rey, *Woman and Chinese Modernity: The Politics of Reading between West and East*, pp.164-166.
[3] Tew, Philip, "Considering the Case of Hong Ying's K: The Art of Love: Home, Exile and Reconciliations", *EurAmerica*, no.3(2009), pp.389-411.
[4] Xiao, Di, *Renarrating China: Representations of China and the Chinese through the Selection, Framing and Reviewing of English Translations of Chinese Novels in the UK and US, 1980—2010*, PhD Thesis, p.150.

的性别平等①。这些都表明英国高校中国现当代文学课程大纲收入的女性作品在中国文学史轴上呈现出的女性主义意识和"性"观念的发展变化。

第三，从文学创作的性别视野来看，当代文学课程选择的作品不但体现女性视角、女性主义意识，还展现了在更广阔的视野上、从女性视角出发对其他社会现实以及其他少数性别的观察。典型的例子莫过于朱天文的《世纪末的华丽》和《荒人手记》，前者借助女主人公的嗅觉和视觉记忆，诠释着台湾都会生活的浮华奢靡；后者则从女性视角、以第一人称"我"，来书写男同性恋的故事，从而展示不同的写作视角和主题。

第四，从作品中的女性命运与当代中国的社会政治视角来看，当代文学课程在女性作品的选择上没有突出以政治意义为重的趋势。唯一以"文革"为背景且放在教学日历中"伤痕"文学主题之下的小说是张洁的《爱，是不能忘记的》。该小说虽涉及人物的"日记"，但小说里的故事并非完全悲观主义的"文革"回忆录，"她（张洁）保持强烈的社会责任感，对过去和现在的政策进行人文主义的批判，既具有高度的颠覆性又具有建设性"。②

本节的梳理说明，英国高校中国现当代文学课程在作家和作品选择时，非常关注女性作家的书写以及反映女性命运、具有女性意识、呈现女性主义思想或行为的作品，这种选择在作家的性别和作品创作的性别意识方面体现了选择的多样性。同时，所选作品的主题和内容与中国历史、社会和政治环境相关，展现了中国现当代文学史轴上中国女性主义文学的发展和变化，但并未突出以"政治事件"为优先条件来选择作品的倾向。

---

① Mangan, Ashley, "Imagining Female Tongzhi: The Social Significance of Female Same-sex Desire in Contemporary Chinese Literature", *Asian Languages and Cultures Honors Projects*, Paper 2, 2014, p.38. http://digitalcommons.macalester.edu/asian_honors/2
② Prazniak, Roxann, "Love Must Not Be Forgotten—Feminist Humanism in the Writings of Zhang Jie", *India International Centre Quarterly*, p.48.

4.3.5 课程大纲中的译本和辅助阅读书单选择
4.3.5.1 译本的选择

本书非针对具体译本的研究,故本小节旨在简单描述英国高校中国现当代文学课程对所选文学作品的语言要求,所选译本体现出的译者和出版社的大致趋势。如前文表 4-1 所示,在 14 门英国高校中国现当代文学课程中,有 10 门课程全部使用英文素材(大部分为翻译),只有 4 门课程在课堂上使用汉语原文素材。这些课程所使用的汉语原作作品包括:胡适的《文学改良刍议》、老舍《二马》(节选)、林语堂《论躺在床上的妙处》、凌叔华《绣枕》、鲁迅《狂人日记》、施蛰存《梅雨之夕》、郁达夫《沉沦》、张爱玲《封锁》、周作人《乌篷船》和《浪漫的生活》、白先勇《冬夜》、余华《现实一种》、棉棉《一个病人》、北岛的诗歌、王祯和的小说等①。这类课程是为具有汉语基础的高年级汉学独立学位专业本科生开设的,课程使用的阅读材料非常有限,大多为短篇小说,选入的作家和作品相对较少,但会按照文学发展的历史阶段选材,同时为学生提供课外辅助书单。课堂上使用的文学文本都是中文原作,但任课教师会把对应的英译本发给学生,作品原文有多个译本的即同时发给学生或提供相关信息源。以利兹大学的"中国当代文学"课程为例,课堂上用于阅读和讨论的文学作品都是中文原文,教师会把中文原文提前发给学生,学生将原文翻译成英文,课堂讨论以原文阅读以及学生译文的交换为主,整个作品完成后,教师会把该作品的英译文发给学生,其中有些作家作品的英译不止一个版本,如白先勇的《冬夜》、张爱玲的《封锁》等,教师则为学生提供不同版本的英译,包括作者的自译。这样做的主要目的是,一方面帮助学生更好地理解作品本身,另一方面让学生做中英语言和翻译实践方面的比较和思考。概言之,无论课堂素材使用原作还是译作,英国高校中国现当代文学课程都离不开所选文学作品的英译文。

---

① 北岛的诗歌为利兹大学"当代文学"课程选择的素材,包括"回答"、"古寺"和"迷途"等;亚非学院的"当代文学文本阅读"课程只提到部分作者,如王祯和,未提供具体作品名单。

英国高校现当代文学课程教学大纲选择的作品在体裁上包括短篇小说、文论、长篇小说、诗歌、散文和杂文等,其中大部分为短篇小说。长篇小说以及少部分中篇小说的英译是独立成书出版的,如老舍的《二马》、阿城的《棋王》、余华的《兄弟》、阎连科的《为人民服务》、王安忆的《小鲍庄》、卫慧的《上海宝贝》、刘慈欣的《三体》等,不一一赘述。英国高校现当代文学课程收入的大部分英译作品都来自文集,根据统计,这些作品的文集来源主要有三种类型。

作品来源的第一种文集类型:中国现当代文学英译本的综合文集。如表 4-7 所示。

表 4-7 英国高校现当代文学课程收入的英译作品来源:综合文学选集

文集名称	编(译)者	出版社	出版年	作家/品
Modern Chinese Stories and Novellas,1919—1949《中国现代中短篇小说集:1919—1949》	刘绍铭、夏志清和李欧梵	哥伦比亚大学出版社	1981	凌淑华
Masterpieces of Modern Chinese Fiction:1919—1949《中国现代短篇杰作选:1919—1949》		中国外文出版社	1983	赵树理《小二黑结婚》
100 Modern Chinese Poems《中国现代诗 100 首》	庞秉钧、闵福德(John Minford)、高尔登(Séan Golden)	中国商务印书馆香港分馆	1987	北岛
Best Chinese stories,1949—1989《中国优秀短篇小说选》		中国文学出版社(熊猫丛书)	1989	赵树理、李国文
The Columbia Anthology of Modern Chinese Literature《哥伦比亚现代中国文学选集》	刘绍铭(Joseph Lau)和葛浩文(Howard Goldblatt)	哥伦比亚大学出版社	1995/2007	鲁迅、郁达夫、矛盾、残雪、余华、莫言等
Modern Chinese Literary Thought:Writings on Literature,1893—1945《现代中国文学思想读本》	邓腾克(Kirk Denton)	斯坦福大学出版社	1996	梁启超、王国维、陈独秀、胡适、成仿吾、瞿秋白、胡风等

这些综合文集主要包括:刘绍铭(Joseph Lau)、夏志清和李欧梵合编、哥伦比亚大学出版社出版的《中国现代中短篇小说集 1919—

1949》(1981),该文集收入凌叔华的小说;中国外文出版社出版的《中国现代短篇杰作选:1919—1949》(1983),收入赵树理的《小二黑结婚》;商务印书馆香港分馆出版的《中国现代诗100首》(1987),涵盖北岛的部分诗歌;中国文学出版社(熊猫丛书)出版的《中国优秀短篇小说选》(1989),收入赵树理的《锻炼锻炼》和李国文的《改选》;刘绍铭和葛浩文(Howard Goldblatt)合编、哥伦比亚大学出版社出版的《哥伦比亚现代中国文学选集》(1995/2007);邓腾克(Kirk Denton)主编、斯坦福大学出版社出版的《现代中国文学思想读本》(1996)。

在这些综合文集中,《哥伦比亚现代中国文学选集》和《现代中国文学思想读本》两本文集可谓是英国高校现当代文学英译文本的主要教材,尤其前者,是很多课程的指定核心阅读书单。不算具体诗歌数量,《哥伦比亚现代中国文学选集》包含课程大纲所选的短篇小说达22篇,很多被2门及以上课程选择的短篇小说都取自该文集,如:鲁迅的《狂人日记》(A Madman's Diary)、沈从文的《萧萧》(Xiaoxiao)、白先勇的《冬夜》(Winter Nights)、残雪的《山上的小屋》(Hut on the Mountain)、茅盾的《春蚕》(Spring Silkworms)、郁达夫的《沉沦》(Sinking)、张爱玲的《封锁》(Sealed Off)、施蛰存的《梅雨之夕》(An Evening of Spring Rain)、余华的《十八岁出门远行》(On the Road at Eighteen)、朱天文的《世纪末的华丽》(Fin de Siècle Splendour)等。当然,其中有些作品的英译不止此文集一个来源。《现代中国文学思想读本》几乎囊括课程选择的所有文论、杂文,计21篇。刘绍铭出生于香港,是与夏志清、李欧梵齐名的中国文学研究学者,葛浩文是目前公认的中国文学英译最著名、最高产的译者,邓腾克是俄亥俄州立大学的中国文学教授,主办杂志《中国现代文学与文化》(MCLC),同时也是英语世界最重要的与杂志同名的中国文学英译资源库的创立者。《哥伦比亚现代中国文学选集》按历时顺序收录20世纪中国文学家创作的小说、诗歌和散文,《现代中国文学思想读本》按历时顺序收录19世纪末至抗日战争结束期间中国知识分子所著的重要文论,是英语世界关于现代中国文论首屈一指的读本。综合看,两部文集内容的独特性、编者的学术权威、出版社的知名度,使得两本文集被英国高校中国现当代文学课程如此重视,皆在意料之中。

作品来源的第二种文集类型:中国现当代文学专门性文集,如:台湾、女性、先锋和伤痕文学作品的结集等。如表 4-8 所示。

表 4-8　英国高校现当代文学课程收入的英译作品来源:专门文学选集

文集名称	编(译)者	出版社	出版年	作家/品
Chinese Stories From Taiwan:1960—1970《台湾小说选集:1960—1970》	刘绍铭和罗体模(Timothy Ross)	哥伦比亚大学出版社	1976	王祯和
The Wounded:New Stories of the Cultural Revolution 77—78《伤痕:文革新小说》	白杰明(Geremie Barme)、Bennet Lee	三联书店(香港)有限公司	1979	刘心武、卢新华、杨文志
Spring Bamboo:A Collection of Contemporary Chinese Short Stories《春竹:中国当代短篇小说选》	戴静(Jeanne Tai)	兰登书屋	1989	韩少功、王安忆等
Running Wild:New Chinese Writers《众声喧哗:中国新作家》	王德威、戴静	哥伦比亚大学出版社	1993	余华
The Lost Boat:Avant-garde Fiction from China《迷舟:中国先锋小说》	赵毅衡(Henry Zhao)	伦敦威尔斯威夫(Wellsweep)出版社	1993	格非
Writing Women in Modern China:An Anthology of Literature by Chinese Women from the Early Twentieth Century《现代中国女性作品集》	艾米·杜丽(Amy D. Dooling)、杜生(Kristina M. Torgeson)	哥伦比亚大学出版社出版	1998	陈衡哲
Red is Not the Only Color:Contemporary Chinese Fiction on Love and Sex Between Women《红色不是唯一的颜色:中国当代女同性恋之情爱小说集》	夏颂(Patricia Sieber)	罗曼和利特菲尔德(Rowman & Littlefield)出版集团	2001	陈染

这类文集具体包括:刘绍铭和罗体模(Timothy Ross)合编、哥伦比亚大学出版社出版的《台湾小说选集:1960—1970》(1976),王祯和

的《嫁妆一牛车》取自该文集；白杰明(Geremie Barme)等编译、三联书店(香港)有限公司出版的《伤痕：文革新小说》(1979)，该英译文集出版时间较早，收录1977—78年间中国大陆作家创作的伤痕小说，刘心武《班主任》、卢新华《伤痕》、杨文志的《啊，书》都选自该文集；戴静(Jeanne Tai)编译、兰登书屋出版的《春竹：中国当代短篇小说选》(1989)，收录韩少功、王安忆等的作品；王德威、戴静合编、哥伦比亚大学出版社出版的《众声喧哗：中国新作家》(1993)，收录余华《现实一种》；赵毅衡主编、由伦敦威尔斯威夫(Wellsweep)出版社出版的《迷舟：中国先锋小说》(1993)，收录格非的《迷舟》；艾米·杜丽(Amy D. Doolin)、杜生(Kristina M. Torgeson)合编、哥伦比亚大学出版社出版的《现代中国女性作品集》(1998)，收录陈衡哲的《一日》；夏颂(Patricia Sieber)编译、罗曼和利特菲尔德(Rowman & Littlefield)出版集团出版的《红色不是唯一的颜色：中国当代女同性恋之情爱小说集》(2001)，收录陈染的《破开》。

作品来源的第三种文集类型：作家的个人作品集，包括诗集、短篇小说集和散文集。这些作家包括：周作人、丁玲、萧红、沈从文、北岛、白先勇、张洁、王蒙、韩少功、王安忆、莫言、高行健、余华等，具体作品集不在此赘述。此外，还包括香港《译丛》杂志1996年出版的张爱玲作品集的特刊等。

就译者而言，英国高校现当代文学课程所选英译作品的译者以著名的学者型译者居多，例如：美国汉学家葛浩文、沙博理(Sidney Shapiro)、金介甫(Jeffrey Kinkley)、金凯筠(Karen S. Kingsbury)、夏颂(Patricia Sieber)、戴静(Jeanne Tai)、安道(Andrew F. Jones)、英国汉学家詹纳尔(W. J. F. Jenner)、卜立德(David E. Pollard)、蓝诗玲(Julia Lovell)、杜博妮(Bonnie S. McDougall)、澳大利亚汉学家白杰明(Geremie Barme)、中国香港学者张佩瑶(Martha Cheung)、孔慧怡(Eva Hung)等，不一一而述。译者以英语国家的译者为主，来自中国大陆的译者极少，主要是杨宪益和戴乃迭夫妇。

翻译和出版是分不开的。就出版社而言，课程所选的综合文学作品英语文集主要由学术或大学出版社出版，其中以哥伦比亚大学出版社为最，其他还包括斯坦福、夏威夷、印第安纳、香港中文等大学出版社，选自独立出版社和商业出版社的作品占少数，表4-7的六本书中有一本来自专业出版社（商务印书馆），表4-8的七本书中有两本来自独立出版社（威尔斯威夫，罗曼和利特菲尔德），一本来自商业出版社（三登书屋），其余都来自学术出版社。

  课程所选的作家个人作品英译文集中的大部分书籍亦由大学出版社出版。白先勇的小说集（*Taipei People*，2000）、张爱玲的小说集（*Traces of love, and other stories*，2000）、周作人的散文集（*Selected Essays of Zhou Zuoren*，2006）都由香港中文大学出版社出版，沈从文的小说集（*Imperfect Paradise*，1995）、余华的小说集（*The Past and Punishments and other stories*，1996）都由夏威夷大学出版社出版；少数由商业出版社和独立出版社出版，如高行健的小说集（*Buying a Fishing Rod for My Grandfather*，2004）由哈珀柯林斯（HarperCollins）出版，莫言的小说集（*Shifu, You'll Do Anything for a Laugh*，2003）由伦敦的梅休因（Methuen）出版。

  课程所选的英文独篇小说的出版则不同，在18部英文独篇小说中，有5部由学术或文学出版社出版，老舍的《骆驼祥子》（*Camel Xiangzi*，2005）、阿城的《棋王》（*The Chessmaster*，2005）由香港中文大学出版社出版、朱天文的《荒人手记》（*A Desolate Man*，1999）由哥伦比亚大学出版社出版，老舍的《二马》（*Ma and Son: A Novel*，1980）、杜鹏程的《保卫延安》（*Defend Yan'an*，1983）由中国文学（熊猫图书）出版社出版。在其他13部独篇小说中，有4部由独立出版社出版，一部由哈珀柯林斯（HarperCollins）出版，其他8部及余华的《十个词汇里的中国》都由企鹅兰登书屋（Penguin Random House）出版①，具体情况可见表4-9。

---

① 查托和温都斯（Chatto and Windus）书局、复古（Vintage）出版社、托儿奇幻（Tor Books）、万神殿图书（Pantheon Books）、企鹅，目前都属于国际著名商业出版公司企鹅兰登书屋。

表 4-9　由独立、商业出版社出版的独篇英文小说等书籍的情况
（按英文出版时间为序）①

作家	中文作品名	发表时间	英文作品名	出版时间	出版社	出版社类型
王安忆	《小鲍庄》	1985	Baotown	1989	New York：W.W. Norton	独立
高行健	《灵山》	1990	Soul Mountain	2000	New York：HarperCollins	国际商业
戴思杰	《巴尔扎克与小裁缝》（原作法文）	2000	Balzac and the Little Chinese Seamstress	2001	London：Chatto & Windus	国际商业
虹影	《K 英国情人》	1999	K：The Art of Love	2002	London：Marion Boyars Publishers	独立
卫慧	《上海宝贝》	1999	Shanghai Baby	2002	London：Robinson	独立
阎连科	《为人民服务》	2005	Serve the People!	2007	Melbourne：Text Publishing	独立
姜戎	《狼图腾》	2004	The Wolf Totem	2008	Penguin	国际商业
郭小橹	/		A Concise Chinese-English Dictionary for Lovers	2007	London：Chatto & Windus	国际商业
	/		UFO in her eyes	2009	London：Vintage	
余华	《兄弟》	2005	Brothers：A Novel	2009	New York：Pantheon Books	国际商业
	《十个词汇里的中国》	2011	China in Ten Words	2011		
刘慈欣	《三体》	2007	The Three-Body Problem	2014	New York：Tor Books	国际商业
马建	《阴之道》	2012	The Dark Road	2013	Penguin	国际商业
马建	《中国梦》	2018	China Dream	2018	Chatto & Windus	国际商业

---

① 英（译）作品的出版以其最早出版时间、出版地和出版社名称为准，有些作品还由其他不同出版机构或子机构于不同地区和时间发行，在此不一一列举。此外，前文曾提过，阿城的《棋王》、王安忆的《小鲍庄》、阎连科的《为人民服务》和马建的《中国梦》都相对较小，但以独篇小说出版，本书对课程大纲收入作品按体裁统计时将其收入长篇小说；余华的《十个词汇里的中国》虽被称为随笔集或散文集，但因其叙述的连续性，且该英文版未收入余华的其他散文或随笔，在此一并列出。

除上述趋势,课程大纲收入的独篇英文小说,原作属于21世纪文学的多是由国际商业出版社企鹅兰登出版的;通过原作和译作出版时间的比较,《十个词汇里的中国》、《阴之道》和《中国梦》的英文出版是非常神速的。实际上,《十个词汇里的中国》最开始以法文形式于2010年发表,2011年英文版发行,同年中文版在台湾发表;类似地,《中国梦》的中、英文版几乎是同时分别于台湾和英美国家开始发行的。根据这些作品的政治性主题,以及未能得以在中国正常出版的事实,显然,作品的政治主题和国内出版审查情况依然是国际商业出版社营销中国文学书籍的手段之一。

此外,英国高校中国现当代文学课程大纲收入的英文文学作品,从综合文集、作家个人文集到独篇小说书籍等,大部分都是由英语世界出版的,部分由香港出版,由中国大陆出版的较少,仅限北京外文出版社和熊猫丛书80年代出版的几本书籍。具体包括:外文出版社出版的《中国现代短篇杰作选:1919—1949》(1983)、杜鹏程的《保卫延安》、浩然的《金光大道》;熊猫丛书出版的老舍的《二马》(Ma and Son: A Novel, 1980),沈从文、王蒙、张洁、王安忆的作品选集等①。

概言之,英国高校中国现当代文学课程大纲对英译作品的选取表明这些文学作品大多是海外中国文学文化研究者、文学批评者翻译或编撰的。从出版社、译者至文集的编撰者都表明,课程大纲中对作家和作品的选取呈现以英语汉学界翻译和发表的文学作品为主的倾向,部分由中国香港学者翻译和出版,由中国大陆翻译和出版的极少,21世纪文学作品则以商业出版社为主。这些趋势自然会影响课程大纲对具体作家和作品的选择。

---

① 这些小说的英译名称和发表时间为:杜鹏程《保卫延安》(Defend Yan'an)(1983),浩然《金光大道》(The Golden Road)(1981);老舍《二马》(Ma and Son: A Novel),沈从文的《边城及其他小说选》(The Border Town and Other Stories)(1981),王蒙《蝴蝶和其他小说选》(The Butterfly and Other Stories)(1983),张洁的《爱,是不能忘记的》(Love Must Not Be Forgotten)(1986),王安忆《流逝》(Lapse of Time)(1988)。

4.3.5.2 辅助阅读书单的选择

英国高校中国现当代文学课程大纲规定的课文以外的阅读书单情况与前文观察和描述的数据不同,本部分的数据未必具体到每个单一的作者和作品。这些书单的收集范围一共包括12门课,即表4-1中去掉肯特大学的比较文学课和伦敦大学学院的"重新想象自我:华语小说阅读"课程;前者只涉及一部作品,后者的教学大纲中有提供结构主题和作家姓名的教学日历但没有提供具体阅读书单。不包括上节提到的英译作品来源的书籍或文集,这12门课程教学大纲中规定的阅读书单包括各类书籍或文章,累计150余项/次。按照作品内容,可大体分为以下三种主要类型。

第一种类型:关于现当代中国文学研究的综合著述,尤其是文学史研究的著作。被2门以上课程选用的文学史著作包括:夏志清的《中国现代小说史》(*A History of Modern Chinese Fiction*,1961/1971/1999);杜博妮、雷金庆(Kam Louie)的《二十世纪中国文学》(*The Literature of China in the Twentieth Century*,1997);孙康宜(Kang-i Sun Chang)、宇文所安(Stephen Owen)的《剑桥中国文学史(第二卷)》(*The Cambridge History of Chinese Literature*:From 1375,2010);莫斯托(Joshua S. Mostow)、邓腾克的《哥伦比亚现代东亚文学指南》(*The Companion to Modern East Asian Literature*,2003);邓腾克的《哥伦比亚中国现代文学指南》(*The Columbia Companion to Modern Chinese Literature*,2016);王德威的《新编中国现代文学史》(*A New Literary History of Modern China*,2017)等。

《中国现代小说史》被一版再版,已成为西方汉学界20世纪中国文学研究的经典书籍[1],是迄今为止英语世界最具影响力的中国现代文学史著作[2]。《二十世纪中国文学》是英语世界首次全面综合考

---

[1] 可参见该著作英文原版第三版(Chih-tsing Hsia, *A History of Modern Chinese Fiction*, Indiana: Indiana University Press, 1999)封底李欧梵的评价。
[2] Wang, David Der-wei, "Introduction", in David Der-wei Wang, ed., *A New Literary History of Modern China*, Massachusetts and London: Belknap Press of Harvard University Press, 2017, p.27.

察 20 世纪中国文学的书籍,该书分三个历史阶段(1900—1937、1938—1965、1966—1989)考察中国的诗歌、小说和戏剧的发展。主编杜博尼同夏志清的观点有相近之处,"都反感将文学改造为政治说教的陈词滥调"(白杨、崔艳秋,2014:44)。《剑桥中国文学史(二卷)》长达七百多页,课程大纲指定的阅读材料为该书"中国文学 1841—1937"和"中国文学 1937—现在"两部分,分别由王德威和奚密(Michelle Yeh)负责撰写。就当代文学部分而言,该书涵盖伤痕文学、朦胧诗、寻根文学、先锋文学、城市文学、身体写作、新媒体写作等文学发展潮流以及台港文学的发展状况,对相关代表性作家都有简要评述。邓腾克主编的两部"指南",后一部其实由前一部"脱胎"而来,与同期英语世界出版的其他中国文学史卷相比,《哥伦比亚中国现代文学指南》在中国现当代文学发展的时段划分与相关议题的选择和论述方面"与中国大陆通行的中国现代文学史最接近,也是最具教材形态的一本"[①]。与以上文学史书不同,《新编中国现代文学史》在世界维度上考察中国文学的发展,"着力于捕捉历史时空中那些生动的文学互动细节",呈现中国文学与世界各地不同语言、文化和思想之间的"相互交流、传译和衍生"的过程。[②]

  这些文学史著作在具体课程学习中如何被解读无法预知,但这些著作的不断改进和变化反映了英语世界对中国现当代文学的批评研究在模式和格局上的改变,而不是一成不变地固守于某一种思维模式或方法,并且已经发展到在世界视野中观察中国文学。

  第二种类型:对现当代中国文学作家和作品的具体研究,或对某一时期的中国文学的批评研究等。较文学史而言,这类书单中的著述更具学术性和理论性,书单中常见的作者包括:夏志清、李欧梵、王德威、刘绍铭、周蕾(Rey Chow)、金介甫、邓腾克、张旭东、文棣(Wendy Larson)、王斑、林培瑞(Perry Link)、杜博尼、蓝诗玲、卜立德、梅仪慈

[①] 季进:《无限弥散与增益的文学史空间》,《南方文谈》,第 40 页。
[②] 同上,第 42 页。

(Yi-tsi Mei Feuerwerker)、雷金庆等。著述的研究话题涉及晚清的诗歌和小说,19世纪和20世纪之交的中国文学,30/40年代中国的城市文学,文学的现代性,革命的现实主义与浪漫主义,社会主义文学政治化研究,女性主义文学,21世纪的中国大陆文学,某一特定的文学潮流或现象,如寻根、伤痕、实验、先锋、网络文学等。聚焦于作家的研究包括对女性作家的研究,某一作家群体(如北京、上海作家)的研究,以及个体作家的研究。对个体作家进行研究的著述被频繁选入课程所涉及的作家有张爱玲、鲁迅、沈从文、毛泽东,书单中对他们研究的著述累计都在5部以上,其次还有茅盾、周作人、丁玲、老舍、丰子恺、白先勇、王安忆、韩少功、余华、残雪、莫言、美女作家卫慧和棉棉等。根据前文梳理,这些作家中的大部分都是相对被更多门数的课程选择的作家。此外,这些关于文学作品和作家的专门研究往往与中国的社会、政治和历史的发展相结合,只聚焦于文学文本解读的研究不多。这与西方自70/80年代以来文学批评领域里新批评理论的发展以及人文学科里的文化研究倾向有很大关系。

第三种类型:普遍意义上的文学理论研究,即:不专属于中国现当代文学相关的研究。课程大纲对这类书籍的选择不多,主要包括:哈佛大学出版、伊格尔顿所著的《如何阅读文学》。这说明,英国高校中国现当代文学课程在解读中国文学方面更多地是借用文学史和中国文学专门研究的著述,较少使用比较文学理论和普通文学理论的书籍,但这本书是亚非学院所有中国现当代文学课程指定的辅助阅读书籍,意义不容忽视。

以上阅读书单中的书目及其作者在12门课程中至少被选用两次以上。此外,阅读书单中还包括一些中文原作,如《鲁迅小说集》、《张爱玲文集》、《中国新文学大系》、《当代中国新文学大系》、《白先勇小说选》、《王祯和小说选》等,这些文集主要来自课堂文学素材使用汉语原作的课程。同课程所选英译作品文集一样,阅读书单上关于文学史、文学批评研究的书籍大多都是学术出版社出版的,其中仍以哥伦比亚大学出版社为最。

这些书单的选取在某种程度上与结构主题一样，可提供探究隐含在课程设置中的"阅读"中国文学的方式。本书不是探讨阅读书单中的各类著述究竟如何"解读"中国文学，而是总体上将这些著述与课程目的、课程结构主题联系起来，以观察课程设置中体现的中国文学被"阅读"的模式。从阅读书单总体的趋势来看，大部分著述都是来自海外汉学家的著述，尤其是美国现当代中国文学研究者和批评者，极少著述是来自中国大陆学者。这些书单的选择表明：英国高校中国现当代文学课程设置呈现文学史和文学批评的教学模式，课程设置中的中国文学绝非可简单描述为"通过文学窥视中国"或者对中国文学作品简单理解的趋势。

4.4 英国高校中国现当代文学课程设置中文学接受情况的复杂性解读

本章以上各节关于英国高校 2018—2019 学年为主的中国现当代文学课程设置情况的考察，尤其是课程大纲的宏观结构，教学日历对作家作品、辅助阅读书单以及译作的选择，呈现了英国高校中国现当代文学课程设置中读什么以及如何阅读的趋势或倾向。按照涌现性符号翻译理论，中国现当代文学在英国高校文学课程设置中的流通和阅读模式从"翻译"变化来看，可视为阐释项翻译，流通和阅读所呈现的趋势是中国现当代文学在新的阐释项所赋予的熵减过程中形成的趋势或"吸引子"。为更集中地通过复杂性视阈下的"约束"概念来观察促使这种"吸引子"形成的原因，本节将前文基于调查研究观察到的课程大纲对作家作品的选择趋势进一步概括为关于文学的概念叙事。

4.4.1 历史轴上多样性杂糅性的文学叙事与"约束"

根据前文的调查研究，英国高校现当代文学课程，在教学大纲的宏观结构、具体作家作品以及辅助阅读书单的选择上，呈现文学史和文学批评的教学模式。课程大纲对作家作品的选择倾向中都含有"时间轴"这个关键词,在"时间轴"上,课程所选作家作品的多样性和杂糅性并非体现为杂乱无章的大拼盘。首先,教学日历按时间顺序选取不同的结构主题,以体现不同历史阶段和地域的文学潮流;其次,虽然很多课程不可能囊括全部的结构主题以及所有多样性的作家和作品,但整体而言,不同结构主题下所选的作家在文化身份和性别方面呈现出多样性;再次,时间轴上的话题结构设置以及作家作品的选择,与目前中国大陆文学界公认的文学史脉络相吻合。现代文学课程对课堂素材的选择,从文学作品到文论,涵盖主要文学流派和作家作品,体现了中国现代文学观在文学审美和文学社会政治功用之间的张力。现代作家的选取不但包括国内现代文学史书写中公认的鲁迅、茅盾、丁玲、老舍等经典作家,还包括徐志摩、沈从文、张爱玲、周作人、林语堂等"曾被逐出中国大陆文学史的作家"[1][2],此外,还包括被有些学者称为第一位现代白话文女性作家陈衡哲。当代文学课程,从教学日历的结构主题到作家和作品的选择,呈现出以中国大陆文学为主的华语文学概念,在作家地缘身份等方面体现了作家身份的杂糅性和多样性,对中国大陆文学的选择呈现了不同历史阶段中国大陆文学发展的趋势。当代文学课程中选择先锋文学的最多,可见课程对这一类型中国文学的关注。国内学者,如陈思和[3],曾指出先锋文学在中国当代文学史上的重要性,指出1985年之后寻根文学、先锋文学对"文艺本体"的关注和改革。由于"历史轴"的存在,课程对作家作品的选择就处于文学史的框架下,从而这些作家作品就可以被定位,参与构建英国高校文学课程关于中国现当代文学的概念叙事,并在总体上构建了时间轴上多样性杂糅性的文学叙事。

"历史轴"显然是英国高校现当代文学课程大纲呈现的文学流通

---

[1] 洪子诚:《问题与方法:中国当代文学史研究讲稿》,第34页。
[2] 贺仲明:《建构以文学为中心的文学史——对于中国现当代文学史建设的思考》,《中国当代文学研究》,第21页。
[3] 陈思和:《中国当代文学史教程》,第276页。

和阅读模式中的关键词,不但强调文学课程是按照文学史模式设置的,而且意味着课堂教学所体现出的对中国文学从社会历史视角的阅读模式,这与文学史框架下关注文学作品本体不同。爱丁堡大学的"现当代文学课程"的任课教师克里斯托弗·罗森迈尔(Christopher Rosenmeier)博士在与本书分析教学日历的邮件中曾谈到:他们往往关注的是某个历史时期的代表作家而不是作家的代表作,同时课堂讨论往往以讨论历史结束。若从中西二元对立的视角看,这种流通和阅读模式的结果可能会归因为英语世界漠视中国文学作品的文学性,把文学主要视为观察中国的窗口,相应地,中国文学的接受也可能被认为是不成功的。然而,根据复杂性理论,如果把"历史轴"以及"多样性"、"杂糅性"都分别视为"吸引子",那么有哪些"约束"促成这些"吸引子"的形成?

西方人文学科中盛行的文化多元论和女性主义研究是英国高校中国现当代文学课程设置的一个背景,课程大纲构建的"多样性"和"杂糅性"文学叙事有对该宏观背景的回应。自20世纪60/70年代,西方后现代、后结构主义蓬勃发展,后结构主义哲学观主张世界去中心化,反对具有整体性、中心性、稳定性的大叙事或知识基础,倡导差异性与多样性,推动人文学科(包括中国文学研究)里带有后殖民主义倾向的多元文化论和女性主义的发展,关注少数族裔、少数性别群体的声音。这就不难理解课程对"女性/女性主义/性"、"民族性"等结构主题的关注,以及在作家选择上对女性作家和不同地缘身份作家的眷顾,在作品的选择上不但包括女性主义作品,还包括关于同性恋的作品。

英国高校中国现当代文学课程关注中国以及重视汉语语言学习这些可能性是对英国汉学呈现功利性发展倾向这一"环境"的回应。作为一门学科,英国汉学游离在现代语言和区域研究之间。英国的现代语言和区域研究都呈现功利性的倾向,就专业教学而言,前者聚焦在语言,把语言学习作为工具,以辅助学生在其他专业方面的就业能力,而后者更注重培养学生通过某一领域(包含汉语)的学习来获得对中国的深层认知。作为区域研究的一部分,英国的汉学界致力于在中国经济崛起的背景下发展汉学或中国学研究,把提高公众对中国的认知看做使命,同时促进学生的汉语学习,包括中小学汉语学习的衔接。这就使得汉学某一领域(如文学)的课程不大可能完全聚焦于该学科本身而不关注中国。就文学课程而言,不大可能只关注文学而不去关注中国的其他方面,包括中国的历史、社会、政治和经济等,这甚至体现在有些课程的课程名称。同时,如果文学课程是为汉学独立学位专业开设的且课堂使用中文素材的课程,如利兹大学和亚非学院开设的"现代文学"和"当代文学"课程,这样的课程不大可能不关注语言学习。这些都可视为促成英国高校现当代文学课程不可能只关注文学的环境"约束"。

课程目标可作为课程大纲设定过程的部分"初始条件",该初始条件中未能实现的可能性会"约束"课程大纲中作家作品选择和阅读模式。前文(4.3.2.1)曾提到,英国高校中国现当代文学课程设置的目标为:了解现代/当代文学以及中国社会的发展,熟悉不同历史时期的主要作家和作品,从不同视角了解中国文学和文化等;课堂使用汉语素材的课程还强调对语言和翻译技能的掌握。如果对课程目标的确定先于教学日历中大部分作家作品的选择,并把这作为课程大纲设定路径中的一段过程,那么课程目标可视为该过程的"初始条件",初始条件中未能实现的可能性,即:"脱离历史、从纯文学视角进行选择和阅读"会成为文学课程作家作品选择和阅读模式中"历史轴"倾向的一个"初始约束"。这一"约束"与环境"约束"呼应,但突出"脱离历史"这一不可能性。

课程大纲设定过程的参与者彼此之间的互动关系会使一些可能性无法实现,会自下而上地"约束"文学课程在作家作品选择和阅读模式上的趋势,如促使方便语言学习、更有效展现文学多样性的短篇小说成为课程选择的焦点,使课程大纲构成总体呈现"历史轴"倾向等。课程大纲设定的直接主体至少包括任课教师和学生。教师的在职状态会影响文学课程的开设,教师的研究兴趣本身可能会影响课程的设计理念以及对具体作家和作品的选择。就学生的总体情况而言，选课的学生多为现代语言类专业的学生，即便是东亚研究或中国研究专业，也需要学习语言，在学生性别上，以女生居多。此外，对于英语本族者，汉语是一门极其难学的外语，高校的汉学相关专业招生通常对考生的汉语基础没有要求，学生汉语水平参差不齐，对中国历史背景亦缺乏了解。这些自下而上的"约束"，亦会增加文学课程在作家作品选择和阅读模式上呈现"历史轴"的可能性，增加使用汉语素材的课程针对学生语言水平进行调节的可能性，甚至增加针对学生性别和地缘身份进行调节的可能性。

英国高校现当代文学课程对作家作品的一些选择趋势本身是"吸引子"，同时又构成"约束"，相互作用，影响对课程具体作家和作品的选择。课程所选英译作品多由英语世界翻译和出版，课程频繁选择的作家多是英美汉学家在文学史和文学批评研究著述中倾向于选择的作家。这一选择趋势本身是文学课程大纲对作家作品选择所呈现的一个"吸引子"，但又构成了课程对文学作品选择的一个"边界"条件，限制了一些选择的可能性，同时间轴上的多样性杂糅性一起，促使有些作家被频繁选入课程的可能性，如：鲁迅、沈从文、张爱玲、茅盾、丁玲、白先勇、残雪、余华、朱天文等。他们体现了作家身份的多样性和杂糅性，是主要文学思潮的典型代表作家，与中国发展的不同历史阶段相结合，也是英美汉学家或中国现当代文学研究者从不同视角倾向于研究的作家。

此外，课程大纲对具体文学作品的选择会受课程的边界条件约束。该边界条件多是物理的，主要包括：课程学分、学时安排、课堂阅读和讨论所用课文的原创语言等，约束着课程选取作品的数量和篇幅的长短。文学史轴上多样性杂糅性的作品本可有很多选择的可能性，但由于边界条件，课程对作家和作品的选择需要讲究"效率"，促使课程所选作品在体裁上以短篇小说为主，尤其是课堂文学素材使用汉语原文的课程，所选作品都是短篇小说。这进而促成一些作家的短篇小说而不是长篇小被频繁选入课程的可能性，如：鲁迅的《狂人日记》、张爱玲的《封锁》、余华的《十八岁出门远行》、残雪的《山上的小屋》等。这些选择倾向可能会进一步促进文学课程更重"史"而非"文学"的选择和阅读模式,即本质上选取哪一部作品并不重要,关键是能与"历史"相关联。

综合以上,这里再以利兹大学"现代文学课程"为例,简单阐述在作家作品选择过程中不同因素的相互作用,以及相互作用过程中所形成的"约束"从整体上对选择趋势的影响。该课程为汉语(学)专业高年级本科生开设,共一个学期,课堂使用当代文学汉语原作文本,选择的作家有旅居海外的作家、大陆作家和台湾作家,选择的作品包括诗歌和短篇小说,课文的汉语包括简体字和繁体字。现以课程教学日历上最后一位作家的选择为例。由于课程大纲在作家作品选择总体趋势上的吸引子(时间轴、杂糅性、多样性),再加上教学日历中前几位作家皆是来自不同文学流派的男性作家,使得最后一位作家的选择:必须是一位女性作家,不能早于上一个作家的文学史流派(上一个作家作品属于先锋文学),故在时间轴上选定90年代末的美女作家流派,初步确定在卫慧和棉棉中选,二人都有作品被英语汉学界翻译且被研究,容易提供辅助阅读材料;关于作品,不能太长,因为只分配了两周共4个小时的课堂研讨时间;关于作品的语言,难度适中,适合学生课堂参与(主要是阅读、翻译和研讨);关于作品的内容,女性视角,但不能过于涉"性",学生课堂上需要朗读并翻译原文[①]。故最后,课程选择的是棉棉的短篇小说《一个病人》。该小说描述了一个戒毒女孩对人和环境的观察以及自身的心理变化,无关情色。该案例说明,作品的选择过程不但是多种系统内外因素互动的结果,而且互动的结果所形成的"整体"也处于变化中,约束着下一步的选择。假设一下,如果前三位作家不都是男性作家或已有代表90年代文学思潮的选择,那可能最后一位作家和作品的选择

---

① 本书作者有幸获任课教师蔚芳淑(Frances Weightman)教授的允许,得以旁听该门课程,出于研究伦理原因,这里仅以最后一位作家作品的选择过程为例。

就发生变化了。

以上的分析表明,英国高校现当代文学课程大纲呈现出的时间轴、多样性、杂糅性等趋势,本身既是结果,也是原因。区域研究有促成中国文学课程关注中国各个方面的可能性,尤其是政治经济方面,但学生关于中国历史知识的缺乏、文学和文学史本身的物理性,促使课程大纲在文学选择和阅读模式上呈现时间轴的倾向,而这种倾向会继续影响文学流通和阅读的模式。虽然完全从文学的视角选择和阅读文学的可能性无法实现,但完全从政治意义而无视文学史全盘的文学选择和阅读模式的可能性亦没有实现。复杂性视阈下对原因的分析可帮助拾起可能被忽略的想当然的一些原因,也可帮助意识到发展中的事物的整体性对自身的影响。

4.4.2　文学题材上非政治化的中国当代文学叙事与"约束"

谈到中国现当代文学在英语世界的接受,尤其是当代文学,不可能不触碰到政治这个话题。虽然本书不是观察学生在课堂上阅读文学的具体模式,但课程大纲选择的文学作品在题材上所呈现的趋势可帮助观察课程大纲呈现的关于中国文学与政治相关的概念叙事。英国高校现当代文学课程选择的英文作品多是由英语世界翻译和出版,由中国大陆翻译和出版的极少,21世纪文学作品则以国际商业出版社出版的为主。从英文书籍的出版年代看,除个别书籍,课程所选文学书籍大部分是1980—2010年之间出版的。英国高校当代文学课程选择的英文作品在题材上并未呈现出以"文革"或"1989政治风波"为背景的"伤痕回忆录"为主的趋势。这个趋势与英语世界出版社和主流媒体主推的中国文学趋势有何不同,构建什么样的关于中国当代文学的概念叙事?

根据很多中国学者关于中国当代文学在英语世界的接受研究,英美出版社和主流媒体,在很大程度上,对禁书和"异见"作家非常热衷。香港作家许素细在接受《国际先驱导报》采访时也谈到,"西方总是关注中国女性作为受害者的回忆录和异见分子的作品,这限制了他们欣赏其他视角的中国文学作品"①。还有学者（Xiao Di）对1980—2010三十年间英美出版社翻译和出版的中国小说进行研究，通过建立相关语料库，从翻译作品的选择、译本副文本的使用以及主流媒体和期刊杂志上发表的书评三个方面，探讨英美出版社、主流媒体等如何构建和推广关于当代中国的概念叙事。研究的结果表明，自1980年起，英美出版社，包括大学出版社、商业出版社、独立出版社等，一直倾向于选择以个人创伤为主题的中国当代小说来进行翻译和出版。这些"创伤"或"伤痕"小说通常以当代中国政治事件为背景，如"文革"和"1989政治风波"，其中以"文革"相关的"伤痕"文学作品为主，尤其是通过挖掘历史档案材料的"文革"回忆录式书写，从而构建了专制的、暗黑的"当代中国高度政治化的叙事"，以及要么为政治服务要么就是反抗专制的高度政治化的中国当代文学的概念叙事。②

英国高校中国当代文学课程大纲对作家作品的选择在作品题材上没有呈现以"文革创伤回忆录"为主的倾向。这种选择趋势与英语世界出版社和主流媒体推介中国现当代文学的趋势显然不同，这里可再略举几例从反面佐证。张贤亮的《男人的一半是女人》（*Half of Man Is Woman*，1988），出版到英语世界后收到很多主流媒体的评论，被这些评论者看作是"对文化大革命的精彩描绘"③，费正清在《纽约书评》上评论该小说能够很好地"解释文化大革命"④。杨显惠的《夹边沟纪事》（*Woman from Shanghai*，2009）是一部关于"文革"的纪实小说，讲述了六七十年代"右派犯人"在夹皮沟农场劳教所的

---

① 陈雪莲：《香港作家许素细：不认同"亚洲先锋英语作家"称号》，《国际先驱导报》2015年4月29日。
② Xiao, Di, *Renarrating China：Representations of China and the Chinese through the Selection, Framing and Reviewing of English Translations of Chinese Novels in the UK and US, 1980—2010*, PhD Thesis, pp.152-159.
③ 同上，第178页。
④ Fairbank, John, "Roots of Revolution", *The New York Review of Books*, 10 November 1988, pp.31-33.

苦难和恐怖经历，2009年第一次印刷，旋即全部售罄①。90年代末、尤其是2000—2010年间，英美出版社倾向于出版"1989政治风波"为题材的小说，虹影的《背叛之夏》(*Summer of Betrayal*, 1997)是最早翻译到英语世界涉及1989政治风波的女性小说，马建的《北京植物人》(*Beijing Coma*, 2008)是"最受英美主流媒体欢迎的小说"②。但这几部受到英语世界主流媒体高度关注和好评、且较有读者市场的"伤痕回忆录"小说，并未被任何一门英国高校当代文学课程选入课堂素材或课程书单。前文曾提及有两门英国高校现当代文学课程选择了"异见"作家马建的《中国梦》(*China Dream*)和《阴之道》(*The Dark Road*)，尤其是《中国梦》，被《纽约时报中文网》赞为是马建"才华最纯粹的结晶"，是对中国官场和共产党领导的中国梦思想极尽讽刺和批判，在这本书里能找到所有西方某些媒体和政客对共产党领导下的中国的全部叙事，如：血腥、暴力、专政、道德沦丧……③。此外，有些课程还分别收入一些中国大陆有争议的作品，如阎连科的《为人民服务》、卫慧的《上海宝贝》、余华的《十个词汇里的中国》。《十个词汇里的中国》同《中国梦》一样，都是最先发行外文，之后在台湾发行中文版。课程对这些作品的选择趋势与英美出版社和主流媒体推介中国当代文学的趋势相同，但选择这些作品的课程毕竟是少数，大多数课程选择的英文作品并非有争议或异见作品，也并非以"文革"或"1989政治风波"为背景的个人创伤的回忆录为主。总体而言，在作品题材上，英国高校中国现当代文学课程选择文学作品的趋势与英语世界的出版社和主流媒体所选择和推介的趋势不同，因此从文学题材上对中国现当代文学的概念叙事亦会不同。某种程度上，就文学在英国高校的接受而言，英语世界出版社和主流媒体建构

---

① Xiao, Di, *Renarrating China: Representations of China and the Chinese through the Selection, Framing and Reviewing of English Translations of Chinese Novels in the UK and US, 1980—2010*, PhD Thesis, p.144.
② 同上，第192—193页。
③ 参见：https://cn.nytimes.com/culture/20181218/ma-jian-china-dream-hong-kong-propaganda-censorship-orwell/

的中国当代文学的政治化概念叙事,并未发展为普遍存在于英国高校的"公共叙事"。

另一方面,除个别历史时期的文学,如社会主义现实主义文学,课程所选作品以书写个人小叙事的作品为主,关于中国历史或国族叙事的文学作品较少。有3门课程的教学日历在"社会主义现实主义"结构主题下,选取毛泽东《延安文艺座谈会上的讲话》文章,以及浩然的《金光大道》,或杜鹏程的《保卫延安》等作品。在中国的文学史研究中,这些描述中国历史的"规律性"的作品,如《保卫延安》,受到高度评价,构建了"史诗性"的革命历史文学叙事①。但从西方的视角看,选取这样的作品不一定是建构符合中国历史规律性的叙事,很可能是对这一叙事的解构并构建起"毛时代教化式的文学模式"这一文学叙事。此外,课程所选作品大部分都是英语世界翻译和出版的,选择的文学研究著述多是英美学者的著述,极少有中国学者的著述。因此,英国高校当代文学课程对文学作品的选取所构建的关于中国当代文学的概念叙事与中国当代文学史研究中关于中国当代文学的概念叙事亦会不同,但也不能据此推断课程所选作家作品构建了政治化的中国当代文学叙事,毕竟"中国当代文学过分社会政治化,写作注重社会问题,这是大家都承认的"。②

以上分析表明,就所选作品的题材而言,英国高校中国现当代文学课程大纲构建的关于中国文学的概念叙事,总体上是非政治化的,但宏观上有针对两个认知层面假定大叙事的负熵运动。这两个假定的大叙事,一个来自英语世界出版社和主流媒体构建的"伤痕回忆录"中国当代文学叙事,另一个来自中国当代文学史研究的关于当代家国或革命题材文学的主流叙事。因为有针对这两个大叙事的负熵运动,使得靠近两种不同叙事的文学评论研究和题材小说(社会主义现实主义时期例外),不大可能成为课程选择的主要"吸引子"并稳定

---

① 洪子诚:《问题与方法:中国当代文学史研究讲稿》,第19页。
② 同上,第149—150页。

下来。本书继后相关章节会再回到这个问题。

无论课堂阅读和研讨所选素材是英文的还是中文的,中国现当代文学作品都需经过翻译和出版才能进一步流通到英国高校中国现当代文学的课程大纲中。课程选择的英译作品多是由英语世界翻译和出版的,课程频繁选择的作家多是英美汉学家在文学史和文学批评研究著述中倾向于选择的作家。如果把这作为"吸引子",这个"吸引子"中没有实现的可能性是"中国大陆主动翻译和出版的文学作品",而这个未能实现的可能性将作为一个"约束",会一直影响中国文学流通乃至阅读的模式,促使下一个"吸引子"的形成和稳定。无论如何,英国高校关于中国现当代文学课程大纲的设置,对作家作品的选择趋势以及潜藏的阅读模式倾向,受接受环境背景、文学本身、接受主体的物理性、多层次性和复杂性等因素互动的影响,不能简单归于东西方的二元对立。

4.4.3 文学课程设置体现的文学接受:成功还是失败?

首先,从文学课程设置的数量和开课规模来看,中国现当代文学在英国汉学界里边缘地活跃着。在英国的人文学科里,区域研究和文学研究都处于边缘地位,中国文学研究在今天的英国汉学界属于边缘研究,也就是边缘的边缘。英国开设中国现当代文学课程的高校并不多,就个体作家而言,入选的课程门数也没那么多,但考虑到一门课程的容量毕竟有限,就整体而言,对中国现当代作家选择的覆盖面(女性、中国大陆、港台、离散、异见、未知作家)并不窄。毕竟,在英国大学教授或研究中国文学,是做着非英国主流的事情,本身亦有其想象不到的难度。如果越来越少的学生选择汉学,那么,这些文学课程能否持续都是问题,更不要说培养未来的中国文学研究者、爱好者。

其次,从文学课程大纲呈现的授课内容和方式来看,中国现当代文学在英国汉学界是备受关注和尊重的。英国高校中国现当代文学课程大纲的设置很大程度上是在构建关于中国现当代文学甚或国家的概念叙事。虽然无法确定这种概念叙事在具体学生群体中的接受,但课程大纲结构基本反映出其引导或帮助学生关于中国文学史乃至现代中国历史的体认。英语国家的大学生大体上都对中国历史背景缺乏了解,几位在美国工作多年的中国文学文化研究的学者、教师,如王斑、钟雪萍,亦谈到在美国大学教授学生历史的重要性,以帮助学生看到"中国有着历史记忆的包袱",帮助学生了解"中国人从20世纪初至今遭遇的各种各样的民族、社会、政治困境,他们又是怎样克服困难,怎样创造文化和政体的"①,同时又让学生"意识到不要总是简单地从自己的立场和价值观出发"②。

英国高校中国现当代文学课程大纲中的"历史轴"能在多大程度上引导和帮助学生深入到中国文学发展的历史中,能在多大程度上引导和帮助学生建立同理心和感情维系,这些暂不能从本章反映出来。但是,这种历史线索为阅读和理解中国文学提供的不仅仅是历史脉络,还有"逻辑线索",这能帮助学生理解不同历史时期不同文学思潮的关系,帮助他们在产生文学的历史脉络里发现一些普世的主题。这比平面的以所谓普世的国际社会的标准去收集中国的"陈俗陋习"要好上很多。③

一个民族文学的世界文学价值首先得在一个不同语言和社会里流通下去,并且"被当做文学来读"④。从英国高校课程大纲的设置看,中国现当代文学是被当做文学来阅读的。虽然"史"和"文"在多大程度上被平衡不得而知,但大体被予以重视和尊重。无论是通过中国文学来透视中国的社会和历史,还是通过中国历史上的社会事件来看中国文学,都是把对中国和中国文学的理解引入了时间性,也就是复杂性。如果没有哪个民族的发展历史是一帆风顺且绝对地和

---

① 王斑:《全球化、地缘政治与美国大学里的中国形象》,第53—54页。
② 钟雪萍:《一份他者的差事:我在美国教中国》,王斑、钟雪萍编:《美国大学课堂里的中国:旅美学者自述》,南京:南京大学出版社,2006年,第133页。
③ 陈小眉:《又是红枫时节——写在旅美教学十八年之后》,王斑、钟雪萍编:《美国大学课堂里的中国:旅美学者自述》,南京:南京大学出版社,2006年,第3页。
④ Damrosch, David, *What is World Literature?*, p.6.

谐统一,那么这种时间性地引入更能帮助对中国并不了解的西方世界理解中国今天的崛起,理解中国是如何在继承与批判过去、如何在抗衡他者与自身之间的无序性,才有了今天令人瞩目的世界地位。所以,从复杂性视角来看中国现当代文学在英国高校课程设置中的接受,中国现当代文学在英国汉学界是活跃地存在着。

4.5 本章小结

本章主要从英国高校中国现当代文学课程教学大纲的宏观结构、教学日历中的现代和当代文学选择情况,考察课程大纲呈现的关于中国现当代文学的流通和阅读模式,观察文学的接受情况。从课程设置目的和内容结构来看,课程总体目的都是通过细读文学文本,结合不同社会、历史和政治语境,从不同视角(文学的、比较的、历史的、区域的、全球的)来了解中国社会和文学不同的历史发展趋势以及社会发展(事件)与中国文学发展之间的互动。从课程内容的结构看,课程所选作家和作品虽都被放置于不同的结构主题框架下,但在历史语境中呈现一定的文学趋势,与当前中国文学界的文学史阶段和文学趋势划分基本一致。从作家作品的选择来看,课程设置呈现多样性。中国大陆作家、香港作家、台湾作家,或离散作家、经典作家、有争议的作家都有涵盖。从作品体裁来看,所选作品体裁涵盖小说、诗歌、文论、杂文、散文等,其中短篇小说占据绝对优势,其次是长篇小说和文论。从整体阅读书单看,大部分为关于中国文学史、中国文学评论的著述,少量为文学理论著作,且大部分为英美学者所著。从译作选取来看,大部分英文作品都是英美出版社翻译和出版的,中国大陆翻译和出版的极少。

基于调查研究,英国高校现当代文学课程大纲对作家和作品总的选择倾向构建了历史轴上多样性杂糅性的文学叙事,以及文学题材上非政治化的中国当代文学叙事。这些叙事中的"吸引子"既是对西方人文学科宏观发展趋势和英国汉学发展实用主义倾向的回应,也是课程边界条件、课程主体等多种因素互动的结果。这些互动的结果也是过程中的"约束",从整体上影响课程大纲对作家和作品的选择。课程大纲设置所反映的中国现当代文学在英国高校的接受,不能简单用成功或失败来下定论,也不宜从中西二元对立的视角对文学课程呈现的文学的流通和阅读模式进行简单论地线性分析。

第 5 章　中国现当代文学在英国中小学汉语教学中的接受研究

英国中小学的中文教学是英国汉学学科的一部分,中小学中文教学的推广和中国文学文本在教学中的应用,对中小学到大学的中文衔接教育、未来大学里汉学专业的发展和大学里中国文学相关课程的开设规模,都可能产生重要的积极影响①。2013 年 9 月英国政府调整中小学外语教学(包括中文)政策,并于 2016 年 9 月开始实施"中文培优计划(Mandarin Excellence Programme,MEP)",部分英国中小学(主要是中学)的汉语课程开始引入文学文本。本章在考察英国中小学中文教学的背景基础之上,根据中小学汉语课程的文学资料来源,描述中国现当代文学在中小学汉语教学中的接受情况,总结中小学汉语教学在文学文本的使用中呈现的对作家作品的选择趋势以及阅读模式,然后依据涌现性符号翻译理论解释相关趋势的形成以及对文学接受情况的认识。

复杂性理论表明,翻译现象的"涌现"处在"语境"和"过程"中,对涌现性翻译现象的研究需要描述其具体"环境",观察其趋势,分析其产生的原因,尤其是不同因素互动的结果所形成的整体如何"约束"趋势的形成和发展。基于此,本章具体思路如下:①呈现本章资料搜

---

① 本书第 1 章绪论曾在注释中指明,本书的调查发现英国大中小学的"中文"课程主要是指汉语普通话(Chinese Mandarin)课程,但有限的中文文献中亦未有严格区分"中文"和"汉语"的表达意思。本书中的"中文"和"汉语"并无区别,交替使用只为表达方便。

集的来源和范围;②描述中国现当代文学[1]在英国中小学汉语教学中接受的"环境";③ 观察和描述中国现当代文学在英国中小学汉语教学中的流通和阅读模式("趋势");④将"趋势"视为涌现性符号翻译现象,借用复杂性理论的"吸引子"和"约束"概念,分析"趋势"形成的原因,并提出总结性思考。

5.1 英国中小学汉语教学的资料搜集

本节将从两个方面展示本章研究的资料搜集情况,即:资料搜集的来源,资料搜集的空间范围和时间跨度。

5.1.1 资料搜集的来源

本章资料搜集的来源包括:英国政府自 2013 年以来关于中小学外语教学的政策报告;政策实施后相关调查报告;英国汉学协会提供的中小学中文教学相关的网站链接、利兹大学当代华语文学研究中心的中小学学习资源的网站及相关链接,以及由这些链接引向的其他相关链接。如由著名儿童翻译家汪海岚(Helen Wang),著名中国现当代文学瑞典语译者陈安娜(Anna Gustafsson Chen)和普林斯顿大学科森儿童图书馆(Cotsen Children's Library)管理员、儿童文学专家陈敏捷(Minjie Chen)于 2016 年 7 月联合建立的"小读者华语文学网(Chinese books for young readers)"网站。

依照研究问题,为避免搜集的资料太泛,本章在搜集资料时仅关注中文课程相关的政策、规模变化以及与中国现当代文学相关的内容,对于大部分与文学无关的中文教学方法研讨、教师培训等内容不在资料搜集和讨论之列。关于英国政府外语教学政策实施后中小学的外语或语言教学调查报告,这里采用的是 2012—2019 年度《语言

---

[1] 本书关注的是中国现当代文学在英国汉学界的接受情况,最终是现代文学还是当代文学走入中小学课程,依考察结果而定,倘若有未走入课程的文学,如现代文学,这亦是一种接受情况,应该有促使产生这种不可能性的原因。

趋势》(Language Trends)。该报告自2002年开始由慈善组织教育信托(CfBT Education Trust)和英国文化协会(British Council)组织调研和发行,每年一次,至今未间断过,旨在追踪英格兰中小学外语教学的变化和趋势以及英国政府外语学习政策的影响。调研工作的主要执行者和报告的主要执笔人为特蕾莎·廷斯利(Teresa Tinsley)和凯瑟琳·博德(Kathryn Board),二者分别是英国国家语言中心(National Languages Centre)语言资讯相关部门的前任和现任管理者[1]。

5.1.2 资料搜集的范围

英国中小学的中文教学主要集中在苏格兰和英格兰,北爱尔兰和威尔士各有自身的原因和政策,中文教学很少。苏格兰有自己的教育体系,因此英国政府的中小学外语政策主要是面向英格兰的中小学校。首先,《语言趋势》主要是面向英格兰数千所中小学发放问卷,是针对英格兰中小学外语教学(包括中文)的调查报告[2]。《语言趋势》报告可帮助了解英国政府的语言教育政策影响、中小学中文教学情况,即中国现当代文学在中小学汉语教学中"涌现"的"环境"。其次,利兹大学当代华语文学研究中心是中小学中国文学教学资源推荐、相关课堂培训等活动的组织者和引领者。虽然中小学汉语教学中具体使用哪些文学文本及如何使用尚属摸索阶段,但对该中心相关活动和资源的考察,可帮助探索中国现当代文学在英国中小学汉语教学中的流通和阅读模式。

---

[1] 特蕾莎·廷斯利(Teresa Tinsley)是自2002年起《语言趋势》(Language Trends)调研报告的创立和发展者,英国国家语言中心(The National Centre for Languages)语言教学与研究信息中心(Centre for Information on Language Teaching and Research)的前任资讯总监(Director of Communications),2011年创立阿尔坎塔拉语言咨询和咨讯服务公司(Alcantara Communications);凯瑟琳·博德(Kathryn Board)是英国国家语言中心语言教学与研究信息中心的首席执行官(2008—)。
[2] 如2016/17年度《语言趋势》的调查(Tinsley & Board, 2017:3),调查团队向英格兰"2970所公立中学、655所私立中学和3 000所公立小学"发出协助完成调查问卷的邀请,收回的问卷分别为"701、146、727份"。

需要指出的是,以上资料搜集的时间范围主要以2010年之后相关政策开始时间至2019年12月31日止,个别资料出现的时间可能早于2010年。

5.2 中国现当代文学走入英国中小学汉语教学的"环境"

本节将从四个方面构建中国现当代文学走入英国中小学汉语教学的"环境",包括英国中小学外语教学的背景、现状、问题和英国政府关于外语课程文学文本使用的政策。英国的中小学教育体系、不同地区中小学的汉语教学情况以及英国政府关于语言教育政策的变化,不但提供英国中小学汉语教学的背景,也有助于进一步分析英国中小学汉语教学的现状和问题,尤其是2013年以来英国政府关于中小学外语课程引入文学文本的相关规定。这些难以避免会对英国中小学汉语教学引入文学文本构成"条件"和"约束",有助于全面描述和解读中国现当代文学在英国中小学汉语教学中的接受情况。

5.2.1 英国中小学外语教学的背景

为帮助了解相关背景,这里有必要先简单介绍下英国的教育体系。同世界上很多国家一样,英国的教育分为幼儿园、小学、初中、高中和大学。英国小学是4—11岁,4岁是学前班(reception),5岁一年级,直到10岁上六年级;11岁小学毕业上初中七年级(相当于国内的初一),初中共五年,11—16岁,是七年级到十一年级;16岁初中毕业考GCSE[①]上高中(Sixth-form),高中共2年,16—18岁,十二和十三年级;18岁参加中学高级水平考试(A-Level)[②]上大学或参加国家

---

① 英文全称为General Certificate of Secondary Education,中文译为普通中等教育证书,常用简称GCSE;GCSE考试相当于国内的中考。
② A-Level的全称为The General Certificate of Education(GCE) Advanced Level,中文译为"普通教育高级程度证书"。

职业资格（National Vocational Qualification，NVQ）、高等教育文凭（Higher National Diploma，HND）考试等。英国的小学到初中教育，也就是学生中考（GCSE）前的教育分为 KS1（Key Stage 1）到 KS4（Key Stage 4）四个阶段：小学一、二年级为 KS1 阶段，三—六年级为 KS2 阶段；初中七—九年级为 KS3 阶段，十、十一年级为 KS4 阶段。每一阶段的必修课程、主要科目，如：英语、数学、科学等，国家都有不同的等级要求和水平考核。

英国国内各个地区中小学的汉语教学情况不同。北爱尔兰的学生到了 11—14 岁，才要求学习一门外语，到 KS4 阶段（14—16 岁），外语学习变成选修课，学习外语的学生人数减少，而且北爱尔兰规定学习非欧洲语言的学生必须同时选学一门欧洲语言，这更加重语言学习的压力。威尔士跟北爱尔兰一样，不要求学生学习外语，而且威尔士很多中小学校都是威尔士语和英语双语教学，语言学习本身压力就大。苏格兰中小学的中文教育一直处于领先地位，主要原因是苏格兰教育体系不同，长期实行中国战略计划，苏格兰大学里设有中文教育教学项目，及时培养师资，且中小学采用欧洲"1＋2"的语言教学模式，要求各个小学除了英语语言课程，还要同时教授两门外语（苏格兰政府语言工作组，2012）。英格兰和苏格兰的中文教学都很好，前者在学习资源和师资方面相对弱一些，后者有自己的教育体系，所以，有关英国政府语言学习政策调整带来的变化和影响，主要是看英格兰的中文教学[①]。这也是为什么《语言趋势》只是针对英格兰各个中小学外语教学年度现状的调查报告。

在 2004 年之前，按英国政府要求，在英格兰整个初中教育阶段，包括 KS3（11—14 岁）和 KS4（14—16 岁）两个阶段，外语学习都是必修课。2004 年之后，为减轻课业，政府出台政策调整为只在 KS3 阶段学习外语，结果导致为 GCSE 考试而学习语言的学生人数开始急

[①] Tinsley, Teresa and Board, Kathryn, *The Teaching of Chinese in the UK*, Conducted by Alcantara Communications, August 2014, https://www.britishcouncil.org/sites/default/files/alcantara_full_report_jun15.pdf.

剧下降:在 GCSE 考试中选择外语科目的考生"从 2001 年的 78% 下降到 2011 年的 43%"①。戴维·卡梅伦 2010 年当选英国首相后,其领导的联合政府从 2011 年开始采取一系列教育改革措施,旨在提高英国大中小学各个阶段教育的水准,赋予优等学校在本校教学和发展方面拥有更大的自主权。具体措施包括全面改革教师培训、提高大学学费、引入自由学校的概念并鼓励财团向教育部申请建立新的学校,而这些"新建立的或正在等待批准的许多自由学校具有很强的语言素养,有些是双语小学,旨在为学生提供外语学习机会"②。根据英国教育部 2013 年 9 月颁发的关于中小学外语学习新的《全国课程指南》(*National Curriculum*),该指南规定从 KS2 开始,古代或现代外语是必修课之一,部分小学在 KS1 阶段即设外语课程③。

很长时间以来,在英国中小学的中文学习同一些非欧洲语言一样,属于"社区语言"(community language)教学而非现代外语教学,即:中文学习仅限于课后兴趣班或午间学习班等。自 90 年代始,中文和其他一些非欧洲语言作为现代外语进入一些中小学课堂,但选课的学生非常少,学生的外语学习以欧洲语言(法语、德语等)为主。从 2004 年开始,到 2011 年,英国中小学的欧洲语言课程,除了西班牙语在增长,法语和德语都在下降,而部分非欧洲语言则开始有所增长。彼时中文学习仍处于很弱的地位。2012 年度《语言趋势》报告收回的 700 多所英格兰小学的调查问卷中,只有 2—5 所小学开设了中文课程,不到总数的 1%,而法语约占 73%;在 KS4 阶段开设中文课程的公立中学占 3%,私立中学占 14%,法

---

① Tinsley, Teresa and Board, Kathryn, *Language Trends 2013/14: The State of Language Learning in Primary and Secondary Schools in England*, Conducted by CfBT Education Trust, 2013/14, p.21, https://files.eric.ed.gov/fulltext/ED546800.pdf.

② Tinsley, Teresa and Board, Kathryn, *Language Trends 2013/14: The State of Language Learning in Primary and Secondary Schools in England*.

③ 相关信息可查看英国政府网:https://www.gov.uk/national-curriculum(最近检索日期:2019 年 10 月 8 日)。

语则是95%。①

2013年11月份,英国文化协会发布《未来语言》报告,将西班牙语、阿拉伯语、法语、汉语普通话、德语、葡萄牙语、意大利语、俄语、土耳其语和日语确定为未来20年对英国最重要的语言;选择这些语言的依据是经济、地缘政治、文化和教育因素,包括英国企业的需求、英国的海外贸易目标、外交和安全优先事项以及互联网的普及程度②。2013年12月2日至4日,英国首相卡梅伦率代表团访问中国北京、上海、杭州和成都等地,代表团包括外交、卫生、文化、环境、科技、商业等多位部长级官员和约150位企业家。访问回英后,卡梅伦认为英国的中小学应该超越对欧洲语言的关注,考虑学习"完成未来商业交易"(seal tomorrow's business deals)之语言③。英国政府于2016年9月拨资1000万英镑用于"中文培优计划"④,为英格兰和威尔士的5 000名七年级(约相当于中国初中一年级)学生提供密集的中文教学(每周八小时),使学生到2020年达到流利的中文水平,可以用中文完成GCSE、A-Level考试以及达到中文HSK五级水平。参加"中文培优计划"的学校和学生不需要再选修其他外语,包括欧洲语言,这样就使得中文成为单一的外语语言。所以,该项目不但体现在资金的资助上,还体现在学习时间的集中和落实。英国文化协会2017年版的《未来语言》报告显示,排在前五名被列为对英国最主要的外语,分别是:西班牙语、汉语普通话、法语、阿拉伯语和德语,且全部领先于其后的五种语言(意大利语、荷兰语、葡萄牙语、日语和俄语)。该报告认为,在与欧洲以及世界其他地区合作的新时代,英国

---

① Tinsley, Teresa and Board, Kathryn, *Language Learning in Primary and Secondary Schools in England: Findings from the 2012 Language Trends Survey*, Conducted by CfBT Education Trust, 2012, pp.22 – 23, 45.
②③ 参考英国文化协会(British Council)2014年2月5日发布的文章,作者为Vicky Gough。https://www.britishcouncil.org/voices-magazine/ideas-uk-schools-teach-mandarin-chinese(最近检索日期:2019年10月8日)。
④ https://ci.ioe.ac.uk/mandarin-excellence-programme/(最近检索日期:2019年10月8日)。

需要提升本国理解其他国家人民及与他们交往的能力,因此需要为提升这样的能力进行投资①。

以上描述说明,英国政府关于语言的教育政策与国家的未来战略需求密切关联,这些战略的考虑不但包括经济,还包括文化、地缘政治、外交和安全等。由于中国经济的崛起,英国开始重视中小学的中文教学,这一方面体现了政策的"实用主义",但另一方面,这种"实用主义"也暗含了对一个国家民族和文化深层了解的渴望,也就是对中国经济崛起背后原因的了解。利兹大学当代华语文学研究中心主任、英国大学现代语言理事会执行董事会成员之一蔚芳淑(Frances Weightman)教授也谈到,"中国文化'走出去'(go global)的尝试与西方国家对中国经济崛起背后的深层原因日益增长的浓厚兴趣相呼应,显然英国学生有必要学习更多的中国文化,而不仅仅是龙、灯笼和舞狮"②③。可以想见,英国政府希望学生掌握中文技能和了解语言背后的深层文化的意图,应该会在其具体的语言教学政策和课程指南中有所体现。

5.2.2 英国中小学汉语教学的现状

英国汉学界的科研和教学,尤其是英国高校的汉学专业建设,为获得政府资金资助,不得不突出其语言的特色,并且结合2016年启动的"中文培优计划",参与和帮助培训教师,鼓励中小学生学习中文,与中文教师研讨,商议做好中小学到大学的中文学习衔接过程相

---

① 信息来自英国文化协会官网下载文件。https://www.britishcouncil.org/sites/default/files/languages_for_the_future_2017.pdf(最近检索日期:2019年10月10日)。
② Weightman, Frances, "Chinese Children's Literature and the UK National Curriculum", *Chinese Books for Young Readers*, 14 September 2016, https://chinesebooksforyoungreaders.wordpress.com/2016/09/14/chinese-childrens-literature-and-the-uk-national-curriculum/.
③ Weightman, Frances, "Literature in Non-European Languages", in Fotini Diamantidaki, ed., *Teaching Literature in Modern Foreign Languages*, London: Bloomsbury Academic, 2019, p.82.

关的问题。至2019年底,"中文培优计划"已启动和实施快满4年,目标实现得如何呢？伦敦大学学院(UCL)教育学院(IoE)孔子学院(中小学孔子学院)外方院长、兼伦敦大学学院负责东亚事务的教务长(Pro-Vice-Provost East Asia)、杜可歆(Katharine Carruthers)女士介绍说,自2007年以来,伦敦大学学院教育学院一直支持中小学汉语普通话教学,加上2016年英国教育部的"中文培优计划",英国参与计划的中学生每年都有机会到中国的学校做客,学习中文的人数在急剧增长,这"不仅仅是因为中国的全球地位,而是中文为学生打开欧洲语言以外的另一种文化和思维的窗口"[①]。乔迪·吉(Jody Gee),英国益格鲁欧洲学校(Anglo European School)的校长、"中文培优计划"的重要参与者,在谈到这个问题时说道:"中文培优计划"刚开始启动时有14所中学参加,2017年35所、18年65所,到19年全英有75所中学参加",且在学生中文能力培养、师资培训、未来中文教育延续性等方面取得了可喜的成绩,"学生们因自己的语言技能而自信自豪,为有机会沉浸于一个语言和文化而欣喜,并且可以在这个迷人、美丽和思想前瞻的民族语境里使用自己所习得的这个国家的语言技能"[②]。以上这些都说明,英国政府关于中小学外语教学的政策在推动中文教学鼓励计划方面取得了可观的成绩。

根据2018年度《语言趋势》,"有8%的公立中学、32%的私立中学把中文作为GCSE考试可选外语之一"[③]。根据2019年《语言趋势》,大部分英格兰小学在KS2阶段,有些甚至在KS1阶段就开始外语学习,其中"75%的学校教授法语,26%的学校是西班牙语,其他语

[①] Carruthers, Katharine(杜可歆), "More British Children Are Learning Mandarin Chinese-But an Increase in Qualified Teachers Is Urgently Needed", *The Conversation*, 8th February 2019. https://theconversation.com/more-british-children-are-learning-mandarin-chinese-but-an-increase-in-qualified-teachers-is-urgently-needed-103883

[②] Gee, Jody, "Gaining Excellence", *Linguist*, 3 March 2020. https://tl.ciol.org.uk/thelinguist#591februarymarch2020/gaining_excellence

[③] Tinsley, Teresa and Doležal, Neela, *Language Trends 2018: Language Teaching in Primary and Secondary Schools in England Survey Report*, p.11.

种都比较少,德语5%,中文3%"①。现将2019、2018年数据与2012年英国中小学中文教学情况进行对比,具体情况可见表5-1。

表5-1 英国开设中文课堂教学的中小学数量年度对比(2012之于2018/2019)②

学校	年度	2012	2018	2019
KS2(小学三—六年级)		<1%	/	3%
KS4(初中十、十一年级)	公立中学	3%	8%	/
	私立中学	14%	32%	/

由表5-1可见,尽管有政府的政策鼓励,作为非欧洲语言,中文课程在英国小学的开设增长缓慢。在中学阶段,2012年和2018年相比,公立中学的中文课程增长迅速,这说明英国政府的政策以及针对中学生的"中文培优计划"起了很大的作用;同时,与公立中学相比,开展中文课堂教学的私立中学比例是公立中学的两倍多。各年度《语言趋势》反复提到,大部分公立中学的中文师资不足,但私立学校师资相对充足,中文教学发展迅速也是自然的。此外,根据2012—2019各年度的《语言趋势》,自2012年起,每年GCSE考试选择中文为外语科目的学生也基本呈增长趋势,具体如图5-1。图中数据来自阿尔坎塔拉语言咨询和咨讯服务公司(Alcantara Communications)官网上最新发布的一组数据③,该公司由廷斯利(Teresa Tinsley)于2011年所创立,她也是自2002年以来《语言趋势》调查报告的主要作者和研究者。该组数据与有些年度《语言趋势》提供的数据存在微差,但2012—2018年总体呈上升的趋势是一致的④。

---

① Tinsley, Teresa, *Language Trends 2019*: *Language Teaching in Primary and Secondary Schools in England Survey Report*, Conducted by CfBT Education Trust, 2019, p.4, https://www.britishcouncil.org/sites/default/files/language-trends-2019.pdf.
② 每个年度的《语言趋势》基本涵盖英格兰中小学中文教学的所有数据,但有些年度并非全部提供,因此,表5-1中的数据说明2019年度《语言趋势》报告没有提供开设中文课程的私立中学和公立中学数量。
③ http://www.alcantaracoms.com/gcse-languages-entries-2019/(最近检索日期:2019年10月12日)。
④ 可参见2018年度《语言趋势》第10页提供的部分数据。

	2012	2013	2014	2015	2016	2017	2018	2019
数量	2 541	3 042	3 132	3 710	4 044	4 104	4 410	3 201

图 5-1 GCSE 考试外语科目选择中文的考生数量(2012—2019)

由图 5-1 可见,2012 至 2018 年,每年中考(GCSE)选择中文为外语科目的考生数量逐年递增,但 2019 年较 2018 年降幅达 27％[①]。英国汉学协会的《年报 2018》和《现状 2019》曾提到 GCSE 考生中选中文为"外语"的考生很多其实是中文为母语的华人移民学生或者是来英国读中学的中国学生,杜可歆[②]也谈到这一点。此外,中文学习难度,不易拿高分也是很多英语本土学生在 GCSE 考试中放弃报考中文的原因。当然,相关原因还需要更多地调查研究来查找。然而,这引发对英国中小学中文教学面临困境的思考。

5.2.3 英国中小学汉语教学面临的困境

自 2013 年英国政府改变中小学外语教学政策以来,伴随着"中文培优计划"的实施,英国中小学的中文教学有了很大的发展,但仍然存在着一些问题,表现在以下四个方面:

(1) 中文学习之难。正如蔚芳淑教授所总结的那样,"在英国,

[①] 杜可歆女士在 2019 年 2 月 8 日 *The Conversation* 上发表的文章提到 2018 年 GCSE 考试中选择中文为外语科目的学生有 3500 名,与图 5.1 中所示的 2018 年的数字有出入,但总体上升趋势是一致的。

[②] Carruthers, Katharine(杜可歆), "More British Children Are Learning Mandarin Chinese-But an Increase in Qualified Teachers Is Urgently Needed", *The Conversation*.

中文学习一直都是新闻、媒体、政客、博客者关注的对象,中文学习难、不要浪费资源让学生接受挫败是很多人的论调"①②。而且英国各地区政策不同,比如北爱尔兰和威尔士,同时学习一门以上的外语,会增加学生语言学习的恐惧和挫折感。

（2）国家政策与现实之间的矛盾。这尤其指 GCSE 和 A-Level 考试中外语科目在评分弊端上带来的影响。2018 年度《语言趋势》指出,英国中学外语教学的主要问题是资源分配不均;而小学外语教学的主要问题,在于对政府在 2013 年出台的于 KS2 阶段开设外语必修课的政策执行得有些迟缓和前后不一致③。为此,政府重申,到 2025 年英国 90%的考生在 GCSE 考试中选择外语科目并同时加大对中学语言教学资源的扶持④。然而,2019 年调查的结果显示,很多回应调查问卷的公立和私立中学都抱怨道,"国家和媒体不断地强调外语是一项重要技能,企业需要会多种语言的人才",然而,每个学校有自己的财政困难,而且在科目分数权重的评定上,"外语学科所投入的精力和时间并不比数理化和信息技术等主干（Science, Technology, Engineering, Mathematics, STEM)学科少,但考试成绩的评定标准并未受到同等优先对待"⑤。联想到中文,对于英国中小学生而言,相比欧洲语言,如法语、德语等,中文学起来费时得多,但未必能取得理想成绩,英国汉学协会《年报 2018》也提到这个问题。此外,来自母语为中文的考生也给其他考生带来压力。巴斯圣·格雷戈里中学（St Gregory's School)的著名中文教师芒福德（Theresa

---

① Weightman, Frances, "Chinese Children's Literature and the UK National Curriculum", *Chinese Books for Young Readers*.
② Weightman, Frances, "Literature in Non-European Languages", *Teaching Literature in Modern Foreign Languages*, p.79.
③ Tinsley, Teresa and Doležal, Neela, *Language Trends 2018: Language Teaching in Primary and Secondary Schools in England Survey Report*.
④ https://www.gov.uk/government/news/languages-boost-to-deliver-skilled-workforce-for-uks-businesses(最近检索时间:2019 年 10 月)。
⑤ Tinsley, Teresa, *Language Trends 2019: Language Teaching in Primary and Secondary Schools in England Survey Report*, p.17.

Munford)博士,成功地将中国文学引入该中学的初中部汉语教学,同时还担任利兹大学当代华语文学研究中心中小学教师大使(Teaching Ambassador)。她在 2018 年 11 月接受《小读者华语文学》网站采访时,谈到英国中小学汉语教学面临的困境并指出,"随着参加 GCSE 和 A-Level 考生中以中文为母语的考生的增多,更给选择中文学习的学生带来了竞争压力,想要考出高分恐很难"①。

(3)师资的短缺。孔子学院,尤其是中小学孔子课堂,在解决汉语中小学汉语师资短缺问题上做了很多实际工作。然而,光是英格兰的中小学加起来就有好几千所,上文提到伦敦大学学院教育学院孔子学院院长杜可歆也在呼吁英国目前急缺中文教师。芒福德博士还专门指出洞悉英国教学方法和管理行为的中文教师师资的缺乏,"尽管不乏热情的(中文)母语教师,但他们经常遭遇西方教学方法和行为管理方面的问题"②。这就更能说明为什么中文课程多从生源好、资源丰富的私立学校开始发展。

(4)英语作为世界通用语带来的挑战。所有说英语的国家在语言学习方面都面临挑战。正如廷斯利与博德在《英国的中文教学报告》中所指出的那样,"英语作为政治、商业和贸易的全球语言和通用语言已被广泛接受,这意味着很难说服以英语为母语的公民去为了工作或者休闲而学习其他语言"③。决策者面临着复杂的决定,即学生应该学习哪门语言、为什么以及如何有效地在多种语言之间分配资源。英国政府或教育部门不大可能规定所有学校必须统一学习哪一门外语。这也是为什么虽有英国政府力推"中文培优计划"的施行,但终究难以实现所有英格兰中小学全部开设中文课程。即便是语言地位强势的法语,在英国开设法语课程的小学也只占英国小学总数的75%左右。这应该是非常关键的因素,就像那个关于英美图书市场翻译书籍占"百分之三"的阴影一样,长期存在且又极易被忽略。

---

①② https://chinesebooksforyoungreaders.wordpress.com/2018/11/01/74-theresa-munford-chinese-teacher/(最近检索日期:2019 年 10 月 12 日)。
③ Tinsley, Teresa and Board, Kathryn, *The Teaching of Chinese in the UK*, p.16.

以上困境的分析可帮助透视英国中小学汉语课程实施起来的"复杂性"。这种复杂性不仅在于政府语言教育政策对中文教学的影响，还在于中文教学实施过程中内部系统诸因素之间的互动影响，这些因素包括中文的学习难度、各中小学的实际财政困难、外语学科在重要考试如 GCSE 和 A-Level 中的评分权重、母语为中文的 GSCE 和 A-Level 考生的增多等。如果说中国经济的发展使得更多的中国家庭有能力把孩子送到英国读中小学，同样，中国经济的发展使得英国政府认识到中文学习的实用性和战略性并为此实施相关政策和计划，那么这两个"同一现象"（中国经济的发展）引起的"不同结果"（母语为中文的 GSCE 和 A-Level 考生的增多、英国政府新的外语教育政策）又成为"互相影响的因素"。

外语科目评分的弊端和中文母语考生的增多给英国学生在英国重要升学考试中带来的多重压力，这作为一个主要问题已经出现在 2019 年度的《语言趋势》中。这种情况也会存在于其他语种的考试情况，如阿拉伯语，甚至欧洲语言，但是中文本身的学习难度会让英国本土学生不得不权衡所付出的代价和收获。这也难怪蔚芳淑在呼吁英国中小学汉语课程引入中国文学时强调，英国的中小学学生、家长、老师、甚至经常讨论中文学习有多难的媒体，首先要有观念和态度上的改变，不要惧怕中文学习难度大，"物理也要花很多时间去学习，怎么就没有人建议不学物理"。[1][2]

英国中小学汉语课程实施过程中内部要素之间以及与外部环境之间的互动又构成中国现当代文学走入英国中小学中文课堂的"环境"。除了本节探讨的关于英国中小学中文教学的现状和问题，中国文学"涌现"于中小学中文教学的"环境"还包括，英国政府关于外语教学的具体政策和课程指南中对语言学习和文学学习相关规定以及

---

[1] Weightman, Frances, "Chinese Children's Literature and the UK National Curriculum", *Chinese Books for Young Readers*.
[2] Weightman, Frances, "Literature in Non-European Languages", *Teaching Literature in Modern Foreign Languages*, p.79.

由此产生的各因素之间的互动等。

5.2.4 英国教育政策与文学文本在外语课程中的使用

2013年9月,英国教育部发布了新的针对中小学语言学习的《国家课程指南》(以下简称《指南》),强调外语学习需要重视对文学文本的使用。《指南》在学习目标中强调,外语教学目的之一是使学生有机会"阅读伟大文学原著作品",进而"发现并发展对所学语言文学的欣赏"。外语教学在 KS2 阶段应该教会学生"欣赏该语言的故事、歌曲、诗歌和韵律",在 KS3 阶段使学生能够"用该语言来阅读文学文本(例如故事、歌曲、诗歌和文字),以激发思想、发展创造性表达、拓展对语言和文化的理解"①。《指南》规定 GCSE 和 A-Level 的中文学习模式和标准参照欧洲语言学习的标准和模式。具言之,在 GCSE(14—16 岁的孩子)阶段,学生的中文阅读应该"通过更广泛的书面文本和真实的素材来源,包括一些节选的或改编的文学作品的摘录,来识别和回应关键信息、重要主题和思想"②。在 AS 和 A2 级别(16—19 岁)③,"批判性地学习具有启发性的原版电影和其他源语言材料,对该语言的复杂和创造性用法进行欣赏,并在其文化和社会背景下对其进行理解";其中对 A2 级别的具体要求是学生需要学习一两个文学作品,作品中"必须包括以下至少两种类型:小说、系列短篇小说、戏剧、诗歌选集、生活写作(例如自传、传记、

---

① 参见英国政府网:https://www.gov.uk/government/publications/national-curriculum-in-england-languages-progammes-of-study,也可参见蔚芳淑(Frances Weightman)于 2016 年 9 月 14 日为"小读者华语文学"网站撰写的博客文章。网址:https://chinese-booksforyoungreaders.wordpress.com/2016/09/14/chinese-childrens-literature-and-the-uk-national-curriculum/.
② 英国政府网站可下载的关于 GCSE 现代外语学习内容的 PDF 文件。网址:https://assets.publishing.service.gov.uk/government/uploads/system/uploads/attachment_data/file/485567/GCSE_subject_content_modern_foreign_langs.pdf(最近检索日期:2019 年 11 月 12 日)。
③ AS 级别完成的级别课程是 A-Level 所完成级别课程的一半,通常是三个课程模块;A2 级是 A-Level 的第二年,待全部六个课程模块完成后,即获得 A-Level 级别。

信件和日志)"①。

英国教育部《指南》中规定的多种语言学习方式,使中文课程提纲与欧洲语言课程提纲相同并把"文学文本"纳入课程。这引起广泛关注。在蔚芳淑看来,"如果我们要真正地尝试评估文学从一种文化环境传到另一种文化环境的能力,那么看一个国家的儿童文学如何在另一个国家里起作用是很好的试金石"。政府这些重大政策的变化或许会"说服这个不以拥抱外语著称的国家的孩子、家长和老师迈出这一步",使中小学的中文教学的实质内容从'教科书'对话中转移出来"②。为此,在《指南》发布之后,利兹大学的当代华语文学研究中心(当时为"汉语写作"项目),在伦敦大学学院教育学院主办的2015年中文教师大会上进行了一项调查,以评估中小学教师对将文学纳入其教学观念的反应。结果不出意料,"绝大多数教师的反应都是感到准备不足和担心",但同时都认为,如果把文学纳入语言学习,需要把"文学经典著作适当地改编或简化为所教学生的语言水平",并且需要"文学的英译文本"。③④

英国教育部外语(包括中文)教学的《指南》以及相关课程的大纲表明,英国中小学中文学习的实用性并非囿于对语言技能的掌握,还包括需要对这个语言所在国家的文化和人民有深层的了解。这种政策导向与第3章所观察到的英国汉学机构感受到的实用主义给区域研究带来的压力不大相同,但却彼此接近,即:中小学的汉语课程需要引入文学文化因素,以便学生增进对中国的了解,而区域研究需要在专注于对某个区域研究的同时,突出其语言因素。换言之,国家政

---

① 英国政府网站可下载的关于 A-Level 现代外语学习内容的 PDF 文件。网址:https://assets.publishing.service.gov.uk/government/uploads/system/uploads/attachment_data/file/485569/GCE_A_AS_level_subject_content_modern_foreign_langs.pdf(最近检索日期:2019年11月12日)。

②③ Weightman, Frances, "Chinese Children's Literature and the UK National Curriculum", *Chinese Books for Young Readers*.

④ Weightman, Frances, "Literature in Non-European Languages", *Teaching Literature in Modern Foreign Languages*, p.81.

策是"环境",汉学研究和教学,包括中文教学,不是国家政策的"立竿见影",而是系统内部诸要素之间以及与环境之间互动的结果。

英国国家外语教学的《指南》实施后,英国中小学汉语教学中引入中国文学的情形如何呢?芒福德在接受《小读者华语文学》网站采访时曾言,中国文学进入英国中小学汉语课程才刚起步,中文学习非常难,小学生只能学些简单的认字,初中生才能开始用绘本[1]。与大学里中国现当代文学课程大纲的制定可能不大相同,中小学与文学相关课程内容的制定随意性没有那么大,需要对教师和学生进行统一的引导、培训以及资源推荐和提供等。受英国教育部和英国文化协会的委托,利兹大学当代华语文学研究中心主任蔚芳淑担任英国教育部"中文培优计划"专家团的主席[2],利兹大学当代华语文学研究中心与伦敦教育学院孔子学院合作,是负责辅导和培训中小学(尤其是加入"中文培优计划"的中学)将中国文学文本用于汉语教学的机构和平台,同时该中心还与译者、作者、出版社等合作,为中小学推荐汉语课程的文学文本资源。因此,对该平台上的中小学汉语课程文学资源的考察,相比于调查具体有哪些中(小)学汉语课堂用了中国文学文本更有代表性。研究该中心面向英国中小学开展的中国文学进课堂活动以及中小学文学资源的推广,对考察中国现当代文学在英国中小学汉语教学中的流通和阅读模式,更具可行性也更有意义。结合本书的研究问题,下文在考察中国现当代文学在英国中小学汉语课程中的接受时,重点关注中小学汉语课程对文学文本的选择以及师生在使用文本时呈现的阅读模式。

5.3 中国现当代文学在英国中小学汉语教学中的流通趋势

利兹大学当代华语文学研究中心官方网站提供的中小学汉语

---

[1] https://chinesebooksforyoungreaders.wordpress.com/2018/11/01/74-theresa-munford-chinese-teacher/(最近检索日期:2019年10月18日)。
[2] 参见英国汉学协会《年报2016》(*BACS Bulletin 2016*)第16页。

课程文学资源主要包括三方面的数据库：中小学短篇小说库（Schools Story Hub）、中小学书评俱乐部（School Bookclubs and Book Reviews）以及课堂教学资料（Teaching Materials）[①]。短篇小说库旨在向英国中小学中文教师推广并提供可在汉语课程中使用的当代中国文学素材，这些素材主要从纸托邦短篇小说库（Read Paper Republic Story Hub）中选择，为适合用作中文课程素材的短篇小说；中小学书评俱乐部主要涉及与出版商合作，向读者推荐儿童文学书籍并邀请对书籍感兴趣的读者撰写书评，以及帮助中小学建立本校的当代华语文学读书俱乐部或阅读小组等；教学资料主要是由利兹大学当代华语文学研究中心的中小学中国文学教师大使芒福德博士等推荐的文学教学材料，是从书评俱乐部和短篇小说库中选取的。此外，英国中小学汉语教学的文学资源还包括：一些中学建立的中国文学阅读小组；利兹大学当代华语文学研究中心为推进英国中小学汉语课程文学文本的使用而举办的活动，如中学生专场白玫瑰翻译比赛、中小学汉语教学文学文本使用工作坊等。本节将从中小学汉语教学推广和培训活动、书评俱乐部、文学阅读小组和短篇小说库四个方面梳理和描述英国中小学汉语教学对中国现当代文学的选择情况，旨在观察中国现当代文学在英国中小学汉语教学中的流通趋势。

5.3.1 中小学推进文学文本使用活动呈现出的图画书选择趋势

利兹大学当代华语文学研究中心与伦敦教育学院孔子学院合作，旨在辅导和培训中小学，尤其是加入"中文培优计划"的中学，如何将中国文学文本用于汉语教学。该中心主任蔚芳淑教授是英国教育部"中文培优计划"专家团的主席。本节关注该中心相关主要活动对中国文学文本的选择。相关活动主要包括两项：白玫瑰翻译竞赛（中学生专场）、中小学汉语教学文学文本使用工作坊。

[①] https://writingchinese.leeds.ac.uk/schools/（最近检索日期：2019年12月12日）。

孟亚楠的图画书《中秋节快乐》和《好困好困的新年》先后被选为白玫瑰翻译竞赛试题。利兹大学当代华语文学研究中心组织了两场（包括 2020 年的一场）关于儿童文学题材的中学生专场翻译竞赛，属于利兹大学每年一度的白玫瑰翻译竞赛。第一次中学生专场是 2018 年举办的第四届白玫瑰翻译竞赛，竞赛的翻译原文为 2016"青铜葵花图画书金奖"获得者孟亚楠的《中秋节快乐》；第二场比赛为 2020 年第六届白玫瑰翻译竞赛，原文为孟亚楠的图画书《好困好困的新年》①。比赛评委多为著名译者，获奖译文由获奖者经评委指导修改后，由相关出版社出版并销往全英中小学校和图书馆。以第四届白玫瑰翻译竞赛为例，评委为陈敏捷、汪海岚以及畅销图画书《拔萝卜》和《礼物》的英译者蓝菲尔（Adam Lanphier）。获奖者为伦敦圣·保罗女子中学（St. Paul's Girls' School）的杰西米（Jasmine Alexander），她获奖时 12 岁，学了 5 年中文。她的获奖译文经汪海岚指导，于 2018 年 8 月由马里士他出版社（Balestier Press）出版并销往全英中小学校和图书馆②。

值得一提的是，两场比赛，作者孟亚楠分别通过音频和视频，以讲儿童绘本故事的方式，介绍参赛绘本的内容，与参赛者互动。通过这两场比赛，青年图画书作家、"青铜葵花图画书金奖"获得者孟亚楠以及她的《中秋节快乐》和《好困好困的新年》在英国中小学界积累了相当的资本。同时，中秋节、春节这些中国传统节日连同萌萌的图画和英中双语配文，开始走入中小学生的课堂和视野。

刘晓明的《花生米样的屁》（The Peanut Fart）和孟亚楠的《中秋节快乐》（Happy Mid-Autumn Festival）等中英双语图画书被选为中小学汉语教学文学文本使用工作坊的培训教材。工作坊每年举办至少 2 次，目的为提高学生们对中国儿童文学的兴趣以及尝试中文

---

① 虽然该场比赛不属于本书搜集资料的范围，但《好困好困的新年》是作者孟亚楠作为利兹大学当代华语文学研究中心 2018 年 12 月之月度作家的作品（汉语）。
② https://writingchinese.leeds.ac.uk/translation-competition/the-4th-bai-meigui-competition-picture-book/（最近检索日期：2019 年 12 月 10 日）。

课程中对文学绘本的使用。培训对象多是加入"中文培优计划"的学校和师生,学生多是七年级或七年级以上的学生。"中文培优计划"开始施行不久,利兹大学当代华语文学研究中心就在伦敦举行工作坊,有来自不同中学的学生参加,选材是刘晓明的《花生米样的屁》(双语),主题是"看图做翻译"[①]。2018年秋,刚获得翻译竞赛一等奖、孟亚楠《中秋节快乐》的英译者,彼时12岁的杰西米和她的指导教师汪海岚为英格兰北部参加"中文培优计划"300多名十年级的学生(14—15岁)进行工作坊培训,交流中文图画书理解与翻译,"极大地激发了很多刚刚接触中文学习的学生"[②]。再例如,2019年3月26日的工作坊,参加者为七年级的学生(12岁左右),共180名同学,选用的培训教材为《中秋节快乐》(双语)。

以上梳理说明,利兹大学当代华语文学研究中心组织的翻译竞赛和培训工作坊活动呈现出图画书的选择趋势,作者都是中国大陆知名图画书作家。这些工作坊尽可能地调用资源来鼓励学生学习中文并激发其将文学引入中文课程学习的热情。无论是获奖的作者孟亚楠、著名儿童文学译者汪海岚,还是获得白玫瑰翻译比赛奖并成功发表译著的同龄孩子,都在很大程度上使中国图画文学走入这些参加"中文培优计划"的学校和学生。

5.3.2 中小学书评俱乐部和阅读小组呈现出的多样性儿童小说选择趋势

截至2019年12月31日,中小学读书俱乐部(School Bookclubs and Book Reviews)共推荐三部长篇小说。这三部长篇小说在体裁上都可算作儿童小说,分别为:林满秋《腹语师的女儿》(*The Ventriloquist's Daughter*)、曹文轩《青铜葵花》(*Bronze and Sunflower*)和张瀛太《熊儿

[①] https://writingchinese.leeds.ac.uk/book-club/january-2018-wang-xiaoming-%e7%8e%8b%b%e6%99%93%e6%98%8e/
[②] https://writingchinese.leeds.ac.uk/2019/07/12/summer-round-up/(最近检索日期:2019年12月12日)

悄声对我说》(*The Bear Whispers to Me*)①。

读书俱乐部选择的三部儿童长篇小说在作家文化身份和性别上呈现出"多样性"。林满秋和张瀛太是来自台湾的女性作家，曹文轩是来自大陆的男性作家。三位作家都是海峡两岸的知名作家。林满秋目前常旅居英国，是台湾 2003 年"金鼎奖"、2010 年"好书大家读"奖的获得者，是利兹大学当代华语文学研究中心的作家大使，常参与该中心举办的文学研讨和读者见面会等活动②；曹文轩是北京大学教授，2016 年获"国际安徒生奖"；张瀛太是台湾科技大学人文社会学院特聘教授，获爱尔兰 2015 年度兰诺克斯·罗宾森文学奖(Lennox Robinson Literary Award)③。《熊儿悄声对我说》和《腹语师的女儿》两本书的英译本由马里士他出版社④分别于 2015、2017 年出版，《青铜葵花》的英译本由沃克出版社(Walker Books)⑤于 2015 年出版。三部作品中，林满秋和曹文轩的译者都是汪海岚，张瀛太的译者是石岱仑(Darryl Sterk)。汪海岚是目前英国华语文学翻译界知名译者，下文会再详细介绍；石岱仑也是纸托邦译者团队的成员，翻译了薛忆沩、吴明益等作家的作品。这些书籍从作者、译者到出版社可谓是各自领域内非常著名的。

这三部小说的主题和写法各异，可粗浅地概括为：《腹语师的女

---

① https://writingchinese.leeds.ac.uk/schools/school-bookclubs/（最近检索日期：2019 年 12 月 16 日）。2020 年以后，该数据库还增加了余华的《许三观卖血记》(*Chronicle of a Blood Merchant*)，该书由美国纽约锚图书出版社(Anchor Books) 2013 年出版；同时书评范围扩大至涵盖所有中小学汉语课程文学资源，包括"短篇小说库"中的短篇小说。

② https://writingchinese.leeds.ac.uk/events/chinese-literature-in-the-curriculum-teachers-residential-weekend(最近检索日期：2019 年 12 月 18 日)

③ 获奖情况可参考：https://www.moc.gov.tw/en/information_196_75533.html(最近检索日期：2019 年 12 月 18 日)

④ 马里士他出版社成立于 2015 年，是英国伦敦的一家独立出版社，"重点介绍来自亚洲、太平洋和非洲当代世界文学"的书籍。出版社官网介绍：https://www.balestier.com/about/(最近检索日期：2019 年 12 月 18 日)

⑤ 沃克出版社是专注童书的世界知名独立出版社，总部设在英国伦敦，在美国和澳洲分别设有姊妹公司。出版社官网：https://www.walker.co.uk/about-walker.aspx(最近检索日期：2019 年 12 月 18 日)

儿》是一部超现实的、悬疑的、充满中南美洲风情的成长小说；《青铜葵花》的故事背景设在"五七干校"时期的江南水乡农村，是一个关于城市女孩葵花和农村哑巴男孩青铜在苦难中成长、友善和互爱的故事；《熊儿悄声对我说》是关于男孩在森林里和大自然、熊儿互动相处的具有神话色彩的故事。

此外，有些中学建立了中国文学阅读小组或读书俱乐部，选择的也是儿童长篇小说。

2016年，芒福德在巴斯的圣·格雷戈里(St Gregory's, Bath)学校建立了"中国阅读小组"(Reading China Book Group)，先后选择的作品有曹文轩的《青铜与葵花》(*Bronze and Sunflower*)、沈石溪的《红豺》(*Jackal and Wolf*)以及美籍华裔作家张瀛(Ying Chang Compestine)用英文创作的 *Revolution is Not a Dinner Party*《革命不是请客吃饭》。前两本的译者都是汪海岚。芒福德在给纸托邦和《小读者华语文学网》的博客文章里谈到，她选择这三部小说是为了追求"多样性"：《青铜葵花》关于中国农村生活，是一个城市女孩在其父亲通过反右派运动被"下放"到农村时遭遇农村生活的故事；《红豺》是基于远在中国西部的一个动物的故事；张瀛的书不是翻译，是她用英语写的，是通过一个女孩的双眼对文化大革命剧变的很好的介绍。[①]"中国阅读小组"之后又陆续收录了两位台湾作家的作品，分别是张瀛太的《熊儿悄声对我说》和李潼的《再见天人菊》(*Again I See the Gaillardias*)。《再见天人菊》也是当代华语文学研究中心与出版社合作推出的邀请读者撰写书评的中译英文学作品之一[②]。

伦敦北部的基督学院芬奇利(Christ's College Finchley)中文教师Jane Woo也建立了"中国文学阅读项目"(Reading Chinese Project)。她

[①] Munford, Theresa, "St Gregory's School 'Reading China' Book Group", *Chinese Books for Young Readers*, 25 February 2017. https://chinesebooksforyoungreaders.wordpress.com/.

[②] https://writingchinese.leeds.ac.uk/book-reviews/again-i-see-the-gaillardias-by-li-tong/ (最近检索日期：2019年12月20日)

在给《腹语师的女儿》英译本 The Ventriloquist's Daughter 的书评中提到,该阅读项目组规模很小,获赠几本利兹大学当代华语文学研究中心的中小学读书俱乐部推荐的三部小说,供同学们轮流阅读①。

现将英国中小学阅读小组选择的几部儿童长篇小说作者、译者、出版社等情况展示为表 5-2。

表 5-2 英国中小学阅读小组选择的书籍

作家/性别/地域	作品中文名	作品英文名	译 者	出版社/年
林满秋/女/台湾	《腹语师的女儿》	The Ventriloquist's Daughter	Helen Wang	Balestier Press, 2017
曹文轩/男/大陆	《青铜葵花》	Bronze and Sunflower	Helen Wang	Walker Books, 2015
张瀛太/女/台湾	《熊儿悄声对我说》	The Bear Whispers to Me	Darryl Sterk	Balestier Press, 2015
沈石溪/男/大陆	《红豺》	Jackal and Wolf	Helen Wang	Egmont Books, 2012
张瀛/女/旅美	《革命不是请客吃饭》	Revolution is Not a Dinner Party	/	Henry Holt, 2007
李潼/男/台湾	《再见天人菊》	Again I See the Gaillardias	Brandon Yen	Balestier Press, 2016

两所学校中国文学阅读小组选择的儿童长篇小说也呈现出"多样性"的选择趋势。曹文轩和沈石溪是中国大陆作家,林满秋、张瀛太和李潼都是台湾作家,张瀛是美籍华裔作家。六部小说中有一部是用英文撰写的,其他五部中的三部是汪海岚翻译的,其他两位译者,石岱仑、颜兆岐(Brandon Chao-Chi Yen),都是纸托邦译者团队的成员。

五部英译小说都是 2010 年以后出版的,其中有三部是马里士他出版社出版的,该出版社倾向于出版台湾等地的文学书籍,是利兹大学当代华语文学研究中心的重要合作出版社,目的是把华语文学书

---

① https://writingchinese.leeds.ac.uk/schools/school-bookclubs/the-ventriloquists-daughter/(最近检索日期:2019 年 12 月 20 日)

籍推广至更多的英语读者①。由此可见,这些小说从翻译、出版到推广至中小学读书俱乐部,这个过程涉及不同参与者之间的合力,这些参与者至少包括作者、译者、出版社、利兹大学华语文学研究中心等。

中小学阅读小组选择的几部书籍包含了书评俱乐部的三部小说,虽数量不多,但可诠释"多样性"华语文学概念,且表现出对台湾文学的关注,同时也表现出对"文革"、动物、成长等题材或主题的关注。

5.3.3 中小学短篇小说库呈现出的"小众作家和小叙事作品"选择趋势

中小学短篇小说库中的作品主要选自"纸托邦短读"(Read Paper Republic)项目数据库。纸托邦(Paper Republic)是一个以中译英文学译者为依托的双语文学和文化交流、翻译与出版的平台②。2015年6月18日至2016年6月16日期间,纸托邦推出第一季"短读"计划,由韩斌(Nicky Harman)、汪海岚、陶健(Eric Abrahamsen Abrahamsen)和时任《路灯》(*Pathlight*)执行主编戴夫·海森(Dave Haysom)四位译者联合发起。纸托邦网站每周发表一篇小说、或诗歌或散文的英译,总共发行了53部作品(4首诗歌,5篇散文和报告文学,其余的是短篇小说),其中24篇是首发作品,大部分是译者提供的,也有一部分来源于纸托邦邀请的作家的供稿。韩斌在接受《单读》杂志采访时谈到,这些所选作品包括鲁迅、老舍、沈从文等这样的中国现代文学大师,但"主要来自当代作家,即仍在世的",其中有很多年轻的"新生代作家"。这些作家中"大部分为中国大陆作家,另有3位香港作家,3位台湾作家;总计20位女性作家、27位男性作家"③。

---

① https://writingchinese.leeds.ac.uk/profiles/(最近检索日期:2019年12月18日)
② https://paper-republic.org/(最近检索日期:2019年12月23日)
③ 王梆:《她正在翻译当下的中国——对英国翻译家Nicky Harman的访谈》,《单读》。

经本书统计,至 2019 年 12 月 31 日止,利兹大学当代华语文学研究中心的中小学短篇小说库共分两部分从纸托邦短读数据库中选择了 22 部短篇小说,其中第一部分 12 部作品①,第二部分 10 部作品②。这些作品的英译文提供了作品的基本信息,如作者、译者、作品关键词等。中小学短篇小说库所选作品的基本信息可参见表 5-3。

表 5-3　中小学短篇小说库所选文学作品及作者、译者、主题关键词等信息

部分	作者/性别	原文作品	英译作品	译　者	作品主题关键词
第一部分	张辛欣/女	《龙的食谱》	Dragonworld	Helen Wang	实验性小说
	范小青/女	《我在哪里丢失了你》	Where Did I Loose You?	Paul Harris	当代、都市生活
	麦家/男	《两位富阳姑娘》	Two Young Women from Fuyang	Yu Yan Chen	文革、部队
	吴君/女	《地铁五号线》	Metro Line Five	Lucy Craig-McQuaide	蓝领、当代、性别/女性
	蒋一谈/男	《说服》	Convince Me	Alexander Clifford	爱情、科技
	李修文/男	《心都碎了》	The Heart, Too, Broken	Karmia Olutade	古代中国、性别
	黎紫书/女	《国北边陲》	The Northern Border	Joshua Dyer	健康与医药;海外华人生活
	葛亮/男	《龙舟》	Dragon Boat	Karen Curtis	香港、神话、性
	糖匪/女	《自由之路》	The Path to Freedom	Xueting Christine Ni	超现实主义、反乌托邦、几代人
	孙一圣/男	《爸,你的名字叫保田》	Dad Your Name is Field-Keeper	Nicky Harman	超现实主义
	宋阿曼/女	《四十九度中》	Forty-Nine Degrees	Michelle Deeter	当代、爱情
	大斯/女	《超级玛丽》	Saint Marie	Caroline Mason	家庭/海外生活

---

① https://writingchinese.leeds.ac.uk/storyhub/(最近检索日期:2020 年 1 月 5 日)
② https://writingchinese.leeds.ac.uk/schools/storyhubschools/(最近检索日期:2020 年 1 月 5 日)

续表

部分	作者/性别	原文作品	英译作品	译者	作品主题关键词
第二部分	李静睿/女	《失踪》	Missing	Helen Wang	北京、当代、家庭、正义和腐败
	张翎/女	《女人四十》	A Woman, at Forty	Emily Jones	家庭、海外
	颜歌/女	《钟腻哥》	Sissy Zhong	Nicky Harman	性别、小镇
	王小妮/女	《火车头》	1966: Locomotive	Eleanor Goodman	文革、童年
	路内/男	《阿弟，你慢慢跑》	Keep Running, Little Brother	Rachel Henson	家庭、都市
	鲁敏/女	《1980年的二胎》	A Second Pregnancy, 1980	Helen Wang	生育、家庭、回忆、乡村
	利格拉乐·阿(女乌)/女	《梦中的父亲》	Dreaming of My Father	Kristen Pie	家庭、回忆、台湾
	陈村/男	《琴声黄昏》	Piano Twilight	Michael Day	音乐、老年
	石康/男	《冬日之光》	Sunshine in Winter	Helen Wang et al.	当代、爱情
	王安忆/女	《黑弄堂》	Dark Alley	Canaan Morse	上海、童年

这 22 部作品分别来自 22 位不同的作家。这些作家包括女性作家 14 名，男性作家 8 名，女性作家在数量上占绝对优势。这些作家在文化身份上体现了"多样性"，诠释了以中国大陆文学为主的当代华语文学概念，其中来自中国大陆的作家有 16 名；马来西亚作家 1 名，著名华语作家黎紫书；旅居海外作家 3 名，旅居美国的张辛欣、旅居加拿大的张翎和旅居爱尔兰的颜歌；台湾作家 1 名，即本土（排湾族，高山族的一个分支）作家利格拉乐·阿（女乌）；现居香港作家 1 名，香港大学中文系副教授葛亮。这些作家的出生年代跨度较大，从 50 年代到 90 年代的都有，如：50 年代出生的作家王安忆、陈村、张辛欣、范小青，60 年代作家麦家、石康、吴君、蒋一谈，70 年代作家鲁敏、李修文、黎紫书、葛亮、糖匪，85 后作家孙一圣，90 后作家宋阿曼等。中小学短篇小说库选择的作家总体偏年轻化，尤其是选自中国

大陆的作家,除少数作家,如王安忆、麦家、鲁敏等,为大众读者熟知外,所选的大部分作家目前在中国大陆尚属于小众作家。

中小学短篇小说库中每部作品的英译文都提供了一个或多个关键词,这些关键词大部分与小说的题材或主题相关,个别突出小说的写法,如孙一圣的《爸,你的名字叫保田》的关键词为"超现实主义"(surrealist)。根据英译读本所提供的关键词,所选的22部小说涉猎题材非常广泛,为方便讨论,这里统一将22篇英译文的关键词按"关键词"和所对应的作品"篇数"统计为图5-2。需要注意的是,同一篇小说可能对应不同的关键词并分别计入不同关键词的短篇小说数量。

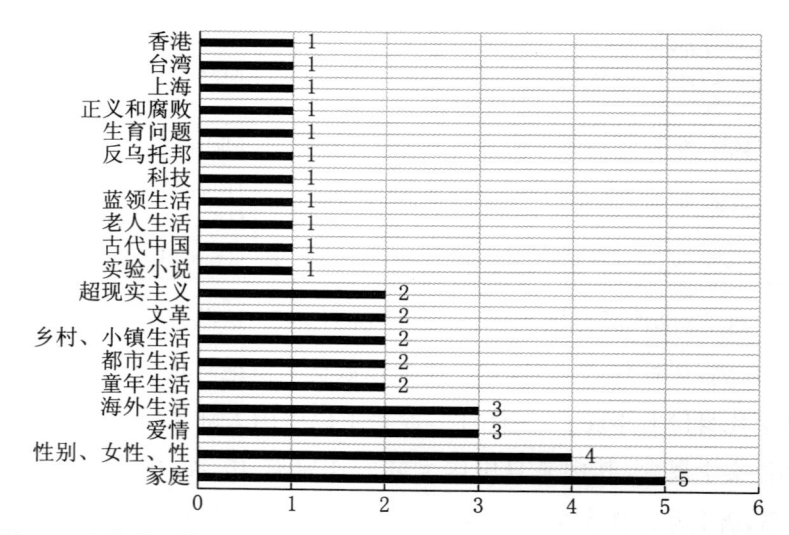

关键词	篇数
香港	1
台湾	1
上海	1
正义和腐败	1
生育问题	1
反乌托邦	1
科技	1
蓝领生活	1
老人生活	1
古代中国	1
实验小说	1
超现实主义	2
文革	2
乡村、小镇生活	2
都市生活	2
童年生活	2
海外生活	3
爱情	3
性别、女性、性	4
家庭	5

图 5-2　中小学短篇小说库英译作品关键词及关键词所对应的小说数量(篇数)

从图5-2可见,中小学短篇小说库呈现给读者的小说类型包括超现实主义小说、实验小说、反乌托邦小说等。这些小说总体以书写当代中国为主,涵盖当代中国人生活的方方面面,如:女性、童年、老年、蓝领、文革、都市、农村、爱情等;有明显扎根于社会问题或政治批评的作品,如《失踪》、《二胎》等;涉及"文革"背景的小说有2篇,其中麦家的《两位富阳姑娘》体现了其小说创作一贯的悬疑特色。总的来说,所选作品在题材或主题上都没有以突出中国政治为主,而是反映中国当代家庭生活的小说篇数最多,其次是关于性别、女性、性,以及爱情、海外生活等话题的小说。

这些作品来自纸托邦短读计划,译者都是纸托邦译者团队的成员,也是普遍公认的优秀译者,其中好几位已是英语世界知名译者,如汪海岚、韩斌、狄敏霞(Michelle Deeter)、莫楷(Canaan Morse)、顾爱玲(Eleanor Goodman)、钟佳莉(Emily Jones)等。需要注意的是,这些译者中没有一位译者来自中国大陆,倪雪亭(Xueting Christine Ni)和Yu Yan Chen虽出生于大陆,但二人都是旅居英语世界的华人,前者自11岁时移民英国,后者自13岁时移民美国,目前二人既是作家也是文学译者。

汉语课堂文学材料也需要使用英文。就语言学习来讲,这可能是由于汉语难学而学生无法阅读中文原著的一个妥协性的选择,同时原文和译文对比也容易发现语言的差异以及规律,而这些差异和规律中就包含着文化内容。这就能够说明为什么英国的大学、中小学中国文学相关课程,无论课堂上的主要文学素材是中文还是英文,都会为学生提供英译本。芒福德博士也谈到这个问题,"跟欧洲语言比,学生的中文阅读水平非常低,课堂上仅能尝试引入少量文学素材,以帮助学生了解原汁原味语言的使用,更多的时候是希望学生通过阅读英译本来提高中国文化素养(literacy)"。[①]

中小学短篇小说库选择的小说中未出现现代小说,全是当代小说,甚至题材有关古代中国的都极少。这些作品选择,在作者的文化身份以及作品的写法、题材和主题上,体现了多样性,以女性作家的作品为主,关注女性、性别和性等主题相关的作品,以关心中国人当下生活为主,涵盖当代中国社会生活的诸多方面,很好地诠释了中小学短篇小说库选择这些小说的目的:让英语读者体会到"当代文学的

---

① Munford, Theresa, "St Gregory's School 'Reading China' Book Group", *Chinese Books for Young Readers*.

多样性"①。

5.3.4 中小学汉语课堂教学材料的选择及其路径

少量作品由芒福德博士带领的英国中小学华语文学教学大使志愿者团队选取，并做成实用的中文课堂教案以供感兴趣的中小学汉语教师使用。这些课堂教学材料包括一部长篇小说和两部短篇小说，分别为：书评俱乐部中林满秋的《腹语师的女儿》，短篇小说库中王小妮的《火车头》(1966：*Locomotive*)、利格拉乐·阿(女乌)的《梦中的父亲》(*Dreaming of My Father*)。②

《火车头》和《梦中的父亲》两部小说的作者都是女性，分别来自中国大陆和台湾。王小妮是出生于50年代的大陆作家、诗人，"文革"期间，曾随父母到农村插队和作为知青插队前后7年③；利格拉乐·阿(女乌)(排湾语：Liglav A-wu，汉名高振蕙)，60年代末出生于台湾，父亲祖籍安徽，20世纪40年代末被迫跟随国民党军队去了台湾，在大陆曾是简易师范毕业的学堂教师，50年代台湾"戒严"时期成为政治犯，母亲是排湾族，台湾的原住民④。

就作品的题材和内容而言，《火车头》和《梦中的父亲》都有关于历史、童年回忆、父亲的话题。《火车头》书写中国大陆"文革"期间的童年，《梦中的父亲》关于回忆录中台湾"戒严"时期的童年。两部小说的"童年"题材，相比于爱情、腐败、性别等题材，应该是相对来讲与中小学生读者更为贴近的故事。同时，两部作品的选择也在一定程度上体现了中小学汉语课程短篇小说选材对中国特殊历史时期的

---

① https://writingchinese.leeds.ac.uk/storyhub/(最近检索日期：2019年12月20日)
② https://writingchinese.leeds.ac.uk/schools/teaching-materials/(最近检索日期：2020年1月5日)
③ 参见百度百科：https://baike.baidu.com/item/%E7%8E%8B%E5%B0%8F%E5%A6%AE/6717212?fr=aladdin
④ 利格拉乐·阿(女乌)：《身份认同在原住民文学创作中的呈现——试以自我的文学创作历程为例》，黄玲华编：《21世纪台湾原住民文学》，台北：台湾原住民文教基金会，1999年。

关注。

课堂教学材料的选取经历了从某文学资源库到作品本身的选择"路径"。《腹语师的女儿》经历了从"书评俱乐部"到作品本身的选择"路径",而《火车头》和《梦中的父亲》经历了从"短篇小说库"到作品本身的选择"路径"。引入时间流的"路径"有助于观察作品选择趋势背后的原因。

最后,综合所有选择库情况,英国中小学汉语课程对中国文学的选择在文本数量上不多且总体稳定。

5.4 英国中小学汉语教学中呈现的文学阅读模式

英国中小学汉语教学各文学资源库对文学作品的选择,既表明这些作品处于世界文学范围的流通过程中,也可表明中小学汉语课程所呈现的文学阅读模式的倾向。与英国高校中国现当代文学课程大纲呈现的阅读模式不同,英国中小学汉语教学中呈现的文学阅读模式涉及读者对具体文本的阅读。中小学汉语教学呈现出的文学阅读模式主要体现在三方面内容:中小学生(含个别汉语教师)对书评俱乐部选择的三部长篇小说的评论、巴斯的圣·格雷戈里学校和基督学院芬奇利中国文学阅读小组阅读文学的方法和感想、以及中小学汉语教学大使志愿团演示如何使用(阅读)中小学汉语课堂的文学教材。

5.4.1 中小学生对书评俱乐部三部长篇小说的评论

中小学书评俱乐部选取了林满秋《腹语师的女儿》、曹文轩《青铜葵花》和张瀛太《熊儿悄声对我说》三部儿童小说的英译本,并邀请中小学生为这三部英文版小说撰写书评,三本书收到的书评数量以及参与撰写书评的学校数量,可参见图5-3。

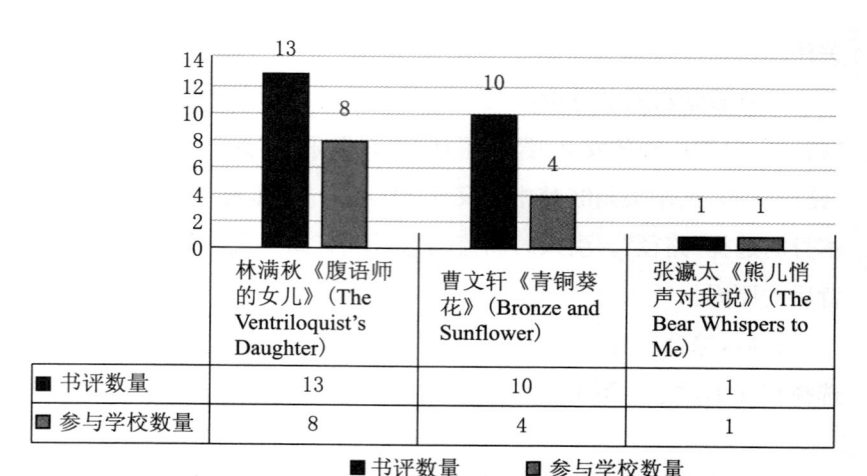

	林满秋《腹语师的女儿》(The Ventriloquist's Daughter)	曹文轩《青铜葵花》(Bronze and Sunflower)	张瀛太《熊儿悄声对我说》(The Bear Whispers to Me)
书评数量	13	10	1
参与学校数量	8	4	1

图 5-3 中小学读书俱乐部所选图书及其收到书评的情况

如图 5-3 所示,林满秋《腹语师的女儿》共收到 13 份书评①,书评者来自 8 所学校。具体情况为:这些书评发表自 2017 年 8 月至 2019 年 4 月期间,期中 1 篇来自伦敦大学学院教育学院院长杜可歆,11 篇来自 7 所中学 10 位七—十一年级学生写的书评(其中 1 篇为视频评论),此外还有 1 篇来自基督学院芬奇利中文教师(Jane Woo)关于该校"中国文学阅读项目"的读书报告。曹文轩《青铜葵花》的英译本共收到 10 份书评,发表自 2016 年 6 月到 2019 年 2 月期间;其中包括来自 3 所中学 7 位七—十一年级学生的 5 篇书评,以及 1 所小学(St Antony's RC Primary)5 名三年级学生的 5 篇书评。张瀛太《熊儿悄声对我说》的英译本收到 1 篇书评,是芒福德 2017 年 4 月提交的巴斯圣·格雷戈里学校"中国阅读小组"的读书报告。

书评是中学生读者对作品的直接反应,其数量已经在某种程度上表明这三本书的受欢迎度,然而具体的理解还要看书评内容。下面通过细读这些书评文本,分析读者的阅读模式或者说对作品的具

---

① 看书评目录有 12 分书评,但 2018 年 5 月 16 日来自德文波特女子中学(Devonport High School for Girls)的书评有 3 份,而 2018 年 10 月 10 日佐敦山学校读书俱乐部(Jordanhill School Bookclub)的书评链接打开后无内容。所以,实际统计有效书评 13 份。

体接受（批评、理解、欣赏等）。

《腹语者的女儿》收到的 13 篇书评，内容有长有短，有的以视频问答的方式呈现，评论要点包括：书的主题，故事情节，写作风格和质量，文化内容和翻译质量等，这里总结为表 5-4。

表 5-4　林满秋《腹语者的女儿》书评的内容总结

评论要点	喜欢的方面	不喜欢的方面
小说主题 （theme）	伤痛(pain, grief, trauma)、失去(loss)、性别平等(gender, gender equality)、孤独(loneliness)、爱、友谊 引起共鸣(themes resonate with teenage readers)、同情柳儿(sympathise with Liur)	/
故事情节 (plot/storyline)	扣人心弦(fascinating, intriguing, touching, heart-rendering)、惊悚悬疑(chilling, gripping, frightening, scary, creepy, suspenseful, mythical, mysterious)、一环套一环(action-packed)	有些情节令人迷惑、结尾略显仓促(rushed)
写作风格和质量	简单而又复杂(simplistic and complex)的语言和结构 孩童般简单的语调(childish and simplistic tone) 高质量、原汁原味(authentic)的文学	/
文化内容 (cultural points)	中国的家庭关系和生活(family ties and life) 关于南美洲和中国的文化（如：清明节） 译文中提供家庭成员姓名的汉字(Mandarin characters)，帮助记忆汉字	子承父业、重男轻女
翻译质量	有力量(strength)、翻译得漂亮(beautifully/well translated)	

由表 5-4 可见，大部分中学生小读者的书评表明他们最喜欢的是小说的主题，并不吝用词来形容自己的喜欢，认为小说的主题能引起共鸣，普遍认同这是一部关于伤痛、失去和治愈的小说，以及小说扣人心弦、惊悚悬疑、一环套一环的故事情节。此外，从书评中还可看出这部小说使他们对小说里涉及的南美洲文化、中国乃至亚洲文化有所了解，同时对于一些亚洲传统文化里的子承父业（如柳儿的爸爸不得不在家族医院里做医生而不能去从事他喜欢的艺术）和重男轻女（柳儿妈妈觉得自己作为女人最大的使命就是生一个儿子，柳儿对能出生的二胎弟弟的嫉恨等）表现出了不喜欢。有些读者认为小

说的结尾过于仓促,父女之间的关系修复得太快。因为他们读的都是英译文,没有一名评论者读的是汉语原著,几乎所有书评者都夸作者写得好、译者翻译得漂亮。

《青铜葵花》共收到 5 份来自中学生的书评(其中两个为视频),5 份来自小学生的书评。两份视频书评都来自巴斯圣·格雷戈里学校的学生,每个视频涉及 2—3 位学生,他们通过录像的方式把自己对小说的阅读感受表达出来,其中一份还有任课教师芒福德的参与,即教师提问,学生作答。总体而言,无论是视频书评还是文字书评,皆主要围绕小说的主题、内容、写作风格和翻译等展开评论,这里总结为表 5-5。

表 5-5 曹文轩《青铜葵花》书评的内容总结

评论要点	喜欢的方面	不喜欢的方面
小说主题 (theme)	小说题材成熟(mature)、沉重,与欢快温馨的封面有些违和;成熟沉重的话题包括:贫困(poverty)、城市和农村的分离(separation)、生活的不易、文革;温暖轻松的话题包括:爱、友谊、希望、纯真;葵花表现出很高的道德(morality)感,努力想减轻青铜一家的负担,让人感动	有些地方太让人伤心(如青铜被烧得听不见了,水牛、小鸭子的遭遇等);灰暗的故事读起来让人压抑,适合至少 5 年级以上的学生读
情节 (plot/storyline)	有好的也有不好的部分(good parts and sad parts);有悲伤也有美好的情节(tragic yet beautiful);情节迷人(enchanting);情节不错(good)	有些部分太赶(rushed);故事的开头太慢了;信息量太大
写作风格和质量	写得很好(well-written);生动形象的描写(amazing, vivid description),有身临其境之感	/
文化内容	文革:被遗忘的中国的一段历史(history of a forgotten China);学习中国历史很有趣,了解中国的过去而不只是现在,弥补了只学习欧洲史和美国史的不足;了解中国的农村生活;意识到小说的时空场景(setting)与去中国夏令营的感觉不同;青铜和葵花这样的名字怪怪的,但知道今天中国人取名字都比较现代了	/
翻译质量	非常好、传达出(原文)很多对英语读者来讲非常陌生的信息	/

表 5-5 总结的大部分是中学生写/录制的书评。他们对《青铜葵花》这部小说的主题和故事情节观点不一,表现出些许复杂的感觉,

感受到比童年沉重得多也成熟得多的主题和困难,如:贫穷、死亡、失去,但也能感受到葵花和青铜之间和青铜家人之间的爱和温暖;好几位中学生表现出对中国历史的兴趣。情节方面,除了一个十一年级的学生(Yee Lin Lau)喜欢景物描写外,其他多表达了信息量大、部分情节和话题太黑暗,给人压抑的感觉。此外,还有5位三年级小学生写来的书评,这些书评的共同点都是配有图画,文本较简短;配图很直接。例如,一个小学生(Mathilda)说本人非常喜欢这部小说,但伤心的是葵花的爸爸淹死了,然后就画了一幅人落水中的画面。总体上,小学生评论的文本都很简单,关注故事让他们直接喜欢或不喜欢的地方。指出的不喜欢都是故事中让人伤心的地方,包括小动物(如水牛、鸭子的命运)的伤心;喜欢的都是故事中青铜和葵花互助互爱的地方,如青铜把上学的机会让给葵花,葵花教青铜识字等。小学生的评论中未见有对历史或者沉重成熟话题的联想。

《熊儿悄声对我说》只收到芒福德提交的巴斯圣·格雷戈里中学"中国阅读小组"的读书报告。根据报告,学生们一开始对故事人物和情节都很迷惑,不知道是小时候的爸爸和儿子哪个是故事的主角,不确定熊是熊还是"野孩儿"(feral child),但觉得故事很吸引人(fascinating)。有的学生诧异于作者在书中对动物的"性"娴熟而真实的描写,指出这不大可能会出现在西方的儿童小说里,也不大适合七年级的学生阅读。这某种程度上说明,中小学汉语课程倾向于选择女性作家,但并不代表他们对"性"描写的关注,甚至过多的"性"描写可能是不合时宜的。

通过对三部小说的评论和阅读报告的描述,可以得出以下四点结论:

(1)林满秋的《腹语师的女儿》最受欢迎,学生的反应也是高度一致。他们在评论中有关小说主题和故事情节的高频词反映出他们对该小说的喜爱远超出了对《青铜葵花》和《熊儿悄声对我说》的喜爱。联想到西方读者一直以来对悬疑、侦破等"类型小说"(genre fiction)的喜爱,对哈利波特的着迷,大概能够体会这样的小说是西方大众读者喜欢的类型。

（2）曹文轩的《青铜葵花》没有那么受小读者喜欢。原因可能在于该小说带有传统的中国讲述故事的方式，与西方紧促、精炼的快节奏不同，而且涉及特定的历史文化背景（文革），故事主题和情节有些地方过于灰暗、信息过于堆叠，学生理解起来困难。译者汪海岚也曾在出版社负责该书编辑的提醒下，在翻译中回避一些"在英语里行不通的汉语讲故事特点，如重复、大量的副词、形容词、隐喻和排比等"[1]。这进一步说明，与符合欧美读者喜爱的"类型小说"（侦破故事、恐怖片、鬼故事等）相比，曹文轩《青铜葵花》给英语读者，尤其是儿童读者，带来的陌生感更重，需要读者脑补的信息量大，增加了阅读的难度。

（3）学生们喜欢能够打动或触动他们心灵的东西，包括失去、友谊、温暖、爱这些情感，不大喜欢沉重、压抑、严肃的描写或情节。虽说女性、性别和性是西方人文学科关注的话题，但《腹语师的女儿》中有关中国女性地位的文化因素并未引起他们的兴趣，沈石溪《红豺》里关于动物之间交配行为的描写也让有的小读者认为不适合儿童阅读。这些都是令人深思的问题（第7章会再讨论该话题）。

这些小读者的书评在某种程度上呈现出他们对这些文学作品的"世界文学"阅读模式。他们撰写的书评大多遵循一定的格式：故事介绍、喜欢和不喜欢、谈谈作者和译者的翻译、是否推荐。除了对译者和翻译的评论部分，书评格式的其他部分与英国图书信托基金会（BookTrust，英国最大的儿童阅读慈善组织），向儿童读者推荐的如何撰写书评（读后感）的格式一致[2]。对于小说中与当代中国历史上政治事件（如"文革"）相关的内容，中学生书评者表现出对那段历史

---

[1] Springen, Karen, "The Growth of Chinese Children's Books", *Publishers Weekly*, 26 January 2018. https://www.publishersweekly.com/pw/by-topic/childrens/childrens-industry-news/article/75921-the-growth-of-chinese-children-s-books.html

[2] 详见：https://www.booktrust.org.uk/books-and-reading/tips-and-advice/writing-tips/writing-tips-for-teens/how-to-write-a-book-review（最近检索日期：2020年1月28日）

的好奇。他们大多参加了"中文培优计划",有参加中国实地考察的夏令营机会,会自然地把书中读到的中国历史跟亲身体验的今日中国相比较。总之,这些中小学生写的书评格式和内容都很简单,尤其是几位小学生读者,用萌萌的图画来表达自己对《青铜葵花》的读后感,这些书评看似稚嫩,却表达了他们读完该小说(全部或部分)的感受。达姆若什曾指出读者在阅读世界文学时可能有的三重反应:"因其新颖而欣赏与众不同的显著差异;欣喜地发现或投射在文本上的相似;介于'相似但不相同'的中间状态,很可能实质性地改变原有观念和做法。"①如果我们不用专业书评者、文学评论者的标准来衡量他们,这些书评表明,这些英国中小学生对中国当代文学的阅读模式与达姆若什提出的世界文学"阅读模式"有相通之处。恰如蔚芳淑所总结的那样,"师生通过文学与外国文化互动的最令人信服的理由是:首先是灵感和享受,然后是自我反省和验证,最后是对跨文化的理解"。这些观点虽带有规定性,可是通过对学生的小说评论描述,英国中小学生呈现出的阅读模式或多或少涵盖这样的读书过程。这与国内很多读者总结出的西方读者对中国文学的东方主义阅读方式不大相符。至少,这些中小学生是把这些书籍当做"文学"来读,他们在书评里表达的是"中国文学作品带给他们的感受",而不是读完作品后感叹,"哦,原来中国人是这样子的"。②

5.4.2 中小学校阅读小组对文学文本的阅读

巴斯的圣·格雷戈里中学"中国阅读小组"的读物基本与中小学读书俱乐部所提供的小说资源相同,俱乐部书评中就包括这所中学"阅读小组"的评论。芒福德博士从一个中文教师的角度观察了这些中学生阅读中国文学的方式,可总结为三个方面。③第一,小读者们

---

① Damrosch, David, *What is World Literature?*, pp.10-11.
② Weightman, Frances, "Literature in Non-European Languages", *Teaching Literature in Modern Foreign Languages*, p.83.
③ Munford, Theresa, "St Gregory's School 'Reading China' Book Group", *Chinese Books for Young Readers*.

具有自身的能动性,有对来自陌生文学文本的思考,有关于文学的复杂洞见。第二,能从陌生文学中能体会到人类相通的地方。以《青铜葵花》为例,该小说里的政治背景很难让学生理解,中国大山里的农村与英国牛奶蜂蜜之乡也存在差异,但书中的问题,如农村贫困和饥荒,是普遍存在的。第三,文学阅读满足中文教学的现实需要,主要体现在语言和文化两方面。真实的语料、丰富的段落和对话,可帮助学生提高 GCSE(14—16 岁)考试所要求的汉语写作能力;文学作品中的历史和文化内容可帮助高考生(6th formers,16—18 岁)的学前汉语考试(Pre-U Chinese)。

此外,基督学院芬奇利中学每周的中文课堂上会拿出大约 15 分钟时间讨论"中国文学阅读项目"中的书目,话题涉及故事情节、有趣的文化元素以及学生关于所读书籍的喜欢和不喜欢的方面[①]。

以上说明,两所中学的读书小组对文学文本的阅读模式与中小学书评俱乐部的书评是一致的,都呈现出世界文学的阅读模式,同时文学阅读也体现了文学作品应该在语言和文化上满足中小学中文教学的现实需要。

5.4.3 中小学汉语课堂文学教材使用对文学文本的阅读

利兹大学当代华语文学研究中心平台提供的文学教学资料,是通过中小学中文课程文学教学大使志愿团开发的适合各中学将文学融入中文课程的教学材料。该教学大使志愿团,是利兹大学当代华语文学研究中心与伦敦教育学院孔子学院的中文教师协会共同成立的。大使志愿团由顾问委员会(Advisory Board)成员芒福德领导,提供的教学资料包括:长篇小说林满秋的《腹语师的女儿》(*The Ventriloquist's Daughter*),短篇小说利格拉乐·阿(女乌)的《梦中的父亲》(*Dreaming of My Father*)和王小妮的《火车头》(1966:*Loco-*

---

① https://writingchinese.leeds.ac.uk/schools/school-bookclubs/the-ventriloquists-daughter/(最近检索日期:2020 年 1 月 10 日)

motive)①。三位作者都是女性,王小妮是来自中国大陆的作家,林满秋和利格拉乐·阿(女乌)是来自台湾的作家。《腹语师的女儿》及其英译文本的使用主要体现在芒福德博士关于如何将儿童长篇小说融入巴斯圣·格雷戈里中学十年级学生的中文课程的博客记录,她将相关教学程序分为八个部分,做成博客,于2018年8—10月发布到利兹大学当代华语文学研究中心的网络平台上,供其他中学借鉴和分享②。两篇小说的教学安排则分别体现在教学资料里提供的教案,其电子版可分别从中小学汉语教学文学资源的"教学资料"(Teaching Materials)栏目下载。

根据芒福德关于如何在汉语课堂上使用《腹语师的女儿》为教学资料的教学博客,她彼时教授的选择中文为外语考试科目的GCSE班一共6名同学,从九年级才开始学习中文,当时十年级,一年后参加GCSE考试。这些学生大部分在前一学期读过《腹语师的女儿》的英译本。芒福德的教学博客一共涉及8次课,教学资料采用的是《腹语师的女儿》的中文原版以及英译本,具体包括中文原版每章的第一页的复印资料,对应的段落首句的英译,此外还包括中文原版中的插图(英文版中没有)、中英文版书籍的封面等。课程中引入文学文本的主要目的是引导和鼓励学生接触原汁原味的中文原版书籍,让学生从"接触"(不可能读懂)原版作品中了解中文的学习,与英译作品中读到的人物和情节等联系起来,既帮助学习中文,也帮助理解该小说。

该中文课程对《腹语师的女儿》的使用可以简单描述为:(1)把原文用作"词典",查找和帮助纠正根据之前所学中文内容做成的卡片上的文字;把原文里的插图用作看图说话的素材,其中包括人物肖像描写和人物对话,先让学生互相模拟,然后与中文原文比对,找寻词汇和词组的语言规律。(2)几个词或者一个句子都能让学生意识到

---

① https://writingchinese.leeds.ac.uk/schools/teaching-materials/(最近检索日期:2020年1月10日)
② https://writingchinese.leeds.ac.uk/blog/page/2/(最近检索日期:2019年11月15日)

跨文化交际的学习,如关于土的颜色,原文是"土黄",学生觉得很新奇,这跟英国的"土"颜色不一样;中文的叠音词、量词;对中美洲和南美洲音译,如秘鲁,更接近该地名的西班牙语发音而不是英语发音等。(3)所有的授课主旨和内容都紧扣 GCSE 考试大纲。此外,还包括很多非常启发学生兴趣与创造性的课程设计环节,在此不一一赘述。简言之,中学生对文学文本的"阅读"主要是为语言学习、为 GCSE 考试服务的,这是来自文学素材学习的'环境'影响;同时,就个体学生而言,课堂学习的过程中学生对文学文本的使用和理解与之前所掌握的中文知识、小说英译本的阅读、英国本土的文化常识、同伴间的合作和互动等都有很大关系。

两部短篇小说的教案为同一个教师(Hsiu-chih Sheu)写的,教学对象都是 KS2(14—16 岁)学生。两个教案的主要内容格式一致,都包括:故事梗概、社会背景、额外阅读材料、问题和讨论。故事梗概和社会背景都是紧扣两部短篇小说的故事内容和故事所发生的历史年代。利格拉乐·阿(女乌)的《梦中的父亲》(Dreaming of My Father)是关于一个女儿多次梦到已故的父亲,在梦中找回对父亲的记忆以及帮助父亲实现从台湾"回家"的梦想;故事发生的背景是国民党败走台湾后,进入 38 年的"戒严"期,很多随国民党军队移民台湾的士兵,如梦中的父亲,对回到故土的渴望终究熬不过岁月。王小妮的《火车头》(1966:Locomotive)是关于 1966 年发生在一个小男孩身上的故事,一个原本有着父母和哥哥疼爱、有着富足生活的小男孩一夜之间失去所有的故事;故事发生在文化大革命时期。两部小说的课外阅读资料是相同的,是 BBC 新闻中文网发表的两篇关于台湾历史的文章,一篇是关于台湾"戒严"时期,一篇是日本殖民下台湾人民的生活[1]。问题和讨论大部分是关于语言方面的,这个与芒福德的教学

---

[1] 两篇课外阅读材料的链接:http://www.bbc.com/zhongwen/simp/chinese-news-40593296; http://www.bbc.com/zhongwen/simp/indepth/2015/08/150813_ww2_taiwan_sino_japan_family_story

博客所呈现的阅读趋势一致。

两份教案中也有体现中国文学和文化方面的问题和讨论,概括起来有三:(1)对中国传统文化某些方面的关注,如"故乡"的含义。《梦中的父亲》教案中"问题和讨论"部分有个问题是:"故乡"这个主题是中国文学里很重要的一部分。作者的父亲一辈子生活在台湾,却一生思念他在中国大陆的故乡,为什么"故乡"对作者的父亲有如此重要的意义?(2)关注中国特殊事件或时期的历史。《火车头》教案中"问题和讨论"部分有个选择题是"什么是文化大革命的象征",并在选项里突出"1966"和"红卫兵"这样的标志。(3)与相似的文学故事进行比较,例如《火车头》教案里的两个问题:这个故事里的父亲形象跟《梦中的父亲》里的父亲形象一样吗?请比较这个故事的结局和安徒生童话故事《卖火柴的小女孩》的相同之处?这几个问题某种程度上呈现了课程教案引导学生对中国文化和文学的思考,以及对中国某些历史时段的关注。

两部短篇小说,一个设在台湾"戒严"时期,一个设在大陆"文革"时期。教案提醒学生小说中的故事是一段历史,引导学生具有历史视角地阅读和理解小说中的故事。此外,教案把《火车头》里小男孩的故事和安徒生《卖火柴的小女孩》相比较,引导学生思考小说里不同时期不同国家相似的故事情节。这种对文学的理解某种程度上超越了专注于某个国家和历史的叙事。

综合以上对教学资料使用的描述,英国中学课堂上对中国文学文本的引入,主要是服务于 GCSE 考试,紧扣 GCSE 考试大纲,侧重语言技能,如看图说话、组织对话等。同时,也关注文化知识的积累,尤其是对中国某些特殊时期历史的了解。无论是课外阅读材料,还是教案中问题的设计,尤其是涉及台湾"戒严"、大陆"文革"这些敏感的历史话题,并未显见对中国文学的东方主义式的解读。这更提醒我们要用复杂性的视角,不俯视不仰视地看待问题,而不是用中西二元对立的视角来加重这种对立的程度。

5.5 中国现当代文学在英国中小学汉语教学中接受情况的复杂性解读

英国中小学汉语教学的文学资源选择库提供的文学文本(大多为英汉双语版)数量不大,但至少呈现两个主要趋势:不同文学资源库提供的作家和作品总体呈现"多样性当代文学"的趋势;短篇小说库呈现出小众作家和小叙事作品的选择趋势。若把这些"趋势"抽象为"概念叙事"可能有些武断,但在涌现性符号翻译理论框架下,这些"趋势"可视为阐释项翻译,是在英国中小学汉语教学对文学文本的选择过程中,在某些"约束"的促使下而形成的"吸引子"。此外,少量文学文本经历了从书评俱乐部或短篇小说库到最终用作课堂教学材料的选择"路径"。这一选择"路径"涉及不同时间流上的"约束"及其导致的"吸引子"的变化。本节基于复杂性理论中的"吸引子"和"约束"概念,解释"趋势"和"路径"形成的原因,并提出总结性思考。

5.5.1 文学资源总体选择趋势的"环境"和"初始约束"
5.5.1.1 选择规模与"环境适应"

英国中小学汉语教学选择的文学作品数量不大,且主要来自利兹大学当代华语文学研究中心提供的资源库。这个总的趋势是中小学汉语教学适应相关背景和环境的结果。

就背景或大的环境而言,中国现当代文学"涌现于"英国中小学汉语教学是对英国汉学总体发展趋势以及英国政府专门针对中小学外语教学政策变化的回应。在学科上属于区域研究的英国汉学,为了学科发展,不得不依托于现代外语,重视中文教学,做好中小学汉语学习与未来大学汉学专业培养之间的衔接,但同时又努力维持区域研究的学科特色,以服务于英国公众对今天经济崛起之中国的深层了解为使命。这些与英国教育部 2013 年颁布的新版中小学外语教学政策有相通之处,尤其是在语言技能掌握和深层了解国别的教学目标方面。但新的外语政策明确强调外语学习课程对外国文学文本的使用,这为处于英国汉学边缘地位的中国文学研究和教学提供了机遇。因此,英国大学与中小学有了更多的接触,除加强中文衔接教学的研讨和中文学习的宣传外,利兹大学当代华语文学研究中心更是英国中小学汉语教学文学资源的提供者和文学文本使用的指导者。

如果把中小学汉语教学对具体文学文本的选择过程看做一个系统,则英国中小学中文教学的现状和问题构成该系统的"环境"。学生学习中文压力大、中文师资匮乏、中小学校资金有限、外语科目非主干科目,这些"环境"条件使得中小学在响应英国政府中小学外语教学政策改革的同时,开设汉语课程的学校数量增长缓慢,只能在有限的规模内将文学文本引入汉语教学。在文学资源方面不是依赖中小学学校和中文教师,而是靠大学,尤其是利兹大学当代华语文学研究中心。该中心与纸托邦与出版社合作,纸托邦在译者和作者的支持下可提供中英双语文学文本的免费在线阅读库,出版社可为书评俱乐部、中小学阅读小组等提供赠书。正如芒福德指出的,有些学校,即使参与"中文培优计划",学校可用于建设图书阅读小组或俱乐部的资金非常有限,用于供阅读小组使用的图书数量和种类都不会很丰富,且通常需要出版社的赠书扶持(Munford, 2017)。这可帮助解释,为什么中小学汉语教学文学资源的选择总体数量不大且相对统一和稳定。

5.5.1.2 "多样性"选择趋势和"初始约束"

英国中小学汉语教学对中国文学文本的选择在数量上虽不多,却总体呈现"多样性当代文学"的选择趋势。"多样性"主要是指作家文化身份的多样性(台湾、香港、大陆、华裔、亚裔)、作家性别的多样性(对女性作家的眷顾)以及作品题材的多样性(关乎当代中国的方方面面)。这个选择趋势是一个"吸引子",同时也意味着一些未能实现的可能性,譬如现代作家、作者的单一性别(只男性)和单一文化身份(只选中国大陆作家)。这说明"多样性"选择趋势本身包含着未能实现的可能性，作为总的选择趋势，"多样性"成为一个"初始约束"，影响汉语教学中具体文学作品的选择趋势。

西方人文学科相关宏观趋势是中小学汉语教学中文学文本"多样性"选择趋势的背景。同英国高校现当代文学课程一样，英国中小学汉语课程的文学文本注重对女性作家作品的选择，对不同地缘身份或族裔作家的选择。这与目前西方人文学科蓬勃发展的具有后殖民主义意识的多元文化论和女性主义研究密切相关，几乎所有人文领域研究都会关注少数族裔、少数性别群体的声音。这种西方人文学科发展的宏观趋势不但是英国高校现当代文学课程大纲对文学选择的背景，也是中小学汉语教学对文学文本选择的背景。

"在语言和内容上符合教学需要"是英国中小学汉语教学选择文学文本的"初始约束"。英国中小学汉语课程引进文学文本有两个主要目的：掌握中文技能，更实际地讲，是帮助学生在 GCSE（中考）和 A-Level（高考）的外语考试中取得好成绩；了解当代中国（含文学文化）。相应地，选入汉语教学的文学文本在语言和内容上需要至少满足以下条件：语言实用、原汁原味；内容涵盖不同文化体验，尤其是关于当代中国历史、社会和文化；无论是语言还是内容，都需难易度适中，符合不同层级外语考试大纲的要求。一方面，这可解释为什么英国中小学汉语教学文学资源库只选择了当代文学，而未见古代文学和现代文学。纸托邦短读计划里有少量现代文学的英译作品，但中小学短篇小说库并未从中选择任何一篇现代文学作品。另一方面，这也可以解释为什么汉语教学选择的中国当代文学在作品题材上呈现多样性，以短篇小说库的选择为例，所选作品在题材和主题上关乎中国人民生活的方方面面。

以上这些条件，从理论上讲，是中小学汉语教学对文学文本选择之初就需要满足的条件，视为"初始条件"，这些条件会限制其他选择的可能性，也是"初始约束"。

此外，中小学教师和学生是中小学汉语教学中文学文本的主要接受对象，是中小学汉语教学选择文学文本过程中在场或不在场的参与者。就中小学教师和学生而言,综合以上并结合"环境",文学文本选择过程的"初始约束",即在选择之初没有实现的可能性包括:①中文教学不需要针对升学考试;②大部分学生具备中国历史和文化知识;③大部分学生学习中文没有压力;④大部分教师可驾驭不同语言和内容的文学文本。这些"初始约束"(具体学校在选择过程之初可能还有其他"约束")也会影响中小学汉语教学中具体文学文本的选择趋势或路径。这说明,无论使用何种文本,学生需要学习活泼实用的语言,对文学文本的选择应"主要根据作品主题或题材的趣味性以及语言水平的适度性"①。

以上"初始约束"可说明,为什么中小学汉语教学文学文本使用的推广和培训活动,选用的文学书籍都是图画书。这个选择趋势与图画书的普遍特点有关。图画书大多语言简单、活泼、有趣,文字与图画可为学生提供背景知识。就具体图画书的选择而言,刘亚楠的《中秋节快乐》曾获"青铜葵花图画书金奖"或许是该书入选的一个因素,她的图画书关于中国的传统节日同时也没有道德说教,这或许既能满足英国政府外语学习里通过文学学习来了解一个国家文化和人民的要求,同时也符合西方读者(包括儿童读者)的期待和喜好。然而,"初始约束"中关于学生学习中文的难度和压力不容忽视,相比于其他"初始约束",汉语之难有可能会限制大部分选择的可能性。

5.5.2 短篇小说库对小众作家和小叙事作品的选择趋势和"约束"

5.5.2.1 "初始约束"和其他"约束"

作为英国中小学汉语教学的一个文学文本资源选择库,短篇小说库提供的22部短篇小说是尤其"为寻求课堂教学资源的中小

---

① Weightman, Frances, "Literature in Non-European Languages", *Teaching Literature in Modern Foreign Languages*, p.83.

学汉语教师"而准备的,同时供中小学师生了解中国当代文学的多样性①。这说明短篇小说库选择文学文本的两个"初始约束":①"多样性";②语言(中英双语版本)和内容要适合英国中小学中文教学的实际需要。

在"多样性选择"的"初始约束"下,中小学短篇小说库所选作家在作家文化身份和性别上体现了多样性(根据前文 5.3.2.2 的梳理和描述可知),但呈现出对小众作家和小叙事作品的选择趋势。就作家名气而言,除少数作家是中国大陆知名且获过文学大奖的作家,如王安忆、麦家、鲁敏等,大部分作家年纪上偏年轻,以 60 年代以后出生的"新生代"作家居多,在中国大陆属于小众作家群体;所选短篇小说,题材多样,关乎中国人民生活的各个方面,小说里讲述的多是个人小叙事,其中包括关于"文革"创伤文学或反乌托邦主题的作品,但并非以这类题材或主题的作品为主。短篇小说库对小众作家和小叙事作品的选择趋势是中小学汉语教学中文学选择的一个"吸引子"。

然而,这个"吸引子"意味着,短篇小说库对作家作品"多样性"选择的可能性中,以中国大陆知名作家为主、以国族大叙事为主题的可能性没有实现。这说明,还有其他"约束"促使"小众作家和小叙事作品"这个"吸引子"的形成,同时这个"吸引子"也带来了新的"约束"。

短篇小说库选自纸托邦短读计划,是利兹大学当代华语文学研究中心与纸托邦合作的结果,因此纸托邦的选择趋势构成中小学短篇小说库文学资源的"边界条件",成为"多样性"之外的另一个"约束"。纸托邦在选择作家进行翻译时,关注的是年轻作家,尤其是"新生代"作家。纸托邦著名译者、短读计划发起人之一韩斌在接受《单读》杂志采访时曾指出纸托邦短读计划这一选择趋势,同时她还指出,不光纸托邦如此,西方出版社亦如此,"西方的出版社并不在意某部作品是否在中国获得过大奖,或者作者是否属于超级畅销作家,而

---

① https://writingchinese.leeds.ac.uk/schools/storyhubschools/(最近检索日期:2020 年 1 月 10 日)

是更喜欢自己（以他们对西方读者的了解度）做判断"①。纸托邦这个选择趋势，作为一个"约束"，促使中小学短篇小说库对作家和作品的选择呈现出与之相近的趋势，或"吸引子"。

然而，"小众作家和小叙事作品"这个"吸引子"是中小学、利兹大学当代华语文学研究中心和纸托邦之间关系互动的结果，是由英国教育政策调整、英国汉学发展趋势、中小学的中文教学现状、利兹大学当代华语文学研究中心的地位以及该中心与纸托邦之间的紧密合作关系等因素共同影响的，不能笼统地说是纸托邦决定的，但纸托邦短读计划在选择作品时未能实现的可能性，即"约束"，会一直影响短篇小说库文学选择的趋势和路径，影响着哪些短篇小说能够进入中小学汉语教学。

5.5.2.2 对"小众作家和小叙事作品"选择趋势的复杂性思考

如果我们采取中西二元对立的视角来宏观地看待这个'吸引子'，则可能产生两种观念。一种观念可能会认为，西方文化的强权地位在作家和作品选择上避开中国当代文学中有关中国主流叙事或国族大叙事的书写，所谓的对中国文学多样性的选择其实是站在他们审视中国的立场上选取符合西方叙事的作家和作品；另外一种观念可能会觉得，如此众多的中国文学走出去，走入中小学的中文课程，这些文学作家和作品的选择真正体现了人类普世主义的思想。但是，作为哲学认识论的复杂性理论，不从西方二元对立的视角来看问题，不俯视不仰视，不把一切都看做东方主义，也不和稀泥式地唱和普世主义。如果我们能采用复杂性认识论视角，不去强化强势文化和弱势文化之间的对立，而是把这理解为系统内部因素和环境之间互动选择的结果，则可能有不一样的发现。

相对于历史时期上中国现当代文学在英语世界的流通趋势，中小学汉语课程短篇小说对当代文学作品的选择趋势是一种进步式地发展。正是在"多样性"选择的"初始约束"下，中小学短篇小说库对

---

① 王梆：《她正在翻译当下的中国——对英国翻译家 Nicky Harman 的访谈》，《单读》。

作家和作品的选择没有呈现以"文革伤痕回忆录"为主的趋势。根据第4章的分析，西方出版社在翻译和出版中国当代文学书籍的过程中，曾一度呈现"文革回忆录"的选择趋势，以及与英国主流媒体共同构建"中国当代文学要么为政治服务、要么是政治压迫对象"的文学概念叙事。与此相比较的话，中小学汉语课程对当代短篇小说的选择趋势不能不说是一种进步，呈现出当代中国文学创作的多样性，反映了中国当代文学创作中体现出来的多样化叙事。

从复杂性视角来看，"小众作家和小叙事作品"的短篇小说选择趋势，不能简单归因于东西方意识形态的不同，而是多种因素互动的结果。短篇小说库对小众作家和小叙事作品的选择趋势，某种程度上可能是英语世界将中国主流叙事和小叙事对立起来的结果，可能有着潜意识中的将双方进行对立的政治日程。然而，这种文学多样性的选择趋势有抵消英语世界出版社和主流媒体长期以来构建的关于中国文学的概念叙事的影响，而且这些作品的选择也受其他"初始约束"的影响，在题材上、语言上更适合青少年读者，是多种因素相互作用的结果。值得指出的是，这些文学资源的提供包含了相关个人和机构的努力。中小学短篇小说库的作品是纸托邦译者团队和作者为解决中小学汉语教学资源问题而提供的无偿帮助，然后借助利兹大学当代华语文学研究中心在英国汉学界的影响力和地位而提供给中小学汉语教学。

复杂性理论有助于我们认识到中西方意识形态或价值观的对立必然会"约束"到中国当代文学在海外的接受，包括英国中小学汉语教学对文学文本的选择。我们不能想当然地期望带有中国主流叙事的作品会自然地受到拥有不同价值观和意识形态的西方读者的拥抱，东西方意识形态的张力有意无意会存在于东西方的文化乃至学术交流中，而且是一个漫长的过程。

5.5.3　课堂教学对具体文学文本的选择"路径"和"约束"

英国中小学汉语教学大使志愿团是利兹大学当代华语文学研

究中心与伦敦教育学院孔子学院的中文教师协会共同成立的,大使志愿团由顾问委员会成员芒福德领导,提供的课堂教学资料包括:短篇小说利格拉乐·阿(女乌)的《梦中的父亲》(*Dreaming of My Father*)和王小妮的《火车头》(*1966：Locomotive*);长篇小说林满秋的《腹语师的女儿》(*The Ventriloquist's Daughter*)。《梦中的父亲》和《火车头》是从短篇小说库的22部短篇小说中选择的,《腹语师的女儿》是从书评俱乐部中的3部长篇小说中选出的。这说明这些课堂教学资料的选择在时间流上经历了不同的阶段。从复杂性理论看,如果把这些最终被选作品本身看做"吸引子",则存在着从前一个"吸引子"(22和3)到当前"吸引子"(2和1)的转变路径。那么,有哪些"约束"促使这一转变?本节以课堂教学资料的这一选择路径为例,探讨路径成因。

5.5.3.1　从"22"到"2"的选择路径和约束

《梦中的父亲》和《火车头》既呈现出汉语教学文学资源总体"多样性"的选择趋势,也呈现出短篇小说库"小众作家和小叙事作品"的选择趋势,表现在对女性作家的选择、两位作家文化身份的多样性、小说里关于个人童年回忆的叙事等。这说明,两部作品被选为课堂教学材料受"多样性"这一"初始约束"的影响。其次,笼统地讲,这两部作品短小精悍、涉及中国大陆和台湾的历史文化,符合"初始条件"中关于教学的实际需要。

但是,与短篇小说库中其他20部作品相比,这两部作品呈现出两个独特但共同的倾向。第一,故事背景分别设在中国大陆"文革"时期和台湾"戒严"时期,在题材上呈现出"历史"的倾向。这一"历史"选择倾向与英国高校现当代文学课程大纲选择作家作品的"历史轴"倾向有相近之处。英国学生普遍缺乏中国历史知识,而中国大陆的"文革"历史和台湾的"戒严"历史,或许在英国中小学汉语教学大使志愿团看来,是学生有必要了解的有关中国历史的重要知识。第二,主题都是关于父亲和童年的回忆。在任课教师为两部作品撰写的教案中,有关于两部作品互涉和比较的"问题和讨论",其中之一为比较两个"父亲"。这说明,学生对中国历史知识的匮乏和需求增加了两部小说被选择的可能性,同时两部小说的相同但又不同的主题和题材,使得这两部小说课堂讨论中可以互涉和比较,增加了被选择的可能性。

从"22"到"2"的选择路径说明,"多样性"这一"初始约束"始终影响着具体作品的选择;而"语言和内容上符合教学需要"这一"初始约束"则涉及学生、教师和作品之间在场或不在场的相互影响。

5.5.3.2　从"3"到"1"的选择路径和约束

中小学读者书评俱乐部提供的三部长篇小说为林满秋的《腹语师的女儿》(汪海岚译)、曹文轩的《青铜葵花》(汪海岚译)和张瀛太的《熊儿悄声对我说》(石岱仑译)。

关于英国中小学校汉语课程或相关阅读学习结构对中国文学作家作品的选择,毋庸置疑,作家、译者和作品的象征资本(如获奖)会起一定作用。这三部长篇小说从作者、译者到出版社都是各自领域内非常著名的。但相对而言,三位作者中,曹文轩最著名;两位译者都是纸托邦译者团队的成员,但汪海岚更为著名。曹文轩是 2016 年度"国际安徒生奖"(Hans Christian Andersen Prize)获得者,该奖项常被誉为"小诺贝尔文学奖"的世界儿童文学领域最高荣誉,曹也是首位获得此奖项的中国作家[1]。汪海岚翻译的《青铜葵花》获 2017 年"麦石儿童文学翻译作品奖"(Marsh Award for Children's Literature in Translation),《小兔的问题》(*Little Rabbit's Questions*)(作者甘大勇)获 2018 年国际儿童读物联盟美国分会(USBBY)"国际杰出童书奖"[2]。除这些奖项外,作为儿童文学翻译家,汪海岚还获得过英国"沼泽奖"、"2017 陈伯吹国际儿童文学奖特殊贡献奖"。随着作者和

---

[1] 相关中文报道和介绍可参见中国作家网:http://www.chinawriter.com.cn/2016/2016-04-05/269208.html 此外,英国 BBC 网站也有报道:https://www.bbc.co.uk/news/world-asia-china-35965873
[2] 《小兔的问题》中文版由中国中福会出版社于 2014 年 1 月出版,英文版由美国纸托邦出版社于 2016 年在北美地区出版。该书获奖报道参见网址:https://www.sohu.com/a/222529594_99915454

译者双双获奖,《青铜葵花》英译本"在英语世界引起极大轰动"。①

英国中小学校汉语课程(包括相关阅读学习小组)对中国文学作家作品的选择,光有作者和译者的"名人效应"还不够,还需必要的宣传和推广工作。三部作品,以利兹大学当代华语文学研究中心为平台,得到更好推广的是《青铜葵花》和《腹语师的女儿》。两部作品的译者汪海岚,作为知名译者,也是利兹大学当代华语文学研究中心的大使,是中心各项文学推广活动的积极参加者;两部作品的作者,曹文轩和林满秋,都是该中心推送的"月度作家"②。曹文轩2016年4月获得"国际安徒生奖";6月即被推为利兹大学当代华语文学研究中心的月度作家③;7月,为纪念曹文轩获奖,该中心的前身,利兹大学的"汉语写作"项目,在利兹举行中国儿童文学专题讨论会,邀请中小学教师参加,讨论中国儿童文学作品和翻译,同时也探讨如何把中国文学文本纳入中小学汉语教学的课堂。会后,汪海岚还发起建立了《小读者华语文学网》,与纸托邦、利兹大学当代华语文学研究中心合作,为推广和研究华语儿童文学搭建平台,并邀请汉学家、儿童文学研究者、中小学汉语教师等发布如何将中国文学融入中文课程的研究文章或经验分享。可以说,这一系列活动,既是利用作者和译者获得国际认可的机会,也是把这种认可"翻译"到中小学的过程。此外,汪海岚参与的儿童文学推广活动也包括推广《腹语师的女儿》,作者林满秋目前常旅居英国,是利兹大学当代华语文学研究中心的作家大使,常参与该中心举办的文学研讨和读者见面会等活动④。应该说,有平台、作者和译者的合力,《腹语师的女儿》的宣传力度未必

---

① Weightman, Frances, "Chinese Children's Literature and the UK National Curriculum", *Chinese Books for Young Readers*.
② "月度作家"是利兹大学当代华语文学研究中心每月推送的特色作家,是该中心最重要的文学推广活动之一。曹文轩和林满秋分别是2016年6月和2017年10月的"月度作家"。第6章会再谈及该话题。
③ https://writingchinese.leeds.ac.uk/book-club/june-2016-cao-wenxuan-%e6%9b%b9%e6%96%87%e8%bd%a9-and-childrens-literature/
④ https://writingchinese.leeds.ac.uk/events/chinese-literature-in-the-curriculum-teachers-residential-weekend(最近检索日期:2019年12月18日)

比《青铜葵花》小。

事实上,按照以上论述,就作家和作品的获奖而言,《青铜葵花》比《腹语师的女儿》更胜一筹,译者和利兹大学当代华语文学研究中心也竭力推送《青铜葵花》。但是,选入中小学汉语课程教材的却是《腹语师的女儿》。"约束"在于,作家和作品走入中小学汉语课程资源只是一方面,具体如何被接受还需要通过看接受一方(主要是学生和教师)的反应,比如中小学生撰写的书评,教师利用文学文本对课堂教学的组织等。

根据芒福德展示如何在汉语课堂上使用《腹语师的女儿》的博客,该作品于 2018 年 6 月的夏季学期(共 6 周)用作教材①。中小学书评俱乐部中读者对《腹语师的女儿》和《青铜葵花》的书评分别开始于 2017 年 8 月②和 2016 年 6 月③,大部分书评都是在《腹语师的女儿》用作教材之前发表的。这说明《腹语师的女儿》被选为教材发生在大部分书评之后,读者书评很可能会影响这个选择,增加某部作品(不)被选择的可能性。大部分中小学生读者的书评表明,《熊儿悄声对我说》反响最为平平,只有一篇书评;林满秋的《腹语师的女儿》收到的书评最多,且绝大部分都是好评,在三本书中最受欢迎。该小说中关于爱、治愈和成长的主题以及惊悚悬疑、扣人心弦的情节受到中小学生书评者的一致喜爱;与之相对,小读者对《青铜葵花》不喜欢的地方基本都是该小说中令人悲伤的故事情节、灰暗的描写、复杂难懂的背景知识等。芒福德选择《腹语师的女儿》做课堂教学材料,引导学生根据故事里的"父亲"在中南美洲的旅行轨迹画了地图,用汉字标示出地名,在这个过程中,学生不但可以了解不同于英语国家的文化知识,而且通过地名认识汉字并比较译名从源语到汉语之间的转

---

① https://writingchinese.leeds.ac.uk/blog/page/2/(最近检索日期:2019 年 1 月 5 日)
② https://writingchinese.leeds.ac.uk/schools/school-bookclubs/the-ventriloquists-daughter/(最近检索日期:2019 年 1 月 5 日)
③ https://writingchinese.leeds.ac.uk/schools/school-bookclubs/bronze-and-sunflower/(最近检索日期:2019 年 1 月 5 日)

变和语言的对比,而所有这些与文学教材相关的文化知识和词汇学习都是为学生"GCSE"考试服务的。这说明,《腹语师的女儿》被选入中学汉语课程教材显然是不同因素合力及相互影响的结果。

从复杂性视角观察汉语课堂教材的选择路径,可帮助规避从二元对立观去评判"接受"的结果,也可帮助观察接受过程中不同因素的影响机制。就《腹语师的女儿》被选为课堂教材的路径而言,可有以下三点认识:第一,就作家名气和作品海外宣传来看,林满秋虽名气不如曹文轩,但她是台湾2003年"金鼎奖"、2010年"好书大家读"奖的获得者,是利兹大学当代华语文学研究中心的作家大使,可经常参加在伦敦和利兹举行的中国文学推广活动,在《腹语师的女儿》的宣传上未必逊于《青铜葵花》。第二,《腹语师的女儿》在学生群中接受度高显然是该作品入选课程教材的主要原因,但这个接受度是多种因素互动的结果,不能完全归因于作品本身。把《腹语师的女儿》和《青铜葵花》相比较,前者的被选和后者的没有被选有两部作品各自差异、彼此约束的原因,但亦受文学文本"在语言和内容上符合教学需要"的"初始约束"的影响。第三,在汉语教学的"初始约束"中,相比于中国历史和文化的学习,语言的难易适度以及内容的趣味性具有更大的约束力。就文学文本需要帮助学生学习中国历史和文化的"初始约束"而言,《青铜葵花》的"文革"历史背景并未促成该作品被选为课程教材;就学生喜欢的"温暖"主题而言,《青铜葵花》中不只有灰暗和伤痛,还有爱、温暖和人性的光辉,主要是故事叙事的节奏和趣味性远不如《腹语师的女儿》受欢迎。这说明,将中文原作和英文译作同时用于汉语课堂教学,且是长篇小说,相对于中国文化和历史学习的需要,文本的趣味性、语言的难易度、是否能便于教师组织课堂教学更为重要,而这一切又与学生学习汉语的难度和升学考试目的等"初始约束"相关。概言之,《青铜葵花》没有被选入中小学汉语教学的课堂材料,不是该作品不具备文学性或宣传不够,不是作品在文化内容上不能满足英国中小学汉语教学引入文学文本的需求,而是与《腹语师的女儿》相比,"初始约束"中的诸如学生学习汉语的压力、升学考试压力以及汉语本身的难学等易被想当然忽略的"约束",限制了《青铜葵花》被选的可能性。此外,书评俱乐部中的小说呈现了多样性的选择趋势,总的来讲,多样性选择是一个非常强大的"约束"。

关于中国当代文学在中小学汉语课程中的使用或接受,从文学作家和作品的选择、英译本的使用,到学生对文学文本的阅读方式,都能够看出利兹大学当代华语文学研究中心在这个过程中所起的重要平台作用,此外,还有纸托邦的译者团队、中小学汉语教师大使志愿者等,这些热爱中国文学的机构或个人,为向读者呈现中国文学多样性以及让中国文学走入英国中小学而付出努力和贡献,值得敬佩和欣赏。

5.6 本章小结

本章从英国中小学外语课程政策的变化、英国政府对中文重要性的强调、中文的学习难度等方面分析了英国中小学中文教学的大背景。在这个大背景下,根据英国教育部相关的外语课程指南、"中文培优计划"等,探讨了(现)当代中国文学融入英国中小学汉语课程的"环境"。由于中小学汉语教学外部环境和内部诸要素之间的互动影响,英国中小学校汉语教学对文学文本的引入只是尝试,进行此尝试的学校以加入"中文培优计划"的中学为主,并未形成大的规模。与纸托邦、伦敦大学学院教育学院合作的利兹大学当代华语文学研究中心,为中小学汉语课堂文学资源的引入提供咨询、辅导、培训等服务,在中小学汉语教学引入中国文学文本方面起了重要作用,也因而使得中小学汉语教学对文学文本的使用相对统一和稳定。

通过梳理该中心提供和分享的中小学汉语教学中的文学资源,本章发现中小学汉语教学对中国文学的选择只限于当代文学,在作家作品的选择方面体现了多样性,同时在"多样性当代文学"总的选择趋势下,不同部分的文学资源,如短篇小说库和文学教材,在作家和作品选择上又呈现出一定的趋势。通过复杂性理论中的"吸引子"和"约束"概念,本章尝试分析了形成这些趋势的不同因素之间的相互作用以及该如何看待这些趋势形成的原因。"初始约束"促使"多样性当代文学"选择趋势的形成,但不同部分文学资源对作家作品的具体选择又有其他"约束"的影响。此外,就中小学汉语课程中的文学阅读模式而言,从中小学生读者书评到教师课堂文学材料的使用,都在某种程度上表现出世界文学的阅读模式倾向,而且学生对作品的喜欢和不喜欢可以帮助进一步分析作品在某个流通环节(不)被选择的可能性的原因。

与纸托邦、伦敦大学学院教育学院合作的利兹大学当代华语文学研究中心在推广和导引中小学汉语教学如何引入文学文本方面起了重要作用,同时,作为向中小学汉语课程提供文学资源的平台,该中心提供的相关文学资源不但具有代表性,而且也保证了英国中小学汉语教学中对当代中国文学使用的相对稳定。第4章和第5章表明探讨英国汉学界对中国现当代文学的接受无法绕开利兹大学当代华语文学研究中心。下一章将专门探讨该中心,一个为作家、代理、译者、学者、出版社、读者等提供交流的平台,如何推广中国文学到达更多的读者,呈现什么样的文学流通和阅读模式。

第6章　中国现当代文学在利兹大学当代华语文学研究中心推广活动中的接受研究

作为英国汉学研究的重要高校之一,利兹大学从2010至2018年度,每年都在《英国汉学协会年报》上发表其本学年在汉学研究、招生和教学方面的重要成果。从2015年开始,其提交的汉学研究发展报告上连续四年分别介绍和总结利兹大学当代华语文学研究中心过去一学年的文学推广活动[①]。这些活动分为线上活动和线下活动,是中国当代文学[②],也是广义上的华语文学,活跃存在的平台和方式。对这些活动情况的梳理,可帮助了解中国当代文学在这个平台上活跃存在的趋势,考察以该中心为平台的汉学界群体对中国现当代文学的阅读模式和概念叙事。

依据涌现性符号翻译理论,社会文化实在涌现于"翻译",是系统内部各要素之间以及系统与环境之间关系互动的结果。因此,对涌现性翻译现象的研究需要描述现象的总体情况,观察其"趋势",分析其产生的非线性原因。本章的研究内容是考察和描述利兹大学当代

[①] 可参见2015—2018年度《英国汉学协会年报》(*BACS Bulletin*)相关内容,即:《年报2015》第28页,《年报2016》第16页,《年报2017》第24页,《年报2018》第18—19页。

[②] 本书目的是考察"现当代"文学在英国汉学界的接受,但为与"利兹大学当代华语文学研究中心"名称中的"当代"在表述上一致,除二、三级标题外,本章在表述上用"当代"而不是"现当代"。

华语文学研究中心对中国当代文学推广的总体及具体情况,观察中国当代文学的流通和阅读"趋势",识别以该中心为平台的汉学界群体对中国当代文学的"叙事"构建,通过"约束"和"吸引子"等概念分析该"趋势"和"叙事"背后的原因。本章在搜集相关资料的基础上拟解决的具体问题有:(1)利兹大学当代华语文学研究中心举办了哪些文学推广活动;(2)这些活动过程中选取了哪些作家和作品,呈现什么样的流通趋势和阅读模式,构建了什么样的当代中国文学叙事;(3)在复杂性视阈下,这些趋势和叙事是由哪些复杂因素导致的?

6.1 利兹大学当代华语文学研究中心推广活动的资料搜集

6.1.1 资料搜集的来源

本章所依据的资料主要来自利兹大学当代华语文学研究中心的官方网站;从该平台搜集资料的时间范围是从相关活动开始的时间至 2019 年 12 月 31 日[①]。

利兹大学当代华语文学研究中心(The Leeds Centre for New Chinese Writing)于 2018 年 7 月正式宣布成立,其前身是始于 2014 年 10 月白玫瑰东亚研究中心的"汉语写作"(Chinese Writing)项目,文学的相关推广活动从"汉语写作"项目就已正式开始。该中心的官网上提供英汉双语的自我介绍,现引用如下[②]:

> 本中心设在英国利兹,在国际顾问委员会的大力辅助下,由管理委员会管理运行。我们与很多合作伙伴共同努力,如纸托邦、基于孔子学院的汉语教师网络、马里士他出版社和企鹅中国,开发各种资源,让每个人都能接触到新型的汉语写作,尤其是学龄读者。我们在利兹举办很多演讲、读书会、工作坊、研讨

[①] 少部分资料会取自本书作者在参与部分文学推广活动过程中的现场记录,但出于研究伦理的考虑,仅在必要时做互文性资料使用。

[②] https://writingchinese.leeds.ac.uk/profiles/(最近检索日期:2019 年 12 月 22 日)

会以及其他各种活动。我们每月会在读书俱乐部推出一位特色作家,对中国当代文学翻译进行网络书评,也会举办一系列汉英文学翻译竞赛,开展一些汉英文学翻译的硕士课程。本网站还有我们定期更新的博客,发布关于中国当代小说的相关文章、以及对该领域作家、译者与其他人物的采访报道。中心涵盖中国文学和汉英文学翻译研究的各个方面。如果您有兴趣加入我们的团队做博士、博士后研究或者访问学者,请联系我们……

由介绍可见,作为英国汉学界的一个机构,利兹大学当代华语文学研究中心(下简称中心),既是当代华语文学推广的平台也是学术机构,不但进行文学推广活动,还提供中国文学及其译介相关的博士和其他研究项目。中心的正副主任,中国文学研究者蔚芳淑(Frances Weightman)和朵德(Sarah Dodd)分别是利兹大学语言、文化和社会学院东亚研究系的教授和讲师。中心的文学推广活动分线上和线下两种,线上活动主要借助于中心的网站平台。中心在其官网上用英汉双语如此描述自己的网站[①]:

我们是英国利兹大学的一个动态网站,旨在连接中国当代文学领域的作家、译者、出版商、文学经纪人以及学者,加强他们之间更加密切的联系与交流,从而促进英语世界的中国当代文学写作。我们开展一系列丰富多彩的活动,包括大型活动、翻译比赛和线上活动。此外,我们还和纸托邦及其他伙伴具有密切的合作关系。本中心源自2014年开始的"汉语写作"项目。项目最初以白玫瑰东亚研究中心(WREAC)为中介,受到英国艺术与人文研究委员会的资助。

此段介绍表明,中心是连接作家、译者、出版社、中国文学研究

---

① https://writingchinese.leeds.ac.uk/(最近检索日期:2019年12月22日)

者、读者的非政治性组织，有自己的合作网络，以一系列活动为主，目的是使"新型"华语文学能连接到更广的读者，包括中小学生读者。中心的文学推广活动主要包括"月度作家"、"书评网络"、"翻译比赛"、译者或作家访谈等，与之对应的中心网站栏目包括："读书俱乐部"(Book Club)、"读者书评"(Book Review)、"博客"(Blog)、"活动档案"(Events Archive)、"翻译比赛"(Competition)等，具体情况可见表 6-1。此外，该中心网站还提供"短篇小说库"(Story Hub)和"中小学资源"(Resources for Schools)，主要为中小学生读者提供阅读资源以及为英国中小学汉语课程提供文学素材，这部分材料已于第 5 章讨论过。此章的资料搜集只关注表 6-1 中所涉及的栏目内容。

表 6-1　利兹大学当代华语文学研究中心主要活动形式及对应网站栏目

活动形式	月度作家	书评网络	译者/作家访谈	面对面活动	翻译比赛
对应的网站栏目	读书俱乐部 Book Club	读者书评 Book Review	博客 Blog	活动档案 Events Archive	翻译比赛 Competition

6.1.2　资料搜集的范围

基于本章拟解决的问题和中心的活动内容，本章搜集的具体资料主要涉及以下三个方面。(1)各种面对面文学线下推广活动中参与的作者、译者、文学代理人、出版商、研究者等，旨在勾勒出相关的网络和特点。这些网络和特点表明当代中国文学借助平台的流通情况，也与其他相关的线上活动之间形成互动的网络。(2)中心文学推广活动中对作家作品的选择，具体为：月度作家和作品的选择、翻译比赛中作家和作品的选择、书评网络中作家和作品的选择，关注这些作家的特点、个人叙事、作品的体裁和主题等，通过这些特点的趋势，从作家作品选择的角度重点构建中心相关活动体现出的对中国当代文学的概念叙事。(3)读者对月度作品的"投票"情况以及书评网络中的读者书评情况。借此通过中心这一平台，探讨中国当代文学在具体读者中的接受情况，以及这些读者所呈现的文学阅读模式。这些资料的搜集皆围绕中心开展的文学推广活动，这些活动有交叉的地方，例如：有些翻译比赛选择的作家和作品，同时也是比赛期间的月度作家和作品。

6.2 利兹大学当代华语文学研究中心文学推广活动的总体情况

中心的文学推广活动包括线上和线下活动，二者互相呼应。线下活动主要关于中国当代文学的作者、译者、出版社、研究者和读者等的面对面活动。这些活动的具体过程无法追踪，但这些活动的主要内容和参与者可进一步呈现中心的性质，以及参与者之间的互动。同时，线下活动的绝大部分参加者都是线上活动的参加者，线下活动内容不仅与线上活动相互呼应，而且还构成线上活动存在的"环境"，表明线上活动不是孤立地进行的，如月度作家作品的选择、书评网络中作家作品的选择、乃至读者评论所处的平台环境，都可能不同程度受线下活动的影响。本节通过考察线下活动的类型和参加者，描绘中心文学推广活动所处的自身环境和概况。

6.2.1 联结文学流通和阅读的线下活动类型和内容

经本书统计，自2014年10月至2019年12月，中心共举办了43场线下活动，平均每1.5个月就有一场活动。按照活动的主要方式和内容，这些活动包括专题学术论坛5场，文学翻译工作坊3场，书评研讨2场，文学诵读或研讨33场。

专题学术论坛是中心最重要的学术活动之一，一般每年举行一次。自2015年7月至2019年10月，中心共举办5场学术论坛，其间2017年未举办，2019年有两场，其中一场由英国利兹大学诗歌中心主办、中心合办。这5场论坛的专题内容可以说代表着以中心为平台的汉学界群体对中国当代文学的关注面。按论坛的举办时间为序，话题依次涉及：中国当代新文学的内涵，中国儿童文学发展状况、如何在中小学汉语课程中融入文学，非汉族小说和电影，中英当代诗歌对话,中国当代"类型"小说及其在西方的接受等。论坛主题表明,以中心为平台的英国汉学界开始聚焦"新型"的中国当代文学,同时关注儿童文学、中国少数民族文学和目前国内外都非常流行的"类型"文学等话题。论坛的主要参加者包括作家、译者、文学代理、编辑、出版商、文学网站博主以及汉学研究者等,其中汉学研究者不只限于知名汉学家,还包括一些英国高校从事中国研究(文学方向)的博士生。

文学翻译工作坊主要由译者、作家、文学研究者等以授课和讨论的方式,通过译者对该作家作品的翻译实例,向学生展示翻译过程,观察汉英语言和文化的差异、原作的理解、翻译的难点、解决的策略等,参加者多是利兹大学东亚中心的硕士生,也欢迎其他对中国文学英译感兴趣的人士参加。显然,文学翻译工作坊的目的是帮助学生更好地进行汉语语言学习以及提高对中国文学翻译的兴趣。在很大程度上,这与上一章提到的为中小学生举办的中国文学进课堂的工作坊以及中心每年举行的白玫瑰翻译比赛的目的有共同之处。

书评研讨活动目前已举办两次,分别于 2017 年 11 月和 2018 年 3 月,是中心的线上"书评网络"活动开始不久后进行的。目的是为月度作家、译者和读者提供面对面交流的平台,"讨论作品、翻译以及撰写书评的技巧"①。书评研讨活动次数虽不多,却意义重大,代表着以中心为平台的汉学界关注阅读中国当代文学的模式,且这种关注是通过书评者与作者、译者面对面交流和研讨来实现的。

文学诵读和研讨活动举办的次数最多,形式也相对简单,通过作者和译者诵读作品的原文和译文、读者提问等方式来进行交流互动。该活动所涉作家和作品多是月度作家和作品,是大部分普通读者与作家、译者畅谈文学和翻译的场地。

---

① https://writingchinese.leeds.ac.uk/events/book-review-network-residential-weekend/
(最近检索日期:2020 年 2 月 26 日)

综上所述，中心的线下活动主要涉及文学研究、文学的翻译和出版、文学的翻译研究、文学的阅读、读者和作者/译者面对面互动等内容。很多活动面向公众，尤其是文学的诵读和研讨活动。除了特邀嘉宾，很多自发的参加者多是利兹大学本校或利兹本地对当代华语文学感兴趣的学生、学者等，还包括少部分来自诸如约克、曼彻斯特等临近城市的学生、学者和译者等。在这些活动举办的同时，参加活动的出版社或布莱克韦尔（Blackwell）书店会设立临时书摊进行作者或译者的签售活动，购买者大多为活动参加者。虽然很多活动的整体规模不大，但为当代华语文学在英国汉学界的流通和阅读提供了不同于课程设置和文学教学的场地。

6.2.2　突出译者和作家的线下活动参加者

这里的参加者主要指中心线下活动邀请的嘉宾。他们主要包括作家、译者、出版商和研究者等。文学专题论坛是各方参加者齐聚的活动。2019年10月的论坛，主题为"中国当代'类型'小说及其在西方的接受"。受邀参加论坛并做主旨发言的有科幻小说家陈楸帆和夏笳（王瑶），著名汉学家金介甫（Jeffrey Kinkley）、法国汉学家和译者布里吉特·杜赞（Brigitte Duzan）①、北卡罗来纳州立大学中国现代文学助理教授撒尼尔·艾萨克森（Nathaniel Isaacson），韩斌、汪海岚、钟佳莉（Emily Jones）、狄敏霞（Michelle Deeter）等译者，出版马平来、杨志军、贾平凹等作家英译作品的英国查思（ACA）以及"类型"文学出版社伦敦宙斯之首（Head of Zeus）的负责人，剑桥大学、伦敦

---

① 布里吉特·杜赞（Brigitte Duzan）：法国汉学家、语言学家和翻译家，她创立了华语中短篇小说网站（http://www.chinese-shortstories.com/）和华语电影网站（http://www.chinesemovies.com.fr/），是国立东方语言与文明研究所中国电影俱乐部（the Chinese Ciné-club）以及巴黎中国文化中心的中国读书俱乐部（2017年10月）的联合创始人。她目前的研究涉及当代中国文学，特别是短篇小说，最近的翻译包括万玛才旦（Pema Tseden）创作并改编为电影的《撞死了一只羊》（*J'ai écrasé un mouton*）。杜赞简介可参考：https://writingchinese.leeds.ac.uk/events/symposium-space-to-speak-non-han-fiction-and-film-in-china-and-beyond/（最近检索日期：2020年2月26日）

大学学院和利兹大学中国当代文学研究或翻译研究方向的博士生。2015年7月第一次论坛的参加者还有文学代理,香港牡丹花版权公司,出席论坛的是该公司的创始人和总经理尤小茜(Marysia Juszczakiewicz)①。

中心最频繁的活动是作家与读者面对面交流的活动,包括作品诵读、研讨和翻译等。这里仅以相关活动为参照材料,将出版社/译者与作家共同参加现场活动的基本情况统计为表6-2。需要指出的是,此表所列不包括作者独自参加的活动。

表6-2 参加文学英译作品诵读、研讨或翻译活动的作家/译者/出版商的出场情况

活动时间	活动内容	作家和作品	译者	出版社/杂志
2014.10.09	诵读	陈希我:《冒犯书》(The Book of Sins)	韩斌	Harvey Thomlinson:聊斋出版社(Make-Do)社长
2014.11.01	研讨	颜歌:《白马》(White Horse)	韩斌	/
2014.11.01	翻译工作坊	颜歌	韩斌	/
2015.4.23	诵读	韩东	韩斌	/
2015.5.12	诵读	阿乙:《下面我该干些什么》(A Perfect Crime)	郝玉青(Anna Holmwood)	/
2015.10.15	研讨	刁斗:(短篇小说集 Points of Origin)	/	Samantha Clark:句号出版社(Comma Press)负责人
2016.4.20	研讨	徐小斌:《水晶婚》(Crystal Wedding)	韩斌	马里士他出版社(Balestier Press)举办的作家活动
2016.5.05	研讨	师琼瑜:《假面娃娃》(Masked Dolls)	Xinlin Wang 陶丽萍	马里士他出版社举办的作家活动
2016.10.27	研讨	何家弘:《性之罪》(Black Holes)	钟佳莉	/
2017.10.24	研讨	林满秋:《腹语师的女儿》(The Ventriloquist's Daughter)	汪海岚	/

---

① 香港牡丹花版权公司在英国和亚洲都有丰富的出版经验,是莫言的第一位文学代理,为其《檀香刑》出售英语版权,此外,还代理了韩寒、苏童、严歌苓、阿乙等作家。

续表

活动时间	活动内容	作家和作品	译　者	出版社/杂志
2018.4.28—29	中小学汉语课程中的中国文学	林满秋:《腹语师的女儿》(The Ventriloquist's Daughter); 颜歌:《白马》(White Horse)	汪海岚	/
2018.7.16	研讨	张辛欣	汪海岚	/
2018.10.12	研讨	西川:英译诗集 Notes on the Mosquito	柯夏智	/
2018.10.17	研讨	杨志军:《藏獒》(Mastiffs of the Plateau); 马平来:《满树榆钱儿》(The Elm Tree)	/	Ying Mathieson:查思出版社(Alain Charles Asia Publishing, ACA)负责人
2019.7.15	诵读、研讨	余幼幼	戴夫·海森	/
2019.10.11	研讨、诵读	陈楸帆、夏笳《荒潮》(Waste Tide)等	/	Laura Palmer:伦敦宙斯之首(Head of Zeus)出版社的小说出版总监

　　统计的结果表明:相关活动共 16 场,其中包含出版社出场的活动有 6 场,只有作家和译者出场的活动有 10 场。少部分有出版商参加的活动属于中心的专题论坛,如陈楸帆和夏笳的作品诵读活动。大部分有出版社参加的活动,多是由出版社借助中心平台进行的文学作品宣传活动,例如:徐小斌和师琼瑜参加的是马里士他出版社举办的作家活动,杨志军和马平来两位作家参加的是查思出版社"中国文学英国行"的利兹站活动①。作者和译者同时参加的活动,多是中心单独组织的活动,这些活动不但包括文学宣传活动,还包括文学研讨、翻译培训、中小学汉语课程中的文学教学等。这些活动再次体现了中心作为基于高校的汉学机构所关注的与文学研究、汉语学习和翻译实践相关的问题。比较而言,出版社组织的文学宣传活动所涉及的大部分作家不会说英语,而作者和译者同时参加的活动,能够用

---

① https://writingchinese.leeds.ac.uk/events/an-evening-with-yang-zhijun-ma-pinglai/(最近检索日期:2020 年 2 月 27 日)

英语直接交流的作家相对较多,如颜歌、林满秋、西川等。此外,译者韩斌和汪海岚、作家颜歌和林满秋所参加的活动次数高于其他/她作家或译者,她们不但在文学宣传方面显身,而且还帮助中心承担一些其他活动,如相关文学专题的研讨、翻译工作坊的举办等。下面呈现作家和译者参与线下活动的具体情况。

就作家而言,到现场参加活动的作家有 30 名,涵盖 31 场活动。这些作家绝大部分都是中心在其官网平台推出的当代华语文学的月度特色作家,其中大部分作家参加的现场活动为 1 次,少部分 2 次或更多次。具体如图 6-1。

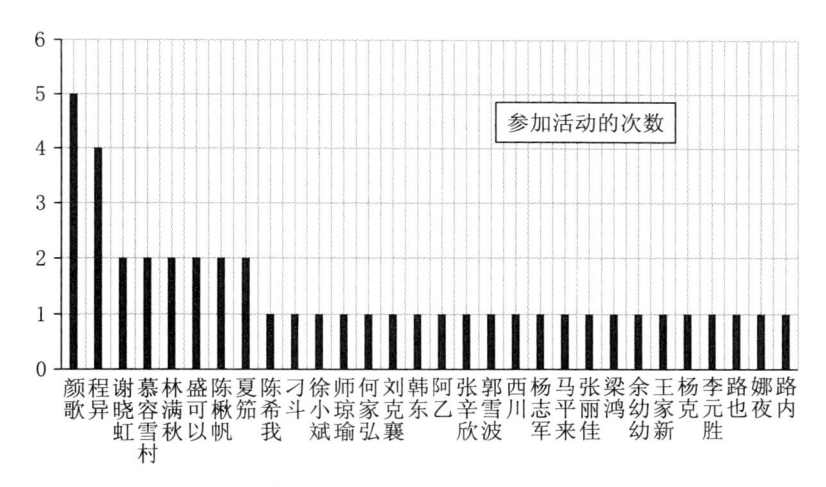

图 6-1　参加中心线下活动的作家及参加次数

参加中心活动 2 次及以上的作家中,颜歌、程异(Jeremy Tiang)、谢晓虹和林满秋是中心的文学大使,他/她们的共同点是英文水平高,能用英语发表演讲、开办翻译工作坊、与英语读者和研究者等可直接交流互动。颜歌来自四川成都、目前定居爱尔兰,她的长篇小说《我们家》(*Chilli Bean Paste Clan*)和中篇小说《白马》(*White Horse*)已由韩斌(Nicky Harman)翻译成英文并在英语世界发表。程异来自新加坡、目前定居纽约,用英文写作,同时做文学中译英的翻译,他翻译了新加坡作家英培安、中国香港作家陈浩基的小说以及成龙的自传等。

谢晓虹目前是香港浸会大学的创意写作讲师。林满秋是台湾作家，关于她的影响，上一章已详细谈过，不再赘述。慕容雪村、陈楸帆和夏笳都是中心年度文学专题研讨会邀请来的嘉宾，盛可以是于2017年11月份中旬参加书评周末研讨活动的，也就是说，这些作家的两次活动并非指专程两次来利兹大学参加活动，而是同一时间段参加了两场不同活动。以上提到的几位作家中，除了慕容雪村和盛可以在参加活动时需要配翻译外，其他作家都可直接用英文交流。其他受邀参加线上活动的作家还包括旅居海外的华裔作家，台湾作家，少数民族作家，大学教授，中国大陆相对年轻的作家，如：阿乙、路内、余幼幼等。

就译者而言，参加现场活动的译者共有22位，涵盖28场活动。具体参与活动的译者名称和参与的活动次数可见图6-2。

译者	参加活动的次数
顾爱玲(Eleanor Goodman)	1
莫楷(Canaan Morse)	1
陶建(Eric Abrahamsen)	1
雷切尔·亨森(Rachel Henson)	1
凌静怡(Andrea Lingenfelter)	1
布莱恩·霍尔顿(Brian Holton)	1
克里斯托弗·皮科克(Christopher Peacock)	1
柯夏智(Lucas Klein)	1
石岱仑(Darryl Sterk)	1
Wang Xinlin	1
陶丽萍(Poppy Toland)	1
罗迪·弗拉格(Roddy Flagg)	1
郝玉青(Anna Holmwood)	1
狄敏霞(Michelle Deeter)	1
布里吉特·杜赞(Brigitte Duzan)	1
徐穆实(Bruce Humes)	1
陈安娜(Anna Gustafsson Chen)	1
戴夫·海森(Dave Haysom)	2
程异(Jeremy Tiang)	3
钟佳莉(Emily Jones)	3
汪海岚(Helen Wang)	10
韩斌(Nicky Harman)	12

图6-2 参加中心线下活动的译者及参加次数

在这些译者中，参加活动次数最多的是韩斌和汪海岚。她们不只是译者，也是发言嘉宾、白玫瑰翻译比赛的评委、翻译工作坊的指导教师，是中国当代文学在英国的推广者和研究者。韩斌还是中心两次书评研讨活动的参加者。二者都是英国汉学界公认的优秀译者,是纸托邦短读活动的发起者,汪海岚在上一章已介绍过,在此不再赘述。韩斌翻译过的中国当代文学作家包括徐小斌、贾平凹、韩东、棉棉、孙一圣、颜歌等,也翻译过旅居海外的华裔作家虹影、严歌苓、张翎等,目前正在翻译黄蓓佳的《我要做好孩子》(*I Want To Be Good*),是英国汉学界公认的最多产的中国文学译者之一,其知名度,或许有一天,可以与葛浩文媲美。其余译者中的大部分都是中国当代文学的汉英翻译者,少数译者涉及其他语种的翻译,例如:皮科克(Christopher Peacock)把次仁顿珠用藏语创作的作品翻译成英文,陈安娜是把当代中国文学翻译成瑞典语的知名译者;大部分汉英译者都来自纸托邦团队,英语是他们的母语,其中程异和Wang Xinlin来自新加坡,没有来自中国大陆的译者。这在很大程度上说明,就英语世界的中国文学英译而言,从外语到母语的翻译是普遍实行的做法。需要指出的是,这里只统计了以译者身份参加活动的人员,有些译者同时也是作家、编辑或研究者,他们以译者以外身份参加的活动没有统计进来,如程异参加的新加坡文学的研讨活动、戴夫·海森(Dave Haysom)以《路灯》(*Pathlight*)杂志和纸托邦短读编辑身份参加的当代中国新文学论坛等。

除了利兹大学及临近大学的汉学教师和博士生等,参与线下活动的研究者还包括受邀到中心来做文学研究讲座或到专题论坛上发言的学者,例如:中国新文学专题会议邀请的学者包括贺麦晓(Michel Hockx)、殷海洁(Heather Inwood)、杜可歆(Katherine Carruthers)、李如茹(Li Ruru)等;中国儿童文学专题会议邀请的学者陈敏捷、陈安娜、杜可歆等;中国少数民族文学论坛邀请的一些西藏、新疆研究者等;中英诗歌对话专题邀请的米娜(Cosima Bruno)等;中国新类型文学受邀的金介甫(Jeffrey Kinkley)等。此外,对外邀请的学者还包括来自中国大陆的作家兼学者梁鸿、何家弘等。有些受邀在学术会议上做主题发言或做专题讲座的作家,如:谢晓虹、王家新、梁鸿、何家弘等,他们都是大学里的教授,本身既是作家也是文学研究者。

除上文提到的参与活动的出版社,参与线下文学活动的出版社/编辑人员还包括企鹅(中国)总经理周海伦(Jo Lusby),纸托邦创始人陶建(Eric Abrahamsen),《路灯》杂志主编和纸托邦短读编辑戴夫·海森,北京老书虫的创始人之一、爱尔兰人高岩(Peter Goff),《山南》(Chutzpah!)杂志的编辑欧宁,汉语学习网站《主席日报》(The Chairman's Bao)的创建者之一马伟(Sean McGibney),《中国文学书籍》(mychinesebooks.com)博客的博主、中国文学酷爱者米拉雷特(Bertrand Mialaret)等。可以说,中心在一定程度上是中国文学海外发烧友的聚居地,体现了中国当代文学在边缘里的活力。

以上关于线下活动的梳理表明以下几点。(1)作为英国汉学机构之一,利兹大学当代华语文学研究中心的活动不限于文学英译书籍的宣传活动,还包括文学研究、汉语学习和翻译实践的活动。当然,这些活动也是广义上的文学推广活动。(2)线下活动参与的作者体现多样性,有来自新加坡、台湾、香港、长居中国大陆和旅居海外的作家,有诗人、小说家、译者兼作家、作家兼学者等,小说家又包括儿童文学作家、刑侦小说家、科幻小说家等。(3)线下活动表明译者和作者是这些活动中起突出作用的行动者和联结者。尤其是译者,如韩斌和汪海岚,几乎参加了中心所有类型的线下活动,并且帮助中心启动"月度作家"项目。中心第一和第二个月度作家的文学作品都是韩斌翻译的,同时她还帮助把作家推荐给出版社,例如,她把颜歌的中篇小说《白马》推荐给希望之路(Hope Road)出版社。她称自己为"蜘蛛网(spider's web)的一部分",联系出版社、向出版社推荐作品、译文完成后与作者、出版商一起与读者见面,进行文学推广活动[1]。参与线下活动的大部分译者来自纸托邦翻译团队,体现中心与纸托邦之间的紧密合作。(4)线下活动的活跃参与者,包括出版社、作者和译者,既体现这些参与者本身的能力、与中心的紧密合作、中心的

---

[1] https://writingchinese.leeds.ac.uk/2014/11/06/yan-ge-and-nicky-harman-in-leeds/(最近检索日期:2019年12月2日)

影响力,更体现中心作为英国汉学机构的组成部分,"不只从学术角度关注当代华语文学,而且试着了解当代华语文学写作、翻译和出版过程中的方方面面"①,体现出英国汉学界群体的与众不同。

这些线下活动还表明,中国当代文学在中心平台的流通和阅读,很多时候是同时进行的。在很多作家和作品的文学线下交流活动中,文学一直处于被使用被阅读的过程。这些线下活动很多与线上活动交叉进行,且多为更好地促进线上活动的展开,可帮助观察线上活动开展的氛围和环境。

6.3 中国现当代文学在中心文学推广活动中的流通趋势

月度作家和书评网络是利兹大学当代华语文学研究中心的主要文学推广活动。这两项活动选择的作家和作品几乎涵盖中心所有其他活动类型选择的作家和作品;同时,这两项活动还涉及读者对文学文本的评论。因此,对这两项活动进行考察,可帮助探索中国当代文学在中心推广活动中的流通趋势和阅读模式。

本节以中心的月度作家和书评网络为研究对象,考察和描述中国当代文学在中心文学推广活动中的流通趋势和阅读模式,并借此观察中心文学推广活动构建的关于中国当代文学的叙事,旨在从文学的流通趋势和阅读模式两方面考察中国当代文学在利兹大学当代华语文学研究中心的文学推广活动中的接受情况。

6.3.1 月度作家及作品的选择

6.3.1.1 世界性华语文学概念的体现

自 2014 年 10 月,利兹大学"汉语写作"项目为"读书俱乐部"推选月度作家,"选取这些作家的中文作品及其英译本"供读者免费线

---

① https://writingchinese.leeds.ac.uk/2015/07/15/the-writing-chinese-symposium/(最近检索日期:2019 年 12 月 2 日)

上欣赏,同时还伴以"对作家、译者和出版商的采访报道"以及"定期邀请作家和译者来利兹诵读和讨论他们的作品"①。至 2019 年 12 月,中心共推选 60 位月度作家②。每月特色作家的主要推介内容包括:作家简介,作品(英汉双语),译者、出版社、作家的新近英译作品介绍等。

表 6-3　月度作家姓名、性别、出生年代的具体情况③

男性月度作家					
40	50	60	70	80	
王晓明 英培安 郭雪波 路　遥	曹文轩 2 何家弘 苏　炜 阿拉提·阿斯木 廖亦武 王家新* 杨　克*	陈希我 劳　马 韩　东 刁　斗 徐乡愁* 格　非 麦　家* 何致和 毕飞宇 董启章 西　川 次仁顿珠 李　洱 李元胜*	徐则臣 阿　乙 慕容雪村 程　异 2 秦晓宇* 葛　亮 路　内 陈浩基	孙一圣 陈楸帆	
女性月度作家					
20	50	60	70	80	90
宗　璞	徐小斌 张辛欣 2 范小青* 黄蓓佳	傅玉丽 师琼瑜 池凌云* 林满秋 张丽佳 娜　夜* 路　也*	谢晓虹 2 黎紫书* 韩丽珠 盛可以 梁　鸿	颜　歌 2 张悦然 李静睿 2 糖　匪* 夏　笳 孟亚楠 2 何丽明	余幼幼

① https://writingchinese.leeds.ac.uk/book-club/(最近检索日期:2020 年 1 月 13 日)
② 一共 63 个月。在这期间,中心在少数月份由于其他活动未推选月度作家,在个别月份推选不只一位特色作家,有些不同月份选择同一作家为月度作家。
③ 表中带 * 号的作家非单独月度作家,而是共同参与团体活动并成为以该团体活动为主题的团体月度作家,例如:中英诗歌对话(王家新、杨克、李元胜、娜夜、路也)、第三届翻译比赛(徐乡愁、秦晓宇、池凌云)、纸托邦短读(麦家、葛亮、张辛欣、范小青、黎紫书、糖匪);"2"表示对应作家两次成为中心的月度作家。

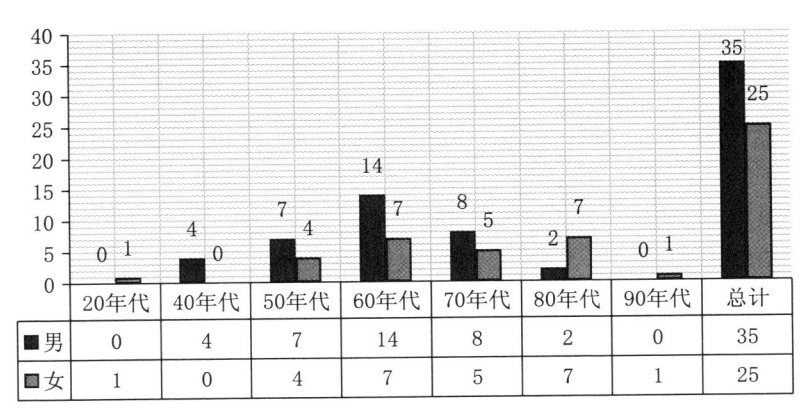

	20年代	40年代	50年代	60年代	70年代	80年代	90年代	总计
■男	0	4	7	14	8	2	0	35
▨女	1	0	4	7	5	7	1	25

图6-3 月度作家性别及出生年代情况

根据统计,在这60位月度作家中,男性作家35名,女性作家25名,女性作家占比近42%,所选作家男女性别比例相对平衡。在所有月度作家中,最年长者为宗璞(1928—),原名冯钟璞,哲学家冯友兰之女;最年轻者是90后女诗人余幼幼;所选的女性作家相对年轻化,60年代及之后出生的作家占80%;男性作家有29位都是50、60、70年代出生的作家,其中以60年代出生的为主体,具体情况表示如图6-3。作家姓名、出生年代和性别的具体情况见表6-3。统计表明,作家的年代跨度较大,但总体上倾向于偏年轻化和新生代的作家。

从地域看,这些月度作家大部分来自中国大陆,少部分来自中国香港和台湾以及海外国家。具体为:(1)香港作家5名,分别为"以超现实主义写作著称"的谢晓虹,所著小说展示"独特'反现实主义'美学"的韩丽珠,诗人和短篇小说家何丽明,屡获殊荣的小说家、剧作家和散文家董启章,推理和科幻小说家陈浩基,其中何丽明主要用英文创作;(2)台湾作家3名,作品主题"涉及各种诸如国家、世代、性别、东西方、种族之间冲突"的师琼瑜,所著小说通常取材于个人生活经历的何致和,以及2003年"台湾儿童小说金鼎奖"获得者、儿童文学家林满秋;(3)新加坡作家2名,程异(Jeremy Tiang)和英培安(Yeng

Pway Ngon),程异主要用英文创作,同时也是一位文学中译英的译者,英培安为诗人、小说家和文学评论家,著作多产且被翻译成多种文字,是东南亚华语圈知名作家;(4)马来西亚作家1名,为在马华作家中有"得奖专业户"之称的黎紫书;(5)来自中国大陆的少数民族作家有3名①,中国大陆出生和长大、现旅居海外的作家5名,其他用汉语创作且长居国内的作家41名。

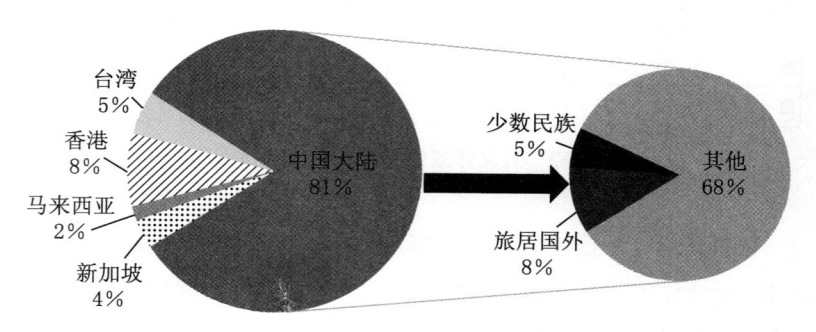

图 6-4　利兹大学当代华语文学研究中心所选择的月度作家地域分布图

少数民族作家分别为:用汉语写作的蒙古族作家郭雪波、用汉维双语写作的维吾尔族作家阿拉提·阿斯木、用藏语写作的蒙古族作家次仁顿珠。旅居海外的作家包括苏炜、张辛欣、廖亦武、张丽佳、颜歌等。张辛欣和苏炜是1989年之后去往美国的,廖亦武主要居于德国,张丽佳居于英国伦敦,颜歌居于爱尔兰,这些作家中有些已开始用英文创作并发表文学作品,如张丽佳、颜歌。关于月度作家的大致地域分布图可参见图6-4。

在英语里,"Chinese literature"的含义有些模糊,因为"Chinese"既可指"作为地理或政治实体的中国",也可指"汉语语种"、华裔或亚裔的民族身份。因此,对不同的西方人来讲,在主观上,"'Chinese literature'可能全部或部分包括以下作家创作的文学:中国大陆、台湾、香港、澳门、新加坡、马来西亚的作家,用汉语书写的离散作家、用

---

① 此处的少数民族作家指拥有少数民族身份且进行少数民族题材创作的作家,未包括劳马(满)、娜夜(满)等。

英语书写的离散作家、用不同少数民族语言（例如藏语、蒙古语或满语）创作的中国少数民族作家"①。"利兹大学当代华语文学研究中心"这一名称中的"华语文学"对应的英文为"Chinese literature"，并且从他们选取的月度作家所来自的地域和所使用的写作语言来看，"Chinese literature"或华语文学显然包括所有以上提到的"模糊含义"。

从月度作家创作的文学体裁来看，大部分月度作家为小说家，包括畅销书小说家、儿童文学家、犯罪小说家、科幻小说家等。其次，诗人数量相对较多，有50/60年代的诗人王家新、杨克、韩东、西川、李元胜、娜夜、路也、池凌云、徐乡愁，70年代诗人秦晓宇、90后诗人余幼幼。有些作家创作不同体裁作品，如韩东，写诗的同时也写短篇小说。很多作家是大学里的教授或讲师，在文学创作的同时也进行文学研究或文学批评，如：谢晓虹、董启章、何致和、苏炜、张悦然、格非、曹文轩、劳马、王家新、梁鸿、夏笳等。文学体裁的丰富性还通过白玫瑰翻译比赛体现出来。始于2015年的白玫瑰翻译比赛，至2019年底，已举办五届，赛题包括：谢晓虹的短篇小说"鷄/鸡"，李静睿的报告文学"我相信会有一颗松掉的螺丝钉"，诗人池凌云的"最小的梅花"、秦晓宇的"山曲"和徐乡愁的"解手"，孟亚楠的图画书《中秋节快乐》和陈浩基的短篇悬疑小说"灵视"。

从月度作家地域、创作语言、创作体裁等方面来看，中心推选的月度作家彰显了当代华语文学的多样性。著名中国文学研究者陈思和在谈到"世界华文文学"的学科概念时认为，华裔作家、东南亚各国的华文文学、世界各国用所在国语言写作的华人文学或者华裔文学以及中国大陆的文学都应该包含在内②。从中心推选的月度作家来看，这些作家的选择呈现出以中国大陆文学为大部分实体构成的世界华语文学概念。

---

① 参见 Dave Hayson 所写的关于中国文学的博客：https://glli-us.org/2017/02/03/chinese-literature-faq/
② 陈思和：《中国当代文学史教程》，第91—92页。

6.3.1.2　中国大陆"新生代"作家为主

本节主要通过中心官网上提供的作家个人简介来梳理月度作家选择的趋势。中心官网提供的作家简介来源各不相同，有出版社提供，也有作家本人提供。根据社会叙事学，这些作家的"个人简介"是展示于中心平台上的关于作家个人的"故事"。本节并非探究中心如何构建作家的个人叙事，而是借中心官网上的作家个人简介来考察中心文学推广活动中对作家的选择趋势，以及在作家个人叙事上的关注点。

中心的作家简介多有对作家资历的介绍，多聚焦在作家获奖和作家在文学创作方面的独特之处。就作家获奖而言，大部分都是国内小有名气的作家，真正在中国大陆默默无闻的作家很少。在被推选为月度作家之前获中国最高文学奖项之一茅盾文学奖的作家有宗璞、麦家、毕飞宇、格非[①]，获得华语传媒文学大奖中不同奖项的作家有盛可以、韩东、张悦然、麦家、徐则臣、毕飞宇、阿乙、梁鸿、颜歌、路内和格非，其中梁鸿和徐则臣是该奖项的两次获得者，格非还是华语传媒文学大奖最高奖项的获得者。就诗歌而言，月度作家中大部分诗人都是国内知名诗人，如王家新、杨克、李元胜等，90后诗人余幼幼是"2012中国·星星年度诗人"、"年度大学生诗人"奖获得者。此外，根据作家简介，中心推送的作家不乏进行不同文学体裁创作的知名作家，例如："作品根植于中国传统文化、同时又浸润于西方文化"的宗璞；"中国最受欢迎的儿童文学作家之一"、2016"国际安徒生奖"获得者曹文轩，分获2004、2020年"国际安徒生奖"提名的图画书作家王晓明和儿童文学作家黄蓓佳，获第一届"青铜葵花图画书奖"金奖的年轻图画书作家孟亚楠；新疆作家协会副主席阿拉提·阿斯木，"当今用藏语写作最受好评的作家之一"次仁顿珠；在中国"家喻户晓"、"中国小说界广受尊重的人物"路遥，"著名犯罪惊悚小说家"、被

---

① 徐则臣和李洱是2019年8月公布的第十届茅盾文学奖得主，均在二者成为月度作家之后。

誉为"中国约翰·格里森姆(John Grisham)①的何家弘","屡获殊荣的年轻科幻小说家"夏笳和陈楸帆;2011茅盾文学奖、法国艺术骑士勋章获得者毕飞宇,实验性"先锋派"小说的杰出代表、"中国当代文学的创始人之一"格非;"当代中国最负盛名的诗人之一"西川;"中国最有影响的年轻作家之一"张悦然、"中国未来文学之星"徐则臣;等等。

在众多的知名月度作家中,相当一部分作家是中国大陆60年代或之后出生、崛起于90年代的常被誉为"新生代"的作家。在九十年代中国多元化的社会文化语境中,"新生代文学是一个具有包容性的概念",新生代作家是一个极为庞杂的作家群,很多90年代及之后兴起的作家,如:麦家、盛可以、张悦然等都可归入新生代作家②,韩东、毕飞宇、刁斗、李洱等更是在新生代作家中"频繁地被提及的名字"③。中国文学界对新生代作家的定义和看法不一,但基本有一点可以达成共识,即新生代作家"都力图与传统实行'断裂',以个人化姿态直接面对当下进行写作,着眼于今日中国的日常生活④。他们大多以'在边缘处'相标榜,一方面,'在边缘处'是新生代作家回避'国族宏大叙事'以及'革命'、'历史'等巨型话语的有效方式;另一方面,在'边缘处'也显示了新生代作家自我生存方式的独特性"⑤。根据中心月度作家的作家简介,劳马"写自己的故事也写别人的故事",并将写作"聚焦于中国当下时事";韩东"自1990年代以来一直是中国现代文学界的主要角色,是中国最重要的先锋派诗人之一";刁斗

---

① 约翰·格里森姆(1955—):美国畅销作家,作品多是法律惊险小说,其作品在90年代风靡一时,并多年入选全球十大作家排行榜。详情参见:https://en.wikipedia.org/wiki/John_Grisham
② 吴义勤:《自由与局限——中国"新生代"小说家论》,《文学评论》2007年第5期,第51—52页。
③ 刘华:《掷踢于边缘的先锋——90年代新生代小说研究》,博士学位论文,华东师范大学,2008年第4页。
④ 张先云、乔东义:《现象学视域中的"新生代"小说创作》,《小说评论》,2006年第5期,第58页。
⑤ 吴义勤:《自由与局限——中国"新生代"小说家论》,《文学评论》,第51—53页。

"被广泛认为是中国领先的讽刺作家之一,他因拒绝遵循中国文学界的众多主流文学思潮而受到称赞";毕飞宇"在《南京日报》担任记者六年,因他的写作不受编辑喜欢,任职期间仅发表了6 000字,但后来获奖无数,2017年被授予法国最高荣誉之一的艺术骑士勋章";李洱"造型新颖的散文也引起了文学评论家和学者的广泛关注";盛可以是"中国'70后'作家群体中的前沿作家,作品主题关乎城市化、社会动荡和性别问题"。

在月度作家中,有少数50年代出生的作家,个人简介中突出了他们在文化大革命期间的经历,如:张辛欣、徐小斌和苏炜。有少数是中国大陆具有争议的作家,如:慕容雪村、李静睿和陈希我。慕容雪村自2013年以来成为《国际纽约时报》的特约评论作家,李静睿目前为《华尔街日报》中文版撰写专栏文章;陈希我的个人简介有关于他小说创作的介绍,"探索社会性腐败、无能、窥阴癖和乱伦","不适合胆小者"。月度作家中有一位"异见"作家廖亦武。

此外,两次被选为月度作家的有颜歌、谢晓虹、程异、曹文轩、孟亚楠、张辛欣和李静睿。曹文轩和他的短篇儿童小说"一只叫凤的鸽子"(A Very Special Pigeon)两次被选为月度作家和作品。孟亚楠的图画书《好困好困的新年》同时还是2020年白玫瑰翻译比赛的试题。结合上一章,这与中心推动文学连接到学龄儿童的努力不无关系。

就中心网站对中国大陆作家的个人叙事而言,这些作家在创作特点上总体以擅长书写个人小叙事为主,以"新生代"作家为主,以"文革"为背景书写伤痕文学的作家、具有争议的作家、"异见"作家相对较少,但不是没有,有相当数量国内知名度颇高的作家,但几乎不包含国族、历史、改革等宏大叙事创作的作家。此外,作家的文学创作是作家个人叙事中的重点情节,也就是以关注文学本身为优先来构建作家的个人叙事,除了个别"异见"作家,作家个人叙事的"情节"聚焦于作家的文学创作本身而非作家的意识形态身份或态度。这些叙事串联起来表明这些被翻译的中国大陆作家,呈现不同的身份和写作背景,同来自台港以及新加坡的作家一样,都是当代华语文学界有影响力的作家,于中心而言,是值得推选、读者信任的作家。

6.3.1.3 多样性声音和小叙事的彰显

根据对中心网站月度作家栏目所推送的文学作品的统计,被推选为月度特色作家的月度作品累计有75部:中短篇小说39篇,其中3篇原作为英文,1篇原作为藏语;诗歌19首,3首原作为英文;来自8部长篇小说的章节选登;儿童文学有6部,其中童话故事3篇,图画书3册;自传2篇;报告文学1篇。具体见图6-5。此外,在所有75部月度作品中,原文为汉语且未提供译文的有6篇,皆曾用作白玫瑰翻译比赛的试题,同时也是中心为月度作家推送的月度作品。

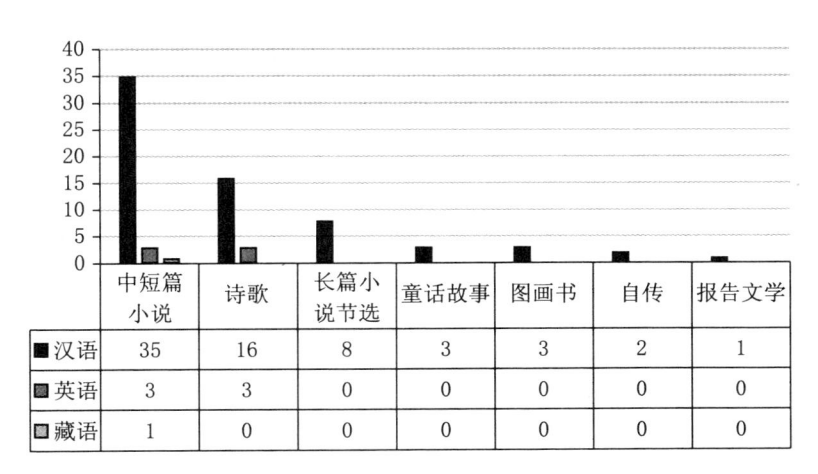

	中短篇小说	诗歌	长篇小说节选	童话故事	图画书	自传	报告文学
汉语	35	16	8	3	3	2	1
英语	3	3	0	0	0	0	0
藏语	1	0	0	0	0	0	0

图6-5 利兹大学当代华语文学中心推送的月度作品的种类、数量及原作语言

从作品的篇幅来看,月度作品以推介短篇小说为主;即便是长篇小说,也只是节选。

从作品内容所涉的主要题材来看,月度作品呈现出中国当代文学"多样性声音"和"小叙事"的趋势。为避免简单化,且很多作品所涉及的主题不只一个,这里只根据网站上对作品的介绍以及作品中相对突出的主题加以简单描述。这些作品的选择总体呈现三个趋势。(1)这些作品大多着眼于作品创作时的当下生活,以当代中国历史上某些特定政治事件为背景的创作不多。通过初步观察,以"文革"为背景的作品只有麦家的短篇悬疑小说《两位富阳姑娘》和苏炜的长篇小说《迷谷》(第三章)。(2)作品中讲述的故事以"小叙事"为主。(3)作品所涉话题内容、风格和声音呈现多样性。后两点是相互关联的,也与上节提到的中心关于作家的个人叙事基本一致。

这三种趋势综合展现中心月度作家推送的作品大多彰显"多样性声音"和"小叙事"。批判专制、呼吁人权和自由的作品有李静妮的《失踪》和《我相信会有一颗松掉的螺丝钉》,张辛欣的自传作品《自画像》和《地域之后》,以及廖亦武的诗歌《死城》。展现中国当前社会问题的作品有刁斗的《蹲着》、劳马的《看山》、毕飞宇的《大雨如注》、黄蓓佳的儿童文学《心声》、陈楸帆的科幻小说《鼠年》等。这些作品分别反映或可能让读者联想到中国"严打"、环境、教育、大学生就业难等相关的社会问题。关于女性话题的作品有傅玉丽的《一句该死的话》(女性视角下的一夜情的故事)、陈希我的《带刀的男人》、谢晓虹的《鸡》和《一月:桥》等,分别通过现实和超现实的手法表现男性强权下的女性面临的问题。路内的《阿弟,你慢慢跑》、路遥的《姐姐》、颜歌的《我们家》和《白马》、孙一圣的《牛得草》,这些置于不同背景的小说,带着各自背景的气息,如路遥作品里的陕北气息,颜歌作品里的"四川气息",孙一圣作品里的农村气息和古今杂糅的语言风格,都呈现了月度作品在创作题材和风格上展现出的多样性。

可以说,大部分月度作品都倾向于书写人性或社会的丑,书写个人、尤其是底层人物的疼痛或创伤。与以"文革"为背景的伤痕写作不同,这些作品多基于当下的"个人体验",饱含对弱小者包括女性的同情、对眼下日常的细致观察,从文学作品的内容到语言表达都更具多样性。

6.3.1.4 月度作品的来源

月度作品具有免费阅读的特点,这些作品的提供来源可说明这一过程不同参与者之间的合作关系。通过观察,这些月度作品有四个来源:纸托邦、杂志、出版社、译者和作者。在 75 部月度作品中:只提供汉语原文的有6篇①;有25篇来自13家出版社发表的20本书籍,包括作品文集、长篇小说、中篇小说电子版和双语图画书等;有1篇选自长篇小说,但尚未有整本出版,即徐穆实翻译的郭雪波的长篇小说《蒙古里亚》(*Mongoliya*);有42篇由纸托邦和文学期刊杂志提供,其中有8篇最先发表于杂志,后被收录到出版社发表的翻译书籍里,这里分别重复统计;9篇由译者和作者本人提供。现将相关来源信息表示如图6-6和6-7。

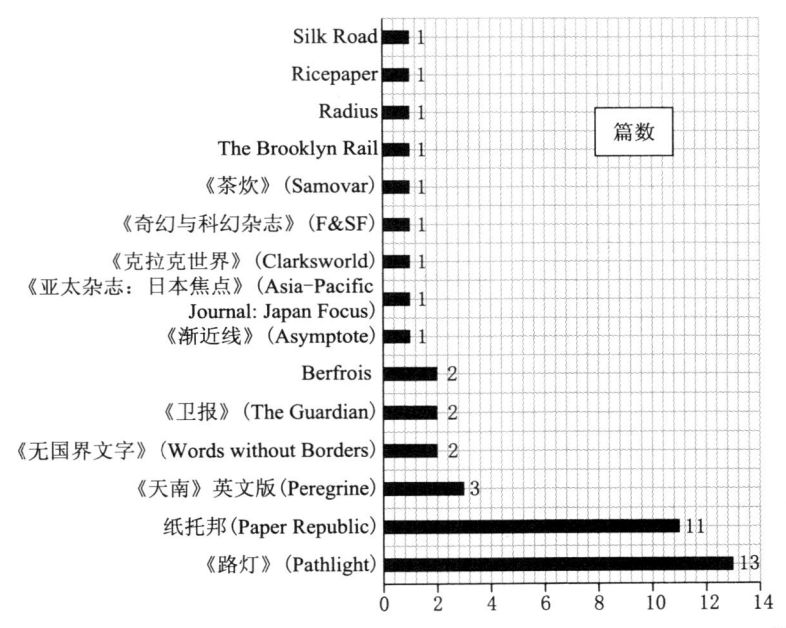

来源	篇数
Silk Road	1
Ricepaper	1
Radius	1
The Brooklyn Rail	1
《茶炊》(Samovar)	1
《奇幻与科幻杂志》(F&SF)	1
《克拉克世界》(Clarksworld)	1
《亚太杂志:日本焦点》(Asia-Pacific Journal: Japan Focus)	1
《渐近线》(Asymptote)	1
Berfrois	2
《卫报》(The Guardian)	2
《无国界文字》(Words without Borders)	2
《天南》英文版(Peregrine)	3
纸托邦(Paper Republic)	11
《路灯》(Pathlight)	13

图6-6 利兹大学当代华语文学研究中心的英文月度作品来源(杂志/网站)②

---

① 这6篇月度作品是白玫瑰翻译比赛的赛题,比赛获奖作品,谢晓虹的"鸡"的英译由《结构》(*Structo*)出版,该杂志于2008年创刊,每半年一期,发表世界各地优秀短篇小说、诗歌、访谈、杂文等,与利兹白玫瑰合作,于2015年秋第14期发表该年度白玫瑰翻译比赛获奖者的译文;李静妮的"我相信有一颗螺丝钉会松动"以及三篇诗歌翻译都由《立场》(*Stand*)杂志发表,该杂志1952年成立于伦敦,1960年先后移至利兹、纽卡斯尔,现与美国弗吉尼亚联邦大学合作,由利兹大学英语学院进行编辑,主要发表世界各地的诗歌和短篇小说,一直是英国和世界文学界的焦点,其官方网站:https://www.standmagazine.org/welcome;孟亚楠的《好困好困的新年》是2018年11月份的月度作品,是2020年第六届白玫瑰翻译比赛的赛文。

② 图6-6中,原作为英文的月度作品来源只提供来源杂志的英文名称,英译月度作品的来源提供来源的英汉双语名称。

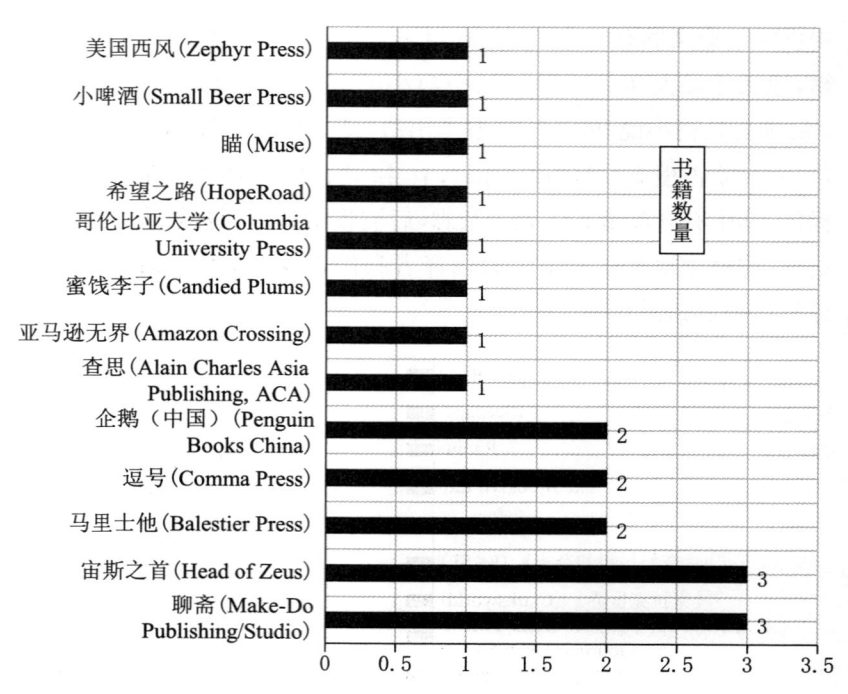

出版社	书籍数量
美国西风(Zephyr Press)	1
小啤酒(Small Beer Press)	1
瞄(Muse)	1
希望之路(HopeRoad)	1
哥伦比亚大学(Columbia University Press)	1
蜜饯李子(Candied Plums)	1
亚马逊无界(Amazon Crossing)	1
查思(Alain Charles Asia Publishing, ACA)	1
企鹅（中国）(Penguin Books China)	2
逗号(Comma Press)	2
马里士他(Balestier Press)	2
宙斯之首(Head of Zeus)	3
聊斋(Make-Do Publishing/Studio)	3

图 6-7　利兹大学当代华语文学研究中心月度作品来源（出版社）

英译月度短篇作品的主要提供者是纸托邦和《路灯》杂志，占所有来自杂志月度作品的一半以上。《路灯》(*Pathlight*)是 2011 年由《人民文学》杂志与纸托邦合作发行的英文版季刊杂志，戴夫·海森时任《路灯》杂志的编辑。其次，《天南》杂志的英文版 *Pergrine*、《无国界的文字》(*Words without Borders*)、英国《卫报》(*Guardian*)和《渐近线》(*Asymptote*)都与纸托邦合作甚至共享出版内容。①②

英译月度作品节选的书籍大部分由独立出版社出版，聊斋、宙斯之首、马里士他和逗号等出版社也是中心线下活动的主要参与者。来自企鹅、查思和亚马逊无界三家国际知名商业出版社的只有 4 本；

---

① 参见 Dave Hayson 的博客：https://glli-us.org/2017/02/03/chinese-literature-faq/（最近检索日期：2020 年 3 月 10 日）
② Hayson, Dave, "Chinese Literature F(requently) A(sked) Q(uestions)", *GLLI* (*The Global Literature in Libraries Initiative*). 3 February 2017. https://glli-us.org/2017/02/03/chinese-literaure-faq/

除了哥伦比亚大学是学术出版社,其他亦均是独立出版社。需要指出的是,有 8 部作品最初发表于杂志,后收录在出版社出版的翻译书籍里,分别是:陈希我《带刀的男人》最初发表于《无国界文字》、后收录于短篇小说集《冒犯书》(The Book of Sins),颜歌《我们家》第一章发表在《天南》英文版上,慕容雪村《原谅我红尘颠倒》的节选《事故》最早发表于《卫报》2012 年 4 月 10 日,张悦然《十爱》英译中的《二进制》最初发表于纸托邦,郭雪波的《蒙古里亚》第七章发表在《亚太杂志:日本焦点》上,苏炜《迷谷》的第三章、夏笳和陈楸帆的科幻短篇都最早分别发表于科幻杂志《茶炊》、《克拉克世界》和《奇幻与科幻杂志》。

在译者提供、作者授权的 9 篇英汉双语月度作品中,译者汪海岚有 4 篇,涉及的作者有林满秋、曹文轩和黄蓓佳;柯夏智(Lucas Klein)[①]通过个人博客(Notes on the Mosquito)提供西川的 2 首诗歌[②];其余提供作品的译者和作者包括:吴明珠(Goh Beng Choo)和英培安夫妇;石岱仑与何致和;戴迈河(Michael Day)与廖亦武。五名译者中,除了吴明珠,其他四位译者都是纸托邦翻译团队中的活跃成员。

就月度作品的译者情况而言,最突出的是韩斌和汪海岚,韩斌翻译的月度作品达 10 部,汪海岚 9 部。在英译月度作品节选自的 20 本书籍中。韩斌翻译的有 4 本,分别是陈希我的中短篇小说集《冒犯书》、颜歌的长篇小说《我们家》和中篇小说《白马》、以及与柯雷(Maghiev van Crevel)等一起翻译的韩东的诗集《大连来电》(A Phone Call from Dalian)。韩斌和汪海岚都是纸托邦翻译团队的主要成员,是纸托邦短读计划的发起者。

值得指出的是,根据月度作家栏目网页上转发的作品介绍和译者访谈,出版社和译者在翻译和出版的选择上,多是从作品文学性或

---

① 关于该译者的介绍:http://www.poetrysky.com/quarterly/41/mijialu.html(最近检索日期:2020 年 3 月 10 日)

② http://xichuanpoetry.com/(最近检索日期:2020 年 3 月 10 日)

诗学的角度出发,同时关注作品的接受度。仅举几例:范小青的短篇小说《我在哪里丢失了你》,是中心2016年11、12月推介的月度作品之一,译者哈里斯(Paul Harris)在提到翻译动机时说,"这篇小说可以洞见现代中国不同寻常的生活,同时温柔的讽刺手法也是英国读者喜欢的"①。中心月度作家网页上对劳马短篇小说集《个别人》如此介绍:"故事短小精悍,连同或温柔、或幽默的讽刺,都是很多英语读者所喜爱的"②。此外,中心在推送月度作家时,除了推送月度作品,还推送月度作家近期在英语世界出版的新书。例如,中心在推送余幼幼的诗歌时,同时推送由英国诗歌翻译中心(PTC)出版的她的诗集《我空出来的身体》(*My Tenantless Body*),同时转发出版社对她诗歌的推介词:"余幼幼的诗歌柔和轻快、光彩夺目,不会浪费语言周旋或解释,而是从一个有趣的想法跳到另一个有趣的想法。正是在这种尖刻、剧烈的语言动作中(caustic, sharp movement),余形成了她的诗学,而这一诗学对于青年人的诗学至关重要;她是彻底的'千禧一代',创造了一种诗意的语言,这种语言似乎是互联网极熟悉的,刻薄、机智、完全没有标点符号、直截了当地说话和令人难以置信的说话速度"③。显然,这些推送词多都基于文学性的视角。

  基于以上观察,英译月度作品的来源具有以下几点特征。(1)中心月度作品的英译文本大部分都由纸托邦、《路灯》杂志以及其他与纸托邦有紧密合作的国际文学杂志,包括《无国界文字》、《天南》的英文版、《渐近线》以及英国《卫报》等提供的。(2)月度作品节选自的译本大部分都是由独立出版社出版的,如:聊斋、马里士他、宙斯之首和逗号等。这些杂志或出版社的特点或出版使命在某种程度上为选择某类作家作品提供了"条件"和"约束"。

---

① https://writingchinese.leeds.ac.uk/storyhub/where-did-i-lose-you/(最近检索日期:2020年3月10日)

② https://writingchinese.leeds.ac.uk/book-club/march-lao-ma-%e5%8a%b3%e9%a9%ac/(最近检索日期:同上)

③ https://www.poetrytranslation.org/events/series/yu-yoyo-tour(最近检索日期:同上)

6.3.2 书评网络作家及小说的选择

6.3.2.1 独立出版社与商业出版社选择作家和作品的倾向

中心的书评网络(Review Network)自 2017 年开始组建①,由中心与马里士他和企鹅中国等出版社合作,目的是帮助读者介绍和推荐适合自己需要的英文小说。在本书的时间范围内,共有 36 部英文小说先后加入书评网络②。这些作品的选择主要是中心与出版社合作的结果,呈现出不同出版社通过中心平台推介的书籍情况。下面分别从出版社、作家、作品和译者的情况,简单梳理一下书评网络中所选作家和作品所呈现的趋势。相关情况,如表 6-4 所示。

同月度作家的作品选择一样,这些作品的选择总的体现了世界范围内以中国大陆当代文学为主要构成部分的华语文学概念。具体情况为:男性作家的作品 25 部,女性作家的作品 11 部;这些作品中来自新加坡作家的作品 3 部,台湾作家的作品有 7 部,香港作家的作品 3 部,旅英旅美作家的作品 3 部,其余 20 部作品皆来自中国大陆作家,其中少数民族作家两位。原作为英文的作品有 2 部,藏语的 1 部,其余皆为汉语。与月度作品不同的是,书评网络中选择的都是小说,少数几部为短篇小说集,大部分是长篇小说。

就出版社而言,这些书籍的出版社以欧美出版社为主,包括老牌的国际商业出版社,新近成立的独立出版社以及学术出版社。中心的主要合作伙伴是马里士他出版社和企鹅(企鹅兰登书屋及其下属企鹅维京、企鹅中国等独立子公司)③。两家出版社在书评网络所选书籍数量上占有绝对优势,选自马里士他的有 12 本,占总量的 1/3,企鹅 10 本,占 1/4;此外,选自查思出版社和亚马逊无界的书籍也相对较多。

---

① 参见《英国汉学协会年报 2017》(*BACS Bulletin 2017*)第 24 页。
② https://writingchinese.leeds.ac.uk/book-reviews/(最近检索日期:2020 年 1 月 6 日)
③ 企鹅兰登书屋是全球最大的商业出版社,于 2013 年 7 月 1 日成立,由德国贝塔斯曼(Bertelsmann)的兰登书屋及英国培生(Pearson plc)的企鹅出版集团合组而成,在五大洲拥有近 250 个独立的子公司和品牌,其中包括美、英、加、澳、新西兰、中国,以及原来属于企鹅集团的维京(Viking)等。可参考企鹅官网或维基百科:https://www.penguin.com.au/about, https://en.wikipedia.org/wiki/Penguin_Random_House(最近检索日期:2020 年 2 月 10 日)

表6-4 利兹大学当代华语文学研究中心书评网络的出版社及其所选书籍情况（带 * 号为月度作家）

出版社	数量	作者/作品/英文名/英文出版年	译者
马里士他（Balestier Press）	12	颜歌*《我们家》The Chilli Bean Paste Clan (2018) 英培安《骚动》Unrest (2017) 徐小斌《水晶婚》Crystal Wedding (2016) 几米《时光电影院》The Rainbow of Time (2018) 林满秋《腹语师的女儿》The Ventriloquist's Daughter (2017) 师琼瑜《假面娃娃》Masked Dolls (2016) 何致和《花街树屋》The Tree Fort on Carnation Lane (2017) 英培安《孤寂的脸》Lonely Face (2019) 张天翼《洋泾浜奇侠》The Pidgin Warrior (2017) 张瀛太《千手玫瑰》As Flowers Bloom and Wither (2017) 李童《再见天人菊》Again I See the Gaillardias (2016) 师琼瑜*《秋天的婚礼》Wedding in Autumn and Other Stories (2018)	Nicky Harman Jeremy Tian Nicky Harman Wang Xinlin and Andrea Lingenfelter Helen Wang Wang Xinlin and Poppy Toland Darryl Sterk Natascha Bruce David Hull Florence Woo Brandon Yen Darryl Sterk
企鹅中国（Penguin Books China）	10	盛可以*《北妹》Northern Girls (2015) 董启章《粤语爱情故事》Cantonese Love Stories (2017) 毕飞宇《推拿》Massage (2015) 王晓方《公务员笔记》The Civil Servant's Notebook (2015) 迟子建《晚安玫瑰》Goodnight, Rose (2018) 苏童《红粉》Petulia's Rouge Tin (2018) 盛可以*《野蛮生长》Wild Fruit (2019) 简连科《耙楼天歌》Marrow (2016) 格非*《褐色鸟群》A Flock of Brown Birds (2016) 莫言《透明的红萝卜》Radish (2015)	Shelly Bryant Bonnie S. McDougall & Anders Hansson Howard Goldblatt Eric Abrahamsen Poppy Toland Jane Weizhen Pan & Martin Merz Poppy Toland Carlos Rojas Poppy Toland Howard Goldblatt

续表

出版社	数量	作者/作品/英文名/英文出版年	译者
查思(Alain Charles Asia Publishing, ACA)	4	贾平凹《极花》Broken Wings(2019) 蒋子龙《农民帝国》Empires of Dust(2019) 杨志军《藏獒》Mastiffs of the Plateau(2018) 史铁生《我的丁一之旅》My Travels in Ding Yi(2018)	Nicky Harman Christopher Payne & Olivia Milburn 姜琳 Alex Woodend
亚马逊无界(Amazon Crossing)	3	路内*《少年巴比伦》Young Babylon(2015) 路遥*《人生》Life(2019) 贾平凹《高兴》Happy Dreams(2017)	Poppy Toland Chloe Estep Nicky Harman
小啤酒(Small Beer Press)	1	苏炜*《迷谷》The Invisible Valley(2018)	Austin Woerner
宙斯之首(Head of Zeus)	1	陈浩基*《13.67》The Borrowed, 2018	Jeremy Tiang
哥伦比亚大学(Columbia University Press)	1	沈仁顿珠*《英俊的和尚》The Handsome Monk and Other Stories(2019)	Christopher Peacock
亨利·霍尔特(Henry Holt & Company)	1	张丽佳*Lotus(2017)	/
欧若拉(Aurora Publishing LLC)	1	阿拉提·阿斯木*《时间悄悄的嘴脸》Confessions of a Jade Lord(2017)	Bruce Humes & Jun Liu
睦(Muse)	1	韩丽珠*《风筝家族》The Kite Family(2015)	Andrea Lingenfelter
新加坡 Epigram Books	1	程异*State of Emergency(2017)	/

马里士他出版社通过书评网络推介的书籍在作家文化身份和性别上呈现多样性趋势，以台湾作家、亚裔作家和女性作家为主。选自该出版社的 12 本书籍来自 10 名作家，除了张天翼、几米、张瀛太和李潼，其余 6 位作家都是中心的月度作家，他们书评网络中的作品亦是月度作家简介中提到的作品。12 部作品中来自中国大陆的小说有 3 部，作者分别是张天翼(1906—1985)、徐小斌和目前旅居爱尔兰的颜歌。英培安是用华语创作的新加坡作家，其余 6 位作家 7 部作品都来自台湾。此外，这 12 部英文小说中有 7 部都来自女性作家。

书评网络中选自企鹅、查思和亚马逊无界出版的作家中，大部分来自中国大陆，只有董启章来自香港。企鹅出版社推介的王晓方、迟子建、苏童、阎连科、莫言，查思出版社推介的 4 位作家杨志军、贾平凹、蒋子龙和史铁生，以及亚马逊无界的贾平凹，都不是中心的月度作家。显然，相对于月度作家，这几个出版社所选的作家多是五六十年代出生，男性作家偏多，女性作家只有迟子建和盛可以。这些作家都是中国著名作家：莫言是 2012 诺贝尔文学奖获得者；路遥、迟子建、毕飞宇、贾平凹、格非、苏童都是中国长篇小说最高奖项之一"茅盾文学奖"的获得者，《推拿》同时也是毕飞宇茅盾文学奖的获奖作品；莫言、贾平凹、格非和苏童都曾是"华语文学传媒大奖"最高奖项获得者；此外，还有"反腐作家"之称的王晓方，"改革文学"作家的代表蒋子龙[①]，史铁生(1951—2010)的《我的丁一之旅》和杨志军的《藏獒》都入选"新中国 70 年 70 部长篇小说典藏"[②]。

从小说体裁看，较为明显的趋势是，来自中国大陆的小说中自传或半自传性质的小说相对多些，如：徐小斌的《水晶婚》、盛可以的《北妹》、王晓方的《公务员笔记》、路内的《少年巴比伦》、颜歌的《我们家》等；此外，还有几米的图画小说《时光电影院》，董启章的传统笔记本小说《粤语爱情故事》。从类型来说，有属于现代文学的讽刺小说张

---

① https://www.thepaper.cn/newsDetail_forward_2748580(最近检索日期：2020 年 2 月 10 日)

② https://www.sohu.com/a/343036285_260616(最近检索日期：2020 年 2 月 10 日)

天翼的《洋泾浜奇侠》,悬疑小说陈浩基的《13.67》,间谍小说张瀛太的《千手玫瑰》,超现实主义小说韩丽珠的《风筝家族》、林满秋的《腹语师的女儿》等。需要指出的是《洋泾浜奇侠》属于现代小说①。

从作品题材来看,马里士他和企鹅等商业出版社在作品选材上略有不同。企鹅等出版社的作品多来自中国大陆著名的男性作家,这些男性作家所创作的话题多样,但多扎根于对中国社会政治和现实的批判,如《公务员笔记》《红粉》《极花》等关于公务员、解放后的妓女、妇女拐卖等沉重话题。马里士他出版社出版的书以台湾作家居多,题材上有一个明显趋势:故事内容非以灰暗色调为主。

就译者而言,绝大部分译者都是英语汉学界乃至中国境内颇有名气的中国文学译者,其中以葛浩文(Howard Goldblatt)最为著名,有2部译作选入,由企鹅出版;韩斌(Nicky Harman)有4部译作,由不同出版社出版。此外,还有来自纸托邦翻译团队或来中心参加文学和翻译交流活动的其他译者,例如:陶丽萍(Poppy Toland)、汪海岚(Helen Wang)、程异(Jeremy Tiang)、白雪丽(Shelly Bryant)、陶建(Eric Abrahamsen)、石岱仑(Darryl Sterk)、陈思可(Natascha Bruce)、克里斯托弗·皮科克(Christopher Peacock)、徐穆实(Bruce Humes)等。陈思可是中心第一届白玫瑰翻译比赛两位并列获奖冠军之一;庞夔夫(Christopher Payne)和米欧敏(Olivia Milburn)还是畅销书作家麦家的译者,温侯廷(Austin Woerner)还是诗人欧阳江河的译者等。这些译者中,只有一位来自中国大陆,即《藏獒》的译者姜琳。总体而言,译者的阵容非常强大,体现出英美出版社中国文学译者的大体趋势,以母语为英语的译者为主,间或包括一些来自新加坡、旅英语国家的华人译者。虽然译者之后还有编辑等,但来自中国大陆英语为非母语的译者极其少。

总体而言,书评网络所选作品体现了世界华语小说概念也体现

---

① 《洋泾浜奇侠》的中文版,张天翼(1906—1985)著,上海新钟书局1936年4月第一次出版。

了中国当代小说,包括台港的小说,在创作体裁、主题、形式、类型等方面的多样性。同时,不同出版社推介的小说呈现出差异性趋势。企鹅、亚马逊无界、查思等国际知名商业或专门出版社专注于中国大陆知名作家;马里士他所推送的作家以台湾作家、女性作家为主,而且这些作家的话题也略有不同,没有太强烈的深基于社会和人性黑暗的伤痛。从译者来看,与月度作家区别不大。以上是从出版社通过中心平台推介的作家和作品观察到的趋势。中心对书评网络作家和作品的选择倾向、中心在多大程度上调节商业出版社与独立出版社之间的不同倾向,相关问题还需了解这些书籍所接收到的具体书评数量。

6.3.2.2 中心向读者推送书评网络小说的倾向

利兹大学当代华语文学研究中心会定期邀请加入书评网络的读者撰写书评。读者可通过网页链接申请成为书评网络会员。申请表中提供不同书籍类型选项,涉及儿童文学、青少年(YA)文学、科幻小说、奇幻、犯罪、惊悚、武侠、女性/性、台湾、香港、新加坡、政治、历史、爱情等,旨在帮助出版社为书评网络会员发送合适书籍以供撰写书评。书评网络会员在收到出版社和中心选择并提供的书籍后,在指定时间内(通常是一个月)完成并提交500—1 000字的书评;未能按期完成者,则按自动退出网络处理。申请主页提供由韩斌发表于中心博客上的如何撰写书评的建议。需要注意的是:与月度作品的评论不同,书评网络中的书评主要是由中心根据书评者申请表中填写的喜好向书评者发送书籍,而非书评者个人直接随机选择。因此,这些小说的书评数量在很大程度上既取决于中心负责人的选择,也取决于书评者的喜好。下面来看一下这些作品所收到的书评情况,如图6-8。

从作家看,收到书评数量多的作家大部分都是月度作家,书评数量在5篇及以上的17部作品中,只有4部不是月度作家的作品,分别是几米的《时光电影院》、王晓方的《公务员笔记》、贾平凹的《高兴》和迟子建的《晚安玫瑰》。但有些作品,虽来自著名作家和译者且由

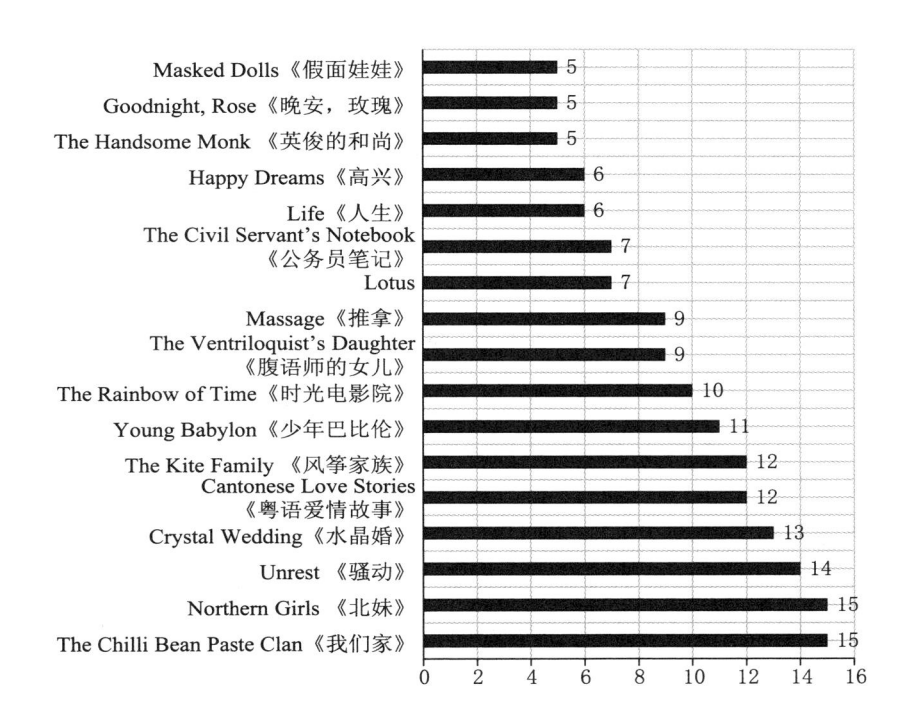

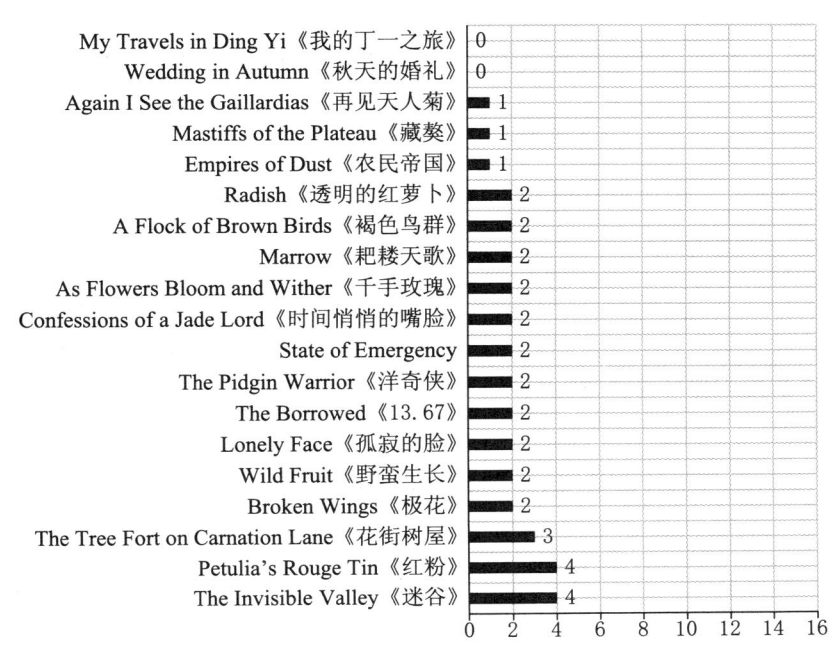

书名	书评数量
Masked Dolls《假面娃娃》	5
Goodnight, Rose《晚安，玫瑰》	5
The Handsome Monk《英俊的和尚》	5
Happy Dreams《高兴》	6
Life《人生》	6
The Civil Servant's Notebook《公务员笔记》	7
Lotus	7
Massage《推拿》	9
The Ventriloquist's Daughter《腹语师的女儿》	9
The Rainbow of Time《时光电影院》	10
Young Babylon《少年巴比伦》	11
The Kite Family《风筝家族》	12
Cantonese Love Stories《粤语爱情故事》	12
Crystal Wedding《水晶婚》	13
Unrest《骚动》	14
Northern Girls《北妹》	15
The Chilli Bean Paste Clan《我们家》	15

书名	书评数量
My Travels in Ding Yi《我的丁一之旅》	0
Wedding in Autumn《秋天的婚礼》	0
Again I See the Gaillardias《再见天人菊》	1
Mastiffs of the Plateau《藏獒》	1
Empires of Dust《农民帝国》	1
Radish《透明的红萝卜》	2
A Flock of Brown Birds《褐色鸟群》	2
Marrow《耙耧天歌》	2
As Flowers Bloom and Wither《千手玫瑰》	2
Confessions of a Jade Lord《时间悄悄的嘴脸》	2
State of Emergency	2
The Pidgin Warrior《洋奇侠》	2
The Borrowed《13.67》	2
Lonely Face《孤寂的脸》	2
Wild Fruit《野蛮生长》	2
Broken Wings《极花》	2
The Tree Fort on Carnation Lane《花街树屋》	3
Petulia's Rouge Tin《红粉》	4
The Invisible Valley《迷谷》	4

图 6-8　书评网络中的小说收到的书评数量

与中心合作的企鹅、查思等出版社出版，如史铁生、莫言、阎连科等，收到的书评都很少。

从作品的题材和主题看，虽然比较广泛，以女性或性主题的小说较为突出，如：《北妹》、《骚动》、《水晶婚》、*Lotus*、《晚安，玫瑰》、《假面娃娃》等。此外，《我们家》虽然主要是关于四川小镇的家庭生活，但也与性、女性相关。与香港和台湾作品相比，这些作品中来自中国大陆的作品在主题上大多关乎当前中国的社会问题，个人的创伤，不是与文革相关的伤痕文学，但反映中国社会问题的方方面面。

总的来说，中心在书评网络中向读者推荐书籍时，倾向于以推荐月度作家为主。就出版社而言，马里士他出版社出版的书收到的书评量相对多些，但也兼顾国际商业出版社，这在某种程度上使得书评网络中的作家和小说的选择呈现多样性，与月度作家和作品选择的多样性一起累加性构建了以中心为平台的当代华语文学"多样性"的叙事。

6.4　中国现当代文学在中心文学推广活动中的阅读模式

利兹大学当代华语文学研究中心的文学推广活动包括具体读者群体对文学文本的阅读，分别是月度作品"投票"和书评网络的"书评"。本节将通过对两部分读者评论进行文本细读，观察中心文学推广活动中呈现的读者对文学文本的阅读模式。此外，鉴于书评网络中的读者书评是中心主要的读者书评活动，本节将基于达姆若什的世界文学概念分析书评网络中读者书评呈现的文学阅读模式。

6.4.1　月度作品评论的基本情况

中心主要的读者书评活动是书评网络作品的书评，而月度作品的书评规模很小，大多来自读者申请加入中心书评网络时写得快闪书评（flash review）。因此，月度作家的书评者大多都是书评网络的成员，他们大多从事汉学研究或学习、或汉学专业毕业现从事与中国相关的其他工作。与书评网络的书评在作品选择上的方式不同,读者可直接从中心网站上阅读月度作品,完全依据个人喜好,选择自己"最喜欢的月度作品",相当于为月度作家和月度作品投票①。

这些书评开始于 2017 年,截至 2019 年 12 月 31 日,共有 20 位作家及月度作品收到 34 篇书评。其中得票最多的是曹文轩《一只叫凤的鸽子》,共 4 篇书评;获得 3 篇书评的有颜歌的《我们家》第一章、韩丽珠的《感冒志》、毕飞宇的《大雨如注》、格非的《凉州词》;韩东的诗歌、李静睿的《失踪》、和盛可以的《鱼刺》获得 2 票。具体情况见图 6-9。

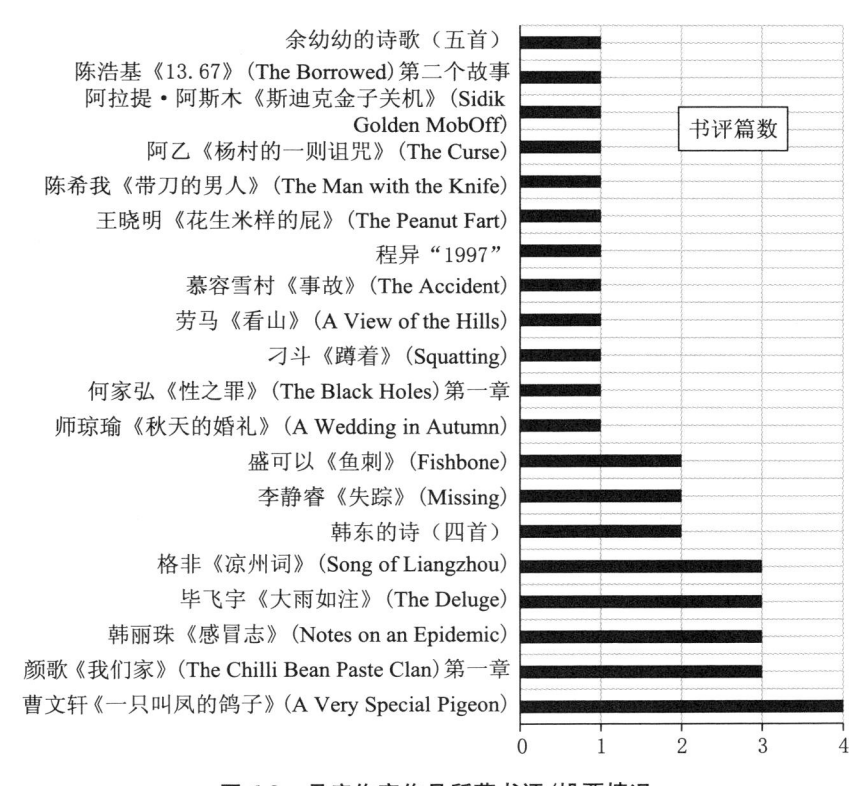

作品	书评篇数
余幼幼的诗歌(五首)	1
陈浩基《13.67》(The Borrowed)第二个故事	1
阿拉提·阿斯木《斯迪克金子关机》(Sidik Golden MobOff)	1
阿乙《杨村的一则诅咒》(The Curse)	1
陈希我《带刀的男人》(The Man with the Knife)	1
王晓明《花生米样的屁》(The Peanut Fart)	1
程异"1997"	1
慕容雪村《事故》(The Accident)	1
劳马《看山》(A View of the Hills)	1
刁斗《蹲着》(Squatting)	1
何家弘《性之罪》(The Black Holes)第一章	1
师琼瑜《秋天的婚礼》(A Wedding in Autumn)	1
盛可以《鱼刺》(Fishbone)	2
李静睿《失踪》(Missing)	2
韩东的诗(四首)	2
格非《凉州词》(Song of Liangzhou)	3
毕飞宇《大雨如注》(The Deluge)	3
韩丽珠《感冒志》(Notes on an Epidemic)	3
颜歌《我们家》(The Chilli Bean Paste Clan)第一章	3
曹文轩《一只叫凤的鸽子》(A Very Special Pigeon)	4

图 6-9　月度作家作品所获书评/投票情况

这些书评虽大多简短,但可看出三个趋势。第一,就收到书评的

① https://writingchinese.leeds.ac.uk/book-club/(最近检索日期:2020 年 1 月 10 日)

作品而言,这些作品体现出前文观察到的月度作品在体裁上所呈现的多样性,涉及儿童文学、图画书、悬疑小说、犯罪小说、诗歌等。第二,就题材而言,这些收到书评的作品大多关乎当代中国的社会话题或生活的不同方面,明显涉及政治或历史事件的作品,如张辛欣、廖亦武的作品,未见有评论或投票。第三,从书评内容来看,大部分读者都关注作品的文学价值,而非把意识形态或政治作为前提来解读作品。这里分四个方面对第三种趋势做进一步描述。

(1) 评论者能够发现文学作品的不同之处,甚至还有读者进行比较评论。仅举几例。曹文轩的《一只叫凤的鸽子》共 4 篇书评。四位书评者都提到欣赏曹讲故事的方式,"交错的情节"(Simona Siegel),"生动的描写"(Z.Z. Lehmberg),其中两位还提到小说的"文学价值"使人明白曹不愧为是儿童文学最高奖"国际安徒生童话奖"的获奖作家(Joy Qiao, Tamara McCombe)。劳马选自短篇小说集《个别人》中的《看山》(A View of the Hills)是关于雾霾的一篇作品。评论者欣赏劳马作品里体现出的幽默和笑声美学,认为他的笑声美学为读者"提供了许多形而上学的可能性,以探究任何全球社会现实的悖论,而不仅仅是中国人"(Andrea Chirita)。刁斗的《蹲着》(Squatting)是关于"严打"的一篇小说。评论者把这篇小说跟阎连科的长篇小说《受活》(Lenin's Kisses)相比较,认为这两部作品对故事人物的叙述都"既认真又荒谬,温暖却寒冷,迂回而率直",并进而建议"不要说对官僚文化和知识分子反抗的探索,单就对现代中国文学的反思,这些作品都是最好的中国讽刺文学,是必读之作"(Cat Hanson)。

(2) 韩东和余幼幼的诗歌某种程度上改变了读者对中国诗歌的刻板印象。韩东的诗歌收到两篇评论。一篇建议不要一看到中国的诗歌就觉得空无一物而弃之不读,读韩东的诗歌会让人"流连忘返"(Sean Barrs)。该评论者进一步指出,"中国诗歌,甚至包括古代诗人杜甫和王维的诗歌,第一眼会给西方读者简单、不发达的视觉,没办法与英国诗人弥尔顿、蒲伯和莎士比亚诗歌语言的复杂性相比,极易被忽略";但他指出这种忽略乃"真正的犯罪"(real crime)。另外一位评论者建议不要因为知晓韩东的经历而去对韩东的诗歌进行政治解读。韩东小时候赶上文化大革命,父母被下放到农村。该评论者告诫那些可能会强调韩东诗歌政治意义的读者,"只有当诗歌没有沦为宣言或证词时,诗歌才是最强大的。韩冬教给我们超脱的价值……"(Lin Su)。评论者对余幼幼的诗歌评介与出版社的推介词相近,认为她诗歌中"陡然变化"的节奏"表达了现代世界的倏变与曲折"(Esme Curtis)。

(3) 有的书评打破了西方对中国少数民族构建的固有印象。有书评读者表明,文学作品可能会改变读者对中国少数民族的认知。新疆维吾尔族作家阿拉提·阿斯木的《斯迪克金子关机》(*Sidik Golden MobOff*),该小说回顾了一个性情古怪的维吾尔知识分子一生的人际关系。评论者谈到"我十分喜欢这个丰富而有趣的故事,它让我对新疆的另一面有深刻的洞见,而这与在媒体上频繁出现的令人悲伤的报道不同"(Alice Mingay)。

(4) 有两篇书评将作者和作品放在中国政治制度的框架下进行解读。一篇是李静妮的《失踪》(*Missing*),评论内容多是"雾霾笼罩的北京"、"民主活动家"、"政治失踪或死亡"等表达(Yue Xin)。一篇是关于慕容雪村《原谅我红尘颠倒》中节选的《事故》(*Accident*),评论者指出作者"批评中国的政治制度以及随之而来的腐败"(Paul Gardner)。就两部作品的主题而言,这种阅读并未夸大作品的政治含义,且同时也突出了作者在文学表达上的吸引人之处,比如李静睿在故事里营造的压抑、恐怖、神秘的气氛,慕容雪村以事故肇事者为主要叙述者的讲故事方式等。

在34篇书评中,有17篇书评谈到翻译,其中10篇在欣赏作者作品的同时,认为是译者跟作者一起使读者欣赏到故事叙述的情节、人物或风格。比如,对刁斗作品的评论:"原文中讽刺的味道在译文中得以展现"(Cat Hanson)。有6篇书评在肯定译者翻译的同时也指出翻译的不足,这些不足主要与译者的选词有关,例如:"一只像凤的鸽子"的译名,"夏望"和"凤",译者(汪海岚)直接用的拼音,没有把原文名字中分别蕴含的意义翻译出来(Tamara McCombe)。评论者认为翻译上的瑕疵还包括,译者对英语和美语的混合使用,对原文口语的不恰当处理等。有个评论者非常直接地批评了《秋天的婚礼》的译者(Darryl Sterk),认为他作为一个加拿大学者,在人物的口语交流中选择使用美国南部英语那种拉长拖音(drawls)和粗话,用刻板印象来描绘人物(Barry Howard)。这些批评说明,书评者大多懂汉语,能够通过英汉对照的方式阅读译文,即使不懂汉语的读者,凭着对语言的敏感,也能感觉到翻译中的某些瑕疵。

这些书评呈现出评论者的阅读模式,即他们关注的是作品本身而不是从中窥视中国如何的某种刻板模式。这些简短书评多是读者在申请"书评网络"会员资格时给中心发的书评样本,经中心审核通过后方可授予会员资格。这说明这种阅读模式是中心所认可的,同时,也可能意味着这些书评者在继后的书评网络的小说书评中会沿用这种风格。虽然,在多大程度上沿用,中途会否会因为某些原因改变,这都非常复杂难解,但这种可看作以诗学为主的阅读模式是书评网络读者对小说进行评论的开端。

6.4.2 书评网络小说评论的基本情况

经统计,书评网络中一共有 37 名评论者对 36 本小说发表了 197 篇书评。关于书评网络里各部小说收到的书评数量,上文(6.3.2.2)在分析中心作家作品选择倾向时已经交代,不再赘述。中心书评网络每一篇书评后都有对书评者的简介。根据简介,现将 37 位书评者的基本情况表示为图 6-10。

这些书评者总的特点为:所有评论者都从事着与中国相关的研究、工作或学习,汉语或汉学本硕专业在读或毕业的年轻读者占大多数,女性评论者居多。具体情况为:女性书评者 27 名,男性 10 名,女性读者在所有读者中占比 73%,男性读者占比 27%;这些书评者大部分都来自美欧和中东等国家,有 2 位是来自中国大陆高校的教师、

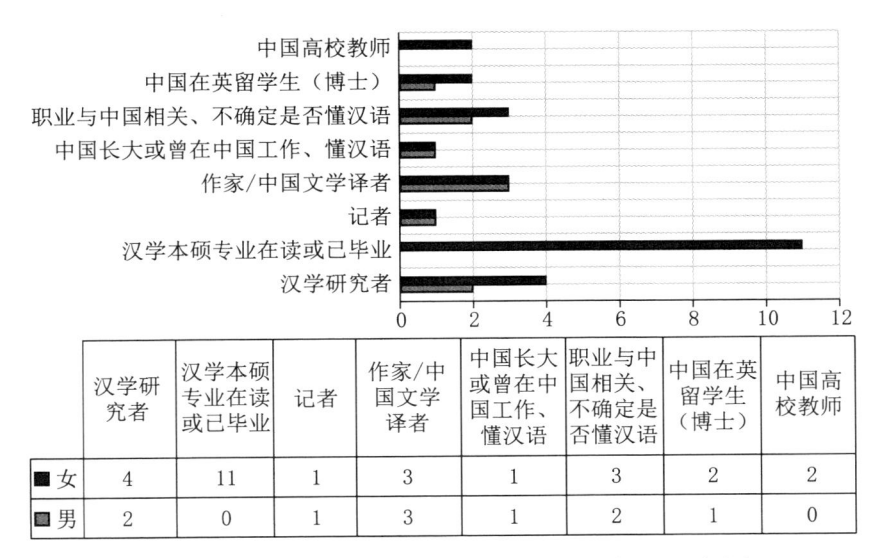

	汉学研究者	汉学本硕专业在读或已毕业	记者	作家/中国文学译者	中国长大或曾在中国工作、懂汉语	职业与中国相关、不确定是否懂汉语	中国在英留学生（博士）	中国高校教师
女	4	11	1	3	1	3	2	2
男	2	0	1	3	1	2	1	0

图 6-10　书评网络里书评者的基本信息：性别、专业/研究兴趣

3 位是在英国读博士的留学生且其中一名为利兹大学当代华语文学研究中心从事中国文学翻译研究的博士生，另有 4 名长期旅居国外的华裔学者、作家或学生。可以肯定的是，这些评论者大多懂汉语以及具有不同程度的中国文化知识。

有学者（Xiao）在统计 1980—2010 之 30 年间中国小说英译在英语世界所收到的书评情况时发现，书评者大多是区域研究者、新闻或媒体人士，来自中国文学研究领域的学者很少[1]。与此不同的是，中心书评者中的记者只有 2 名，而 6 名汉学研究者大多从事的是与汉语教学或中国文学和文化相关的研究者。欧阳桢将二战后中国文学英译的读者分为三类：对汉语一无所知的英语人士，懂汉语或正在学习汉语的英语人士以及讲英语的中国人[2]。如果仅把第一类读者看

---

[1] Xiao, Di, *Renarrating China: Representations of China and the Chinese through the Selection, Framing and Reviewing of English Translations of Chinese Novels in the UK and US, 1980—2010*, PhD Thesis, pp.160-165.

[2] Eoyang, Eugene, *The Transparent Eye: Reflections on Translation, Chinese Literature, and Comparative Poetics*, p.68.

做大众或普通读者的话,那么书评者中的大部分都属于英国汉学界的专业读者群体。然而,这些书评者中的大部分与专门做区域研究的汉学研究机构的教研人员不同,他们应该是介于一点不懂汉语的普通读者和专门从事中国研究的专业读者之间。

值得注意的是,中心很多推广书籍的活动都面向社会和公众,这在某种程度上表明,中国文学在西方的读者群很小。在这很小的群体中,专业读者群以及对中国文学和文化感兴趣的读者群占主体,或多或少可视为目前中国现当代文学在英语世界的"普罗大众读者"。

6.4.3 世界文学视角的阅读模式

本节将通过细读文本的方法对书评内容进行分析,目的不是突出某一部作品的评论,而是尝试分析书评内容中体现的读者的阅读模式以及对流通于英语世界的当代中国文学的印象。主要内容包括:基于达姆若什的世界文学概念,尝试分析从书评中体现出的书评者的阅读模式;根据书评内容中反复出现有关英语世界当代中国文学的评论话题或趋势,从读者喜好的角度分析读者对流通在英语世界的中国当代文学的印象;简单梳理书评者有关翻译的评论。

6.4.3.1 达姆若什的世界文学阅读模式

达姆若什认为,"世界文学不是漫无边际、让人无从把握的经典系列,而是流通和阅读的模式";一部作品如果要成为世界文学,需要经过两个过程,即:"从源语言和文化流通进入更宽广的世界之中",同时在世界上"被当作'文学'来阅读"[1]。他还认为,读者在阅读外国文学时可能有三重反应:"因其新颖而欣赏与众不同的显著差异;欣喜地发现或投射在文本上的相似;介于'相似但不相同'的中间状态,很可能实质性地改变原有观念和做法"[2]。蔚芳淑称这三重反应

---

[1] Damrosch, David, *What is World Literature?*, pp.5-6.
[2] 同上,第10—11页。

"最有见地分析了阅读外国文学的过程及好处"①②。这三重反应可简单概括为：对差异的欣赏、对相似的感同身受、挑战或刷新原有观念和做法。鉴于多数文学作品是以译本的形式在世界范围内流通，达姆若什还建议阅读时要对"译者的选择和偏见有批判的意识"③，以学会更好地"纠正译者的偏见"④和"欣赏译者的创造力"。⑤

本节并非从规定的视角评判书评者应该怎样或者不应该怎样阅读书评网络中的作品，而是结合以上内容，在详细阅读各篇书评的基础上，通过案例分析，从四个方面考察这些书评者所表现出的阅读模式。(1)通过相对倾向于从中国政治或社会现实角度解读作品的书评，观察书评者是侧重文学角度还是偏向历史或政治文献角度阐释作品。(2)通过整篇对作品持明显肯定或否定态度的书评，观察书评者对"差异"和"相似"的欣赏程度。(3)观察书评中读者自我反思、挑战原有假设或刷新个人认知的情况。(4)总结书评者对翻译的评论情况。

需要指出的是，达姆若什提出的读者阅读世界文学的三重反应体现的是阅读过程。本节接下来并非对阅读过程的具体观察，而是把这几重反应以及读者对翻译的批判欣赏作为不同的观察点，以观察读者的总体阅读模式。

6.4.3.2　以文学为主的阅读模式

中心书评网络中的书籍在体裁上全部都是小说，书评内容显示大部分书评者都把这些作品当作小说来读，突出对作品文学价值的欣赏，而非了解中国政治或历史的文献。少数评论者会在政治或历

---

① Weightman, Frances, "Chinese Children's Literature and the UK National Curriculum", *Chinese Books for Young Readers*.
② Weightman, Frances, "Literature in Non-European Languages", *Teaching Literature in Modern Foreign Languages*, p.84.
③ Damrosch, David, *How to Read World literature*: 2nd edition, West Sussex: Wiley-Blackwell, 2008/2018, pp.6-7.
④ 同上，第84页。
⑤ 同上，第105页。

史解读的基础上兼顾到对作品创作本身的欣赏。

少数读者倾向于把关于西藏、台湾文化或历史的小说当作政治和历史文献来读。杨志军的《藏獒》讲述了在新中国成立初期一只獒王如何消除两个草原部落之间的矛盾的故事,宣扬了和平、忠义又不失勇猛的精神①。该小说收到一篇书评,该评论聚焦于小说中提到的"民族委员会"这样的组织,称这部小说为"殖民统治"小说,称"作者对藏獒的那些描写都是为了阅读而写的"(Andy Thomas),言外之意可能是这些描写符合中国主流叙事,与西方有些主流媒体和学者关于"中国文学为政治服务"的叙事在情节上呼应。台湾作家张瀛太的《千手玫瑰》是大陆中共地下党在台湾的间谍故事,从他们1949年到台湾,经历五六十年代台当局大规模捕杀,七十年代监狱大逃亡,直到二十一世纪的档案解密。该小说收到2篇书评,书评者分别为大陆旅美英文教授、台湾旅英中国研究学者。两篇书评将该小说主要当作历史来读,认为小说中提到的台湾"戒严时期"的残酷未必真实,但关于大陆"文革"的残酷是真实的(Z.Z. Lehmberg),两相比较,"更能突出文化大革命带来的伤害"(Hsiu-Chih Sheu)。

大部分书评者在解读信息的同时都非常关注作品的文学特色,哪怕对扎根于严肃批评的自传体或半自传体小说亦如此。这类小说就体裁和主题而言,读者的阅读目的若以获取信息为主是非常自然和正常的。然而,大部分书评者在解读信息的同时都非常关注小说在语言和叙事方面是否有特色。如王晓方的《公务员笔记》、路内的《少年巴比伦》、盛可以的《北妹》和徐小斌的《水晶婚》等。这些小说里的故事多发生在90年代,扎根于对社会的批判,涉及官场腐败、工厂工人的命运、农村女孩到城市打工的遭遇以及"剩女"婚姻等话题。

王晓方的《公务员的笔记》可归属于"官场小说",收到7篇书评,

---

① 本章节中关于小说主要内容的概括语言参考豆瓣、知乎、百度知道、小说文本前言等,不再一一指明。

有几篇谈到该书文学性的一面,欣赏作者的"黑色幽默",感受到"汉语在批判社会黑暗时所凸显的尖锐和智慧"等(Andreea Chirita);只有1篇把不少笔墨花在分析中国官场的腐败和黑暗上,认为作者"曾做过东北某城市长秘书更加能证明中国腐败的真实和盛行"(Paul Gardner);有2篇对作品评价一般,认为书名中的"笔记"表明该小说在揭露官场腐败内幕的同时,也是"官场人的入门指南"(Tamara McCombe),小说让人眼界大开,但故事本身并不吸引人(Katie Hunt),认为该小说有信息价值却无文学价值。

路内的《少年巴比伦》,讲述一个国营工厂工人路小路的青春爱恋,及其成长过程中遭遇的无奈与感伤。该小说共收到11篇书评,书评者大多对小路的悲惨命运感到压抑和伤悲,也勾起个人"挫败和困惑的人生经历"等,认为作者语言幽默,会讲故事。

盛可以的《北妹》是关于90年代初一位湖南农村少女南下深圳打工的生存遭遇。该小说收到15篇书评,书评者多从女性主义角度解读,认为故事"关于中国女性的命运",揭露"中国女性身体遭受的暴力"等,但同时从文学角度对这部小说予以的肯定并认为该小说与其他自传体小说的不同在于作者的书写"超越了个人经历"(Tamara McCombe)。此外,还有关于小说形式和语言的赞美,例如:黑暗的现实主义和讽刺的手法,幽默讽刺的语言等。

徐小斌的《水晶婚》可理解为关于一位"剩女"作家的不幸婚姻的故事。故事跨域当代中国两次历史政治事件,"文革"和"1989政治风波",再加上出版社(马里士他)在书的封底推介词中专门凸显这些事件,可能想引导读者从政治和女性主义话题阅读该小说。该小说收到13篇书评,其中2篇突出以政治为主的解读倾向,称该小说为"大陆禁书",可帮助"通过女性视角见证中国的黑暗历史"(Yue Xin),可帮助"了解当代中国女性的处境,挑战对新中国妇女解放的理解"(Cynthia Anderson)。相比于盛可以的《北妹》,从语言和风格等方面赞美《水晶婚》的书评很少,多集中于对小说故事的概述以及对主人公性格的评论。还有三篇评论认为该小说无出奇之处,仅关于个人伤痛,看不出更高的视角。有评论者指出,尽管出版商称作者为中国最有名的作家之一,封底还提到"天安门",大概为多卖几本书吧,很难从中得到对中国某方面的了解(Barry Howard)。也有评论者认为"这本书在国外的出版既表明中国当代文学的健康活力,又体现了中国官方对文学领域审核的温和一面"(Henry Yunwei Wang)。

以上分析表明,读者对文学文本的阅读方式与小说故事本身有很大关系,大部分读者都没有为了政治解读而偏离故事本身。像自传体的"官场小说",加上作者关于亲身经历的个人叙事,读者不可能不把这读作揭露官场现形记的文本,不可能不联系中国的政治,但仍寻求能在文学审美上打动他们的东西。同月度作家的读者评论一样,个别记者、旅居海外的华裔作家或学者,有的曾经历过"文革"时代,在解读作品时,倾向于关注现实的黑暗甚于关注文学本身。此外,出版社在作品副文本或书籍腰封中呈现了导引读者阅读的视角,如马里士他出版社突出《水晶婚》的政治和女性主义视角,作者徐小斌在前言里亦称《水晶婚》为"第一本来自中国大陆作家的坦率谈论性与中国女性的书",然而,书评内容表明读者似乎并不十分买账。这说明,出版社关于某本书的广告词拟营造的关于该书的"概念叙事"未必能够变为读者群的"公共叙事"。

6.4.3.3 肯否态度里的英译华语文学印象

以评论者对作品的肯否态度来看,大部分书评对作品都予以肯定的评价,对同一作品的评价也是肯定多于否定。作品被持显性否定态度的有《推拿》、《红粉》、《极花》、《野蛮生长》、《风筝家族》、《粤语爱情故事》;明显受到书评者青睐的作品有《时光电影院》、《骚动》、《腹语师的女儿》、《晚安玫瑰》、《高兴》。书评者对这些作品的显性肯否态度,既体现出达姆若什世界文学概念中读者阅读外国文学时对差异和相似的反应,也呈现出读者对流通于英语世界华语文学的印象。

(1)不喜欢充满伤痛和性的作品。《推拿》收到9篇评论,有2篇予以否定的评论。两位评论者都认为译本的序曲强调《推拿》是一部关于残疾人的小说,会给读者不一样的经历和感受,导致他们产生"错误的期待",结果小说人物众多,叙事松散,一位评论者说他"高高兴兴开始,沮丧和疲惫结束"(Sam Hall);另一位评论者指出"小说内容涉及中国问题,如'面子',但'面子'是中国文化的一部分,不应该总是丑陋的"(Barry Howard)。《红粉》收到 4 篇书评,有读者说"即使了解中国文革历史的人,读了也会恐惧得起鸡皮疙瘩"(Simona Spiegel),表明读者对故事"伤痛"的不适反应。《极花》收到 2 篇书评,评论者都是女性,二者都认为这是部充满暴力的小说,故事残暴、痛苦和令人不安。《野蛮生长》收到 2 篇书评,书评者认为该小说同许多中国当代小说一样,"性的主题扮演重要角色","以家庭故事开头,以新闻笔记结束"。类似的评论也贯穿于其他一些读者总体喜欢的作品,如颜歌的《我们家》,该小说收到 15 篇书评,读者普遍喜欢小说幽默的风格、风趣的故事以及四川某个小镇的日常,但读者仍表明不喜欢作者使用的粗俗语言以及直白的性描写。

(2) 中国文学里某些带有民族和地域文化陌生性的元素,有可能造成西方读者不愉快的阅读体验。《风筝家族》收到 12 篇评论,6 篇评价不高。评论者普遍认为,作者超现实的写法使得作品十分"晦涩难懂"、"烧脑","若非读者对人口众多的香港的所有问题十分了解或对生活的苦难有着广泛阅历,实难读懂"(Barry Howard),但并未否定这种超现实主义的烧脑的写法。《粤语爱情故事》收到 12 篇书评,5 篇持否定态度。评论者认为书中收集的 25 个故事太短,无趣,难懂,故事之间不连贯,没有结局,不适合英语读者。还有读者指出该书是企鹅香港系列书籍之一,但看不出 1997 回归的影响,看不出香港的总貌。该小说可看作传统笔记本小说,有书评者熟悉相关体裁创作,对小说予以肯定评价,也有评论者喜欢小说的非个人叙事风格,但总体评价不高。

(3) 喜欢暖心、涉及不同文化传统却又相通共融的故事。明显受到书评者青睐的作品有《时光电影院》、《骚动》、《腹语师的女儿》、《晚安玫瑰》、《高兴》。《时光电影院》收到 10 篇书评,篇篇好评,赞小说的画面唯美，喜欢书中关于爱和失去的故事。《骚动》收到14篇书评，很多评论者都提到喜欢该小说关于童年、思乡、怀旧的主题以及不涉政治的一面，欣赏作者把自己融入故事中的叙事风格等。本书第5章曾提到《腹语师的女儿》深受中小学生喜爱，在书评网络中其收到的9篇非中小学生书评，除2篇在肯定的基础上认为小说结尾过于仓促外，其余各篇全部好评。书评者认为该小说讲述非常"暖心的故事"(Z.Z. Lehmberg)，是一部"朴实的高质量小说"(Barry Howard)。更有评论者指出，"整本小说涵盖了读者所寻找的所有：兴奋、恐惧、迷茫和同情，以及教给我们与自身文化和传统截然不同的文化和传统"(Simona Siegel)。《晚安玫瑰》收到5篇书评，其中两篇书评也是在肯定的基础之上指出故事的结尾有些突兀，让人摸不着头脑；其余都是对作品的肯定，认为语言风趣幽默，故事场景令人耳目一新，不是设置在一般小说里惯常出现的北京、上海、广州等地，而是中国的最北边。有评论者认为，"目前英语世界翻译自中国大陆作家的文学大多是荒谬、粗俗、刻板的黑色，常使读者感觉到作者磨刀霍霍的样子"，而这篇小说是她近期读过的所有中国大陆英译小说中最令人愉悦的一部(Tamara McCombe)。《高兴》让读者喜欢的是作者"通过怀旧式的写法展现当代中国社会相关的主题"，而非徐小斌《水晶婚》里那种辛辣的"替罪羊式"的做法。

  以上对作品的肯否态度表明，普遍受读者好评的小说似乎都有着相似性：故事暖心，情感上融通，涵盖"读者期望的兴奋、恐惧、迷茫和同情"，同时又能展示不同民族和文化的知识。这可以理解为达姆若什所说的"文学乐趣、文化体验"[1]。就读者对差异性的体验而言，作品中有些陌生性令读者无法适应，如中西小说叙事的差异、烧脑的涵盖广阔文化背景的超现实主义小说，但读者能够意识到中西小说叙事的差异，也未否定超现实主义创作模式本身。读者对相似和差异的感受呈现了达姆若什所倡导的世界文学阅读模式。而且，读者

---

[1] Damrosch, David, *How to Read World literature*: 2nd edition, p.1.

呈现出优先考虑故事而非作者的阅读倾向，同一作者的不同作品，读者有喜欢也有明显不喜欢的，如读者喜欢贾平凹的《高兴》，却不喜欢他的《极花》。

然而，对读者而言，有些小说展示出的"熟悉"却又"陌生"的元素明显令读者感到不适。书评者对作品的显性肯否态度互为映衬，构建了读者对流通于英语世界的中国文学作品的整体印象，即不乏充满伤痛和性的小说。书评网络选择的小说，讲述"文革"故事的并不多，《迷谷》算一部。该小说收到的2篇书评显示，若非读到"作者把中国传统诗歌、自传和西方文献结合起来"，以为又是一部"为迎合西方读者而做的关于中国文革的细节叙述"（Tamara McCombe），"当代中国文学或明或暗地充斥着性，《迷谷》也不例外"（Vicki Leigh）。这说明流通于英语世界的中国小说，一直不乏与文革主题相关的故事以及与性相关的内容，以致有些以"文革"为背景的小说，若非在语言等方面表现出文学特色，很可能被读者当作迎合西方读者的套路。

此外，读者对《推拿》英译本"序曲"的反应再次说明，出版社通过副文本（如封皮、封底、推介词等）构建的"文学叙事"会让读者产生一定的心理预期，但读者不是被动地受影响，而是有自己的判断。

6.4.3.4 刻板印象的更新和反思

评论者会从西方人的视角对作品的主题或某些方面的内容进行反思。

有些评论者借作品从世界格局和历史视角反思真实的中西社会现实。以《北妹》和《少年巴比伦》所收到的相关书评为例。一位评论者认为《北妹》不只折射的是中国的社会问题，还涵盖西方对发展中国家的剥削，"小说的主题，不只是表达在男人的世界里做一个女人有多艰辛，而且关于我们［西方］从中国购买无数商品背后隐藏着的苦难和剥削"（Barry Howard）。关于《少年巴比伦》，一位评论者表示，"一提到中国，就想到中国近些年快速的经济增长和社会变化，这些变化也影响小路的生活，例如，我们能够读到外国工厂以及新的管理模式的影响"（Catherine Shipley）。还有一位读者认为"90年代中国国营工厂工人的悲惨命运，同 60 年代英国的工厂生活有平行之处，发达国家的工业化过程都曾经历过，只不过由于命运时空的交错，我们没有碰上而已"(Barry Howard)。这些从西方人视角且带有反思的阅读模式，在某种程度上，体现了原作品的世界性视野。

有些评论者借作品反思西方长期以来对中国少数民族地区的主流叙事。月度作品评论曾提及，阿拉提·阿斯木的短篇小说《斯迪克金子关机》让书评者看到新疆的另一面，而这与西方媒体关于新疆的"悲伤"报道不同。书评网络作品里除了《藏獒》，还有两部小说属于中国的少数民族文学，分别是阿拉提·阿斯木的长篇小说《时间悄悄的嘴脸》和次仁顿珠的短篇小说集《英俊的和尚》。

《时间悄悄的嘴脸》收到 2 篇书评。一篇是从文学的角度予以肯定的评价，称这是一部关于时间、同情和宽恕的故事。另外一篇指出该小说展示汉维之间的和谐关系，但认为该小说在中国获奖，不大可能展现汉维之间冲突的黑暗面，评论者推荐该书可作为对新疆初步了解的书来读，期望自己将来通过旅行来了解新疆深层和复杂的一面(Paul Woods)。这说明，有些西方读者对中国国内获奖作品缺乏某种信任，也说明西方媒体长期形成的关于新疆的叙事对公共读者产生的影响，但评论者并未因此完全否定小说中体现的和谐关系，而是决定自己将来有一天亲自到新疆旅游，以获得实际感受。

《英俊的和尚》的书评显示，该书所收集的短篇小说在很大程度上挑战或刷新了读者对西藏的刻板印象。该书收到 5 篇书评，其中 4 篇提到该小说集改变了他们对西藏的认知。以下为书评者的具体看法："长期以来，西方媒体和电影等将西藏叙述为充满田园风光的古老而和平的世界，而次仁顿珠的小说颠覆了这种认知，原来藏区也有宗教腐败、堕落、暴力"等(Ruth Matanda)；"与中国很多沉湎于自我的作家不同，次仁顿珠让人耳目一新"，他既看到来自西藏族群内部的问题，也分析来自外部的因素(Tamara McCombe)；有评论者称这是他饶有兴致地读完的一本书，故事有趣，主题折中（Paul Woods）；"西方主流媒体一直用东方主义镜头"来看待西藏，而次仁顿珠这本小说集"将东方主义镜头摔个粉碎"(Cat Hanson)。

这些评论令人耳目一新,甚至为之振奋。读者能够审慎地对照和调整所处社会主流媒体关于新疆、西藏的叙事,看到事物的复杂性,而不是像很多举着所谓人道主义牌子的区域研究者,把中国少数民族与汉族割裂,把中国与新疆和西藏割裂。而对于一个复杂的多民族的中国而言,中国文学的域外交流作用,不仅在于纯粹的诗学。国内读者阅读这些小说,可能会更多地倾向于欣赏作品的文学性。然而,当这些小说流通到英语世界,除了文学性,小说里的信息性一样具有沟通的作用,为读者提供知识,帮助读者看到事物复杂性的一面,体现其作为世界文学普世价值,这一点不容忽视。

6.4.3.5 翻译的欣赏和批判

在197篇书评中有105篇提到了翻译,且对翻译的质量信任并提出赞美,只有少数(6篇)评论指出翻译的瑕疵。

评论者对译文最常见的赞美是,翻译"流畅/通顺/无缝"(fluent/smooth/flowing well/seamless),译者能够译出原文的美感、幽默、方言、文化的特色和人物的声音等。以颜歌的《我们家》为例,译者是韩斌。该小说收到15篇书评,11篇提到翻译,10篇都是对译者的赞赏。赞赏的方面包括:译者对四川方言的翻译,使英语读者能够读出四川风味儿;译者翻译得流畅、生动,获得"英国笔会翻译奖"(PEN Translates)[①];译者对哪些用英文对等物、哪些保留汉语,处理得非常好,如"Ai-ya"的使用,使人物有血有肉;译者把原文直白的关于性的语言翻译得很优雅、生动,使作者的"下流幽默"变得不那么粗俗却又非常生动丰富。

有些书评呈现出评论者从语体层面对翻译的批评。比如,用了

---

① 英国笔会翻译奖(PEN Translates)于2012年在英格兰艺术理事会(Arts Council)的支持下启动,以鼓励英国出版商出版外国书籍。该奖项帮助英国出版商负担将新作品翻译成英文的费用,确保译者的劳动得到认可并得到适当的报酬。该奖项最多可资助选定项目翻译费用的75%;若出版商的年营业额少于500 000英镑时,则最多可支付100%的翻译费用。

不该用的俚语或十几岁孩童的美语,以及英语和美语的混乱使用等。由于评论者大部分都是英国人,对于翻译中有些英语和美语的混用很敏感。有的批判出版社(马里士他)编辑不严谨,有的批判出版社(亚马逊无界)用美式英语的拼写来编辑英国译者的英语表达等。这些问题看似很小,在国内翻译实践层面的研究中却较少有学者注意到。

有的评论对翻译的赞美超越了语言的操作层面,认识到翻译在世界文学交流中的意义。如《腹语师的女儿》,译者是汪海岚。评论者除赞赏译文流畅外,还赞美翻译选择,认为翻译能够把好故事而非那些涉及政治、社会暗黑的严肃和高雅文学带给读者(Barry Howard)。对于路遥的《人生》的翻译,评论者认为这本书在中国发表并被中国读者喜欢了四十年后,终于在译者花费 5 年时间的情况下,使之与英语译者见面,实属不易。

以上梳理表明,书评者对翻译的评论涵盖翻译技巧到翻译选择,甚至还能看出英语世界流通的当代中国文学呈现给读者的趋势,对严肃文学的语言看法等。虽然这不代表普遍印象,但与前文读者对具有普遍共性(暖心、不同文化体验、相通共融)作品的喜欢,在情节上互为映衬,暗示着英语世界流通的中国当代文学所呈现的趋势。其实,读者书评中还有很多显性的关于书评网络中文学作品的"喜欢"和"不喜欢"的表达,从中可透视这些读者对出版和翻译到英语世界的中国当代文学作品的普遍印象或一定范围内的公共叙事,相关内容本书第 7 章会再做深入探讨。

6.4.4　读者世界文学阅读模式原因的简析

月度作品的"快闪书评"和书评网络中的书评表明,评论者大多从文学而非文献视角来阅读文学作品,对作品和译文评价总体肯定的多,否定的少。书评者对作品的明确肯定或否定、显性喜欢或不喜欢的评价,一方面表明原作的陌生性因素会影响读者的理解和阅读体验,另一方面也表明英语世界里流通的中国当代文学的趋势。总体来讲,这些书评表明,这些读者对中国当代文学的阅读模式可称为达姆若什所说的世界文学的阅读模式。这种阅读模式是如何产生的？虽然目前难以在复杂性视阈下通过追踪书评者阅读过程来分析这个问题,但可通过中心平台的做法浅析推动世界文学阅读模式的因素。

中心在2017年书评活动开启之际,曾邀作者、译者、编辑等与读者一起,探讨如何撰写书评,称之为"周末书评",每次历时两天,与中心每年举行一次的专题论坛投入的时间一样长,可见该活动的重要性。虽然不可能追踪书评活动的全过程以帮助分析书评者的阅读模式,但在中心的书评网络申请主页上提供有著名译者韩斌分享的关于如何撰写书评的首要建议(top tips)[①]。根据相关内容,现将韩斌的书评建议摘录如下：

(1) 首先对故事进行简短总结。

(2) 一定要将所评作品视为小说(散文、诗歌、或其他类文学作品)。拟评作品对您来讲是小说么？如若不是,原因是什么？(与新闻报道不同,尽管可以,但中国小说的主要目的不是向读者解释中国)

(3) 请将拟评小说与您读过的其他小说进行比较。它们可能相似,也可能完全不同,但比较有助于将小说与读者联系起来。如果您对小说作者有所了解或读过该作者的其他作品,都可以谈。

(4) 不要害怕发表个人意见：无论是本能或是推理的反应都将使您的评论生动起来。

(5) 倘若确实要批评,也找些积极的方面。要知道,至少有两个人(作者和译者)花了好长时间来呵护它！

---

① https://writingchinese.leeds.ac.uk/2017/08/16/top-tips-for-writing-a-book-review/（最近检索日期：2020年4月2日）

（6）一定要提到译者，因为他/她毕竟是译本的作者。可添加评论，例如：阅读流畅或名称翻译使您感到烦恼等。（不用担心，如果您不懂中文，则无需谈论翻译的准确性）。

以上建议可总结为：还中国文学以文学。虽然文学扎根于特定的历史和文化，不乏政治和批评，但与新闻报道不同，读者仍旧应该用读文学的方式阅读中国文学。这种观念是一个很大的改变。以韩斌在英国汉学界，尤其是英国当代华语文学界的地位，这必将影响很多读者。通过后续书评可以看出，虽然不是所有书评者都按照这个模式来，但总的来说，这些书评者都关注小说本身的内容、作者的语言和表达、小说所揭示的深层次关乎人性和社会的思考，以及对译者翻译的评论等。这与目前国内很多学者对中国现当代文学在西方的接受研究结果不同。

本书并非把中心的关于"如何撰写书评"的培训以及韩斌关于如何撰写书评的建议看做是决定因子，决定论式地断定这些与读者所体现的世界文学阅读模式之间的直接因果关系，也不是分析韩斌的培训在多大程度上起作用。本书想表达的是，中心是英国汉学的一个机构，专业兴趣更多在于文学的推广和研究；而这些书评所体现的更多也是世界文学的阅读模式。

6.5 中国当代文学在中心文学推广活动中接受情况的复杂性解读

利兹大学当代华语文学研究中心的文学推广活动旨在向英语读者推介"新型"和"多样性"当代华语文学。毋庸置疑，中心主要文学推广活动对作家和作品的选择体现了以中国大陆文学为主要构成部分的世界华语文学概念，构建了"新型"、"多样性"当代华语文学的概念叙事。中心在月度作家活动中呈现出以"新生代"作家为主、以彰显"多样性声音和小叙事"作品为主的选择趋势。在书评网络中一定程度上呈现出向读者推介月度作家的倾向,月度作家的读者"投票"和书评网络的读者评论都展示出英语读者以中心为平台的对当代华语文学的世界文学阅读模式。

基于马雷的涌现性符号翻译理论,复杂性适应系统,"包括符号系统,符号过程,都是开放的,自组织的,受制于热动力学第二定律",而活生物体是通过抗衡第二定律运行的,"符号过程不仅受熵增驱动,也受负熵驱动",这意味着"可以对任何阐释项进行运作,以抵消该阐释项的影响"①。同时,系统的熵减过程会使环境里的或其他系统的熵增加,从而又反过来会影响到系统的熵减的功,也就是说翻译(符号过程)会影响系统,也会影响环境,反过来受环境影响,这其中包含着自身影响环境的结果。如果把中心一系列文学推广活动中呈现的中国当代文学"新型"与"多样性"的叙事看做是复杂性适应系统里的阐释项符号翻译过程,那么这种叙事是在哪些"约束"下涌现的,是为抵消何种影响(熵增)的熵减过程?又有哪些"约束"促使中心具体文学推广活动中不同"吸引子"(具体流通和阅读趋势)的形成?

6.5.1　针对英语世界当代中国文学"旧"叙事的熵减过程

中心第一次学术论坛主题为"新型华语文学",中心的英文名称"The Leeds Centre for New Chinese Writing"中的"New(新)"即代表着不同以往。中心的前身,2014年10月成立的"汉语写作"项目,强调该项目成立的主旨之一为"将最激动人心的中国新文学带给更广泛的读者,并促进年轻译者和资格译者之间的对话"②;本书第5章提到的"中小学短篇小说库"(School Story Hub),是中心与纸托邦合作的文学推广栏目,中心在该栏目的首页上明确了其开发该项目的宗旨:"我们与集合众多优秀译者和作家的纸托邦合作,开发一个有

---

① Marais, Kobus, *Translation Theory and Development Studies: A Complexity Theory Approach*, p.126.
② https://writingchinese.leeds.ac.uk/translation-competition/last-years-competition/(最近检索日期:2020年1月3日)

标签的、可充分搜索的中国当代文学英译数据库,让您体会到当代文学的多样性"①。作为英国的一个汉学机构,中心从当代华语文学活动推广伊始,在其使命中就包含了对"新型"和"多样性"这一中国当代文学概念叙事的建构。

然而,"新"文学的叙事是相对于什么样的"旧"文学叙事而言?中心主任蔚芳淑在向英国中小学校建议为什么以及如何在汉语课程教学里使用文学文本时明确了"新"的含义:

> [在过去的两年中],我们[中心]一直在寻找各种各样的作者,考量他们在全球的接受,侧重于首次被翻译到英语世界的作者。我们推选了几位极富争议的新作家,作品涉及的话题非常"成人化",目的是展示当今中国极具多样性的文学(不仅只有古典作品和文化大革命回忆录)。②③

这段话再次表明,中心推介文学的目的在于体现中国当代文学的"新"和"多样性",而这种"新"和"多样性"是针对之前英语世界中国文学翻译作品所呈现的"旧"的趋势,即:以中国古典文学和"文革"为背景的伤痕文学为主。蔚芳淑进一步指出,大部分"翻译到英语世界的书籍可以帮助西方读者了解中国,但很难在审美层面上互动",然而,中国当代文学英译质量"近十年来有了很大提高,产生了很多可视为文学的文本,供我们选择"④。这明显展示出蔚芳淑和中心与英语世界以往不同的新理念。在 1980—2010 年间,由英美出版社资助并在英美国家出版的中国当代文学,从作品的选择到主流媒体的评论,都突出了以中国历史上特殊时期,尤其是文化大革命为背景的

---

① https://writingchinese.leeds.ac.uk/storyhub/(最近检索日期:2020 年 1 月 3 日)。
② Weightman, Frances, "Chinese Children's Literature and the UK National Curriculum", *Chinese Books for Young Readers*.
③ Weightman, Frances, "Literature in Non-European Languages", *Teaching Literature in Modern Foreign Languages*, p.79.
④ 同上,第 93 页。

伤痕作品,且作者多为中国大陆知名作家居多,男性作家在数量上占主导地位,同时也包括一部分"异见"作家。①

根据涌现性符号翻译理论,中国现当代文学在英语世界的流通是复杂性适应系统,而中心在文学推介过程中建构的中国当代文学"新型"和"多样性"叙事是系统里的"涌现"现象。首先,这种涌现是对系统内"旧"叙事进行抵消的熵减过程。这种"旧"叙事可理解为:提起中国当代文学,英语世界读者脑中想到的多是"文革"回忆录。但这不意味着所有翻译到英语世界的中国当代文学都是"文革"回忆录,而是在英语世界流通的中国当代文学呈现"文革"伤痕文学为主的趋势。为抵消这样的"旧"叙事,有必要构建"新型"和"多样性"叙事,这是熵减的过程,需要外力做"功"(阐释项翻译),以改变原有的趋势,即"吸引子"。西方过去在翻译和出版中国现当代文学时,单就所选作品的题材而言,呈现以"文革"回忆录为主的趋势,即"吸引子"。由于历史的原因,如二战后长期冷战思维的影响,对作品选择的初始过程,包括选择的出发点,影响着对"文革"题材的关注,那么其他选择的概率就很低,约束着中国当代文学在英语世界流通的趋势和路径。

中国当代文学的"新型"和"多样性"叙事不只表现在摆脱"文革"伤痕文学为主的作品题材的选择上,还包括题材选择的其他方面以及关于作家性别、身份、不同风格和声音的选择上等。这些都可看作中国当代文学的"新型"和"多样性"叙事涌现过程中的"吸引子"。换言之,不以选择"文革"伤痕文学为主的做法容易实现,停止大量选择相关题材的文学作品就能达到。但对"单一性"叙事的改变,关键是要构建"多样性"的叙事。

中心在文学推广活动中选择的作家以中国大陆"新生代"作家为主、以彰显"不同声音和小叙事"作品为主的选择趋势,在书评网络中

---

① Xiao, Di, *Renarrating China: Representations of China and the Chinese through the Selection, Framing and Reviewing of English Translations of Chinese Novels in the UK and US, 1980—2010*, PhD Thesis.

一定程度上呈现出向读者推介月度作家的倾向。这说明，同样可以体现文学"多样性"的其他可能性没有实现，如以书写国族叙事作品为主、以商业出版社出版的作品为主的选择倾向。那么，在构建"多样性"叙事文学作品选择时，有很多"可能性"的做法，为什么只有一些"可能性"实现了。

6.5.2　针对英语世界商业出版社"选择倾向"的熵减过程

进入新世纪以来，由于中国经济的崛起，中国被很多西方国家视为重要的战略伙伴。一方面，中国文学需要走入海外交流的市场；另一方面，西方国家也需要了解中国，为中国文学对外译介提供了契机。自2005年起，企鹅、哈珀柯林斯、麦克米伦等国际知名出版社陆续于中国建立分社。同时，他们也意识到，与过去对中国猎奇的心理不同，西方读者想深层次地了解中国，而西方出版社过去翻译和出版的中国文学书籍过于单一和不足。企鹅中国的总经理周海伦（Jo Lusby）指出，很多出版商过去通常认为，西方读者"对关于中国而不是来自中国的书籍感兴趣，而今情况正发生变化"[1]。哈维·汤姆林森（Harvey Thomlinson），香港一家独立出版社（Make Do）的创始人，谈及他2009年创办该出版社的初衷是因为他发现英国书店里关于中国文学的书籍仅限于文革回忆录和《上海宝贝》之类的鸡仔文学[2]。这些变化说明，近十年来，读者的阅读心理已发生变化，出版社已意识到这种变化并开始调整出版倾向。

然而，可能为了降低风险，国际知名商业出版社仍专注于对男性作家占主导地位的中国大陆精英作家的翻译和出版。中心网络书评选择的作品都是2015年以后出版的，独立出版社马里士他和企鹅、

---

[1]　Larson, Christina, "Chinese Fiction Is Hot", *Bloomberg Businessweek*, 23 October, 2012. https://www.bloomberg.com/news/articles/2012-10-23/chinese-fiction-is-hot

[2]　Edwards, Dan, "Taking Chinese Literature to the World: Harvey Thomlinson of Make Do Publishing", *The Beijinger*, 6th March 2013. https://www.thebeijinger.com/blog/2010/03/06/taking-chinese-literature-world-harvey-thomlinson-make-do-publishing

亚马逊无界等商业出版社的出版趋势明显不同。马里士他倾向于出版多样性的华语文学[①]，其中以出版台湾文学、女性文学为主，作品题材多样，读者书评中明显受读者青睐的作品多出自该出版社。企鹅、亚马逊无界以出版中国大陆精英男性作家为主，严肃文学居多，读者书评中由于伤痛主题和性描写内容明显不受读者喜欢的作品多选自这两个出版社。

中心与企鹅和马里士他出版社都有合作，但在书评网络中呈现出以推荐中心月度作家为主的倾向，其中以马里士他出版社出版的相对居多。中心的月度作家所选择的当代中国文学英译作品主要由纸托邦、国际文学杂志、独立出版社、大学出版社和译者提供，其中以纸托邦和国际文学杂志为主，它们出版的趋势以"多样性"华语文学为主，在所选作家文化身份和创作地域上呈现多样性，而且突出对女性作家的选择。这说明，中心在文学推广活动中构建的"多样性"华语文学叙事以及以"新生代"为主的作家选择趋势，有针对国际商业出版社中国大陆精英作家出版倾向的熵减过程。依据复杂性理论，该熵减过程是中心在与各个出版源进行合作时，能动地施加"约束"的过程，会减少某种选择倾向的可能性，但不是完全对立。中心书评网络中的书评数量(图 6-8)表明，虽然中心倾向于推送中心月度作家的作品，倾向于推送马里士他出版的作品，但同时也包含部分非月度作家的作品以及商业出版社出版的作品。

6.5.3 针对中国大陆文学"主流叙事"的熵减过程

6.5.3.1 中心"新型"和"多样性"选择趋势的"初始约束"

利兹大学当代华语文学研究中心的月度作家活动呈现出以彰显"不同声音和小叙事"作品为主的"多样性"选择趋势。同样可以体现文学"多样性"的其他可能性没有实现，如以书写国族、历史等宏大叙事的作品。中心主要作品来源的杂志或出版社，它们的特点或出版

[①] https://www.balestier.com/about/（最近检索日期：2020 年 3 月 10 日）

使命在某种程度上为中心选择某类作家作品提供了"条件"和"约束"。换言之,这些作品来源的出版趋势,即"吸引子",会"约束"中心的选择趋势。

中心的主要合作者纸托邦(包括其编辑的杂志《路灯》)希望传递"新型"的中国当代文学的声音。纸托邦的创始人、译者陶建,在接受中心采访时强调,纸托邦就是想通过翻译大量中国作家的短篇小说,让读者感受到不同风格和声音的中国当代文学,在选择中国作家进行翻译时,他"对 35 到 40 岁之间的作家感兴趣",认为他们"有世界性的视野,有自己的风格和声音,但往往被国内媒体所忽略",如曹寇、颜歌、迪安、徐则臣、阿乙等[1]。他在接受国内媒体采访时也提到,他个人的选择倾向是"写作技巧比较成熟,有自己独特风格"的作家,并以李洱、格非、韩少功为例,认为他们的作品"在题材上很老气,但叙事方法特别前卫"[2]。中心作品来源的杂志,《天南》英文版,其目的也是向英语读者介绍被中国主流媒体忽视但体现独特创作风格的作家。阿乙和孙一圣就是通过《天南》逐渐被读者和译者认识并进而被翻译到英语世界。《无国界文字》[3]、《渐近线》[4],都是国际文学杂志,翻译和出版世界各地"没有机会与英语读者见面"或"从未有过英语翻译"的文学。其他中心合作的出版社也致力于展现中国当代文学"新型"和"多样性"特征。聊斋出版社"致力于出版亚洲最棒的

---

[1] Abrahamsen, Eric, "Interview: Eric Abrahamsen and Paper Republic", *The Leeds Centre for New Chinese Writing*, 18th June 2015. https://writingchinese.leeds.ac.uk/2015/06/18/interview-eri c-abrahamsen-and-paper-republic/

[2] https://www.sohu.com/a/197705316_481900(最近检索日期:2020 年 3 月 2 日)

[3] 《无国界文字》成立于 2003,"旨在通过翻译、出版和推广当代最好的国际文学来扩展文化理解,使世界各地的英语读者可接触到用其他语言撰写的集结丰富观点、经验以及关于世界大事的文学",由于"坚持不懈地引进原本没有机会与英语读者见面的国际文学",该杂志成为首届"惠廷文学杂志(Whiting Literary Magazine Prize)"奖获得者之一。杂志网址:https://www.wordswithoutborders.org/about(最近检索日期:2020 年 2 月 28 日)

[4] 《渐近线》自称其使命为"释放世界文学宝藏",以出版世界各地文学的英语翻译为主;该杂志收录翻译自很多国家/地区和语言的作品,这些作品都是首次翻译并发表的作品。https://www.asymptotejournal.com/about/(最近检索日期:2020 年 2 月 28 日)

新文学"，目前已出版的中国作家有陈希我、慕容雪村、安妮宝贝、李洱、劳马等；马里士他出版社以出版不同体裁和类型的被"隐藏"的文学为主，通过中心的书评网络看，马里士他推介的小说以女性作家、以台湾作家为主，兼顾香港、中国大陆和新加坡等地的作家，且所选小说类型也非常多元。

以上叙述表明，在推介中国当代文学时，这些与中心合作的纸托邦、杂志和独立出版社都旨在推介新型、多样性的文学，这与中心向读者推介新型、多样性的当代华语文学的目标一致；同时，倾向于选择年轻的、尚未发表过英译作品的作家，这与中心推选作家的目标亦基本一致。这些相近的出版或推广文学的宗旨，构成中心文学推广活动中选择作品的"初始约束"。

6.5.3.2 中心"不同声音和小叙事"作品选择趋势的"约束"机制

中心合作者在选择作品时，还侧重于被中国大陆主流媒体或主流出版社忽略的作品，会不自觉地表现出相对于中国主流媒体或出版社保持一定距离的认知假设。这说明，所谓"多样性"的选择不但是抵制英语世界中国文学翻译呈现的"旧"叙事的熵减过程，同时也是抗衡来自中国主流文学叙事的熵减过程。《路灯》杂志编辑，戴夫·海森认为，中国自世纪之交开始实施的中国文化"走出去"（Going Out/Going Global）工程，是"中国官方资助西方读者应该（*ought to*）感兴趣的文学"（斜体为原文标示），而非西方读者"真正'想（want）'读的文学"[①]。这种观点有将事物简单化之嫌，但同时，必须承认，中国当代文学在海外的交流需要与当地文化进行接触和碰撞。中国文学"走出去"计划，某种程度上是英语世界中国当代文学英译发展需要抗衡的"熵增"过程，以体现事物原有的次序和差异，这也是当代文学英译发展的生命力所在。

从纸托邦、独立出版社以及相关文学杂志在选择英译作品过程

---

① Hayson, Dave, "Chinese Literature F(requently) A(sked) Q(uestions)", *GLLI*(*The Global Literature in Libraries Initiative*).

中所呈现的趋势看,作家的"年龄"或"身份"、作家的"风格和声音"是选择的"条件",前者放在中国的语境里可理解为"资历"。这说明作家的"资历"和作家的"风格和声音"作为选择的"条件",在很大程度上排除一些其他的可能性,"约束着"中心合作者选择的趋势。然而,复杂性理论的因果关系不是不同因素的叠加,而是关系互动的结果,甚至导致一些矛盾现象的共存。比如,聊斋出版社,按照作家"资历",把中国作家分为两种:"一种是官方的,比如作协的作家,写作就是工作,有工资拿;一种非官方的作家,得不到官方支持,无法与大出版商接洽"①,但该出版社推出的李洱和劳马都是中国作家协会会员。陈冬梅,纸托邦成员之一,谈到中国文学奖,指出茅盾文学奖等都是由官方组织(例如作家协会、国家出版管理局、国有出版社、文学杂志等)的,其程序和公平性有时会遭受媒体的质疑,而 2003 年成立的"华语文学传媒大奖"是中国最权威的文学奖项之一②。月度作家中,获得"华语文学传媒大奖"不同形式奖项的作家数量的确高于获茅盾文学奖的作家数量。但中心书评网络作家和作品的选择显示,国际商业出版社出版的书籍大多都是茅盾文学奖获得者,有些同时还是"华语文学传媒大奖"最高奖项的获得者。这说明中心合作者的出版选择倾向有针对中国大陆作家"资历"中的官方或主流因素的"熵减"过程,但在实际选取中,"资历"的"约束"力量似乎没有"不同风格和声音"强大。

相比较而言,作家"独特的风格和声音"则是相对更有力的"约束"。作家,无论"资历"与否,都可能体现自己独特的风格和声音。前文对中心月度作家个人叙事的梳理表明,这些作家在被翻译和出版时,他们独特的语言风格、作品里关于不同声音的小叙事非常被看重。因此,中心月度作家的推选涵盖"异见"作家、有争议的作家、作

---

① https://www.thebeijinger.com/blog/2010/03/06/taking-chinese-literature-world-harvey-thomlinson-make-do-publishing(最近检索日期:2020 年 3 月 2 日)
② https://glli-us.org/2017/02/18/chinese-literature-prizes-by-chen-dongmei/(最近检索日期:2019 年 8 月 28 日)

品以"文革"为背景的作家,但以书写个人小叙事的作家和作品为主。

需要指出的是,根据书评网络的读者书评,无论是纸托邦、杂志、独立出版社还是国际商业出版社翻译和出版的中国大陆作家和作品,在主题上不乏书写"伤痛"的严肃作品,且体现家国叙事、历史叙事或主流叙事的文学被选择的可能性几乎未有实现,视为"约束"。这个"约束",将会长期存在,影响英语世界或西方世界对中国当代文学主动译介的趋势。与其把这简单地看做是由西方意识形态决定的,不如看做是中国当代文学在英语世界的交流中必须要面对的差异碰撞,这是一种熵和负熵的对抗,是中国当代文学在域外交流中获得生命力、得以生存必须要经历的过程。

6.5.4 针对英国汉学实用主义发展倾向的熵减过程

中心的月度作品以推介短篇小说为主,即便是长篇小说,也只是节选。这大概涉及两方面比较直接的原因,一方面,月度作品的选择多是为推进该作家近期被翻译的书籍,因此所推送的作品应从各方面呈现当代华语文学的多样性,以供不同的读者从中选择自己喜欢的;另一方面,月度作品都是免费阅读,需要相关版权所有者授权方可进行,不大可能提供长篇全卷本。

然而,中心属于汉学机构,而在学科上从属于英国区域研究的英国汉学,游离在区域研究和现代语言之间,在汉学专业设置和发展方面呈现出语言实用主义倾向。为此,英国汉学研究界需要自发地突出自己区域研究的身份,考量现代语言和区域研究之间的平衡,以维持其区域研究的学科地位。时任英国汉学协会主席的贺麦晓曾倡导,英国汉学界需要"在中国经济崛起的背景下"发展汉语教学和汉学研究[1]。2010 年代英国汉学的发展表明,英国汉学呈现功能化倾向,在区域研究方面倾向于对当代中国政治、经济的研究,中国文学研究是以愈加边缘;在现代语言(主要是汉学专业建设)方面,倾向于

---

[1] 参见英国汉学协会《年报 2013》(*BACS Bulletin 2013*)第 1 页。

把中文当做学习其他热门专业的工具。

中心的文学推广活动不仅旨在向英语读者呈现当代华语文学的多样性,也为推动英国汉学界的中国文学教学和科研。中心从其前身"汉语写作"项目开始至现在,当代华语文学的推广和研究始终是其发展过程中的稳定态势,也就是"吸引子"。参与中心当代华语文学研究和推广活动的大部分读者或观众,都是利兹大学东亚研究的本科生、研究生和博士生。中心与不同出版社合作,竭尽所能选择多样性的文学,可供不同读者,包括大中小学学生,选择阅读或研究自己感兴趣的文学。与中心合作频繁的纸托邦、国际文学杂志和独立出版社,无论从其推出的作品体裁和题材的多样性、对短篇小说的青睐、对区域的观察,既便于研究和学习中的实际使用,方便读者直接用作文学阅读、汉语或翻译学习的素材,也可帮助学生通过文学了解"生意和经济以外的另一个中国"①。这说明中心对作家和作品多样性的选择,尤其是大量来自当代中国文学作家的作品,某种程度上是对"在中国经济崛起的背景下"发展汉学的理念的回应,亦是汉学作为区域研究的特点。然而,悖论的是,这同时也是对英国汉学发展语言功能化和区域研究实用主义的一种熵减活动。英国各高校汉学专业发展的语言实用主义倾向,中国文学研究极度边缘,中心多样性的文学选择为汉学学生和老师们阅读、研究甚或翻译中国和中国文学提供了多种可能性。蔚芳淑曾说过,她经常把月度作家的作品推荐给她的本科生和研究生阅读,让他们从文学中经历中国文化,体验中国文学带来的感受,最终是为更好地了解当今的中国,包括了解中国的当代文学。②

中心文学推广活动对作家和作品的选择难免有很多偶然因素,取决于不同参与者的情况,如作家的个人魅力以及英文水平,译者的奔波和对文学性的界定倾向等,这里只是从复杂性视阈来分析中心

---

① 新华网客户端 2018 年 3 月 20 日 06:58 发布。责任编辑:许义琛。
② Weightman, Frances, "Literature in Non-European Languages", *Teaching Literature in Modern Foreign Languages*, pp.82 – 83.

作家和作品选择总体过程中所呈现的趋势的原因。在复杂性视阈下分析中心文学推广活动中的文学选择趋势与英国汉学发展的关系，旨在表明，中心的文学推广活动，不但推动中国文学的教学和研究，而且活动对作品的选择是对不同倾向的回应。换言之，就中国当代文学的"新型"和"多样性"叙事而言，中心的选择不仅是针对英语世界中国当代文学"旧"叙事的熵减过程，针对中国文学"主流"叙事的熵减过程，而且也是针对英国汉学实用主义发展倾向的熵减过程。

6.6　本章小结

本章主要通过梳理利兹大学当代华语文学研究中心所举办的一系列文学推广活动，观察中国当代文学以中心为平台的流通趋势和呈现该中心关于"新型"和"多样性"当代华语文学概念叙事的内涵，以及读者阅读模式，从而全面考察中国当代文学以中心为平台的接受情况。

中心主要文学推广活动对作家和作品的选择体现了以中国大陆文学为主要构成部分的世界华语文学概念，构建了"新型"、"多样性"当代华语文学的概念叙事。中心在月度作家活动中呈现出以"新生代"作家为主、彰显"多样性声音和小叙事"作品为主的选择趋势，在书评网络中一定程度上呈现出向读者推介月度作家的倾向；月度作家的读者"快闪书评"和书评网络的读者评论都展示出英语读者以中心为平台的对当代华语文学的世界文学阅读模式。

就中心构建的中国当代文学的"新型"和"多样性"概念叙事的内涵而言，中心在文学推广活动中呈现的文学选择趋势不仅是针对英语世界中国当代文学"旧"叙事的熵减过程，针对中国文学"主流"叙事的熵减过程，也是针对英国汉学实用主义发展倾向的熵减过程。

第 7 章 中国现当代文学在英国汉学界的接受：边缘里的活跃存在及启示

英国的汉学，包括教学和科研，活跃于英国的大学、中小学和利兹大学当代华语文学研究中心这样英国首屈一指的中国文学研究和推广平台。如果把英国汉学界看作一个整体，从世界文学视角的文学流通和阅读模式来看，中国现当代文学在英国汉学界三个机构层面的流通和阅读模式，即：英国高校中国现当代文学课程大纲的设置，中小学汉语教学对中国文学素材的使用，以及利兹大学当代华语文学研究中心的文学推广活动，在很大程度上可构成中国现当代文学在英国汉学界"活跃存在"的整体景观。前文分别从这三个方面探讨了中国现当代文学在英国汉学界的接受或"活跃存在"的趋势以及在复杂性视阈下对趋势或趋势所呈现的文学叙事的分析。根据复杂性理论关于整体和部分的关系，对整体的研究不仅在于对部分的观察，更要关注部分之间的关系，以及部分与整体之间的关系。英国高校、中小学、中心都是英国汉学界的机构，是中国现当代文学"活跃存在"的场地，在对三者进行分别考察后，有必要进一步观察"活跃存在"的整体景观背后潜藏了怎样的权力话语、动力机制和知识取向，以更好地分析中国现当代文学在英国汉学界"活跃存在"的意义和启示。

7.1 中国现当代文学在英国汉学界的接受：边缘里的活跃存在

本节简析中国现当代文学在英国汉学界三个机构层面接受情况之间的互动，分析中国现当代文学在英国汉学界接受情况的整体景观，旨在从复杂性视阈下认识中国现当代文学在英国汉学界的接受现状和存在的强力"约束"，以帮助进一步透视中国文学对外译介的根本问题。

7.1.1 部分之间互动中的"约束"

英国高校中国现当代文学课程大纲的设置、中小学汉语课程对中国文学文本的使用以及利兹大学当代华语文学研究中心的文学推广活动，三者对作家作品的选择趋势以及呈现的文学阅读模式，可视为中国现当代文学在三个机构的接受情况。三个机构同属于英国汉学界的组成部分，又各自独立。根据马雷的涌现性符号翻译理论，复杂性适应系统是开放的，系统通过与其内部组成部分和其他系统或环境相互作用而存活，系统的开放概念意味着系统内不断变化或相互作用的关系，"从逻辑上讲，时间在这些系统中是单向流动的，历史是一个重要因素"[①]。本节仅对三者在能够体现时间流的互动中，就三者在中国现当代文学的接受过程中彼此所提供的"条件"和"约束"进行简析。

7.1.1.1 利兹大学当代华语文学研究中心构成的"条件"和"约束"

英国汉学界在2010年代致力于在中国经济崛起的背景下发展汉学或中国学研究，把提高公众对当代中国的理解看做学科使命，同时促进学生的汉语学习，包括中小学的汉语学习到大学汉学专业学

---

① Marais, Kobus, *Translation Theory and Development Studies: A Complexity Theory Approach*, p.39.

习的衔接。英国汉学在学科属性上是英国区域研究的一部分，区域研究和文学研究都是英国人文学科里的边缘学科。区域研究为了适应英国政府自2013年开始颁布的一系列教育改革措施，为了获得学科发展的财政资助，不得不突出其语言的因素，游走在区域研究和现代语言之间，并且呈现功能化倾向。英国汉学的实用主义发展倾向，在区域研究方面倾向于对当代中国政治、经济的研究；在现代语言的人才培养和教学方面，倾向于把中文当作学习其他热门专业的工具。因此，中国文学和古代汉学都愈加被边缘化。

利兹大学当代华语文学研究中心在连接英国高校和中小学的汉语教学以及中国文学在英国汉学界的接受方面起了很大的作用。该中心是大学里的非政治性组织，在其活动参加者中，有相当一部分都是英国和其他西方国家的汉学家、文学研究者、大学里修习汉学专业并对中国文学感兴趣的学生，同时该中心也是中小学汉语课程如何引入文学文本的指导和培训机构以及中小学汉语课程文学资源的供应平台。中心举办的翻译比赛，很大程度上能够让对中国文学感兴趣的学生读者看到学习和研究中国文学这一边缘学科可能带来的部分职业前景与回报。中心的各类活动成为作家、代理、译者、出版商、研究者和读者进行交流互动的平台，而这些研究者和读者很多来自高校。因此，他们彼此之间是相互影响的，在多大程度上影响，不好给出量化结论，但中国当代文学在英国汉学界得以活跃存在，利兹大学当代华语文学研究中心功不可没。

中心为推进中国当代文学在英国汉学界的教学和研究创造了"条件"也形成了"约束"。中心的文学推广活动对当代中国文学作家作品的选择趋势"约束"着中小学汉语课程对文学文本的选择，这种"约束"有双层含义：一方面，中心为英国中小学汉语课程引入文学文本提供资源保障；另一方面，中心对文学资源的选择趋势或"吸引子"也会在某种程度上限制中小学汉语课程选择文学资源的可能性。"中小学短篇小说库"呈现出的"新生代"作家为主和"个人小叙事"作品为主的选择趋势与中心月度作家所呈现的选择趋势相近，说明后者对前者的"约束"力量。

中心的文学推广活动对当代中国文学作家作品的选择趋势也会"约束"英语读者或大学生读者对英语世界流通的中国当代文学的阅读倾向。中心举办的"书评网络"活动是重要的可观察读者对英语世界流通中的当代文学书籍发表阅读反应的平台,大部分加入网络的读者都是英国高校汉学专业在读的大学生或毕业生,他们是构成英国汉学界中国文学阅读群体的主体。英国高校现当代文学课程大纲对当前中国作家作品的选择不可能不考虑学生的期待和接受。而中心推送的绝大部分都是当代华语文学作品,在其文学推广活动中推介的现代作品只有一部。这在一定程度上"约束"着读者对现代文学的关注。当然,这也与英国汉学界整体关注当代中国的发展趋势有关。

7.1.1.2 中小学、大学和中心之间的彼此"约束"

中国现当代文学在英国汉学界三个机构层面的接受情况,三者彼此约束和影响。一方面,他们同属于英国汉学界的机构,共同面临英国汉学界整体发展的"环境",在人员构成和活动内容等方面存在着交叉;另一方面,中国文学在三个机构层面的接受对象不完全相同,大学师生、中小学师生、普通和专业读者的集结,他们彼此之间存在着互为作用和约束的关系。

中小学里学习汉语学生人数的规模以及英国高校中国现当代文学课程的规模,如开课院校的数量,选修课程的学生人数等,都可以影响到中心文学推广活动所能连接的读者群体范围。中小学汉语课程引入文学文本也呈现了区域研究与现代语言之间共同影响的投射,既是回应英国政府新的外语教学政策,也是实现英国汉学研究的使命,通过语言教学以及汉学研究,体现了对中国文化进行了解的渴望。所以,大学里的中国现当代文学课程、中小学汉语课程、甚至利兹大学当代华语文学研究中心月度作品的选择,都要既适合语言学习也能帮助学生了解今天的中国,即文学文本的选择和使用都受这两个"约束"的影响,并且结合学生的实际汉语水平和考试目标等,而进行适度调整。

如果中国文学能够流通到更多更广的对中国文学感兴趣且能从达姆若什的世界文学视角阅读中国文学的读者,则如此般的中国当代文学在域外接受的效果应该是理想效果中的一种,那么这样的读者群的规模发展很重要。然而,就目前的发展趋势而言,区域研究和文学研究都是英国人文学科里的边缘学科,中国文学的研究或教学更是边缘中的边缘。英国高校开设汉学专业的大学不算少,但汉学专业以汉学与其他学科的联合专业为主,选择汉学独立学位专业的学生不多,开设中国文学课程的高校亦不多。此外,随着中国经济的发展,富裕家庭的增多,每年去往英国留学的小留学生也在增多,按照英国目前的考试制度,这些小留学生,包括英国的华裔学生,在英国 GCSE(中考)和 A-Level(高考)考试中,可在外语科目上选择中文。出于考试分数上的激烈竞争,再加上相对于欧洲语言,对于英国本土学生,中文是学习难度非常大的语言,这就会导致很多英国本土学生缺乏自信,在 GCSE 和 A-Level 考试的外语科目中不敢选择汉语。目前英国一些高校的汉学本科专业招生,允许招收汉语为零起点的考生,英国汉学专业本科生总体上中文水平参差不齐,对中国文化和历史都缺乏了解,这也是前文第 4 章中提到的促使英国高校中国现当代文学课程呈现"历史轴"倾向的一个约束。

如果说中小学选择汉语为外语的学生人数是未来大学汉学专业学生群体的主要构成、未来汉学界对中国文学接受的"初始条件"的一部分,这个"初始条件"可能并不乐观。如果人数过少,大规模的文学课程或文学推广活动就不大可能被实现,这些实现不了的可能性会约束中国现当代文学未来在英国汉学界"活跃存在"的状况。

7.1.2 整体景观与环境互动中的"约束"

中国现当代文学在英国汉学界三个机构层面的流通模式至少呈现四个主要的宏观趋势,即"吸引子"。(1)所选文学在作家的文化身份和作品创作语言上呈现多样性。从作家所属地域而言,所选作家包括来自中国大陆、香港、台湾的作家,旅居海外的华裔作家,以及新加坡、马来西亚等国的亚裔作家;从创作语言来看,大部分作品的原作语言为汉语,少部分为英语、不同地区本土方言、少数民族语言等。(2)作家作品的选择兼顾对女性作家和关乎女性作品题材的选择。(3)就所选小说的题材和主题而言,所选小说涵盖当代中国人民生活的各个方面,呈现以多样性个人小叙事作品为主的选择倾向,但没有呈现以"文革回忆录"作品为主的选择态势。(4)绝大部分所选英文书籍都是由英美出版社翻译和出版的,由中国大陆翻译和出版的极少,所选当代文学作品的译者以纸托邦团队的译者为主,其中少部分译者为旅居海外的华人作家或文学研究者。

本节关注在西方人文学科宏观的背景和环境下,有哪些其他系统或过程的"约束"促使这些共同"吸引子"的产生,其中潜藏了怎样的权力话语、动力机制和知识取向。结合宏观趋势,本节从目前西方人文学科研究里盛行的后现代主义倾向、女性主义研究以及西方语境里的东西方元叙事来探讨促成这些态势形成的宏观环境因素,旨在探讨如何认识中国文学在英语世界的接受以及中国文学对外译介的根本问题。

7.1.2.1 西方人文学科里盛行的研究倾向:后现代主义和女性主义

在后结构主义哲学思想以及德里达解构主义意义观的推动下[1],20世纪80年代,西方人文学科普遍出现后现代转向[2],推动了

---

[1] 后结构主义哲学观于20世纪70年代始于法国,迅速在美国崛起,以利奥塔、福柯、罗蒂等众多后结构主义哲学家为代表,主张世界去中心化,反对具有整体性、中心性、稳定性的大叙事或知识基础,倡导差异性与多样性,而德里达的解构主义正是"通过展示整体性、稳定性的不可能来解构或打破结构的整体性和稳定性"(Derrida, 1985:2—3),成为后结构主义部署的做法,很多人文学科的后现代研究,都不同程度地应用到了德里达。Derrida, Jacques. Letter to a Japanese Friend[A]. In David Wood & Robert Bernasconi(eds.). *Derrida and Différance*[C]. Warwick: Parousia Press, 1985: 1—5.

[2] Seidman, Steven, "Introduction", in Steven Seidman, ed., *The Postmodern Turn: New Perspectives on Social Theory*, Cambridge/New York: Cambridge University Press, 1994, pp.1-24.

后殖民理论和性别研究的发展,关注少数族裔、少数性别群体的身份构建和权力差异等。此外,随着全球化的发展,全球文化交汇、多元共存已是常识。在全球化与多元文化论的语境下,"国家文学和民族文学的观念已经渐渐丧失其权威性和概括力"①。海外汉学研究,尤其是二战之后美国领先的区域研究,由于受冷战思维的影响,很长时间以来都倾向于把"Chinese"这个概念本质主义化,忽略了对中国大陆文学本体多样性的关注,也忽略了对香港、台湾等地文学的同等关注。②

中国是一个多语言多民族的国家,"中国当代文学"这个概念在中国语境里本就是多元化的,以汉语言文学为主,同时包括用不同少数民族语言(如藏语、维吾尔语、蒙古语、朝鲜语等)或汉语言创作的少数民族文学。放眼英语世界,在2010年代,流通于英国汉学界的"Chinese literature"已然成为囊括多元化文学创作的概念,以中国大陆用汉语言创作的文学为主,同时包括用少数民族语言创作的少数民族文学,用汉语或土著语言或英语创作的香港、台湾、旅居海外的华裔作家文学以及新加坡、马来西亚等国用英语或华语进行创作的亚裔作家的文学。借用后现代或后殖民主义的话语,英语里的"Chinese literature"概念已被解构成不同的体现差异的碎片,呈现文学在作家所处地域、民族身份以及创作语言上的多元化和多样性,构建了从语言视角出发但又超越语言的世界"华语"文学概念。

女性主义运动第一次浪潮出现在19世纪末和20纪初,其议程主要是政治性的,为争取女性的平等权利。60—70年代,后结构主义、解构主义瓦解了文本之间、性别之间的主从关系,解构了"性别"本身,把一个本质性的概念变成由差异构成的碎片,男性、女性、白人中产阶级女性、第三世界国家女性、同性恋等,推动"女性主义运动的第二次浪潮"(激进,关注被压迫的少数女性,如女同性恋、非白人女

---

① 季进、余夏云:《英语世界中国现代文学研究综论》,第380页。
② Chow, Rey, *Woman and Chinese Modernity*: *The Politics of Reading between West and East*.

性、发展中国家女性)以及"第三次浪潮"(90年代前半期,倡导性别的多样性,反对用普遍性眼光看待所有女性)[1]。在很大程度上,女性主义的发展和女性主义研究的话语构成人文学科的背景之一,"性别"(gender)或"性"(sex/sexuality)已成为很多人文学科的分析范畴。

来自香港、居于美国的中国文学研究学者周蕾曾指出,美国的现当代中国文学研究中后殖民主义和女性主义视角可谓"无处不在"[2]。英国高校中国现当代文学课程大纲中规定的文学文本之外的课程辅助读物,大部分文学研究的著述,很多都是来自美国大学里的中国现当代文学研究学者。自80年代以来,西方人文学科进入传统、现代和后现代研究并存的时代,发展到当前,很多领域的研究已呈现明显的后现代唯心主义倾向,过于强调思想而忽略物质[3]。西方人文学科里的后现代研究倾向和女性主义研究或多或少构成中国现当代文学在英国汉学界三个机构层面流通和阅读的环境。第1章曾提到狭隘的文化主义,一提到少数文化就凸显政治的藩篱,而这种凸显有可能把西方对中国的二元变成中国大陆和台湾、香港之间的二元,把后者看做少数、弱者,强调权力差异、矛盾与冲突,而无视这些地区与中国大陆之间彼此在差异之外的通约之处。

然而,多样性对单一性的解构,最直接的益处是实现了英国汉学界流通的华语文学的多样性,尤其是女性文学、中国少数民族文学,得以被更广泛的读者欣赏和研究;同时,这种多样性文学概念,无论是对创作语言的关注还是对作家个体特殊性的关注,都可能将重心从意识形态转到文学本体,关注于文学本体更甚于意识形态先行。

---

[1] Yu, Zhongli, *Translating Feminism in China: Gender, Sexuality and Censorship*, London and New York: Routledge, 2015, p.4.
[2] Chow, Rey, "Introduction: On Chineseness as a Theoretical Problem", *Modern Chinese Literary and Cultural Studies in the Age of Theory: Reimagining a Field*, pp.1-2.
[3] Marais, Kobus, *A (Bio)semiotic Theory of Translation: The Emergence of Socialcultural Reality*, pp.33-39.

这种文学文本的选择，"松动了过去西方社会和主流文化对'中国'单一、稳定的身份认识，恢复了中国文学和文化复杂的主题形态和情志世界"①。西方盛行的女性主义研究背景下的中国文学在英国汉学界的流通和阅读模式亦如此。前文的梳理表明，课程中选择的女性作家和作品各有其代表性和多样性，在题材上亦未突出以带有轰动效应的"性"为优先选择女性作品的倾向，西方女性研究和性别研究的蓬勃发展"为教授其他文化（包括中国文学）的性别问题提供了不可低估的话语背景和教学环境"②。这就使得英国汉学界在三个机构层面对中国文学的选择和阅读模式不大可能无视男女性别身份的权力差异以及女性本身的多样性，为从性别视角选择和阅读中国文学开启更多的可能性。

概言之，西方人文学科当前盛行的带有理想主义的后现代研究倾向、普遍的女性主义研究和意识，不可能不影响到文学研究和教学。中国现当代文学在英国汉学界的流通和阅读模式自然需要对宏观环境趋势做出回应，回应的过程中，可能会打开某些可能性，同时也意味着一些不可能性。英国汉学界三个机构层面对中国现当代女性作家、不同地缘身份作家的选择，也许只是为增加一个多元的性别或地缘政治的符号，帮助构建对关于中国和中国文学某一视角的叙事。但这种多样性华语文学概念，为中国文学在英语世界的流通和阅读模式打开了更多的可能性。相对于其自身过程中原来主要针对"China"（中国）意识形态的选择或解读中国文学的单一倾向，中国当代文学在英语世界的多样性流通趋势是一种进步式的发展。

7.1.2.2 英语世界中国当代文学趋势的变化：从文革回忆录到多样性个人小叙事

英国汉学界三个机构层面对中国文学作家作品的选择，就小说的题材和主题而言，所选小说涵盖当代中国人们生活的各个方面，呈

---

① 季进、余夏云：《英语世界中国现代文学研究综论》，第 324 页。
② 王玲珍：《剥洋葱：在美国教现代中国性别和女性文学》，《美国大学课堂里的中国：旅美学者自述》，第 65 页。

现以扎根于社会批评的个人小叙事文学作品为主的选择倾向,但没有呈现以文革伤痕回忆录为主的选择态势。这些所选的英文作品中,绝大部分都是英美出版社出版的,由中国大陆翻译和出版的极少。如果我们把这种趋势引入时间流的概念,从20世纪80年代到本书所涉时间范围,即2010年之后,英语世界对中国文学英文作品的出版先后呈现了两个不同吸引子的转变路径,即:从80年代开始以"文革伤痕回忆录"为主的态势,到大约2010年之后至当前"以书写当下多样性个人小叙事"为主的态势。那么,这种态势的转变或轨迹的形成,是由哪些因素导致的,或者说由哪些约束促成的?理清这一问题可帮助更好地认识中国现当代文学在英国汉学界的接受情况,以及观察影响中国现当代文学在英国汉学界乃至英语世界活跃存在的因素和背后的权力话语。

1980—2010三十年间,英语世界一直倾向于翻译和出版带有鲜明意识形态色彩的"文革伤痕回忆录"[1]。同一期间,由美籍华裔作家用英文书写的文革回忆录和个人创伤叙事亦不断问世且影响轰动。现为圣本尼迪克与圣约翰大学学院(College of Saint Benedict & Saint John's University)的中文助理教授耿志慧,曾在她的博士论文研究中统计,自80年代早期至2006年,英美出版社共出版了29部华裔作家创作的文革伤痕回忆录,其中大部分为美国出版社出版,作者多为文革中受迫害的知识分子或在文革中成长的年轻一代,且多为女性[2]。代表作品如梁恒的《革命之子》(*Son of the Revolution*, 1983),郑念的《上海生与死》(*Life and Death in Shanghai*, 1986),张戎的《鸿:三代中国女人的故事》(*Wild Swans: Three Daughters of China*, 1991),闵安琪的《红杜鹃》(*Red Azalea*,

---

[1] Xiao, Di, *Renarrating China: Representations of China and the Chinese through the Selection, Framing and Reviewing of English Translations of Chinese Novels in the UK and US, 1980—2010*, PhD Thesis, pp.152 – 159.

[2] Geng, Zhihui, *Cultural Revolution Memoirs Written and Read in English: Image Formation, Reception and Counternarrative*, PhD Thesis, The University of Minnesota, 2008, pp.17 – 20.

1994)等,一度成为畅销书,其中《上海生与死》销量突破一百万册,《鸿:三代中国女人的故事》截至 2007 年的销量突破一千二百万册"[1]。中国文学书籍一直处于英语世界图书市场极其边缘的地位,但这些小说可谓真正地进入英美文学市场的中心,得到英语世界主流媒体的广泛关注和高度评介,作者、出版社都赚了杯满钵盈。可以说,自 80 年代后,流通于英美世界以文革回忆录为主的中国文学,俨然已成为一种关于中国文学的公共叙事,即:提起中国文学,尤其是当代文学,大部分英美读者的脑海中联想到的就是"文革回忆录"。

根据有些学者的研究,这些"文革伤痕回忆录"在以美国为首的英语世界国家如此火爆的原因,宏观上可归结为两个主要方面:一、政治的原因。"二战以后,在冷战思维指导下,西方社会对于社会主义国家铁幕后的政治一直心存恐惧,反共情绪由来已久,加上美国国内左翼力量及保守势力的角逐,反映社会主义国家高压集权的作品都会受到重视,以满足一定读者群的政治立场、信仰",而这些文革伤痕回忆录作品对中国社会主义政治的肖像描绘正中西方社会的反共情绪,迎合当时对社会主义中国的东方主义想象[2][3]。二、回忆录作为一种文学流派,无论在学术界、文艺界还是在普通读者群中都广为认同。在体裁上可作为一种现实主义书写的回忆录,符合西方社会在渐趋 20 世纪末时对"个人书写个人、个人经历构建意义"的重视,尤其女性作者的回忆录书写,"在自我和文化的关系叙事上,将女性性别因素带入了以前男性性别视角主导的叙事"[4]。

如果把以上两方面原因看做是自 80 年代开始中国文学在西方火爆的部分"初始条件",这两个"初始条件"可概括为:西方主流社会

---

[1] 崔艳秋:《八十年代以来中国现当代小说在美国的译介与传播》,第 77 页。
[2] Geng, Zhihui, *Cultural Revolution Memoirs Written and Read in English*: *Image Formation*, *Reception and Counternarrative*, PhD Thesis.
[3] 崔艳秋:《八十年代以来中国现当代小说在美国的译介与传播》,第 78 页。
[4] Geng, Zhihui, *Cultural Revolution Memoirs Written and Read in English*: *Image Formation*, *Reception and Counternarrative*, PhD Thesis, pp. 23 - 25.

关于当代中国政治的叙事;大部分读者对中国文学的阅读心理和期待。同时商业盈利是出版社出版中国文学书籍的一个重要目的,因而出版社必然顾及大部分读者的阅读心理和期待,则这两个"初始条件"是出版社在选择哪些中国文学作品进行出版(含翻译)时有意或无意遵循的标准或出发点。当然,这两个"初始条件"是互为关联的,而且读者的阅读心理和期待可能与很多因素有关,如读者的个人立场和信仰,流行的文艺思潮,人文学科里暗藏的根本哲学认识论的变化等。出版社不大可能精准掌握所有读者的实际阅读心理和期待,而是基于不同渠道的调查和了解,受各方面不同因素的影响,包括参与翻译和出版工作的不同叙述者的影响,进而对读者阅读心理和期待做出判断并形成叙事。这两个"初始条件"可更加直接地表述为:所选作品契合以美国为首的西方关于社会主义中国政治的叙事;符合出版社对各层次读者"喜好"的叙事①。那么"初始约束",即"初始条件"中未能实现的可能性是:与西方关于当代中国政治叙事不契合的中国文学作品以及出版社预计读者可能不喜欢的作品。文革伤痕回忆录,尤其是女性作为压迫者的回忆录,所取得的巨大商业成功,使得出版社出于书籍销售市场的考虑,不愿意冒险尝试其他主题和题材的作品。这些都约束着英语世界出版社对中国文学书籍的出版倾向,以致很长时间以来,政治主题和女性主题一直是中国当代文学在西方的两个卖点,再加上中国官方对书籍出版的审核是西方长期以来关注和诟病的事情,西方出版社常在封面上打出"中国禁书"字样来作为促销手段②,尤其关注"中国女性作为受害者的回忆录和异见分子的作品"③。

进入新世纪以来,由于中国经济的崛起,中国被一些西方国家

---

① 需要指出的是,这里的"出版社"并非仅指具体的出版商实体,而是一个集合概念,同时"叙事"表明,出版社对读者阅读心理和期待的判断及认知想象是受多种因素影响的,对此,具体研究可根据具体情势做具体案例分析。
② Lovell, Julia, *The Politics of Cultural Capital: China's Quest for a Nobel Prize in Literature*, p.34.
③ 陈雪莲:《香港作家许素细:不认同"亚洲先锋英语作家"称号》,《国际先驱导报》。

(如英国)视为重要的战略伙伴。一方面,中国文学需要走入海外交流的市场;另一方面,西方国家也需要了解中国,为中国文学对外译介提供了契机。国际知名出版社开始在中国境内设立出版分社并寻求与中国出版社的合作,这势必会促进中国当代文学在海外的翻译和出版,以中国小说的翻译和出版为例,1980—2010 三十年间英美出版商在英语世界出版的中国小说译本总量是 150 本,而 2000—2010 这十年就有 87 本,占翻译总数的一多半①。同时,出版商也意识到西方读者对中国文学的阅读心理和期待发生了变化,与过去对中国猎奇的心理不同,西方读者想深层次地了解中国。企鹅驻中国分社的总经理周海伦(Jo Lusby)②、哈珀柯林斯前总裁兼首席执行官简·弗赖德曼(Jane Friedman)③以及独立出版社聊斋(Make-Do Publishing)的创始人哈维·汤姆林森(Harvey Thomlinson),都谈到到这一点,同时也意识到西方出版商过去出版的中国当代文学作品在体裁和题材上都过于单一和不足,主要限于"文革回忆录"和《上海宝贝》之类的"鸡仔文学(chic lit)"④。这说明读者对中国文学的阅读心理和期待发生了实际变化,出版社也对此得以相应判断和叙事,这就促使 80 年代文革回忆录出版热的一个"初始条件"发生了变化。根据复杂性理论,事物对初始条件很敏感,初始条件改变了,就会引起不同态势的变化,并趋向特定路径。以利兹大学当代华语文学研究中心推广的文学作品为例,这些作品大多都是知名商业出版社、独立出版社、国际文学杂志、纸托邦网站等于本世纪第二个 10 年出版的以中国大陆文学为主的当代华语文学英文作品,这些作品在体裁

---

① Xiao, Di, *Renarrating China*: *Representations of China and the Chinese through the Selection, Framing and Reviewing of English Translations of Chinese Novels in the UK and US, 1980—2010*, PhD Thesis, p.139.
② Larson, Christina, "Chinese Fiction Is Hot", *Bloomberg Businessweek*.
③ Miler, Laura, "HarperCollins Announces Initiatives in China", 30 August 2006. https://www.harpercollins.com/blogs/press-releases/harpercollins-announces-initiatives-in-china.
④ Edwards, Dan, "Taking Chinese Literature to the World: Harvey Thomlinson of Make Do Publishing", *The Beijinger*.

和题材上呈现了多样性,不再以文革回忆录为主。而且,"禁书"字眼似乎也失去了其轰动的效力,著名译者韩斌(Nicky Harman)早在2008年10月5日就于英国《卫报》上发文谈过,"那个无聊的'中国禁书'标签实际上只意味着一件事:这本书触犯了审核禁忌而已"①。她在出席2019年10月于利兹大学当代华语文学研究中心举办的"中国'类型'文学在西方的接受"论坛上也曾指出,"禁书"标签只能说明这本书是反中(anti-China)的,无它"。

英国汉学界三个机构层面选择的绝大部分文学作品都是英语世界出版社出版的,这个"吸引子"犹如边界条件,约束着他们的选择倾向,英语世界出版社选择倾向里未能实现的可能性注定无法实现于英国汉学界三个机构层面的文学流通过程。然而,英国汉学界三个机构层面在作家作品的选择上都有相对于英语世界出版社总体选择趋势的调整。英国高校中国现当代文学课程大纲是按照文学史轴设计的,涵盖中国现当代不同历史阶段文学思潮的作家作品,在作家作品的选择上较为多样性,且以选择大学或学术出版社出版的书籍为主。大纲收入的英语世界80年代之后翻译和出版的文学作品,在题材和主题上并未呈现以文革回忆录为主的选择倾向,在英美世界非常火爆的文革回忆录作品,无论是翻译作品还是美籍华裔女性作家用英文创作的作品,都没有被选入课程。利兹大学当代华语文学研究中心推广的文学作品以及为中小学汉语教学提供的文学资源,总体呈现以多样性的个人小叙事作品为主的选择态势。利兹大学当代华语文学研究中心与国际商业出版社、独立出版社、国际文学杂志和纸托邦都有合作,这些出版机构与中心合作推广的文学作品表明,独立出版社的中国文学作品与国际商业出版社不完全相同。亦如有些学者所发现的那样,国际商业出版社虽然不再以出版文革回忆录为主,但倾向于翻译和出版中国大陆知名作家,尤以男性作家为主,以期靠这些作家在中国国内的知名度获取可期的国际市场收益,如莫

---

① Harman, Nicky, "Bridging the Cultural Divide", *The Guardian*, 5 October 2008.

言、高行健、余华、苏童、张贤亮等①②③。这些作家年纪相对偏大,很多作品的主题多以文革为背景。这种出版选择使得在中国大陆尚属于小众作家的关乎其他主题的作品被翻译到英语世界变成一个不可能,这个约束促使部分出版社、文学代理和译者挑战原有趋势。独立出版社,如马里士他出版社,以出版多样性华语文学、女性作家的作品为主;国际文学杂志和纸托邦倾向于发表偏年轻且在文学创作中体现独特风格和声音的作家的作品,同时兼顾女性作家和来自不同地域的华语文学作家。利兹大学当代华语文学研究中心在其最主要的文学活动中,如"月度作家"和"书评网络",都倾向于以推送文学杂志、纸托邦和独立出版社发表的作品为主。这种选择,一方面更可能构建多样性当代华语文学的叙事,另一方面也暗示着某种张力关系的较量。

英国高校中国现当代文学课程大纲构建的关于中国文学的概念叙事,总体上是非政治化的,但宏观上有针对两个认知假定大叙事的负熵过程。这两个认知假定的大叙事,一个来自英语世界出版社和主流媒体构建的"伤痕回忆录"中国当代文学叙事,另一个来自中国当代文学史研究的关于当代家国或革命题材文学的主流叙事。这使得靠近两种不同叙事的文学评论研究和题材小说(社会主义现实主义时期的作品例外),不大可能成为课程选择的主要"吸引子"并稳定下来。类似的,利兹大学当代华语文学研究中心文学推广活动,包括为中小学汉语教学提供的文学资源,构建的新型多样性华语文学叙事,亦有针对英语世界中国文学文革回忆录旧叙事和中国政府推动的文化"走出去"的负熵过程。这些年在中国国家的推动下,中国文学外译做了大量工作,得以出版的文学作品并不少,但英国汉学界三

---

① Lovell, Julia, "Great Leap Forward", *Guardian*, 11 June 2005.
② Lovell, Julia, *The Politics of Cultural Capital: China's Quest for a Nobel Prize in Literature*, p.36.
③ Xiao, Di, *Renarrating China: Representations of China and the Chinese through the Selection, Framing and Reviewing of English Translations of Chinese Novels in the UK and US, 1980—2010*, PhD Thesis, pp.107-110.

个机构层面对文学作品的选择,除个别作品,如《金光大道》《保卫延安》等,由中国大陆翻译和出版的微乎其微。这在某种程度上说明,英国汉学界三个机构层面对中国文学的选择和推动与中国文学"走出去"工程存在着某种张力,而非合力。

概言之,自80年代开始,英语世界以出版文革回忆录为主的态势的形成,涉及两个主要的"初始约束"。其中之一,关于读者的阅读心理和期待,显然已有所改变,促使国际商业出版、独立出版社等有相应的但不同的反应;另外一个约束,与西方关于当代中国政治叙事不契合的中国文学作品未能进入英语世界的文学流通过程,似乎一直在。对该问题的探讨关乎中国文学域外交流过程中最大的吸引子和约束,即:西方建构的关于中西元叙事的话语。

7.1.2.3 西方语境里的中西元叙事:最大的吸引子和约束

利奥塔把"元叙事"(meta narratives)称为"大叙事"(grand narratives),包括基础理论与社会进步的宏大叙事,具有使世间的知识和真理"统一并合法化的权力"[①]。在社会叙事学里,元叙事又称"万能叙事"(master narratives),是能够一直存在于人们的头脑里并被视为具有绝对价值的"事实",是"长期盛行以致被人们视为理所当然的"叙事,"民族主义、进步、启蒙运动、资本主义之于共产主义、全球化等,都是元叙事的例子"[②③]。需要注意的是,在这些元叙事的例子中,"资本主义之于共产主义",即二者的关系,是一个元叙事。前者被认为是具有绝对价值的,占据伦理和道德的制高点,而后者则被看作与法西斯极权主义类同的存在,是与"政治正确"挂钩的。这不仅是中西方关于各自意识形态大叙事之间的对立,而是普遍存在于西

---

① Lyotard, Jean-Frangois, *The Postmodern Condition: A Report on Knowledge*, trans. from French by Geoff Bennington and Brian Massumi, Minneapolis: University of Minnesota Press, [1979]1984, p.38.
② Somers, Margaret R. and Gibson, Gloria D., "Reclaiming the Epistemological 'Other': Narrative and the Social Constitution of Identity", p.63.
③ Baker, Mona, "Translation as Re-narration", *Translation: A Multidisciplinary Approach*, p.162.

方将东西方两种意识形态进行价值判断的元叙事,是关于东西方大叙事的元叙事。

元叙事看似容易被忽略,却可揭示叙事者的网络及其权力关系。贝克(Mona Baker)曾指出,某叙事是如何潜在地"跨越广泛的时间和地理边界"获得价值并成为元叙事的关键,在于采用这些叙事的机构和个人享有的权利,例如"反恐战争"(war on terror)叙事,该叙事是世界上最强大的国家(美国)推动,并最终使之"逐渐从对美国的特定攻击的反应转变为对自由与文明的攻击的反应",该叙事的抽象理念为"不接受反驳并被视为具有绝对价值"[1]。"资本主义之于共产主义"的元叙事亦是以美国为首的西方国家,借助于其世界霸权地位建构起来的。

自工业化开始以来,西方就有效地垄断了全球权力。二战之后,共产主义在前苏联的失败,社会主义在东欧国家的失败,中国文化大革命的的历史影响,以美国和前苏联为主要对峙国的东西方长期的冷战结果,"将中国和西方分为传统与现代,东方专制与西方自由二元对立"[2],构建了冷战胜方的一个元叙事。学政两界、主流媒体、流行文化、娱乐业等,通常会在元叙事的构建和维持过程中起重要作用,甚至互相影响,从而主导公共话语。美国通过教育和流行文化等因素,传播绝对正确的自由和民主观,将"共产主义"叙述为"天底下最邪恶的东西,和法西斯主义不相伯仲",虽然很多民众"可能连什么是共产主义的基本概念都没有"[3]。美国主流媒体对"毛时代"的历史观只有一面倒的叙述,"为不少旅美华人的个人成长小说提供了潜意识的动因,提供了未来发展的目标和成功的准则"[4],充满创伤的

---

[1] Baker, Mona, *Translation and Conflict: A Narrative Account*, p.45.
[2] 王斑:《全球化、地缘政治与美国大学里的中国形象》,《美国大学课堂里的中国:旅美学者自述》,第 57 页。
[3] 叶雅丽:《历史课堂杂记》,王斑,钟雪萍编:《美国大学课堂里的中国:旅美学者自述》,南京:南京大学出版社,2006 年,第 104 页。
[4] 王斑,钟雪萍:《改写出国留学的"成长小说"》,《美国大学课堂里的中国:旅美学者自述》,第 6 页。

文革回忆录大火,一个主要原因是其"贴近冷战胜方的历史观"。例如,戴思杰的小说《巴尔扎克与小裁缝》及其电影的大火,某种程度上迎合了美国根深蒂固的把"东方"看成"诡秘他者"的心理传统[①],也迎合着"我们"优越、"他们"劣质这样优胜劣败的心态[②]。此外还有美籍华裔作家创作的文革回忆录畅销书,连同翻译和出版到英语世界并畅销的文革回忆录书籍一起,共同塑造了文革时期残酷的政治迫害,并往往与"1989政治风波"相联系,"挑战当代中国社会主义国家统治的合法性"[③],构建了专制、暗黑的"当代中国高度政治化的叙事"。在英美主流媒体上发表的相关书评亦共同参与这一叙事的构建,这些书评者较少来自中国文学研究领域,而是以区域研究者、新闻或媒体人士为主[④]。很多文革伤痕回忆录书籍"成为美国高中学生做世界史和社会研究时的推荐书目,或大学里政治或历史课的必修教材,同时也是商务人士或希望了解中国的人士的必读书目"[⑤][⑥]。很大程度上,彼时很多英语世界的中国文学读者正是通过"文革伤痕回忆录"开启对当代中国的认知。这些都使得西方语境里中西意识形态对立的元叙事根深蒂固。需要说明的是,这里仅从西方语境里中西元叙事的建构来谈相关的电影和文学作品,并非否认这些作品的文艺价值。而且,中国特殊历史时期的一些事件,如十年文革的浩劫,亦帮助累加构建此叙事。

　　西方的人文学科研究存在着较为普遍的后现代主义倾向,后现

[①] 叶雅丽:《历史课堂杂记》,《美国大学课堂里的中国:旅美学者自述》,第107—110页。
[②] 王斑:《全球化、地缘政治与美国大学里的中国形象》,《美国大学课堂里的中国:旅美学者自述》,第57页。
[③] Geng, Zhihui, *Cultural Revolution Memoirs Written and Read in English*:*Image Formation, Reception and Counternarrative*, PhD Thesis, p.139.
[④] Xiao, Di, *Renarrating China*:*Representations of China and the Chinese through the Selection, Framing and Reviewing of English Translations of Chinese Novels in the UK and US, 1980－2010*, PhD Thesis, pp.159－165.
[⑤] Geng Zhihui, *Cultural Revolution Memoirs Written and Read in English*:*Image Formation, Reception and Counternarrative*, PhD Thesis, p.139.
[⑥] 崔艳秋:《八十年代以来中国现当代小说在美国的译介与传播》,第77页。

代是对"元(大)叙事的质疑"①。这种倾向有对西方中心主义自身的批判,也有针对中国主流叙事的有意识的疏离。西方语境下,这种中西对立的元叙事涉及伦理,一方被认为具有绝对价值,一方被认为专制残暴,任何偏向后者的言行都有可能被判定是政治的、错误的。这与后现代主义倾向下对西方为中心或中国为中心的大叙事的批判和解构不完全相同。在东西方意识形态大叙事的对立上,西方语境下的元叙事涉及的伦理判断,使得有些针对当代中国的文化研究,"隔靴搔痒,互相矛盾",以当代中国的改革研究为例,如若对"土地改革、妇女解放和少数民族自治"有深刻研究,"就不会把中国的深刻改革简单地归结为共产党专制了"②。这种元叙事,在一定程度上,使得与西方所构建的中西元叙事发生冲突的叙事作品不大可能流通到英语世界。此外,这种元叙事很可能会引起某种不信任,使得中国政府推动的文化交流有可能被看做政治宣传和意识形态渗透,有可能被贴上"虚假的欺骗和宣传"(propaganda)的标签。第 6 章曾谈及,国际文学杂志、纸托邦、马里士他这样的独立出版社等,在选择什么样的中国大陆文学作品进行翻译和出版时,有不自觉地相对于中国主流媒体或出版社保持一定距离的假设,倾向于译介"有世界性的视野,有自己的风格和声音,但往往被国内媒体所忽略"的小众作家(Abrahamsen, 2015)。他们认为,中国自世纪之交开始实施的中国文化"走出去"工程,是"中国官方资助西方读者应该(ought to)感兴趣的文学"(斜体为原文标示),而非西方读者"真正'想'(want)读的文学"③。这些说明,西方语境下的中西元叙事,或简称"中西元叙事",使得中西文化交流中一些可能性无法实现,如对呈现国族叙事作品的信任、对中国官方推动的文化文学对外译介的信任。这种无

---

① Lyotard, Jean-Frangois, *The Postmodern Condition: A Report on Knowledge*, p.xxiv.
② 陈小眉:《又是红枫时节——写在旅美教学十八年之后》,《美国大学课堂里的中国:旅美学者自述》,第 2—3 页。
③ Hayson, Dave, "Chinese Literature F(requently) A(sked) Q(uestions)", *GLLI* (*The Global Literature in Libraries Initiative*).

法实现的"信任",会长期约束着中国大陆文学作品在英语世界的流通,包括翻译、出版以及进一步于读者中的流通。目前在英语世界流通的中国文学以英语世界出版社翻译和出版的为主,流行于西方的中西元叙事隐含的"不信任"等,是促使这种态势形成的一个约束。同时,在宏观上,这种元叙事也约束着中国政府推动的文化"走出去"战略在很大程度上是张力而非合力。

西方后现代思潮的盛行,人文学科里传统、现代和后现代之间的对立,人文学科针对现代和后现代对立的回应,如社会学、社会叙事学、复杂性理论在翻译研究里的应用,全球化的发展和中国经济的崛起等,都可能影响西方读者如何看待中国文学,但不大可能撼动西方语境里占据伦理制高点的中西元叙事。自80年代开始,英语世界以出版文革回忆录为主的趋势的形成,涉及至少两个主要的"初始条件"。其中之一,读者的阅读心理和期待,显然已有所改变,促使国际商业出版社、独立出版社等有相应的但不同的反应;而另外一个初始条件,翻译和出版与西方关于当代中国政治叙事契合的中国文学作品,由于具有绝对价值想当然的中西元叙事的存在,可以说未有根本改变。这是中国文学在英语世界的交流不得不面对的"差异"。在复杂性理论下,这里并非从中西二元对立的视角认为西方语境下的中西元叙事对中国文学在西方的交流起决定性的作用,而是认为这种元叙事,因其在西方人脑海中的长久性、不接受反驳性、想当然性以及潜藏的伦理性和政治性的对立等,使得中国文学域外交流的一些可能性无法实现,比如上一段谈到的"信任"。这些无法实现的可能性,作为约束,会自上而下影响到中国文学域外交流的发展趋势,是中国文学,甚至所有文化形式的域外交流,不得不面对的存在。

7.1.3 边缘里的活跃存在

英国汉学界三个机构层面对作家作品的选择,与区域研究使命、教学目的、学生语言水平、国家外语政策、人文学科研究倾向、全球化发展等多种因素互动相关。中国经济的崛起,英国教育政策的变化,尤其是关于区域政策的国家资助政策以及外语教学政策的调整,使得英国区域研究的各个机构不得不对这些趋势和变化作出反应。区域研究在英国人文学科里属于边缘学科,属于区域研究的汉学,不得不突出其语言的因素,而语言走向实用化,中国文学的研究和教学愈加边缘。然而,就英国汉学界三个机构层面对作家作品的选择,从作家的数量和多样性,作品题材和体裁的多样性,相对于自身所处的边缘地位,从事英国非主流事情的诸多不易,中国现当代文学可谓是英国边缘里活跃的存在。而且,英国汉学界对多样性作家作品的选取,不以作品的政治意义或轰动效应为先行条件,所选文学作品"能够在美学层面引起英语读者的兴趣"[①],帮助读者了解文学里的中国文化,给读者带来共鸣的感受甚至反思。尤其是大量短篇小说的选择,既让学生或读者感受到当代中国文学的多样性,也方便汉语言的学习,使得这些文学作品可以一直处于流通和被阅读的过程中。

中国现当代文学在英国汉学界三个层面的流通趋势至少表明三个机构层面所涉读者群体,总体上倾向于把文学当做文学来读。这一点非常重要,根据复杂性理论,当一个读者把文学当做文学而不是历史或者新闻来阅读的时候,那么"历史"、"纪实"、"真相"等这些可能性就被排除了,一本书或一段文字的"文学"身份就成了"约束",不但什么是文学,而且什么不是文学,都会影响一个人的阅读模式。英国中小学汉语课程对文学文本的使用、利兹大学当代华语文学研究中心的"月度作品"书评以及"书评网络"中的读者书评,还涉及读者对具体文学文本的阅读,他们对文学文本的书评呈现出达姆若什倡导的世界文学阅读模式。

更重要的是,英国汉学界的三个机构层面构建的关于多样性中国当代文学的叙事,或者更准确地说,多样性当代华语文学叙事,与西方影响较大的国际商业出版社长期以来对"文革"或可能产生"轰

---

① Weightman, Frances, "Literature in Non-European Languages", *Teaching Literature in Modern Foreign Languages*, p.93.

动"效应的文学作品的执着不同,与这些出版社同主流媒体自80年代以来一起构建的关于中国当代文学的公共叙事以及将中国当代文学政治化的概念叙事亦不同。英国汉学界以其在学科领域的权威性,建立起关于中国当代文学多样性的叙事,因其学术和专业性,会在人们头脑里形成关于中国当代文学相对客观权威的认知,也因此更加证明英国利兹大学当代华语文学研究中心对当代华语文学的推广活动在读者群里乃至出版社和译者中带来的行动能力。这在很大程度上可消解西方主流媒体所关注的意识形态先行的叙事构建,同时可帮助削弱把文学主要当文献来阅读的模式倾向。

  中国现当代文学在英国汉学界流通趋势的形成,中国经济的崛起显然是一个重要的外力因素。中国经济的崛起,世界上很多其他国家开始调整与中国的国际关系,希望全面了解中国,尤其是了解中国经济发展背后的因素,也希望通过推动中文和中国文化的学习为未来创造更多的全球就业和发展的机会。这就为中国文学海外交流创造了可能性的条件,其中一个重要方面是,与西方人文学科里盛行的后现代主义倾向、女性主义研究等思潮的影响一起,促使出版社重新评估中国文学读者的心理和期待,挑战了80年代以来文革回忆录为主的中国文学流通的趋势,使多样性当代华语文学的流通倾向成为可能。同时,中国也渴望与世界其他国家分享文化、加强交流,于是双方有共同的需求。蔚芳淑也提到,中国的文化"走出去"工程与西方想了解中国经济崛起背后深层因素"的热切兴趣不谋而合[①]。然而,某种程度上,这双向的努力实为张力而非合力。这背后暗藏着可能无意识的西方语境里关于中西的元叙事,资本主义之于共产主义,二者代表的不同意识形态,在西方话语里,前者的绝对价值意味着对后者的排斥和"不站队",约束着中国文学文化在域外的交流中,无论双方多么强调对差异性的尊重,亦会导致一些可能性无法实现。

---

① Weightman, Frances, "Literature in Non-European Languages", *Teaching Literature in Modern Foreign Languages*, p.82.

如果把这作为中国文学域外交流不得不面对的"遭遇",中国文学就是在这样的张力和潜藏的元叙事话语中,在英国汉学界三个机构层面,乃至整个英语世界,获得后世生命。

7.2　中国现当代文学译介的问题:读者书评视角

本节借助利兹大学当代华语文学研究中心"书评网络"中的读者书评,尤其是读者书评中关于"喜欢"和"不喜欢"的显性表达①,从读者接受视角进一步分析中国文学外译过程中存在的问题。该分析在内容上与第6章从世界文学视角分析读者的阅读模式有一定交叉的地方,但主要目的不是观察读者的阅读模式,而是通过读者的好恶倾向来进一步探究,在英语世界流通及被阅读的当代华语文学中,中国大陆当代文学所呈现的趋势及其映射的问题。

7.2.1　写满伤痛和性的中国大陆当代文学英译作品

利兹大学当代华语文学研究中心的"书评网络"活动属于中心的线上活动,任何对当代华语文学感兴趣的读者都可参加,但根据书评作者的个人信息,大部分书评者都是英国或其他西方国家高校里汉语专业在读或刚毕业的学生,而非区域研究者或媒体记者。这些书评者大多懂汉语,甚至能够阅读汉语原著,可视为介于专业读者和普通读者之间,是中国当代文学在英语世界边缘存在里的主要读者群。这些读者中女性读者居多,喜欢中国文学,阅读中国当代小说的一个主要目的是欣赏中国作家书写的蕴含中国文化的好故事。结合本书第6章(6.4.3)读者对作品中差异性和相似性的反应的分析,以及读者在书评中流露出的"喜欢"或"不喜欢"的描述,这里将这些读者对当代中国文学的阅读心理或期待所呈现的主要趋势以及背后可能性

---

① 书评网址:https://writingchinese.leeds.ac.uk/book-reviews/(最近检索日期:2020年1月10日)。点开相应书籍封面,即可进入该书的书评目录页面,可查询书评作者、发表书评时间,再点击,可查询书评者信息以及具体书评内容。

的宏观因素总结为以下几个方面。

一、不喜欢过于"政治"和"伤痛"的严肃文学。或许由于"文革回忆录"的叙事已经过时，尤其对于很多年轻读者，他们有到中国旅游和工作的经历，对中国有一定程度的实地了解。过于政治，或者聚焦于当代中国某些特殊历史时期事件的小说，会引起一些读者对这种迎合西方读者套路的反感，若非小说具有独特的语言等方面的文学特色，恐难打动读者。著名作家苏童的《红粉》描写了在新中国成立之初苏州妓女改造及旧社会遗留下来的妓女们对于新社会的隔阂与漠然的故事。一位书评者认为，"即使了解中国文革历史的人，读了也会恐惧得起鸡皮疙瘩"(Simona Spiegel)；还有一位称"这是一个具有中国特色的让人难过的故事"(Andy Thomas)。中国大陆旅美作家苏炜的《迷谷》的书评表明，中国大陆作品不乏与文革相关的主题以及与性相关的内容。一位书评者写道，"读前十几页时很失落"，以为又是一部"为迎合西方读者而做的"关于中国文革的细节叙述，直至读到"作者把中国传统诗歌、自传和西方文献结合起来，才确认这是一部展现文学传统和语言的作品"(Tamara McCombe)；另一位书评者指出"当代中国文学或明或暗地充斥着性，《迷谷》也不例外"(Vicki Leigh)。盛可以的《野蛮生长》讲述一家最底层的普通人，如何经受命运打击、坎坷，靠着原始的生命力直觉本能地野蛮生长着。该小说收到2篇书评，一位书评者认为盛虽为中国当代文坛的主要力量，但这篇小说给人的感觉不好，所有悲剧发生在一个家庭的身上，故事情节不大可信，同时指出，"中国当代文学从不遮掩对政府的批判"，而且就如同她最近读过的许多中国当代小说一样，"性的主题也扮演着许多角色"(Vicki Leigh)；另一位书评者认为该小说"以家庭故事开头，以新闻笔记结束"(Barry Howard)。

二、不喜欢充满赤裸裸的性描写的作品。尤其是对女性实施暴力的小说，喜欢能打动人、呈现丰满女性人物形象的小说，如迟子建的《晚安玫瑰》。西方人文学科里的女性主义研究，整个社会对女性的关注，尤其是2017年兴起于美国继而广为人知的反性侵犯与性骚扰"我也是"(Metoo)运动,使任何公开的对女性的暴力和不尊重,哪怕是出现在小说里,亦可能引起女性读者的不适。以读者对贾平凹《极花》的书评为例,2 位评论者都是女性,其中一位从事女性主义相关研究,二者都认为这是部充满暴力的小说,故事残暴、痛苦和令人不安,甚至同情译者翻译这样一部暴力小说得有多不易。颜歌的《我们家》总体是非常受欢迎的故事,收到 15 篇书评,有几篇书评表达出书评者不喜欢作者使用的粗俗语言以及性的描写,"故事中养情人、对婚姻不忠的父亲无法让人喜欢"(Amy Matthewson);小说"从封皮到标题,都会让人想到性,而且是很直白的性,好像中国历史上的片段,文革、经济改革、80/90 年代的变化犹如散落的用过的避孕套……"(Andy Thomas)。

三、喜欢相对暖心、涉及不同文化和传统的故事。前文(6.4.3.3)曾论及,从作品所收到的所有书评看,明显受到书评者青睐的作品有《时光电影院》、《骚动》、《腹语师的女儿》、《高兴》、《晚安玫瑰》等。这些小说的共同点都是不大涉及政治和性,所讲述的故事多与成长、爱、失去有关,牵动心弦,但并不暗黑沉重。以《腹语师的女儿》为例,该小说被读者称为"暖心的故事"(Z.Z. Lehmberg),"朴实的高质量小说"(Barry Howard),"涵盖了读者所寻找的所有:兴奋、恐惧、迷茫和同情,教给我们与自身文化和传统截然不同的文化和传统"(Simona Siegel)。有评论者在评论贾平凹的《高兴》时写到,这部小说通过"怀旧式的写法展现当代中国社会相关的主题",表明"非常喜欢作者写作风格里的微妙之处,不像有些当代作家的作品,如徐小斌的《水晶婚》,非得找个辛辣的替罪羊式(bitter scapegoatism)的做法"(Tamara McCombe)。张天翼创作于 1936 年的《洋泾浜奇侠》,一位评论者认为"这部小说令人耳目一新的方面是,没有发现明显的剥削的性,这与最近出版的许多现代中国翻译文学不同"(Vicki Leigh)。

四、欣赏折射复杂性世界视野的小说。这里的复杂性世界视野并非指以西方为中心的普世价值标准,而是小说讲述的故事符合故事情节发展的真实逻辑,折射问题产生的时空环境的复杂性,人性的复杂性，而非把中国政府或政治作为"伤痛"的唯一批判对象，也非把人性的丑恶局限为中国人的丑，为了批判而批判，为了轰动效应而制造轰动。相关作品，如盛可以的《北妹》、路内的《少年巴比伦》，小说讲述的故事充满伤痛和苦难，表达了对中国社会现实的深刻批判，但同时也涵盖西方发达国家对发展中国家的剥削，是中国背景下与世界相关、能引起读者共鸣的故事。这些作品的复杂性世界模式有助于激发西方读者进行自我反思的阅读模式。最突出的是用藏语创作的蒙古族作家次仁顿珠的短篇小说集《英俊的和尚》，小说集中的故事折射出现代藏族社会存在的问题，有藏区内部自身的问题，如宗教腐败、堕落、暴力，也有来自外部的问题，如中国政府对藏区人群个体的忽略。这种故事中蕴含的复杂性视野，跳跃非黑即白或极端暗黑暴力的故事讲述，更能获得读者的喜欢和信任。

从读者评论的喜欢和不喜欢的表述来看，翻译到英语世界的大陆当代文学有一个普遍的趋势：主题上以扎根于中国政治和社会批评的伤痛文学为主，语言上突出直白的性描写。现引一位活跃评论者对迟子建《晚安玫瑰》书评中非常有代表性的一段话：

> "这篇小说是近期翻译的中国当代小说中让人读起来非常愉悦的一部，是我一段时间以来阅读的当代中国作家最令人愉快的作品之一。目前，英语世界翻译自中国大陆作家的文学大多是荒谬的(pastiche)刻板的黑色、粗俗，常使读者感觉到作者磨刀霍霍的样子"；很多从中国大陆翻译过来的当代小说往往通过可怕时刻之后的令人震惊的事件来轰炸读者以产生影响，而这部小说中赵小娥的人物性格足以打动人；故事场景也让人耳目一新，在寒冷的黑龙江的漠河，而不是故事里常见的广东、上海、北京等；"悲观主义者可能认为作者缺乏社会批评，因为她（迟子建）是政府付费的作家。可有时，我们只想听一个好故事，而不必纠缠于不舒服的地方。毫无疑问，无论是哪种语言书写，这都是一部上乘佳作。"(Tamara McCombe)

虽不可以偏概全,以上关于书评者"喜欢"和"不喜欢"的描述在很大程度上表明,读者不喜欢过于"政治"和"伤痛"的严肃文学,不喜欢故事里赤裸的性描写,而是喜欢相对暖心、涉及不同文化和传统的文学。同时也表明,目前在英语世界流通的中国大陆当代长篇小说,就故事本身而言,较多以扎根于中国政治和社会批评的严肃小说为主,写满了伤痛和性,暖心的作品并不多。

7.2.2 文学译介与读者期待之间的距离

就出版社给读者提供什么样的故事而言,以利兹大学当代华语文学研究中心为平台,英语世界出版社对中国文学作品的翻译和出版的趋势似乎与读者的阅读心理和期待之间存在着一定距离,尤其是对中国大陆文学作品的翻译和出版,缺少能够引起读者共鸣的暖心作品以及具有复杂性世界视野的小说。虽然很多出版社已经意识到西方读者对中国文学的阅读不再以猎奇心理为主,在中国文学作品的选择趋势上不再以文革回忆录为主,而是在题材和主题上都呈现多样性。然而,英语世界出版社翻译和出版的中国大陆的小说,在体裁上有相当一部分都是自传或半自传性质,如:徐小斌的《水晶婚》、盛可以的《北妹》、王晓方的《公务员笔记》、路内的《少年巴比伦》、颜歌的《我们家》等。自传体式书写,同回忆录一样,作为文学体裁,可能仍是西方读者所喜欢的,但有些作品关于个人伤痛的书写、"内部人士"的叙述,很难不回到对读者"猎奇"阅读心理的想象。企鹅、查思和亚马逊无界等国际知名出版社,所选的网络书评作家以中国大陆知名作家为主,这些作家年龄相对偏大,多是五六十年代出生,男性作家偏多,如莫言、路遥、迟子建、毕飞宇、贾平凹、格非、苏童等,此外在英语世界相对著名的中国大陆作家还有高行健、余华、张贤亮等。毋庸置疑,这些作家都是国内精英作家,创作才华得到国内外公认,莫言和高行健获得诺贝尔奖,余华是英国高校中国现当代文学课程中先锋文学的代表作家之一,路遥是他的小说《人生》诞生30年后新近被翻译到英语世界的作家,迟子建的作品得到"书评网络"读者的好评。但这些著名作家中,有些作家的作品,主题大多以文革为背景,故事暗黑,不乏非理性的暴力和性,并非是很多当前读者所喜欢的。

此外,一个颇为实际的问题是,篇幅很长、页码厚重的中国文学英译作品,会增加读者投资和接受的难度。以"书评网络"中查思出版社出版的书为例,与其他几个出版社不同的是,其他出版社出版的书一般都是二三百页,有的甚至不足百页,而查思出版社的书(译作)都较厚,《我的丁一之旅》有五百多页,《农民帝国》则七百多页。虽然页码排版可能有差别,但一个重要的原因是,查思出版社选择的原作都比较长,这几本书收到的书评相对较少。纸托邦的创建者陶建在一次采访中曾提及,"西方人想看的书,首先节奏紧凑,没有废话。如果看到一部来自中国的 500 多页的书,他们就会觉得有风险,要花很多的时间,万一我不喜欢呢,那就还是别买了。"[①]译者顾爱玲(Eleanor Goodman)接受《洛杉矶书评》有关中国诗歌翻译的一次访谈中也有类似的说法[②]。蒋子龙的《农民帝国》收到 1 篇书评,该书评者说的话也体现了非常现实的原因,评论者认为这部小说"有很多有价值的叙事,但太长,对于一个不太出名的作者,编辑应该把有些部分删掉"(Kevin McGeary)。

由于隔着中西语言和文化的差异,英语世界出版社在选择什么样的中国文学作家进行翻译时,往往并非易事,可能要靠书探、编辑、甚或一些偶然因素,但总体由出版社的选择为主。韩斌作为译者和利兹大学当代华语文学研究中心的积极参与者,不但参与文学英译的推广活动,还向杂志和出版社介绍作者和作品,但她同时指出,"译者向出版商荐书是一个很费时的过程,需要译者对出版界、对意向出版商有足够的了解,结果往往是在译者向出版商发送试译、故事梗概、作者简介等材料后却不被采纳,而通常是出版商拿出自己现成的

[①] https://www.sohu.com/a/197705316_481900(最近检索日期:2020 年 2 月 13 日)。
[②] http://blog.lareviewofbooks.org/chinablog/poetry-scene-china-qa-poet-translator-eleanor-goodman/.

作品叫译者翻译"①。因此,文学的翻译和出版很大程度上取决于出版社的选择,当然可能涉及不同参与者,如文学代理、编辑、原作出版社和作者等。为了降低出版的风险,很多商业出版社仍然关注对中国境内精英作家作品的翻译和出版,这些作品可能会纳入一些文学研究者的研究范围,但未必受当前大众读者,或"网络书评"读者的喜欢。

为此,中国国内相关出版社可把握与国际出版社合作的机会,在推送知名作家作品的同时,可适当增加对以下作品的推送:一、能引起世界读者情感共鸣的故事,如几米的《时光电影院》、林满秋的《腹语师的女儿》、迟子建的《晚安玫瑰》等那样的小说,或扣人心弦、情节紧凑,或娓娓道来,讲述的都是非常朴实的暖心的故事,但同时又能给读者耳目一新的文化感受。二、具有世界性视野的小说。除了上文提到的具有复杂性世界视野的小说,目前在英语世界较受欢迎的,还有刘慈欣的《三体》、陈楸帆的《荒潮》(*Waste Tide*)。这两部科幻小说一方面与英语世界读者普遍比较喜欢"类型"小说的潮流相吻合,另一方面,也缘于小说讲述的具有世界乃至整个宇宙视野的故事。以《荒潮》为例,该小说既批判美国为首的资本世界对发展中国家的掠夺,也不逃避中国在经济发展过程中遭遇的环境污染问题,作者将这些世界范围内的问题思考以故事的手法幻化于自己的文学创作。

7.2.3 从"译介什么"到"书写什么"

约束英语世界出版社选择什么样的中国文学作品进行翻译和出版的因素很多,其中出版社对图书市场和潜在读者的判断是重要因素,出版社即使不能精准掌握读者的阅读心理和期待,也会对此有所判断并作出调整。当然,这个判断和调整的过程很可能涉及读者能

---

① 参见韩斌于 2014 年 9 月在中心网页的博客(Blog)栏目里发表的有关翻译话题的文章,文章网址:https://writingchinese.leeds.ac.uk/2014/09/03/talking-translation-nicky-harman/(最近检索日期:2020 年 3 月 12 日)。

动性的参与。因此,中国文学在域外的流通,目标读者非常重要。近十年来,英语世界出版社翻译和出版中国文学的一个初始条件已有所改变,这个初始条件就是读者的阅读心理和期待。利兹大学当代华语文学研究中心的"书评网络"活动表明,喜欢中国文学、懂汉语、汉语专业在读或毕业的年轻女性是中国当代文学在英语世界边缘环境里的主要读者群。此外,根据舆观(YouGov)[1]在2020年3月发布的关于英国人阅读习惯的调查报告[2],就读者性别而言,女性读者比男性读者多,有超过四分之一(27%)的女性每天阅读,而男性为六分之一;男性总体成为读者的可能性较小,有22%的人说自己从未阅读,而女性只有12%。就读者喜读作品的体裁而言,女性(42%)比男性(29%)更喜欢小说,男性(24%)比女性(16%)更喜欢非小说;在非小说里,英国人最爱传记和回忆录(占26%),在小说里,读者倾向于选择犯罪小说和惊悚小说(占33%),此外还有奇幻小说(22%)、动作与冒险小说(20%)以及古典小说(19%)、历史小说(18%)和科幻小说(17%)。概言之,目前在英国,喜欢阅读书籍、尤其是喜欢阅读文学书籍的女性读者比例高于男性读者,"类型"文学,如犯罪和惊悚小说、奇幻小说、科幻小说等,是读者倾向于选择的文学作品。这一点与利兹大学当代华语文学研究中心文学推广活动中关于科幻小说的推广和受欢迎,以及参加"书评网络"活动的大部分读者个人背景相吻合。英语世界近些年兴起一些专注于"类型"文学,尤其是科幻、奇

---

[1] 舆观(YouGov)总部位于英国,是英国民意调查委员会(British Polling Council)成员之一,并在英国信息专员公署(Information Commissioner's Office)注册登记。舆观的研究方法论是通过对互联网用户中某一个受邀群体进行调查,深入了解人们在世界各地的思维和行为,根据人口统计特征信息对调查数据进行加权处理,为公司、政府和其他机构提供实时、连续的准确数据流。舆观以其公众民意调查的准确性而闻名,是衡量公众舆论和消费者行为的权威机构。可参考舆观(YouGov)官网:https://global.yougov.com/;也可参考百度百科:https://baike.baidu.com/item/%E8%88%86%E8%A7%82%E8%B0%83%E6%9F%A5%E7%BD%91/4272067?fr=aladdin(最近检索日期:2020年6月30日)。

[2] Ibbetson, Connor, "What are the reading habits of Britons?", *YouGov*, 5 March 2020. https://yougov.co.uk/topics/arts-articles-reports/2020/03/05/world-book-day-britons-reading-habits.

幻文学的杂志和独立出版社,如《克拉克世界》(Clarksworld)、《奇幻与科幻杂志》(F&SF)和《茶炊》(Samovar)等文学杂志,以及2000年成立于美国的小啤酒出版社(Small Beers Press)[①]和2012年成立于英国伦敦的宙斯之首(Head of Zeus)出版社[②],这些杂志和出版社出版了中国著名科幻作家郝景芳、陈楸帆、夏笳等的中长短篇小说。需要注意的是,英国人最爱的传记和回忆录是放在非小说类里了。这说明,这类体裁的作品,本身也是读者对这类作品的阅读模式的约束。因此,对于回忆录式的创作,若从中西方二元对立的视角去批评西方没有把文学当文学来阅读,可能会陷于简单论。

中国现当代文学在英国汉学界三个机构层面的流通和阅读模式,相比于80年代以来英语世界关于中国当代文学的叙事,相比于之前单一的文学流通趋势,已经是前进式的发展。然而,利兹大学当代华语文学研究中心"书评网络"的活动表明,出版社对长篇小说的出版趋势似乎与读者的阅读心理和期待有一定的距离。这些介于专业读者和普通读者之间的中国文学的"大众"读者,他们不但希望作品体现文学艺术之美,也渴望读一个温暖而有趣的故事。英语世界出版社,尤其是商业出版社,翻译和出版的来自中国大陆的当代小说,大部分作品都扎根于社会和政治批评,故事涂满暗黑色,且充斥着暴力和性。这种暗黑比起英国高校中国现代文学课程里选择的作品以及"书评网络"活动中来自台湾和新加坡的文学作品,愈加彰显。从读者的书评来看,读者似乎很少能享受到类似的体验,如鲁迅《狂人日记》里的"新文化",张爱玲《封锁》里的调情,沈从文《萧萧》里的湘西风情,林语堂《论躺在床上的妙处》的妙趣,亦没有台湾作家几米《时光电影院中》的温暖和爱,林满秋《腹语师的女儿》中读者所要寻找的一切情感上的共鸣和扣人心弦的故事情节,以及新加坡作家英培安《骚动》的不涉政治和对童年的怀旧情怀。国际商业出版社出版

---

① https://smallbeerpress.com/about/(最近检索日期:2020年3月14日)。
② https://headofzeus.com/about(最近检索日期:同上)。

的作家都是国内知名的精英作家,很多都是中国最高文学奖"茅盾文学奖"的获得者,企鹅驻中国分社的总经理周海伦曾表明,企鹅在中国建立分社的目的之一是出版中国大陆知名作家,中国分社成立不久后,对《狼图腾》的翻译和出版的尝试即为一例①②。这说明,某种程度上,中国大陆的文学创作本身并不缺这样的作品,甚至构成相当数量的中国大陆主流和精英作品。换言之,中国大陆的文学创作趋势也是促使英语世界出版社以翻译和出版沉重、严肃、不乏性描写故事成为可能的一个约束。

以上讨论说明,英语世界的出版社非常注重大众读者的阅读倾向和爱好,并愿意为此尝试改变和努力。然而,英语世界出版社翻译和出版中国文学作品的趋势与读者的阅读期待和心理仍然存在着差距。这差距可能是由不同因素促成的,但有一个因素不容忽略,即:写满伤痛和性的小说或多或少是中国大陆小说创作的一个趋势,甚至是中国主流小说或精英小说中占据相当数量的部分。如果说,英语世界出版社翻译和出版中国当代文学的趋势约束着在英国汉学界流通的作家和作品的趋势,则某种程度上,中国大陆的文学创作趋势亦约束着英语世界出版社翻译和出版作家作品的趋势。从文学域外交流的视角,根据中国当代文学在英国主要读者群体的特点,这应该引起我们不但思考译介什么,也该思考创作什么。

当一些英语世界的中国文学教师、研究者、中国文学爱好者在中国文学教学、研究与推广过程中,努力让中国当代文学连接到更多的读者,而相当一部分来自中国大陆的长篇小说让英语读者读到的却是暴力、性、伤痛到令人难以置信的故事情节和逻辑、把所有的问题都替罪羊般简单论地归于中国政府或中国的意识形态而没有对多层

---

① Coonan, Clifford, "Jiang Rong's *Wolf Totem*: The Year of the Wolf", *The Independent*, 7 January 2008. http://www.independent.co.uk/arts-entertainment/books/features/jiang-rongs-wolf-totem-the-year-of-the-wolf-768583.html.
② Xiao, Di, *Renarrating China: Representations of China and the Chinese through the Selection, Framing and Reviewing of English Translations of Chinese Novels in the UK and US, 1980—2010*, PhD Thesis, p.194.

次复杂关系网络的深入挖掘,不知道这样的文学在多大程度上能与世界文学中的他者文学和鸣。或许,对于悲观主义者或持不同政见者,在中国大陆的文学作品中再大的伤痕都不够深,再暗黑的批判都不够彻底,但对于一个既想欣赏文学作品的形式又想欣赏一个好故事的读者来讲,大部分来自中国大陆的小说令人压抑,尤其是小说里对女性的暴力,在一个女性主义盛起的时代,对女性的刻板化程度,是否该考虑女性读者的感受。

需要指出的是,书评者在明确表示不喜欢作品主题的某些方面时,并未否认这些作家在语言表达或叙事技巧方面表现出的文学才华,前文(6.4.3)已表明一些书评者对这些作家的文学才华非常欣赏,尤其是作者幽默、辛辣的语言表达。然而,什么是世界文学的"普世价值",以小说为例,除了语言形式与叙事技巧,是否还有其他?

7.3 复杂性视阈下的中国文学域外交流:认识论、方法论、世界文学价值

中国文学对外译介,中西元叙事是一个在场或不在场的有力"约束"。即使很多其他"约束"都不存在,这个"约束"也会一直在。根据复杂性哲学认识论,中国文学的对外译介不意识形态先行,但若以为中西文学交流不受意识形态影响,则可能有些乌托邦。此外,从读者的阅读趋势看,读者对当前流通于英语世界的中国大陆文学的好恶,表明中国文学对外译介应该思考世界文学价值。本节主要基于复杂性理论,从认识论、方法论和世界文学价值思考方面,为中国文学对外译介和交流提供启示。

7.3.1 复杂性认识论下中国文学域外交流中的解构与建构
7.3.1.1 解构西方关于中西元叙事的话语
复杂性理论,是一个跨学科的理论,一种认识论,一个悖论的哲

学。复杂性理论派生于系统论,构成"元—元叙事,允许一系列复杂的元叙事的同时存在"①,从而打破二元对立的元叙事,即不以二元对立双方中强势一方的元叙事为中心,但又不试图颠倒二元对立双方的位置。这种认识论或哲学观与中国传统哲学的"和而不同"、当代的"互利共赢"思想相吻合。就研究和思维范式而言,复杂性理论"是对西方科学研究和思维上的还原论或简单论范式的突破"②,"而非极端的建构主义论、极端的解构主义论或极端的实证主义论"③。由于欧洲长期的东方主义遗风和二战后冷战思维形成的以美国为首的世界霸权格局,东西方在文化交流上长期处于西强东弱的不平衡关系中,这是不可否认的事实,但同时,人类的交流从来都没有因为某个或某些霸权而停止过。中国文学域外交流是跨语言、跨民族、跨国家、跨意识形态的交际活动,再加上不同国家和地区跨越时空的文化交流活动本就复杂,中国文学域外交流过程各种差异、各种关系交互作用的结果,是复杂性适应系统,这种复杂性勿需证明。在复杂性认识论下探讨中国文学域外交流的目的,一方面为解构长期以来存在于西方语境里的中西元叙事,另一方面建构不以某个元叙事为中心的复杂性文化主义观,在俯视和仰视之间,寻求一个平视的参与和分享世界文学的中国文学域外交流的可能性方法,为中国文学域外交流提供理论参照。

西方语境中的中西元叙事,是二战之后在美国冷战思维的影响下,形成的冷战胜方的一个元叙事,"将中国和西方分为传统与现代,东方专制与西方自由二元对立"④。这种元叙事存在于很多意识形态和社会制度迥异于中国的国家和地区,因该元叙事在人们脑海中

---

① Marais, Kobus, *Translation Theory and Development Studies: A Complexity Theory Approach*, p.21.
② Marais, Kobus and Meylaerts, Reine, "Introduction", *Complexity Thinking in Translation Studies: Methodological Considerations*, p.1.
③ Marais, Kobus, *Translation Theory and Development Studies: A Complexity Theory Approach*, p.22.
④ 王斑:《全球化、地缘政治与美国大学里的中国形象》,《美国大学课堂里的中国:旅美学者自述》,第 57 页。

的长久性、不接受反驳性、想当然性以及潜藏的伦理性和政治性的对立等,可以说是中西文化交流,乃至中国与世界很多国家的国际关系中不得不面对的现实。中国文学域外交流,终究是中国文学在异域文化占据中心位置的异域世界里寻求平等对话和交流的机会,不可避免会受中西元叙事的约束,俯视或仰视的态度都有可能会加剧中西元叙事的对立,使西方语境里形成的这种基于自由伦理的中西元叙事愈加坚不可摧。如果我们以复杂性认识论为出发点,采取平视的态度,承认代表西方意识形态价值观的大叙事和代表中国意识形态价值观的大叙事是这个多极世界上彼此悖论和差异的共同存在,不以二者其一为中心,在认识论上,我们就已经跳出美欧西方国家长期以来营造的中西元叙事,或者说,已经解构以西方为中心占据自由伦理制高点的元叙事。如果我们强调中西二元对立,无视异域文化环境里的社会现实,不顾对方感受、甚至不顾自身体面地让中国文化"走出去",不但显得对自身文化的不自信,甚至很可能不自觉中构建一种咄咄逼人的国家形象;如果我们没有一种开放的心态,不分情形地强调差异,很可能会像后殖民主义翻译研究一样,让自己陷入自驳或固步自封的境地。这两种假设的做法都有可能使我们失去很多原本可以真正自信、春风化雨、平等对话的机会。不俯视不仰视,不仅是一种谦虚的礼仪,亦是一种态度,一种涌动着复杂性哲学观的态度。

  复杂性认识论对中西元叙事的解构,也是对西方自由伦理观的解构,有助于在文化交流或研究过程中,逐渐建立起不以西方"自由伦理"为中心的话语。南非学者科布斯·马雷认为西方的民主进程因为忽略人类的现实而陷入危机,"自由主义者的总体策略与(第三世界人们)日常生活中的现实(信仰、家庭、努力工作以维持生计等)相对立"[①]。这说明,以美国为首的一些西方国家,长期以来不顾

[①] Marais, Kobus, *A (Bio)semiotic Theory of Translation: The Emergence of Socialcultural Reality*, p.185.

世界上不同国家和地区的现实,尤其是第三世界国家的现实,推行的超越现实主义的自由伦理观和做法出了问题。"真正的自由伦理(liberal ethics)并非以自我为中心,然后告诉'他者'那样做是错误的,因为这才是我看待世界的方式",我(们)和他者的关系是他者和他者的关系,不以谁为中心,"是相对的"①。同时,复杂性认识论对西方语境里中西元叙事的解构不意味着摒弃人类对民主和自由的美好追求,而是从认识论上兼顾自由和民主的普遍性和特殊性,并构建全球化下不同民族文化交流中和而不同的文化主义观。

7.3.1.2 建构和而不同的文化主义观

对不同文化之间差异的认识存在着两种极端主义文化观,极端的文化普世主义和极端的文化特殊主义。极端文化普世主义是冷战之后形成的以欧美文化为中心,在全球化论和多元文化论装饰下,和稀泥式地使文化差异性"成为不可与别样文化通约的价值","从而形成对欧美以外的文化和地域采取一种'中立'、'客观'的科学态度",用一种不辩自明的普世规范,去发现其他文化和地域(如中国)"那些偏离、变化、滞后、失败,那些与全球规范不相吻合的特殊性"②。极端文化特殊主义与平等地看待和尊重差异文化并持有感情上的介入和认同的思维模式不同,本质上是"多元文化的相对主义,过分夸大感情认同,将自己心仪文化神圣化",不顾文化所处的社会历史语境,坚持"血统论、地缘决定论",一触及多元文化的藩篱,就凸显政治立场,致使"特定文化内部的自身逻辑越来越局部化,越来越难于通约交流"③。这两种文化极端主义都是以西方为中心的。马雷曾指出,很多以第三世界为背景的带有后现代理想主义倾向的研究,是以西方自由伦理为基础的,对第三世界少数文化特殊性的研究不顾第三

---

① Marais, Kobus, *A (Bio)semiotic Theory of Translation: The Emergence of Socialcultural Reality*, pp.85-186.
② 王斑:《全球化、地缘政治与美国大学里的中国形象》,《美国大学课堂里的中国:旅美学者自述》,第49—51页。
③ 同上,第51—52页。

世界国家自身所处的环境和现实,本质上仍是"西方中心主义"、实践上的"本质主义论"①。这种政治日程凸显的研究,常常基于西方自由和民主的普世价值,将多元文化与其所处的实际环境隔离开来,不顾日益纷呈的社会复杂因素的影响以及不同文化之间的差异互补、相通共鸣。

中国传统哲学思想里的天人合一、和而不同,是中国传统文化中的"和谐"思想,也是某种意义上人与自然、人与人之间交互关系的思想。这与"关注关系"的复杂性适应系统理论存在相通之处②。就文化差异性的认识论而言,复杂性认识论下的文化观处于极端文化普世主义和极端文化特殊主义之间,这里将其称为"和而不同文化主义观"。"和而不同文化主义观"把不同文化之间的差异看做是他者和他者的关系,双方的关系是相对的,不以哪一方为中心,而是平等地看待文化差异并植入同理心的一种思维模式。全球化的发展,一方面加剧了两种文化极端主义,使欧美为代表的文化霸权成为不可忽略的事实,同时也增强了各地区和文化之间的交流。世界文学讨论的范围因此扩大,"已超出传统上对西欧或对原殖民地及其曾经的殖民者之间关系的关注",成为大学里"各级本科生和研究生比较文学课程不可或缺的内容"③。也就是说,全球化虽然与文化霸权有关,但文化生产从来不是只简单地反映政治或经济,而是广泛分布的群体和文学运动可以在世界范围内分享作品"④。这就说明,中国文学在英语世界的接受研究应该超越中西方二元对立的视野,需要有真正的全局性关怀,努力探索中国文学在目标社会里流通和被阅读的方式,以及相关因素之间的互动关系。

---

① Marais, Kobus, *A (Bio)semiotic Theory of Translation: The Emergence of Socialcultural Reality*, pp.30 - 40.
② Marais, Kobus, *Translation Theory and Development Studies: A Complexity Theory Approach*, p.44.
③ Damrosch, David, "Introduction: World Literature in Theory and Practice", in David Damrosch, ed., *World Literature in Theory*, West Sussex: Wiley-Blackwell, 2014, p.2.
④ Ibid., p.7.

全球化时代,当今世界面临百年未有之大变局,随着后疫情时期的来临,不确定因素亦随之增多。现任职于美国斯坦福大学的王斑教授早在2006年就曾指出,"只要美国政府和美国民众将中国作为亚太地区的竞争对手,作为威胁美国霸权的敌人,冷战的模式就一日不会停止"①。这更加意味着符合冷战胜者的中西元叙事会长期存在,中国文学域外交流过程中不可能完全回避意识形态相关的问题。在复杂性理论视阈下,不是不去考虑意识形态的差异,而是不把这作为一个前提,以摆脱批判范式的简单化分类②,但若遭遇意识形态问题,亦需不刻意回避之。这也是为什么复杂性认识论如此之重要,不仅是为了解构以西方自由伦理为道德制高点对第三世界进行裁判的理想主义乃至悲观主义,而且也解构那些以西方价值观为参照标准的和稀泥式的普世主义。如果构建和平的多极化世界是大部分国家和人民的共同愿望,作为多极化世界中合作构架的有力参与者,中国的命运与世界紧密联系在一起。而文化的交融是这种联系的重要载体,因此中国文学域外交流是中国文化融入世界文化的一部分,其目的在于增进理解,求同存异,组成构建"人类命运共同体"的重要部分。

7.3.2 复杂性方法论下中国文学域外交流的问题追踪与反思

根据人文学科里的一些复杂性思想者,如迪肯、马雷等的研究,吸引子和约束概念可作为概念工具,对事物发展过程呈现的趋势和路径进行非线性分析,不但关注事物自下而上的发展,也关注那些不在场的因素自上而下对事物发展和变化的影响。此外,根据复杂性理论,事物发展的趋势或路径往往对初始条件很敏感,初始条件如若

---

① 王斑:《全球化、地缘政治与美国大学里的中国形象》,《美国大学课堂里的中国:旅美学者自述》,第48页。
② Marais, Kobus, *Translation Theory and Development Studies: A Complexity Theory Approach*, p.7.

发生变化，有可能产生巨大变化和影响。复杂性认识论和方法论，本质上是与西方一直以来的简单论和还原论的剥离，不但可以帮助审视和思考中国文学在异域语言、文化和社会系统里的具体流通和阅读模式，也可用来观察在中国文学进入异域环境之前的流通或准流通过程，如推动文学译介的活动，存在哪些实质问题，并进行及时反思。下文从三方面探讨该方法论的指导性。

一、中西元叙事是影响中国文学乃至所有文化形式域外交流的一个大的吸引子。这就意味着一些彰显中西元叙事的作品仍会受西方某些出版社、主流媒体和读者群的欢迎，但已不是西方翻译和出版中国文学书籍的主要趋势。中国现当代文学在英国汉学界三个机构的接受情况表明，英国汉学界不但在努力推广中国文学作品，而且在作品选择和阅读模式上并未呈现意识形态先行为主的阅读模式。中西元叙事固然存在，然跨越不同种族、民族、语言和文化的交流也始终在，差异关系中不但有对立也有合作。在复杂性视阈下，对中国文学域外交流过程的观察和研究，并非从中西二元对立的视角认为中西元叙事对中国文学在西方的交流起决定性的作用，而是这个吸引子会使得中国文学域外交流的一些可能性无法实现，比如在主题上与中西元叙事冲突的文学作品，体现中国国族大叙事的文学作品等，以及上文谈到的"信任"。这些无法实现的可能性，作为约束，会自上而下影响到中国文学域外流通和阅读模式的发展趋势，是中国文学，甚至所有文化形式的域外交流，不得不面对的存在。这些约束涉及不同因素之间的关系互动，亦处于变化的过程之中。

二、对于中国文学在域外的交流，文学作品的翻译和出版的完成，不等于该作品在异域语言、文化和社会环境里的活跃存在。从初始文本到目标语文本的翻译完成并出版，只是世界文学流通的一部分，而非全部。英国汉学界三个机构层面选择的文学文本绝大部分都是英语世界翻译和出版的，很大程度上意味着由中国大陆翻译和出版的中国文学书籍，自翻译和出版后，没能继续进入流通过程。这应该是目前中国现当代文学在英国汉学界活跃存在状态的一个"约束",而文学译本在诞生后,只有进一步进入流通状态并被阅读,被继续"翻译"下去,才能继续活跃存在下去。这提出一个值得思考的问题,也是中国文学中译外研究学者非常关注的问题:中国文学的域外交流,文学译介是否由国家推动,是否由中国大陆出版社翻译和出版?根据本书,中国的"走出去"工程与中国现当代文学在英国汉学界三个机构层面的活跃存在是张力而非合力,但张力又不是不起作用,甚至某种程度上还是促使一些年轻的尚不十分出名的作家被翻译到英语世界的一个因素。因此,中国文学域外交流是否由国家推动、由谁来翻译和出版,不是非此即彼地简单式定论,而应根据实际情况,在复杂性方法论指导下对相关过程进行跟踪观察。尤其是英译文学作品出版后的流通情况,是仅仅作为数字或证明项目完工的存在,还是活跃地存在于目标文化和社会。换言之,中国文学在域外的活跃存在涉及很多环节,译本的完成和出版只是其中的一个环节,各个环节都值得在复杂性方法论指导下,研究不同参与者之间相互关系的作用,尤其关注每个环节没有实现的可能性,因为这些没有实现的可能性、想当然不在场的因素,会约束中国文学活跃存在的趋势和路径,也避免把某个结果归于某个单一的原因。有些过程的观察和研究非研究者能够独自完成,很可能需要出版社、译者、作者、文学代理人等共同合作。因此,在某个中国文学对外译介项目的实践过程中,有必要记录好各个参与者之间的沟通和互动过程,如译本从选择、生产(翻译和出版社推广)活动的所有资料,分析原因,对症下药,这个"症"最好是对准某个过程的"初始条件"。事物发展的趋势或路径既然对初始条件敏感,初始条件中可能通过外力进行调整的关系变化,或许有可能帮助获得所期望的结果。

三、由于复杂性理论注重对过程、对不同因素参与性的考察,初始条件/约束、边界条件/约束等,都是不容忽略的概念,尤其是在评介中国文学在域外的接受效果。就文学接受的具体"域外"环境而言,"域外"、"西方"这些概念本身也是异质化的,意味着不同的接受环境的条件和约束。此外,文学英译作品本身的特点,如体裁、题材、主题、语言形式、叙事技巧等，也是文学在域外环境里参与其本身活跃存在过程的一个条件和约束。相当一部分学者的译介研究发现，西方主流媒体发表的中国当代文学评论，过于政治化中国文学并从中搜集关于中国的陈俗陋习。毋庸置疑，这些主流媒体及其文学评论者对中国的偏见和猎奇心理，是促成他们从政治意义来关注和评介中国文学的一个约束，但文学作品本体也可能是促成这种阅读模式的参与者。以王晓方的《公务员笔记》和阎连科的《为人民服务》为例。《公务员笔记》由曾做过东北某城市长秘书的"内部人士"书写，以笔记自传的形式，书写官场腐败和在中国政府里的"为官之道"；《为人民服务》讲述中国人民解放军中，一个为师长家服务的勤务兵与丧失性能力的师长的年轻貌美夫人之间婚外恋的故事，以及最后师长夫妇用不同手段使知情人消失，完成"借腹生子"目的并使之成为"秘密"，小说从书名到内容都非常契合西方关于"毛时代"的叙事、契合他们对中国人民军队的想象。这样的作品，无论在中国语境里的接受效果如何，在英语世界里，在中西元叙事的约束下，作品本身以中国政治和军队为主要叙述视角，突出其政治意义，使得以非政治视角为主的阐释几乎变为一个不可能，怎能不促使一些特定读者群体的猎奇心理和预设叙事的满足，如何还能期望主流媒体的文学评论者不意识形态先行地评介作品？如果中国一些主流媒体或出版审核机构再对之禁止，会更加突出相关作品的政治意义，更加使非政治意义的推送和解读成为不可能性。换言之，西方主流媒体对相关作品的政治化解读是阐释项翻译，是关系互动的结果，而非某一个单一的原因。这里只是举例说明我们对中国文学域外接受的认识和研究不应该只站在中西二元对立的视角上，毕竟文学域外交流主要是文学在域外活跃存在的过程，不能不考虑文学本体以及域外的具体接受环境以及交流过程中相关因素的互相作用和影响。需要指出的是，这里不是贬低这两本小说的文学价值，但这也再度引发对什么是世界文学价值的思考：如果世界文学的流通和阅读模式是在他者社会和文化环境里发生的，什么才是世界文学的"普世价值"？

7.3.3 复杂性视阈下世界文学普世价值的思考及其对文学译介的启示

中国现当代文学在英国汉学界三个机构层面的接受情况表明，这些流通到英国汉学界的中国现当代文学作品普遍是被当做"文学"来阅读的，英国中小学的汉语教学和利兹大学当代华语文学研究中心的文学推广活动还涉及对文学文本的阅读模式。本书的研究表明，英国汉学界相关读者对所选文学作品的阅读模式整体呈现达姆若什所倡导的世界文学阅读模式，同时也反映出读者对流通于英语世界的当代华语文学的印象，以及对小说所述故事的喜欢和不喜欢的倾向。这些不但表明中国现当代文学在英国汉学界的活跃存在情况，折射上文讨论的中国文学现当代文学对外译介的问题，亦引发对世界文学"普世"价值的思考以及对中国文学域外接受的认识和启示。

达姆若什认为，"世界文学不是漫无边际、让人无从把握的经典系列，而是流通和阅读的模式"，并从"世界、文本和读者"三个维度来表达"世界文学"的流通和阅读：世界文学是民族文学的椭圆形折射，是从翻译中获益的文学，是一种以超然的态度进入与我们自身时空不同的世界的阅读模式[①]。如果把达姆若什对"世界文学"的描述放在复杂性视阈下，尤其是马雷（Kobus Marais）提出的符号翻译理论框架下来解读，达姆若什世界文学概念所蕴含的关系性和过程性，与复杂性理论有诸多相通之处，与翻译更加密不可分。世界文学作品从原文文本（初始符号）到译文文本（后续符号），再到进一步的流通和被阅读过程，都可视为涌现符号翻译现象。他的世界文学概念里的"世界"可看做文学的"民族"语言、文化和社会以外的世界，"世界"与"民族"之间不是中心和他者的关系，而是他者和他者的关系，对于"世界"文学的读者而言，文学原来所属的民族环境也是"世界"。但文学从"民族"到"世界"有一个时间流，涉及符号过程和阐释项的改变，属于涌现性符号翻译里的阐释项翻译。因此，世界文学的价值和

---

① Damrosch, David, *What is World Literature?* pp.5, 281.

民族文学的价值在不同时间段里呈现的趋势可能有交叉,但前者不是后者的平移,而是在异域语言、文化和社会里经历了阐释项翻译,在不同参与因素的交互性作用下涌现的。谈世界文学的价值,如诗学、美学等,需要考虑文学流通和阅读的环境和过程,以及相关因素的复杂性互动作用。其实,民族文学的价值也可看做涌现性符号翻译现象,但相关话题不在本书讨论之列。

达姆若什还阐述了关于世界文学的具体阅读模式以及如何阅读世界文学的观点[①][②]。他认为,读者在阅读外国文学时可能有三重反应:"因其新颖而欣赏与众不同的显著差异;欣喜地发现或投射在文本上的相似;介于'相似但不相同'的中间状态,很可能实质性地改变原有观念和做法"[③]。这三重反应可概括为:对差异的欣赏、对相似的感同身受、挑战或刷新原有观念和做法。虽然读者的反应可能未必达到三重,但这三重反应体现了阅读模式的过程性。世界文学首先带给读者的是一种差异性和新颖性,继而又能让读者感受到超越不同民族和时空的融通之处,最后与读者的原有认知发生交互作用并带来不一样的认知。从复杂性认识论看,他的描述包括一种可视为有关世界文学价值的悖论。一方面,这种阅读模式是一个过程,处于变化和建构的过程中;另一方面,这种阅读模式也是阅读世界文学的好处,隐含着对读者阅读模式的规定性,对世界文学价值的规定性。蔚芳淑在一篇论述如何在中小学汉语课程融入文学文本的文章中称,这三重反应"最有见地分析了阅读外国文学的过程及好处",她还将阅读外国文学的过程和好处总结为类似的三个方面:"首先是灵感和享受,然后是自我反省和验证,最后是对跨文化的理解"。[④][⑤]

[①] Damrosch, David, *What is World Literature?*
[②] Damrosch, David, *How to Read World literature*: 2nd edition.
[③] Damrosch, David, *What is World Literature?* pp.10 – 11.
[④] Weightman, Frances, "Chinese Children's Literature and the UK National Curriculum", *Chinese Books for Young Readers*.
[⑤] Weightman, Frances, "Literature in Non-European Languages", *Teaching Literature in Modern Foreign Languages*, p.84.

综合以上,读者阅读世界文学的这三重反应,既是读者参与到文学阅读的过程,也在某种意义上体现了世界文学的价值。这种世界文学的价值把文学当做文学来阅读,超越意识形态先行,同世界文学概念本身一样,不是固定不变的,是一直处于建构的过程中,可能会在某个时空以某种吸引子或态势稳定下来,也可能长久地稳定下来并形成经典,但从复杂性认识论的角度,世界文学的价值不是超越时空永恒不变地存在,也不是那种内在的、本质的脱离流通多重联系的至高无上的价值。换言之,世界文学的价值不是固定的,是涌现的,是在文学作品的流通和阅读模式过程中涌现的。这种涌现,在复杂性视阈下,不是单一的自上而下或自下而上的结果,而是流通和阅读过程中,不同因素,包括"世界"与"民族"之间他者和他者的关系、文学本体、异域社会文化的语境和框架、读者群体或个体的认知等各种不同因素参与互动的结果;是在时间流里各种约束交互作用的建构过程。

同时,由于世界文学阅读模式的规定性特点和阅读世界文学的好处,世界文学的价值体现在文学文本能够多大程度让读者体验到这些好处。以通常意义上英语世界的读者对中国当代文学的阅读模式为例,英语世界的读者阅读中国文学文本,是不断与自身和他者进行对话,从差异到相似,从好奇心到同理心,通过文学对当代中国某个方面(包括文学)的认识也是进一步对当代西方自身某个方面的认识和反省。反过来,中国文学在域外交流过程中在多大程度上呈现世界文学的价值,在于其在多大程度上使读者能够参与到世界文学的阅读模式,具有使读者感兴趣的差异,又能使读者体验到超越差异的相通共融,再与读者原有认知进行对话并可能带来新的认知。这种世界文学的阅读模式和世界文学的价值是互为一体、互为约束的,是超越意识形态先行的,涉及"世界"和"民族"的差异性和相似性,但不会在差异性和相似性之间走极端,可以称为诗学意义上的世界文学普世价值。这里的"普世"不是放之四海而皆准也不是以某个强势文化为中心的价值,而是文学在跨越民族语言、文化和社会后,仍能被异域文化读者以世界文学的阅读模式进行阅读的价值。这种世界文学普世价值的概念，或简称"世界文学价值"，不是有和没有的问题，而是在多大程度上有的问题。因此某个时空环境下，异域文化里的读者对世界文学作品的喜欢和不喜欢倾向可帮助探视一二，并可帮助认识和研究当前中国文学域外接受的情况以及中国文学对外译介的启示。

世界文学的普世价值，因为其过程性和关系性，不适合直接用预设的"好"或"坏"来评判，但某一时空环境读者群在世界文学阅读模式过程中对文学反应出来的"喜欢"和"不喜欢"有很强的参考性，能够反映读者、异域环境、文学译介和文学创作的很多情况。根据利兹大学当代华语文学研究中心"书评网络"活动中读者表现出的"喜欢"和"不喜欢"的倾向，上文已探讨过中国文学对外译介可能存在的问题，下文仅从读者阅读世界文学的三重反应或世界文学价值视角，从两个方面探讨中国文学在域外交流过程中体现的文学价值，以及对中国文学域外接受情况的认识。

第一，如果说世界文学的阅读模式不能在差异性和相似性中走极端的话，那么，文学潜在的世界文学价值也在于此。基于文革的伤痕文学在西方没有原来那么宏大的市场了、中国禁书不再成为最大卖点，很大程度上是因为这类主题的文学本身过于强调差异，尤其是东西方意识形态的差异。这种差异能够唤起的是读者心中自二战后冷战思维影响下形成的中西元叙事，既是元叙事，便可能是大部分读者熟知的"差异性"，若非在文学本体的其他方面足够新颖，故事本身恐很难与读者发起对话，或带来新的认知，因而无法再满足中国当代文学读者的阅读心理和期待。那些扎根于中国社会批评的文学创作亦如此。不是批判性本身不妥，而是非黑即白、简单论的批判方式，尤其是把"反中"或"反共"作为招牌的文学作品，若无法从美学意义的层面给读者带来新意，不大可能得到读者喜欢。法国的中国文学爱好者，米阿拉雷（Bertrand Mialaret）曾指出，经常于西方国家不同的文化文学活动场所发表演讲、作品受到主流媒体高度好评的"异见"作家,如马建、廖亦武,但他们的"文学才华令人质疑"[1]。类似地,有些靠收集关于中国的陈俗陋见、迎合冷战思潮去"占领"西方读书市场的作品(包括电影),即便已经走入世界并成为主流,但未必体现了世界文学价值,更不该成为中国文学域外交流追逐的目标。这里并非倡导在中国文学对外译介中推送高唱中国主流意识形态的文学,由于意识形态上的中西元叙事,若非为了非文学目的,这样的文学目前恐很难进入英语世界的文学流通领域。

中国当代文学在英语世界的图书市场,关于女性的文学仍然是卖点,不但因为女性读者多,而且,随着女性主义研究的发展,女性文学文本不但是文学阅读文本,也是一些女性研究的素材。虽然关于暴力、性、伤痛、社会批评的小说依然会受西方一些主流媒体的推送和特定读者群的欢迎,甚至可帮助构建作家的国际知名度,但从读者书评看,若非这类小说能体现出复杂的世界性视野,并且呈现作家在语言表达、叙事技巧等方面的文学创作才华,恐难受到读者的喜欢。著名译者韩斌曾说过,"一本小说如果写得不好,光靠性和暴力是卖不掉的"[2]。有些不乏性描写的小说,如颜歌的《我们家》,虽然读者批评作者语言的粗俗、性描写的赤裸,但四川小镇人们日常生活的故事本身,以及作者轻松幽默的语言,让读者很喜欢。

利兹大学当代华语文学研究中心的"书评网络"活动表明,目前流通在以中心为平台的所有当代华语长篇小说中,来自中国大陆的小说在主题上暖心的不多,很多小说讲述的故事都比较严肃、压抑、暗黑且充斥着暴力和性。作为一个复杂的发展中的国家,中国面临很多社会问题。这些社会问题会反映在文学创作中,再佐以人性丑陋的描写,令人窒息的黑暗和伤痛、荒诞的暴力和性,在当代中国的语境,这些文学创作可能体现的是酣畅淋漓的社会批判力、旺盛的文

---

[1] Mialaret, Bertrand, "Soft power, Translation and Chinese Fiction in the West", *Academia.edu*, 2016. https://www.academia.edu/34191216/Soft_power Translation Chinese_literature_in_the_West.

[2] Harman, Nicky, "Bridging the Cultural Divide", *The Guardian*.

字表达力、穿透人性和社会之丑的洞察力，从而呈现很高的民族文学价值。但在"世界"语境里则未必呈现这种文学价值倾向，再加上读者有对西方主流媒体和出版市场惯性东方主义倾向的批判，这种凝聚着深厚民族情结的作品，对于只想欣赏一个好故事的读者，恐不会具有太高的世界文学价值。

然而，可能正是由于这些作品在英语世界相对广泛的存在，对比之下，读者对那些暖心作品、体现复杂性批判视野的作品非常喜欢且印象深刻。就像上文（7.2.1）中举的例子，有的读者在读了几本来自中国大陆的小说后，故事的辛辣批判和暗黑伤痛让她压抑，但读到迟子建的《晚安玫瑰》，突然从一群"磨刀霍霍"的作家们中看到一丝惊喜和不同。无形中，这些同时流通在英语世界的中国大陆小说彼此之间形成张力。一方面可彰显当今中国文学创作的多样性以及开放性，另一方面可相对地衬托出域外流通过程中呈现较高世界文学价值的小说。由此可见，中国文学域外交流是多么复杂的一件事儿。这里并不建议中国文学对外译介停止对这些固执于民族情结小说的翻译和出版，而是适当增加凸显世界文学价值的暖心的、具有世界格局和视野的小说的对外译介。

第二，世界文学价值里的差异性是相对的，唯美主义"文学性"不适合成为评判中国文学在域外接受效果的预设标准。读者在阅读世界文学的过程中，有些文学作品能让读者新奇于差异的同时也能享受相似之处的融通共鸣。这些融通共鸣可以被不同时代、不同文化、不同地域的读者识别和代入，并可能被不断重新赋能。这意味着很多文学可以成为世界文学的经典，可以长久不衰地被一再阐释和欣赏，但这不意味着世界文学价值可以独立于其所处的流通和阅读过程而孤立地存在。因此，对中国文学在域外接受情况的认识，不适合以单一的唯美主义"文学性"或预设好的诗学标准，来判定文学在域外的接受是成功还是失败。中国是一个历史久远、民族构成复杂的一个国家。异域文化里的读者阅读中国文学，可以与他们建立起对话的不仅仅是"文学性"，也可能有信息（虽然信息也可能属于广义上的文学性)。英国乃至国际上著名的文艺理论家,特里·伊格尔顿(Terry Eagleton)认为,既然是"小说",就表明故事是"虚构的",这并不否认故事中的事实信息,但"虚构"的目的"并非为事实提供事实,而是出于艺术的原因,帮助建立某种观看方式"①。流通于英国汉学界少数民族作家的作品,如新疆作家阿拉提·阿斯木的短篇小说《斯迪克金子关机》,以及用藏语写作的蒙古族作家次仁顿珠短篇小说集《英俊的和尚》,通过幽默风趣的语言和看问题的复杂性视野,与读者之间建立起信任和对话,使读者刷新了西方媒体长期以来构建的关于中国新疆和西藏的叙事。这种文学流通和阅读模式中体现出的文学价值,不仅在于作品的唯美主义"文学性"。

以上分析说明,以文学作品里的小说为例,过度强调中西意识形态的差异,深陷民族情结、不具备全局情怀和世界性批判视野的小说,即便占领西方主流市场,或者体现较高的民族文学价值,恐难呈现较高的世界文学价值。世界文学价值不是关注文学如何向世界展示和谐的中国,在中西元叙事的背景下,这可能会被认为是政治宣传,无法建立信任,但至少应该关心流通于英语世界的中国文学能够为人类文明有什么贡献,能给世界读者带去什么样的享受。自我沉浸式的抒写,即使扎根于对中国社会和政治的严苛批评,与中西元叙事吻合,但若小说里呈现的认识世界的视角依然单一、狭隘,不能反映人类认识世界的进步性,恐很难受世界读者喜欢。

这里并非从专业文学研究者的角度对中国当代文学创作进行批评,只是从世界文学价值的视角,分析当前流通于英国汉学界中国文学作品所体现的世界文学价值,以及对中国文学域外交流的认识。就文学作品的世界文学价值而言,若非为了书写政治文学,文学作品里扎根于社会的政治批判不意味着简单论地非黑即白、高调到不真实、或者暗黑到看不到光亮,而是体现对事物认识的复杂性。这不是

---

① Eagleton, Terry, *How to Read Literature*, New Haven and London: Yale University Press, 2013, p.121.

以哪个大叙事为中心,而是人类发展到今天,人类认识世界的方式不断在进步,这种进步性不但表现在世界文学的阅读模式里,也应该表现在文学本体里。就对中国文学在域外接受效果的判定而言,无论是用民族文学的价值(其实也处于建构中)来笼统衡量该文学作品的世界文学价值,或者仅凭文学作品是否走入异域文化主流中心来判定文学作品在域外接受是否成功,都可能会显得过于本质主义论。概言之,从世界文学视角,中国文学在域外的接受体现在流通和阅读模式。如果文学作品流通范围广且流通的作品能够体现出世界文学的普世价值,则某种意义上可说明,该文学作品在异域环境收到良好的接受效果。

英美国家长期存在的"百分之三现象"(翻译图书所占的比例不到图书出版总量的3%,其中文学翻译所占的比例不足1%),关于意识形态的中西元叙事,英语作为通用语地位的日益增长,英国区域研究和文学研究的双重边缘地位,汉语言在英国高校汉学专业里教学的功能化,这些长期存在的趋势,意味着英国汉学界可能只是中国现当代文学在英国活跃存在的微小市场。中国文学,无论古代还是现代,在西方的流通范围都比较边缘,大多仅限于专业人士和少数对中国文学和文化感兴趣的人士。英国利兹大学当代文学研究中心,作为英国首屈一指的当代华语文学的推广平台,其举办的"书评网络"活动的参加者,大多都是汉学专业在读或毕业的年轻人、中国文学研究者、中文教师等。这更加说明,英国汉学界是中国现当代文学在英国活跃的主要市场,市场虽微小,但中国现当代文学在英国汉学界三个机构层面的流通和阅读情况表明,中国现当代文学就在这个微小的市场中绽放着活泼的生命力和氤氲鼓荡的张力。那些使得中国文学在这微小市场中绽放出生命力的汉学家、中国文学研究者、译者、作家、出版社、读者等的努力,值得欣赏、肯定和研究。我们推动中国文学域外交流不是为了证明自己有多好,而是为了建立平等对话并与世界分享文学文化发展的机会。这个过程不只漫长,也需要从复杂性认识论、方法论以及复杂性视阈下的世界文学价值观来认识中国文学域外交流这一现象本身,同时关乎对不同交流过程的重视,不是出版和翻译完就算完成流通,也不是进入流通就一定意味着能够体现较高的世界文学价值。中国文学域外交流的不同过程都可视为涌现符号过程,涉及多层复杂的因素,值得做深入案例研究的探索。

"符号过程(semiosis)不是我们清晰透望事实的窗户,而是一面破碎的镜子,使我们对现实的理解复杂化",是"人类塑造社会实在的物质工具"。①

7.4 本章小结

英国高校中国现当代文学课程大纲的设置、中小学汉语课程对中国文学文本的使用以及利兹大学当代华语文学研究中心的文学推广活动,三者对作家作品的选择趋势以及呈现的文学阅读模式,可看做中国现当代文学在英国汉学界三个机构层面的接受情况,或中国现当代文学在英国汉学界的"活跃存在"情况。本章首先根据三者同为英国汉学界的机构组成部分,对三者之间互动的趋势和约束进行简析,并分析了中国现当代文学在英国汉学界活跃存在的整体景观与环境互动中的宏观态势和约束。然后以利兹大学当代华语文学研究中心的"书评网络"为平台,通过书评者,英国现当代文学的活跃读者,在书评内容中呈现的对中国现当代文学的"喜欢"和"不喜欢"倾向,分析中国现当代文学对外译介的问题。最后,在复杂性视阈下,从认识论、方法论、世界文学价值思考等方面,尝试为中国文学及其他文化形式的域外交流提供理论参照模式和启示。

---

① Marais, Kobus, *Translation Theory and Development Studies: A Complexity Theory Approach*, p.68.

结　论

本书受复杂性哲学认识论的启示，以南非学者科布斯·马雷的涌现性符号翻译理论和方法论为依据，结合世界文学、社会叙事学的相关概念，考察2010年代中国现当代文学在英国汉学界三个机构层面的流通（对作家作品的选择）和阅读模式及其对中国文学域外交流的启示。经归纳总结，得出以下结论。

研究结果和创新

一、基于相关文献爬梳和调查研究，本书描述了中国现当代文学在英国汉学界三个机构层面的各自接受情况，以及由此构成的中国现当代文学在英国汉学界接受情况的全局景观，涉及相当数量的图表展示。这些图表呈现了英国汉学界多样性的当代华语文学的流通趋势以及读者对中国文学文本的世界文学阅读模式。与很多证明中国现当代文学在英语世界接受不畅的研究结果不同，本书表明，中国现当代文学在英国汉学界这个边缘的群体里绽放着活泼的生命力和氤氲鼓荡的张力。

二、本书受复杂性理论的启发，将英国汉学界三个机构层面对作家和作品的选择以及读者的总体阅读模式倾向看作是从符号过程中涌现的形式，尝试用吸引子和约束两个主要概念来分析促使相关趋势形成的原因。书中提出了各种因素、环节之间互为因果、彼此关联的认知思路,避免直线式的思维定势和中西二元对立观的视角,进一步呈现了中国现当代文学在英国汉学界的整体接受格局和内部状况,帮助认识中国文学在海外接受可能经历的复杂性制约因素。这种分析方法为本书带来两个主要发现。(1)从接受内部状况来看,中国现当代文学在英国汉学界三个独立机构的流通和阅读模式所呈现的趋势,一直处于过程中,本身既是结果也是原因,约束着文学的流通和阅读模式的下一个趋势甚或路径。相关趋势的呈现,有对人文学科宏观背景和区域研究实用主义的回应,也受文学本体、接受主体的物理性、多层次性和复杂性等因素互动的影响。(2)从接受整体景观来看,中国现当代文学在英国汉学界的流通和阅读模式的全局景观,尤其是在三个机构层面的流通模式所呈现的宏观趋势,有相对于中国经济崛起、英语世界长时期以"文革回忆录"为主的中国文学叙事、整个西方人文学科发展背景(后现代主义、女性主义)和中西元叙事的回应,构建了多样性当代华语文学概念叙事,为中国文学在英语世界的流通和阅读模式打开了更多的可能性,但也必然面对中西元叙事带来的张力和一些不可能性。总体而言,英国汉学界三个机构层面对作家作品的选择趋势和多样性当代华语文学叙事的构建,有针对之前盛行于英语世界"文革回忆录"为主的中国当代文学叙事的熵减过程,有针对英国汉学实用主义发展倾向的熵减过程,也有针对中国推动的文化"走出去"工程的熵减过程。中国文学就是在这样的张力和潜藏的元叙事话语中,在英国汉学界三个机构层面,乃至整个英语世界,获得后世生命。

三、根据中国现当代文学在英国汉学界三个机构层面接受过程中所呈现的宏观趋势以及这些趋势可能带来的约束,本书指出中国文学对外译介或交流所面临的三个可能长期存在、与我们自身相关但国内学界鲜有关注的问题。(1)英国汉学界虽规模不大,却是中国文学在英国活跃存在的主要场地。汉学界的三个主要机构是互相联结的,中小学选择汉语为外语的学生人数是未来大学汉学专业学生群体的主要构成、未来汉学界对中国文学接受的一个初始条件。然而，英国的中国小留学生的增多，加重英国本土学生在升学考试中选择汉语的压力，很可能导致大学里汉学专业学生人数的减少，那么大规模的文学课程开设或文学推广活动就不大可能被实现。这些实现不了的可能性会约束中国现当代文学未来在英国汉学界乃至整个英国的活跃存在状况。(2)中西元叙事是中西文学以及其他文化形式域外交流过程中最强有力的"约束"。这种强有力不是指自上而下绝对的决定性作用，而是由于这种元叙事在西方人脑海中的长久性、不接受反驳性、想当然性以及潜藏的伦理性和政治性的对立等，使得中国文学域外交流的一些可能性无法实现，如某种信任、对体现中国主流叙事作品的主动翻译和出版、对中国大陆翻译和出版的文学作品的选择等，是最长久的在场或不在场的"约束"。在复杂性视阈下，本书并非从中西二元对立的视角认为中西元叙事对中国文学在西方的交流起决定性的作用，而是，这些无法实现的可能性，作为约束，会于中国文学域外交流过程的关系互动中，自上而下影响到中国文学域外交流的发展轨迹，是中国文学文化域外交流过程中不得不面对的存在。仅以本书所观察到的为例，中国文学"走出去"工程对中国文学在域外的交流起的不是合力而是张力的作用。(3)在利兹大学当代华语文学研究中心的"书评网络"活动中，书评者对所评小说某些方面"喜欢"或"不喜欢"的显性表述，说明大部分读者(懂汉语的年轻女性读者居多)喜欢暖心的、体现复杂性世界视野的小说，不喜欢严肃、暗黑、写满伤痛和性的小说。然而，英语世界出版社，尤其是一些大型商业出版社，对中国大陆文学作品的翻译和出版，缺少能够引起读者共鸣的暖心作品或具有复杂性世界视野的小说。相关分析表明，这不只意味着出版社翻译和出版中国文学的趋势与读者的阅读心理和期待之间存在着距离，中国文学主流创作趋势可能亦是一个约束。这引起对什么是世界文学普世价值、以及如何认识和实践中国文学域外交流的思考。

四、针对中国文学域外交流面对的问题，本书在复杂性视阈下，从认识论、方法论、世界文学普世价值等方面，为中国文学及其他文化形式的域外交流总结理论参照模式和启示。(1)在中国文学的域外交流过程中,以复杂性哲学认识论为出发点,既是对中西元叙事的解构,也是建构摆脱极端文化普世主义和极端文化特殊主义的和而不同文化主义观,在不仰视不俯视中寻求一个平视的参与和分享世界文学的中国文学域外交流的可能性途径。(2)本书倡导把中国文化域外交流过程中形成的趋势看做是涌现性符号过程,运用吸引子、约束等主要概念工具来观察中国文学的域外流通过程。如推动文学译介实践活动,针对存在的问题进行反思,并提出意见和建议。(3)从复杂性视阈看,世界文学的普世价值或世界文学价值,具有过程性和关系性,不是放之四海而皆准也不是以某个强势文化为中心的价值,而是文学在跨越民族语言、文化和社会后,仍能被异域文化读者以世界文学的阅读模式进行阅读,并在多大程度让读者体验到阅读世界文学好处的价值。根据英国汉学界读者群体的反应,当前中国文学的世界文学价值,以长篇小说创作为例,流通于英语世界的中国文学应该关心其对人类文明的贡献,关心能给世界读者带来何种享受,以及能否体现事物认识的复杂性和人类认识世界的进步方式。就对中国文学在域外接受效果的判定标准而言,无论是用民族文学的价值来笼统衡量该文学作品的世界文学价值,或者仅凭文学作品是否走入异域文化主流中心,都可能会显得过于本质主义论。

研究前景和不足

一、研究前景。由于研究对象和范围跨度较大,以及对翻译研究里前沿理论的尝试,本书至少可在以下两方面继续深入下去。(1)本书搜集到的英国汉学界三个机构层面的资料,涉及大量作家、作品、译者和出版社的数据,其中有些非常值得做个案研究。如被大部分英国高校现/当代文学课程选择的鲁迅的《狂人日记》、沈从文的《萧萧》、余华的《十八岁出门远行》、残雪的《山上的小屋》等,这些短篇小说俨然已成为英语世界的经典。此外,还有走入中小学课堂的儿童文学作品，利兹大学当代华语文学研究中心线上及线下文学研究和推广活动中涉及的大量作家、译者、新近翻译到英语世界的中国文学作品等。这些资料都值得就中国文学译介的不同方面以个案研究形式深入下去。（2）复杂性理论启示下的人文学科研究是近几年才开始的事情，尚处于发展初期，有广阔的值得探究的空间。就本书受复杂性哲学认识论、方法论的启发而做的尝试而言，以其为出发点的对中西元叙事的解构，对和而不同文化主义观的定义，以及对相关理论和研究工具使用的参照模式，至少可在两方面提供借鉴。其一，观察中国文学对外译介的重要环节和过程，及时发现问题，提出解决对策；其二，在当前复杂国际形势下，尤其是国际关系中不确定因素增加的后疫情时代下，对其他形式的中外文化及文明对话亦有理论和实践意义。

二、研究不足。（1）对中国文学在英国汉学界群体流通过程的观察还不够彻底。复杂性视阈下的符号翻译理论以及约束和吸引子等概念，非常适合对事物发展过程的观察。本书主要是在分析趋势的基础上，尝试用这两个概念来分析有哪些约束促成了某些趋势的形成，避免用二元对立或过于直线思维的方法。但是细致完整的过程观察的资料搜集十分困难，尤其是对英国高校中国现当代文学课程大纲的观察。尽管本书作者曾尝试多方求索，仍旧未能寻找到详细资料观察英国高校课程大纲的具体制定过程和近十年各高校现当代文学课程大纲设置的变化历程。相关资料的搜集几乎是不可能的。（2）本书更倾向于宏观考察，缺少对不同个体差异性的区分，如不同高校现当代文学课程大纲和教学日历的比较，研究生课程和本科生课程的比较，苏格兰和英格兰中小学汉语课程文学文本的引入存在的差异等。（3）由于研究伦理等原因，本书对英国高校中国现当代文学课程大纲和教学日历资料的搜集稍显不如人意，未能获得所有中国文学课程的相关资料，有所遗憾。

参考文献

[1] 白杨、崔艳秋:《英语世界里中国现当代文学研究的格局与批评范式》,《吉林大学社会科学学报》2014年第6期。

[2] 鲍晓英:《中国文学"走出去"译介模式研究——以莫言英译作品美国译介为例》,博士学位论文,上海外国语大学,2014年。

[3] 陈大亮、许多:《英国主流媒体对当代中国文学的评价与接受》,《小说评论》2018年第4期。

[4] 陈思和:《中国当代文学史教程》,上海:复旦大学出版社,1999年。

[5] 陈思和、颜敏:《有行有思,境界乃大——"陈思和与世界华文文学"之访谈录》,《当代作家评论》2013年第4期。

[6] 陈小眉:《又是红枫时节——写在旅美教学十八年之后》,王斑、钟雪萍编:《美国大学课堂里的中国:旅美学者自述》,南京:南京大学出版社,2006年,第1—18页。

[7] 陈雪莲:《香港作家许素细:不认同"亚洲先锋英语作家"称号》,《国际先驱导报》2015年4月29日。

[8] 陈一壮:《埃德加·莫兰的"复杂方法"思想及其在教育领域内的体现》,《教育科学》2004年第2期。

[9] 陈一壮:《论埃德加·莫兰复杂性思想的三个理论柱石》,《自然辩证法研究》2007年第12期。

[10] 陈一壮:《埃德加·莫兰复杂性思想述评》,长沙:中南大学出版社,2007年。

[11] 陈友冰:《英国汉学的阶段性特征及成因探析——以中国古典文学研究为

中心》,2011年6月1日,中国高校人文社会科学信息网,https://www.sinoss.net/2011/0601/33503.html。

[12] 崔艳秋:《八十年代以来中国现当代小说在美国的译介与传播》,博士学位论文,吉林大学,2014年。

[13] 邓萍、马会娟:《论中国现当代文学在英国的译介和接受:1949—2015》,《外国语文》2018年第1期。

[14] 杜玉生、何三宁:《复杂性思维与翻译理论创新》,《湖北大学学报》2010年第3期。

[15] 傅勇林:《翻译规范与文化限制:图瑞对传统语言学与文学藩篱的超越》,《外语研究》2001年第1期。

[16] 傅勇林:《译学研究范式:转向、开拓与创新》,《中国翻译》2001年第1期。

[17] 高方、毕飞宇:《文学译介、文化交流与中国文化"走出去"——作家毕飞宇访谈录》,《中国翻译》2012年第3期。

[18] 高方、韩少功:《只有差异、多样、竞争乃至对抗才是生命力之源——作家韩少功访谈录》,《中国翻译》2016年第2期。

[19] 耿强:《文学译介与中国文学"走向世界"——熊猫丛书英译中国文学研究》,博士学位论文,上海外国语大学,2010年。

[20] 顾彬(Kubin, Wolfgang):《从语言角度看中国当代文学》,《南京大学学报》2009年第2期。

[21] 贺仲明:《建构以文学为中心的文学史——对于中国现当代文学史建设的思考》,《中国当代文学研究》2020年第2期。

[22] 洪子诚:《问题与方法:中国当代文学史研究讲稿》,北京:生活·读书·新知三联书店,2002年。

[23] 胡安江:《中国文学"走出去":问题与思考》,《中国翻译》2017年第5期。

[24] 季进:《无限弥散与增益的文学史空间》,《南方文谈》2017年第5期。

[25] 季进、余夏云:《英语世界中国现代文学研究综论》,北京:北京大学出版社,2017年。

[26] 近藤一成[日]:《英国中国学研究现状》,胡健译,《国外社会科学》,[1991]1992年第5期。

[27] 李德凤、鄢佳:《中国现当代诗歌英译述评(1935—2011)》,《中国翻译》2013年第2期。

[28] 利格拉乐·阿(女乌):《身份认同在原住民文学创作中的呈现——试以自我的文学创作历程为例》,黄玲华编:《21世纪台湾原住民文学》,台北:台湾原住民文教基金会,1999年。

[29] 李欧梵:中国现代文学研究和"理论"语言(代序),季进、余夏云著:《英语世界中国现代文学研究综论》,北京:北京大学出版社,2017年,第2页。

[30] 刘华:《掷踢于边缘的先锋——90年代新生代小说研究》,博士学位论文,华东师范大学,2008年。

[31] 刘劲杨:《哲学视野中的复杂性》,博士学位论文,中国人民大学,2004年。

[32] 刘亚猛、朱纯深:《国际译评与中国文学在域外的"活跃存在"》,《中国翻译》2015年第1期。

[33] 刘云虹:《关于新时期中国文学外译评价的几个问题》,《中国外语》2019年第5期。

[34] 龙跃君:《关注联结:复杂性科学视野下大学通识教育课程理论的思考》,《教育教学》2007年第6期。

[35] 卢巧丹:《跨越文化边界:论中国现当代小说在英语世界的译介与接受》,博士学位论文,浙江大学,2016年。

[36] 吕俊:《开展翻译学的复杂性研究:一个译学研究思想观念和思维方式的革命》,《上海翻译》2013年第1期。

[37] 吕俊、侯向群:《走向复杂性科学范式的翻译学》,《上海翻译》2015年第2期。

[38] 吕敏宏:《葛浩文小说翻译叙事研究》,北京:中国社会科学出版社,2011年。

[39] 马会娟:《英语世界中国现当代文学翻译:现状与问题》,《中国翻译》2013年第1期。

[40] 马茂汉〔德〕:《德国的中国研究历史、问题与现状》,廖天琪译、张西平编:《欧美汉学研究的历史与现状》,郑州:大象出版社,2006年,第266页。

[41] 莫言:《第二次汉学家文学翻译国际研讨会闭幕式上的致辞》,中国作家协会外联部编:《翻译家的对话Ⅱ》,北京:作家出版社,2012年,第9—11页。

[42] 彭秀银:《毕飞宇小说在英语世界的译介研究》,博士学位论文,扬州大学,2019年。

[43] 钱学森、于景元、戴汝为:《一个科学新领域——开放的复杂巨系统及其方

法论》,《自然杂志》1990年第1期。

[44] 石剑峰:《毕飞宇:中国文学走出去,还需要几十年》,《东方早报》2014年4月22日。

[45] 宋美华:《西方翻译研究的传统、现代与后现代:区别、对立、共存》,《中国翻译》2018年第2期。

[46] 宋美华:《本质主义,还是非本质主义?——翻译研究传统、现代与后现代哲学意义观的思考》,《上海翻译》2019年第5期。

[47] 宋美华:《后现代翻译研究:后殖民、女性、解构》,《中国翻译》2020年第2期。

[48] 孙艺风、何刚强、徐志啸:《翻译研究三人谈(上)》,《上海翻译》2014年第1期。

[49] 孙宇:《文化转向视域下的莫言小说英译研究——以葛浩文的英译本〈红高粱家族〉和〈檀香刑〉为例》,博士学位论文,吉林大学,2017年。

[50] 王斑:《全球化、地缘政治与美国大学里的中国形象》,王斑、钟雪萍编:《美国大学课堂里的中国:旅美学者自述》,南京:南京大学出版社,2006年,第47—61页。

[51] 王斑,钟雪萍:《改写出国留学的"成长小说"》,王斑,钟雪萍编:《美国大学课堂里的中国:旅美学者自述》,南京:南京大学出版社,2006年,第1—6页。

[52] 王梆:《她正在翻译当下的中国——对英国翻译家Nicky Harman的访谈》,《单读》2017年3月期。参见网址http://static.owspace.com/wap/293568.html?from=singlemessage&isappinstalled=0ed=0。

[53] 王耘:《复杂性生态哲学》,北京:社会科学文献出版社,2008年。

[54] 王建开:《中国现当代文学作品英译的出版传播及研究方法》,《外语教学理论与实践》2012年3期。

[55] 王凯:《陈衡哲〈一日〉:女性写的中国第一篇白话小说》,《中国文化报》2010年3月15日。

[56] 王玲珍:《剥洋葱:在美国教现代中国性别和女性文学》,王斑、钟雪萍编:《美国大学课堂里的中国:旅美学者自述》,南京:南京大学出版社,2006年,第62—71页。

[57] 王晴佳:《中国文明有历史吗?——美国中国史教学与研究的缘起和现状

探究》,王斑、钟雪萍编:《美国大学课堂里的中国:旅美学者自述》,南京:南京大学出版社,2006年,第72—94页。

[58] 王汝蕙:《莫言小说在美国的传播与接受研究》,博士学位论文,长春:吉林大学,2018年。

[59] 王颖冲、王克非:《洞见、不见与偏见——考察20世纪海外学术期刊对中文小说英译的评论》,《中国翻译》2015年第3期。

[60] 王中阳、张怡:《复杂适应系统(CAS)理论的科学与哲学意义》,《东华大学学报》(社会科学版)2007年第3期。

[61] 温儒敏、李宪瑜、贺桂梅等:《中国现当代文学学科概要》,北京:北京大学出版社,2005年。

[62] 吴义勤:《自由与局限——中国"新生代"小说家论》,《文学评论》2007年第5期。

[63] 相丽玲、蔡华利:《电子政务建设的复杂性特征及其发展策略——基于CAS理论的思考》,《生产力研究》2007年第21期。

[64] 谢天振:《比较文学与翻译研究》,台北:台湾业强出版社,1994年。

[65] 谢天振:《译介学》,上海:上海外语教育出版社,1999年。

[66] 徐慎贵:《〈中国文学〉对外传播的历史贡献》,《对外传播》2007年第8期。

[67] 许多:《中国当代文学在西方译介与接受的障碍及其原因探析》,《外国语》2017年第4期。

[68] 许多:《中国文学译介与影响因素——作家看中国当代文学外译》,《小说评论》2017年第2期。

[69] 许敏:《中国现代小说在英语世界的译介研究(1940—1949)——基于场域、惯习、资本的视角》,博士学位论文,上海:华东师范大学,2018年。

[70] 严慧:《1935—1941:〈天下〉与中西文学交流》,博士学位论文,苏州:苏州大学,2009年。

[71] 杨四平:《跨文化的对话与想象:现代中国文学海外传播与接受》,中国出版集团:东方出版中心,2014年。

[72] 叶雅丽:《历史课堂杂记》,王斑,钟雪萍编:《美国大学课堂里的中国:旅美学者自述》,南京:南京大学出版社,2006年,第104—112页。

[73] 张翠玲:《中国现当代戏剧的英译与接受研究(1949—2015)》,博士学位论文,北京:北京外国语大学,2017年。

[74] 张先云、乔东义:《现象学视域中的"新生代"小说创作》,《小说评论》2006年第5期。

[75] 赵征军:《中国戏剧典籍译介研究——以〈牡丹亭〉的英译与传播为中心》,博士学位论文,上海:上海外国语大学,2013年。

[76] 郑晔:《国家机构赞助下中国文学的对外译介——以英文版〈中国文学〉(1951—2000)为个案》,上海:上海外国语大学,2012年。

[77] 钟雪萍:《一份他者的差事:我在美国教中国》,王斑、钟雪萍编:《美国大学课堂里的中国:旅美学者自述》,南京:南京大学出版社,2006年,第123—137页。

[78] 朱栋霖、丁帆、朱晓进:《中国现代文学史(上、下册)》,北京:高等教育出版社,1999年。

[79] 朱志瑜:《〈翻译与规范〉的导读:求同与存异》,Christina Schäffner 编:*Translation and Norms*《翻译与规范》,北京:外语教学与研究出版社,2007年,第vii—xiii页。

[80] Abrahamsen, Eric, "Interview: Eric Abrahamsen and Paper Republic", *The Leeds Centre for New Chinese Writing*, 18th June 2015. https://writingchinese.leeds.ac.uk/2015/06/18/interview-eric-abrahamsen-and-paper-republic/.

[81] Baker, Mona, *Translation and Conflict: A Narrative Account*, London & New York: Routledge, 2006/2019.

[82] Baker, Mona, "Translation as Re-narration", In Juliane House, ed., *Translation: A Multidisciplinary Approach*, Hampshire & New York: Palgrave Macmillan, 2014, pp.158-177.

[83] Barrett, Timothy Hugh, *Singular Listlessness: A Short History of Chinese Books and British Scholars*, London: Wellsweep Press, 1989.

[84] Bassnett, Susan and Johnston, David, "The Outward Turn in Translation Studies", *The Translator*, vol.25, no.3(2019), pp.181-188.

[85] Bassnett, Susan and Lefevere, Andréeds., *Translation, History, and Culture*, London and New York: Pinter Publishers, 1990.

[86] Blumczynski, Piotr, *Ubiquitous Translation*, New York and Oxon: Routledge, 2016.

［87］Bruno, Cosima, "The Public Life of Contemporary Chinese Poetry in English Translation", *Target*, no.2(2012), pp.253 – 285.

［88］Byrne, David S. and Callaghan, Gill, *Complexity Theory and the Social Sciences: The State of the Art*, New York: Routledge, 2014.

［89］Carruthers, Katharine（杜可歆）, "More British Children Are Learning Mandarin Chinese-But an Increase in Qualified Teachers Is Urgently Needed", *The Conversation*, 8th February 2019. https://theconversation.com/more-british-children-are-learning-mandarin-chinese-but-an-increase-in-qualified-teachers-is-urgently-needed-103883.

［90］Casanova, Pascale, *The World Republic of Letters*, trans. M. B. DeBevoise, Cambridge, MA: Harvard University Press, 2004.

［91］Chesterman, Andrew and Rosemary Arrojo, "Shared Ground in Translation Studies", *Target*, vol.1, no.12(2000), pp.151 – 160, Responses in *Target*, vol.2, no.12(2000), pp.333 – 362, vol.1, no.13(2001), pp.149 –168, vol.13, no.2(2001), pp.333 – 350, and concluding with vol.14, no.1(2002), pp.137 – 143.

［92］Chesterman, Andrew, "Consilience or Fragmentation in Translation Studies today?" *Slovo.ru: baltijskij accent*, vol.1, no.10(2019), pp.9 – 20.

［93］Chow, Rey, "Virtuous Transactions: A Reading of Three Stories by Ling Shuhua", *Modern Chinese Literature*, no.1/2(1988), pp.71 – 86.

［94］Chow, Rey, *Woman and Chinese Modernity: The Politics of Reading between West and East*, Minneapolis: University of Minnesota Press, 1991.

［95］Chow, Rey, "Introduction: On Chineseness as a Theoretical Problem", in Rey Chow, ed., *Modern Chinese Literary and Cultural Studies in the Age of Theory: Reimagining a Field*, Durham and London: Duke University Press, 2000, pp.1 – 25.(PDF). It was first published by *Boundary* 2, Autumn, no.3(1998), pp.1 – 24.

［96］Cilliers, Paul, "Difference, Identity and Complexity", in Cilliers and Preiser, eds., *Complexity, Difference and Identity*, London: Springer, 2010, pp.3 – 18.

［97］Coonan, Clifford, "Jiang Rong's *Wolf Totem*: The Year of the Wolf",

The Independent, 7 January 2008. http://www.independent.co.uk/arts-entertainment/books/features/jiang-rongs-wolf-totem-the-year-of-the-wolf-768583.html.

[98] Cronin, Michael, "Book review: A (Bio)semiotic Theory of Translation: The Emergence of Socio-cultural Reality", *Translation Studies*, vol.13, no.3(2020), pp.371 - 374.

[99] Dam, Helle V., Brøgger, Matilde N. and Zethsen, Karen K., eds., *Moving Boundaries in Translation Studies*, London/New York: Routledge, 2019.

[100] Damrosch, David, *What is World Literature?* Princeton, NJ: Princeton University Press, 2003.

[101] Damrosch, David, *How to Read World literature*: 2nd edition, West Sussex: Wiley-Blackwell, 2008/2018.

[102] Damrosch, David, "Introduction: World Literature in Theory and Practice", in David Damrosch, ed., *World Literature in Theory*, West Sussex: Wiley-Blackwell, 2014, pp.1 - 11.

[103] Davis, Brent and Sumara, Dennis, *Complexity and Education: Inquiries into Learning, Teaching and Research*, Mahwah, New Jersey: Lawrence Erlbaum Associates, Inc., 2006.

[104] Deacon, Terrence W, *Incomplete Nature: How Mind Emerged from Matter*, New York: WW Norman & Company, 2011.

[105] Delabastita, Dirk, "Translation Studies for the 21st Century: Trends and Perspectives", *Génesis. Revista cientifica do ISAI*, no. 3 (2003), pp.7 - 24.

[106] Donahaye, Jasmine, "Three percent? Publishing Data and Statistics on Translated Literature in the United Kingdom and Ireland", *Literature Across Frontiers*, Aberystwyth University, Wales, UK, March 2013. Available at https://www.lit-across-frontiers.org/wp-content/uploads/2013/03/Publishing-Data-and-Statistics-on-Translated-Literature-in-the-United-Kingdom-and-Ireland-A-LAF-reasearch-report-March-2013-final.pdf.

[107] Eagleton, Terry, *How to Read Literature*, New Haven and London:

Yale University Press, 2013.

[108] Edwards, Dan, "Taking Chinese Literature to the World: Harvey Thomlinson of Make Do Publishing", *The Beijinger*, 6th March 2013. https://www.thebeijinger.com/blog/2010/03/06/taking-chinese-literature-world-harvey-thomlinson-make-do-publishing.

[109] Eoyang, Eugene, *The Transparent Eye: Reflections on Translation, Chinese Literature, and Comparative Poetics*, Honolulu: University of Hawaii Press, 1993.

[110] Even-Zohar, Itamar, "Polysystem Theory", *Poetics Today*, vol.1, no.1-2(1979), pp.287-310.

[111] Even-Zohar, Itamar, "The Position of Translated Literature within the Literary Polysystem", *Poetics Today*, vol.11, no.1(1990), pp.45-51.

[112] Fairbank, John, "Roots of Revolution", *The New York Review of Books*, 10 November 1988, pp.31-33.

[113] Feuerwerker, Yi-tsi Mei, *Ideology, Power, Text: Self-Representation and the Peasant "Other" in Modern Chinese Literature*, Stanford: Stanford University Press, 1998.

[114] Gambier, Yves and Van Doorslaer, Luc, "Disciplinary Dialogues with Translation Studies: The Background Chapter", in Yves Gambier and Luc van Doorslaer, eds., *Border Crossings: Translation Studies and Other Disciplines*, Amsterdam: John Benjamins, 2016, pp.1-22.

[115] Gambier, Yves and Van Doorslaer, Luc, eds., *Border Crossings: Translation Studies and Other Disciplines*, Amsterdam: John Benjamins, 2016.

[116] Gee, Jody, "Gaining Excellence", *Linguist*, 3 March 2020. https://tl.ciol.org.uk/thelinguist#591februarymarch2020/gaining_excellence.

[117] Geng, Zhihui, *Cultural Revolution Memoirs Written and Read in English: Image Formation, Reception and Counternarrative*, Minneapolis and St. Paul: The University of Minnesota, 2008.

[118] Goldblatt, Howard, "Of Silk Purses and Sow's Ears: Features and Prospects of Contemporary Chinese Fictions in the West", *Translation Re-*

view, no.1(2000), pp.21 - 27.

[119] Harding, Sue-Ann, "How Do I Apply Narrative Theory: Socio-Narrative Theory in Translation Studies", *Target*, vol.24, no.2(2012), pp.286 - 309.

[120] Harding, Sue-Ann, "Resonances between Social Narrative Theory and Complexity Theory: A Potentially Rich Methodology for Translation Studies", in Kobus Marais and Reine Meylaerts, eds., *Complexity Thinking in Translation Studies: Methodological Considerations*, New York and London: Routledge, 2019, pp.33 - 52.

[121] Harman, Nicky, "Bridging the Cultural Divide", *The Guardian*, 5 October 2008. https://www.theguardian.com/commentisfree/2008/oct/05/china.

[122] Harman, Nicky, "New in Chinese: 'The Chilli Bean Paste Clan' by YAN Ge", *WWB(Words without Borders) Daily*, 26 August 2014. https://www.wordswithoutborders.org/dispatches/article/new-in-chinese-the-chilli-bean-paste-clan-by-yan-ge.

[123] Hayson, Dave, "Chinese Literature F(requently) A(sked) Q(uestions)", *GLLI(The Global Literature in Libraries Initiative)*, 3 February 2017. https://glli-us.org/2017/02/03/chinese-literaure-faq/.

[124] Heilbron, Johan and Sapiro, Gisèle, "Outlines for a Sociology of Translation: Current Issues and Future Prospects", in Michaela Wolf, ed., *Constructing a Sociology of Translation*, Amsterdam/Philadelphia: John Benjamins Press, 2007, pp.93 - 107.

[125] Hillenbrand, Margaret, *Literature, Modernity, and the Practice of Resistance: Japanese and Taiwanese Fiction: 1960—1990*, Leiden: Brill, 2007.

[126] Holland, John, *Emergence: From Chaos to Order*, Reading: Helix Books, 1998.

[127] Hsia, C.T., "The Continuing Obsession with China: Three Contemporary Writers", *Review of National Literatures*, no.1(1975), pp.76 - 99.

[128] Huang, Nicole, "Eileen Chang and Alternative Wartime Narrative", in Joshua S. Mostow, Kirk A. Denton, et al., eds., *The Columbia Companion to Modern East Asian Literature*, New York: Columbia University Press,

2003, pp.458-462.

[129] Ibbetson, Connor, "What are the reading habits of Britons?" *YouGov*, 5 March 2020. https://yougov.co.uk/topics/arts/articles-reports/2020/03/05/world-book-day-britons-reading-habits.

[130] Jones, Andrew. F., "Chinese Literature in the 'World' Literary Economy", *Modern Chinese Literature*, vol.8, no.1-2(1994), pp.171-190.

[131] Jones, Andrew F., "Avant-Garde Fiction in Post-Mao China", in Kirk A. Denton, ed., *The Columbia Companion to Modern Chinese Literature*, New York: Columbia University Press, 2016, pp.313-319.

[132] Kauffman, Stuart, *At Home in the Universe: The Search for the Laws of Self-organisation and Complexity*, New York: Oxford University Press, 1995.

[133] King, Richard, "Revisionism and Transformation in the Cultural Revolution Novel", *Modern Chinese Literature*, vol.7, no.1(1993), pp.105-129.

[134] Kinkley, Jeffrey C., "Appendix: A Bibliographic Survey of Publications on Chinese Literature in Translation from 1949—1999", in Pang-Yuan Chi and David Der-wei Wang, eds., *Chinese Literature in the Second Half of a Modern Century: A Critical Survey*, Bloominton and Indianapolis: Indiana University Press, 2000.

[135] Larson, Christina, "Chinese Fiction Is Hot", *Bloomberg Businessweek*, 23 October 2012. https://www.bloomberg.com/news/articles/2012-10-23/chinese-fiction-is-hot.

[136] Lee, Tong King, "China as Dystopia: Cultural Imaginings through Translation", *Translation Studies*, no.3(2015), pp.251-268.

[137] Leenhouts, Mark, "Culture Against Politics: Roots-Seeking Literature", in Denton, Kirk A, ed., *The Columbia Companion to Modern Chinese Literature*, New York: Columbia University Press, 2016, pp.299-306.

[138] Lefevere, André, *Translation, Rewriting, and the Manipulation of Literary Fame*, London and New York: Routledge, 1992.

[139] Louie, Kam, "Constructing Chinese Masculinity for the Modern World: with Particular Reference to Lao She's *The Two Mas*", *The China Quar-*

terly, vol.164, December 2000, pp.1062 – 1078.

[140] Lovell, Julia, "Great Leap Forward", *The Guardian*, 11 June 2005. https://www.theguardian.com/books/2005/jun/11/featuresreviews.guardianreview29.

[141] Lovell, Julia, *The Politics of Cultural Capital: China's Quest for a Nobel Prize in Literature*, Honolulu: University of Hawaii Press, 2006.

[142] Lyotard, Jean-Frangois, *The Postmodern Condition: A Report on Knowledge*, trans. from French by Geoff Bennington and Brian Massumi, Minneapolis: University of Minnesota Press, [1979] 1984.

[143] Mangan, Ashley, "Imagining Female Tongzhi: The Social Significance of Female Samesex Desire in Contemporary Chinese Literature", *Asian Languages and Cultures Honors Projects*, Paper 2, 2014. http://digitalcommons.macalester.edu/asian_honors/2.

[144] Marais, Kobus, *Translation Theory and Development Studies: A Complexity Theory Approach*, New York and London: Routledge, 2014.

[145] Marais, Kobus, "We have Never Been Un(der)developed: Translation and the Biosemiotic Foundation of Being in the Global South", in: K. Marais & I. Feinauer, eds., *Translation beyond the Postcolony*, London: Cambridge Scholars Press, 2017, pp.8 – 32.

[146] Marais, Kobus, "Introduction: Translation and Development", *The Translator*, no.4(2018), pp.295 – 300.

[147] Marais, Kobus, "Effects Causing Effects: Considering Contraints in Semiotranslation", in K. Marais and R. Meylaerts, eds., *Complexity Thinking in Translation Studies: Methodological Considerations*, New York: Routledge, 2019, pp.53 – 72.

[148] Marais, Kobus, *A (Bio)semiotic Theory of Translation: The Emergence of Socialcultural Reality*, London: Routledge, 2019.

[149] Marais, Kobus, "Translation Complex Rather Than Translation Turns? Considering the Complexity of Translation", *Syn-Théses*, no. 9 – 10 (2019), pp.43 – 55.

[150] Marais, Kobus and Feinauer, Ilse. "Introduction", in K. Marais and I.

Feinauer, eds., *Translation Studies Beyond the Postcolony*, Newcastle: Cambridge Scholars Press, 2017, pp.1-6.

[151] Marais, Kobus and Kull, Kalevi, "Biosemiotics and Translation Studies: Challenging 'Translation'", in Yves Gambier and Luc van Doorslaer, eds., *Border Crossings: Translation Studies and Other Disciplines*, Amsterdam: John Benjamins, 2016, pp.169-188.

[152] Marais, Kobus and Meylaerts, Reine, "Introduction", in Kobus Marais and Reine Meylaerts, eds., *Complexity Thinking in Translation Studies: Methodological Considerations*, New York and London: Routledge, 2019, pp.1-18.

[153] Marin-Lacarta, Maialen. "Mediated and Marginalised: Translations of Modern and Contemporary Chinese Literature in Spain (1949—2010)", *Meta*, no.2(2018), pp.306-321.

[154] Marion, Russ, *The Edge of Organization: Chaos and Complexity Theories of Formal Social Systems*, London: SAGE Publications, 1999.

[155] McDougall, Bonnie S., *Fictional Authors, Imaginary Audiences: Modern Chinese Literature in the Twentieth Century*, Hong Kong: The Chinese University Press, 2003.

[156] McDougall, Bonnie S., *Translation Zones in Modern China: Authoritarian Command versus Gift Exchange*, Amherst, NY: Cambria Press, 2011.

[157] Mead, George, *Mind, Self & Society from the Standpoint of a Social Behaviourist*, Chicago: University of Chicago Press, 1969.

[158] Mialaret, Bertrand, "Reading Chinese Novels in the West", *Chinese Cross Currents*, no.2(2012), pp.42-57.

[159] Mialaret, Bertrand, "Soft power, Translation and Chinese Fiction in the West", *Academia.edu.*, 2016. https://www.academia.edu/34191216/Soft_power Translation Chinese_literature_in_the_West.

[160] Miler, Laura, "HarperCollins Announces Initiatives in China", 30 August 2006. https://www.harpercollins.com/blogs/press-releases/harpercollins-announces-initiatives-in-china.

[161] Miner, Valerie, "Review: China Imagined", *The Women's Review of*

Books, no.4(1984), pp.4 - 5.

[162] Mitchell, Melanie, *Complexity: A Guided Tour*, New York: Oxford University Press, 2009.

[163] Morgan, C. Lloyd, *Emergent Evolution*, London: Williams and Norgate, 1923.

[164] Morin, Edgar, *On Complexity*, trans. Robin Postel, Cresskill: Hampton Press, [1990] 2008.

[165] Munford, Theresa, "St Gregory's School 'Reading China' Book Group", *Chinese Books for Young Readers*, 25 February 2017. https://chinese-booksforyoungreaders.wordpress.com/.

[166] Peirce, C. S., *The Collected Papers of Charles Sanders Peirce*, s. l.: s.n, 1994.

[167] Prazniak, Roxann, "Love Must Not Be Forgotten—Feminist Humanism in the Writings of Zhang Jie", *India International Centre Quarterly*, no.1(1990), pp.45 - 70.

[168] Pym, Anthony, "A Spirited Defense of a Certain Empiricism in Translation Studies(and in Anything Else Concerning the Study of Cultures)", *Translation Spaces*, no.2(2016), pp.289 - 313.

[169] Robinson, Douglas, "Book Review: *A (Bio)semiotic Theory of Translation: The Emergence of Social-cultural Reality*", *The Translator*, no.4(2018), pp.395 - 399.

[170] Rojas, Carlos, "Speaking from the Margins: Yan Lianke", in Denton, Kirk A, ed., *The Columbia Companion to Modern Chinese Literature*, New York: Columbia University Press, 2016, pp.431 - 435.

[171] Sawyer, R. Keith, *Social Emergence: Societies as Complex Systems*, Cambridge: Cambridge University Press, 2005.

[172] Seidman, Steven, "Introduction", in Steven Seidman, ed., *The Postmodern Turn: New Perspectives on Social Theory*, Cambridge/New York: Cambridge University Press, 1994, pp.1 - 24.

[173] Smuts, Jan C., *Holism and Evolution*, London: Macmillan, 1926.

[174] Somers, Margaret, "Narrativity, Narrative Identity, and Social Action:

Rethinking English Working-Class Formation", *Social Science History*, no.4(1992), pp.591 – 630.

[175] Somers, Margaret, "Deconstructing and Reconstructing Class Formation Theory: Narrativity, Relational Analysis, and Social Theory", in John R. Hall, ed., *Reworking Class*, Ithaca NY & London: Cornell University Press, 1997, pp.73 – 105.

[176] Somers, Margaret R. and Gibson, Gloria D., "Reclaiming the Epistemological 'Other': Narrative and the Social Constitution of Identity", in Craig Calhoun, ed., *Social Theory and the Politics of Identity*, Oxford & Cambridge: Blackwell, 1994, pp.37 – 99.

[177] Song, Mingwei, "Popular Genre Fiction: Science Fiction and Fantasy", in Denton, Kirk A, ed., *The Columbia Companion to Modern Chinese Literature*, New York: Columbia University Press, 2016, pp.394 – 399.

[178] Springen, Karen, "The Growth of Chinese Children's Books", *Publishers Weekly*, 26 January 2018. https://www.publishersweekly.com/pw/by-topic/childrens/childrens-industry-news/article/75921-the-growth-of-chinese-children-s-books.html.

[179] Storm, Carsten, "The Doubled Alienation-Homosexuality in Taiwanese Literature and Film", in Christina Neder and Ines-Susanne Schilling, eds., *Transformation! Innovation?: Perspectives on Taiwan Culture*, Wiesbaden: Harrassowitz Verlag, 2003, pp.183 – 202.

[180] Tew, Philip, "Considering the Case of Hong Ying's K: *The Art of Love*: Home, Exile and Reconciliations", *EurAmerica*, no.3(2009), pp.389 – 411.

[181] Van Doorslaer, L. Flynn, P. and Leerssen, J., eds., *Interconnecting Translation Studies and Imagology*, Amsterdam and Philadelphia: John Benjamins, 2016.

[182] Van Doorslaer, Luc, "Bound to Expand: The Paradigm of Change in Translation Studies", in Helle V. Dam, Matilde N. Brøgger and Karen K. Zethsen, eds., *Moving Boundaries in Translation Studies*, London and New York: Routledge, 2019, pp.220 – 230.

[183] Venuti, Lawrence, *The Translator's Invisibility: A History of Translation*: 2nd edition, London: Routledge, 1995/2008.

[184] Waldrop, M. Mitchell, *Complexity: The Emerging Science on the Edge of Order and Chaos*, New York: Simon & Schuster, 1992.

[185] Wang, David Der-wei, "Madame White, *The Book of Change*, and Eileen Chang: On a Poetics of Involution and Derivation", in Kam Louie, ed., *Eileen Chang: Romancing Languages, Cultures and Genres*, Hong Kong: Hong Kong University Press, 2012, pp.215-241.

[186] Wang, David Der-wei, "Introduction", in David Der-wei Wang, ed., *A New Literary History of Modern China*, Massachusetts and London: Belknap Press of Harvard University Press, 2017, pp.1-28.

[187] Weaver, W., "Science and Complexity", *American Scientist*, no. 36 (1948), pp.535-544.

[188] Weightman, Frances, "Chinese Children's Literature and the UK National Curriculum", *Chinese Books for Young Readers*, 14 September 2016. https://chinesebooksforyoungreaders.wordpress.com/2016/09/14/chinese-childrens-literature-and-the-uk-national-curriculum/.

[189] Weightman, Frances, "Literature in Non-European Languages", in Fotini Diamantidaki, ed., *Teaching Literature in Modern Foreign Languages*, London: Bloomsbury Academic, 2019, pp.79-95.

[190] Wheeler, Wendy, *The Whole Creature: Complexity, Biosemiotics and the Evolution of Culture*, London: Lawrence and Wishart, 2006.

[191] Whitehead, Alfred N, *Process and Reality*: Corrected version, New York: The Free Press, 1985.

[192] Xiao, Di, *Renarrating China: Representations of China and the Chinese through the Selection, Framing and Reviewing of English Translations of Chinese Novels in the UK and US, 1980—2010*, PhD Thesis, The University of Manchester, 2014.

[193] Yee, Angelina, "Constructing a Native Consciousness: Taiwan Literature in the 20th Century", *The China Quarterly*, no.165(2001), pp.83-101.

[194] Yu, Shuang(于爽), "The Era after Reform and Opening-up: Develop-

ments in English Translations of Chinese Fictions, 1979—2009", *Perspectives: Studies in Translatology*, no.4(2010), pp.275-285.

[195] Yu, Zhongli, *Translating Feminism in China: Gender, Sexuality and Censorship*, London and New York: Routledge, 2015.

[196] Zhang, Zhen, "Commercialization of Literature in the Post-Mao Era: Yu Hua, Beauty Writers, and Youth Writers", in Denton, Kirk A, ed., *The Columbia Companion to Modern Chinese Literature*, New York: Columbia University Press, 2016, pp.386-393.

[197] Zhao, Y.H., "Yu Hua: Fiction as Subversion", *World Literature Today*, no.3(1991), pp.415-420.

[198] Zurndorfer, Harriet T., *China Bibliography: A Research Guide to Reference Works about China Past and Present*, Leiden and New York: Brill, 1995.

电子文献

[1]《英国汉学协会年报》,2011—2018, http://bacsuk.org.uk/bacs-bulletin.
BACS Bulletin(2011).
BACS Bulletin(2012).
BACS Bulletin(2013).
BACS Bulletin(2014).
BACS Bulletin(2015).
BACS Bulletin(2016).
BACS Bulletin(2017).
BACS Bulletin(2018).

[2]《英国汉学研究现状报告》, http://bacsuk.org.uk/bacs-report-on-china-related-studies-in-the-uk.
Report on the Present State of China-related Studies in the UK, 2013.
Report on the Present State of China-related Studies in the UK, 2016.
Report on the Present State of China-related Studies in the UK, 2019.

[3] Scottish Government Languages Working Group, *Language Learning in Scotland A 1 + 2 Approach Scottish Government Languages Working*

Group Report and Recommendations, 2012. https://www2.gov.scot/resource/0039/00393435.pdf.

[4] Tinsley, Teresa and Board, Kathryn, *The Teaching of Chinese in the UK*, Conducted by Alcantara Communications, August, 2014, https://www.britishcouncil.org/sites/default/files/alcantara_full_report_jun15.pdf.

[5] Tinsley, Teresa and Board, Kathryn, *Language Learning in Primary and Secondary Schools in England: Findings from the 2012 Language Trends Survey*, Conducted by CfBT Education Trust, 2012. https://www.educationdevelopmenttrust.com/our-research-and-insights/research/language-learning-in-primary-and-secondary-schools.

[6] Tinsley, Teresa and Board, Kathryn, *Language Trends 2013/14: The State of Language Learning in Primary and Secondary Schools in England*, Conducted by CfBT Education Trust, 2013/14. https://files.eric.ed.gov/fulltext/ED546800.pdf.

[7] Tinsley, Teresa and Board, Kathryn, *Language Trends 2014/15: The State of Language Learning i-n Primary and Secondary Schools in England*, Conducted by CfBT Education Trust, 2014/15. https://www.educationdevelopmenttrust.com/our-research-and-insights/research/language-trends-2014-15.

[8] Tinsley, Teresa and Board, Kathryn, *Language Trends 2015/16: The State of Language Learning in Primary and Secondary Schools in England*, Conducted by CfBT Education Trust, 2015/16. https://www.britishcouncil.org/sites/default/files/language_trends_survey_2016_0.pdf.

[9] Tinsley, Teresa and Board, Kathryn, *Language Trends 2016/17: Language Teaching in Primary and Secondary Schools in England Survey Report*, Conducted by CfBT Education Trust, 2016/17. https://www.britishcouncil.org/sites/default/files/language_trends_survey_2017_0.pdf.

[10] Tinsley, Teresa and Doležal, Neela, *Language Trends 2018: Language Teaching in Primary and Secondary Schools in England Survey Report*, Conducted by CfBT Education Trust, 2018. https://www.britishcouncil.org/sites/default/files/language trends_2018_report.pdf.

[11] Tinsley, Teresa, *Language Trends 2019: Language Teaching in Primary and Secondary Schools in England Survey Report*, Conducted by CfBT Education Trust, 2019. https://www.britishcouncil.org/sites/default/files/language-trends-2019.pdf.

图书在版编目(CIP)数据

复杂性视阈下中国现当代文学 2010 年代在英国汉学界的接受研究/宋美华著.—上海:上海三联书店,2022.12
ISBN 978-7-5426-7619-1

Ⅰ.①复… Ⅱ.①宋… Ⅲ.①中国文学-现代文学-文学研究 ②中国文学-当代文学-文学研究 Ⅳ.①I206.6

中国版本图书馆 CIP 数据核字(2022)第 023573 号

复杂性视阈下中国现当代文学 2010 年代在英国汉学界的接受研究

著　　者 / 宋美华

责任编辑 / 张静乔
装帧设计 / 一本好书
监　　制 / 姚　军
责任校对 / 王凌霄

出版发行 / 上海三联书店
　　　　　(200030)中国上海市漕溪北路 331 号 A 座 6 楼
邮　　箱 / sdxsanlian@sina.com
邮购电话 / 021-22895540
印　　刷 / 上海惠敦印务科技有限公司

版　　次 / 2022 年 12 月第 1 版
印　　次 / 2022 年 12 月第 1 次印刷
开　　本 / 640mm×960mm　1/16
字　　数 / 340 千字
印　　张 / 25
书　　号 / ISBN 978-7-5426-7619-1/I·1755
定　　价 / 98.00 元

敬启读者,如发现本书有印装质量问题,请与印刷厂联系 021-63779028